पवनपुत्र

आंजनेयमति पाटलाननं कांचनाद्रि कमनीय विग्रहम्।
पारिजात तरुमूलवासिनं भावयामि पवमाननन्दनम् ॥

स्थापित 1912
100 वर्षों की
श्रेष्ठ प्रकाशन परम्परा
राजपाल

₹ 499
ISBN : 9788170285663

PAWANPUTRA (Novel) by Bhagwati Sharan Mishra
मुद्रक : जी.एस. ऑफसेट दिल्ली

राजपाल एण्ड सन्ज़
1590, मदरसा रोड, कश्मीरी गेट, दिल्ली-110006
फोन : 011-23869812, 23865483, 23867791
e-mail : sales@rajpalpublishing.com
www.rajpalpublishing.com
www.facebook.com/rajpalandsons

पवनपुत्र

डा. भगवतीशरण मिश्र

राजपाल

अपनी ओर से

महाभारत में एक उक्ति आती है—जो यहां है वह तो अन्यत्र मिल जाएगा पर जो यहां नहीं है वह कहीं और नहीं मिलेगा —यदिहास्ति तदन्यत्र, यन्नेहास्ति न तत्क्वचित्। कैसे कहूं, पर यही गर्वोक्ति मेरे ध्यान में भी रही है इस औपन्यासिक कृति के प्रणयन के दौरान। प्रयास यह रहा है कि इस कथा के माध्यम से वह सब कुछ कह दिया जाए जो अब तक हनुमान के संबंध में कहीं-न-कहीं कहा जा चुका है, ताकि इस पुस्तक के पढ़ने के बाद हनुमान के संबंध में—कम-से-कम उनके व्यक्तित्व और कृतित्व के संबंध में—और कुछ पढ़ने को नहीं रह जाए। तांत्रिक उपासना-आराधना और पूजा-पाठ की बात छोड़ दें तो इस आत्मकथात्मक आख्यान में वह सब कुछ डाला गया है जो मुझे हनुमान के संबंध में ज्ञात हो सका है।

स्वाभाविक है कि इस क्रम में मुझे बहुत-से ग्रन्थों और पुस्तकों का अवलोकन करना पड़ा है। वाल्मीकीय रामायण से लेकर तुलसीकृत रामचरितमानस, कंब रामायण (तमिल), अध्यात्म रामायण (संस्कृत तथा मलयालम), कृतिवास रामायण (बंगला), गिरिधर रामायण (गुजराती), मोल्ल रामायण (तेलगू), श्री राम विजय (मराठी), श्री राम चरित पुराणम् (कन्नड़), श्री रामावतार चरित्र (कश्मीरी), श्री रंगनाथ रामायण (तेलगू), भानुभक्त रामायण (नेपाली) आदि बहुत रामायणों के अलावा मुझे संस्कृत साहित्य के बहुत सारे ग्रन्थ जैसे रघुवंश (कालिदास), उत्तररामचरितम् (भवभूति), हनुमन्नाटक, महावीर चरितम् (भवभूति) आदि का भी सहारा लेना पड़ा है। गीता प्रेस के 'हनुमान अंक' ने भी मेरी सहायता की है। इनके अलावा थोड़ी-बहुत जो भी सामग्री जहां कहीं मिली है, मैंने उसे इस ग्रन्थ का उपजीव्य बनाया है। पुराणों में श्रीमद्भागवत, स्कन्द पुराण, शिव पुराण तथा पद्म पुराण से मुझे सहायता लेनी पड़ी है। वेदों को भी मैंने देखा है क्योंकि कई लोगों ने वेदों, विशेषकर ऋग्वेद में भी हनुमान

को ढूंढ़ने का प्रयास किया है। पर त्रेता में अवतरित मारुति को अनादि वेदों में ढूंढ़ निकालने का प्रयास मुझे कुछ अच्छा नहीं लगा, अतः मैंने लिखने के बाद भी वेदों पर आधारित अध्याय को इस पुस्तक से बाहर कर दिया।

वस्तुतः इस पुस्तक को लिखते समय मुझे गोस्वामी जी के 'नाना पुराण निगमागम सम्मतं यत्' की बात ठीक से समझ में आई है। नाना ग्रन्थ-सम्मत नहीं हो तो ऐसी पुस्तक का महत्त्व नहीं होता।

ऐसी स्थिति में यह तो स्पष्ट है कि हनुमान के संबंध में इस पुस्तक में जो भी है उसका कहीं-न-कहीं कोई-न-कोई आधार अवश्य है। किंवदंती भी है तो वह मेरी गढ़ी नहीं है। चूंकि, यह कथा-कृति है शोध-ग्रन्थ नहीं, अतः सबके लिए फुट-नोट देकर कथा-प्रवाह को बाधित और नीरस करना उचित नहीं था वर्ना सारे संदर्भों का उल्लेख सहज था।

स्वीकार करना पड़ेगा कि यह पुस्तक मैंने लिखी नहीं, लिखवाई गई है। आध्यात्मिक-प्रेरणा और निदेश पर आप विश्वास करते हैं, या नहीं मैं कैसे जानूं पर मैं यह मूर्खता (?) करता रहा हूं। 'पहला सूरज' के प्रकाशनोपरान्त मेरे प्रकाशक ने जिस पुस्तक की योजना सुझाई, वह थी मैथिल कोकिल विद्यापति पर एक औपन्यासिक कृति। पर उसी रात वह कार्यक्रम परिवर्तित हो गया और हनुमान पर लिखने की बात ठहरी।

पुस्तक के आरम्भ के पूर्व इसका शैली-निर्धारण नहीं हुआ था। लिखने बैठा तो उसी रात आत्मकथात्मक शैली अपनाने की बात हुई। लिखने के क्रम में भी यत्र-तत्र निदेश मिले। किसने किया यह सब कैसे बताऊं? कैसे कहूं भगवान हनुमान ही हैं इसके पीछे? मैं तो उन्हें भगवान ही कहता हूं यद्यपि इस पुस्तक में वे अपने को देवता मानने को भी प्रस्तुत नहीं। किसी ने दी हों ये प्रेरणाएं या मेरे अर्द्धचेतन या अवचेतन की ही उपज हों वे, पर मैंने उनका अक्षरशः पालन किया है। ऐसा कर मैंने कोई भूल की, ऐसा मैं मानता नहीं। इससे मेरा काम आसान ही हुआ है।

एक बात समालोचकों के लिए भी। यद्यपि मैंने इस पुस्तक के प्रणयन में आधार कई ग्रन्थों को बनाया है पर भाषा, शिल्प और शैली सर्वत्र मेरी है। मेरा अन्य प्रकार का अध्ययन भी इसमें यत्र-तत्र स्थान पा गया है। कथाकृति होने के कारण इसकी बुनावट में कल्पना के ताने-बाने का भी प्रचुर प्रयोग हुआ ही है। जहां कहीं कोई संदर्भ सीधे अथवा थोड़े-बहुत परिवर्तन के साथ लेना पड़ा है वहां पाद-टिप्पणी में उसका स्पष्ट उल्लेख कर दिया गया है, यद्यपि ऐसे अवसर बहुत कम अथवा नगण्य ही हैं।

पुस्तक इस रूप में भी अन्य ग्रन्थों से पृथक् है कि इसमें आधुनिक और कहीं-कहीं अत्याधुनिक अवधारणा को भी महत्त्व दिया गया है। यही कारण है कि युद्ध के

देवता होकर भी हनुमान इसमें युद्ध के विरुद्ध बोलते हैं, राष्ट्रों की कृत्रिम सीमाओं को नकारते और साम्प्रदायिक एवं राष्ट्रीय सद्भावनाओं के आधार पर विश्व-मानव की परिकल्पना को पोषित करते प्रतीत होते हैं।

पर यहां एक बात स्पष्ट करनी होगी। सब कुछ होते हुए भी इस पुस्तक का लक्ष्य हनुमान के देवत्व को नकारना नहीं बल्कि उसकी पुनर्स्थापना ही है। यह सही है कि उनके व्यक्तित्व के बहुत से अविश्वसनीय-से प्रतीत होते पक्षों को विश्वसनीय बनाने का प्रयास किया गया है पर यह एक सीमा तक ही हुआ है। हनुमान के अति-मानवीय अथवा दैवी स्वरूप के ऊपर मात्र इसलिए एक मानवीय रूप को आरोपित करने का प्रयास नहीं किया गया कि वह आधुनिक पाठक की रुचि के अधिक अनुकूल बैठे। लक्ष्य यहां पाठक की तर्क-शील बुद्धि को संतुष्ट करना नहीं बल्कि एक पौराणिक पात्र को यथासाध्य पाठकों के समीप लाना और उसके चरित्र के अनुद्घाटित पक्षों को उद्घाटित करना है। सामान्य पाठक अगर अपने और इस महान् पुराण-पात्र के मध्य दूरी देखता है तो वह स्वाभाविक है क्योंकि इस कृति का लक्ष्य उस दूरी को निःशेष करना नहीं बल्कि उसके माध्यम से देवता के प्रति मनुष्य की श्रद्धा को अक्षुण्ण रखना और उसमें वृद्धि लाना ही है। इस अर्थ में यह पुस्तक आस्थावानों के लिए ही है, अनास्थावान इससे निराश होंगे तो हों। मेरा लक्ष्य उनको तुष्ट करना, अपनी पहले की रचनाओं में भी नहीं रहा, इसमें भी नहीं है।

इस उपन्यास में जिन स्थानों का उल्लेख आया है उनमें अधिकांश मेरे देखे हुए हैं। विदेशों में मॉरीशस गया हूं। 1976 के विश्व हिन्दी सम्मेलन के समय यह संयोग बैठा था। देश में पंचवटी, अयोध्या, नासिक, अमरकंटक, प्रयाग, भुवनेश्वर, जगन्नाथपुरी, तिरुपति, सासाराम, हैदराबाद, मुंबई, कलकत्ता, भीमाशंकर, औंकालेश्वर, वैष्णो देवी, दिल्ली, नाथद्वारा, दरभंगा, वाराणसी आदि अधिकांश कई बार के देखे-सुने हैं। रेल-मंत्रालय दिल्ली में संयुक्त निदेशक (राजभाषा) के रूप में प्रतिनियुक्त रहने से यह सुयोग उपलब्ध हुआ। जिन कुछेक स्थानों पर नहीं गया उनसे संबंधित सूचना स्वभावतः पढ़ी-सुनी है।

अयोध्या तो इतनी बार जाने का सुयोग हुआ कि वह मेरे अन्दर रच-बस गई है। इसका अधिक श्रेय है मेरे बुजुर्ग शुभचिन्तक और महान् हनुमान-भक्त डॉ० यदुवीर सिन्हा को जो रायबहादुरी और दरभंगा के प्रमुख होमियो-मेडिकल कॉलेज की प्रिंसिपली और अपनी अपार सम्पत्ति छोड़कर सपत्नीक अयोध्या-वास कर रहे हैं। अयोध्या में नजरबाग के सीतारामीय सेवा-सदन में डेरा डाले डॉ० सिन्हा पर हनुमान जी की असीम अनुकम्पा है।

पुस्तक की पांडुलिपि के टंकन में श्री देवेन्द्र चौधरी और श्री अनिल कुमार सिन्हा ने जो विशेष रुचि प्रदर्शित की है, उसके लिए वे धन्यवाद के पात्र हैं।

—

निश्चय ही भगवान हनुमान की अनुकम्पा इस पुस्तक प्रणयन के दौरान रही है। मैं उनके प्रति अपना श्रद्धापूर्ण नमन निवेदित करता हूं।

अब मैं आपके और हनुमान के बीच बहुत देर नहीं रह सकता। ऐसे भी भगवान हनुमान को बहुत व्यवधान पसन्द नहीं। लीजिए, कीजिए आस्वादन इस हनुमान-गाथा का।

—**भगवतीशरण मिश्र**

पटना
कृष्ण जन्माष्टमी
(19.8.1987)

एक

मलय-पवन वहां नित्य प्रवाहित था। इस गन्ध-वाही वायु का सुखद स्पर्श तन-मन के सारे ताप-संताप का शमन कर प्राणों में सदा एक नव-स्फूर्ति, नवोत्साह का संचार करता रहता। ऋतुपति की सतत उपस्थिति से विकसित कुसुमों और उन पर गुंजायमान भ्रमर-पंक्तियों के कारण प्रकृति यहां सदैव शृंगारित और सौंदर्यपूरित रहती। सलिल-कुंडों का स्फटिक-सा स्वच्छ जल, रक्त-कमल और धवल कुमुदिनी-कुसुमों से सदैव युक्त रहता। सरित-प्रवाहों और सरोवरों के कूल-निर्मित, तपस्वियों और सिद्ध-साधकों के मोहक कुटजों में निरन्तर सम्पन्न अग्नि-होत्र के कारण पूरा परिवेश हविष-गन्ध से गम-गम करता रहता। इन पर्णकुटियों से उठते मंत्रोच्चार और देव-स्तवन के स्वर सम्पूर्ण प्रदेश को एक अलौकिक प्रणीतता और शुचिता प्रदान करते रहते। कभी-कभी दिख जाते श्वेत श्मश्रु-धारी यति-मुनि एवं साधक-वैरागी दर्शकों के पापों के क्षय और उनके पुण्योदय का कारण बनते। सम्पूर्ण क्षेत्र सदा एक स्वर्गिक आभा से सम्पन्न, एक अलौकिक विलक्षणता से व्याप्त लगता। यह था प्रसिद्ध प्रभास-तीर्थ।

यहां कहीं आस-पास रहते थे वानर-राज केसरी। पर्वत के सुरम्य शिखर पर निर्मित एक भव्य प्रासाद में निवास था वानर-जाति के इस राजा का। पुच्छ-युक्त किन्तु बल-बुद्धि-विद्या-सम्पन्न यह जाति नर से किसी भी अर्थ में कम नहीं थी। किन्नर, गन्धर्व, वानर—अपने-अपने प्रदेशों में सानन्द निवास करने वाली ये जातियां—बहुत अर्थों में नरों से श्रेष्ठ और समुन्नत थीं। ये उप-देवता की श्रेणी में आती थीं। काम-रूप होती थीं ये और इच्छाचारी। जब जैसा चाहा स्वरूप धर लिया, जब जहां चाहा पहुंच गए।

धन-धान्य से पूर्ण वानर-साम्राज्य के स्वामी महावीर केसरी के दिन सुख-पूर्वक ही कट रहे थे पर एक चिन्ता थी जो उन्हें सदा व्यथित करती रहती। सब कुछ था पर सन्तान-सुख से तो वंचित ही थे वह। कौन था उनके पश्चात् यह सब भोगने वाला? जिस राजा का कोई उत्तराधिकारी नहीं हो उसकी छाया से भी दूर भागते हैं लोग। पापी और भाग्यहीन की ही संज्ञा पाता है निःसन्तान—चाहे वह राजा हो या रंक। यही एक बात थी जो वानर-राज के अन्तर को निरन्तर मथ रही थी।

प्रभास-तीर्थ के पास ही प्रवाहित एक सुरम्य सरित-प्रवाह में वहां तपोरत

ऋषि-मुनियों का स्नान-मज्जन सम्पन्न होता और उसीमें जल-क्रीड़ा रत रहता "धवल" नाम का मत्त गजराज जिसके दीर्घ दन्त-युगल सदा स्नानार्थियों के भय का कारण रहते। अपने इन तीक्ष्ण किन्तु सशक्त दांतों से वह अनेक ऋषि-मुनियों के प्राण ले चुका था। एक दिन उसकी दृष्टि गई स्नान-रत ऋषि-प्रवर भरद्वाज के ऊपर और वह उनके पीछे ही पड़ गया। ऋषियों के ऋषि, ऋषि-गुरु भरद्वाज प्राणों के भय से सिर पर पैर रख आश्रम की ओर भागे पर वह मस्त मतंग उनके पीछे ही पड़ा रहा। निकट था कि उसके दुर्धर्ष दन्त ऋषि के कलेवर को चीर रखते कि वानरराज केसरी प्रवास तीर्थ की ओर आ धमके। उन्होंने "धवल" को दांतों से पकड़ा और फिर उन दीर्घ दन्तों को उनके शरीर से अलग कर, उन्हीं द्वारा प्रहार कर उसके प्राण[1] ले लिये।

"वरं ब्रूहि", प्रसन्न एवं आश्वस्त ऋषि ने कहा था।

"वर क्या मांगना ऋषिवर? आपका दिया सब कुछ है।" वानर-राज ने नत-ग्रीवा निवेदित किया था।

"होगा सब कुछ" ऋषि भरद्वाज ने कहा था, "फिर भी साधुओं के दर्शन व्यर्थ नहीं जाते। मांग लो जो कुछ भी मांगना चाहो। कुछ भी अदेय नहीं है मेरे लिए। ऐसा ही फल है प्रभास-तीर्थ में सम्पन्न मेरी तपस्या का।"

वानर राज केसरी का मन डोला था। अगर कुछ भी अदेय नहीं है ऋषि के लिए तो मांग ही लूं एक पुत्र। और जब प्रभास-तीर्थ में ही मांगना है संतान-सुख और वह भी तपः-पूत ऋषि-प्रवर भरद्वाज से तो ऐसा-वैसा पुत्र क्या मांगू ? मांग ही लूं एक ऐसा सुत जिसके सदृश त्रैलोक्य में न कोई हुआ है, न हो।" यह संकल्प आया था केसरी के मन में और उन्होंने अभिव्यक्ति दी थी अपनी आकांक्षा को— "देना हो तो दे दीजिए एक पुत्र प्रभु ! बल, बुद्धि और विद्या के साथ-साथ ईश्वर-भक्ति, साधु-सेवा और सदाचार में भी जो पांक्तेय हो। समानता नहीं हो जिसकी, स्वर्ग, पाताल और मर्त्य लोकों तक।"

"एवमस्तु !" प्राण-दान ही मिले थे जिसके हाथों उसे एक पुत्र-मात्र का वर-दान देने में ऋषि को कितना समय लगता था भले ही उनके वरदान को सत्य सिद्ध करने के लिए स्वयं शिव को ही क्यों नहीं अपने एक अंश से अवतरित होने को बाध्य होना पड़ा हो ? भले ही एकादश रुद्र को ही क्यों नहीं जाना पड़ा हो केसरी भार्या अंजना के गर्भ में।

"हां अंजना ही नाम था वानर राज की साध्वी पत्नी का जिसने संतान सुख की इच्छा से शिवाराधना में सुखा ही दिया था अपने कोमल गात को।

"ॐ नमः शिवाय। ॐ नमः त्र्यम्बकाय, विश्वनाथाय, महेश्वराय, भूतेशाय"

---

1. धवल नाम ते हस्ती दोघल दशन, दन्ताघाते चिरिया मारित मुनिजन।
भरद्वाज महाऋषि ऋषिर प्रधान, दन्त सारि जाय हस्ती नीते तार प्राण।
—बंगला, कृतिवास रामायण।

की ध्वनि से गन्धमादन वह पूरा पर्वत-प्रदेश पूरित-सा रहता जहां तपोरता अंजना आशुतोष शिव के दर्शनार्थ अन्न-जल का त्याग किये पड़ी थी।

इधर ऋषि ने केसरी को आप्त काम किया उधर आशुतोष प्रकट हुए अंजना के समक्ष—"मांगो क्या मांगती हो।"

क्या मांगती अंजना, एक सुत के सिवा ? शिव के लिए भी यह वरदान आसान हो आया था। ऋषि-वाक्य को तो सत्य होना ही था, क्या लगा था इन्हें थोड़ा सहयोग देकर सफलता की घड़ी को कुछ समीप सरका देने में !

उस योगिराज शिव ने क्षणार्ध के अपने ध्यान में देख लिया, क्या कुछ नैसर्गिक घट रहा था उसी समय सुदूर स्थित साकेत-नगरी—अयोध्या—में। अंजना को अपने दर्शन से कृतार्थ करते हुए उन्होंने कहा—"तुम्हें एक अत्यन्त पराक्रमी पुत्र उत्पन्न होगा जिसकी गति अन्तरिक्ष, पाताल और पृथ्वी तीनों में अबाधित होगी और जिसके समान योद्धा, गुणज्ञ और भगवद्भक्त न तो अब तक त्रैलोक्य में हुआ है न भविष्य में होगा। स्वयं अपने एक अंश से अवतरित हो रहा हूं मैं। रुद्रावतार होगा तुम्हारे आंगन में अंजना। शंकर-सुत की ही संज्ञा पायेगा तुम्हारा तनय। केवल कुछेक दिन यों ही, इसी स्थान पर अंजलि खोले, तपस्या-रत रहो।" कहकर देवाधिदेव अन्तर्धान हो गए और अंजना ने दूने मनोयोग से मन्त्रोच्चार आरम्भ कर दिया—ॐ नमः शिवाय, त्र्यम्बकाय, ईशाय, विश्वनाथाय ··· विश्वेश्वराय···।"

उधर हो रहा था राजा दशरथ के यहां पुत्रेष्टि यज्ञ। गुरु वशिष्ठ ने आयोजित कराया था इसे ऋष्यश्रृंग के पौरिहित्य में—निस्सन्तान सम्राट् को सन्तान-सुख प्रदान कराने के लिए। प्रज्वलित अग्निकुंड से, हाथों में चरु-पात्र लिए स्वयं प्रकट हुए थे अग्निदेव यज्ञ-समाप्ति के काल।

"इसे ग्रहण करो राजन् और वितरित कर दो चरु (खीर) को अपनी रानियों के मध्य। चार प्रतापी पुत्र उत्पन्न होंगे इस प्रसाद के द्वारा।" गुरु ने कहा था और उस समय उन्हें भी पता था कि चार नहीं पांच प्राणियों की उत्पति का कारण बनने जा रहा था वह अग्नि-प्रदत्त दिव्यान्न।

अयोध्यापति ने रत्न जटित राज-प्रांगण में पंक्तिबद्ध किया था अपनी तीनों पत्नियों—कौशल्या, कैकेयी और सुमित्रा—को और रख दी थी उनकी खुली हथेलियों में पड़े द्रोणों में खीर को, उनके-उनके हिस्से के अनुसार। उसी क्षण आकाश से लपकी थी एक चील और एक झटके में सुमित्रा के करस्थ खीर भरे द्रोण (दोना) को चंचु में दबा उड़ चली थी—प्रभास-तीर्थ की दिशा में।

चील जब ठीक उस स्थान पर पहुंची जहां देवी अंजना अंजलि खोले तपस्या रत थीं तो पवन के एक प्रबल झोंके के कारण चरु-भरा पर्णपुट उसके चंचु से छुट गया और आ गिरा उसकी अंजलि में। ठीक इसी समय प्रकट होकर, पवन-देव वहां बोल पड़े थे—अंजने, आशुतोष की प्रेरणा से ही मैंने यह चरु तुम्हें उपलब्ध

कराया है। इसे सदाशिव और पवन का सम्मिलित आशीर्वाद समझकर ग्रहण करो। शिव के वरदान के अनुसार तुम्हारा पुत्र शक्तिशाली और वेद-वेदांग-पारंगत तो होगा ही मेरे प्रसाद से वह मेरे वेग को प्राप्त करेगा। इस चरु के ग्रहण करते ही तुम्हें गर्भाधान होगा और इसे तुम तक पहुंचाने में प्रेरणा बनने के कारण आशुतोष के अंश से उत्पन्न तुम्हारा पुत्र, पवनसुत के नाम से भी विख्यात होगा।"

प्रसन्न-मन माता अंजना घर लौटी थीं। तत्क्षण उनमें गर्भाधान के लक्षण प्रकट हुए थे और उन्होंने पहले शिव और पुनः पवनदेव के दर्शन की बात अपने पति केसरी को बताई थी। उप-देवताओं में गर्भाधान के पश्चात् शिशु-जन्म में बहुत काल नहीं लगता। जैसा मेरी माता ने बताया मैं तत्काल ही पैदा हुआ था और जैसा कि उप-देवताओं में अक्सर होता है, मैं यज्ञोपवीत और सुन्दर अधोवस्त्र आदि से वेष्टित ही उत्पन्न हुआ था।[1]

चैत्र मास के शुक्ल पक्षीय एकादशी और मंगलवार को जब मैंने प्रथम-प्रथम इस धरित्री का स्पर्श-सुख प्राप्त किया उस क्षण चन्द्रमा माघा नक्षत्र पर थे।

माता अंजना और पिता केसरी ने मेरे जन्म के उपलक्ष में महोत्सव का आयोजन किया और प्रभास-क्षेत्र के तपस्वियों और सिद्ध-साधकों के यहां घूम-घूम उनके आशीर्वाद-कवच से मुझे मंडित कराया।

अपने जन्म की यह कथा मैंने माता अंजना से ही सुनी थी। इसके कुछ ही दिनों के बाद की एक घटना भी आपको सुना ही दूं। इसके पूर्व एक बात कह देना आवश्यक प्रतीत हो रहा है। मुझे इस बात का अहसास है कि मेरी बहुत-सी बातें आपको बड़ी विचित्र लगती होंगी और इन पर सहसा विश्वास करने को आपका मन करता भी नहीं होगा। किन्तु आपकी कठिनाई यह है कि आप सब कुछ इस भू-लोक के संदर्भ में ही देखना-परखना चाहते हैं और अपने अनुभवों को ही इस घटना की प्रामाणिकता का आधार बनाना चाहते हैं। अब मैं आपको कैसे बताऊं कि जो कुछ आप देख रहे हैं वही सब कुछ नहीं है। केवल इसी भू-लोक पर सब कुछ नहीं घटता, अनेक ऐसे लोकों में भी जो आपके लिए दृष्टिगम्य नहीं हैं या जिन्हें सूक्ष्म लोक कहा जाता है, घटनाएं निरन्तर घटती रहती हैं। भिन्न कम्पन (वाइब्रेशन) युक्त होने से ये लोक और यहां के निवासी आपके लिए दृश्य नहीं होते पर इस आधार पर उनके अस्तित्व को नकारा नहीं जा सकता। इसी लोक में जब कोई वस्तु सामान्य से अधिक कम्पन से युक्त होती है तो इसे आप कहां देख पाते हैं? केवल एक उदाहरण दूंगा। आजकल आप विद्युत पंखों का प्रयोग करते हैं, उष्णता के निवारण के लिए। वह रुका रहे अथवा धीरे-धीरे चले तो

---

1. कल्प भेद से हनुमान के जन्म की कई कहानियां हैं जो वाल्मीकि रामायण से लेकर आनन्द रामायण, शिवपुराण तथा स्कन्दपुराण आदि कई ग्रन्थों में बिखरी पड़ी हैं। यहां मैंने उसी कथा को आधार बनाया है जो मुझे अधिक ग्राह्य और हनुमान के अनुकूल लगी।

दृष्टिगम्य होता है किन्तु वही जब तीव्रतम गति से गतिमान होता है तो कहां देख पाते हैं उसे आप ?

तो उप-देवता, देवता और पितर-प्रेत, किन्नर, गंधर्व तथा अन्य श्रेणियों के लोग आज भी हैं अपने-अपने लोकों में । उनके शरीरों और उनकी गतिविधियों के सूक्ष्म होने के कारण यदि आप उनसे परिचय नहीं प्राप्त कर सकते तो इसका किया ही क्या जा सकता है ?

यहां देवता या उप-देवता या पितर-प्रेत जब आपके कम्पन-क्षेत्र में प्रवेश कर आपको दर्शन देते हैं तो आपमें से कुछ को उनके अस्तित्व का प्रत्यक्ष भान होता है। यदि आप कुछेक ऐसे लोगों में हैं जिन्हें एक या अधिक बार ऐसी सूक्ष्म शक्तियों के दर्शन हुए हैं तो आपके लिए किसी व्याख्या की आवश्यकता नहीं, किन्तु जिन्हें ऐसा अवसर नहीं मिला है, उन्हें तो विश्वास दिलाने का प्रयास-मात्र ही किया जा सकता है।

तो मैं सुनाने जा रहा था सूर्य-भक्षण की उस घटना को जिसका वर्णन आपने भी पढ़ा-सुना होगा।

प्रत्यूष काल था। पूर्व समीर प्रवाहमान हो दिशाओं को उल्लसित कर रहा था। माता अंजना कहीं गई हुई थीं । पिता का भी पता नहीं था । मैं एकाकी, गिरि-महल के उस एकान्त कक्ष में पड़ा था। क्षुधा की अनुभूति होती आ रही थी, मेरे माता-पिता के लौटने में जैसे-जैसे विलम्ब होता जाता वैसे-वैसे मेरी क्षुधा तीव्र से तीव्रतर होती जाती। अन्ततः जब वह असह्य हो गई तो मैं कक्ष से बाहर आ गया। फल-जीवी तो मैं था ही। दृष्टि अनायास तरु-शिखरों की ओर गई। आप जानते ही हैं वसन्तारम्भ के दिनों अधिकांश वृक्ष पुष्पाच्छादित होते हैं। फलों का प्रायः अभाव होता है। (तरु-शिखरों को फल-विहीन पा मैं घोर निराशा से ग्रस्त हो आया और तभी मेरी दृष्टि पूर्व क्षितिज की ओर खिंची। उधर का पूरा गगन-प्रदेश पूर्णतया इंगूरी हो आया था—जैसे कोई पलाश-वन पूरी तरह प्रफुल्लित हो आया हो अथवा कोई विस्तृत वन-प्रान्तर दावाग्निग्रस्त हो गया हो। अद्भुत था यह दृश्य। कुछ देर के लिए अपनी क्षुधा को भूल मैं इस शोभा के अवलोकन में व्यस्त हो गया था कि विचित्र घटा था। क्षितिज के नीचे से एक स्वर्णिम, मंडलाकार वस्तु सरक कर ऊपर आने लगी थी। अद्भुत था उसका आकर्षण। उसके लाल रंग और उसकी अतिरिक्त कोमलता, कमनीयता ने मुझ शिशु का मन मुग्ध कर दिया। क्या हो सकता था यह, एक सुन्दर फल के सिवा ? मेरे मन ने कल्पना की। मानव-शिशु की आरम्भिक प्रवृति से भी आप पूर्णतया परिचित हैं ही। वह भी हर आकर्षक वस्तु को भोज्य सामग्री ही समझ लेता है और उसे मुंह के हवाले करना शुरू करता है ।

इस स्वर्णिम और रस-सिक्त-से प्रतीत होते आकर्षक बिम्ब ने मेरे मुंह में पानी भर दिया और मेरी क्षुधा द्विगुणित-त्रिगुणित हो मुझे व्यथित करने लगी। यह सुमधुर फल प्राप्त हो जाता तो मैं अपनी इस सर्वग्रासी भूख को निःशेष कर पाता,

मेरे मन में आया। मैं उसे प्राप्त करने की विधि पर विचार करने लगा। मुझ बड़ी खीझ हुई अपने पिता-माता पर। अगर उनमें से कोई होता तो अभी इस फल को मेरी नन्हीं हथेली पर परोस देता। अब मुझे स्वयं ही कुछ करना था। उप-देवता तो मैं था ही, संकल्प के गहन होते ही मेरे तन का रोम-रोम गतिशील होने लगा। मुझे लगा अगर मैं छलांग लगाऊं तो इस आकर्षक फल को हथेलियों में भर सकता हूं। मैंने उस मंडलाकार वस्तु पर दृष्टि जमाई और उछल पड़ा उसकी दिशा में। पर जब मैंने शून्य में छलांग लगा दी तो लगा वह इतना समीप नहीं था। उप-देवता होने के कारण मेरी छलांग भी पर्याप्त दीर्घ थी और मेरी अपनी परिकल्पना के अनुसार वह उस स्वर्ण-बिम्ब को करस्थ कराने को पर्याप्त थीं। पर उस छलांग ने जब मुझे उसके पार्श्व तक भी नहीं पहुंचाया और मैं पृथ्वी की ओर पतित होने-होने को हो आया तो मैं क्रोधाभिभूत हो गया। नीचे आने का अब प्रश्न ही नहीं था। इस फल को तो अब उदरस्थ करना ही होगा वर्ना मेरी यह सर्वग्रासी क्षुधा का क्या होगा ? इस विचार के आते ही मेरी संकल्प-शक्ति पूर्णतया जागृत हो आई। पृथ्वी की ओर आकृष्ट होते अपने नन्हें वपु को मैंने तत्क्षण अपने संकल्प से रोका। दोनों हाथों और पैरों को पक्षी के डैनों की तरह हवा में फैलाया और मुंह को विस्फारित कर अपने भक्ष्य की ओर बढ़ने के लिए जैसे ही मैं सन्नध हुआ वैसे ही जैसे मुझे विद्युत-गति प्राप्त हो गई। मैं ऐसी अकल्पनीय गति से गगनचारी हुआ कि एक क्षण को मुझे लगा कि मैं शरीरधारी न होकर कोई सूक्ष्मतम अशरीरी वस्तु होऊं। मैं उड़ा तो उड़ता ही गया। अवर्णनीय, अकल्पनीय गति से। यह मुझे उस समय कहां पता था कि पवन के विशेष वरदान से मैं अद्भुत रूप से आकाशचारी होने में सक्षम था ? यों तो सभी उप-देवता पर्याप्त उछल-कूद कर लेते हैं और एक सीमा तक गगन-चारी ही होते हैं पर उस क्षण मुझे अपने अन्दर निहित जिस विशेषता से साक्षात्कार हुआ वह अद्भुत तो था ही आह्लादकारी भी कम नहीं था। भूख तो अपनी जगह थी, अब मैं अपनी इस अद्भुत उड़ान से ही निरन्तर आनन्द-पूरित होता जा रहा था। बालक तो था ही; यह बाल-क्रीड़ा मुझे रास आ गई। मैं बढ़ता गया लगातार अपने लक्ष्य की दिशा में। पर शीघ्र ही मुझे दो आश्चर्यों का सामना करना पड़ा। पहला यह कि मैंने उस फल को जितना छोटा समझा था उतना वह था नहीं। जैसे-जैसे मैं उड़ता जाता उस फल का आकार भी बढ़ता जाता। उसका आकार अब तक कई गुणा बढ़ आया था और मुझे लग रहा था अब वह मेरी नन्हीं हथेलियों में शायद ही आए।

दूसरा आश्चर्य यह कि उसकी दूरी जैसे बढ़ती ही जा रही थी। मेरे और उसके बीच का अन्तराल समाप्त ही नहीं होने को आ रहा था। दूरी बढ़ी तो क्षुधा भी और प्रदीप्त हो आई और मैंने अपने संकल्प-बल के आधार पर अपनी गति और तेज कर दी।

कुछ ही देर के बाद एक और अद्भुत अनुभव से साक्षात्कार हुआ। अब मुझे उड़ने के लिए जरा भी प्रयास नहीं करना पड़ रहा था। लगता था मैं पूरी तरह

भार-शून्य हो आया हूं। पवन पर सवार किसी तृण की तरह ही मैं अपने को अत्यन्त हल्का अनुभव कर रहा था। अपने हाथ-पैरों को जिन्हें मैंने पंखों की तरह फैला रखा था, शिथिल किया और अनायास उड़ान का आनन्द लेने लगा। सहसा इस परिवर्तन का कोई अर्थ उस समय मेरी समझ में नहीं आया। अब समझ पाता हूं कि उड़ते-उड़ते मैं पृथ्वी के गुरुत्वाकर्षण केन्द्र से बाहर, अनन्त अन्तरिक्ष में आ गया था और वहां ऐसा होना स्वाभाविक था। पर यहां तक आने में भी मुझे बहुत समय नहीं लगा था। पिता पवन के वरदान और अपनी संकल्पशक्ति के आधार पर मेरी गति सदा अकल्पनीय रूप में तीव्र रही थी और अन्तरिक्ष में आकर तो वह और वृद्धिशील हो गई थी।

पर अब एक दूसरे संकट का सामना करना पड़ रहा था मुझे। जो स्वर्णिम बिम्ब मुझे आरम्भ में बड़ा लुभावना लगा था वह अब असह्य त्रास देने लगा था। मुझे पता नहीं था कि इस फल में ऐसी उष्णता होगी। उससे निस्सृत हो रहे तेज से मेरा तन जलने-जलने को हो आया था और भीषणतम रूप से प्रज्वल्यमान उस आलोक-वृत्त से निस्सृत प्रकाश से मेरी आंखें पीड़ित होने लगी थीं। इस संकट से अब कैसे त्राण मिलता? मेरी गति तो अवरुद्ध नहीं हुई पर जैसे-जैसे मैं अपने फल के समीप जाने लगा मेरी व्यग्रता बढ़ने लगी। उप-देवताओं में सामान्य मानवों की अपेक्षा शीत और उष्णता आदि को सहने की शक्ति कई गुना अधिक होती है वर्ना मैं तो कभी का, उस प्रलयकारी आग में तिनके की तरह जल गया रहता। फिर भी कुछ करना था। इतनी दूर आकर मैं निराश वापस भी नहीं जा सकता था। कार्यारम्भ के पश्चात् उसे बीच में ही अपूर्ण छोड़ना मेरी प्रकृति में कभी नहीं रहा। उस समय भी नहीं था। बाधाओं-विपदाओं और रोधों-अवरोधों ने सदा मेरे संकल्प को बल ही दिया है। मैं उस फल के भक्षण के बिना अब लौटने वाला भी कहां था? भले ही वह आवश्यकता से अधिक गर्म था पर मेरे द्वारा मुख में रखते ही वह अपनी उष्णता कब तक बनाये रख सकता था? फिर भी तत्काल कुछ करणीय था। मुख में उसे रख मैं जब शीतल करूंगा तब, उसके पहले तो यह शायद मेरे शरीर को ही दग्ध कर छोड़ेगा।

इसके पहले कि मेरी बाल-बुद्धि कोई उपाय ढूंढ पाये मुझे लगा कि वह उष्णता सहसा बहुत कुछ निःशेष हो गई। साथ ही लगा मेरा शरीर किसी बहुत दीर्घ और मंडलाकार शीतल वस्तु के नीचे आ गया। पर इसके साथ ही एक और अद्भुत घटना घटी। मेरा वह फल जो यद्यपि काफी बड़ा हो गया था, पर जो अब मेरे बहुत समीप भी था, मेरी आंखों से ओझल होने लगा। अब इसके किनारे ही मुझे दिख रहे थे और वे किनारे भी मेरे दृष्टि-पथ से ओझल होने लगे थे। अपने इस अथक प्रयास को इस तरह निष्फल होते जाने का कोई कारण मुझे उस समय समझ में नहीं आया और मैं क्षुधा और क्रोध में भर अशान्त और व्यग्र-सा हो आया। पर उस छाया-जनित शीतलता से मुझे शान्ति अवश्य मिल रही थी और मैं मन-ही-मन यह चाहने लगा था कि वह थोड़ी देर और बनी रहे तो अच्छा। किन्तु

उस फल के हाथ से निकलते जाने की बात का मुझे घोर दु:ख भी था। उस समय तो मैं आकस्मिक रूप से उपस्थित इस स्थिति का कोई अर्थ नहीं समझ सका। बाद में मां अंजना ने मुझे सब कुछ समझाया।

यह तो कहने की आवश्यकता नहीं कि जिस वस्तु को मैं फल समझ बैठा था वह वस्तुत: उगते सूर्य का बिम्ब था। माता ने बताया कि उस दिन अमावस्या तिथि थी और सूर्य को ग्रहण लगने वाला था। पृथ्वी और सूर्य के मध्य आकर चन्द्रमा ख—ग्रास का दृश्य उपस्थित करने वाला था। तो यह चन्द्रमा की ही हिमशीतल छाया थी जिसने मुझे सूर्य की दारुण दग्धता से सुरक्षा प्रदान किया था। खैर, उस समय तो मैं यह सब नहीं समझ सका। समझा तो इतना ही कि जिस पक्व फल के लिए मैं इतनी दूर की उड़ान भर कर आया था वह मेरे हाथ से निकल गया था। सूर्य निश्चय ही मुझसे अब भी बहुत दूर होगा क्योंकि अब समझ पाता हूं कि इतना समीप रहता तो चन्द्रमा इसे पूरी तरह ढक ही कहां पाता? फिर भी मैं जितनी दूरी तय करके आया था वह किसी यक्ष-किन्नर, गन्धर्व अथवा गरूड़ या किसी अन्य उप-देवता की कल्पना के भी बाहर थी। सूर्य मण्डल के इतने समीप पहुंच जाने की कल्पना से ही मैं आज सिहर-सिहर जाता हूं। बाल-बुद्धि थी वह, वर्ना ऐसी धृष्टता पर मैं उतरता भी कहां?

उधर ग्रहण लगा सूर्य को इधर पृथ्वी पर गहन अन्धकार व्याप्त हो गया। यह सब कुछ मां अंजना ने मुझे बाद में बताया था। और यह अंधकार, और समयों की अपेक्षा अधिक खिंच गया इस बार। इसके पूर्व भी अनेक बार ख—ग्रास सूर्य-ग्रहण का दृश्य देखा था पृथ्वीवासियों ने पर इस बार का यह सर्वग्रासी अन्धकार सबको भयानक रूप से भयभीत कर गया। क्या हो गया था सूर्य-बिम्ब को? सभी घबराये थे। उस समय की पौराणिक परिकल्पना के अनुसार राहु के द्वारा ग्रसित होकर ही रवि-बिम्ब ग्रहण का शिकार होता था। ग्रहण की वास्तविक प्रक्रिया के ज्ञान से अधिकांश लोग अपरिचित ही थे। लोगों को लगा कि इस बार शायद सदा-सर्वदा के लिए ही रख गया राहु, सूर्य-बिम्ब को मुख में। अपेक्षाकृत कुछ देर का ही वह विलम्ब जैसे अनन्त हो आया था लोगों के लिए और पुकार लगाई थी सभी ने देवाधिदेव इन्द्र की। आप सभी को ज्ञात ही है कि वैदिक काल और इसके बहुत बाद तक इन्द्र ही सर्वश्रेष्ठ देवता के रूप में पूजित थे भू-वासियों द्वारा। अतिवृष्टि हो तब इन्द्र की दुहाई, अनावृष्टि हो तब, महामारी फैले तब भी शक्र (इन्द्र) की स्तुति और दावाग्नि घेरे तब भी उन्हीं को। यह यों ही नहीं है कि ऋग्वेद की अनेक ऋचायें इन्द्र की अभ्यर्थना को ही समर्पित हैं।

इन्द्र तक आर्त्त पुकार पहुंचनी थी कि इस अहंकारी देवता ने आव देखा न ताव, ग्रहण की दिशा में अपना वज्र चला दिया।

इसी समय मुझे लगा कि मेरी बाईं हनु (ठुड्डी) को जैसे विद्युत् छू गया। एक तीव्र ज्वलन का आभास हुआ वहां और मैं संज्ञा-शून्य हो गया। बाद में ज्ञात हुआ कि इन्द्र-वज्र सीधे आकर मेरी ठुड्डी से लगा था और मैं मर्माहत हो संज्ञा-

शून्यता को प्राप्त हो गया था।

हुआ यह था और जो बात मैं अभी आपको नहीं बता पाया वह यह कि जैसे-जैसे मैं सूर्य के समीप पहुंच रहा था और जैसे-जैसे उसका आकार बड़ा होता जा रहा था वैसे-वैसे उसे अपने मुंह में अंटा पाने की व्यग्रता में मेरी संकल्प-शक्ति मेरे आकार को भी बढ़ाती जा रही थी। उप-देवता तो कामरूप और इच्छाचारी होते ही हैं। संकल्प के अनुकूल उन्हें आकार प्राप्त होने में कुछ भी समय नहीं लगता। अब मैं वह वानर-शिशु नहीं था जो कुछ क्षण पूर्व एक रक्त फल को मुख में डालने लपका था। अब क्रमशः वर्द्धमान मेरा वपु पर्वताकार ही नहीं अकल्पनीय रूप में विशाल हो गया था। अब मेरा आकार एक छोटे-मोटे उपग्रह का ही हो आया था और अपने शरीर पर उस समय मेरा ध्यान ठीक से गया होता तो मैं पाता कि सूर्य को ढंकनेवाले उस चन्द्र-बिम्ब से मैं आकार में थोड़ा ही उन्नीस रहा होऊंगा।

यही कारण हुआ सूर्य-ग्रहण के, सामान्य से अधिक खिंच जाने का। चन्द्रमा जब बहुत कुछ पृथ्वी और सूर्य के मध्य से निकल भी गया तब भी मैं तो पड़ा ही था वहां—पृथ्वी का एक दूसरा उपग्रह। इन्द्र इसी को देखकर घबराये थे और उन्होंने वज्र का सन्धान मुझे ही लक्ष्य बनाकर कर दिया था।

संज्ञा-शून्यता के पश्चात् की स्थिति का अभिज्ञान मुझे क्या हो सकता है, पर माता अंजना और पिता केसरी ने बताया था कि कुछ देर तक भार-रहित अन्तरिक्ष में चक्रायित रहने के बाद मेरी विशाल आकृति देव योग से धरती की ओर गिरी थी। अति विशालकाय हो जाने के कारण इस प्रत्यावर्तन से मुझे किसी खतरे का सामना नहीं करना पड़ा और मैं पृथ्वी के वातावरण में प्रवेश के पश्चात् भी घर्षण आदि से अप्रभावित, सकुशल, एक पर्वत-शिखर से आ लगा। पृथ्वी के स्पर्श के साथ ही मेरा आकार स्वतः सामान्य हो गया था—नवजात वानर-शिशु की तरह का।

ठुड्डी से रक्त-प्रवाह अब भी जारी था। माता अंजना और पिता केसरी मुझे घेर कर बैठे थे। अब तक वे मेरी सारी गति-विधि को देखते और चिन्तित होते रहे थे। कहने की आवश्यकता नहीं कि उप-देवता होते हुए भी वे मेरी सदृश गति से वंचित रहने के कारण कुछ करने में असमर्थ थे। असहाय से बने वे, सूर्य की ओर बढ़ते जाने की मेरी मूर्खता को देख-देख अपने दुर्भाग्य को कोसने के सिवा कुछ कर भी नहीं सकते थे।

मैं कुछ अधिक देर तक ही उस स्थिति में पड़ा रहा था। माता-पिता किसी भेषज अथवा औषधि के अन्वेषण में निकलने ही वाले थे कि सहसा वहां प्रवाहित पर्वतीय पवन अधिक ही शीतल, सुगन्धित हो आया था। मानो मलय पवन ही बह उठा हो अथवा किसी औषधि-बहुल उपत्यका से बह कर आया वह वायु झकोर मेरे तन-मन को स्वस्थ-सबल कर गया हो। मैं सहसा स्वस्थ और संज्ञा-युक्त हो आया था। बाद में माता ने बताया था कि पिता पवन के विशेष अनुग्रह के फलस्वरूप ही यह सब घटा था और मुझे नवजीवन प्राप्त हुआ था।

मेरे संज्ञा-लाभ करते ही उस सम्पूर्ण प्रभास क्षेत्र में सर्वत्र प्रसन्नता व्याप्त हो गई थी। तपस्वियों और सिद्ध-साधकों के साथ-साथ प्रायः सभी देवता वहां उपस्थित हो गए थे और उन्होंने हर्ष के इस अवसर पर अपने असंख्य आशीर्वादों-वरदानों से मुझे कृतार्थ कर दिया था। इस सब का परिणाम यह हुआ था कि मैं ब्रह्मांड के सारे अस्त्र-शस्त्रों से अवध्य और अग्नि-जल के भय से भी सुरक्षित हो गया। पवन पुत्र होने के कारण पवन-जनित उत्पात से तो मैं पूर्व-रक्षित था ही। अभिशाप में भी अक्सर वरदान अवस्थित रहता है यह सत्य अब मेरे समक्ष पूर्णतया उद्घाटित हो गया था। न भागता मैं अपनी नादानी में सूर्य की तरफ, न लगता मुझे इन्द्र-वज्र, न बन आता मैं वज्रांग-वली।

अब यह बताने की आवश्यकता नहीं कि वज्र द्वारा हनु के किंचित् टेढ़ा हो जाने के कारण ही मेरा हनुमान नाम भी विख्यात हो गया। शंकर-सुअन, केसरी-कुमार, पवन-सुत और अंजना-नन्दन के सदृश नामों का भेद तो आप पर पूर्व में ही उद्घाटित हो चुका है।

दो

कभी-कभी वरदान भी अभिशाप बन आता है और वह अधिक ही तगड़ा और अस्वाभाविक हो तो अपने के अलावा औरों के लिए भी कष्टकारक बन आता है। यही हुआ मेरे साथ। उस दिन मुझे प्राणों की भीख तो मिल गई और देवताओं ने मुझे वरदानों से भी युक्त कर दिया; पर ऋषि-मुनियों, तपाचारियों के लिए मैं भारी संकट बन कर खड़ा हो गया। हां, यह वरदान कुछ ज्यादा ही भारी पड़ा था सबों के लिए। माता अंजना तो मेरे अस्वाभाविक कृत्यों से तंग आ ही गईं; अधिक असुविधा में पड़े उस प्रदेश के ये अरण्य-सेवी। अपने चंचल स्वभाव-वश मैं इनकी तपस्या में भारी बाधा बनने लगा। असामान्य बल से सम्पन्न मैं, कभी-कभी बड़े-बड़े वृक्षों को जड़-मूल से उखाड़ इस तरह इनके आश्रमों को पाट देता कि वहां धराशायी वृक्षों का अम्बार ही लग जाता और ऋषि-मुनियों की पर्णशालाएं उनके नीचे दब-पिस कर रह जातीं।

कभी-कभी, खेल-खेल में मैं बड़ी-बड़ी चट्टानों और छोटे-मोटे पर्वतों को अपने स्थानों से निर्मूल कर आश्रमों की धरती में ला पटकता और तब जहां पहले ऋषि-गृह और यज्ञशालाएं होतीं वहां दूर-दूर तक पर्वत और पाषाण-खंड ही दृष्टिगोचर होते। आश्रमों की पार्श्ववर्ती नदियों और स्रोतों में मैं स्नान करने उतरता तो उनकी धाराओं को अपनी बलिष्ठ भुजाओं से इस तरह बाधित कर देता कि चारों ओर जल-प्लावन का-सा दृश्य उपस्थित हो जाता और तपस्वियों की पर्णशालाएं

डूबने-तैरने लगतीं। उनके पूजा-पात्र और हवन-सामग्री इस बाढ़ में बह जाते और उनके शिशुओं और साध्वी पत्नियों के प्राणों पर संकट आ पड़ता।

उनके पूजा-गृहों में स्थापित शिव-लिंगों को उखाड़ मैं उनसे भारोत्तोलन का कार्य लेता और उनके चम-चम करते कज्जल-कृष्ण शालिग्रामों को मैं खेलने की गोटियां बना धूल-धूसरित कर देता।

आश्रमों में उपलब्ध कूपों और जलाशयों को खेल-खेल में ही कंकड़-बालू और धूल-मिट्टी से भर देता जिससे उनके लिए पेय जल की समस्या खड़ी हो जाती और उनका स्नान-मज्जन भी कठिन हो जाता।

कभी-कभी तो मैं भारी क्रीड़ा करता। ऋषि जब बाहर गए रहते तो एक हाथ में एक की और दूसरे में दूसरे की पर्ण-कुटी को टांग मैं दोनों का स्थान-परिवर्तन कर देता और वे जब बाहर से लौटते तो एक दूसरे के घर में प्रवेश कर उपहास और असुविधा का कारण बनते।

ऋषियों को सबसे अधिक असुविधा तब होती जब मैं वन-जीवों के साथ क्रीड़ा-रत हो उनके प्राणों के लिए संकट तो खड़ा करता ही, तपस्वियों की साधना-उपासना को भी बाधित करता। आश्रम-मृगों के झुंड-के-झुंड मैं अपने हाथों और लम्बे लांगूल में लपेट लेता। उन्हें मैं मारता तो नहीं पर उनका आर्त्त-पुकार और उनमें मच आई भगदड़ से तपस्वियों की समाधि टूट जाती और वे मेरी ओर अपने प्रिय पशुओं की जान छुड़ाने को भागते।

अपार बल से तो मैं संयुक्त हो ही गया था अत: बड़े-बड़े गजराज और व्याघ्र-सिंह मेरे समक्ष क्या थे? इनमें से कभी कोई पकड़ में आ जाता तो उसकी पूंछ पकड़ खेल-खेल में ही उसे ऐसी चक्कर-घिन्नी खिलाता कि उसकी चिंघाड़ अथवा गर्जन से उस प्रदेश में दूर-दूर तक आवाज ही आवाज व्याप्त हो जाती और ऋषि गणों की सारी तपश्चर्या और साधना धरी की धरी रह जाती। इस गर्जन-तर्जन से ऋषियों की पत्नियों-बच्चों तथा पोषित पशुओं के मध्य खलबली मच जाती और वे दिग्भ्रमित हो दिशाओं में भाग पड़ते।

कभी मैं प्रेम-वश किसी ऋषि-किशोर को अपने कन्धे पर उछाल लेता और उसके साथ क्रीड़ा करना चाहता तो उसके तो प्राण ही निकलने-निकलने को हो आते और मुझसे उसको त्राण दिलाने हेतु ऋषियों के झुंड के झुंड मेरे पीछे दौड़ पड़ते और मैं यह गया वह गया करते किसी ऊंचे वृक्ष की शाखा पर अथवा किसी पर्वत की चोटी पर जा बैठता। मैं उस ऋषि-पुत्र के प्राण तो नहीं लेता, ले भी नहीं सकता था, पर इस बीच उसके और उसके माता-पिता के प्राण कंठगत अवश्य हो जाते।

मेरी इन गति-विधियों से दूर-दूर तक के आश्रमों—तपो-वनों—के ऋषि-तपस्वी जब पूरी तरह तंग हो आए तो उन्होंने इस संकट से त्राण के यत्न ढूंढ़ने आरम्भ किये। पहले उन्होंने माता अंजना के माध्यम से मेरी अवांछित गतिविधियों पर रोक लगाने का प्रयास किया। पर अम्बा अंजना के रोके मैं कहां रुकने वाला

था ? प्रथम तो उनकी ममता ही आड़े आ जाती और वे चाहकर भी बहुत डांट-डपट नहीं कर पातीं दूसरे उनकी प्रताड़ना की बहुत परवाह न कर मैं आश्रमों की ओर भाग पड़ता और अपनी मनमानी में लग जाता।

ऋषियों ने तब देवताओं का आह्वान किया और कहा—"आपने इस केसरी-किशोर को इतना बलशाली कर हमारे लिए भारी संकट खड़ा कर दिया। अब हम क्या करें ?"

"हमें ही क्या करने को आप कहते हैं।" विवश देवता पूछते।

"आप इसे इन वरदानों से रहित कर दें। 'पुनर्मूषको भव' का अभिशाप दे आप अपने वरदानों को निष्क्रिय कर दें।"

"ऐसा कभी हुआ है ?" देवता कहते, "आप तो स्वयं साधक हैं। दिया हुआ वरदान अथवा अभिशाप कभी व्यर्थ होता है ? वचन की सत्यता कहां रह जाएगी तब ?"

"तब क्या हम यों ही कष्ट झेलते रहें ? इस कपि किशोर ने तो हमारा जीना दुभर कर दिया है। साधना-तपश्चर्या तो गई ही काम से।" तपस्वी निराश हो पूछते।

"आप ही कुछ कर सकते हैं।" इन्द्र ने सुझाया था। लगता था वे अभी तक मुझसे खार खाए ही बैठे थे।

"क्या ?"

"आप स्वयं इसे इस रूप में शापित कर दें कि इसे प्राप्त सारे वरदान व्यर्थ हो जाएं।"

"नहीं, नहीं, हम ऐसा नहीं कर सकते।" ऋषियों ने घबरा कर कहा था, "हम तपस्वी, वनचारी किसी को वरदान नहीं दें तो अभिशाप भी नहीं दे सकते। आप जाएं। आप देवता तो सदा लड़ाने-भिड़ाने में ही लगे रहते हैं। हम अपने त्राण का उपाय स्वयं ढूंढ़ लेंगे।"

इसके बाद सभी तपस्वियों, आश्रम-वासियों ने एक सभा की थी। सभा में सर्वसम्मति से एक मार्ग निकाला गया था—"हनुमान को अपनी उपलब्धियों की ओर से उदासीन कर दिया जाय। विस्मृत हो जायं प्राप्त वरदान इसे।"

तब ऋषियों ने अंजलि में जल ले स्पष्ट कहा था—"आज और इसी घड़ी से तुम्हें अपनी अपार शक्ति का बोध नहीं रहेगा। पर तुम्हें जब कोई तुम्हारी शक्ति का स्मरण दिलाएगा तो तत्क्षण तुम उससे सम्पन्न होकर अस्वाभाविक और असंभव कार्य को भी सम्पन्न करने में सक्षम हो जाओगे।"

किसकी शामत आई थी कि भूल कर भी मुझे मेरी शक्ति का स्मरण कराता, अतः अपने अस्वाभाविक बल की ओर से पूर्णतया उदासीन मैं अब सामान्य जीवन जीने लगा।

पहले जहां मैं ऋषि-मुनियों के लिए मुसीबत बना बैठा था वहीं अब मैं उनकी सेवा-शुश्रुषा में लग गया। उनके साथ-साथ अंजना अम्बा भी प्रसन्न हो गईं क्यों-

कि उनकी भी, अब आए दिन की उलाहना से जान छूट गई।

समय बहुत आराम से कटने लगा गंध-मादन पर। मेरा भी, तपाचारियों, व्रतधारियों का भी। मैं उनके उग्र तप से आनन्दित था। मेरी सेवा से वे संतुष्ट।

तीन

जैसे पूर्णिमा का चांद बढ़ता है। जैसे चन्द्रोदय को अवलोकित कर सागर की लहरें बर्द्धनशील होती हैं। जैसे पुण्य-व्रती का यश और दानशीलों की सम्पत्ति बढ़ती है। जैसे असंयमी का रोग और संयमी का स्वास्थ्य बढ़ता है। जैसे हविष से अग्नि और काम से क्रोध बढ़ता है। जैसे अन्न से ज्वर और गुरुभक्ति से विद्या वर्द्धित होती है। वैसे ही मैं बढ़ता जा रहा था। क्या समझा आपने? कहा है न एक जगह कि पुच्छ-युक्त होकर भी मैं पशु नहीं था। नरों की एक विशिष्ट श्रेणी, उप-देवता की कोटि थी हमारी वानर जाति की। नर-शिशुओं की शरीर-वृद्धि की गति से सर्वथा भिन्न, अत्यन्त तीव्र थी हमारी वृद्धि-गति—मेरा विकास-वेग। जब मैं विकास की बात कर रहा हूं तो मेरा तात्पर्य शारीरिक के साथ-साथ मानसिक विकास से भी है। शरीर के अंग-प्रत्यंग तो तेजी से पुष्ट हो ही रहे थे; मेरा मानसिक विकास भी उसी गति से हो रहा था। मेरी अन्वेषण बुद्धि बढ़ रही थी, मेरी जिज्ञासा जागृत हो रही थी, मेरी तर्क-शक्ति वृद्धिशील हो रही थी। "यह क्या है, क्यों है, कैसे है" के मेरे अनगिनत तर्क अंजना अम्बा को सांस लेने तक की भी छुट्टी नहीं लेने दे रहे थे। विश्व-ब्रह्मांड और प्रकृति के विभिन्न नियमों-स्वरूपों के प्रति मेरी वृद्धिशील जिज्ञासा को शान्त करने का अब एक ही उपाय था—शिक्षा, अध्ययन।

पर कहां सम्पन्न हो मेरा अध्ययन? गंध-मादन का कोई ऋषि मुझे शिष्य बनाने को प्रस्तुत नहीं था। सब तंग आ गए थे मेरे उपद्रवों से। मुझे शापित करने के पश्चात् भी वे मेरी तरफ से पूरी तरह आश्वस्त नहीं थे। उनके शाप के पश्चात् अपनी शारीरिक शक्ति की मुझे जो विस्मृति हो गई हो, मेरी मानसिक-शक्ति, मेरी तर्क-शक्ति को कहां कुछ हुआ था? सभी भयभीत थे, कब मैं ऐसा कुछ पूछ बैठूं जिस पर उन्हें निरुत्तर होना पड़े। अधिकांश को मेरे शिवांश-संभूत होने की बात भी ज्ञात थी। कौन पढ़ाने की हिम्मत बटोरता स्वयं शिव को? देवाधिदेव रुद्र को?

"मां मैं मूर्ख ही रह जाऊंगा? जड़-मति?" मां-बेटा में वार्तालाप होता।

"ऐसा नहीं होगा, मारुति!" मां कहती पर उसके स्वर पर चढ़ी चिन्ता को पकड़ने में मैं समर्थ हो ही जाता।

"कौन पढ़ायेगा मुझे ? कौन गुरु होगा मेरा ? कौन देगा मुझे विद्या-दान ? सभी ऋषियों ने तो पीठ फेर ली।" मैं भी सचमुच चिन्तित हो आया था।

"भगवान भास्कर पढ़ाएंगे इसे।" हम सभी आश्चर्य चकित हो गए थे। किसका स्वर था यह ? कौन हमारी चिन्ता को निःशेष करने के लिए इस तरह प्रयत्नशील था ? पर कैसा था यह अशरीरी सम्वाद ? क्यों नहीं प्रत्यक्ष हो रहा था इसका प्रयोक्ता ?

"नारायण ! नारायण ! नारायण !" हमारी शंका को समाप्त करते हुए प्रकट हुए थे देवर्षि नारद। वीणा के स्वर से दिगन्त को निनादित करते हुए देवर्षि हम दोनों के समीप ही अन्तरिक्ष से अवतरित हो गए थे। हम दोनों ने प्रणिपात किया था।

"क्यों चिन्ता करती हो कल्याणी ? वीणा-वादन को बन्द कर उन्होंने अंजना अम्बा को सम्बोधित किया था। स्वयं भूत-भावन शिव के अंश से उत्पन्न इस बालक को ज्ञान-देने में गायत्री-मंत्र के अधिष्ठाता भगवान भास्कर के सिवा कौन समर्थ होगा ? वे ही होंगे इसके विद्या-गुरु !"

"यह कैसे संभव होगा ?" मां शंकाकुल हुई थी।

"क्यों ?"

"भगवान सूर्य, आग के एक जलते प्राण-हीन पिंड से अधिक क्या हैं ? वे पढ़ाएंगे किसी को कैसे ?"

"हा ! हा ! हा !" देवर्षि हंसने लगे थे, 'अंजना क्या कह रही हो तुम ? तुम्हारी सदृश साध्वी, तपोपूता ललना के मुख से ये शब्द अच्छे लग रहे हैं क्या ? तुम एक अनभिज्ञा की तरह कैसे बोल गईं ?"

"सम्पूर्ण विश्व के जीवन-श्रोत सूर्य, प्राण-हीन किधर से और कैसे हैं ? ऐसा कभी हुआ है ? सारे संसार को समृद्ध करने की क्षमता से सम्पन्न रत्नाकर सागर को दरिद्र कहोगी ? पेड़-पौधों और कीट-पतंगों से लेकर पक्षियों और मनुष्य तक के प्राणों का आधार, फल-फूल से लेकर अनेकानेक खाद्य-पदार्थों का एक मात्र पोषक और प्रस्तोता रश्मि-पुंज रवि, मात्र अग्नि-पिंड कैसे हैं ? सम्पूर्ण चराचर सृष्टि को चेतना से संयुक्त करने वाले सूर्य-देव सारे ज्ञान-विज्ञान के स्रोत हैं—सम्पूर्ण विद्याओं के अधिष्ठाता देवता हैं, भगवान सविता। वही गुरु होंगे हनुमान के।" महर्षि ने भगवान भास्कर की ओर दृष्टि उठाकर हाथ जोड़ते हुए श्रद्धापूर्ण शब्दों में कहा था।

"पर मैं यह बात समझ नहीं सकी महर्षि। माना सूर्य एक अग्नि-पिंड-मात्र नहीं हैं। विश्व-ब्रह्मांड के प्राण और ज्ञान-विज्ञान के अजस्र स्रोत, चेतना-स्वरूप सूर्य; प्राणियों के पूज्य और प्रणम्य हैं। आधि-व्याधियों के संहारक, प्रकाश प्रदाता आदित्य, माना वरेण्य और आराध्य हैं पर वे मेरे बालक को विद्या-दान कैसे देंगे, यह बात मेरी समझ में नहीं आती।" अंजना अम्बा के साथ मैं भी हाथ बांधे किं-कर्त्तव्य-विमूढ़ खड़ा था। मेरी बुद्धि में भी यह बात नहीं आ रही थी कि देवर्षि,

असंभव को संभव करने को कैसे कह रहे हैं ? माना सूर्य सब कुछ हैं किन्तु उन्हें गुरु बनाया जा सकता है, यह बात मेरी बाल-बुद्धि के परे थी।

"हा ! हा ! हा ! हा !" देवर्षि पुनः हंस पड़े थे, "मैं बताता हूं, बताता हूं देवी ! सूर्य तुम्हारे बालक को ज्ञान किसी मानव-गुरु की तरह थोड़े ही देंगे ? बुद्धि के इस एक मात्र संचारक, चेतना-स्वरूप सूर्य को अक्षरोच्चारण की आवश्यकता है क्या किसी के अन्दर ज्ञान भरने के लिए ? वह मात्र स्फुरणा, प्रेरणा का कार्य करेंगे; निमित्त बनेंगे इस महत्त्वपूर्ण ज्ञान-दान-यज्ञ का जिसमें तुम्हारा पुत्र इतना कुछ प्राप्त करेगा जितना अब तक किसी ने नहीं किया। स्वयं सविता ही जिसके विद्या-गुरु बनें उसकी बौद्धिक उपलब्धियों की कोई सीमा होगी क्या ? कहो, सूर्योपासना करे यह शिव-संभूत पवनपुत्र। सारा ज्ञान-विज्ञान इसके अन्दर स्वयं प्रकट हो जाएगा भगवान अंशुमाली के अनुग्रह से।" देवर्षि ने लम्बा भाषण किया था।

"मात्र सूर्योपासना पर्याप्त होगी ?" अंजना अम्बा ने आशंका व्यक्त की थी।

"नहीं मात्र सूर्योपासना नहीं। उपासना के साथ तप को भी संयुक्त करना होगा। तप सारी उपलब्धियों के मूल में है। तुम्हें क्या बताना ? तुमने तो तप से ही प्राप्त किया इस प्रतापी पुत्र को। उपासना है श्रद्धा, तप है श्रम—शारीरिक मानसिक विकृतियों के निवारण का निमित्त और अन्ततः उनके विकास, उनकी पुष्टि का एक मात्र आधार।"

"क्या होगा, उस तप का स्वरूप ? यह बालक तप कर पायेगा ?" माता की ममता उभरी उनके स्वर में।

"इसके अनुकूल ही होगा तप। वह सूर्योदय से सूर्यास्त-पर्यन्त सूर्य की ओर दृष्टि गड़ाये उनका ध्यान करेगा। जैसे-जैसे भगवान किरणमाली उदयाचल से अस्ताचल को जाएंगे, वैसे-वैसे सदा पूर्वाभिमुख यह, पीछे की तरफ चलता हुआ उन पर ध्यान केन्द्रित रखेगा।" महर्षि ने नियम रखा।

यह नियम आपको अनूठा लग सकता है, पर वह ऐसा आश्चर्यजनक है नहीं। आजकल के गुरु-ऋषि भी जिस पर बहुत अनुग्रहशील होते हैं, ऐसे नियम रख देते हैं। सम्प्रति मेरा एक बहुत बड़ा कृपा-पात्र है भारत-भूमि के देवरिया का संत देव-राहा। देवराहा[1] बाबा कहते हैं इसे। "हनुमान के अवतार" ही कितने बोलते हैं इस वीत-राग निर्वस्त्र संत को जो सदा एक ऊंचे मचान पर रहता है। डेढ़-दो सौ वर्षों से कम की उम्र नहीं हुई इस योगिराज की। नहीं, यह अतिशयोक्ति नहीं है। इसकी अपेक्षा भी इस आत्मकथन में नहीं की जा सकती। आप लोगों में से कई तो इसे ढाई-तीन सौ वर्षों का भी बोलते हैं। कमर कमान हो आई है। भौंहें पक गई हैं। बरसात, आतप और ठण्ड का सारा प्रकोप खुले बदन पर ही झेलता यह तपी, विश्व को साधना और ईश्वरोपासना का संदेश देने में रत है। उपासना के

1. उत्तर पूर्व रेलवे के लार-रोड स्टेशन के पास बिहार राज्य के सीवान नगर से कुछेक किलोमीटर की दूरी पर ही है देवरा_ा बाबा का स्थान।

आरम्भिक दिनों में इसने मेरे क्रिया-कलापों और जीवन-व्यवहार का अनुसरण किया था। पेड़ पर ही रहता था। फल-फूल पर ही पलता था। आज इस उम्र में भी बंदर की तरह ही उछलता-कूदता चलता है। पास ही बहती सरयू से स्नान हेतु प्रातः प्रस्थित होता है तो उसकी गति की क्षिप्रता आपको उससे कदम से कदम मिलाकर नहीं चलने दे सकती। फल ही आज भी आहार है उसका। सम्पूर्ण परिवेश, आध्यात्मिक शक्ति-सम्पन्न होकर, स्वयं ही दर्शनार्थियों की शुद्धाकांक्षाओं की पूर्ति का कारण बनता है। साथ ही, श्रद्धालुओं को परिवेश की शक्ति सम्पन्नता का अनुमान भी लग जाता है। एक विद्युत तरंग-सी व्याप्त है यहां के वातावरण में जो अनेक पूत-पवित्र दर्शनार्थियों को अपने स्पर्श का अनुभव प्रदान कर जाती है।

तो कहना यह था कि इस संत पर एक विद्वान भक्त[1] ने जब एक ग्रंथ लिखने की इच्छा प्रकट की तो ऐसी ही एक शर्त इसके सामने रख दी गई—"गर्मी की चिलचिलाती धूप में, दो-पहर में खड़ा होकर मुझ पर पुस्तक लिख सकते हो तो लिखो।" भक्त ने पुस्तक लिखी -- परमात्म योग। भले ही इस क्रम में उसके शरीर की चमड़ी झुलस गई।

अब आपको समझ में आई देवर्षि द्वारा रखी शर्त की बात। मेरी माता अंजना की समझ में वह शीघ्र ही आ गई थी। हम लोगों ने शिरोधार्य कर लिया था देवर्षि के आदेश को और अगले ही दिन आरम्भ हो गई थी मेरी साधना।

गायत्री मंत्र के महत्त्व से तो आप परिचित हैं न ? सिद्ध कर दिया है इस युग में भी इस मंत्र के महान् प्रचारक और कई-कई गायत्री महायज्ञों के सूत्रधार उस आचार्य शिव शर्मा ने न इस मंत्र की विलक्षण शक्ति को ? कि किस तरह बड़े-से-बड़े जड़-बुद्धि भी प्रखर हो आए हैं इस मंत्र के प्रभाव से ?

उसी गायत्री मंत्र के अधिष्ठाता-देवता उस सविता के अनुग्रह से शीघ्र ही सभी विद्याओं—सम्पूर्ण ज्ञान—का स्फुरण हो आया था मेरे अन्तर में तो इसमें आश्चर्य की कोई बात नहीं। नहीं, पुस्तक पुराण नहीं होते थे उन दिनों। आपको इसका ज्ञान है ही। सारी विद्या, सारा ज्ञान श्रुति के रूप में प्राप्त था। श्रुति अर्थात् सुना हुआ ज्ञान। यह सारी श्रुति मेरे भीतर अवतरित हो गई गुरु-कृपा, सूर्यानुग्रह से। आज भी तो आप पर्याप्त ज्ञान-ग्रहण करते हैं ? अन्तरिक्ष से सीधे ? रेडियो और दूरदर्शन द्वारा क्या होता है? जो कुछ कहा गया, शून्य में डाला गया, उसे आप विशेष यंत्रों के माध्यम से पकड़ लेते हैं। अन्तर इतना ही कि आपको यंत्रों का सहारा लेना पड़ता है, मेरे लिए मेरे मन-मस्तिष्क ही यंत्र थे। ऋषि-महर्षियों द्वारा तपोभूमियों-आश्रमों में उच्चरित ज्ञान तो पूंजीभूत था ही अन्तरिक्ष में।

---

1. डॉ० हरवंशलाल शर्मा, भूतपूर्व कुलपति झांसी विश्वविद्यालय एवं भूतपूर्व अध्यक्ष वैज्ञानिक एवं तकनीकी शब्दावली आयोग, नई दिल्ली। सम्प्रति, निदेशक, देवराहा शोध संस्थान, दोदपुर, अलीगढ़।

आज भी है। तप और साधना से संयुक्त हो, मेरे मन-बुद्धि ने, सूर्य के साक्ष्य में, उनकी उर्जा से सम्बलित हो, उस ज्ञान को सीधे ग्रहण कर लिया था तो आज के मनुष्य को मेरी इस ज्ञानार्जन-प्रक्रिया पर संदेह क्यों होना चाहिए ?

इस तरह पूर्ण हुआ था मेरा विद्याध्ययन और निःशेष हुई थी माता अंजना की आशंका। ज्ञान-विज्ञान संयुक्त हो आया था मैं, उनकी दृष्टि में। मैं भी आश्वस्त हुआ था—चलो कुछ तो उतरा मेरे अन्दर, महर्षि के मार्ग-दर्शन और अंशुमाली की अपार अनुकम्पा से !

चार

शिक्षा-समाप्ति के पश्चात् भी मेरे लालन-पालन में अंजना-अंबा ने बहुत ध्यान दिया था। मेरे शारीरिक स्वास्थ्य की उनको जितनी चिन्ता थी, उससे कम मेरे मानसिक विकास और चरित्र-निर्माण की ओर उनका ध्यान नहीं था।

राम-कथा वे मुझे बड़े मनोयोग से सुनाती थीं। राम-जन्म से लेकर रावण-वध और फिर राम के राज्यारोहण और अवश्वमेध-यज्ञ की कहानी को सुन-सुन कर मैं बड़ा अह्लादित होता था। आप आश्चर्य नहीं करें कि राम-कथा तो अभी घटित ही होने को थी और मैं उसके पूर्व ही सुनने लगा था। बात यह है कि मैं जो राम-कथा सुन रहा था वह पूर्व कल्प की थी। पूर्व कल्प की अर्थात् बहुत पूर्व के एक युग-एक काल-खण्ड की, जब सब कुछ प्रायः वैसा ही घटा था जैसा मेरे काल में घट रहा था। आपको ज्ञात ही है कि समय चक्र-गति मे गतिमान है। जो कुछ, कुछ दिन पूर्व घटा था वह घूमकर पुनः घटता है। बीच में समय का अन्तराल इतना होता है कि लोग, जो कुछ पुराना घटता है उसे नया मान बैठते हैं। बीच के हुए प्रलय या किसी और कारण से हुआ सृष्टि-विनाश अतीत की घटनाओं को धो-पोंछ देता है, अतः बीते काल की बातों का ज्ञान लोगों को नहीं रहता। निरन्तरता बाधित हो जाती है—लोगों को सब कुछ नया, अनहुआ प्रतीत होता है।

तो बीते काल की राम-कथा सुनते-सुनते मैं भावुक हो जाता था। सब चरित्रों में हनुमान का चरित्र मुझे बड़ा रोचक और आकर्षक लगता था। मैं इसे एक सुखद संयोग ही मानता था कि मेरा नाम भी हनुमान था।

'मां, अगर मैं सचमुच का हनुमान होता तो कितना अच्छा होता। तब मैं भी समुद्र-लंघन करता, अशोक वाटिका में माता सीता के दर्शन करता, राक्षसों की नगरी लंका को धू-धू कर जलाता और फिर राम की खूब सेवा करता। राम-दूत बन जाता मैं भी।

मेरी बात पर अंजना-अंबा हंसती तो हंसती ही रह जातीं। बड़ी देर के बाद

उनकी हंसी थमती तो बोलतीं—"पागल हो तुम ! बड़े भोले ।"

"क्यों ?" मैं उनकी गोद में बैठा उनकी आंखों में सीधे देखते हुए पूछता ।

"अरे हनुमान, तो तुम हो ही । वही सब तो तुम करने वाले हो जिसे पूर्व कल्प के हनुमान ने किया था । तुम उस हनुमान से भिन्न कैसे हो ? वही हनुमान तो हो । मैं तप-बल से सब कुछ जानती हूं । बड़े तप से प्राप्त जो किया है तुम्हें—सच्चे हनुमान को । तुम अपनी तैयारी में लग जाओ—वही सब करने को जो उस हनुमान ने किया था ।"

"किसके लिए मैं तैयारी करूं । कहां हैं मेरे राम ? कहां है रावण और उसकी लंका, कहां है सीता जिसे वह राक्षस हरेगा ?"

अंजना अम्बा फिर खिलखिला कर हंस पड़ी थीं । बड़ी सुन्दरी थीं वे । मेरे अपने रूप से उनके रूप का अनुमान नहीं लगा सकते आप । हंसती तो दाड़िम के दानों-सी सजी उनकी दंतावली ऐसी चमकती जैसे अन्धकार में मुक्ता-मणि की माला चमकाई हो किसी ने । आज मैं सोचता हूं व्यर्थ अमर हो गया मैं अपने इस कुरूप बदन को लेकर । अमर ही होना था तो अंजना अम्बा होतीं, जहां रहतीं वहां चांदनी बिछी रहती । जैसा सुन्दर तन वैसा सुन्दर मन । शरीर और मन के सम्मिलित आकर्षण का अन्य उदाहरण अगर किसी नारी-विग्रह में मिला तो फिर वह सीता अम्बा ही थीं । मेरे लिए, दोनों में कौन बड़ी कौन छोटी, कहना कठिन था । सीता अम्बा अथवा अपने आराध्य राम के लिए तो मुझे अंजना-अम्बा का घर भी छोड़ना पड़ा अथवा माता-अंजना ने स्वयं छुड़ा दिया । उनके त्याग की तुलना कहां मिल सकती है ?

अम्बा हंसतीं और मैं उनके चेहरे को अपलक देखता रहता—इस बार कौन गलती हो गई मुझसे ? क्या राम, रावण और वैदेही सीता के सम्बन्ध में पूछ कर मैंने कुछ गलत किया ?

"रामावतार भी तो हो चुका है पगले ! रावण भी अपनी लंका में बल्कि स्वर्ण लंका में विराजमान है । वैदेही-अवतरण अभी नहीं हुआ है । राम से कुछ छोटी ही हैं जानकी । उनके प्रादुर्भाव का भी समय हो रहा है । सब कुछ घटेगा जो घट चुका है, जिसकी कहानी मैं तुम्हें सुना चुकी हूं ।"

"तो मैं एक बार दर्शन करूंगा अपने आराध्य के । श्री राम के । राम-काज के लिए ही मेरा जन्म हुआ है तो एक बार अवश्य देखूंगा अपने श्री राम को । मैं जिद करता ।

"राम तो अभी निरे बालक हैं । अभी उनको देख कर क्या मिलेगा ?

"देख कर, और कुछ मिले या नहीं, आंखें तो तृप्त होंगी । जिसका मुझे सेवक बनना है, उस स्वामी को बिना देखे अब रहा नहीं जाता ।"

"यह संभव नहीं है" अंजना अम्बा प्रतिवाद करतीं, "कहां यह सुदूर दक्षिण की पहाड़ी और कहां अयोध्या नगरी । तुम नहीं जा सकते वहां । बच्चे हो भटक जाओगे ।"

अब मेरे हंसने की बारी होती। अंजना अम्बा की तरह मेरी हंसी चांदनी-धुली तो नहीं होती पर मेरी खिलखिलाहट से समीप-पास की चट्टानों में कम्पन अवश्य आरम्भ हो जाता।

"बड़े वीर हो तुम।" मेरी अम्बा कहतीं और मेरी ठुड्डी पकड़ लेतीं। चट्टानों के डोलने से अपनी वीरता का कोई भान मुझे नहीं होता और मैं हंसता ही जाता।

"अगर तुम सयाने होकर, इतनी जोर से हंसोगे तो भूकम्प आ जाएगा आस-पास।" मेरी अम्बा कहतीं और मेरी ठुड्डी से अपनी तर्जनी मिलाकर पूछतीं—"क्यों हंस रहे हो इतना ?"

"हंसू नहीं मां ?" मैं हंसते हुए ही पूछता, "तुम मुझे निरा बालक कहती हो। कहती हो अयोध्या जाने में ही भटक जाऊंगा। सूरज के पास तक मैं पहुंच गया तो भटका ही नहीं, अयोध्या के मार्ग में भटक जाऊंगा ? हा ! हा ! हा ! हा ! क्या बात करती हो अम्बा तुम भी ?'

"अयोध्या जाने की तुम्हारी इच्छा पूर्ण होगी। थोड़ा धैर्य रखो।" माता ने कहा तो मैं चुप रह गया। अंजना अम्बा की बातों पर अविश्वास करूं, ऐसा हो नहीं सकता था। उन्होंने कहा कि अयोध्या जाना है तो जाना ही है। सती साध्वी थी वे—वचनसिद्ध। जो बात मुख से निकल गई उसे पूर्ण होना ही था। प्रतीक्षा थी, अनुकूल समय की।

•

एक मदारी आया था गन्ध-मादन पर। मदारी ही लगा था वह प्रथम दृष्टि में। दाढ़ी-मूछों से ढंका कर्पूर-गौर चेहरा। तन पर शोभता चिता-भस्म। गले में लटकती रूद्राक्ष माला। सिर पर रूक्ष बालों का घटाटोप—जटाजूट। कमर में लटकता मृग-छाल और कन्धे से झूलता कुश निर्मित अच्छा-खासा यज्ञोपवीत। मदारी के बदले साधु ही लग सकता था वह, अगर उसके दाहिने हाथ में डमरू नहीं होता और उसे मदारियों के अन्दाज में बड़े प्रेम से बजाता नहीं होता वह—डिम् डिम् डिम्।

"जरा देखना तो कौन है दरवाजे पर।" अंजना अम्बा ने डमरू की आवाज पर, आंगन में खेलते मुझसे कहा था। मेरा खेल भी क्या था उन दिनों ? खेल था राम-लीला। जब से राम-कथा सुनी थी अंजना अम्बा से, बैठे-बैठे रामलीला रचाया करता—मिट्टी के खिलौनों, मूर्तियों के माध्यम से। कभी धनुष यज्ञ रचाता तो कभी राम-जानकी विवाह, कभी बालि-बध तो कभी राम-रावण युद्ध। डमरू का स्वर सुनाई पड़ा तो दशरथ-आंगन में बाल-लीला में मग्न थे मेरे श्री राम। मणि-आंगन में अपना प्रतिबिम्ब देख वे उसे पकड़ने को झुके थे कि लड़खड़ा कर गिर पड़े थे। गिरती मूर्ति को टूटने से बचाने के लिए मैंने उसे अपने हाथों का सहारा दिया ही था कि अम्बा का आदेश पड़ा था कानों में।

"मैं व्यस्त हूं मां।" मैंने पहले-पहल अपने बाल-हठ का प्रदर्शन किया था। अम्बा के आदेश का उल्लंघन करूं यह बात मेरी कल्पना में भी नहीं आ सकती थी।

"अच्छा मैं ही देखती हूं।" अंजना अम्बा को मेरी व्यस्तता का अनुमान लग गया था और वे आंगन के बाहर चली गई थीं। लौटी तो उनके साथ वही मदारी था जिसका वर्णन अभी कर चुका हूं। उसके आंगन में प्रवेश करते ही उसके अद्‌भुत रूप-रंग, विशेषकर उसकी आंखों ने मुझे प्रबल रूप में आकर्षित किया था। उसकी बड़ी-बड़ी और कुछ चढ़ी-चढ़ी-सी आंखों में एक अद्‌भुत आकर्षण था जिसने मेरी आंखों को बांध-सा लिया था। नहीं, कोई जादू नहीं था उसकी आंखों में। उसके विपरीत, एक अपनत्व भाव था। जैसे उसमें और मुझमें कोई अन्तर नहीं था। जो वह था, वह मैं, जो मैं था वह, वह। ऐसा ही लगा था मुझे, उसकी ओर देखते ही। लग रहा था मैं उसका ही भाग होऊं, उसी से निःसृत। जैसे किसी बड़ी नदी से कोई छोटी नदी निकले। अंजना अम्बा कुछ देर तक मेरी इस स्थिति को देखती रही थी। उन्होंने ध्यान से उस मदारी की ओर देखा था। मदारी ने मुझसे हटा कर, अंजना अम्बा की ओर दृष्टि फेरी थी और उससे दृष्टि मिलते ही अम्बा उसके पैरों पर लोट गई थीं—"प्रभु आप धन्य हुआ आज यह आंगन। धन्य हो गई अंजना।"

मदारी ने हाथ उठा मेरी माता को आशीर्वाद दिया था और बोला था—"तो तुम पहिचान ही गई अंजना।"

"भूतभावन आशुतोष को पहचानने में कौन भूल कर सकता है? आप ही का अंश तो डोल रहा है मेरे आंगन में।" फिर उन्होंने मेरी ओर मुड़कर कहा था—"हनुमान चरणों पर पड़ो त्रिभुवन-पति पशुपति के।"

मैं सब कुछ समझ गया था। प्रसन्नता से किलकारियां भरता दौड़ा था आंगन के बीचों-बीच खड़े आशुतोष की ओर, और चरण पकड़ लिए थे उनके। अब भेद खुला था मेरे इस मदारी की ओर विशेष रूप से आकृष्ट होने का और उसकी आंखों के चुम्बकीय आकर्षण का भी।

"चिरंजीवी भव। यशस्वी भव।" आशुतोष ने कहा था और साथ-साथ डमरू-ध्वनि की थी। आशीर्वाद के समय डमरू-ध्वनि का अर्थ समझना मेरे लिए कठिन नहीं था। व्याकरण के अध्ययन के समय शिव-डमरू के स्वरों का गूढ़ार्थ भी मुझे समझाया गया था। अइउण, ऋलृक, एओङ, ऐऔच, हयवरट्, लण्, यमङणनम् झभञ······के सदृश सूत्रों के रूप में पूरी वर्णमाला—सारे स्वर और व्यंजन उद्धार—निःसृत हुई थी डमरू के डिग डिग स्वर से। इसीलिए तो ये सारे सूत्र महेश्वर सूत्र के नाम से जाने गए और संस्कृत व्याकरण की नींव ही इन्हीं पर आधारित हुई। अपने डमरू-नाद द्वारा मुझे आशीर्वाद-युक्त कर महेश्वर ने मेरी विद्या-बुद्धि को वर्द्धित करने की ही अनुकम्पा की थी वर्ना "यशस्वी भव" का आशीर्वाद संभव कैसे होता? विद्या के बिना यश की उपलब्धि किधर से होगी?

पशुपति ने मुझे अपने पैरों से उठा कर अपने हृदय से लगाना चाहा था। पर मैं अभी इतना बड़ा कहां हुआ था? कठिनाई से उनकी विशाल काया की कमर तक ही आ सका था मैं?

"सम्पन्नं अध्ययनं ?" पशुपति ने मेरी ओर देखते हुए देववाणी में पूछा था— अध्ययन पूरा हो गया ?

"जातं।"—हो गया।

श्रुतं यत् वेदोपनिषद् पुराण ज्ञाता भगवान् सवितैव गुरुं रुपेण गृहीतः भक्ता। नूनं अनेन गायत्री मन्त्रस्य च अधिष्ठात्रा देवेन विधिविधान संयुक्ता सकला विद्या परा च अपरा च प्रदत्ता सम्यक् रूपेण।

ज्ञात हुआ कि सभी वेदोपनिषदों के ज्ञाता भगवान सूर्य को ही गुरु बनाया आपने। निश्चय ही गायत्री मंत्र के अधिष्ठाता सूर्यदेव ने, विधि-विधान-पूर्वक परा और अपरा सारी विद्याएं आपको अच्छी तरह प्रदान कर दी होंगी।

"प्रदत्ताः अत्र भवता सवित्रा, सर्वाः विद्याः उन्मुक्त भावेन; न किंचित् गोपितं भगवता भाष्करेण सकल ज्ञान युक्तेन। मया गृहीताः वा न वा कथं विज्ञापयामि ?"

सूर्य के द्वारा तो मुझे सभी विद्याएं उन्मुक्त भाव से दी गईं। कुछ गुप्त नही रखा गया सम्पूर्ण ज्ञान सम्पन्न भगवान भास्कर द्वारा मैंने कितना प्राप्त किया, नहीं किया, यह मैं कैसे कह सकता हूं।

अंश और अंशी के इस सम्भाषण से अंजना अम्बा अत्यन्त प्रसन्न हुई थीं और फिर आशुतोष के लिए आसन प्रदान कर पाद्य-अर्घ्य से उनका सत्कार किया था।

"मैं शीघ्रता में हूं अंजना !"

"आप यहां तक आ गए, यही मेरे लिए सौभाग्योदय का प्रतीक है।"

"यह एकादश रुद्र डोल रहा है तुम्हारे प्रांगण में।" आशुतोष ने मेरी ओर उंगली उठा कर कहा था। ऋषि शाप-वश। यह तथ्य जो विस्मृत हो गया था, सहसा स्मरण आ गया था मुझे और मैं दुबारा भूत-भावन के चरणों पर लोट गया था—

"पितृचरणेभ्यो नमः।"

हां वे मेरे पिता ही तो थे। उससे न्यून किधर से थे ये आदि देव पशुपति ?

"एक विशेष कार्य से आया हूं अंजना !" भूतभावन अब अम्ब की ओर उन्मुख हुए थे।

"आज्ञा कीजिए। आपको तो समयाभाव है।" चाहकर भी अम्बा कुछ विशेष सेवा नहीं कर पा रही थीं आशुतोष की। उनको अर्पित करे ऐसा क्या था घर में ! सकल लोक के ऐश्वर्य के प्रदाता भूतेश्वर को क्या कमी थी ? आप्तकाम थे वे। सम्पूर्ण लोकों को सभी भोग प्रदान करने वाले इस भूति-विभूषण को भोग लगाने को दें, ऐसा क्या था हमारे पास ?

"हां शीघ्रता तो है, मैंने पहले भी कहा। साकेत (अयोध्या) की ओर प्रस्थित हूं।"

"अयोध्या को ?" हम मां-बेटे दोनों ने आश्चर्य से कहा था और एक-दूसरे

की ओर अर्थपूर्ण दृष्टि से देखा था। कुछेक दिन पूर्व तो हम अयोध्या जाने का उपाय सोच रहे थे और आज यह आ धमके थे स्वयं देवाधिदेव महादेव अयोध्या जाने को प्रस्तुत।

"तो फिर यहां ? कैसे पवित्र किया इस स्थान को ? कैलास से अयोध्या के मार्ग में गन्ध-मादन नहीं।" गन्ध-मादन के मार्ग में अयोध्या पड़ता है। पर्याप्त दक्षिण आ गए हैं आप। भंग की तरंग ने जोर मारी है क्या ? माता ने पूछा था।

"भंग की तरंग ने नहीं, तुम्हारी भक्ति की उपलब्धि ने जोर मारी। सोचा देख ही आऊं तुम्हारे सुत को—अपने अंशावतार को।

"तो कहिए पुत्र-दर्शन हो गए ? शंकर स्वयं 'शंकर सुवन' को देखने पहुंचे हैं ?"

"जैसा समझो, पर अब साथ कर दो इसे मेरे।"

"क्यों ?"

"रामावतार हुआ है न दशरथ-अजिर में। मेरा प्रवेश कठिन होगा राजमहल में। यह साथ रहेगा तो बात बन जाएगी।"

"मदारी के साथ बन्दर चाहिए ?" माता ने मेरी पूंछ की ओर देखते हुए कहा। सारा आकार तो मानव का ही होता था, वानर—उपदेवों का, पूंछ को छोड़ कर।

"हां बात यही है। पर इतनी ही नहीं है। इसी बहाने इसे भी दर्शन हो जाएंगे अपने स्वामी के। अन्ततः उन्हीं की सेवा में तो लगना है इसे। क्यों हनुमान ?" उन्होंने मुझसे भी पूछा था।

"अन्धा क्या चाहे, दो आंखें। मैं तो चलने को व्यग्र था पर विदा-काल मां की ममता विशेष उमड़ आई थी।"

"तो आप मारुति को भी साथ ले जाना चाहते हैं ? अप्रत्याशित रूप में मां की आंखें अश्रुपूरित हो आई थीं।"

"इसी इच्छा से आया हूं। क्यों वंचित करना चाहती हो इसे, इस सौभाग्य से ?"

"भावी को सोचकर। एक बार यह अपने स्वामी की शरण में गया तो फिर पलटकर देखेगा भी क्या इधर ?" अम्बा ने आंखों की कोरों को पोंछा था।

"चाहिए भी नहीं" पशुपति ने आरम्भ किया था, "तुम तो स्वयं साध्वी हो। ईश्वरीय विधान में क्यों व्यवधान बनना चाहती हो ? शीघ्रता करो। सहर्ष आज्ञा प्रदान करो पवन-पुत्र को।"

"यथाज्ञापयतु भवान्।"—"जैसा आपका आदेश है वही हो।" अंजना अम्बा ने अस्त्र डाल दिया था, "पर क्या अब एकदम ही दर्शन नहीं होंगे मुझे पवन-पुत्र के ?" द्वार तक बिदा देते हुए और प्यार से मेरे सिर को थपथपाते हुए पूछा था अंजना अंम्बा ने। मेरी आंखें पूरी तरह भर आई थीं। मैंने जान-बूझ कर नहीं देखा था अम्बा की आंखों में।

"क्यों जान-बूझ कर अनजान बन रही हो। साक्षात्कार होंगे पुनः तुम्हें अपने सुत के। अब विदा दो। विलम्ब हो रहा है।" पशुपति द्वार से मुड़ने को हुए थे।

"ध्यान रखेंगे इसका। अभी बालक है।" आशुतोष के चरण-स्पर्श करते हुए अम्बा ने विगलित स्वर में कहा था और मेरी ठुड्डी पकड़, आंखों में देखने का व्यर्थ प्रयास किया था। मेरी अपनी आंखों में उमड़ा जल तप्त बूंदों के रूप में मां के चरणों पर आ गिरा था। यही था उन्हें मेरा मूक प्रणाम। अपने आंसुओं को रोकने का भरपूर प्रयास करता मैं पशुपति के पीछे भाग चला था। उनकी गति अत्यन्त क्षिप्र थी पर मैं भी पवन-पुत्र था।

पांच

अयोध्या की गलियों में कुतूहल उतर आया था। बच्चे, जवान, वृद्ध सभी आश्चर्य में भरे उस बूढ़े मदारी के पीछे भाग रहे थे। उसके डमरू की डिम्-डिम् पर ज्वार-जगे सागर की तरह लोग दौड़ते-भागते चले आ रहे थे। एक बार जो वहां आ जाय, फिर जाने का नाम नहीं ले। उसके पीछे ही लगा रहे। मदारी से भी बड़ा आकर्षण-केन्द्र था उसके साथ लगा वह बन्दर। उसकी ठुमुक-ठुमुक चाल और बीच-बीच में पैंजनी-बंधे पैरों से सम्पादित मोहक नाच लोगों के मन को बांध-बांध ले रहे थे। नाच से अधिक आकर्षक थीं उसकी अनूठी भंगिमाएं—उसका मुंह बनाना, भृकुटियां चढ़ाना, एक विचित्र अंदाज में अपनी पीली-पीली आंखों को मटकाना, लांगूल को घुमाना। लोग-बाग उसकी विचित्र अदाओं पर लोट-पोट हो रहे थे।

"डिम् डिम् डिम्...।" मदारी डमरू बजाता जाता और एक गली से दूसरी, दूसरी से तीसरी में प्रवेश करता जाता। साथ में लगा रहता लोगों का हुजूम, आबाल-वृद्ध दर्शकों की लंबी पंक्ति।

"कहां जाना है बाबा? कहीं एक जगह रुकते क्यों नहीं? जरा अच्छी तरह दिखा तो दो इस वानर के नृत्य का कमाल।" लोग मदारी को आवाज देते पर वह बढ़ता ही जाता—डिम्...डिम्...डिम्...। उसके पीछे फुदकता जाता वह वानर—किलकारियां भरता। कलाबाजियां खाता।

"कहां जाना है? बताओ न हम लोग मार्ग दिखा देंगे।"

"दशरथ-महल को।" मदारी उत्तर देता।

"अच्छा-अच्छा। तो राजकुमारों को नाच दिखाओगे इसका? चलो हम बताते हैं मार्ग राजमहल का।" और सैकड़ों बच्चे, बूढ़े आगे-आगे चल पड़ते।

जब तक मदारी अपने बन्दर के साथ राजा दशरथ के महल के पास पहुंचा उसके साथ हजारों की भीड़ लग गई थी।

"ऐ इधर कहां जा रहा है?" राजमहल के प्रवेश द्वार के बहुत पूर्व ही पहरेदारों ने रोक दिया था उसे।

"जरा राजकुमारों का मनोरंजन करता।" मदारी ने रुक कर कहा था।

"यह मुंह और मसूर की दाल।" चला है राजकुमारों का मनोरंजन करने? राजकुमारों का मनोरंजन होगा या बिदक जायेंगे वे तुम्हारा यह औघड़ रूप देखकर? जा दफा हो जा!"

मदारी बड़े पशोपेश में पड़ा, "भाई न हो उनका मनोरंजन, मेरे भाग्य तो धन्य हो जायं। जरा दिखा दो उनकी एक झलक, मैं लौट जाऊंगा।"

"तुम्हें और तुम्हारे इस वानर को भी! कहीं नोंच लिया इसने उनका मुख तब?" पहरेदार अड़े रहे।

"नहीं भाई, नहीं नोचता यह किसी का मुख। बड़ा सरल है। नोचना होता तो अब तक तुम्हारा ही मुंह नहीं नोच लिए रहता, कब से मुंह लगे जा रहे हो।"

"अरे! ऐसी बातें करता है और हम से मार्ग मांगता है? नहीं जाने देते तुम्हें आगे। लौटो अभी यहां से, इसी जगह से।" पहरेदार ताव खा गए।

मदारी लौटा नहीं। उसने पूरी ताकत से डमरू बजा दिया—डिम्-डिम्-डिम्-डिम्-डिम्···डिम्-डिम्-डिम्-डिम्···।

डमरू की आवाज हवा पर चढ़ी और पहुंच गई दशरथ-आंगन में। वहां खेल-रत बालक राम के कानों में उस आवाज को पड़ना था कि वे चिल्ला पड़े गला फाड़कर। कौशल्या अम्बा अन्दर से दौड़ती आईं और चिन्तातुर हो पूछ उठीं दासी से—"क्या हुआ? क्यों रोने लगे कुंअर?"

"मैं क्या जानूं? अभी-अभी तो ठीक थे। अभी डमरू की आवाज आई और रो पड़े।"

ठीक उसी समय डमरू की आवाज फिर जोरों से आई—डिम् डिम् डिम् डिम् डिम् डिम् डिम्···।

कुंवर और जोर से रो पड़े।

"जाओ किसी को बोलो। डमरू वाले को पकड़वा लाओ। कुंवर उसी की आवाज सुनना चाहते हैं।" कौशल्या अम्बा ने आज्ञा दी। दासी ने द्वार पर जा द्वारपाल के कानों में कुछ कहा। बात वहां पहुंच गई जहां पहरेदार मदारी को रोके हुए थे।

"चलो तुम्हें महल के अन्दर ले चलते हैं।" पहरेदार ने हथियार डाल दिए, "पर केवल तुम्हारी बुलाहट है, यह बन्दर अन्दर नहीं जा सकता।"

"तो मैं भी नहीं जा सकता। मुझमें और इस कपि-किशोर में कुछ अन्तर नहीं है।" आशुतोष अड़ गए।

"अगर इसने काट खाया कुमारों को तब?"

"नहीं भाई मैंने कहा न यह बड़ा सीधा है। अच्छा नाचता है। कुंवर प्रसन्न हो जायेंगे। दिखा दो भाई अपने एकाध करतब।"

करतब तो मैं अब तक दिखाता ही रहा था। पहरेदारों की बात पर ताव में आ चुप लगा गया था। भगवान भूत-भावन की आज्ञा हुई तो फिर कलाबाजियां खाना प्रारम्भ कर दिया मैंने। पैंजनियों से आवाज निकालते हुए ठुमुक-ठुमुक नाच भी दिया।

"वाह ! वाह !" पहरेदारों के साथ पूरी भीड़ ने तालियां बजाईं।

"चले चलते हैं। द्वार से पुछवा लेंगे। इसकी बुलाहट हुई तो ले लेंगे इसे भी अन्दर।"

पहरेदारों के साथ हम द्वार तक पहुंचे। "डिम् डिम् डिम् डिम्...।" मदारी का डमरू बजाना जारी था।

मैं बाहर रह गया। मदारी को प्रवेश मिल गया। पर अन्दर बालक का क्रन्दन जारी था। मैं दरवाजे पर खड़ा सब कुछ सुन रहा था। रुलाई की वह आवाज कृत्रिम थी। अगर असली होती तो मेरा कलेजा वहीं बाहर आ जाता। इस स्वर को सुनते ही, और अपनत्व-बोध हुआ था। जन्म-जन्म की पहचान, जैसे जाग्रत हुई थी अन्दर। एक अनाम संबंध पुन:स्थापित-सा होना लग रहा था। जानी-पहचानी थी यह पुकार—जीव को टेरता ब्रह्म-स्वर। नहीं, एक मिनट भी वहां रुकना अब दुष्कर लग रहा था। अगर लोगों की वह भारी जमघट मुझे घेरे नही खड़ा होता तो मैं सारे अनुशासन तोड़कर अन्दर प्रवेश कर गया होता। तभी कोई नारी-स्वर फूटा था भीतर से—"अब क्यों रोता जा रहा है बालक ?"

"वानर के लिए !" मदारी ने मौके से लाभ उठाया था।

"कैसा वानर ? कहां है वानर ?" नारी-कंठ से निस्सृत आवाज में उत्कंठा थी। कितनी मधुर थी यह आवाज ? वाग्देवी ने वीणा ही निनदित किया था क्या ? पीछे मैंने जाना था, कौशल्या अम्बा का था यह स्वर। आह ! जिसे कोटि-कोटि ब्रह्मांड नायक की जननी होने का सौभाग्य मिला था, जिसने "रसो वै स:" (वह रस ही रस है) को सुत के रूप में प्राप्त किया था, उसके स्वर को तो कल्पनातीत रूप में सरस होना ही था।

"मेरे साथ था। लोगों ने बाहर रोक रखा है।"

"उसे भी प्रवेश दो।" प्रतिहारी को आदेश हुआ था और मैं आंगन में प्रविष्ट हुआ था।

टकटकी बंध गई थी मेरी। निर्निमेष हो आए थे मेरे नेत्र। आंगन में शोभा का समुद्र हिलोरें ले रहा था। सम्पूर्ण सृष्टि नहीं-नहीं, अखिल ब्रह्मांड का सौंदर्य जैसे एक नन्हें नर-शिशु में केन्द्रित हो आया था। जैसे आकाश के ताल में खिलने वाला चांद-कुसुम, धरती के क्रोड़ में आ बसा था, सीधे शब्दों में चांद उतर आया था दशरथ के उस मणि-आंगन में। पर मात्र एक चांद का सौंदर्य था क्या इस शोभा सागर में ? कोटि-कोटि चांदों की शोभा निचुड़ कर सिमटी होगी उस अपरूप रूप

में तव जाकर बना होगा वह अनाम, अकल्पित, अपरिभाषित, अपार्थिव स्वरूप। एक कवि हुआ था आपके बंग देश में इस घोर कलि काल में। बड़ा सिद्धहस्त था वह रूपांकन में। किसी संदर्भ में उसने बड़ी अच्छी चार पंक्तियां गढ़ी थीं। कुछ झलक पा सकते हैं आप इस रूप का रवीन्द्र की इस अनोखी भावाभिव्यक्ति में—

कतो नव जगतेर कुसुम-कानन,
कतो नव आकाशेर चांदेर आलोक
कतो दिवसेर तुमि विरहेर व्यथा
कतो रजनीर तुमि प्रणयेर लाज

"कितने नये संसारों का फूल-वन, कितने नये आसमानों के चन्द्र-बिम्ब, कितने···।"

"हां, नहीं वर्णन संभव था उस दिव्य रूप का जिसे मैं आविष्ट-सा अवलोकित करते जा रहा था। तभी खिंचे थे देव-वीणा के तार। झंकृत हो गई थीं जैसे एक अनाम, अलौकिक नाद से दिशाएं। आदेश दिया था बालक ने—"दिखाओ, दिखाओ अपना नृत्य।"

"छिन्···छिन्···छिन्, छिन् छिन् छिन् छिन्···छिन् छिन न न·········।" पैजनियां बजी थीं मेरे पैरों की और नृत्य-रत हो आया था मैं। कभी का नाच का आदी नहीं था मैं। अयोध्या की गलियों में भीड़ के आग्रह पर उलटे-सीधे रूप में कुछ ठुमुक अवश्य ले रहा था पर यहां तो जैसे सचमुच का नाच फूट आया था। कोई आश्चर्य की बात नहीं थी। जीव तो सदा नाचता ही रहता है ब्रह्म के इंगित पर। "छिन् छिन् छिन छन न न न न न न···।" मेरा नृत्य जारी था।

चारों कुमार मुझे घेर कर खड़े हो गए थे। राम को तो मैं प्रथम दृष्टि में ही पहचान गया था। लक्ष्मण, भरत और शत्रुघ्न को भी पहचानने में कोई समय नहीं लगा। राम के नील कमल के सदृश श्याम वर्ण की तुलना में लक्ष्मण का रग सुबह की धूप की तरह पीला था। श्री राम और भरत तथा श्री लक्ष्मण और शत्रुघ्न के रंग मिलते-जुलते थे।

मेरे नृत्य से चारों कुमार बहुत प्रसन्न हुए। चार-चार वर्ष के लगभग होंगे वे। देखने में आठ-आठ वर्षों के बालकों की तरह प्रतीत हो रहे थे। तीनों माताएं —कौशल्या, सुमित्रा और कैकेयी भी मदारी के डमरू और मेरे नृत्य का कमाल देखने आ पहुंची थीं।

अपने नृत्य को विराम दे मैंने आशुतोष की ओर देखा क्योंकि उनका डमरू-वादन अकस्मात् बन्द हो गया था। उन्हें मैंने निर्निमेष पाया। वे एकदम श्री राम के कमल-मुख को ही देखे जा रहे थे। लगा वे खड़े-खड़े ही समाधिस्थ हो आए हैं। मुझे मेरी गलती का अनुमान हुआ। लगा मैंने नृत्य में कुछ अधिक ही समय बर्बाद कर दिया। मैं आया था अपने आराध्य के दर्शन करने या व्यर्थ की उछल-कूद मचाने ? नृत्य तो एक बहाना था उन तक पहुंचने का। ब्रह्म के पास पहुंचकर भी

जीव का चापल्य नहीं निःशेष हुआ तो उस महा-मिलन का लाभ ?

योगिराज पशुपति की देखादेखी मैंने भी श्रीराम मुख पर अपना ध्यान साधा और पहले-पहल मैं भी जैसे समाधि की स्थिति में आ गया।

इस समाधि की स्थिति में ही हम तीनों के मध्य संवाद आरम्भ हो गया। किसी के होंठ तक नहीं हिलते थे पर हम तीनों ने अन्दर-ही-अन्दर वार्तालाप आरम्भ कर दिया। यह मेरे लिए एक नूतन अनुभव था। जैसे हमारे मुख, हमारी जिह्वा के बदले हमारे हृदय, हमारी आत्मा ही बोलने लगे हों। आश्चर्य यह कि हम तीनों ही—आशुतोष, श्री राम और मैं—इस वार्ता के सहभागी एवं साक्षी हो रहे थे। किसी दो के मध्य जो बात होती उसे तीसरा भी सुनता-समझता।

सुनने की बात यहां व्यर्थ है क्योंकि श्रवणेन्द्रिय का इसमें योगदान ही कितना था ? आत्मा सीधे आत्मा से सम्बद्ध थी। उस समय यह चमत्कार मेरी समझ में नहीं आया था पर आज जानने लगा हूं कि यह कोई चमत्कार था ही नहीं। सारी आत्माएं तो एक ही परमात्मा की अंश हैं—उनसे निकली भी उनसे संयुक्त भी। ऐसी स्थिति में आत्मा का आत्मा के साथ संवाद स्वाभाविक और सहज है। यहां तो खैर देवाधिदेव महादेव और परात्पर ब्रह्म के अवतार श्री राम तथा शिवांश-संभूत मुझ हनुमान की बात थी, आज भी आपके हिमालय में ऐसे साधक-संत हैं जो हजारों मील दूर-स्थित अपने शिष्यों को बिना किसी साधन के संवाद भेज देते हैं और उनके आने पर सबों की जो गोष्ठी बैठती है उसमें जिह्वा का सहारा लिए बिना ही सारी कार्यवाही समाप्त हो जाती है और आन्तरिक संवाद द्वारा ही सभी को अगली संगोष्ठी की तिथि और समय की भी सूचना प्राप्त हो जाती है।

हम लोगों के मध्य जो मूक वार्तालाप हुआ उसका विवरण मैं दे रहा हूं।

"यह श्मशान सेवी शिव, आप परात्पर ब्रह्म को अपनी प्रणति निवेदित करता है।"

श्री राम के चेहरे पर एक स्मिति और फिर उनका उत्तर—"नमन तो मुझे निवेदित करना था। आप तो देवों के भी देव, अनादि अनन्त और नित्य हैं। आपके समक्ष मैं कुछ नहीं। कृपया मेरा अभिवादन स्वीकार करें। आपने यहां तक आकर और दर्शन देकर जो मुझे कृतार्थ किया उसका मैं कैसे धन्यवाद करूं ?"

"इसकी आवश्यकता नहीं। यह तो मेरा अपना सुख है। यह उपक्रम तो मैंने अपनी आंखों को तृप्त करने हेतु किया है। आपकी महानता है कि आप इसे अपने ऊपर उपकार मानते हैं। ये हनुमान भी साथ हैं। आपको ज्ञात ही है कि मेरे ही अंश से संभूत यह आपके कार्यहित ही उत्पन्न हुए हैं। हनुमान, प्रणाम निवेदित करें चराचर-पति अपने स्वामी श्री राम को।"

"मेरी प्रणति स्वीकृत हो।" मेरा निवेदन था।

"मंगल हो। सफल-काम बनो।"

"मैं तो अब चलूंगा कैलास। दर्शन की ही लालसा थी, पूर्ण हुई। उधर सती परेशान होंगी।"

"माता से पर्याप्त भयाक्रान्त रहते हैं आप ।" श्री राम की मुसकुराहट ।

"भय की बात नहीं पर मेरे हर कार्य पर प्रश्न-चिह्न लगा बैठती हैं वह। अभी अगर समाधि लगाकर देख लिया तो कहेंगी मैं एक सामान्य बालक के प्रति श्रद्धा-नत होकर अपने औघड़पन का परिचय देने के सिवा कुछ नहीं कर रहा ।"

"ठीक है आप चलें पर ये हनुमान तो रहेंगे मेरे साथ ?"

"हां। यह तो आप ही के हैं। जब तक चाहें रखे। फिर इन्हें अंजना के दर्शनार्थ भेज दें। बहुत मोह है उनका इनके प्रति।"

"मैं अब नहीं जाता यहां से। मेरे सर्वस्व तो आप ही हैं। पिता भी। माता भी।" मेरा निवेदन श्री राम के प्रति ।

"जो आप चाहेंगे वही होगा पर कुछ दिनों के पश्चात् तो कुछ समय के लिए बिछुड़ना होगा ही ।" श्री राम का आदेश था ।

उसी समय मैं सहसा अपनी समाधि से बाहर आया तो देखा आशुतोष की समाधि भी टूट चुकी है ।

पता नहीं माताओं और अन्य उपस्थित स्त्री-पुरुषों ने हमारी मौन समाधि का क्या अर्थ लगाया था पर आशुतोष ने अपने डमरू-वादन को पुनः आरम्भ कर सबका ध्यान सहसा अपनी ओर खींच लिया था, अतः लोगों को यह सोचने का अवसर नहीं मिला था कि क्षण पूर्व के मौन-अन्तराल में क्या कुछ घटित हुआ था ।

डमरू-रव की समाप्ति पर भगवान शिव चलने को हुए थे। लीला-वश मेरी डोरी भी उन्होंने खींची थी पर मैं अड़ गया था और श्री राम के चरणों को पकड़ कर बैठ गया था ।

"इसकी क्या कीमत होगी ? बालक श्री राम को भी यह शायद भा गया है ।" माता कौशल्या ने धीरे-से पूछा था ।

"इसकी कोई कीमत नहीं हो सकती । यह अमूल्य है । वानर शरीर तो इसका देखने भर को है । यह अत्यन्त तीक्ष्ण बुद्धि और सेवा-पराणय है । बालक श्री राम की सेवा यह किसी भी मानव से अधिक अच्छे रूप में करेगा । मैं इसे इन्हीं की सेवा में छोड़ जाता हूं ।" कहकर सदाशिव ने श्री राम के हाथों में मेरी रस्सी थमा दी और डिग् डिग् डिग् करते और पीछे की ओर चलते प्रवेश-द्वार से बाहर हो गए । लोग आश्चर्यचकित थे कि मदारी यह कैसी चाल चल रहा है । उन्हें क्या पता था कि जाते-जाते वह उस अपरूप रूप को पूरी तरह अपनी आंखों में भर लेने को आतुर था ।

छः

आशुतोष मुझे श्री राम की शरण में कर आये तो मेरे दिन आनन्द से ही कटने लगे। मैं अपने आराध्य की सेवा में ही लगा दिया गया था। उनका विशेष सेवक बन गया था मैं। आज के शब्दों में कहूं तो आदेश-पाल था मैं अपने आराध्य का।

श्री राम के हर छोटे-बड़े काम मैं दौड़ कर करता। वे घूमने जाते तब भी मैं उनके पीछे लग जाता। वे सो जाते तो उनके चरणों में पड़ जाता। यों मैं पूरे राजमहल का प्रिय था पर श्री राम का मुझ पर विशेष आग्रह रहता।

कठिनाई तब आई जब श्री राम गुरु के यहां पढ़ने को चले। उनके साथ शेष तीनों भाई भी थे। मैंने लाख चाहा पर मुझे गुरु-गृह में जाने की अनुमति नहीं मिली।

"श्री राम अपने अनुजों के साथ वहां विद्याध्ययन को जा रहे हैं। वहां उन्हें अपने सभी काम स्वयं करने पड़ेंगे। गुरु की सेवा भी उन्हें वहां अपने हाथों ही करनी पड़ेगी। हनुमान की वहां कोई उपयोगिता नहीं है।" लोगों ने तर्क दिया तो मेरा मन बुझ आया।

"मुझे क्या आदेश है ?" अन्ततः मैंने अपने आराध्य को ही एकान्त में पकड़ा।

"तुम तो सर्व गुण-सम्पन्न हो मारुति ? सकल विद्यायुक्त। तुम्हें क्या जानना-समझना है कि हमारे साथ आश्रम के कष्ट भोगोगे ?" श्री राम ने कहा तो मेरा मन डूब आया।

"कष्ट कैसा ? वहां तो मैं आपकी सेवा के सुख के लिए चलना चाहता हूं। सभी आनन्द-सुखों के स्रोत जहां श्री राम होंगे वहां कष्ट किधर से आयेगा ?" मैंने विनती की।

"नहीं, तुम्हें यहीं रहना उचित है।" श्री राम की आज्ञा को मैंने शिरोधार्य कर लिया और उनकी प्रतीक्षा में अयोध्या में ही अपने दिन काटने लगा।

मेरा सौभाग्य। यह प्रतीक्षा लम्बी नहीं खिंची। मैं तो समझ रहा था दस-पांच वर्षों से कम में क्या लौटेंगे राघवेन्द्र पर यहां तो वर्ष लगते-न-लगते वे वापस आ गए। साधारण व्यक्ति की अध्ययन-अवधि जिसे ब्रह्मचर्याश्रम कहते थे बीस वर्षों की होती थी। पांच वर्षों की उम्र में आश्रम गए तो पचीस की उम्र में लौटे। पर राघवेन्द्र तो जैसे यह गए वह आए। सारी श्रुति-स्मृति जिनकी चेरी हो उन्हें विद्यार्जन में कितना समय लगता ? पूर्वजन्म की अर्जित विद्या-वृद्धि भी इस जन्म में काम आ जाती है। पूर्व के संस्कार इस जन्म के अध्यवसाय को शीघ्र ही सार्थक कर देते हैं। और जो जन्म लेने के पूर्व ही अखिल ब्रह्मांडपति हो, वेद जिसके वाक्य हों, वही जब जन्म-ग्रहण करे तो उसे शास्त्रज्ञ-वेदज्ञ होने में कितना काल लगता है ? श्री राम जब गुरु-गृह से शीघ्र ही लौट आये तो औरों को चाहे जो आश्चर्य हुआ हो, मुझे नहीं हुआ। गोस्वामी ने श्री राम के विद्यार्जन की बात

को अपने रूप में ठीक ही लिखा—

गुरु गृह गए पढ़न रघुराई ।
अल्प काल विद्या सब पाई ।।

श्री राम लौट आये तो जैसे मेरा जीवन ही वापस आ गया । दिन फिर आराम से व्यतीत होने लगे । पर कहां पता था कि यह सुख फिर शीघ्र ही बाधित होने वाला था ।

एक दिन पहुंचे कौशिक मुनि । नृप दशरथ ने तपःपूत ऋषि को द्वार पर पा उनका आन्तरिक स्वागत किया । पाद्य-अर्घ्य से पूजन कर उन्हें उच्चासन प्रदान किया और विनम्र शब्दों में बोले—"कैसे यह मान-प्रदान किया आपने, महर्षे मुझे ?"

"तपोवन, दुष्टों से आक्रान्त हो रहा है । नर-भक्षी राक्षस तपाचारी ऋषियों का भक्षण कर रहे हैं । यज्ञाग्नि में उनके अस्थि-मज्जा-मांस की आहुति डाल रहे हैं । सर्वत्र त्राहि-त्राहि मची हुई है । यज्ञ-कर्म के बन्द होने से पुण्य का क्षय हो रहा है । पापाचार की वृद्धि और पुण्य-कर्म के ह्रास का परिणाम केवल तपस्वियों-साधकों को झेलना पड़े ऐसी बात नहीं । राजा भी इससे अप्रभावित नहीं रह सकता । राज-परिवार पर भी संकट के बादल घिर सकते हैं । आखिर, हम वनवासी केवल अपने स्वार्थ से प्रेरित होकर तो साधना-उपासना में रत नहीं रहते । सकल-लोक-मंगल ही हमारा इष्ट होता है ।"

"यह तो बुरा है । आप तपस्वियों के तप के बल पर ही तो हम निःशंक राज्य-सुख भोगते हैं । आप की दिनचर्या बाधित है तो राष्ट्र का अमंगल सुनिश्चित है । बोलिए हम आपकी क्या सेवा कर सकते हैं ?" नृप ने निवेदन किया ।

"हमारे यज्ञ को निर्विघ्न कीजिए । इससे अधिक हम क्या चाह सकते हैं ।" विश्वामित्र ने याचना की ।

"कहिए तो आज ही मेरी सम्पूर्ण वाहिनी वन को कूच करती है । तपोभूमि को मैं क्षण में निरापद कर दूंगा । आप तो जानते ही हैं मैंने युद्ध में इन्द्र की भी सहायता की है । ये मुट्ठी भर दुर्दान्त राक्षस क्या खाकर टिकेंगे हमारे सामने…?"

"बस, बस," विश्वामित्र ने बीच में टोका, "मैं इतना कुछ नहीं चाहता महाराज ! मेरी कामना अत्यन्त छोटी है । आपका सैन्य-बल आपके साम्राज्य की रक्षा के लिए तत्पर रहे मेरा काम तो अल्प से ही चल सकता है ।"

दरबार में बैठे बहुत सारे लोग नृप दशरथ और ऋषि विश्वामित्र की इस वार्ता को बड़ी उत्सुकतापूर्वक सुन रहे थे । एक किनारे खड़ा मैं भी यह जानने को उत्कंठित था कि ऋषि की यह अल्प-कामना है क्या ?"

"क्या केवल एक-दो सैनिक अपने साथ करना चाहते हैं ? उनसे ही काम सध जायेगा आपका ?" नृप ने जानना चाहा ।

"काम तो एक-दो से ही सधना है महाराज । पर वह एक-दो कोई साधारण सैनिक नहीं होंगे । मैं आपके दो किशोर-पुत्रों राम-लक्ष्मण की याचना करने

आया हूं।"

अन्य दरबारियों पर ऋषि के इस निवेदन का क्या प्रभाव पड़ा इस पर ध्यान देने की मुझे सुधि नहीं थी पर राजा दशरथ और मुझ पर तो जैसे वज्रपात हो गया। राजा का सदा-प्रसन्न मुख सहसा म्लान हो आया और वे संज्ञा-शून्यता की स्थिति में आते-आते रहे। मेरे तो प्राण ही जैसे कंठगत हो आये। श्री राम से सम्भावित विछोह की बात से ही मैं व्याकुल हो आया। क्या अपने आराध्य से अनन्त वियोग ही मेरे भाग्य-लेख में अंकित कर दिया है विधाता ने? अभी-अभी तो वे गुरु-गृह से लौटे हैं, अभी-अभी यह नई विपत्ति कौशिक के रूप में आ फटी!

"महर्षि! आपने यह अनुचित मांगा...।" दशरथ अव्यवस्थित अवस्था में ही बोले।

"अपराध क्षमा हो महाराज, पर मैंने जो भी याचना की है सोच-समझ कर। इसमें दोनों पक्षों का हित है।"

"मेरी समझ में यह बात नहीं आती" नृप ने विनम्र निवेदन किया, "ये नन्हें किशोर नर भक्षी राक्षसों से कैसे पार पायेंगे? ये तो काल-कवलित ही हो जायेंगे महर्षे! प्रलय-मेघों से नियन्त्रित होने योग्य दावाग्नि के शमन के लिए आपने जल की चंद बूंदों की आहुति चाही है। भला कहां ये कोमल, कृश-गात किशोर और कहां नर-मांस लोभी दुर्दान्त दैत्य? आप राम-लक्ष्मण के बदले मेरे प्राण ही मांग लेते तो मुझे यह मर्मान्तक पीड़ा नहीं होती जिसका अनुभव मैं अभी कर रहा हूं।

"मोह-ममता का बन्धन आपको व्यथित और उद्वेलित कर रहा है नरेश!" विश्वामित्र ने शान्ति से आरम्भ किया था। सम्पूर्ण सभा स्तब्ध-सी, शान्त-सी यह वार्तालाप सुने जा रही थी, "जिन्हें आप निरा किशोर समझ रहे हैं वे राम-लक्ष्मण शौर्य-साहस के अवतार हैं, वीरता के पूंजीभूत विग्रह हैं। त्रैलोक्य में इनके बल-वीर्य का कहीं कोई साम्य नहीं। आप व्यर्थ ही इन्हें साधारण किशोर की संज्ञा दे रहे हैं। मैंने कहा न महाराज, इसमें दोनों पक्षों का हित है। राम-लक्ष्मण अभी-अभी गुरु-गृह से अस्त्र-शस्त्र संचालन की शिक्षा लेकर आए हैं। यज्ञ-रक्षा के क्रम में इनकी परीक्षा भी हो जाएगी और हम तपाचारियों को भी यज्ञ-विध्वंसक राक्षसों से त्राण मिल जायगा। आप नियति के विधान का वाधक नहीं बन उसके निमित्त—साधक—बनें महाराज। भविष्य के गर्भ में क्या कुछ छिपा है आप नहीं जानते। तप के बल पर हम वनचारियों की अन्तर्दृष्टि कुछ अधिक ही प्रखर हो आती है। मैं इसमें एक बहुत बड़े मंगल विधान के दर्शन कर रहा हूं महाराज, आप राम-लक्ष्मण को मेरे साथ जाने दें।"

सभी ने ऋषि विश्वामित्र की बात को ध्यान से सुना था पर उस समय किसी का ध्यान भविष्य के गर्भ में छिपे उस मांगलिक आयोजन की ओर नहीं गया था जिसकी ओर ऋषि संकेत कर रहे थे—राम-जानकी विवाह, धनुष-यज्ञ की ओर जा भी नहीं सकता था। सभी विश्वामित्र की तरह मंत्र-द्रष्टा, भविष्य-द्रष्टा तो

थे नहीं ।

राजा ने किसी प्रकार कुछ दिनों के लिए राम-लक्ष्मण की यज्ञ-रक्षा हेतु ऋषि के साथ जाने की अनुमति दे दी थी । सभा सन्न रह गई थी । मैं पूर्णतया अवसन्न हो आया था । मैं जानता था, चाह कर भी मैं इस अभियान में साथ नहीं दे सकता था। जब मुझे गुरु-गृह नहीं जाने दिया गया तो ऋषि-कुल में इस वानर का कहां स्वागत होगा ! विश्वामित्र तो धनुर्धारी राम-लक्ष्मण को संग लेने आये हैं, मेरे सदृश पुच्छधारी लंगूरों की, उनकी बस्ती में क्या कमी !

पर जाने के पूर्व मेरे आराध्य ने मुझसे एकान्त वार्ता की थी—दो क्षणों की । कहा, "अब तुम भी अयोध्या से कूच करो केसरी-किशोर। मुझे कुछ ऐसा प्रतीत हो रहा है कि मेरे अयोध्या लौटने में विलम्ब होगा और लौटूंगा तब भी बहुत दिनों तक शायद यहां नहीं रह पाऊं । मुझे ग्रह-योग कुछ ऐसा लग रहा कि किसी बड़े अनुष्ठान में हम दोनों सहभागी बनने वाले है । तुम अयोध्या से अलग मेरी प्रतीक्षा करो ।"

"कहां ?" मैं अश्रु-विगलित स्वर में बोला था ।

"यह तो मैं भी अभी ठीक से नहीं कह सकता । मेरी अन्तश्चेतना ने मुझे कितना इंगित किया मैंने तुझे बता दिया । मेरे विचार से तुम अभी गन्ध-मादन चले जाओ । तुम्हारी माता अंजनी सती हैं, तपोपूता साध्वी। त्रिकालदर्शिनी हैं वे । उन्हीं की आज्ञा का अनुकरण करो। वे जहां बतायें वहीं रहो । हमारे पुनर्मिलन का अब एक-मात्र यही उपाय है । तुम कहीं भी रहोगे, मैं तुम्हारा संधान पा लूंगा। फिर मिलेंगे तो कभी नहीं बिछुड़ेंगे हम, पवनपुत्र ! जाओ, देवगण तुम्हारा मंगल करें ।"

इतना कहकर तीव्र गति से मेरे आराध्य मुझ से अलग हो गए थे और कुछ ही क्षणों में तैयार होकर वे सानुज, ऋषि के पीछे लग गए थे। नृप दशरथ के साथ सभी नगरवासियों ने अश्रु-भरे नयनों से उन्हें विदा दी थी और जब तक वे आंखों से ओझल नहीं हो गए थे, हम सभी उन्हीं की दिशा में देखते रहे थे ।

श्री राम के प्रस्थान के बाद किसी को मेरी ओर ध्यान देने का समय नहीं था । सभी उनके वियोग से दुःखी और संतप्त थे । अयोध्या मुझे काट खाने लगी थी और सबकी दृष्टि बचा मैं भी नगर से बाहर चला गया था ।

पुण्य-तोया सरयू के जल को मैंने सिर से लगाया था और आंखों से अजस्र प्रवाहित जल को रोकने का व्यर्थ प्रयास करते हुए गन्ध-मादन की दिशा में बढ़ गया था ।

सात

मेरे मातृ-गृह, गन्ध-मादन की शोभा यथावत् थी । वनस्पति-बोझिल पर्वत-पहाड़ और गन्धवाही पवन मन को अब भी सुख-शान्ति प्रदान करने में सक्षम थे । पुष्प-संकुल सरोवर एवं सरित-प्रवाह अब भी भ्रमरावलियों से गुंजरित और श्री-सुषमा से सम्पन्न थे । माता अंजना का अन्तर भी वैसा ही वात्सल्य-पूरित और ममता-युक्त था । बल्कि कुछ काल के वियोग ने इस वात्सल्य-भाव को और समृद्ध ही कर दिया था । वे मेरी ओर उसी तरह लपकी थीं जिस तरह दिबसावसान पर वन से लौटी सद्यःप्रसूता गौ अपने बछड़े की ओर लपकती है । पर मुझे कुछ भी अच्छा नहीं लग रहा था । वन-श्री से लेकर मातृ-स्नेह तक मुझे कुछ भी बांधता, गंध-मादन से जोड़ता नहीं लगता था । लग रहा था कि कुछ ऐसा टूट गया है अन्दर, कुछ ऐसी महत्त्वपूर्ण कड़ी भग्न हो गई है कि अब मन कहीं बंध नहीं सकता था । मातृ-स्नेह की रज्जु से ही नहीं, मातृ-भूमि के अछोर आकर्षण के सशक्त सूत्र से भी नहीं ।

"क्या हुआ बेटा ?" मातृ-हृदय को सुत की व्याकुलता का बोध शीघ्र ही हो गया था, "तुम इतने अवसन्न, ऐसे हताश, इस तरह भग्न-हृदय क्यों लग रहे हो ? अयोध्या में तुम्हारा उचित सत्कार तो हुआ ?"

"उसी सत्कार का तो फल भोग रहा हूं अम्बा !" मैं ने रूद्ध कंठ से कहा था ।

"क्या मतलब ?" माता अंजना ने खींच कर मुझ अपने क्रोड़ में ही बैठा लिया था, जैसे मैं अब भी दो-चार वर्ष का कपि-कुमार होऊं जिसे वह गोद में बैठा दुलराया करती थीं । मेरी आंखों के आंसुओं को उन्होंने अपनी तपःपूत उंगलियों से पोंछा था और स्नेह-बोझिल स्वर में पुनः पूछ बैठी थीं, "बताओ न बेटे, क्यों हो आये ऐसे ?"

"मैं अपने आराध्य की बात कहना चाहता हूं मां !" मैंने धीरे-धीरे आरम्भ कियाथा, "तुमने पूछा, वहां पूर्ण सत्कार तो हुआ । मैं कहना चाहता था कि श्री राम के स्नेह-सत्कार ने ही तो मुझे इस स्थिति में पहुंचाया है । तुम कल्पना भी नहीं कर सकती उस प्रेम की, उस स्नेह-सत्कार तथा निःस्वार्थ और अगाध स्नेह की । मुझ तुच्छ को उन्होंने इतना मान दिया जैसे मैं एक सामान्य कपि नहीं होकर उनका सहोदर या इससे भी कुछ अधिक महत्त्वपूर्ण होऊं । कहने को मैं उनका दास था, उनकी सेवा में सदा तत्पर एक साधारण किंकर, पर वस्तुतः मैं उन्हें सौमित्र, भरत और शत्रुघ्न से भी अधिक प्रिय था । उनके प्रेम ने मुझे पागल बना दिया मां, उन्मादी ।"

"तब क्या रोना है बेटा ?" मां की आंखें भी सजल हो आई थीं ।

"रोना है मां ! वे मुझे छोड़कर चले गए ।" मैं किसी तरह बोल सका ।

"कहां ?"

"तुम सब जानती हो मां ! तुम्हारे सदृश तपोपूता देवी से क्या कुछ छिपा है

मां ? जब कौशिक के सदृश तपस्वी तक भविष्य के गर्भ में छिपे विधि-विधान के अवलोकन का दावा कर सकते हैं तो अंजना-अम्बा के लिए, जिसे साक्षात् सदाशिव का प्रसाद प्राप्त है, क्या अज्ञात है ? वे ऋषि की यज्ञ-रक्षा को गए और शायद और कुछ के लिए भी जो उससे अधिक महत्त्वपूर्ण है ।"

"तो तुम घबरा क्यों गए बेटा, तुमने जो चाहा वही तो घट रहा है ।" मां की आंखों के आंसू सहसा तिरोहित हो गए थे और वह मन्द स्मित से भरकर बोली थीं ।

"क्या घट रहा है ?"

"रामायण घट रही है ।"

"रामायण !!" मैंने आश्चर्य से कहा था । मेरी आंखों के आंसू भी एक क्षण में ही सूख गए थे ।

"हां बेटा, रामायण । तुम्हीं ने तो कहा था, मैं रामायण का हनुमान बनूंगा । बीते कल्पों की राम-कथा सुन-सुन तुम्हीं तो राम-कथा के हनुमान बनने की कामना करते थे, राम-दूत बनने की । अब जब विधि ने यह संयोग ला खड़ा किया तो तुम इसे अपना दुर्भाग्य क्यों मान बैठे ?"

"यह तो मैं भूल ही गया था मां ! उसी उद्देश्य की पूर्ति में तो मैंने आशुतोष के साथ अयोध्या की यात्रा की थी । तो क्या सचमुच मैं अब वही राम-दूत हनुमान बन जाऊंगा जिसकी कथा तुम अपनी रामायण-गाथा में गाती रही हो ?" मैं प्रसन्नता से पुलकित होकर बोला था ।

"हां बेटा ! नियति को शायद यही स्वीकार है । रामायण घटने लगी है । मैं अपने तपोबल और पशुपति की अनुकम्पा के आधार पर सब कुछ साक्षात् देख पा रही हूं । ऋषि-आश्रम में राक्षसों को संहार कर श्री राम जनकपुर की ओर प्रस्थित होते हैं । मार्ग में गौतम पत्नी पाषण-भूता अहल्या का उद्धार करते हैं । जनक की पुष्पवाटिका में मां वैदेही से उनका साक्षात्कार होता है, फिर धनुष-यज्ञ, फिर राम-जानकी विवाह, फिर राम राज्याभिषेक की तैयारी और फिर··· ।"

"फिर-फिर क्या मां, रुक क्यों गईं ?" मैंने भाव-विह्वल होकर पूछा ।

"रुकना क्या बेटा ! यह तो कल्प-कल्प की दुहराई कहानी है । तुम्हारी कई बार की सुनी-सुनाई । इसके पश्चात् ही तो तुम्हारी भूमिका आती है । बोलो, जाते समय क्या आदेश दिया है लोकरंजन श्री राम ने तुम्हें ?"

"तुमसे ही आदेश लेने को कहा है । बोले हैं, त्रिकालदर्शिनी हो तुम । तुम जहां बताओ वहीं प्रतीक्षा करनी है मुझे उनकी ।"

"तो ऋष्यमूक पर चले आओ । सुग्रीव वहां भयभीत पड़े हैं । सूर्य, गुरु रहे हैं तुम्हारे । सूर्य के अंश से ही संभूत सुग्रीव, बालि के भय से छिपे पड़े हैं ऋष्यमूक पर । उन्हें तुम्हारी बहुत आवश्यकता है ।"

"तुमसे भी अधिक मां ? मैं हतभाग्य तो तुम्हारी कोई सेवा नहीं कर सका । मैंने तो सोचा था, श्री राम ने तुम्हारे पास भेजा है तो तुम्हारे चरणों की सेवा का

कुछ अवसर प्रदान करने हेतु। शायद तुम कुछ दिनों तक अपने ही आश्रय में मुझे रखना चाहोगी और फिर किसी दिन यहीं अपने आराध्य के चरणों के दर्शन का सौभाग्य···।"

"यह नहीं होगा बेटा !" मां ने टोका था, "मैं विधि के विधान की बाधा नहीं बन सकती। रामायण घट रही है, वह घटेगी। मेरा वात्सल्य इस घटना-प्रवाह का अवरोधक नहीं बन सकता। पत्थर रख लूंगी मैं अपने कलेजे पर किन्तु राम-कार्य में मैं किंचित् भी व्यवधान नहीं बनने दूंगी अपने पुत्र-प्रेम को। जाओ पवन-सुत ऋष्यमूक तुझे पुकार रहा है, सुग्रीव तुम्हें सखा के रूप में वरण करने को व्यग्र हैं, श्री राम से वहीं भेंट होगी। कुछ काल लगेगा पर धैर्य रखना। अवसर आने पर चूकना नहीं। प्रमाद नहीं करना अपने पूज्य को पहचानने में। ऋष्यमूक-पार्श्व के पम्पा-सर की पुण्य-स्थली पर ही ब्रह्म और जीव के अभिन्न मिलन को सुनियोजित किया है नियति ने। जाओ इस कहानी को अभी तुम नहीं समझोगे। पूरी रामायण मैंने तुम्हें सुनाई है पर कुछ गुप्त भी रखा है, जिसे तुम समझोगे स्वयं देख-भोग कर ही। स्वयं की अनुभूतियों से लभ्य सुख से वंचित नहीं करना चाहती मैं तुझे। गोपनीय को अभी गुप्त ही रहने दो अंजना के लाल! जाओ, पार्थिव मातृ-प्रेम के बन्धन को झटक कर, जाओ पवन-पुत्र ! अपार्थिव प्रेम की अजस्र धार तुम्हें आपाद-मस्तक आप्यायित करने को आकुल है। शुभ घड़ी की प्रतीक्षा करना। समय बीतते बहुत काल नहीं लगता। एक बात और कहूंगी। तुम जानते भी हो। राम साधारण मनुष्य नहीं, साक्षात् परात्पर ब्रह्म हैं। जब कभी संकट में पड़ो, अनिर्णय, अनिश्चय की स्थिति तुम्हें ग्रसित कर ले, तो मात्र उनका ध्यान ही सारे संकट, सम्पूर्ण अनिश्चय-अनिर्णय को समाप्त करने को पर्याप्त होगा। आजमा कर देखना उसे, परीक्षा लेकर। कभी निराश नहीं होंगे तुम।"

माता ने कहा था। प्रेम से मेरा सिर सूंघा था और फिर मुंह फेरकर खड़ी हो गयी थी। मेरे पास सिवा आगे बढ़ने के कोई उपाय नहीं था। कहा था न मैंने अपने इस आत्म-निवेदन के आरम्भ में ही—चरैवेति, चरैवेति—तो चल पड़ा था मैं रामाज्ञा के अनुपालन में, मातृ-आज्ञा के अनुपालन में। चल पड़ा था ऋष्यमूक की ओर।

आठ

प्रकृति ने अगर साकार रूप ग्रहण कर किसी स्थान को अपनी रम्य उपस्थिति से कृतार्थ किया था तो वह था ऋष्यमूक पर्वत का वह पाद-प्रदेश जहां स्थित पम्पा सरोवर की शोभा शब्दों में बांधने की वस्तु नहीं है। दूर-दूर तक फैले

इस अछोर सलिल-विस्तार के एक तीर पर खड़े होकर दूसरे कूल को दृष्टि-पथ में लाना मानवीय शक्ति के वश की बात नहीं थी।

सरोवर के स्वच्छ जल की पारदर्शिता ऐसी कि जल-गर्भ में क्रीड़ा-रत मत्स्य, कूर्म एवं सीप के सदृश जल-जीव सदा इस भय से भीत रहते कि कब काक, बक, गृद्ध एवं अन्य हिंसक पक्षियों के लालच का शिकार हो वे संकटापन्न हो जाएं। जल-पुष्पों की सारी जातियों-उपजातियों से संकुल इस पम्पा-सर की सौंदर्य-वृद्धि में अत्यधिक सहायक थे शतदल रक्त-कमल एवं श्वेत कुमुदिनी-कुसुम। इनके उत्फुल्ल समूह से यह सलिल-भंडार सदा सुमन-वन की तरह शोभायमान रहता। इन रक्त-श्वेत सुमन-गुच्छों के इर्द-गिर्द गुंजरित भ्रमर-पंक्ति, शान्त सलिल के ऊपर एक कालीन की सृष्टि-सी करती प्रतीत होती, जिसका आकर्षण बीत-राग योगी-यतियों की आंखों को भी बांध-बांध लेने की सामर्थ्य रखता।

जल-तल और उसके ऊपर मंडलाकर घूमते मांस-लोलुप पक्षियों के अलावा जल-कुक्कुट, कल-हंस, कारडंव, चक्रवाक, बक एवं सारस आदि के सदृश पक्षियों से सेवित यह सरोवर विश्व-भर के जल-पक्षियों का अति सुरक्षित आवास था जहां शरद के आरम्भ से लेकर वसंत के अवसान तक दूरस्थ शीत-प्रदेशों के पक्षी भी शरण ताकते थे। जल-पक्षियों के विविध प्रकारों के शोभा-दर्शन का उससे उपयुक्त स्थान प्रकृति-क्रोड़ में कहीं और नहीं था। जल-तल से ऊपर सिर उठाये विविध छोटे-बड़े वृक्षों के ऊपर निर्मित नीड़ों में, उर्ध्व-मुख बैठे और आखेट-प्रस्थित अपने पिता-माता के लिए प्रतीक्षा-रत विविध रंगी बक-गरूड़-शावक, निरीहता के साथ-साथ मौन आकुलता का ऐसा भाव प्रदर्शित करते कि प्रेक्षकों का मन भी स्नेह-द्रवित हो जाता।

उड़ते-उड़ते अकस्मात् जल-गर्भ में गोता लगाते और चंचु में किसी असावधान मीन-मत्स्य को भर ऊपर आते कुछ मांस-प्रेमी पक्षियों की आखेट-क्रीड़ा अहिंसक प्राणियों के भी मनोरंजन का कारण बनती। ऐसे ही पक्षी जब किसी निरीह जल-जीव के बदले हिंसक, विषयुक्त सर्प आदि को अपने चंचु का लक्ष्य बना जल-तल पर प्रकट होते और अपने भक्ष्य को तड़पा-तड़पा मृत्यु के हवाले करते तो सारे जल-जीव इस दृश्य को देख आनन्द-मग्न हो जाते और इस सुकृत्य के लिए अपनी अबूझ भाषा में साधुवाद करते।

इन जल-पक्षियों का, पम्पा-सरोवर की आकर्षण-वृद्धि में सबसे बड़ा अवदान था उनका स्वर-संगीत जो किसी नैसर्गिक वीणा-निनाद से सम्पूर्ण वातावरण को सम्मोहित एवं संगीत-पूरित करता रहता। विविध स्वरों का वह सम्मिलित संधान आपके अत्याधुनिक संगीत-सरंजाम (ऑर्केस्ट्रा), जिसमें सैकड़ों वाद्य-यंत्रों से निस्सृत स्वर एक साथ आरोह-अवरोह पर चढ़ते-उतरते हैं, से शत-सहस्र गुणा आकर्षक और कर्णप्रिय होता। शायद निसर्ग द्वारा ही स्थापित था यह स्वर-संतुलन। शत-सहस्र पक्षी-कंठों से साथ-साथ उच्चरित, भाव एवं अर्थ युक्त ये शब्द-समूह, निरर्थक एवं व्यर्थ सिद्ध नहीं होकर एक सार्थक संगीत-संसार के निर्माण में

योगदान देते। सच इस संगीत-सागर में एक बार निमग्न होने के पश्चात् अलकापुरी के वाद्य-यंत्रों की स्वर्गिक स्वर-धारा भी व्यर्थ और कर्ण-कटु ही लगती।

पम्पा-सरोवर का एक और आकर्षण था। और वह था उसका तटवर्ती कानन जो कहने को तो वन था, पर लगता था जिसे प्रकृति ने अपने हाथों साज-संवार कर किसी उपवन का ही स्वरूप प्रदान कर दिया था। अशोक, आम्र, नीम, वट, करवोर, नागकेसर, वकुल, भंडीर, छितवन एवं शाल, शीशम, अर्जुन, ताल, हिताल, तिलक, सेमल, पलाश, चन्दन और कुरवन वृक्षों से युक्त यह तरु-राजि, पम्पा के तट-प्रदेशों से आरम्भ हो ऋष्यमूक के ढलान तथा उसके उतुंग शिखर-पर्यन्त विस्तृत थी।

इस काल यह प्रदेश पूर्णतया पुष्पित-पल्लवित हो कर यह सम्पूर्ण वन-प्रदेश अद्भुत आकर्षण से संयुक्त हो गया था। आम्र और नीम वृक्ष, श्वेत मंजर-युक्त हो आये थे और इन पर द्विवरेफों (भौरों) की पंक्तियां टूट पड़ी थीं। राशि-राशि पुष्पों से आच्छादित पत्र-विहीन पलाश वृक्षों का विस्तार जिस ओर था, उस ओर लगता था कि तरु-शिखरों पर पुष्पों के बदले दहकते अंगारे ही उग आए हैं अथवा यह कि उस ओर का कानन-प्रदेश दावाग्नि दग्ध हो लहक पड़ा है।

इन वृक्षों पर वसेरा बनाए पक्षियों, विशेषकर कोकिल एवं पी के कुहु-कुहु और पी-पी-पी का स्वर सरोवर के जल-पक्षियों के संगीत के माधुर्य एवं मादकता से होड़ लेता प्रतीत हो रहा था। स्वयं निसर्ग के करों सज्जित इस पर्वत-पाद-प्रदेशीय वन की विशेषता इसके विविध वृक्षों को आलिंगित-परिवेष्टित करतीं पुष्प लताओं का बाहुल्य भी थी। इन नीम, आम्र, बट और शाल वृक्षों के बीच विकसित मालती, मल्लिका एवं माधवी के सदृश मुकुलित-पुष्पित लताएं कानन की श्री-वृद्धि में अपना विशिष्ट सहयोग दे रही थीं। केतकी, कुन्द, मौलसिरी, चम्पा तथा नागकेसर एवं स्थल-कमल की शाखाएं भी पुष्प-भार से झुक आई थीं और इन विभिन्न कुसुमित लताओं-पौधों का स्पर्श कर प्रवाहित गन्ध-बोझिल वायु दिग्दिगन्त को सुगन्धित करने में व्यस्त थी।

कुछ अधिक ही खिंच गया न पम्पा-सर और उसके परिवेश का यह विवरण? इसका कारण है और वह यह कि यह पूर्व-पीठिका है आगे घटित होने वाली एक ऐसी घटना की जिसने मेरे जीवन-प्रवाह को सहसा एक महत्त्वपूर्ण मोड़ दे दिया था। अयोध्या से लौटने के पश्चात् से मेरा मन कभी प्रकृतिस्थ नहीं हुआ था। राघवेन्द्र का स्मरण सदा बना ही रहता था। उस कृपालु ने वचन दिए थे कि वे स्वयं मेरा संधान कर लेंगे और उसके पश्चात् मेरा उनसे कभी बिछोह नहीं होगा। ब्रह्म से पृथक् हुए जीव की व्यग्रता आप में से अधिकांश की अनुभूत है। यह नित्य की आकुलता-विकलता किसी भी उपलब्धि से संतुष्ट नहीं होने का भाव, प्राकृतिक एवं मानवीय सौन्दर्य के प्रति आकर्षक-विकर्षण, यह सब वस्तुतः जीव द्वारा अपने मूल-स्रोत—ब्रह्म—की तलाश ही तो है?

जब ब्रह्म से कभी के हुए पार्थक्य को लेकर जीव इस तरह असंतोष और विक-

लता का आखेट हो सकता है तो जो इस जीवन में ही ब्रह्म-साक्षात्कार ही नहीं सान्निध्य का भी लाभ कर पुनः उसके दर्शन मात्र से वंचित हो गया हो उसकी दुरवस्था का अनुमान बहुत कठिन नहीं। अयोध्या से लौटे पर्याप्त समय व्यतीत हो गया था। मैं अपने आराध्य के आश्वासन के आधार पर ही अब तक किसी तरह अपने जीवन-क्रम को चलाए जा रहा था। मैं सुग्रीव के साथ होकर भी नहीं था। ऋषियों का, मेरे शौर्य की विस्मृति से संबंधित अभिशाप, राम-वियोग में और पुष्ट हो आया था। अपने आराध्य के स्मरण में अहर्निश रत मुझे और किसी ओर ध्यान देने का अवकाश ही नहीं था। कुछ लोगों ने लंका-युद्ध तथा समुद्रलंघन आदि के समय में मेरे तथाकथित पराक्रम को लक्ष्य कर आश्चर्य भी किया था कि मेरे सदृश सुहृद और सहयोगी के होते हुए भी सुग्रीव उतने दिनों तक अपमानित और उपेक्षित जीवन क्यों जीता रहा? क्यों नहीं बालि-भय से मुक्त कर, मैंने उसको किष्किन्धा के सिंहासन पर अभिषिक्त कर दिया? क्या कठिन था मेरे लिए सहस्र कपियों से रक्षित किष्किन्धा का पराभव, जब मैंने लक्ष-लक्ष राक्षस-योद्धाओं से सेवित लंका को बात की बात में अग्नि-लपटों को अर्पित कर दिया था? मैं कैसे बताता उनको कि मेरा ध्यान तो सतत अपने आराध्य से संभावित मिलन की ओर लगा था, अपने तथाकथित बल-विक्रम और शौर्य-साहस के प्रति पूर्णतया उदासीन और तटस्थ मैं सुग्रीव की प्रयोजन-सिद्धि में सहायक हो भी कैसे सकता था?

अन्ततः पम्पा-सरोवर और उसका परिवेश ही मेरी चिर-पोषित आकांक्षा की पूर्ति का स्थल बना था। पम्पा-तीर उतरा, गन्ध-बोझिल वसन्त मेरे अन्तर में भी उतर कर मेरे शोक-संताप को निःशेष कर, मेरे संपूर्ण जीवन विस्तार को सदा के लिए सुवासित करने वाला था। ऐसी स्थिति में अगर इस सरोवर और इसको आवृत्त करते वन-प्रदेश और इसके पत्र-पत्र पर अवतरित ऋतुपति के चित्रांकन में मैंने कुछ अधिक ही तन्मयता का परिचय दिया तो आप मेरे इस अपराध को क्षम्य मानेंगे, ऐसा मेरा विश्वास है। आखिर, यह पुण्य-स्थली अखिल ब्रह्मांडपति के स्वागत को प्रस्तुत हो रही थी जो एक-दो दिवस नहीं कई माह तक इसे अपने आवास से सौभाग्य-सिक्त करने वाला था। मुझे तो लगता है कि इस पुण्य-भूमि के सौभाग्यांकन में मैं विद्या-बुद्धि विहीन कपि असमर्थ ही सिद्ध हुआ हूं। हां गोस्वामी ने अपनी प्रकृति के अनुरूप कुछेक शब्दों के गागर में ही सागर भरने में सफलता प्राप्त की है—

पुनि प्रभु गए सरोवर तीरा।
पम्पा नाम सुभग गम्भीरा॥
संत हृदय जस निर्मल बारी।
बांके घाट मनोहर चारी॥
जहं-तहं पियहिं विविध मृग नीरा।
जनु उदार गृह जाचक भीरा॥

सुग्रीव तथा और वानरों के साथ ऋष्यमूक के एक शिखर पर बैठा मैं पम्पा-सरोवर की इस शोभा-श्री का पान करने में रत था कि सुग्रीव सहसा अव्यवस्थित हो आए। व्यग्रता में वे खड़े हो गए और लम्बी छलांग लगाने को प्रस्तुत हो गए। मेरा ध्यान उनकी ओर गया तो मैं भी खड़ा हो गया और उनकी मुखाकृति देख कुछ चिन्तित हो गया। उनका तेज-पूर्ण आनन सहसा रक्तहीन हो आया था और इनके नीलाभ नेत्रों में भय तैर आया था।

"क्या बात है ?" एक ऊंची चट्टान पर तत्क्षण आसीन हो आए सुग्रीव छलांग भरने ही वाले थे कि मैंने हाथ के इशारे से उन्हें रोका।

"मैं चला। हो सके तो तुम भी भागो यहां से।" भयभीत वानरराज ने कहा।

"क्यों ?" मैंने उत्सुकता से पूछा।

"उधर देखो, उधर।" सुग्रीव ने पम्पा की ओर इशारा किया तो मैंने देखा, दो धनुर्धारी मनुज-किशोर इस ओर ही चले आ रहे हैं। वन-श्री की शोभा निहारते वे ऐसे व्यस्त हैं कि हम शिखरस्थ शाखा-मृगों की ओर उनका ध्यान अभी गया ही नहीं है !

"इनसे क्या भय है ? ये तो सामान्य मनुज हैं।" मैंने सुग्रीव के भय का निवारण करना चाहा।

"मनुष्य वेश में और कुछ भी तो हो सकते हैं ? देवता, राक्षस, गन्धर्व, किन्नर ? बालि द्वारा मेरे बध को प्रेषित ? इस बीहड़ वन-कान्तार में जो नरभक्षी दैत्यों और सिंह-व्याघ्रों से सेवित है, मनुष्य किधर से और क्यों आएंगे ? अवश्य बालि ने इन्हें मेरे अन्वेषण और हत्या के लिए भेजा है। भागो यहां से।"

मुझे सुग्रीव की बात पर हंसी आ गई। भीत-मन सदा आशंकाओं के ताने-बाने बुनता रहता है। वास्तविक खतरे से उसकी जितनी हानि नहीं होती उससे अधिक वह कल्पित भय की दुश्चिन्ताओं से स्वयं को दग्ध कर अपना अहित करता रहता है।

"इन्हें देखने से ऐसा कुछ नहीं लगता कि ये किसी की हत्या को सन्नध हों। धनुष-बाण से ये युक्त अवश्य हैं पर उनके धनुष, ज्या-सज्जित भी नहीं हैं। बाण तूणीर में ही पड़े हुए हैं। यहां से मैं जो कुछ देख रहा हूं। उससे ये हिंसक तो कदापि नहीं लगते, आप चाहें जो सोचें।" मैंने सुग्रीव को सान्त्वना देनी चाही।

"तब एक काम करो।" सुग्रीव ने कुछ व्यवस्थित होते हुए कहा, "तुम नीचे जाओ। ब्राह्मण-वेश में।"

"फिर ?"

"पता करो कि ये कौन हैं ? किस प्रयोजन से इस प्रदेश में विचर रहे हैं ?"

"फिर ?"

"फिर अगर सब ठीक-ठाक हो तो मुझे हाथ के इशारे से आश्वस्त कर देना। खतरा हो तो इंगित कर देना। मैं भाग कर अन्यत्र चला जाऊंगा अथवा किसी

गिरि-गह्वर की शरण ताकूंगा।"

"और मेरा क्या होगा?" मैंने विनोद से कहा।

"तुम अपनी चिन्ता स्वयं कर लेना। ऐसे भी, ब्राह्मण वेशधारी को कोई सहसा हाथ नहीं लगाता। अब शीघ्रता करो। वे इधर ही बढ़े आ रहे हैं।"

"जैसी आज्ञा।" कहकर मैंने सिर झुकाया।

नौ

सुग्रीव के आदेश को शिरोधार्य करने के अलावा मेरे पास कोई चारा नहीं था। ऋष्यमूक के उस रम्य शिखर से मैं जो कुछ देख पा रहा था इससे लगता था कि वे दोनों मानव-मूर्तियां अत्यन्त सौम्य और सुशील थीं। उनसे किसी के मन में भय का संचार हो, इसका कोई कारण नहीं था। पर सहज भीत सुग्रीव का मन उन्हें देखते ही भयाकुल हो आया तो इसमें कोई विशेष आश्चर्य भी नहीं था। बालि के बदले की भावना से वे परिचित थे। अवसर पाते ही वह इन्हें काल-कवलित कराने में जरा भी संकोच नहीं करता। उनकी आशंका बहुत अस्वाभाविक नहीं थी कि कहीं उन्हीं के प्राण हरने तो ये धनुर्धारी उपस्थित नहीं हुए हैं।

छलांग लगाने में तो मैं प्रवीण था ही। एक ही दीर्घ छलांग में मैं पर्वत-मूल में आ पहुंचा। यहां आकर मैंने रूप-परिवर्तन की बात सोची। दोनों मानव-मूर्तियां अभी कुछ दूर थीं। बीच में सघन वृक्षावलि थी। मैंने इससे लाभ उठाया और वटुक-वेष में आ गया। कह ही चुका हूं कि हम उपदेवता काम-रूप होते हैं। जब जैसा चाहा रूप बना लिया। मेरी पूंछ क्षण मात्र में गायब हुई, सिर का पार्श्व-भाग शिखा-शोभित हो गया। वानरी आकृति के स्थान पर वेद-पाठी किशोर का स्वरूप उभर आया। कन्धे में कुश का यज्ञोपवीत, ललाट पर चन्दन-तिलक तथा गले में अक्ष-माल शोभित हो गए। एक हाथ में पुस्तक और दूसरे में जलपात्र धारण कर मैं उन किशोरों की दिशा में बढ़ा।

जैसे ही मैं उनके समक्ष आया, उनके असामान्य रूप ने मुझे हतप्रभ-सा कर दिया। दूर से देखने में जो कोमल-गात किशोर-प्रतीत हो रहे थे, समीप से वे सबल नर-केसरी लगे। उनके विशाल वक्षस्थल, दीर्घ बाहु और उन्नत ललाट को देखकर सहज ही उनके राजपुरुष होने का अनुमान लगता था। हाथों में पड़े धनुष-बाण, कन्धे पर कसे तूणीर और सदा शरसंधान से उंगलियों और बाहुओं में उग आए चिह्न उन्हें असाधारण धनुर्धर और महान् पराक्रमी सिद्ध करने को पर्याप्त थे। पर सिर का जटाजूट और उनका ब्रह्मचारी वेष आश्चर्य में डालता था। तप

और शौर्य के इन सम्मिलित विग्रहों को देख कर यह समझना कठिन था कि ये सचमुच में वनचारी ब्रह्मचारी थे अथवा किसी राज्य-सदन को सूना करने वाले दो राज-किशोर जिन्होंने भवितव्यता अथवा विवशता के वश हो वल्कल-वरण किया था।

प्रथम सम्भाषण मुझे ही करना था क्योंकि मेरे प्रदेश में ये आए थे। मेरे अतिथि थे। मैं वेदपाठी ब्राह्मण-वटु के वेष में था अतः देव-वाणी में ही वार्तालाप आरम्भ करना था। मेरे देखते ही दोनों किशोर ठिठक गए थे। उनके आनन पर उग आई उत्सुकता को पढ़ मैंने वद्धांजलि पूछा—"को भवन्तौ ? पुरध व्याघ्राविव लक्षितौ ?"— नर-व्याघ्र की तरह लगने वाले आप दोनों कौन हैं ?

मेरे प्रश्न को सुनने के बाद वे थोड़ी देर तक चुप रहे। तत्काल मुझे अपने स्खलन का आभास हो आया। वटुक-रूप-धारी होने के बाद भी मेरा सहज चांचल्य निःशेष नहीं हुआ था। संस्कृत में संभाषण करने के बावजूद मुझे इस सामान्य शिष्टाचार का ध्यान नहीं रहा था कि आर्य-संस्कृति अपरिचितों के समक्ष हमसे प्रथम अपने परिचय-प्रदान की अपेक्षा रखती है। अपना तो अपना, अपने पिता के नामोच्चारण के साथ ही हम किसी अपरिचित अथवा अतिथि अभ्यागत के साथ संभाषण आरम्भ करते हैं। भूल सुधार कर मैं बोल पड़ा--"पवनात्मजोऽहं हनुमान् नाम कपिः। तिष्ठति सुग्रीव नाम वानरराजः अस्मिन् समुज्ज्वले ऋष्यमूक शिखरे। तेन प्रेषितः समागतोऽहम् तस्य महा भागस्य दूतः। कौ भवन्तौ नरशार्दूलौ ?"

—मैं पवन का लड़का हनुमान नामक वानर हूं। इसी ऋष्यमूक पर्वत पर वानरों का राजा सुग्रीव भी रहता है। मैं उसी का दूत, उसी के द्वारा यहां भेजा गया हूं। नरों में सिंह की तरह शोभायुक्त आप दोनों कौन हैं ?

इस पर श्यामल-गात किशोर ने गौरांग की ओर आंखों ही आंखों में कुछ इंगित किया और वह बोल पड़ा—

"दाशरथि अयम् रामः। तपस्यानुजो लक्ष्मणोऽहम्।
विचरन्तौ साम्प्रतमावामस्मिन्, निर्जने, दुर्भाग्य ताड़ितौ काल
प्रेरितौ च। कथय किं करणीयमवाभ्याम् भवते साधु रूपिणे।"

—दशरथ के लड़के राम हैं ये। मैं इनका अनुज लक्ष्मण। दुर्भाग्य के मारे, काल-प्रेरित हम अभी जंगल की खाक छान रहे हैं। कहिए, आप साधु की हम क्या सेवा कर सकते हैं ?

"दाशरथि राम ? लक्ष्मण ?" इतना सुनने के बाद मेरे लिए अब कुछ सुनना शेष नहीं था। मेरा ब्रह्मचारी रूप सद्यः समाप्त हो गया और अपने प्रकृत रूप में आ अपने आराध्य के चरणों में प्रणिपात कर मैं बोल पड़ा—"प्रभु, मैं तो ठहरा मन्दमति कपि। मैंने आपको नहीं पहचाना यह तो समझने की बात है। पर आप सर्वज्ञ होकर मुझे भूल गए, यह कैसी बात है ?" इसी को आगे चलकर तुलसी ने अपने रामचरित मानस में मुझसे यों कहलवाया—

एकु मंद मैं मोहवस
कुटिल हृदय अग्यान।
पुनि प्रभु मोहि बिसारेउ
दीनबन्धु भगवान ।।

मुझे अब लगा कि दोनों किशोरों, विशेषकर बड़े को देखकर मेरा हृदय सूर्य के समक्ष पड़े स्फटिक मणि की तरह क्यों द्रवित होने लगा था ? क्यों लगा था मुझे कि इनके और मेरे मध्य अपरिचय की खाई नहीं अपितु प्रगाढ़ परिचय का सेतु है। क्यों लगा था कि ये पाद-पद्म, ये कमल-नयन, ये आजानु-बाहु देखे और जाने-पहचाने हैं। आह ! जिन कमल-कोमल करो का स्पर्श मुझे सदा-सुलभ था उनके धारक, त्रिभुवन पति मेरे श्री राम आज सानुज, मेरे समक्ष खड़े हैं। हर्षातिरेक से मेरी आंखें भर आईं। दृष्टि धूमिल हो आई। स्वर अवरुद्ध हो गया। मैं चाहकर भी आगे कुछ बोल नहीं पाया। मेरे श्री राम के स्मृति-पटल पर भी शायद वह क्षण उभर आया था जब एक डमरूधारी मदारी ने डिग-डिग कर एक कपि-किशोर को मणि खचित उनके आंगन में नचाया था और फिर उसका संचालन-सूत्र उनके नन्हें हाथों में सौंप्र नौ-दो-ग्यारह हो गया था।

"हनुमान् ? मेरे बाल सखा ?" श्री राम के मुख से सहसा निकला था और उन्होंने मुझे अपने विशाल वक्ष में समेट लिया था।

"राम ! मेरे श्री राम !" मेरे शब्दों में अन्तर का सारा आह्लाद, सारी प्रसन्नता सिमट आई थी। मैं अपने आराध्य के हृदय से देर तक लगा अपने को धन्य करता रहा। अन्ततः सौमित्र ने ही हम दोनों को पृथक् किया था। पहचान की रेखा उनकी आंखों में भी उभरी थी और उन्होंने तत्काल मुझे आलिंगित कर कृतार्थ किया था।

"आप दोनों इस निर्जन में ? अयोध्या से इतनी दूर ? असुर-दैत्य सेवित कुश-कंटक पूर्ण इस घोर कानन में ? मैं विधि की इस विडम्बना को समझ नहीं पा रहा।" कुछ प्रकृतिस्थ होकर हम तीनों वहीं एक शिला-खंड पर बैठ गए थे तो मैंने पूछने की धृष्टता की थी।

"हनुमान्, तुम मुझसे बिछुड़े तब से बहुत कुछ शोभन-अशोभन घटा।" श्री राम ने आरम्भ किया और मैं एकटक उनके मुख-पद्म की ओर देखता उनके स्वर-पीयूष का पान करने लगा।

"महर्षि विश्वामित्र के साथ हम राजा जनक की राजधानी जनकपुर गए। वहां धनुष-यज्ञ में शिवधनुष को तोड़ मैंने वैदेही का पाणिग्रहण किया। लक्ष्मण एवं मेरे अन्य अनुज भी विवाह-सूत्र में आबद्ध हुए। प्रसन्नचित्त हम अयोध्या लौटे, सरयू-स्नान और गुरुजनों की सेवा-शुश्रुषा में हमारा समय बड़ी अच्छी तरह कट रहा था कि एक दिन महाराज ने मुझे राजगद्दी पर अभिषिक्त करने का संकल्प ले लिया। विधि को यह स्वीकार्य नहीं था और देवताओं ने सरस्वती को प्रेरित कर उन्हें छोटी महारानी की सेविका मंथरा की जिह्वा पर आसीन करा दिया।

"मंथरा ने कैकेयी की बुद्धि फेरी और वह महाराज से भरत के लिए राज्य और मेरे लिए वनवास मांग बैठी। सत्यनिष्ठ पितृ-चरण ने अपने द्वारा दिए वचन की रक्षा-हेतु कैकेयी की प्रार्थना स्वीकार कर ली। मैं पितृ-आज्ञा शिरोधार्य कर वन में आ गया। साथ ये सौमित्र और साध्वी सीता भी लग गईं। हम ऋषि-मुनियों के साहचर्य में सुख-पूर्वक अपना काल व्यतीत कर रहे थे कि एक दिन हमारे प्रमाद से लाभ उठा कोई राक्षस, मैथिली को हर ले गया। अब हम उन्हीं को ढूंढ़ते, भूलते-भटकते घूम रहे हैं। हमें बताया गया कि ऋष्यमूक पर्वत पर महाबली वानर-राज सुग्रीव रहते हैं। हम उनके साहाय्य की आकांक्षा से यहां तक आए हैं। यह अच्छा ही हुआ कि आप उनके सहायक और सखा हैं। लगता है अब प्रतिकूल ग्रह-गण मेरे अनकूल हो आए हैं।"

श्री राम की व्यथा-गाथा ने मुझे अन्तर तक द्रवित कर दिया। साथ ही मुझे इस विडम्बना पर आश्चर्य भी हुआ। श्री राम तो साक्षात् परात्पर ब्रह्म थे ! उनको ग्रह-योग अथवा दुर्दैव ने कैसे पराभूत किया ? नहीं देखा था तब भी जगज्जननी वैदेही को। उनके सम्बन्ध में मैं जानता अवश्य था। ब्रह्म जिसे अर्द्धांगिनी के रूप में वरण करेगा वह साक्षात् आद्या शक्ति, महामाया के अतिरिक्त और कौन होगी ? तो कैसे हरण हो गया उसका जो स्वयं चराचर सृष्टि के दुःख-दारिद्रय और भय-विपर्यय का हरण करने में समर्थ हो ? और हरण हो भी गया तो कैसे अज्ञानी से बने ये मायापति, माया से चक्रायित हो अपनी माया को ढूंढ़ते-फिरते चल रहे हैं जंगल-जंगल, पर्वत-पर्वत ? क्या है यह सब कुछ ? मैंने जो कुछ इनके सम्बन्ध में कैलासपति, आदि-ज्ञानी, औघड़ यानी पशुपति से सुना था या जो कुछ शैशव में ही सही, अयोध्या में रह कर देखा-सुना था वह सब क्या मिथ्या था, असत्य ? यदि हां तो सत्य क्या है ? यही कि ये यह ब्रह्म के अवतार न होकर साधारण मनुज हैं जो ग्रह-योग और देव के पराधीन नाना नाच नाचने को बाध्य हैं ? या कि वह दुर्दान्त दुर्दैव किसी का वश नहीं मानता चाहे वह अखिल ब्रह्मांडपति का अवतार-विग्रह ही क्यों न हो ? क्या देखा था ? क्या सुना था ? क्या देख-सुन रहा हूं ? कुछ देर तक बिना कुछ बोले मैं, अन्तर में उठ रहे विविध भावों के झूले पर विवश-सा झूलता रहा।

मुझे अवसन्न-से खड़े देख मेरे आराध्य के चेहरे पर एक स्मिति खेली थी। वे सब कुछ समझ गए थे। अन्दर तक पढ़ गए थे मुझे। किसी पारदर्शी शीशे की तरह ही व्यक्तित्व हो आया होगा मेरा उनके समक्ष कि आर-पार देख गए थे वे उसके। उनकी उस विशेष मुस्कान का अर्थ समझते बहुत समय नहीं लगा था मुझको। अन्दर का सारा अज्ञान सहसा समाप्त हो गया था और मुझे परब्रह्म की लीला और उसके अभिनय का सत्य अनुमान हो आया था। जैसे, कमल-कोमल अधरों पर खींची उस स्मिति रेखा ने स्पष्ट कह दिया था—'यह नाटक है हनुमान ! मात्र दिखावा। अगर तुम भी नहीं समझ सके इसे तो घोर आश्चर्य है। नहीं होता यह सब, नहीं देते मेरे पिता मुझे वनवास-सुख तो कैसे होता यह सब कुछ, कैसे

स्थापित करता मैं मर्यादा को, मूल्यों को ? कैसे करता राक्षस-विहीन इस श्रेष्ठ आर्य-भूमि को ? कैसे पूरा करता, तुमसे पुर्नमिलन के अपने प्रण को ? अभी देखते जाओ क्या-क्या होता है।'

मैं समझ गया था सब कुछ और अपनी दोनों जांघें टेक धरती में बैठ गया था।

"क्यों ?" दोनों भाइयों ने आश्चर्य से पूछा था।

"आप दोनों मेरे स्कन्धों का आरोहण करें।" मैंने नत-मस्तक निवेदित किया था।

"ऐसा क्यों ?" सौमित्र कुछ ज्यादा ही आश्चर्यचकित हो आए थे।

"पाटल-पुष्पों की तरह कमनीय, नवनीत कोमल मृदुल चरणों को कुश-कंटकों से क्षत-विक्षत होना पड़े, यह मुझे सह्य नहीं हो सकता।" भावातिरेक में मैं आलंकारिक भाषा में ही बोल गया था। अब मेरे श्री राम के हंसने की बारी थी और उन्होंने सस्मित कहा था—"अब तक तो यही होता रहा है हनुमान !"

"अब तक इस सेवक का साहचर्य जो सुलभ नहीं था।" अपने तर्क की अकाट्यता पर मैं मन-ही-मन मुस्करा पड़ा और अनुज को इंगित करते हुए सर्वप्रथम मेरे आराध्य ही मेरे दाहिने स्कन्ध पर आरूढ़ हो गए। सौमित्र ने भी मेरे वाम स्कन्ध पर आरोहण किया और मैं धन्य हो गया।

स्पर्श तो मुझे सुलभ हुआ था अपने आराध्य का अयोध्या में ही। पर आज जिस सुख से मेरा साक्षात्कार हो रहा था वह जन्मान्तरों के पुष्योदय के फलस्वरूप ही था। श्री राम का दाहिना चरण मेरे वक्ष पर स्थापित था और बायां मेरे पीठ-भाग का स्पर्श कर रहा था। सौमित्र और उनके पैरों को मैंने अपने बाहुओं से बांध रखा था और युगल-किशोरों ने उस पार्वतीय मार्ग पर स्कन्धारोहण करते समय अपने संतुलन को बनाये रखने के लिए अपने विशाल भुजाओं से मेरी गर्दन और स्कन्ध प्रदेश को पकड़ रखा था। अद्भुत था ब्रह्म और जीव का यह मिलन ! यह ऐक्य !

ऐसा ही कुछ घटा था पहले-पहल जाह्नवी के तीर जब निषाद ने मेरे उस आराध्य को अपनी नौका पर बैठने को बाध्य किया था, जो स्वयं सबको भव-सागर के पार ले जाते हैं। ठीक है कि मैं उस समय वहां नहीं था पर बाद में तो सब कुछ ज्ञात ही हो गया था। पर वहां बात कुछ और थी। वहां तो निषादराज और ब्रह्म के मध्य फिर भी एक काष्ठ नौका थी। यहां तो सीधे जीव ही वाहन बना था ब्रह्म का। कुछ नहीं था दोनों के मध्य। कोई व्यवधान नहीं। कोई पर्दा नहीं। मेरे सौभाग्य की आप सहज ही कल्पना कर सकते हैं और उस समय की मेरी सुखानुभूति की भी। बहुत संतुलित रहने की आदत नहीं रही मेरी पूर्व से ही, तो असंतुलित हो गया था मैं उस क्षण हर्षातिरेक से। नहीं लगता आपको कि निखिल ब्रह्मांड के अजस्र काल-विस्तार में प्रथम-प्रथम ही घटा था यह अघटनीय ! पहले-पहल ही उतना सदय हो आया था सृष्टिकर्ता किसी सृष्ट के प्रति !

पहले-पहल ही एक समर्थं नाविक ने छोड़ी थी अपने पोत की पतवार एक अनाड़ी नौका-सवार के ही हाथों। पहले-पहल ही इतना पराश्रयी हो आया था ब्रह्मांड-पति, मात्र अपने एक आश्रित को अतिरिक्त मान देने हेतु ! हुआ होगा ऐसा कुछ माता कौशल्या के आंगन में भी। पर वहां तो सम्बन्ध ही कुछ और था। दशरथ और कौशल्या की पीठों की सवारी भी की होगी परात्पर राम ने पर वह सब तो था एक वचन-बद्धता के कारण, एक विशेष अनुग्रह के स्वरूप ही था वह सब। फिर मेरी तरह सामान्य जीव थे क्या दशरथ और कौशल्या ? मनु और शतरूपा के रूप में घोर तप कर जो वरदान लाभ किया था उन्होंने उसी का ब्याज तो चुकाने को बाध्य था ब्रह्मांडनायक उनके आंगन में। किसी अवतार से कहां कम थे वे स्वयं ? पर मैं तो था एक क्षुद्र, अपावन कपि।

नहीं, इस घटना का कोई पूर्वोदाहरण नहीं था। आगे घटा था ऐसा कुछ जब द्वापर में लीला-पुरुष बन आए इस मर्यादा-पुरुष ने अनेक को धन्य किया था अपने सेवा-सुख और स्पर्श-अनुग्रह से। अनेक बाल-सखाओं की पीठ पर कसी थी इन्होंने सवारी। पर आरम्भ हुआ यह अनुग्रह-दान मुझ से ही। लीला-विग्रह में तो लीला-रत होना ही था उन्हें पर मर्यादा-विग्र ह में आसीन हो जो अतिरिक्त मान इन्होंने इस तुच्छ को दिया उसे देख-देख अन्तरिक्ष के देवता भी स्तम्भित, चकित रह गए। एक क्षण को लगा, अच्छा ही हुआ जो वन-वन भटकने का आदेश दिला दिया माता कैकेयी ने इन्हें, वर्ना कहां कर पाता मैं अपने को इस तरह कृतार्थ और आप्तकाम ?

दस

सुग्रीव को मुझे कोई इंगित नहीं करना पड़ा था। ऋष्यमूक पर्वत पर खड़े एक विशाल वट-वृक्ष की ओट ले वह नीचे घटता सब कुछ देख रहे थे। भले वे कुछ समझ नहीं पायें पर ब्रह्म और जीव के उस अद्भुत मिलन का वह साक्षी अवश्य हो रहे थे। उनके अन्दर कुण्डली मार कर जमे भय और आशंका ने उनकी विवेक-शक्ति का हरण कर लिया था अतः अपने आराध्य के चरणों पर मेरे बार-बार प्रणिपात का कुछ अर्थ वे नहीं लगा पा रहे थे न मेरे द्वारा बन्धु-द्वय को स्कन्धासीन कराने के औचित्य को ही उनका सहज संशय-शील मन स्वीकार करने को प्रस्तुत था। पर उन्हें यह तो लग ही गया था कि जिसे वे अपनी विकलतावश शत्रु समझ रहे थे वे निस्संदेह मित्र की श्रेणी में थे।

अब वे वट-वृक्ष की ओट से बाहर आ गये थे और बड़े आश्चर्य से मेरे द्वारा सम्पादित उस विस्मयकारी कार्य का अवलोकन कर रहे थे। विस्मयकारी केवल

उनके लिए क्योंकि उन्हें स्वप्न में भी विश्वास नहीं हो सकता था कि मैं कभी किसी को इतनी मर्यादा दूंगा कि उसे अपने कन्धे पर आसीन कर लूंगा। सुग्रीव को भी आज तक यह अवसर नहीं मिला था और यहां तो एक नहीं दो-दो मानव-आकृतियों को अपने स्कन्धों पर प्रतिष्ठित कर मैं आनन्दातिरेक में झूमता-डोलता पर्वत की कठिन चढ़ाई चढ़ता चला आ रहा था।

"वही है सुग्रीव क्या ?" सौमित्र ने शायद उन्हें वृक्ष की ओट से निकलते देख लिया था और अब कुछ समीप आकर उन्होंने उनके चेहरे पर अंकित अविश्वास और संशय की रेखाओं को भी पढ़ लिया था। उनकी चंचल पांडु नेत्रों में तैर रहे भय को मापने में भी वे सफल हो गए थे।

"हां।" मैंने प्रत्युतर में कहा था और अपनी गति और तीव्र कर दी थी।

"धीरे-धीरे।" सौमित्र ने मेरी गति पर अंकुश दिया, "आप तो पवनात्मज हैं। पवन की प्राकृत गति उपलब्ध है आपको। पर आप इस तरह चढ़े यह चढ़ाई तो हम तो तृण की तरह ही उड़ जायेंगे आपके कन्धों से।" मुझे हंसी आ गई थी। जो अपने सहज रूप से सम्पूर्ण धरित्री को धारण करने की क्षमता रखता है वह शेषावतार रामानुज लक्ष्मण, मुझ कपि की चाल से जरा भी असंतुलित हो जाए, यह संभव था क्या ? किन्तु सौमित्र के शौर्य और साहस के साथ उनकी व्यंग्य-उक्तियों, कटूक्तियों का भी तो लोहा मानना पड़ेगा। मुझे बाद में ज्ञात हुआ था और आगे चलकर गोस्वामी ने लिखा भी था कि धनुष-यज्ञ के पश्चात् यमदग्नि परशुराम जब व्यर्थ ही क्रोधित हुए थे तो इस किशोर दशरथ-कुमार ने क्या कहा था उनको—यहां कोई कुष्मांड का सद्यः जात फल नहीं जो तर्जनी अंगुलि के इंगित पर ही काल-कवलित हो जाय—इहां कुम्हड़, भतिया कोऊ नाहिं, जो तर्जनी देखत मरि जाहीं।

मैंने लक्ष्मण के परिहास को उसी रूप में लिया था और कहा था – "आप तृण की तरह नहीं उड़ सकते। शेषावतार ! तो कंदुक की तरह पूरे ब्रह्मांड को उठाने की क्षमता से युक्त है।" मैंने तो यह बात यों ही कह दी थी पर संयोग से वह धनुष-यज्ञ के काल की घटना से जा जुड़ी थी। सौमित्र के अधरों पर एक स्मिति खेली थी। निश्चय ही मेरे कथन में निहित विनोद की ओर उनका ध्यान गया था और उन्हें याद आई थी अपनी वह सहज गर्वोक्ति जिसे उन्होंने धनुष-यज्ञ के मंडप में जनक द्वारा सम्पूर्ण धरित्री को वीर-विहीन होने के घोषणोपरान्त की थी—प्रभु यदि आपकी अनुमति हो तो मैं सम्पूर्ण ब्रह्मांड को गेंद की तरह टांग लूं। तुलसी ने बाद में इसे यों अभिव्यक्ति दी थी—जों तुम्हार अनुशासन पाऊं कंदुक इव ब्रह्मांड उठाऊं।

"ठीक है, ठीक है अंजनानन्दन ! मैं आपसे बातों में पार नहीं पा सकता। आपके साथ वाद-विवाद में नहीं उलझना ही मेरे लिए श्रेयस्कर है। किन्तु मैं कह रहा था कि यदि यही वह सुग्रीव है जिससे मित्रता कर हमें अपने कार्य को सिद्ध करना है तो मुझे तो बड़ी निराशा हो रही है।"

"क्यों सौमित्त, तुम सुग्रीव के प्रति शंकालु क्यों हो रहे हो ?" मेरे आराध्य जो अब तक हम दोनों के संवाद को बड़े ध्यान से सुन रहे थे, बोले ।

"शंकालु मैं नहीं हो रहा महाराज, शंका-ग्रस्त तो हम लोगों का भावी मित्र और शुभेच्छु यह सुग्रीव ही प्रतीत हो रहा है। क्या आप उसकी आंखों और चेहरे में कहीं नाममात्र भी निर्भयता अथवा आत्मविश्वास को लक्षित कर रहे हैं ?"

"सुग्रीव दु:खी है। शोक सारे सद्‌गुणों को नि:शेष कर देता है। दुश्चिन्ता सर्वप्रथम आत्मविश्वास को ही निर्मूल करती है। सुग्रीव हमारे सौहार्द की आश्वस्ति पा भय-मुक्त हो जाएगा। उसका समाप्त-प्राय: आत्मविश्वास हमारे साहाय्य का सम्बल पा जाग्रत हो आयेगा। सुग्रीव, तब वह नहीं रहेगा जो अभी प्रतीत हो रहा है। अग्नि को आवृत्त किए भस्म को उड़ा दो तो उसकी दाहकता, उसकी आंच को वापस आने में कितना समय लगता है ? तत्काल ही वह राख-पिंड सहस्र-सहस्र स्फुलिंगों का प्रकाशमान समूह बन जाता है। सुग्रीव की सुषुप्त शक्तियां एक विश्वासपात्र सहयोगी का सम्बल पा अवश्य ही जीवंत और जाग्रत हो जायेंगी लक्ष्मण !"

अग्रज के इतना कुछ कहने के पश्चात् सौमित्र कुछ नहीं बोले थे। यह उनके संस्कार में नहीं था। राघवेन्द्र के तर्क का न तो वह खंडन कर सकते थे और न उसमें विश्वास नहीं आरोपित करने का कल्पना। पर उनके मुखारबिन्द के किसी कोण से मुझे लगा अवश्य था कि सुग्रीव के प्रति उनके मन में कोई बहुत स्पृहणीय भाव जग आया हो ऐसा नहीं था।

अब तक हम लोग प्राय: ऋष्यमूक पर्वत के शिखर तक पहुंच गए थे। वट-वृक्ष के पास ही मैंने दोनों भाइयों को अपने कंधे से उतारा था। एक शिला पर कुशासन दे उन्हें व्यवस्थित किया था और तब सुग्रीव के लिए चारों ओर दृष्टि दौड़ाने लगा था पर वह कहीं नहीं थे।

मुझे लग गया, वे पुन: भयाक्रान्त हो गये थे और कहीं लुक-छिप गये थे। मेरा अब तक का आचरण, मेरी गतिविधि—बन्धु-द्वय को मेरे द्वारा इतना मान-सम्मान प्राप्त होना—पर्याप्त नहीं था उनकी आश्वस्ति के लिए। मेरे मुख से स्वयं सब कुछ सुनकर ही वह राम और सौमित्र का सामना कर सकते थे।

"प्रभु, आप इस शिला-खंड पर थोड़ा विश्राम करें, मैं अभी आया।" कह कर मैं सुग्रीव के अन्वेषण को प्रस्थित हुआ।

"मैं कह रहा था न पवनात्मज !" मैंने पीठ फेरी ही थी कि लक्ष्मण बोल पड़े।

"क्या ?" मैं पलट कर बोला।

"कह रहा था न कि सुग्रीव में का-पुरुष के लक्षण लक्षित हो रहे हैं।" सौमित्र के अधरों पर मन्द स्मिति खेल रही थी।

"तुम जाओ पवन कुमार ! लक्ष्मण यों ही बोलते रहते हैं। सन्धान करो तुम

सुग्रीव का। तब तक हम प्रतीक्षा करते हैं।" मेरे आराध्य की उक्ति थी और मैं आश्वस्त हो सुग्रीव के सन्धान को चल पड़ा।

मुझे बहुत ढूंढ़ना नहीं पड़ा। सुग्रीव पास ही के एक कुंज में छिपे खड़े थे। मुझे देखते ही इशारे से मुझे रोका और पास आने पर धीरे से बोल पड़े—"शत्रु-पक्ष के तो नहीं लगे वे ?"

"होते रिपु-दल के तो मैं स्कन्धारोहण कराता उन्हें ?" आवेश में शायद मैं कुछ कटु ही बोल गया।

"वही तो, वही तो"'। मैं कहूं कि'''।" सुग्रीव हकलाए और मुझे उन पर दया आ गई। ठीक ही कहा था मेरे आराध्य ने मार्ग में कि भय, व्यक्ति को निरीह और संशयशील बना देता है। उसके आत्म-विश्वास को निःशेष कर देता है और उसकी मानसिक शक्तियों को समाप्त कर उसे सोचनीय और हीन स्थिति में ला छोड़ता है। कुछ दोष नहीं था सुग्रीव का। यह उनका दीर्घ निर्वासन और उनके भीतर सतत उपस्थित भय ही था जो उन्हें आज इस तरह दयनीय और चिन्त्य बना रहा था।

"भय का कोई कारण नहीं है। बल्कि हमारे दुर्दिनों की समाप्ति का पुण्य-क्षण उपस्थित हो आया है। मैं जानता हूं उन्हें, जिन्हें मैंने अपने स्कन्धों पर आसीन करा आप तक पहुंचाया है। साधारण नर नहीं हैं श्री राम। नारायण हैं स्वयं। दशरथ के आंगन में अवतार ग्रहण किया है साक्षात् परब्रह्म ने—धरित्री को दुष्टों और राक्षसों से रहित करने का शुभ-संकल्प ले कर। मैं उनकी सेवा में था कुछ दिनों तक अपने बाल्यकाल में। स्वयं त्रिपुरारि ले गए थे मुझे उनके चरणों तक। शेषावतार हैं रामानुज लक्ष्मण। कोई तुलना नहीं है उनके बल-पराक्रम और शौर्य-शक्ति की। बढ़ाइए इनकी तरफ मित्रता का हाथ और आश्वस्त हो जाइए पूरी तरह। निर्मूल कर लीजिए सभी भयों-आशंकाओं को।"

"आप कहते हैं तो चलता हूं। पर आश्वस्त तो हो गए स्वयं आप कि बालि प्रेषित नहीं है ये ? बड़ा मायावी है बालि। कहीं दशरथ-दरबार में दूत भेज मेरी हत्या के लिए ही इन्हें वह आमंत्रित न करा लाया हो। कुछ पता नहीं उसकी प्रति-शोध-प्रकृति का।"

"नहीं, आपकी हत्या के निमित बन कर ये नहीं आये हैं इस घोर अरण्य में। दैवयोग ने ही ला पटका है इन्हें यहां। आप ही की तरह दुर्भाग्य का आखेट हो ही ये पहुंचे हैं पम्पा-सर के समीप। दोनों के ग्रह-योग एक ही से हैं अभी। अच्छी जमेगी आप दोनों की। भाई के कारण आपने पकड़ा है यह पर्वत-शिखर और भाई के कारण वे भी छान रहे हैं खाक जंगल-पहाड़ की। अन्तर इतना है कि अग्रज की भूमिका रही है आपके निर्वासन में तो अनुज-जननी ने चलाया है यह चक्र उनके विरुद्ध। पत्नी-सुख से आप वंचित हैं तो उनकी भार्या का भी अपहरण कर लिया है दशग्रीव रावण ने। दोनों अभी वनवासी हैं। ब्रह्मचारी भी। दोनों राज्य-सुख से च्युत हैं। वंचित किए गए हैं उससे। अन्तर इतना ही है कि राम ने राज्य-त्याग को

अपना सौभाग्य माना है और आपके दुर्भाग्य ने ही पास आई राज-लक्ष्मी से पृथक् कर दिया है आपको। पर पटेगी दोनों की अच्छी। एक-दूसरे के दु:ख को आप दोनों बड़ी अच्छी तरह समझ पायेंगे। चलिए मैं मैत्री कराता हूं दोनों की।"

मेरे पीछे लग गए थे वानरेन्द्र।

"शीघ्र ही मिल गए वानरेन्द्र आपको।" स्वागत में खड़े होते हुए राघवेन्द्र ने कहा था और सुग्रीव को इस सम्बोधन ने सहसा अभिभूत कर दिया था। यही महानता थी मेरे आराध्य की। भविष्य का आभास वे अनायास दे देते थे। यही किया था आगे चलकर उन्होंने विभीषण के साथ। यही किया आज सुग्रीव के साथ। रावण-वध के पूर्व ही रावणानुज को लंकापति की संज्ञा दी तो बालि-निघात के पूर्व ही वानरेन्द्र कह बैठे सुग्रीव को। अगर इतने पर भी सुग्रीव का मन संशय-विहीन नहीं हो तो दुर्भाग्य ही था उनका। प्रथम साक्षात्कार में ही भय-मुक्त नहीं कर दे भक्त को तो भगवान क्या? धन्य हैं मेरे राम! मैं उनकी उदारता से अभिभूत हो सब कुछ विस्मृत कर किसी और ही लोक में रम रहा था कि राम ने हाथ पकड़ लिया सुग्रीव का—"आइए, विराजिए। धन्य हुआ मैं आपके दर्शन-लाभ कर।"

मुझे खीझ हो आई। ऐसी भी क्या महानता? कैसी उदारता थी यह? सीमा होती है सदाशयता की भी। कौन हुआ है धन्य इस मिलन से? ब्रह्म और जीव के इस साक्षात्कार में जीव की धन्यता निहित है या ब्रह्म की? पर क्या करता मैं? यही प्रकृति है मेरे आराध्य की। कहां अन्तर करते हैं वह अपने और अपने जनों के मध्य?

"प्रभु, सुग्रीव आपकी मित्रता के अभिलाषी हैं।" प्रभु के पार्श्व में आसीन होने पर भी सुग्रीव के मुंह के नहीं खुलने पर मैंने ही खड़े-खड़े निवेदन किया, "ये भाई के द्वारा तिरस्कृत और निर्वासित हैं। इनकी अर्द्धांगिनी को भी इनके अत्याचारी अग्रज ने अपने अन्त:पुर में डाल रखा है। वह इनके प्राणों के भी पीछे पड़ा है।"

"आखिर यह सब क्यों?" प्रभु ने सहज पूछा। उस अन्तर्यामी से क्या कुछ छिपा है? पर वह पूछने के लिए ही पूछे तो उसे रोक कौन सकता है? उसकी जिज्ञासा भी उसके अनुग्रह का ही द्योतक है। इस बहाने भी तो जीव को ब्रह्म से सम्भाषण का सुख मिले!

"बताता हूं मैं।" पता नहीं यह प्रभु के सान्निध्य का प्रतिफल था या मेरे द्वारा दिए गए आश्वासन का परिणाम, सुग्रीव के आनन से भय की छाया समाप्त हो गई थी। मेरे आराध्य की बल-बुद्धि के प्रति उनकी आश्वस्ति की बात तो मैं नहीं कह सकता था पर उनके प्रति अविश्वास का भाव अब उनके चेहरे पर कहीं लक्षित नहीं था। अत:, जब उन्होंने सहज रूप में अपनी कहानी आरम्भ की तो मुझे प्रसन्नता ही हुई।

"किष्किन्धापुरी में मैं अपने अग्रज के साथ निश्चिन्ततापूर्वक रह रहा था।

बालि के बल-वीर्य की गाथा हवाओं पर सवार हो दिग्दिगन्त में फैल रही थी। मैं भी अपनी भार्या के साथ उनके राज्य में सुख-पूर्वक रहता हुआ यथासाध्य उनकी सेवा-सहायना में रत था।

"पर दैव से हमारा यह सौभाग्य नहीं देखा गया। एक दिन मायावी नामक दुर्द्धर्ष दैत्य राज-द्वार पर उपस्थित हो, घोर गर्जना करता हुआ, बालि को युद्ध के लिए ललकारने लगा। उसकी ललकार को बालि उपेक्षित कर दें, यह हो नहीं सकता था। युद्ध के किसी भी आमन्त्रण का वे उन्मुक्त अन्तर से स्वागत करने को विवश थे।

"पत्नी तारा के आग्रह-अनुरोध की भी उपेक्षा कर वे कन्धे पर गदा लिए महाद्वार पर जा पहुंचे। अग्रज को युद्ध-सन्नध देख मैं भी अपने को रोक नहीं सका और उनके पीछे लग गया।

"राज-द्वार के बाहर बालि और मायावी में घोर गदा-युद्ध हुआ। महा-प्राण बालि के प्रहार से व्यथित हो मायावी प्राणों के भय से भाग पड़ा। क्रोधा-भिभूत बालि क्रुद्ध कृतान्त की तरह उसके पीछे भागे। मैं भी उनका अनुगामी बना।

"मायावी भागने में निपुण था। हल्का होने के कारण उसकी गति क्षिप्र थी और विपुल-वपु के कारण बालि उसको पकड़ नहीं पा रहे थे। अनेक जंगल-पहाड़ों को पार करता मायावी अन्ततः एक गुफा में प्रवेश कर गया। गुफा-द्वार पर रुक कर बालि ने मुझे आदिष्ट किया—'एक पक्ष तक यहीं मेरी प्रतीक्षा करना। मैं उस दुष्ट का दमन कर यथाशीघ्र आता हूं।' मैंने एक पक्ष के बदले पूरे माह तक अपने अग्रज की प्रतीक्षा की। मासान्त में जब गुफा के अन्दर से सहसा रक्त की प्रबल धारा प्रवाहित हो आई तो मैं शंकाशील हो गया।"

सुग्रीव की इस बात पर सौमित्र के होंठों पर हंसी खेल आई। लगा वे कहना चाहते थे कि शंका तो आपके स्वभाव का ही अंग लगती है। लक्ष्मण की इस हंसी को मेरे आराध्य ने भी लक्षित किया और शायद सुग्रीव ने भी। उनके विवरण में कुछ विराम आया देख श्री राम ने उनका मन बढ़ाया—"कहते जाइए।"

"मुझे लगा," सुग्रीव ने आरम्भ किया, "कि मायावी ने बालि की हत्या कर दी और वह बाहर आया तो मेरे प्राण भी ले लेगा।"

"आपको यह क्यों नहीं लगा कि बालि ने ही मायावी के प्राण हर लिए?" आखिर लक्ष्मण ने अपना मौन तोड़ ही दिया।

"लक्ष्मण!" श्री राम ने सौमित्र को आंखों ही आंखों में डांटा, "तुम वानरेन्द्र को अपनी बात पूरी करने दो।"

"इनका प्रश्न भी उचित है।" सुग्रीव ने श्री राम की ओर देखते हुए कहा, "मुझे यह भी सोचना चाहिए था कि शायद बालि ने ही दैत्य की इह-लीला समाप्त कर दी। पर मैं तो भय-ग्रस्त था। सहज शंकालु मन अर्थ का अनर्थ कर बैठता है। सच, अगर मैं उस दिन सहज रूप में सोच पाया होता तो आज वह

नहीं होता जो हो रहा है। तब आज मैं इस तरह भयाक्रान्त और चिन्ताकुल हो ऋष्यमूक के इस शिखर पर शरण नहीं ताकता होता।"

"तब एक बात और होती।" मैंने सिर झुका कर बीच में ही टोका।

"क्या ?" सुग्रीव के मुँह से सहसा निकला। श्री राम और सौमित्र की आंखों में भी यही प्रश्न तैरा।

"तब आपको इन अशरण-शरण की शरण भी नहीं मिलती। श्री राम और सौमित्र की इस सुखद मैत्री का संयोग भी नहीं बनता आपके जीवन में।"

"वाह, वाह, ठीक कहा पवनात्मज आपने।" सुग्रीव प्रसन्न हो आये, "इसीलिए तो कहा जाता है कि दैव जो करता है, वह ठीक ही करता है।"

"सुन लिया न लक्ष्मण तुमने ?" श्री राम ने सौमित्र को सम्बोधित किया, "तुम इनके उस क्षण के निर्णय पर उंगली उठा रहे थे। भयाक्रान्त हो उन्होंने उस दिन अगर वह गलत निर्णय नहीं ले लिया होता तो इस महात्मा के पुण्य-दर्शन का हमें सौभाग्य कहां मिलता ? और तब वर्षों के बिछुड़े इस पवनसुत को भी कहां पाते हम ? यह तो सुग्रीव की सेवा में ही इस ऋष्यमूक पर जमे हुए हैं। हम तो पम्पा-सर की परिक्रमा कर ही आगे बढ़ जाते। कहां पाते हनुमान और इनके स्वामी सुग्रीव को ?"

'स्वामी तो मेरे मात्र आप ही हैं। अब किस अपराध से मुझे आप इस तरह कांटों में घसीट रहे हैं ?' मेरे मन में आया कह दूं पर मेरे आराध्य ने सुग्रीव को स्वयं जब यह मान दिया तो मैं उनकी बात को काट दूं, ऐसा नहीं हो सकता था।

"आगे कहिए।" श्री राम ने सुग्रीव का मन बढ़ाया।

"आगे की कहानी बहुत छोटी है," सुग्रीव ने शुरू किया, " भाई की मृत्यु का अनुमान कर मैंने गुहा-द्वार पर एक भारी शिला-खंड रख दिया और नगर को लौट आया। मंत्रियों ने सिंहासन को सूना रखना उचित नहीं समझा, मुझे बलात् अभिषिक्त कर दिया और मैं नहीं चाहते हुए भी किष्किन्धा का अधिपति बन बैठा।

"इधर बालि मायावी का बध सम्पन्न कर बाहर आने को हुए तो गुहा-द्वार को अवरुद्ध पा क्रोधानल से जल उठे और मेरे रक्त के प्यासे बन नगर की ओर दौड़े। खबर मिलते ही मैं सिंहासन छोड़ कर दूर भागा पर प्रतिशोध भरे वे कब मेरा पीछा छोड़ने वाले थे ? शरीर से हल्का होने के कारण मैं उनकी पकड़ में तो नहीं आया पर भागते-दौड़ते मेरी स्थिति चिन्तनीय हो आई। अपने अग्रज के क्रोध और प्रतिशोध-प्रवृत्ति से पूर्णतया परिचित होने के कारण मुझे ज्ञात था कि एक बार उनकी पकड़ में आने के पश्चात् मेरे प्राणों की खैर नहीं थी। अतः मैं पैरों में अपने प्राणों की सारी शक्ति, सम्पूर्ण उर्जा को भर दिशाओं में विक्षिप्त-सा दौड़ता रहा और भागते-भागते जब ऋष्यमूक के पार्श्व से गुजरा तो सहसा बिजली-सी कौंधी मेरे अन्दर— यह पर्वत तो बर्ज्य है किष्किन्धापति के लिए। ऋषि-शाप-वश बालि कदापि यहां आने का साहस नहीं कर सकता।"

"कैसा शाप ?" सौमित्र ने ही जिज्ञासा की। सुग्रीव की व्यथा-गाथा से जैसे उनका अन्तर भी कुछ दयार्द्र हो आया था और अब वे उनकी कहानी में विशेष रुचि लेने लगे थे।

"दुन्दुभी नामक एक राक्षस था। अमित शक्ति थी उसके शरीर में। अपने प्रतिबल-प्रतिद्वन्द्वी को नहीं पा युद्ध-आकांक्षा से पीड़ित वह एक बार किष्किन्धा-पुरी पहुंचा। बालि उसकी ललकार पर आ भिड़े और दोनों में कई दिनों तक घोर युद्ध हुआ। अन्त में दुन्दुभी मारा गया और उसके शव को जो घुमा कर बालि ने फेंका तो वह इसी ऋष्यमूक के उस भाग पर गिरा जहां मतंग ऋषि का आश्रम था। रक्त के छींटों से मतंगाश्रम अपवित्र हो आया था और क्रोधाभिभूत हो ऋषि ने शाप दे दिया था—'जिसके द्वारा यह पुनीत प्रदेश रक्तरंजित किया गया है, वह इधर आया तो उसके मस्तक के टुकड़े हो जायेंगे।'

"बालि ने इस शाप की बात सुन ली थी और तभी से वे इस पर्वत की ओर मुंह भी नहीं करते थे।"

"और तब से आप यहीं रह रहे हैं?" श्री राम ने पूछा था। उनके स्वर में सहज करुणा घुल आई थी। किष्किन्धा के राज-सुख में पले सुग्रीव की, जंगल-पहाड़ के दुःख झेलने की विवशता राघवेन्द्र को कहीं गहरे छू गई थी और वे मन-ही-मन कुछ तय कर रहे थे। बहुत विलम्ब नहीं हुआ श्री राम को संकल्प लेने में और उसे अभिव्यक्ति देने में भी—"मैं एक ही वाण से बालि के प्राण हर लूंगा।"

सहज चपल वानर सुग्रीव के मन में श्री राम का यह संकल्प बहुत उत्साह नहीं भर सका था। एक ही बाण! उन्हें लगा श्री राम व्यर्थ का प्रलाप कर रहे हैं। एक ही बार में वानरेन्द्र बालि के प्राण हर ले ऐसा बाण तो शायद अब तक बना नहीं। वह बालि के बल से परिचित थे पर श्री राम के शौर्य से अपरिचित। इसीलिए उनके चेहरे पर शंका की रेखाएं खिंच आईं और उन्होंने श्री राम के कथन पर कोई प्रतिक्रिया व्यक्त नहीं की।

सौमित्र को लग गया कि किसी मरुस्थल पर ही बरस पड़ा है उनके अग्रज का ममता-मेघ। नहीं योग्य है सुग्रीव उनके स्नेह का। अविश्वास है उसे उनकी शक्ति में और प्रश्न चिह्न लगा रहा है वह उनकी सहज शक्ति पर।

"आपको शायद विश्वास नहीं हो पा रहा इस कथन पर?" अपने संकल्प को पूर्णता तक पहुंचाने की मानसिक तैयारी में लग गये श्री राम ने पता नहीं सुग्रीव-आनन की शंका-रेखाओं को पढ़ा या नहीं पर सौमित्र कब मौन रहने वाले थे।

"किस कथन पर?" सुग्रीव ने अनजान-सा पूछा।

"इसी एक बाण वाली बात पर। ठीक ही कहा है श्री राम ने। एक बाण की भी बर्बादी ही है केवल एक व्यक्ति के वध के लिए चाहे वह बालि ही क्यों न हो। अगर एक के बदले सौ-सहस्र को साथ मौत के घाट उतारने की बात होती तो एक बाण के भी प्रयोग की कोई सार्थकता होती। खैर, ऐसे भी राम-बाण लक्ष्य-वेध के पश्चात् तुणीर में वापस आ जाते हैं, अतः बाण का दुरुपयोग तो क्या होगा, पर

शक्ति के अपव्यव की बात अवश्य है।"

'एक बाण से सौ-सहस्र का बध ! बाण का तूणीर में वापस आ जाना।' दोनों ही बातें सुग्रीव के लिए विस्मयकारी थीं। पर एक बात उसी समय कौंधी उनके उर्वर मस्तिष्क में—'सात शाल-वृक्ष तो पास ही में खड़े हैं—सर्पाकार। सौ-सहस्र नहीं, इन सात शाल-वृक्षों को ही एक ही बाण से धराशायी कर दें श्री राम तो लोहा मान लूं उनके शौर्य का। और देख भी लूं अपनी ही आंखों कि किस तरह वापस चला आता है शर लक्ष्य-वेध के पश्चात्।'

"आप शायद कुछ कहना चाहते हैं।" सुग्रीव के ऊहापोह को अब पकड़ा था श्री राम ने।

"आप मेरे साथ कुछ दूर चलेंगे क्या ?"

"कहां ?" राघवेन्द्र ने जिज्ञासा की थी। मैं उनके स्वभाव से परिचित था। भक्तों के भाव को वह सदा आदर देते हैं। अनुगतों के मन को तोड़ा तो श्री राम क्या ? सदा भक्तों के पीछे ही डोलने वाले भक्त-वत्सल ने अगर सुग्रीव के साथ चलने की बात में सहसा सम्मति नहीं प्रदान करी थी तो इसका कोई कारण होगा। और कारण समझने में मुझे विशेष समय नहीं लगा था। अभी कुछ करणीय शेष था। जिस उद्देश्य से मैं श्री राम और सौमित्र को ऋष्यमूक तक लाया था उसे औपचारिकता प्रदान करना अभी शेष था। श्री राम अपनी ओर से काफी आगे बढ़ चुके थे और बालि-वध की प्रतिज्ञा भी कर ली थी। पर सहज शंका-शील सुग्रीव को और ज्यादा छूट नहीं दी जा सकती थी। अपात्र पर किया गया अत्यधिक अनुग्रह अरण्य-रोदन ही सिद्ध होता है। सुग्रीव को पात्रता प्रदान करनी थी। इसके पूर्व कि उसपर कृपा की अजस्र वर्षा आरम्भ हो, उसे मित्रता के औपचारिक बन्धन में आबद्ध करना आवश्यक था। और यहीं आती थी मेरी भूमिका। मेरा कर्त्तव्य-बोध जाग्रत हो आया था और मैं श्री राम और सुग्रीव को साथ-साथ संबोधित करते हुए बोल पड़ा था -- "मुझे थोड़ा अवसर दें।"

"किस हेतु ?" सुग्रीव का स्वर था। श्री राम पूछ नहीं सकते थे। वे समझ चुके थे कि उनका इंगित मुझ तक ठीक पहुंचा था और मैं करणीय के उपक्रम में लग गया था।

"मैं अग्नि प्रदीप्त करना चाहता हूं।" कहने के साथ ही मैं दो काष्ठ-खंडों को लेकर अरणि-मंथन की क्रिया में लग गया था। कुछेक क्षणों में ही अग्नि प्रकट हो गई थी और सूखी लकड़ियों के माध्यम से मैंने उसे तत्काल प्रज्वलित कर दिया था।

"ऊं अग्नये नमः।"

अर्ध्य-पाद्य निवेदित कर मैंने अग्नि-पूजा सम्पन्न की थी और पुनः श्री राम और सुग्रीव को सम्बोधित कर कहा था—"इसी हुताशन को साक्षी मान आप दोनों मित्रता की शपथ लें—एक-दूसरे के कष्ट को अपना समझने की।"

दोनों ने अग्नि की परिक्रमा की थी और एक-दूसरे के प्रति मित्र-भाव की

शपथ ली थी।

"कहां चलना है मित्र ?" अब राम ने स्वयं सुग्रीव को प्रेरित किया था। सौमित्र भी साथ खड़े हो गए थे। सुग्रीव, राम और सौमित्र के पीछे मैं भी लग गया था।

कुछ दूर आने के पश्चात् ही हड्डियों का एक ढेर-सा दिखाई पड़ा था। श्वेत अस्थियों से निर्मित यह लघु पर्वत सूर्य की रश्मियों में किसी मणि-पर्वत की तरह ही चमक रहा था।

सुग्रीव इसी अस्थि-पुंज के पार्श्व में आ खड़े हुए थे।

"यह क्या है ?" सर्वज्ञ राम ने सदा की तरह अनभिज्ञ बन कर पूछा था।

"यही दुन्दुभी दैत्य की हड्डियां हैं। बालि ने उसे घुमाकर फेंका तो उसका शव यहीं आकर गिरा था। मांस-मज्जा तो निःशेष हो गए। अवशेष रह गई हैं अस्थियां।" सुग्रीव ने सूचना दी थी।

"अब चलें यहां से।" सौमित्र को यह अपावन परिवेश रास नहीं आ रहा था, वे वितृष्णा से भरकर बोले। पर सुग्रीव टस-से-मस नहीं हुए। सुग्रीव नहीं चले तो श्री राम कब चलने वाले थे ? अभी तो सुग्रीव ही मार्ग-दर्शक थे सभी के। खूब है खेल मेरे आराध्य का भी। अनन्त ब्रह्मांडों का मार्ग-नियामक आज एक अदने-से वानर का अनुगामी बन बैठा था। मित्रता के रज्जु-बंधन में बंध कर नाना नाच नाचने को प्रस्तुत था वह।

"सुग्रीव आपकी परीक्षा लेना चाहते हैं। सोचते हैं जिस काया को बालि ने इतनी दूर तक उछाला उसे आप भी कुछ दूर तक…। आखिर बालि-वध जो सम्पन्न करना है आपको।" लगता था सुग्रीव के मन की बात को ताड़ने का दायित्व लक्ष्मण ने ही ले रखा था। समझता तो मैं भी था पर मैं कैसे मुंह खोलता ? एक तरफ वानरेन्द्र तो दूसरी तरफ राघवेन्द्र। एक वानर-वंश का भावी अधिपति तो दूसरा अनन्त-कोटि-ब्रह्मांड-नायक। जानते सब कुछ श्री राम भी थे। पर सदा से लीला-प्रिय इस लीलाधाम को सौमित्र के सिर ही सब कुछ खेलना अच्छा लगता था। इसी का परिणाम था कि अपनी विह्वलता और भ्रातृप्रेम के प्रदर्शन हेतु लंका-समर में सौमित्र को ही शक्ति-वाण का भी शिकार बना बैठे। आपको लीला-मग्न हो, विलाप का अच्छा सुयोग जो सध गया—जो जनतेउ वन बन्धु बिछोहू, पिता वचन मनतेउ नहिं ओहू।

"सच ? क्या करना है मुझे ?" श्री राम ने प्रश्न किया और जैसे लीला-वश ही अस्थि-पर्वत के मूल में अपने वाम पैर के अंगुष्ठ को लगा उसे एक हलका झटका दे दिया। हड्डियों का पहाड़ कोसों दूर जा गिरा।

अब प्रश्न का उत्तर कहां शेष था। सुग्रीव जो कहते उसे श्री राम ने उनके कथन के पूर्व ही करके दिखा दिया था। एक क्षण के लिए वानरराज आश्वस्त-से लगे। लगा, वे अब वहीं से लौट जाएंगे। पर कुछ सोचकर वे पुनः आगे बढ़ गए। हम सभी उनके पीछे बढ़े।

ग्यारह

सप्तर्षि की तरह ये सात शाल-वृक्ष गगन को छूते हुए खड़े थे। उनके शिखरों के पत्र-पुष्प अपनी चमक में नक्षत्रों से होड़ ले रहे थे और उनकी जड़ों में खड़ा होकर यह कहना कठिन था कि नक्षत्र उनकी चोटियों पर खिले थे या उनके पुष्प ही नक्षत्र बन कर आकाश में चमक रहे थे। आस-पास के अन्य वृक्षों से ऊपर उठ कर प्रचुर सूर्य-किरण और पर्याप्त अप्रदूषित प्राण-वायु के सेवन के लालच में वे महा-वृक्ष लगातार ऊपर उठते गए थे और अब उनकी ऊंचाई की स्थिति यह थी कि मध्याह्न का मार्तंड भी जब आकाश की सर्वोच्च ऊंचाई पर होता तो लगता कि इन विशाल वृक्षों की शाखाओं में उलझ वह आगे जाने का मार्ग ही नहीं पा रहा। तब दिन में ही रात्रि का दृश्य उपस्थित हो जाता और उल्लू एवं चमगादड़ के सदृश रात्रि-जीवी पक्षी प्रसन्नता से उल्लसित हो जाते थे। पूर्णिमा की रात्रि का उज्ज्वल-धवल चन्द्र घंटों इनके पत्तों के मध्य ही छिपा रहता और तब उस प्रदेश की सम्पूर्ण धरित्रि ही चांदनी के एक टुकड़े को तरस जाती। महाप्रलय के मेघ भी इनकी सघन शाखाओं-प्रशाखाओं और पत्तों के बीच से जल की एक बूंद तक नीचे नहीं भेज पाते और वर्षा की अनवरत और कठोर बौछारों के समय वन के असंख्य जीव-जन्तु—व्याघ्र, सिंह एवं गज, महिष—उनके नीचे अशंक समय काटते थे।

इनके धड़ों का विस्तार ऐसा था कि बड़ा-से-बड़ा गजराज भी इनमें से किसी को अपनी विशाल सूंड में समेटने में असमर्थ था और शत-सहस्र हाथी भी एक साथ उनसे अपने तन को रगड़ते तो इनका कुछ नहीं बिगड़ता। एक-दूसरे से पर्याप्त दूरी पर उगने पर भी इनके धड़ों के असंतुलित विस्तार के कारण इनके मध्य अब नाम मात्र की दूरी रह गई थी, ऐसी कि अगर एक सूची (सूई) भी इनके मध्य से निकल नहीं पाए। सातों का सम्मिलित विस्तार तो एक पहाड़ का ही दृश्य उपस्थित करता था। सृष्टि के प्रायः आदि से ही खड़े इन तरुवरों का काष्ठ, प्रायः लौहवत् हो आया था और संसार में ऐसी कोई धातु नहीं थी जिससे निर्मित अस्त्र-शस्त्रों से इनमें से किसी एक का भी बाल बांका किया जा सके। आखेटकों और काष्ठ-जीवियों ने अपने काष्ठ-छेदकों का जोर इन पर अनेक बार आजमाया था पर जब वे इनका एक छिलका भी अलग करने में असमर्थ रहे तो इन धड़ों का प्रयोग इन्होंने अपने शस्त्रों की धार को तेज करने के लिए ही करना आरम्भ कर दिया।

नहीं, एक सीध में नहीं खड़े थे ये विशाल, दैत्याकार शाल-वृक्ष। एक सर्पित पंक्ति में उगे थे ये—जैसे सात स्थानों से टेढ़े किसी विशाल अजगर के शरीर को छेद कर उगे[1] हों ये। धड़ों के विस्तार के कारण आपस में सट आने के बावजूद

1. कहीं-कहीं इन वृक्षों को ताल-वृक्षों के रूप में चित्रित किया गया है और एक कहानी आती है कि एक बार बालि ने सात ताल-फल अपने खाने के लिए रख छोड़े थे कि उन

इनके सर्पाकार रूप में कोई अन्तर नहीं आया था। ऐसा कि किसी चमत्कार से कोई बाण अगर एक छोर से प्रवेश भी कर जाय तो आर-पार हुए बिना वह पहले ही वृक्ष के पार्श्व से निकल कर बाहर आ जाए।

इन्हीं वृक्षों के पास ला खड़ा किया था सुग्रीव ने श्री राम और सौमित्र को। नहीं, वृक्षों का यह कवित्वपूर्ण वर्णन मेरा नहीं है। यह सही है कि अति विशाल थे वे वृक्ष पर उनका ऐसा वर्णन मेरे लाख विद्वान् और 'ज्ञानिनां अग्रगण्य' होने के बावजूद मुझ से संभव नहीं था। इसका श्रेय मिलना था कलि के ही एक भक्त[2] कवि को जिसके सुमधुर रामचरित ने आज तक सम्पूर्ण तमिल देश को अपने अमृत-रस से आप्यायित कर रखा है। नहीं, अनुवाद नहीं प्रस्तुत कर दिया है मैंने उस कृति के सम्बन्धित अंश का यहां, पर लोभ-संवरण भी नहीं कर पाया मैं आधारित करने का इस वर्णन को उस महान् कृतिकार की कालदर्शी कल्पना पर।

"क्या करना है मित्र!" श्री राम ने सुग्रीव की ओर मुखातिब होकर पूछा था। मैं सब कुछ समझकर भी कुछ नहीं बोला था पर सौमित्र कब चुप रहने वाले थे— "आपने एक बाण में ही बालि को यमलोक भेजने की बात कही थी न?"

"हां।"

"तो आपके मित्र-प्रवर आपकी पुनर्परीक्षा लेना चाहते हैं।" सौमित्र ने सुग्रीव की संशय-भरी आंखों की ओर देखते हुए अपने अग्रज को सम्बोधित किया था।

"सच मित्र?"

'मौनं स्वीकार-लक्षणं', सुग्रीव के उत्तर नहीं देने पर भी श्री राम ने तूणीर से बाण खींच लिया था। क्षण में अपने विशाल धनुष को ज्या-सज्जित किया था और दूसरे ही क्षण श्री राम-शर, सातों साल-वृक्षों के धड़ों को तोड़ता, उन्हें निर्मूल करता, तूणीर में वापस आ गया था। शर-संधान और वृक्षों के संहार से उत्पन्न घोर रव ने कुछ क्षणों के लिए सुग्रीव को वधिर ही कर दिया था, और जब वे होश में आये थे तो श्रद्धा से उनके हाथ जुड़ गए थे और सिर नत हो गया था। स्तवन के स्वर उनकी जिह्वा पर चढ़ने ही वाले थे कि राघवेन्द्र ने उन्हें रोक

पर एक सर्प आकर लेट गया। बालि ने शाप दिया और उसी समय सर्प के शरीर को छेदते हुए सातों फलों से सात पौधे निकल आए और कालान्तर में वे विशाल वृक्ष बने। कहते हैं बालि के शाप से क्रुद्ध हो सर्प ने भी बालि को शापित किया था—"मैं तो मात्र आराम की दृष्टि से इन फलों पर पड़ा था। मैंने इन्हें मुंह भी नहीं लगाया। तुमने मुझ निरपराध को दंड दिया, अतः जो योद्धा इन ताल-वृक्षों को गिराने में सफल होगा उसी के द्वारा तुम्हारा वध भी सम्पन्न होगा।"

2. महाकवि कंबन—तमिल में रचित और रामकथा से संबंधित जिनकी महान् कृति, कंब-रामायण के नाम से विख्यात है।

दिया था—"नहीं मित्र, यह अशोभन है। मित्रों के मध्य समानता का भाव ही शोभा पाता है। आपकी शंका को निर्मूल करना मेरा कर्तव्य था। मैंने वही किया है। उससे अधिक कुछ नहीं। मैं किसी अर्चना-अभ्यर्थना का अधिकारी नहीं। मित्र का दुःख मेरा दुःख है। मुझे प्रसन्नता है कि आप मेरे प्रति आश्वस्त हो गए। मैं अपनी प्रतिज्ञा के अनुसार बालि-वध अवश्य करूंगा।"

"मैं भी आपकी भार्या, भगवती सीता को अवश्य ढूंढ़ लाऊंगा चाहे वे पाताल या आकाश में ही क्यों नहीं अवस्थित हों—

"रसातले वा वर्तन्तीं वर्तन्तीं वा नभस्तले।
अहमानीय दास्यामि तव भार्यामरिंदम॥" (वा० रा०)

भावावेश में आ सुग्रीव ने भी प्रतिज्ञा कर ली थी। श्रीराम, सुग्रीव और सौमित्र एक शिला पर बैठ गये थे। मैं पास ही में हाथ बांधे खड़ा था। धराशायी हुए सातों शाल-वृक्ष, बगल में, किसी विशाल पर्वत की तरह पड़े थे। उनकी शाखाओं में नीड़ बनाए पक्षियों के झुंड-के-झुंड चीं-चीं की आवाज के साथ उनकी परिक्रमा में व्यस्त थे। वृक्षों के विनाश से उत्पन्न हुई कर्णभेदी ध्वनि, अभी तक आस-पास के पर्वतों से टकरा कर ध्वनित-प्रतिध्वनित हो रही थी। सूर्य अस्ताचल-गामी हो चले थे और रात्रि की कालिमा इस वन-प्रदेश पर छाने ही वाली थी। मैं मध्याह्न में ही श्री राम और सौमित्र को ऋष्यमूक के शिखर तक लाया था पर इतना कुछ सम्पन्न होते-होते दिवस का अन्त समीप आ गया था।

"अब हमें चलना चाहिए।" सौमित्र ने परामर्श दिया था। सुनते ही सुग्रीव उठ खड़े हुए थे और एक दिशा की ओर बढ़ चले थे।

हम सुग्रीव के अनुयागी बने थे और आकर जहां रुके थे वह एक गुफा थी। गुहा-द्वार के सामने के एक विशाल शिला-खंड के पास हम रुके थे और सुग्रीव अन्दर प्रवेश कर गए थे।

रात्रि की कालिमा अब तक गाढ़ी होने लगी थी। जंगली जानवरों की चित्र-विचित्र आवाज से दिशाएं गूंजने लगी थीं। श्रीराम और सौमित्र उस शिला-खंड पर ही आसीन हो गए थे। मेरे बैठने का कोई प्रश्न नहीं था। पर श्री राम ने जब बहुत जोर दिया तो मैं नीचे उनके पैरों में ही बैठ गया।

"पवनसुत !" उतनी देर में मेरे आराध्य ने प्रथम बार सीधे सम्बोधित किया था मुझे। प्रसन्नता से मुझे रोमांच हो आया था और मैं अभिभूत होकर बोला था—"आज्ञा श्रीमान् ?"

"आपके ये स्वामी वानरेन्द्र कहां चले गये ?"

क्षण-पूर्व की प्रसन्नता पावस की धूप की तरह तिरोहित हो गई। आखिर कब तक ये मुझे किसी अन्य का अनुचर समझते रहेंगे ?

"अपराध-मार्जन हो मेरे आराध्य, मेरे तो एकमात्र स्वामी बस आप।" सुग्रीव की अनुपस्थिति का ही लाभ उठाया था मैंने।

"और यह सुग्रीव ? आखिर उनके अग्रज अभी तक तो वानरों के स्वामी हैं

ही ? इस नाते ये भी आपका…। और फिर कल को किष्किन्धा का राज्य तो इन्हीं को…।"

"यह सब तो ठीक स्वामिन् ! पर यह सब सांसारिक बंधन है । मेरा आपसे भौतिक नहीं, अलौकिक, आध्यात्मिक नाता है। मेरे स्वामी तो बस मात्र आप…।" मैंने बद्धांजलि अश्रुपूर्ण नेत्रों से निवेदन किया। मेरे आराध्य भी दयार्द्र हो गये।

"तथास्तु" उन्होंने कहा और मैं कृत-कृत्य हो आया। अब कोई चिन्ता नही थी। सुग्रीव के साथ जिस तरह उनका मैत्री-सम्बन्ध पक्का हुआ था उसी तरह मेरे साथ उनका स्वामी-सेवक सम्बन्ध भी पक्का हो गया। उसके पश्चात् आज तक न तो उन्होंने किसी को मेरा स्वामी कहा न मैंने किसी अन्य का अपने को दास माना।

"पर सुग्रीव को पर्याप्त विलम्ब हो रहा है।" सौमित्र ने कहा तो हम सभी का ध्यान गुफा की ओर गया। गुहा-द्वार पर कुछ हलचल हुई थी और वहां सुग्रीव, एक हाथ में मणि-दीप और एक में एक छोटी-सी पोटली लिए प्रकट हुए थे। मणि-दीप के प्रकाश में शिला-खंड पूर्णतया प्रकाशित हो आया था और हमने देखा था कि उस पोटली से भी प्रकाश-किरणें फूट रही थीं। मुझे सारी बातें समझ में आ गई थीं पर इसके पूर्व कि मैं कुछ बोलता सुग्रीव श्री राम की बगल में आसीन हो पोटली खोल बैठे थे।

"एक संध्या हम कुछ कपि इसी शिला-खंड पर बैठे थे कि आकाश-मार्ग से विमान में जाती एक स्त्री ने इन आभूषणों को नीचे डाल दिया था। लंकेश दश-ग्रीव उस विमान का चालक था। मुझे लगता है वह दुर्भाग्य-ग्रस्ता अवश्य ही आपकी भार्या भगवती सीता थीं। आप कृपया इन आभूषणों को पहचानने का प्रयास करें।" कहते हुए सुग्रीव ने आभूषणों को दिखाया।

उन आभूषणों में रत्न जटित कुंडल थे, केयूर (बाहूबंद) थे और थे मणि-जटित कंगन। श्री राम ने अवश्य ही अपनी अर्द्धांगिनी जानकी के इन आभूषणों को पहचान लिया था। उन राजीव-लोचन के कमल-नेत्र सहसा अश्रुपूरित हो आए थे और वे दो क्षण को मूक हो आये थे। फिर लक्ष्मण को सम्बोधित कर आर्द्र स्वर में बोले थे—"सौमित्र, ये आभूषण निस्संदेह तुम्हारी भाभी भगवती भूमिजा के ही हैं किन्तु मुझ दुर्भाग्य-दग्ध के विवेक का भी कितना भरोसा किया जा सकता है ? आर्त-जन की निर्णायिका-बुद्धि बधित हो जाती है और वह हर स्थिति में अनु-कूलता के अन्वेषण की ही आदी हो जाती है। तभी तो सिकता-कणों की चमक भी मरु-यात्री को सलिल का बोध करा जाती है और वह मृग-मरीचिका के पीछे पागल हो प्राणों तक को गंवाने को प्रस्तुत हो जाता है। अच्छा हो तुम भी इन आभूषणों की परीक्षा कर इनके सम्बन्ध में आश्वस्त हो लो।"

श्री राम ने उपर्युक्त बातें नीची दृष्टि से ही कही थी। अतः, वे लक्ष्मण के आनन पर बनती-बिगड़ती भाव-रेखाओं को नहीं देख सकते थे। सुग्रीव का ध्यान भी कहीं और था। निश्चय ही वे बालि-वध और अन्ततः अपने अग्रज के भय से

त्राण के सुख-स्वप्न में लीन हो रहे थे। पर मुझ से सौमित्र की विवशता छिपी नहीं रहीं। मणि-दीप का प्रकाश सीधे उनके गौर-वर्णी तेजोदीप्त मुख पर पड़ रहा था। वहां अंकित एक विवश और निरीह भाव मुझे अन्दर तक व्यथित कर गया। कैसी थी यह विवशता, यह अनाम निरीहता? नहीं यह अग्रज-प्रिया के आभूषणों के दर्शन से उत्पन्न मोह नहीं था जो लक्ष्मण को मूक कर रहा था। नहीं, विगत की स्मरणजनित व्यथा ने नहीं बांधा था शेषावतार की जिह्वा को। उनकी स्फटिक स्वच्छ आंखों में तो परिचय-पहचान की कोई रेखा ही नहीं उभर पा रही थी। कुछ और कारण था इस विवशता, इस मौन, इस निरीहता का – जिसके कारण का अन्वेषण मेरे लिए संभव नहीं हो पा रहा था।

"लक्ष्मण! तुम कुछ बोले नहीं।" श्री राम ने प्रिया के आभूषणों से दृष्टि हटा इस बार सीधे अनुज-आंखों में देखा था और सौमित्र ने आंखें नीची कर ली थीं — "आर्य, मुझे क्षमा करें।" वही निरीहता, विवशता चढ़ी थी उनके मन्द स्वर पर।

"क्यों? नहीं हैं ये विदेह-नन्दिनी के अंग-भूषण?" व्यग्र हो पूछा था राघवेन्द्र ने। उन्हें लगा था कि कहीं सचमुच भ्रम तो नहीं हो रहा उन्हें उनकी पहचान में।

"कह नहीं सकता आर्य!" सौमित्र ने सिर झुकाये ही अपना संक्षिप्त उत्तर दिया था और श्री राम की आंखों के आंसू सहसा सूख आये थे और उनकी भृकुटियों पर बल पड़ने लगा था। अपने आराध्य के चेहरे के आरक्त होते ही मैं किंचित् भयग्रस्त हो आया था। क्या कारण हो सकता है अवसाद की इस करुण घड़ी में भी राघवेन्द्र के क्रोध का। कौन-सी गलती हो रही है सौमित्र से? क्या कुछ बाधित कर रहा है उसकी अभिव्यक्ति को? और क्यों इस बात को इतना तूल दे रहे हैं अनुज के प्रति सदा स्नेह-शील रहने वाले ये स्नेह-सिंधु?"

"लक्ष्मण! उदासीनता और असावधानी की भी सीमा होती है। तुम्हारी असावधानी ने ही वैदेही को पंचवटी से··· । और आज पुनः तुम उसी असावधानी और···।"

"आर्य!!!" इसके पूर्व की राघवेन्द्र अपना वाक्य पूरा कर पाते सौमित्र विलख पड़े, "मुझे क्षमा कर दें आर्य! मैं असावधान नहीं हूं। उदासीन भी नहीं, पर असमर्थ और अक्षम हूं मैं इन आभूषणों के सम्बन्ध में कुछ कहने में।"

"क्यों?" राघवेन्द्र ने विस्मय ने पूछा।

"क्योंकि ये पैरों के ऊपर के आभूषण हैं। कानों के कुंडल हैं, कलाइयों के कंगन हैं और हैं भुजाओं के केयूर। पैरों के नूपुर होते तो मैं उन्हें पहचान लेता। पर पैरों से ऊपर जब मेरी दृष्टि उठी ही नहीं तो[1] ।" सौमित्र अपना वाक्य पूरा नहीं

1. केयूरे नाहं जानामि, नाहं जानामि कुण्डले।
नूपुरे चैव जानामि नित्य पादाभिवंदनात्॥ (वा. रा.)

कर सके पर श्री राम के साथ-साथ सुग्रीव की और मेरी आंखें भी अश्रुपूरित हो आईं। पहले-पहल मैं मन-ही-मन लक्ष्मण के प्रति श्रद्धा-नत हो आया था। धन्य है सौमित्र का मर्यादा-बोध ! धन्य है उनका धवल चरित्र ! अब तक तो मुझे वे एक ऐसे उद्दंड और क्रोध-प्रिय किशोर की तरह ही लगे थे जो लगातार सुग्रीव की कायरता पर चोट करने में आनन्दानुभव करता था। पर आज मुझे लगा था कि मेरे श्री राम ने जिन्हें अपनी छाया के रूप में स्वीकारा था वे सौमित्र साधारण मनुज नहीं थे बल्कि मर्यादा-पुरुषोत्तम के अनुज में अपेक्षित सम्पूर्ण मर्यादा उनमें कूट-कूट कर भरी थी।

थोड़ी देर तक उस शिला-खंड पर मौन का साम्राज्य ही व्याप्त रहा। गहराती रात्रि में यह मौन कुछ ज्यादा ही बोझिल हो गया था। राघवेन्द्र के इस असमंजस से मेरा अन्तर फटा-फटा जा रहा था। पर मैं चाहकर भी कुछ नहीं कर पा रहा था। मैंने तो अब तक माता भूमिजा को देखा भी नहीं था। इच्छा मेरी अवश्य थी कि राम-विवाह में सम्मिलित हो, कुछ उछल-कूद कर मैं लोगों के रंजन का कारण बनता पर मेरे आराध्य ने तो पहले ही मुझे पृथक् कर दिया था अपने से।

"हां मित्र, ये उन्हीं के हैं। मैं उनकी पहचान में कोई गलती नहीं कर रहा। मैं तो सौमित्र से मात्र इसकी संपुष्टि चाहता है। चलो अब विश्राम की व्यवस्था करें। रात्रि गहरी हो रही है।" श्री राम ने आंखों की कोरों को पोंछते हुए सुग्रीव को सम्बोधित किया था और उठने को हुए थे।

"कहीं अन्यत्र जाने की आवश्यकता नहीं," सुग्रीव ने उन्हें रोका था, "यह गुफा पर्याप्त सुरक्षित है। समीप में ही स्वच्छ सलिल-युक्त एक सरोवर भी है। आज की रात्रि हम यहीं व्यतीत करेंगे।"

"तथास्तु।" श्री राम ने स्वीकृति दी थी और उनकी चरण-सेवा का प्रथम सुअवसर समीप पा मैं प्रसन्नता से भर आया था।

बारह

विलम्ब घातक होता है। इस बात को मेरे श्री राम से अधिक कौन समझ सकता है ? भारत-भूमि के चिन्तकों ने कहा—शुभस्य शीघ्रम्—शुभ को शीघ्र सम्पादित करो। श्री राम जिस काम में हाथ लगाना चाहें वही शुभ हो जाता है। आरम्भ शुभ हो या नहीं, अन्त सदा मंगलकारी होता है। जगज्जननी ने कंचन-मृग की कामना की तो उसके भी पीछे दौड़ने में भगवान ने विलम्ब नहीं किया। वह कार्य आरम्भ में अशुभ प्रतीत हुआ हो, अन्त उसका रावण-बध में हुआ। विश्वामित्र ने

अपने आश्रम ले जाना चाहा तो श्री राम अविलम्ब साथ लग गए। धनुष-यज्ञ के समय ऋषि-आज्ञा हुई नहीं कि शिव-पिनाक हाथ में आया और क्षणार्ध नहीं लगा उसके टुकड़े कर देने में। आगे चल कर गोस्वामी ने ठीक ही लिखा—श्री राम ने पिनाक को कब उठाया, कब खींचा और कब तोड़ दिया यह कोई समझ ही नहीं सका—

लेत उठावत खैंचत गाढ़े।
कोई न लखै देख सब ठाढ़े॥

कैकेयी ने वन-गमन का आदेश प्राप्त कर लिया तो क्षण नहीं लगा राघवेन्द्र को राजमहल छोड़ने में। और तो और; सुग्रीव ने शाल-वृक्ष दिखाए नहीं और श्री राम ने उनका मन्तव्य समझा नहीं कि एक ही बाण में वे धरती पर आ रहे।

विलम्ब; श्री राम की प्रकृति में नहीं, अतः रात्रि व्यतीत होते-होते ही नित्य-कर्म से निवृत्त हो वे प्रस्थान को प्रस्तुत हो गए। रात देर तक मैं राघवेन्द्र के चरण पलोटता रहा था। प्रथम-प्रथम यह सौभाग्य मिला था, अतः प्रसन्नता अन्दर अंट नहीं पा रही थी। पहले तो मुझे उनके नव-किसलय-कोमल चरणों में हाथ लगाने में ही संकोच हो रहा था। शाखा-मृग के रुक्ष हाथों के स्पर्श से कहीं रक्त ही नहीं निकल पड़े मेरे आराध्य के रक्ताभ पाद-तलों से ! पर राघवेन्द्र ने ही मन बढ़ाया मेरा—"संकोच नहीं करो पवन-सुत ! पदत्राण-रहित इन पैरों ने बहुत झेले हैं वन-पहाड़ों के कंटक-कुश। तुम्हारे हाथ तो सुख ही दे पायेंगे इन्हें।"

कहने को तो मेरे आराध्य कह गए थे, पर मैं देख रहा था कि जंगल-पहाड़ों की पगडंडियों ने बहुत कुछ नहीं बिगाड़ा था श्री राम के पद-युगल का। लगता था वन, देवों और वन-देवियों ने पुष्प ही बिछा दिए थे उनके पथ में। अथवा आरम्भ में वे जो क्षत-विक्षत हुए हों, अब तो पूरी तरह कोमल और मांसल थे। सच, अगर मैं सचेत नहीं रहता चरण-सेवा में तो क्षत-विक्षत ही कर बैठता उन्हें।

"अब चलें।" सुग्रीव और लक्ष्मण के तैयार होकर आते ही श्री राम ने कहा था। मैं तो उसमें शय्या-त्याग के पूर्व से ही प्रस्तुत था।

"कहां?" सुग्रीव ने साश्चर्य पूछा। श्री राम की प्रकृति से उन्हें परिचय ही कितना हुआ था? उन्हें लगा कि कल ही प्रतिज्ञा की, आज कहां चल दिए? उनके वचन का क्या होगा?

"बालि-बध को। विलम्ब हो रहा है इस कार्य में।" विलम्ब हो रहा है ! अभी संध्या ही तो मैंने अग्नि के साक्ष्य में इन्हें मित्रता के बन्धन में बांधा है। प्रातः ही विलम्ब होने लगा बालि-वध में? राघवेन्द्र का उत्तर सुन मुझे अधिक नहीं पर थोड़ा विस्मय हुआ था। माना विलम्ब उनके स्वभाव में नहीं है पर इतनी शीघ्रता वे करेंगे इसका भान मुझे भी कहां था? अविस्मित रहे थे तो सौमित्र। उन्हें अपने अग्रज के स्वभाव का पूर्ण पता था।

सुग्रीव के आश्चर्य और प्रसन्नता की तो सीमा नहीं थी। प्रथम तो उन्हें विश्वास ही नहीं हुआ कि उनका यह मानव-मित्र इतना शीघ्र अपना प्रण पूर्ण

करने को प्रस्तुत हो जाएगा। पर उन्हें इसका अनुभव कहां था कि नर नहीं नारायण ने अपनाया था मित्र के रूप में उन्हें? पर जब श्री राम-मुख के दृढ़ भाव को उन्होंने अवलोकित किया तो उन्हें लगा कि वे सचमुच कटिबध है इस कार्य के सम्पादन हेतु। सुग्रीव ने अविलम्ब प्रस्थान किया। उनकी गदा तो उनके साथ थी ही मार्ग में उन्होंने नल, नील, मयन्द तथा नार आदि वानर-वीरों को भी साथ कर लिया। श्री राम और सौमित्र के साथ मैं भी उनके साथ लग गया।

"आप बालि को ललकार कर युद्ध के लिए उद्वत करें। आप जब युद्ध-रत रहेंगे, मैं उसका वध कर दूंगा।" श्री राम ने मार्ग में समझाया।

"बालि का सामना आसान नहीं। द्वंद्व-युद्ध में साक्षात् महेन्द्र भी उसके समक्ष नहीं टिक सकते। मेरे तो वह देखते-देखते प्राण ही ले लेगा।" बालि से युद्ध की बात पर ही सुग्रीव साहस खोने लगे।

"मैं उसे बहुत अवसर नहीं दूंगा। शीघ्र ही उसे प्राणों से रहित कर दूंगा। पर महल से बाहर तो उसे आपको ही लाना है और बिना युद्ध-आह्वान के वह अन्तःपुर से आने से रहा।" श्री राम ने समझाना चाहा।

"ठीक है," सुग्रीव ने कांपते स्वर में आरम्भ किया, "आप ही के आश्वासन पर मैं ऐसा करने को प्रस्तुत हो रहा हूं वर्ना मैं उसे द्वन्द्व का आमन्त्रण दूं, मेरे अन्दर यह शक्ति नहीं। कहीं आपने उसे अत्यधिक छूट दी तो वह मुझे जीवित नहीं छोड़ेगा।"

"आप निश्चित रहें। मैंने आपसे मित्रता की है। मैं उसे अवश्य निभाऊंगा। आप निश्शंक अपने अग्रज को युद्ध के लिए प्रेरित करें।"

कुछ ही देर पश्चात हम किष्किन्धा पहुंच चुके थे। हम वानरों की गति तो क्षिप्र होती ही है। श्री राम और सौमित्र भी चलने में हम से पीछे नहीं थे। हम नगर-द्वार के पास के एक कुंज में छिप गए थे। सुग्रीव ने बालि के महल के पास जाकर घोर गर्जना की थी।

बालि को सुग्रीव के स्वर को पहचानने में बहुत समय नहीं लगा। वह तो उसके रक्त का प्यासा बना बैठा ही था। जैसे ही उसे लगा कि काल-प्रेरित उसका कुटिल अनुज युद्ध का इच्छुक बन आ पहुंचा है, वैसे ही अपनी स्वर्ण-गदा को सम्हालता वह महल से बाहर आ गया। सुग्रीव नगर-द्वार की ओर भागे। बालि उनके पीछे दौड़ा और हम जहां छिपे खड़े थे, उससे थोड़ी ही दूरी पर दोनों युद्ध-रत हो गए। अपनी पुरानी शत्रुता का स्मरण कर बालि क्रोध में असंतुलित हो गया और सुग्रीव के प्राण हर लेने हेतु घातक प्रहार करने लगा। उसने गदा द्वारा उनके मर्म-स्थलों पर चोट की। सुग्रीव इसके लिए तैयार नहीं थे और थोड़ी ही देर में उसकी शक्ति क्षीण हो चली। वह बार-बार कुंज की ओर देखते पर मेरे श्री राम थे कि धनुष पर शर-संधान किये चुप खड़े थे।

निकट था कि बालि सुग्रीव के प्राण हर लेता कि वे अवसर पाते ही सिर पर पैर रख कर भाग खड़े हुए। बालि ने उसका पीछा किया पर जब वे मतंग आश्रम

तक पहुंच गए तो वह हाथ-मलता लौट गया।

हम सभी कुंज से निकले और मतंग आश्रम की ओर बढ़े। सुग्रीव दीर्घ निश्वास लेते खड़े थे। उनका शरीर स्वेद से तर-बतर था और उस पर रक्त-बूंदें छिटक आई थीं।

"मुझे दुःख है !" श्री राम ने समीप आते ही कहा था। सुग्रीव तत्काल कुछ बोले नहीं थे। उनकी दोनों आंखें तत्क्षण अश्रुपूरित हो आई थीं। मुख पर उपालंभ का भाव स्पष्ट था।

"यह आपने ठीक नहीं किया। आपके योग्य भी नहीं था यह। आपको पुरुषोत्तम कहा जाता है। इन हनुमान ने आपके सम्बन्ध में बड़ी ऊंची और अच्छी बातें कहीं थीं मुझसे। आपने मित्रता की सौगन्ध खाई थी। आपने शत्रुवत् व्यवहार किया मुझसे। पता नहीं मुझे मृत्यु के मुख में डालकर क्या मिलता आपको ? अब कैसे इस संसार में कोई किसी की मित्रता पर विश्वास करेगा ?" सुग्रीव ने मुंह खोला था तो धाराप्रवाह बोल गए थे। मेरा मन करता था कि मैं उनके होंठों पर अपना हाथ रख दूं। मैंने श्री राम की विवशता को देखा था—उनकी विकलता को भी। शर-सन्धान किए वे व्यग्र हो बार-बार दोनों बन्धुओं की ओर देख रहे थे पर कुछ था ऐसा जिसने उनके हाथों को रोक रखा था। हमने उनकी विवशता का कारण नहीं समझा था और न पूछने का साहस ही किया था। मैं सुग्रीव की उद्दंडता पर खीझ ही रहा था कि श्री राम ने धीरे से आरम्भ किया—"मुझे गलत न समझें मित्र ! आप दोनों भाइयों के समान रूप-रंग ने मुझे भ्रमित कर दिया। आपको ज्ञात ही है कि मेरा बाण अमोघ है। एक बार धनुष से छुटने के पश्चात् वह लक्ष्य-वेध करके ही लौटता। भ्रम के वश हो मैं शत्रु के बदले मित्र के प्राण नहीं ले सकता था। आप मुझे क्षमा कर दें और अब जो कहता हूं वही करें।"

राघवेन्द्र की बात पर हंसी आई थी मुझे। कोटि-कोटि ब्रह्मांडों के रचयिता और सम्पूर्ण जीव-जगत के रूप-स्वरूप के विधायक, दो वानर-बन्धुओं के मध्य अन्तर करने में असफल रहे हैं, यह असंभव था। यह ठीक है कि शर-सन्धान किए वे विकल और व्यग्र हो रहे थे। पर अभी-अभी उन्होंने जो कुछ कहा था उससे स्पष्ट था कि उनकी वह विकलता मात्र नाटक थी। उनका अनिर्णय स्वयं का ओढ़ा हुआ था। वास्तविकता कुछ और थी और मैं उसे समझ गया था।

यह सुग्रीव की परीक्षा थी। ब्रह्म द्वारा जीव की परीक्षा—उसकी श्रद्धा, उसके समर्पण-भाव की परीक्षा, उसके विश्वास और आस्था की परीक्षा। श्री राम ने सुग्रीव को मेरे कहने पर अपना तो अवश्य लिया था, पर उनकी परीक्षा तो शेष ही थी। सामान्य गुरु भी परीक्षा के बिना किसी को शिष्यत्व तक नहीं प्रदान करता, ब्रह्म और जीव के मध्य मित्रता कैसे बिना परीक्षा के सम्भव थी ?

निश्चय ही, श्री राम जानना चाहते थे कि सुग्रीव को उनके बल-बुद्धि और वचन में कितना विश्वास, कितनी आस्था है। विषम-से-विषम परिस्थिति में भी जब

भक्त, भगवान को नहीं छोड़ता तभी उसकी भक्ति सत्य सिद्ध होती है। ब्रह्म कब बन्धन का वरण करना चाहता है—भले ही वह मित्रता का बन्धन ही क्यों न हो? वह तो जीव पर अपनी अनुपयोगिता, तटस्थता, रुक्षता और प्रायः अपने अनस्तित्व को ही प्रकट कर उससे अलग-अलग ही बना रहना चाहता है। पर इस सबके बाद भी अगर जीव उससे विमुख नहीं होता तो विवश हो उसे अपनाने को बाध्य हो जाता है।

सुग्रीव की परीक्षा हो चुकी थी। अब प्रतीक्षा थी परीक्षा-फल की। भगवान ने कहा था, "अब मैं जो कहता हूं वही करें।" देखना था बालि की मार से भागे, रक्त-स्वेद से आपाद-मस्तक, स्नात, पीड़ित, प्रताड़ित, भयभीत सुग्रीव क्या उत्तर देते हैं। मैं अन्दर-ही-अन्दर विकल हो रहा था। कहीं मेरे सारे किए-कराए पर पानी नहीं फिर जाएगा। कहीं सुग्रीव यह नहीं कह बैठें—'आप में मेरी अस्था शेष हो गई। मैं नहीं पड़ता अब आपकी मिथ्या प्रतिज्ञा के व्यामोह में। अब हमारे मार्ग पृथक्-पृथक् हो गए।'

पर ऐसा हुआ नहीं। सुग्रीव श्री राम का पराक्रम देख चुके थे। दुंदुभी के अस्थि-समूह को बामांगुष्ठ से उछालने और सात-सात शाल-वृक्षों को एक बाण से ही निर्मूल करने की बात, अपने भाग्य की अनुकूलता के कारण, वे अभी भूले नहीं थे। भगवान का बहाना उन्हें सत्य लग गया और वे अपनी पीड़ा और अनास्था से ऊपर उठतेहुए बोले—"आज्ञा कीजिए। शायद मुझे पुनः एक बार बालि से युद्ध-रत होना होगा।"

"अवश्य।" श्री राम मुसकराकर बोले थे और मैं सुग्रीव के प्रति गर्व से भर आया था। व्यर्थ नहीं गया मेरा श्रम। सफल हो गए सुग्रीव, भीषण अग्नि-परीक्षा में। आप्तकाम होकर रहेंगे वे। किष्किन्धा का राज्य और अपनी अपहृता भार्या को प्राप्त करने में उन्हें बहुत समय नहीं लगने का अब। इतनी ही आवश्यकता थी सुग्रीव की। आखिर जो जितना चाहेगा उससे अधिक वह प्राप्त भी कैसे कर सकता है? भले ही दाता श्री राम ही क्यों न हों!

"पर आप पुनः भाग नहीं खड़ा होइएगा।" सौमित्र जो अब तक अन्दर-ही-अन्दर उद्विग्न हो रहे थें, अपना मौन तोड़ बैठे।

"लक्ष्मण!" श्री राम ने अनुज को आंखों में कुछ समझाना चाहा पर लगता था सुग्रीव की कायरता सौमित्र को कुछ ज्यादा ही अव्यवस्थित कर गई थी और वे बोल पड़े थे—"पलायन तो हमारे मित्र की प्रकृति में ही रचा-बसा है। भागने में ये जितने कुशल है उतना ही भिड़ने में होते तो बात कुछ और होती। सर्वप्रथम ये मायावी और बालि के युद्ध के समय गुफा-द्वार से निस्सृत रक्त-प्रवाह को देख कर भाग खड़े हुए। फिर सम्पूर्ण सैन्य-शक्ति और सभासदों के सहयोग के होते हुए भी बालि का आगमन मात्र सुनकर किष्किन्धा के सिंहासन से उछल कर भागे तो ऋष्यमूक के शिखर पर ही रुके। भागने का यह क्रम सुरक्षित शिखर पर भी समाप्त नहीं हुआ—हम दो मुनि-वेशधारी, सामान्य से प्रतीत होते व्यक्तियों को

देख कर भी ये भय से भर कर भाग खड़े हुए और आज युद्ध के मैदान से ही पीठ दिखा कर भाग खड़े हुए। क्या होता अगर बालि से लड़ते-लड़ते ये वीर-गति को ही प्राप्त हो जाते ? कम-से-कम संसार कायर की संज्ञा तो नहीं देता इन्हें। देखना यह है कि कब तक ये इसी तरह भागते···।"

"लक्ष्मण ! तुम सीमा का अतिक्रमण कर रहे हो। तुम क्यों नहीं समझ पाते कि तुम अपने नहीं, अपने अग्रज के मित्र के संबंध में ये अकथनीय कथन कर रहे हो?" श्री राम ने अनुज को टोका था और सुग्रीव की ओर मुड़कर बोले थे—"मित्र, बुरा नहीं मानना, सौमित्र की बातों का। ये अभी बालक हैं और तुम्हारे सद्‌गुणों का इन्हें कुछ पता नहीं।"

"सद्‌गुण!" सौमित्र मुझे थोड़ा किनारे खींच ले गए थे और धीरे-धीरे बोले थे—"मेरी समझ में नहीं आता पवन-सुत, कि ऐसे 'भगोड़े' सहायक के बल पर हम सीता-अन्वेषण में कैसे सफल हो पायेंगे ? पता नहीं, मेरे अग्रज ने कौन-सी विशेषता इस पलायन-कुशल कपि में ढूंढ़ ली है और पता नहीं क्या समझ कर आप भी अपने और हमारे मूल्यवान समय की हत्या इस व्यर्थ के प्रयास में कर रहे हैं।"

"मैंने ठीक समझा है शेषावतार, और जहां तक आपके अग्रज का प्रश्न है, उनकी समझ पर प्रश्न-चिह्न लगाए, ऐसा इस सृष्टि में कोई नहीं है।" मैंने निस्संकोच उत्तर दिया।

"अपराध-मार्जन हो।" सौमित्र सहसा सहज हो आये थे, "मैं आपकी विद्या-बुद्धि के प्रति प्रथम मिलन में ही आश्वस्त हो आया था। अब आप ही इस भेद को स्पष्ट करें। जहां तक मेरा प्रश्न है, मुझे तो अब भी यही लगता है कि सुग्रीव का सहारा सिकता की दीवार की तरह ही व्यर्थ और अनुपयोगी सिद्ध होने वाला है।"

"मैं बताता हूं," मैंने आरम्भ किया, "श्री राम को किसी की सहायता की आवश्यकता नहीं पर वे किसी को मान देना ही चाहें तो आप और हम क्या कर सकते हैं ? सीता-अन्वेषण में सुग्रीव क्या सहायक होंगे ? पर निमित्त तो किसी को बनाना ही है। और निमित्त के रूप में सुग्रीव क्या बुरा है ? बालि-वध के पश्चात् वानरों के एक-मात्र नेता तो वे होंगे ही। तब समस्त वानर-सैन्य की सेवा तो हमें उपलब्ध हो ही जायेगी। ऐसे, सैन्य-बल की आवश्यकता भी आपके सर्व-समर्थ अग्रज को कितनी है ? पर मर्यादा-स्थापन के लिए अवतरित मर्यादा-पुरुषोत्तम को लोक-मर्यादा की रक्षा भी तो करनी है। वे लंका के संभावित युद्ध को एकाकी ही विजित कर लें तो लोग उन्हें नर मानेंगे या नारायण ? तब अपने भेद के प्रकट होने के पश्चात् वे लोक-शिक्षा में सफल हो पायेंगे क्या ? वे मानव की संभावना को सर्वोत्कृष्ट उपलब्धियों से मंडित करने आये हैं, भगवान् का सामर्थ्य-प्रदर्शन उनका लक्ष्य नहीं।"

"यह बात है !" सौमित्र की आंखें खुल गई थीं, "तो निमित्त-मात्र हैं

सुग्रीव।"

"सुग्रीव ही नहीं। सौमित्र भी। हनुमान और अन्य सखा-सहायक भी। आप शायद अपने अग्रज को ठीक से नहीं जानते या जानकर भी अनजान बनते हैं। मैं भूत-भावन भगवान शिव के साथ आपके आंगन में बहुत डोल चुका हूं। तब आप सभी बालक थे। पूर्ण परिचित हूं मैं श्री राम के शक्ति-सामर्थ्य से। पर्याप्त प्रकाश डाला है पशुपति ने आपके अग्रज के अवतारी स्वरूप और उनके जीवन-लक्ष्य पर। हमारी-आपकी भूमिका बहुत सीमित है। मात्र साक्षी बनना है हमें इनकी विभिन्न लीलाओं-लोक-रंजक क्रिया-कलापों का। निमित्त भी कितना बन पायेंगे हम ?"

"सौमित्र ! हनुमान !" इसी समय श्री राम ने पुकारा था हमें और हम दौड़ कर पहुंचे थे वहां।

"एक पुष्प-माला का प्रबन्ध करना।" श्री राम ने आज्ञा दी थी और मैं दौड़ पड़ा था पार्श्व की तलहटी में। गज-पुष्पी का जंगल-सा ही लगा था वहां। फूलों को तोड़कर मैंने झट माला गूंथी थी और अपने आराध्य के हाथों में थमा दी थी। पता नहीं क्या करने वाले थे वे इसका। शायद प्रस्थान के पूर्व वे अपने किसी इष्टदेव को अर्पित करना चाहें यह पुष्पहार। कौन देवता पूज्य हो सकता था इस देवाधिदेव के लिए ? पर जब लीला ही करनी थी इन्हें तो कुछ भी संभव था।

किसी देव-देवी को अर्पित नहीं हुई यह माला। धन्य कर दिया सुग्रीव को उन्होंने। स्वयं अपने हाथों डाल दिया गज-पुष्पी का वह हार उस वानर की गर्दन में, जिसे सौमित्र पलायन-प्रिय और कायर की संज्ञा दे रहे थे। विजय-हार ही था यह। स्वयं ब्रह्म जब जीव के कंठ को माला-विभूषित करे तो उसकी विजय असंदिग्ध रह जायेगी क्या ? किष्किन्धा के एक-छत्र राज्य की ही प्रतीक थी यह पुष्प-माला। बालि-बध में कहां संदेह था अब ?

"यह माला पहचान होगी आपकी। अब मैं निश्शंक शर-संधान कर पाऊंगा बालि पर। चलिए एक बार और, तथा अन्तिम बार द्वन्द्व-रत होइए उससे।" बात बनाई थी श्री राम ने। भक्त को अपनी पहचान के लिए माला डाले चलना पड़े तो भगवान् की सर्वज्ञता को चुनौती नहीं होगी यह बात ? पर तभी से माला का महत्त्व बढ़ गया। तभी से वह सच ही पहचान बन गई भक्ति की, समर्पण और सुरक्षा की। गले में माला डाल लो भगवान के नाम पर तो भगवान नहीं त्यागने को तुम्हें। वह माल विजय-माल बन कर रहेगी, शीघ्र ही। और वही हुआ था सुग्रीव के साथ। हम पुन: उसी स्थान, उसी कुंज में पहुंचे थे तो सुग्रीव के युद्ध-आह्वान पर उनसे आ उलझे बालि को ठीक ही एक ही बाण से विद्ध कर धराशायी कर दिया था श्री राम ने।

बालि ने प्राण त्यागने के पूर्व बहुत उपालम्भ देना चाहा था भगवान को।

उन्हें व्याध[1] तक की संज्ञा दे डाली थी। अपने वध को अकारण और स्वार्थ प्रेरित बताया था। मैं उन सब बातों के विस्तार में नहीं जाना चाहता। इससे आपके समय की व्यर्थ हत्या होगी। वह एक पागल के प्रलाप से अधिक नहीं था—एक मृत-प्राय आततायी के अन्तिम क्षणों का अनावश्यक आलाप था वह। श्री राम के मुख से गोस्वामी ने जो प्रत्युत्तर दिलवाया है, वह बड़ा सटीक और मार्मिक बन पड़ा है। मुख ही बन्द कर दिया था इसी उत्तर ने बालि का—"रे मूर्ख, छोटे भाई की स्त्री, बहन, पुत्र की पत्नी ये सभी बेटी के सदृश हैं। इन्हें जो बुरी दृष्टि से देखता है उसे मारने में किसी को कोई पाप नहीं होता—

अनुज बधू भगिनी सुत नारी।
सुनु सठ कन्या सम ए चारी।।
इन्हहि कुदृष्टि बिलोकइ जोई।
ताहि बधें कछु पाप न होई।।"

इसके पूर्व कि बालि के प्राण अनन्त पथ के पथिक हों, उसका विवेक जाग्रत हो आया था। वह अपराध-बोध से भर आया और अनेक रूपों में भगवान की स्तुति कर परमधाम को प्राप्त हुआ।

बालि के संस्कार के पश्चात् सुग्रीव सिंहासनारूढ़ हुए थे। श्री राम ने सौमित्र को ही यह भार दिया था और उन्होंने नगर में जाकर सुग्रीव का राज्याभिषेक सम्पन्न कराया था। मैं मन-ही-मन प्रसन्न हो रहा था—चलिए शेषावतार को ही यह श्रेष्ठ कार्य पूर्ण करना पड़ा। अब उनको लग गया कि भगवान किस को कहां और किस कार्य के लिए निमित्त बना देंगे, यह उनके सिवा किसी और को ज्ञात नहीं।

सुग्रीव सिंहासनारूढ़ हुए और श्री राम आ गए प्रवर्षण-पर्वत पर। नगर-प्रवेश तो उनके लिए वर्जित था। धीरे-धीरे समय बीता और पावस-ऋतु का आगमन हुआ। वर्षा के इन दिनों को एक रम्य गिरि-कन्दरा में व्यतीत करने को वे बाध्य हुए। सौमित्र तो उनकी सेवा में थे ही। मैं भी प्रायः उन्हीं के पास बना रहता। बालि-सुत अंगद, युवराज बन गये थे। सुग्रीव के साथ लग वे राज-काज में पूर्ण सहयोग प्रदान कर रहे थे। अन्य समर्थ मंत्री और सभासद भी उनके साथ थे, अतः मेरी आवश्यकता वहां नहीं के बराबर रह गई थी। मैंने इसे अपना सौभाग्य समझा था और अपना अधिकांश समय आराध्य की अभ्यर्थना में व्यतीत करने लगा था।

---

1. मारेहु मोहि ब्याध की नाईं—गोस्वामी तुलसीदास।

तेरह

प्रवर्षण-पर्वत का वह पावस और साक्षात् पर-ब्रह्म का सान्निध्य ! मेरे सौभाग्य की कोई सीमा नहीं थी। वर्षा के इन विमुग्धकारी दिनों का वर्णन वाल्मीकि से लेकर गोस्वामी के सदृश कवि-पुंगवों ने अनेक प्रकार से किया है, पर मैंने अपने स्वामी के साथ लगकर उस सुख को जिस रूप में भोगा उसका वर्णन मैं कर सकूं, यह सामर्थ्य अपने में नहीं पा रहा। स्नेह की एक संज्ञा सलिल भी है। मैं दुहरी बरसात का सुख पा रहा था। अन्दर और बाहर दोनों से भींग रहा था। अन्दर-अन्दर श्री राम अजस्र स्नेह की वर्षा से और बाहर-बाहर गगन से फूटती सलिल-धार से। मुझ कपि को गुहा-कन्दरा की ओट की क्या आवश्यकता ? श्री राम की आंखों से निस्सृत स्नेह-प्रवाह जब बन्द हो जाता अर्थात् मेरी चरण-सेवा की समाप्ति पर जब वे नेत्र मिलित कर सुख-निद्रा में लीन हो जाते तो मैं बाहर के सलिल-वर्षण का आनन्द लेने लगता। जी-भरकर गगन-जल में भींगता और सोचता कौन ज्यादा सुखद है, कौन ज्यादा शीतल—यह बाहरी बरसात जो मात्र तन का ताप हरती है या वह भीतरी सुधा-वर्षण जो तन और मन दोनों को तत्क्षण ताप-रहित कर किसी अनाम, अपरिभाषित आनन्द लोक में प्रतिष्ठित कर देता है। कोई तुलना नहीं थी दोनों में। हो भी नहीं सकती थी। पर यह बात अवश्य थी कि श्री राम-संग का सहयोग पा यह बरसात भी कुछ अधिक ही आकर्षक और सुखकारी हो आई थी। वर्षा की अनेक ऋतुएं मैंने भोगी थी इसके पूर्व भी। आखिर गिरि-काननों का ही प्राणी ठहरा मैं ! अनेक बरसातों को झेला है खुले बदन पर। पर कहां इतना सुख, इतना आह्लाद, इतनी तुष्टि दे पाया था इसके पूर्व का कोई पावस-काल ! जब अन्तर आह्लादित हो तो बाहर का सुख द्विगुणित हो आता है और जब आन्तरिक आह्लाद का स्रोत साक्षात् परात्पर ब्रह्म ही हो तो बाह्य सुख अनन्त गुणित हो जाए तो इसमें आश्चर्य क्या ?

नहीं, मैंने डेरा ही नहीं डाल दिया था प्रवर्षण के शिखर पर। सुग्रीव के साथ रहता था मैं किष्किन्धा में ही। राज्य का नव-नव दायित्व मिला था उन्हें। उसके सम्यक् संधारण में मेरा भी कुछ परामर्श उन्हें आवश्यक था। सही था कि युवराज अंगद का संग भी उन्हें सुलभ था पर जो भी हो, अंगद तो अभी अबोध ही थे। उनके परामर्श में वह परिपक्वता कहां से आती जो किष्किन्धा के सदृश विशाल वानर-साम्राज्य के संचालन हेतु आवश्यक थी। किन्तु वहां मेरा अधिक समय नहीं बीतता। मन भाग-भाग प्रवर्षण की उस गुहा में आ बैठता जो मेरे आराध्य का आवास था। और जब मन भाग आए तो तन को भागने में कितना समय लगता है ? विशेषकर हम कपियों के ? अतः मेरा अधिकांश समय श्री राम के सानिध्य में ही बीतता। और इसका लाभ भी था, जिसका वर्णन मैंने ऊपर किया। पर इस संग का सबसे बड़ा लाभ तब मिलता जब सौमित्र के उकसाने पर श्री राम कुछ ऐसे प्रसंग छेड़ बैठते जिनसे ज्ञान का अमृत-स्रोत ही प्रवाहित हो

उठता।

इसी तरह एक बार लक्ष्मण ने छेड़ा था—"प्रभु, इस संसार में मनुष्य के समक्ष बहुत समस्याएं हैं और सबसे बड़ी समस्या है कर्म को ले कर, कर्म के चयन और फिर उसके सम्यक् सम्पादन को लेकर।"

मैं सौमित्र की बातें ध्यान से सुन रहा था। ठीक ही कहा था उन्होंने। कर्म का चयन आसान नहीं था। हम कौन कर्म करें, कौन न करें, यह निश्चय बहुत कठिन होता है। कर्म का चुनाव कर भी लें तो उसे किस प्रकार सम्पादित करें कि वह सफलता तक पहुंच सके, यह एक अलग प्रश्न था।

श्री राम कुछ देर तक मौन रहे। फिर बोले, "सौमित्र, तुमने बड़ा अच्छा प्रश्न किया। मनुष्य-योनि ही कर्म-योनि है। यहां आकर कुछ-न-कुछ तो करना ही पड़ता है। क्या करें, क्या न करें, यहीं कर्म-अकर्म के मध्य चुनाव की बात आती है। दो हाथ मिले हैं, कर कहते हैं इन्हें। अर्थात् इनके द्वारा कुछ करना ही है। पशु-पक्षियों को इस समस्या से मुक्त ही रखा गया। उनका कर्म तो आखेट अथवा दाना चुगकर उदर-पूर्ति करने और सन्तानोत्पादन तक ही सीमित रहा। उनके सामने क्या करें, क्या न करें का प्रश्न कभी खड़ा नहीं हुआ।"

"तो इस चयन की समस्या से मनुष्य कैसे निबटे?" लक्ष्मण ने ही टोका। मैं तो हाथ बांधे मात्र श्रोता बनकर बैठा था।

"हां लक्ष्मण, इसका समाधान है और समाधान यह है कि जो कर्म सामने हो उसी का सम्पादन उचित है। उसके संबंध में मीन-मेष निकालना उचित नही। किसी दूसरे कर्म से उसकी तुलना आवश्यक नहीं। दूसरे शब्दों में जो तुम्हारा निर्धारित कर्म है, वही तुम्हारा सही कर्म है।"

मैं उस समय ध्यान से सब सुन गया था। आज सोच रहा हूं कि कितना साम्य था मेरे आराध्य द्वारा त्रेता में प्रतिपादित इस सिद्धान्त में और कृष्णावतार में गीता के माध्यम से वर्णित उनके कर्म-सिद्धान्त में। महाभारत के युद्ध-क्षेत्र में उन्होंने अर्जुन से स्पष्ट कहा—नियत कर्म को ही करो—'नियतं कुरू कर्म त्वं।'

"यह कर्म-निर्धारण कौन करेगा?" लक्ष्मण ने निवेदन किया था।

"अच्छा प्रश्न है।" श्री राम कुछ सोचकर बोले, "यह निर्धारण करेंगी परिस्थितियां। सब कुछ हमारे ही हाथ में तो है नहीं? हम मार्ग में जा रहे हैं। सामने आकर आखेटक के शर से आहत एक मृग छटपटाने लगता है—अब प्राण निकले कि तब! उधर वह आखेटक अपना दूसरा बाण तुम्हारे ऊपर संधान कर बैठता है। अब सोचो तुम्हारा कर्त्तव्य क्या है? उस मृग का उपचार अथवा अपने प्राणों की रक्षा का प्रयत्न? यही परिस्थिति है जो यहां तुम्हारा कर्त्तव्य-निर्धारण कर रहा है। इस परिस्थिति को तुमने नहीं गढ़ा है। यह स्वयं खड़ी हुई है।"

"तो इस स्थिति में क्या करना होगा? किस कर्म का सम्पादन?" सौमित्र सोचने का प्रयास करते हुए बोले।

"तुम बोलो हनुमान ?" श्री राम मेरी ओर उन्मुख हुए और मैं प्रसन्न हो आया। चलो मेरी बुद्धि पर भी तो कुछ भरोसा हुआ, मेरे आराध्य को ! पर इसके पहले कि मैं मुंह खोलता, सौमित्र ही बोल पड़े—"हनुमान के लिए यहां निर्णय-अनिर्णय का प्रश्न कहां उठता है ? वे तो अपने लांगूल में आखेटक को समेट लेंगे और हाथों से मृग का उपचार आरम्भ कर देंगे।"

मेरे आराध्य आह्लादित हो आये। वे प्रवर्षण से झरते हुए असंख्य झरनों की तरह ही उन्मुक्त खिलखिला पड़े। ऐसी हंसी हंसते मैंने उनको अब तक नहीं देखा था। माता वैदेही के वियोग के कारण तो वे अक्सर दुःखित ही रहते थे। पर आज सौमित्र की इस उक्ति के साथ ही वे इतना प्रसन्न हो आए कि मैं अन्दर-बाहर तक भींग आया।

"ठीक कह रहे हो लक्ष्मण !" श्री राम ने मुस्कराते हुए कहा, "मारुति को ऐसे क्षणों में निर्णय में कोई कठिनाई नहीं होती क्योंकि मारुति साधारण मानव कहां है ? कहने को यह वानर हैं पर विद्या-बुद्धि, विवेक और शारीरिक शक्ति में तो ये देवताओं से भी आगे हैं। अब उसी दिन ऋष्यमूक पर्वत की चढ़ाई चढ़ते समय, हमें सोचने का अवसर दिए बिना ये हम दोनों को अपने स्कन्धों पर सवार करा चल पड़े। और चले ऐसे कि तुम्हें लगा कि हम इनकी गति के कारण इनके कन्धों से पेड़ के पत्तों की तरह उड़ ही जाएंगे।"

अपने आराध्य के मुख से अपनी प्रशंसा सुनकर मैं तो जमीन में गड़ने-गड़ने को हो आया पर सौमित्र कह बैठे—"यह तो इनके प्रताप का बहुत छोटा प्रदर्शन था। मुझे तो लगता है पवन-सुत अकेले ही वह सब कुछ कर लेने में समर्थ हैं जो शत-सहस्र मानव मिलकर भी नहीं कर सकते।"

अब मैं चुप नहीं बैठ सकता था। मैंने हाथ जोड़कर निवेदन किया, "अपराध मार्जित हो भगवन् ! इस कपि में ऐसी कोई विशेषता तो है नहीं। अगर कुछ अल्प-मात्र विद्या-बुद्धि या बल है तो उसका स्रोत तो आप ही हैं। ताप का सही स्रोत तो सूर्य ही है अगर उससे निस्सृत एक किरण अपनी आंच पर इठलाए तो वह उसकी मूर्खता ही तो है।"

"वाह ! वाह !" इसके पूर्व कि मेरे आराध्य कुछ बोलते सौमित्र ताली पीट पड़े, "क्या उपमा गढ़ी है पवन तनय ने ? इसीलिए तो मैं कहता हूं अनुपमेय हैं ये सभी क्षेत्रों में, पर ये मानें तब तो ?"

"ऐसी बातों को मानना मारुति की प्रकृति में नहीं है लक्ष्मण ! आत्मश्लाघा मनस्वियों को प्रिय नहीं होता, फिर ये पवनात्मज तो साक्षात् शिव…।" कहते-कहते मेरे आराध्य रुक गए और मुझे याद आई थी अयोध्या की वह घटना जिसमें मेरी रस्सी को बालक श्री राम के करों में थमाते हुए आशुतोष ने धीरे से कहा था—'इसे साधारण वानर नहीं समझेंगे प्रभु ! मैं स्वयं ही अपने एक अंश से अवतरित हुआ हूं इसमें।' अच्छा था इस बात को अब तक भूला ही बैठा था मैं। ऋषि-शाप की ही यह विशेषता थी। पर आज मेरे आराध्य इसे याद दिला ही बैठे।

पर याद कराते-कराते वे सहसा चुप ही हो गए। उन्हें भी अपनी भूल का अनुमान हो गया। ठीक ही है, अभी मुझे अपनी उस शक्ति का क्या करना है? अभी वह सुसुप्त रहे तो अच्छा। उसका उपयोग तो राम-कार्य में ही होना है और जब आवश्यकता पड़े राम-भक्तों के हित में।"

"पर असल बात तो रह ही गई," श्री राम मूल प्रश्न पर लौटे, "सौमित्र, तुम ही उत्तर दो इस प्रश्न का।"

"मैं तो पहले मृग की परिचर्या करूंगा। इस बीच शिकारी का एकाध शर लग भी गया तो झेल लूंगा। आखिर सभी जीवों में तो एक ही तत्त्व बसता है—ईशावास्यमिदं सर्वं यत्किंचित् जगत्यां जगत्…।"

"तुम तो उपनिषद्-ज्ञान की बात करने लगे लक्ष्मण! पर यह निर्णय इतना आसान नहीं है। तुम्हारे लिए तो यह ठीक कि तुम मृग का उपचार भी कर लोगे और बहेलिया का बाण भी झेल लोगे। पर साधारण व्यक्ति तो व्याध के एक बाण में भी प्राण दे सकता है। तब न तो वह अपनी प्राण-रक्षा कर पायेगा, न मृग की। तब तो दोनों प्राण साथ जाएंगे।"

"तब?" सौमित्र के मुंह से निकला। मैं भी अपनी उत्सुकता दबा नहीं सका।

"कर्म परिस्थिति-सापेक्ष तो होता ही है। व्यक्ति-सापेक्ष भी होता है। नियत कर्म परिस्थितिजन्य अवश्य होता है पर सृष्टिकर्ता ने मनुष्य में एक विवेक-शक्ति भी डाल रखी है। ऐसी स्थिति में उसका प्रयोग आवश्यक हो जाता है। एक वीर-पुरुष निश्चय ही पहले मृग के प्राणों की रक्षा का प्रयत्न करेगा और फिर व्याध से निबटेगा। पर एक साधारण व्यक्ति के लिए यही उचित है कि वह व्यर्थ की भावुकता अथवा धर्माधर्म के विवेचन में नहीं पड़कर दो प्राणों में कम-से-कम एक की रक्षा को सुनिश्चित करे। धर्माचरण अन्धाचरण नहीं है। शरीर की रक्षा सभी धर्माचरणों के मूल में है।

"और यदि वह व्यक्ति अपने प्राणों की रक्षा भी नहीं कर सका तो?" अगर व्याध के हाथों उसका वध हो गया?" लक्ष्मण ने जिज्ञासा की।

"तो क्या? पहली स्थिति में भी वह किसी एक के प्राणों की भी रक्षा करने कहां जा रहा था? दूसरी स्थिति में वीरता का प्रदर्शन करते हुए वह कम-से-कम सद्गति तो प्राप्त करेगा। विवेक-हीन आचरण से विवेकपूर्ण आचरण सदा अधिक सराहनीय होता है।"

"तो बात आखिर व्यक्ति के स्वयं के विवेक पर ही तो आकर रुकी?" सौमित्र ने पूछा, "प्रारम्भ में भी तो प्रश्न यही था। व्यक्ति का विवेक ही तो अधिकांश स्थितियों में साथ छोड़ने लगता है? इसीलिए तो चयन की समस्या खड़ी होती है? जब चयन व्यक्ति के हाथ में ही रहा तो समस्या तो जहां-की-तहां ही रह गई न?"

सौमित्र की बात पर श्री राम पुनः एक बार खिलखिलाकर हंसे। मुझे इस

बात की प्रसन्नता हुई कि चलो अच्छा हुआ कि मैंने आज इधर आने में प्रमाद नहीं किया। किष्किन्धा में तो सदा कोई-न-कोई व्यस्तता बनी ही रहती है। अपने आराध्य के जिस अति आह्लादित स्वरूप का आनन्द ले पा रहा हूं वह तो अब तक दुर्लभ ही रहा है, पता नहीं भविष्य में भी उनका यह उत्फुल्ल रूप कितनी बार देखने को मिले? उसके ऊपर कर्म-अकर्म से संबंधित यह उत्कृष्ट विवेचन! दुहरा लाभ है यह। पर अच्छा उलझा है यह प्रश्न। हो भी क्यों नहीं, मैंने सोचा, प्रश्नकर्ता और उत्तर-दाता दोनों ही तो अप्रतिम हैं! गुरु के अनुरूप ही छात्र मिला है। ऐसे भी, आज मैं सोचता हूं कि कर्म-अकर्म के इस विवेचन को लेकर इतनी जो खींचातानी हो रही थी, वह यों ही नहीं थी। द्वापर में अवतरित होकर मेरे आराध्य को अपने कृष्ण रूप में निस्संकोच कहना पड़ा था कि कर्म और अकर्म में स्पष्ट भेद स्थापित करना बहुत कठिन है—'किं कर्म किमकर्मेति कवयोऽपि अत्र मोहिताः— क्या कर्म और क्या अकर्म इस संबंध में विद्वान् भी अनिर्णय की स्थिति में होते हैं।' यह भी है कि कर्म की गति सहज नहीं अत्यन्त कुटिल है गहन है—'गहना कर्मणो गति।'

"समस्या जहां की तहां नहीं रही सौमित्र," श्री राम ने लक्ष्मण के प्रश्न का उत्तर दिया था, "मूल प्रश्न का उत्तर अब भी वही है जो कर्म सामने हो उसके सम्पादन में प्रमाद नहीं हो। उसके बारे में नहीं सोचना कि इसे करें या न करें। फिर बहुत स्थितियों में परिस्थिति-जन्य यह कर्म तो व्यक्ति-सापेक्ष होगा ही। व्याध और मृग की कहानी में तुम्हारे लिए मृग की रक्षा प्रथम कर्म है तो एक साधारण मनुष्य के लिए अपने प्राणों की रक्षा ही प्रथम दायित्व है। पर मैंने आरम्भ में ही एक जटिल समस्या को ले लिया इसीलिए यहां चुनाव थोड़ा कठिन लगा अथवा चुनाव की समस्या बनी रही। मान लो वहां शिकारी नहीं होता, आहत मृग कहीं से भागता आकर व्यक्ति के चरणों पर गिर पड़ता। उस व्यक्ति को कहीं जाने की भी शीघ्रता होती। ऐसी स्थिति में उसे क्या करना चाहिए? क्या यहां चुनाव बहुत कठिन है? मृग की परिचर्या यहां प्रथम कर्त्तव्य है। यात्रा कुछ देर के लिए रुक भी सकती है। मृग के प्राण एक बार गत हो गए तो वे फिर वापस नहीं आयेंगे। अतः, उस व्यक्ति का निर्धारित कर्म मृग की प्राण-रक्षा ही है, यात्रा को जारी रखना यहां गौण है।"

"फिर भी यहां विवेक की तो आवश्यकता पड़ी ही?" लक्ष्मण ने जिज्ञासा की।

"पड़ी पर इतनी नहीं कि यह विवेक व्यक्ति को अनिर्णय की स्थिति में डाल दे। यहां वह उसके निर्णय में सहायक है, न कि उसके अनिर्णय में। फिर विवेक को तुम एकदम काट देना भी क्यों चाहते हो? मनुष्य को विधाता ने विवेकशक्ति प्रदान की है तो कुछ तो उसका उपयोग आवश्यक होगा ही वर्ना वह कुंठित और व्यर्थ हो जाएगी। किन्तु कर्म का मूल सिद्धान्त यही है कि वर्तमान कर्म करणीय होता है। इसी को हम निर्धारित अथवा नियत कर्म की भी संज्ञा देते हैं। यद्यपि नियत अथवा निर्धारित कर्म की प्रकृति किंचित् भिन्न है। उदाहरण के लिए जो

व्यक्ति जिस परिवार-विशेष में पैदा होता है उससे संबंधित कर्तव्य उसका नियत कर्म है। इसी आधार पर ब्राह्मण के लिए यज्ञ-जाप और तपश्चर्या तथा समाज एवं शासकों की सत्यपरामर्श-दान तथा क्षत्रियों के लिए समाज अथवा राष्ट्र की रक्षा नियत कर्त्तव्य बन जाते हैं। यही नियत कर्म उनका वर्तमान कर्म भी है। अन्तर इतना ही है कि यह वर्तमान कर्म वृहत अर्थ में है; किन्तु सामान्य जीवन में छोटे-मोटे वर्तमान कर्म आते ही रहेंगे। विवेक के प्रयोग अथवा अनिर्णय की जिस स्थिति की तुम चर्चा कर रहे थे, उसका संबंध इन्हीं क्षणिक कार्यों से अधिक है। वृहत् अथवा दीर्घकालीन रूप में निर्धारित कार्यों के सम्पादन में किसी तर्क-वितर्क की आवश्यकता नहीं रह जाती। उन्हें तो उसी तरह अपना लेना होता है जैसे प्राण-वायु को स्वतः और स्वभावतः ग्रहण करते हैं।"

"तो यह तो वर्णाश्रम धर्म को रूढ़ करना ही हुआ न। आगे चलकर यह प्रथा अस्वस्थ प्रवृत्तियों को जन्म नहीं देगी क्या ? कर्त्तव्य के आधार पर यह जो वर्ण-व्यवस्था होगी कल जाकर वही जाति-प्रथा के रूप में प्रतिष्ठित होकर आवश्यक भेद-भाव और शोषण का कारण नहीं बनेगी?" लक्ष्मण ने शंका की और मेरा मन प्रफुल्ल हो आया। ठीक ही पूछा था उन्होंने श्री राम से। अब देखना है कि मेरे आराध्य क्या उत्तर देते हैं ? पर जो सम्पूर्ण चर-अचर की चेतना-शक्ति के रूप में व्याप्त हैं उनको ऐसे प्रश्नों से क्या विचलित होना है।

"ऐसा हो सकता है, पर ऐसा होना नहीं चाहिए अथवा होने नहीं देना चाहिए।" श्री राम ने गंभीर होकर कहा, "वर्ण-व्यवस्था बुरी नहीं है अगर इसे सही अर्थ में लिया जाए। यह तो मात्र कर्त्तव्य-विभाजन है। सामाजिक सुविधा के लिए है यह व्यवस्था। पर इसे रद्द कर दिया जाए तो बुरा होगा ही। वर्ण-व्यवस्था को जाति-व्यवस्था या ऐसा ही कोई अन्य स्वरूप दे दिया जाए तो यह दुर्भाग्यपूर्ण होगा। यह सही है कि एक विशेष परिवार में जन्म लिए व्यक्ति को उसी परिवार अथवा वर्ण विशेष से संबंधित कर्म को नियत कर्म मानकर उसे करने का अवसर प्रदान करना चाहिए और उसे अपने नियत कर्म के सम्पादन में कोई प्रमाद नहीं करना चाहिए। इससे सामाजिक संतुलन बना रहेगा। अकर्मण्यता अथवा व्यर्थ बैठे रहने और सामाजिक गतिविधियों में संलग्न रहने की समस्या उत्पन्न नहीं होगी। किसी-न-किसी व्यवसाय में व्यस्त रहेंगे। अपने नियत कर्त्तव्य में व्यस्त रहेंगे। पर अपने नियत कर्त्तव्य में व्यस्त रहने के बावजूद अगर किसी को लगता है कि उसकी प्रवृत्ति किसी अन्य कार्य में अधिक प्रबल है तो उसे उसकी रुचि के अनुसार कार्य अथवा व्यवसाय का अवसर सुलभ होना चाहिए। वर्ण-व्यवस्था को रूढ़ करना प्रतिभा-सरिता के स्वाभाविक प्रवाह को ही अवरुद्ध करना होगा और तुम जानते हो बाधित सरित-प्रवाह सड़न और दुर्गन्ध के सिवा और कुछ नहीं उत्पन्न करता।

"ऐसे भी अब तक हमारे यहां प्रचलित व्यवस्था में ऐसी कोई बाधा है नहीं," श्री राम ने कुछ रुककर आरम्भ किया, "आज भी कई क्षत्रिय ब्रह्मर्षि-राजर्षि बन

बैठते हैं और कई ब्राह्मण धनुर्धारी, परशु-धारी बन जाते हैं।"

"आपका इशारा शायद परशुराम की तरफ़ भी है।" सौमित्र ने मुसकरा कर कहा तो वातावरण जो गम्भीर हो आया था, सहसा हल्का हो आया।

"ठीक कहा तुमने मेरा इंगित राजर्षि जनक और महात्मा परशुराम की तरफ था। विश्वामित्र का भी उदाहरण तुम्हारे सामने है। पर परशुराम का स्मरण कराकर तुमने बड़ा अच्छा किया। इससे स्पष्ट होता है कि अपेक्षाकृत कम कष्टकर कार्यों में संलग्न भी दुष्कर कार्यों के सम्पादन में दक्ष हो सकते हैं अगर उनकी ऐसी प्रवृत्ति हो। क्षत्रिय के लिए ब्राह्मण बन आना, तपश्चर्या आदि में लग जाना, शास्त्रों का अध्ययन आरम्भ कर देना, ध्यान योग का आश्रय ले लेना आसान हो सकता है पर अहिंसा और जीव-दया की परम्परा में पले विप्र के लिए परशु सम्हाल लेना कठिन हो सकता है। पर परशुराम ने तो इसे भी सहज कर दिया। परशु केवल सम्हाला ही नही बल्कि असंख्य अधर्मी क्षत्रियों को अपने परशु के घाट भी उतार दिया। अतः, तुम्हारी यह आशंका कि वर्ण-व्यवस्था रूढ़ हो जाएगी, बहुत उचित नहीं है। आवश्यकता इस बात की है कि समाज के कर्णधार, लोगों की सहज और स्वाभाविक प्रवृतियों पर कोई रोक नहीं लगाएं। आवश्यकतानुसार व्यक्तिगत प्रतिभा को पूर्णतया विकसित होने का अवसर प्रदान करें।"

"वर्ण-व्यवस्था फिर भी आपकी दृष्टि में आवश्यक है?" सौमित्र को अपनी आशंका से मुक्ति नहीं मिल पा रही थी।

"व्यवस्था अपने रूप में आवश्यक ही क्या सदा अनिवार्य होती है। व्यवस्था सर्वत्र आवश्यक है। व्यवस्था-विहीनता, अराजकता की स्थिति को ही जन्म देती है। तुम्हें व्यवस्था से अरुचि क्यों होनी चाहिए? जब तक कोई अन्य शब्द नहीं मिलता तब तक इसे वर्ण-व्यवस्था ही कह लो, पर व्यवस्था तो रहनी-ही-रहनी है। पारिवारिक व्यवस्था के अनुसार परिवार में कार्यों का विभाजन होता है अथवा नहीं? तो वर्ण-व्यवस्था किधर से बुरी है? शर्त यही है कि जैसा मैंने पूर्व में कहा और जैसी तुम्हारी आशंका है इसे रूढ़ नहीं होना चाहिए। प्रवाह को अवरुद्ध नहीं होना चाहिए। जैसे नदियों का एक-दूसरे से संगम होता रहता है और एक नदी का जल दूसरी नदी से मिलता रहता है, उसी तरह हर व्यक्ति को अपनी रुचि-प्रवृति के आधार पर विभिन्न वर्णों में प्रवेश की स्वतंत्रता होनी चाहिए। दूसरे शब्दों में कहूं तो गुण और कर्म अर्थात् स्वभाव और प्रवृति के आधार पर ही वर्ण-व्यवस्था की स्थापना होनी चाहिए न कि जन्म को इस व्यवस्था का आधार बनना चाहिए।"

"यही, यही!" मैं जो अब तक मौन ही बैठा था सहसा किलकारियां भर बैठा, 'जन्म नहीं, रुचि तथा प्रवृत्ति-प्रकृति को व्यक्ति की पहचान बनना चाहिए, चारों वर्णों की सृष्टि अथवा रचना के मूल में व्यक्ति के गुण-विशेष को ही बल मिलना चाहिए, कर्म-विशेष के प्रति आग्रह और प्रेम को ही इसका आधार होना

चाहिए।' उस समय मैंने सोचा था और फिर कृष्णावतार में अर्जुन के ध्वज पर आसीन मैंने इसी सिद्धान्त को अपने आराध्य द्वारा अधिक स्पष्ट और जोरदार शब्दों में समर्थन प्रदान करते सुना भी था—"चारों वर्णों की सृष्टि मेरे द्वारा ही हुई है पर उनका आधार है गुण और कर्म (जन्म नहीं)—चातुर्वर्ण्यं मया सृष्टं गुण-कर्म विभागशः।"

मैंने त्रेता और द्वापर में इस सिद्धान्त का श्रवण तो किया, कलि में इसकी दुर्दशा भी देख रहा हूं। अब स्पष्ट लगता है कि सौमित्र की आशंका आधारहीन नहीं थी। आज इस भारत-भूमि की वर्ण-व्यवस्था जिस तरह जाति-व्यवस्था के रूप में रूढ़ हो, व्यक्ति-व्यक्ति के मध्य घृणा और विद्वेष की खाई गढ़ चुकी है उसे देख कर तो रोना ही आता है। यह नहीं कि मेरे आराध्य श्री राम के द्वारा समर्थित सिद्धान्त में कोई गलती थी। हुआ यह कि उन्होंने जिस सतर्कता की बात की थी, सामाजिक कर्णधारों से जिस सजगता की अपेक्षा की थी, उसी का अभाव हो गया। काल-क्रम से व्यक्ति के कर्म को नहीं, गुण को नहीं; जन्म को, जाति को उसकी पहचान बना दिया गया। वर्ण-व्यवस्था, जाति-व्यवस्था के रूप में रूढ़ और विकृत हो आई। जिसे सामाजिक संतुलन और प्रेम तथा भाईचारे का आधार बनना था वह घोर अव्यवस्था, घृणा और ईर्ष्या का कारण बन गई। दुर्दशा इस परम सीमा तक पहुंची कि जिस देश का अवतार द्वापर में हर जीव में भगवान को देखता है (ईश्वरः सर्वभूतानां हृद्देशे अर्जुन तिष्ठति) उस देश के ही वासियों ने स्पृश्यों और अस्पृश्यों के श्रेणियों में व्यक्तियों को विभक्त कर दिया और किसी-किसी की छाया से भी लोगों को छूत लगने लगी—देह तो देह उसका प्रतिबिम्ब भी अस्पृश्य हो आया। पतन की इस चरम सीमा ने जो देवत्व का अधिकारी था उस मानव को, पशु की श्रेणी में ला पटका। यह जाति-गत विभेद सम्प्रदाय गत भेद कम घातक नहीं है। मनुष्य-मनुष्य के मध्य जो सहज स्नेह-बन्धन होना चाहिए, उसका प्रबल शत्रु है ये। प्रेम-रज्जु को सर्प-रज्जु में परिवर्तित करने का श्रेय इन्हीं को ही है। तो क्या यत्न है इसका? धर्म-गत और जाति-गत विद्वेष को समाप्त करने का क्या उपाय है?

शायद हम लोगों के वश की बात नहीं यह। आज के संत-साधुओं और हम तथाकथित देवी-देवताओं के किए कुछ होता तो कभी का हो गया होता। आप मूर्तियों को गढ़ने, मंदिरों का निर्माण करने और देवी-देवताओं को भेंट-भोग निवेदित करने में तो दक्ष हैं पर मनुष्य-मनुष्य के मध्य स्नेह-सेतु के निर्माण, विश्व से विद्वेष, घृणा, ईर्ष्या और शत्रुता को निःशेष करने की ओर आपका ध्यान न के बराबर है।

बात अब देश-विदेश अथवा राष्ट्र-विशेष तक ही कहां सीमित है? घृणा-विद्वेष की यह स्थिति तो विश्वव्यापी हो गई है। व्यक्ति-व्यक्ति, जाति-जाति समुदाय-समुदाय के मध्य पलती-बढ़ती विद्वेष-भावना अब राष्ट्र-राष्ट्र के मध्य विस्तृत और व्याप्त हो गई है। पहले जहां व्यक्ति लड़ते थे, जातियां लड़ती थीं, आज देश लड़

रहे हैं। पहले अधिक-से-अधिक राष्ट्र-युद्ध होते थे अब-विश्व युद्ध होते हैं। विश्व-युद्ध भी कैसे-कैसे? एक युद्ध ही, पूरी सृष्टि को पलक झपकते समाप्त करने की क्षमता से सम्पन्न। आप दो-दो विश्वयुद्धों की विभीषिका को झेल चुके हैं, तीसरे के कगार पर जमे बैठे हैं। इसके बावजूद आपकी युद्धाकांक्षा की स्थिति तो यह है कि चांद-तारों तक भी आप शत्रुओं पर कहर ढाने की दृष्टि से ही पहुंच रहे हैं। जिस अन्तरिक्ष से अब तक सलिल-वर्षण के रूप में सुधा-वर्षण होता रहा है। उससे आग-गोले-बारूद बरसाना चाहते हैं! कभी सोचा है आपने, पागलपन के किस दौर से गुजर रही है मानव जाति? मनुष्य मनुष्य की हत्या पर उतारू है। ऐसा तो पशुओं में भी बहुधा नहीं होता। पशुओं की एक-दो प्रजातियों को छोड़कर शेष अपनी-अपनी जाति की रक्षा में ही तत्पर रहते हैं। हाथियों के झुंड-के-झुंड अपने बूढ़ों और बच्चों तक की रक्षा में तत्पर दिखाई पड़ते हैं। एक व्याघ्र दूसरे व्याघ्र की, एक मृग दूसरे मृग की हत्या कर दे, ऐसा देखा नहीं गया। पर मनुष्य तो, मनुष्य की ही हत्या के लिए अपने सारे अनुसंधान, अन्वेषण, अपनी सम्पूर्ण विद्या-बुद्धि का प्रयोग करने पर तुला है। वैज्ञानिक अन्वेषणों का उपयोग जितना मानव कल्याण के लिए नहीं होता उससे कई गुणा अधिक विध्वंस और विनाश के लिए होता है। सौ वायुयान सवारी और भार-वहन के लिए बनते हैं तो सहस्र, समर में प्रयुक्त होने के लिए। आकाशीय-चेतना (इथर) का जितना प्रयोग साधारण संवाद-वहन के लिए नहीं होता उससे अधिक युद्ध-सम्बन्धी गुप्त सूचनाओं के आदान-प्रदान और ध्वंसकारी रॉकेटों के आदेश-निदेश के लिए होता है। आणविक शक्ति का जितना उपयोग विद्युत-उत्पादन और खनन आदि के सदृश उद्योगों के उप-योगी संचालन के लिए होता है इससे शत-सहस्र गुणा अधिक वह सुरक्षित रहती है अपने विस्फोटक स्वरूप में—हिरोशिमा और नागासाकी के सदृश दुर्भाग्य-पूर्ण नगर-गांवों पर कहर ढाने के लिए।

आप कहेंगे, मैं अपने आत्म-कथन को कुछ अधिक ही बोझिल किए जा रहा हूं। पर यह मेरी विवशता है। मैं सचमुच अत्यन्त विकल हूं। अपने जनों की इस दुर्बुद्धि का मेरी विकलता में वृद्धि लाने में सबसे बड़ा हाथ है। जो मेरे स्नेह और मंगल-कामना के पात्र हैं, वे स्वयं के हाथों ही अपने विनाश का बीज-वपन करें तो कष्ट होगा ही।

तो कह रहा था, नहीं रुकने को यह विनाशोन्मुखी दौड़ बहुत आसानी से। मैंने कहा, देवी-देवताओं के वश की बात भी यह नहीं रही। अब तो शायद मेरे आराध्य को ही अपने कृष्ण रूप में दिए हुए वचन को पूरा करना पड़ेगा कि जब-जब इस धरती पर धर्म-संकट में पड़ता है और अधर्म वृद्धि को प्राप्त होता है तब-तब मैं संतों-सज्जनों की रक्षा और दुष्टों के विनाश हेतु अवतरित होता हूं—यदा-यदा हि धर्मस्य ग्लानिर्भवति भारत, अभ्युत्थानमधर्मस्य तदात्मानं सृजाम्यहम्।

किन्तु दुःख तो यह है कि आपकी हिंसक और आत्मघाती प्रवृति अवतारों को भी कब छोड़ती है? सोलहों कलाओं से अवतारित उस कृष्ण ने व्याध के बाण

का लक्ष्य बन अपने प्राण गंवाए थे। माना यह जान-बूझकर की गई हत्या नहीं थी पर मानव की हिंसक प्रवृति का ही तो प्रतिफलन था यह। एक आया था यहां ईश्वर-पुत्र कोई दो सहस्त्र वर्ष से थोड़ा पूर्व। ईसा के नाम से विख्यात था वह। ईश्वरीय शक्ति से सम्पन्न इस मसीहा ने अनेक अंधों को आंखें दीं, कोढ़ियों को काया बख्शी, मुर्दों तक को जीवन-दान दिया। क्या गति बनाई उसकी आपकी अज्ञानता, धर्मांधता ने? कीलें ठोकी गईं उसके शरीर में! उसके पूर्व घोर अपमान का शिकार बनाया गया उसे! थूका आपने उसके शरीर पर, मृत्यु की वेदी पर बलि चढ़ाने के पूर्व अपवित्र किया आपने उस ईश्वर-पुत्र के तन को, मिट्टी पलीद की उसकी! मृत्यु भी दी तो दो दुर्दान्त दस्युओं—घोर असामाजिक तत्त्वों के साथ। जैसे वह उन्हीं की श्रेणी का था, उन्हीं की तरह लांछनीय, उन्हीं की तरह अपावन और अपमान योग्य। एक गांधी हुआ आप ही की धरती पर। सत्य, अहिंसा और विश्वबंधुत्व का संदेश लेकर आया था वह। आपके जीवन को उसने एक नई दिशा एक नूतन प्रेरणा दी। जीवन को आदर्शों की उन्नततम ऊंचाइयों पर प्रतिष्ठित करना चाहा। सम्पूर्ण विश्व में, नये रूप में पहचान बनाई इस आर्य भूमि की। राजनीतिक दासता की कठोर श्रृंखला से मुक्त किया आप अमृत-पुत्रों (?) को। पर क्या दिया उसे आपने? तीन बारूदी गोलियां, उसकी वृद्ध, अशक्त और निरावरण छाती में। यही न? किधर से मनुष्य है आज का मानव? देवता बनना तो दूर की बात रही। और क्या पाइएगा देवताओं को पूजकर आप? पहले अपने अन्दर के राक्षस से क्यों नहीं मुक्त करते अपने को?

चौदह

कुछ कटु बातें ही गईं पीछे। नहीं? सत्य मधुर कहां होता है? अप्रिय होता ही है उसका साक्षात्कार। खैर फिर लौटते हैं प्रवर्षण-पर्वत को। श्री राम, सौमित्र के प्रश्नों का उत्तर दे रहे थे। कर्म, अकर्म का विवेचन चल रहा था। सौमित्र के एक प्रश्न का उत्तर पूर्ण हो गया था। एक का शेष ही रह गया था—कर्म करने की रीति का।

"हर कर्म को तटस्थ भाव से करो तो कष्ट का बोध नहीं होता," श्री राम ने आरम्भ किया था, "सफलता-असफलता के प्रति तटस्थ हो जाओ तो कार्य की अन्तिम परिणति अगर असफलता में भी हुई तो दुःख नहीं हो पाता। कर्म से अपना तादात्म्य स्थापित कर लेते हो, उससे एकाकार हो जाते हो, उसे मान-अपमान का हेतु मान लेते हो तो असफलता हुई तो दुःख होगा ही। उपनिषदकार

ने कहा—न[1] कर्म लिप्यते नरे—मनुष्य कर्म से लिप्त नहीं हो।"

"यह तो बड़ी अच्छी बात है।" सौमित्र ने कहा था और मैं आज सोचता हूं कितना साम्य था मेरे आराध्य के कथन में और उन्हीं के अनन्य स्वरूप कृष्ण की उक्ति में। द्वापर में आकर इसी तथ्य को इसी उपनिषद्—सत्य को वाणी दी थी उन्होंने जब गीता-ज्ञान के क्रम में समदृष्टि की चर्चा की थी। सुख-दुःख, हानि-लाभ और मान-अपमान और जय-पराजय में सम हो जाने का उपदेश दिया था—'सुख-दुःखे समे कृत्वा, लाभालाभो जयाजयों...।'

कर्म तक ही मनुष्य के अधिकार को सीमित कर और फल को ईश्वर अथवा अदृश्य पर छोड़ने की बात उससे भिन्न नहीं थी जो उस दिन प्रवर्षण-पर्वत के इस शिखर पर हो रही थी। 'मा कर्म हेतुर्भु' (कर्म के फल का कारण नहीं बनो) वे सदृश गीता-वाक्य उस उपनिषद्-वाक्य से किधर से भिन्न थे, जिसे श्री राम ने उस दिन उच्चरित किया था?

इधर गुहा के अन्दर श्री राम का यह प्रवचन चल रहा था उधर बाहर प्रवर्षण के शिखर को नव-घन, पूरी तरह आच्छादित कर चुके थे। काले श्याम बादल शिखर ही नहीं गुहा द्वार तक को पूरी तरह ढंक चुके थे। लगता था श्री राम-मुख से निस्सृत हो रहे सुधा-प्रवाह का पान करने के लोभ का वे भी संवरण नहीं कर पा रहे हों। गुहा-द्वार को घनीभूत वाष्प ने पूरी तरह आच्छादित कर दिया था। उन्मुक्त गुहा-द्वार से कुछ मेघ-शावक निश्शंक अन्दर घुसे चले आ रहे थे और अन्दर के मृग-चर्म और कमंडलु आदि को आर्द्र करते जा रहे थे। मेरे आराध्य और सौमित्र के जटाजूट से उलझ उन्होंने उन्हें भी जल-बिन्दुओं से अभिषिक्त कर दिया था। श्री राम के श्याम-घन-सुन्दर मुख पर बिछ आईं कुछेक बूंदें ऐसा आभास दे रही थीं जैसे वे अभी-अभी शिव-पिनाक तोड़कर बैठे हों और तद्जनित श्रम-बूंदें उनके आनन पर उभर आई हैं।

सौमित्र के इशारे पर मैंने गुहा-द्वार के पास पड़े विशाल शिला-खंड को दरवाजे पर लगा द्वार को निरुद्ध कर दिया था जिससे मेघ-शावकों के समूहों का अन्दर आना बन्द हो गया था।

बाहर पानी जोरों से गिरने लगा था। चट्टानों से टकराती आसमानी जलधार का स्वर अन्दर के वार्तालाप को कठिन कर रहा था। लग रहा था प्रलय के बादल ही बरस रहे हों। पर ऐसा था नहीं। श्री राम को प्रवर्षण पर आसीन पा सारे-के-सारे मेघ उधर ही आकृष्ट हो आये थे और सब-के-सब उस पवित्र शिखर को पूर्णतया अभिषिक्त करने को आतुर थे जिसे उनके पावन पाद-पद्मों का स्पर्श इतने दिनों से सुलभ हो रहा था। अथवा कई तो इस लालच में एकत्र हुए आ रहे थे कि उनका घोर नाद सुन एक बार भी वे बाहर आयेंगे तो अपने सदृश ही रंग (श्याम) वाले उस पुरुषोत्तम को अवलोकित कर वे अपने को धन्य कर पायेंगे।

1. ईशावास्योपनिषद्

"एक बार बाहर चलें।" श्री राम ने शायद मेघों का मन्तव्य समझ लिया था और खड़े हो गए थे।

वे खड़े हो गए तो कौन बैठा रह सकता था ? सौमित्र के साथ मैं भी खड़ा हो गया था। पर मुझे लगा, यह ठीक नहीं हो रहा था। कहां आकाश से झरती शरों की तीक्ष्णता से होड़ लेने को आतुर जल-धार और कहां बल्कलधारी निर्वसन श्री राम ? झेल पाएंगे क्या वे यह भीषण बौछार ? पर श्री राम किसी कार्य के लिए प्रस्थित हो जाएं तो उन्हें रोक कौन सकता है ?

हमारे बाहर आते ही भीषण जल-बौछार के साथ दामिनी की दमक ने भी हमारा स्वागत किया था। जैसे पिता-मित्र इन्द्र ने बादलों के कारण घिर आये उस घोर अन्धकार में विद्युत-प्रकाश द्वारा श्री राम के पथ को आलोकित किया हो। गुहा-द्वार से थोड़ी दूर जाने के पश्चात् ही कर्ण-भेदी मेघ-गर्जन से कानों के पर्दे फटने-फटने को हो आए।

"मेघ अपने हर्षातिरेक को अभिव्यक्ति दे रहे हैं।" मैंने सिर झुका निवेदित किया था।

"हर्ष किस बात का ?" श्री राम ने मन्द मुस्कान के साथ कहा था।

बौछारों के कारण वह मुसकान जैसे धुलकर और धवल हो आई थी।

"आपके श्याम-घन-सुन्दर शरीर के दर्शन पाकर।" जो मैं नहीं कह सकता था, सौमित्र ने कह दिया था।

श्री राम पास के एक विशाल शिला-खंड पर खड़े हो गए थे। हम दोनों भी आस-पास कुछ दूरी रखकर रुक गए।

"सौमित्र ! तुम्हें घन-गर्जन में हर्षाभिव्यक्ति लक्षित हो रही है और मेरी स्थिति यह है कि यह गर्जन-तर्जन मेरे अन्दर भारी भय का संचार कर रहा है।"

श्री राम और भय ! मुझे हंसी आने-आने को हो आई थी। अन्धकार और प्रकाश दोनों के सहअस्तित्व की कल्पना की जा सकती है क्या ? किसे भुलावा दे रहे हैं मेरे आराध्य ? अभी-अभी जो गुहा के अन्दर क्रियायोग का विमर्श कर रहे थे, वे मेघ-गर्जन से भयातुर हो आए ? कैसा भय है यह ?

"कैसा भय है यह ?" सौमित्र ने पूछ ही लिया है। अब समाधान हो ही जाएगा इसका। श्री राम मिथ्या कथन तो कर ही नहीं सकते। अब देखें क्या उत्तर होता है इनका ? कौन-सा भय है इस सम्पूर्ण त्रैलोक्य में जो त्रैलोक्य-पति को भी आक्रांत करने की क्षमता रखता हो ?

"भय है कि तुम्हारी भाभी पर क्या बीतता होगा। भूमिजा पर। कभी इस गर्जन-तर्जन को एकाकी नहीं झेला है उन्होंने। पावस के ये प्रलयंकारी मेघ अपने भीषण गर्जन से उन्हें बहुत कष्ट देते होंगे।" तो यह बात है ! मैं आश्वस्त हुआ था। भय स्वयं का नहीं, भूमिजा का है। चलो अच्छा ही हुआ। माता को लेकर भय और आशंका है तो क्षम्य है। प्रिय-जन की चिन्ता स्वाभाविक है। उस समय तो मैं आश्वस्त हो गया था पर आज सोचता हूं कि भारी-से-भारी भक्त और

कवि-पुंगव भी कैसी-कैसी भूल कर बैठते हैं। श्री राम के मन में मेघ-गर्जन ने किसी प्रकार का भय संचरित किया हो या नहीं गोस्वामी तक ने रामचरित मानस के प्रणयन-काल में लिख ही मारा—

घन घमंड नभ गरजत घोरा।
प्रिया हीन डरपत मन मोरा॥

जैसे श्री राम इतने भीरु हों कि मेघाच्छन नभ और तुमुल घन-गर्जन ने उनके अन्दर भय भर दिया हो। कैसे लिख गए गोस्वामी यह पंक्ति ? और क्यों नहीं लिया मेरा परामर्श यहां उन्होंने ? पूछा था मैंने गोस्वामी से बाद में। पर कौन पार पाए उस कवि-कोविद् से ? जिसकी एक-एक पंक्ति से पचास-पचास अर्थ निकलते हों उसे पकड़ पाना आसान है क्या ? छुटते ही बोले—"आप भी चक्कर खा गए सरकार ? मेरा मन्तव्य यह थोड़े था ?"

"क्या था ?"

"प्रिया-हीन होने से राम का मन अपने लिए थोड़े डर रहा था ? अरे वे तो माता की बात सोच-सोच कर भयाक्रान्त हो रहे थे।"

क्या आश्चर्य है ? किस चतुराई से बच गए थे तुलसी। और कैसे उन्होंने वही बात कह दी थी जो प्रवर्षण पर श्री राम ने कही थी। जैसे उस समय सौमित्र और मेरे सिवा वह भी साक्षी बनकर खड़े थे प्रवर्षण के उस शिखर पर त्रेता के उस काल।

बहुत देर तक झेलते रहे थे मेघों की बौछार श्री राम अपने खुले तन पर। मेघ भी जैसे सारे-के-सारे उसी शिला-तल के ऊपर सिमट आए थे। उस स्थान के चारों ओर, एक हाथ के बाद कुछ दृष्टिगोचर नहीं हो पा रहा था। मेघाच्छादित गगन ने वहां घोर तिमिर का ही साम्राज्य सृजित करा दिया था। कहने को वियोग दुःख से दग्ध श्री राम, हंस-हंसकर मेघों का प्रेम झेल रहे थे। प्रेम ही कहेंगे उसे। मैं तो कालातीत समाधि में जा यमुना-कूल पहुंच गया था जहां द्वापर के कृष्ण पर गोपियां यमुना-जल की पिचकारियां छोड़े जा रही थीं और वह नटखट नंदलाल हाथों से उन्हें वार रहा था। यहां भी कुछ ऐसा ही हो रहा था। श्री राम भी अपने हाथों को कभी अपनी खुली छाती तो कभी खुली बाहुओं और कभी जटाजूट पर फेर, जल-धार को पोंछते और प्रसन्न होते जा रहे थे।

"देखो तो सौमित्र, देखो तो पवनसुत, कैसा सुखद है जलधारों का यह स्पर्श ?" श्री राम पुलकित हो कभी लक्ष्मण की ओर देखते हैं, कभी मेरी ओर। कितने सरल हैं मेरे आराध्य। कहां लगता है कि प्रौढ़ धनुर्धारी अथवा जटाजूट-धारी कोई तपाचारी भींगता खड़ा है खुले बदन एक पर्वत-शिला पर। लगता तो ऐसा है कि दशरथ अजिर का किशोर राम ही किलकारियां भर रहा है इस प्रवर्षण-शिखर पर। बाल-सुलभ सरलता की बात मैंने सुनी थी, आज उसका प्रत्यक्ष कर रहा था।

थोड़ी देर में वर्षा कम हो गई थी। निरभ्र आकाश जल-धुले नीलमणि के

विशाल थाल की तरह लग रहा था। वृक्षावलियों से टप्-टप् टपकती बूंदें ऐसी लग रही थीं जैसे प्रोषित-पतिका पत्नियों की आंखों से बारी-बूंदें झड़ रही हों। इन पूर्णतया स्नात तरुओं और लता-गुल्मों की शोभा बड़ी आकर्षक हो गई थी। वर्षोपरान्त पहाड़ के ऊपर से नीचे की ओर भागती जल-धारों ने ऐसा दृश्य उत्पन्न किया था जिससे लग रहा था कि अनेक-अनेक जल-प्रपात प्रवर्षण से फूट पड़े हों। इनसे हो रही आवाज एक विचित्र वाद्य का स्वर उत्पन्न कर रही थीं। आसमान से सलिल-धार गिरते समय जो वन्य-पशु हस्ती, व्याघ्र, मृग आदि अपने-अपने वैर को भूल, सघन वृक्षों की छाया में आ गए थे, वे अब बाहर आ रहे थे और उनका वैर-भाव भी वापस आ गया था। उनके एक-दूसरे के ऊपर गर्जन-तर्जन से जंगल का शान्त वातावरण पुनः अशान्त होने लगा था।

हम लोग यह सब उसी शिला-खंड से देख चुके थे। बरसात का यह सारा क्षुद्र वर्णन मेरा है। पर श्री राम उस शिला-तल से यह सब देखते हुए सहसा अत्यन्त प्रफुल्ल हो आए थे और उनका कवित्व फूट पड़ा था। बड़े सुन्दर शब्दों में उन्होंने पावस-वर्णन प्रस्तुत किया था। श्री राम द्वारा वर्णित वर्षा-ऋतु का चित्रण वाल्मीकि से लेकर गोस्वामी और फिर कृतदास (बंगला) गिरिधर (गुजराती) रंगनाथ (तेलगू) कंबन (कन्नड़) आदि ने अपने-अपने रूप में किया है। मैं उन सभी के वर्णनों को यहां प्रस्तुत कर आपके समय की हत्या नहीं करना चाहता पर आदि कवि और गोस्वामी के एक-दो उद्धरण देकर मैं आपका स्वाद परिवर्तन अवश्य करना चाहूंगा। आदि कवि की शैली जिस रूप में वर्षा और बाद के शरद् वर्णन में विस्मयकारी रूप में परवान चढ़ी है, वैसी, सुन्दरकांड के कुछ स्थानों को छोड़कर अन्यत्र नहीं चढ़ पाई है। वर्षा-वर्णन के लिए प्रयुक्त श्लोकों में उपलब्ध पद-लालित्य तो मन को गहराइयों में छू जाता है। मैं केवल दो श्लोकों को यहां उद्धृत करना चाहूंगा। प्रथम में वर्षा, एक साथ विभिन्न जीवों और स्थितियों को किस रूप में प्रभावित कर रही है उसका वर्णन है—

वहन्ति वर्षन्ति नदन्ति भान्ति
ध्यायन्ति नृत्यन्ति समाश्वसन्तिं।
नद्यो घना मत्तगजा वनान्ताः
प्रियाविहीनाः शिखिनः प्लवंगमाः॥

—बह रही है, बरस रहे हैं, आवाज कर रहे हैं, शोभा पा रहे हैं, ध्यान कर रहे हैं, नृत्य कर रहे हैं, आश्वस्त हो रहे हैं। कौन ? नदियां, मेघ, मत्त हाथी, वनप्रान्त, वियोगी, मोर और वानर।

देखी आपने शब्द-चयन, पदलालित्य और वर्णन शैली की यह त्रिवेणी ? नहीं, तो फिर से पढ़िए इस श्लोक और इसके अर्थ को।

अब दूसरे श्लोक का आनन्द लीजिए—

जाता वनान्ताः शिखिसुप्रनृत्ता
जाताः कदम्बाः एकदम्बशाखाः।

जाता वृषा गोषु समानकामा
जाता मही सस्यवनाभिरामा ।।

—मयूर नृत्य से, कदम्ब वृक्ष फूल लदी शाखाओं से, वृष गौओं के प्रति काम-भाव से, पृथ्वी हरे-भरे खेतों और वनों से युक्त हो गए हैं।

'जाता' का प्रयोग उपयुक्त श्लोक में कैसा मनोहारी बन पाया है, इसे आप स्वयं देख सकते हैं।

आदि कवि के वर्षा-वर्णन के पश्चात् आइए कुछ गोस्वामी के वर्णन का भी स्वाद लें। गोस्वामी का यह वर्णन सूक्तियों से पूर्ण है और इनमें से अधिकांश सूक्तियां विद्वानों और सामान्य जनों की जिह्वा पर अब तक पूरी तरह चढ़ चुकी हैं। इनमें कुछेक का उल्लेख कर देना ही इस प्रसंग में गोस्वामी द्वारा प्राप्त ऊंचाइयों पर प्रकाश डालने को पर्याप्त होगा। तो प्रस्तुत हैं दो-एक उदाहरण—

वरषहिं जलद भूमि निअराएँ।
जथा नवहिं बुध बिद्या पाएँ ।।

—बादल उसी तरह पृथ्वी तक झुक कर बरस रहे हैं, जैसे विद्या पाकर विद्वान् झुक जाते हैं।

बूंद अघात सहहिं गिरि कैसे।
खल के बचन संत सहँ जैसे ।।

—पर्वत बूंदों की चोट को वैसे ही सह रहे हैं, जैसे दुष्टों के वचन को संत सह लेते हैं।

छुद्र नदी भरि चलि उतराई।
जस थोरेहुँ धन खल इतराई ।।

—छोटी नदियां वैसे ही कूल-किनारा तोड़ बैठी हैं जैसे थोड़े ही धन पर दुष्ट इतराने लगते हैं।

भूमि परत भा ढाबर पानी।
जनु जीवहि माया लप्टानी ।।

—जमीन पर पड़ते ही पानी गंदा हो जाता है, जैसे जीव माया में लिपट कर गंदा हो जाता है।

महाबृष्टि चलि फूटि किआरी।
जिमि सुतंत्र भए बिगरहिं नारी।

—अति वृष्टि से खेतों की क्यारियां फूट चली हैं जैसे स्वतंत्र होने पर औरतें बिगड़ जाती हैं।

कबहुँ दिवस महं निबिड़ तम कबहुँक प्रगट पतंग।
बिनसइ, उपजई ग्यान जिमि, पाइ कुसंग सुसंग ।।

—कभी दिन में घोर अन्धकार छा जाता है और कभी सूर्य प्रकट हो आता है जैसे बुरे संग से ज्ञान समाप्त होता है और अच्छे संग से पुनः उत्पन्न होता है।

वर्षा की समाप्ति के कुछ ही पश्चात् श्री राम के साथ हम उस गुहा में लौट आये थे। क्रिया योग को लेकर जो बात चली थी, सौमित्र ने उसे आगे बढ़ाने का प्रयास किया था।

"आर्य, आपने निस्संग होकर कर्म-सम्पादन की बात कही थी। यह निस्संगता की प्राप्ति बहुत सहज है क्या ?"

"आसान नहीं है। आसान होती तो इसकी साधना आवश्यक नहीं होती। क्रिया-योग के अन्तर्गत उसके विमर्श की आवश्यकता नहीं पड़ती। साधना उसी की करनी पड़ती है जो सहज नहीं हो। जिस स्थिति की प्राप्ति कठिन हो साधना और अभ्यास के द्वारा उसी की उपलब्धि का प्रयास करना होता है।

"निस्संगता, मोह-बन्धन को काटना है। व्यक्ति और स्थिति दोनों के साथ मोह संभव है। फल-प्राप्ति की अनुकूलता—कार्य में सफलता—स्थिति के साथ मोह है, एक विशेष स्थिति के साथ। इस मोह को काटना होगा तभी सफलता और असफलता के प्रति हम तटस्थ हो पायेंगे।

"सारे कष्टों की जड़ यह मोह-बन्धन ही है। कर्म तो करना ही पड़ेगा। यह कर्म-भूमि है। कर्म से विमुखता संभव नहीं है। तब विमुखता परिणाम से, फल से ही स्थापित करनी होगी। चाहे जो भी परिणाम हो वही ग्राह्य होगा। जब इस पर अधिकार ही नहीं तब इसको लेकर रोना क्या ?"

"क्या मनुष्य का फल पर, कार्य-परिणाम पर एकदम ही अधिकार नहीं है ?" सौमित्र ने ही पूछा था। मैं श्रोता के रूप में ही ठीक था। अपने आराध्य की बातों को मैं काटूं, ऐसा हो नहीं सकता था। सौमित्र के माध्यम से मेरी सारी शंकाओं का समाधान हो ही रहा था।

"अधिकार नहीं है। है क्या ?" श्री राम ने आरम्भ किया था, "एक उदाहरण देना आवश्यक होगा।—हम तो चले थे स्वर्ण-मृग के आखेट को। वैदेही के लिए कनक-छाल लाने। प्रयास तो हमने किया ही। बाण से विद्ध भी कर दिया मैंने कंचन-मृग को। पर, कनक-छाल हाथ आया क्या ? नियति के गर्भ में क्या कुछ है, तुम कहां जानते हो ? प्रयास करो, प्रयास करने से कौन मना करता है, पर फल तुम्हारे हाथों में कहां है ? परिस्थिति या नियति गढ़ती है, उसे कह लो प्रकृति। उस पर तुम्हारा कहां अधिकार है ? तुम पत्थर-पत्थर जोड़कर प्रासाद खड़ा करते हो। कंगूरे की जोड़ाई के समय ही भूकम्प आ जाता है। तुम क्या करोगे ? तुम्हारा निर्माण तो धराशायी होकर ही रहेगा।"

"क्या यह निराशावादिता नहीं है ?"

"नहीं है। निराशावादिता इसे तब कहते जब निराश हो कार्य-विमुख हो जाते। ऐसा होता नहीं। प्रयास तो हम करते ही हैं। फल के प्रति न आशावान होते हैं न निराश। प्रकृति सदा विपरीत ही नहीं होती अनुकूल भी हो सकती है। कृषि-कर्म में लगे हुए को केवल सूखे का ही सामना नहीं करना पड़ता प्रचुर जल-वर्षण का लाभ भी उसे मिल सकता है, तब आशा से अधिक ही उसे लाभ हो

सकता है। पर यह आशा-निराशा की भावना ही व्यर्थ है। दोनों से ऊपर उठना है। दोनों की ओर से तटस्थ होना है शाश्वत शान्ति का यही भेद है, यही यत्न।"

मैंने ध्यान से ये बातें सुनी थीं। बड़ी अच्छी लगी थीं मुझे। उस समय तक कृष्णावतार नहीं हुआ था वर्ना मैं गीता की पंक्तियों को झट से यहां उद्धृत कर देता।

"हो गया तुम्हारी शंका का समाधान? समझ सके तुम ,क्रिया-योग को?" श्री राम ने लक्ष्मण को सम्बोधित किया था।

"समझ गया पर यह अब तक नहीं समझ सका कि निस्संगता की यह स्थिति प्राप्त कैसे होगी। निस्संगता, मोहहीनता अपने में बहुत अच्छी है पर उस स्थिति को प्राप्त करना मुझे अब भी बहुत कठिन लगता है। आपने कहा—साधना से इसे प्राप्त कर सकते हैं। वह साधना कैसे हो? उसका आधार क्या हो? यह साधना सिद्धि के लक्ष्य तक पहुंचेगी कैसे? जो साध्य है—निस्संग स्थिति—वह कैसे सुलभ हो पायेगी?"

'अभ्यासेन तु कौन्तेय वैराग्येण च गृह्यते' अगर द्वापर का काल होता तो अपने आराध्य के उत्तर देने से पूर्व ही मैं बोल उठता। गीता की इस पंक्ति से समाधान कर देता। पर अभी गीता गाई कहां गई थी।

"अभ्यास से होगा। मैंने पहले ही कहा था—आदत डालो। अभ्यास करते रहने से मन्द-बुद्धि जड़ लोग भी चतुर हो जाते हैं। वैराग्य का भी सहारा लेना पड़ेगा। मैंने कहा, स्थितियों से भी मोह होता है। परिस्थितियों की अनुकूलता की अपेक्षा, मोह के सिवा और क्या है? यह बात अभी कुछ ही पूर्व कही मैंने। मोह-पाश को काटने के लिए तो वैराग्य का सहारा आवश्यक होगा ही। वैराग्य संसार से नहीं, संसार में अनुकूलता की अपेक्षा से; स्थितियों से, व्यक्तियों से, सम्बन्धों से। समझ गए तुम?"

"समझ गया। पर एक बात नहीं समझी।"

"क्या?"

"आप यह वैराग्य क्यों नहीं साधते?"

"कैसे जानते हो नहीं साधा?"

"फिर यह सीतान्वेषण क्यों?"

"यह तो प्रयास-पक्ष है। कर्म की उपेक्षा कहां संभव है?"

"तो इसमें मोह नहीं है?" सौमित्र ने साहस कर पूछा।

"नहीं।"

"कैसे मान लिया जाए?"

"भविष्य बतायेगा सौमित्र!" श्री राम ने कहा। और मैं आज सोचता हूं श्री राम ने ठीक ही कहा था। गलत बोलते भी वे कैसे? अगर मोह रहता वैदेही से तो अन्ततः उनका परित्याग कैसे कर बैठते लोकापवाद का बहाना लेकर? मुक्त संग, स्थिर प्रज की जो परिभाषा इन्होंने द्वापर में गीता-गान के समय गढ़ी उसे

अपने व्यक्तित्व में उतार इन्होंने त्रेता में ही दिखा दिया था।

"किन्तु मोह का प्रदर्शन तो हुआ ही, वह भी कुछ थोड़ा नहीं?" सौमित्र ने कहा था और श्री राम उनका इशारा भी समझ गए थे। मैं भी समझ गया था और पशु-पक्षियों, भौरों, तितलियों तक से भी सीता का पता पूछने की बात याद आई थी। थोड़ी देर चुप रहकर मेरे आराध्य ने गंभीरता से पूछा था, "तुम्हें इसका भी अर्थ बताना होगा लक्ष्मण? तुम्हें भी जो मेरे लीला-सहयोगी हो?"

लक्ष्मण समझ गए थे और बोले थे, "नहीं, बताने की आवश्यकता नहीं है।"

पन्द्रह

श्री राम ने प्रवर्षण पर वह पूरी पावस-ऋतु काट दी। निरभ्र आकाश में शरत्-चन्द्र अब ऐसे उदित होने लगा जैसे प्रवर्षण के शिखर पर श्री राम का चन्द्रमुख उदित था। पर्वत के नीचे बसे लोगों के लिए कहना कठिन था कि कौन चन्द्रमा असली है, कौन नकली। अन्तर उनके आकार को लेकर ही हो सकता था। एक का आकार स्थिर था, दूसरा घटता तो घटता ही चला जाता। पूर्णिमा की रात चातकों को भारी कठिनाई होती—किस पर टकटकी लगाएं? उनका ध्यान बंट कर रह जाता।

शरत्-चंद्रिका घाटियों में उतर कर गजब ढाने लगी। वृक्षों, उनकी शाखाओं तथा लता-गुल्मों पर बिछी वह ऐसी प्रतीत होती जैसे इन पर चांदी की शुभ्र लेप चढ़ा दी हो किसी ने। मार्ग जो पावस में पंकिल होकर आवागमन के लिए व्यर्थ हो गये थे अब उपयोग में आने लगे।

नदियों की उफान समाप्त हो गई थी और गदले जल की जगह अब सर्वत्र स्फटिक-सा स्वच्छ सलिल दृष्टिगोचर हो रहा था। तड़ागों-सरोवरों का जल रक्त-श्वेत कमल-पुष्पों से संकुल हो आया था और उनका सुगन्धित पराग पवन में घुल-मिल कर दिशाओं को गंध-बोझिल कर रहा था।

प्रवर्षण के शिखर पर तथा नीचे की क्यारियों में कास के श्वेत पुष्प इस तरह बिछ गए थे जैसे किसी ने सर्वत्र उज्ज्वल-धवल कालीन बिछा दी हो।

"लक्ष्मण, देखो तो बरसात बीत गई और सुन्दर शरत् ऋतु आ गई। इस ऋतु में कास के सफेद फूल सर्वत्र इस तरह बिखरे हैं कि लगता है वर्षा-ऋतु ने अपने बुढ़ापे को प्रकट कर दिया हो।"

वर्षा बीत गई तो श्री राम चिन्तित हो आये। स्वर्णिम समय निकला जा रहा था और सीतान्वेषण की दिशा में कोई ठोस कार्य नहीं हो पा रहा था। सुग्रीव भी नगर में जाकर निश्चिन्त हो गए थे। राज्य-सुख ने उन्हें कर्म-विमुख कर दिया

था। मैं तो दोनों स्थानों पर ही आता-जाता रहता था। श्री राम की मनोस्थिति का भी मुझे अंदाज था किन्तु सुग्रीव फिर भी सम्राट् थे। उसके भय से उनसे कुछ कहने का साहस मैं संचित नहीं कर पा रहा था।

अन्ततः सुग्रीव की दायित्व-हीनता असह्य हो गई तो मेरे आराध्य ने लक्ष्मण को सम्बोधित कर कहा—"अब कुछ करने की आवश्यकता है। सुग्रीव के लिए हम लोगों ने बहुत कुछ किया पर वह अपनी प्रतिज्ञा और हमारे महत्त्वपूर्ण कार्य को भूल बैठा। लगता है हमने गलती की उस पर विश्वास कर। या हो सकता है राज्य-मद में ही वह अपना दायित्व विस्मृत कर बैठा हो। तुम एक बार किष्किन्धा जाओ। उसे भय दिखाकर सन्मार्ग पर लाने का प्रयास करो। अगर इसके बाद भी वह अपनी उदासीनता नहीं छोड़ता है तो उसे दंडित करना पड़ेगा।"

आदेश पाते ही सौमित्र नगर की ओर चले। मैं यह सब सुन चुका था। उसके पूर्व कि सौमित्र वहां पहुंचते मैं सुग्रीव के पास उपस्थित हो गया। वह अंतः-पुर में पड़ा हुआ था। मैं किसी तरह उससे साक्षात्कार की अनुमति प्राप्त कर सका।

"आपके कारण श्री राम का कोप किष्किन्धा पर काल बन कर बरसने वाला है। अब न आपका कुशल है न नगरवासियों का।"

"सच, मुझसे प्रमाद हो गया। अब क्या होगा? हनुमान, तुम बुद्धिमान हो। कोई युक्ति निकालो।" सुग्रीव सचमुच भयग्रस्त हो आये।

"सौमित्र प्रवर्षण से प्रस्थित हो चुके हैं। वे किसी भी क्षण यहां उपस्थित हो सकते हैं। आप उनसे क्षमा मांग कर⋯"

मैं अपना कथन समाप्त भी नहीं कर पाया था कि सुग्रीव घबरा कर बोले, "लक्ष्मण चल चुके हैं? मैं जानता हूं उनके क्रोध को। श्री राम की तरह सरल कभी नहीं प्रतीत हुए वे मुझको। पता नहीं क्या कर बैठें। मैं भाग चलूं यहां से? तुम सम्हालना उन्हें।"

"आप सदा भागने-भागने ही क्यों किए रहते हैं?" अन्ततः मेरी खीझ मेरे स्वर पर चढ़ ही आई, "आप भाग जायेंगे तो नगरवासियों का क्या होगा? आपके परिजन—पत्नी और पुत्र—कहां जायेंगे? सौमित्र का क्रोध उन्हीं पर गाज बन कर गिरेगा या नहीं? अगर उनकी क्रोधाग्नि ने भस्म ही कर दिया पूरी किष्किन्धा को तब?"

"तब मैं क्या करूं? मैं सामना करने में सक्षम नहीं हूं सौमित्र का।" सुग्रीव ने अपनी असमर्थता प्रकट की।

"आप स्वयं सामना न करें पर नगर छोड़ कर भागे भी नहीं। पहले से भी सौमित्र की धारणा आपके प्रति अच्छी नहीं है।" मैंने विनम्रतापूर्वक समझाया।

"तो कौन करेगा सामना उनके क्रोधानल का?" वे भयभीत से बोले।

"तारा।"

"तारा? एक नारी?"

"हां तारा और अंगद," मैंने समझाया, "दुर्भाग्य-ग्रस्त नारी और उसके

असहाय-से सुत को देखकर सौमित्र की क्रोधाग्नि शांत हो जाएगी तब आप उनके समक्ष आयेंगे।"

"यह ठीक है।" कहकर सुग्रीव महल के अन्दर चले गए।

नगर भर में भगदड़ मच गई थी। जो जिधर मार्ग पाता उधर ही भाग निकलता। सबको अपने-अपने प्राणों का पड़ा था। बाल-वृद्ध और अशक्तों तथा अबलाओं तक की भी किसी को चिन्ता नहीं थी। सर्वत्र 'त्राहि-त्राहि' और 'पाहिमाम्' मचा हुआ था। जो एक बार भागता वह पीछे उलट कर देखता भी नहीं और किसी गिरि-कन्दरा अथवा पर्वत या वृक्ष के शिखर पर ही जाकर दम लेता। सबको लग रहा था कि नगर अब जलकर रहेगा—किष्किन्धा सौमित्र के कोप की लपटों पर चढ़ स्वाहा होकर रहेगी। वे अपने धनुष की टंकार करते नगर को भस्म कर देने की उद्घोषणा कर रहे थे।

नगर-द्वार पर आते ही मैं उनके साथ लग गया था। पर मेरी भी हिम्मत नहीं हो रही थी उनसे कुछ कहने की।

"पहले राजमहल को ही राख करता हूं," क्रोधाभिभूत लक्ष्मण ने जोर की गर्जना की, "कृतघ्न सुग्रीव को सपरिवार लपटों के हवाले करने के पश्चात् ही आगे की बात सोची जाएगी।"

क्रोध से जलते हुए-से सौमित्र महल द्वार पर पहुंचे नहीं कि सेवकों से घिरी नत-मस्तक तारा आ पहुंची। उसने एक हाथ से अंगद का हाथ पकड़ रखा था।

दुर्भाग्य-दग्धा तारा को देखते ही धनुष पर लक्ष्मण की पकड़ ढीली पड़ गई। प्रत्यंचा की टंकार बन्द हो गई। चढ़ी भृकुटियां सहसा सामान्य हो आईं। चेहरे की मांसपेशियां ढीली पड़ गईं। निरन्तर निस्सृत फुफकार निःशेष हो गई और वे जहां के तहां रुक गए।

तारा और अंगद मूल-कटे वृक्ष की तरह सौमित्र के पैरों पर बिछ गए, "अपराध मार्जित हो। शरणागतों की रक्षा करें।"

"मैं तुम्हारा कुछ नहीं बिगाड़ता पर प्रमादी सुग्रीव के प्राण लेकर मैं रहूंगा।" लक्ष्मण का क्रोध फिर उभरने लगा था।

"वे नहीं रहे तो हम बिना मौत मर जाएंगे। एक भाई तो नहीं ही रहे इन्हें भी आप ।" तारा ने विनय किया। सौमित्र को सहसा स्थिति का बोध हुआ और वे पुन: सामान्य हो आए—"कहां हैं सुग्रीव ? सामने क्यों नहीं आते ?"

"भयाक्रान्त हो वे आपका सामना करने में डर रहे हैं। महल में प्रवेश कर हमारा आतिथ्य ग्रहण करें फिर हम उन्हें आपके समक्ष लाने का प्रयास करेंगे।"

"ऐसे भीरू से क्या काम बनेगा ? मेरे भ्राता गलत व्यक्ति पर भरोसा कर बैठे हैं।" सौमित्र बड़बड़ाए और महल की ओर बढ़े। मैं हाथ बांधे तारा और अंगद के साथ लग चला था।

सुग्रीव जिस सिंहासन को खाली कर अन्तःपुर में जा दुबके थे, तारा ने उसी

पर लक्ष्मण को बैठाकर उन्हें पादार्घ्य देना चाहा पर सौमित्र बगल के एक स्वर्णासन पर बैठ गए। सेवक स्वर्ण मंडित चमरों से हवा करने लगे। पादार्घ्य प्रस्तुत हो गया। सुगंधित शर्बत एवं मधु की अल्प मात्रा ग्रहण कर लक्ष्मण जब पूरी तरह शान्त हुए तो तारा सुग्रीव को सामने ले आई। उनके हाथ बंधे थे और वे दृष्टि नीची किए भूमि की ओर देख रहे थे।

"मैंने आपको क्षमा किया, पर आपने राम-कार्य में अब थोड़ा भी विलम्ब किया तो जिस शर से श्री राम ने बालि का···।" सौमित्र ने वाक्य पूरा नहीं किया कि सुग्रीव आपाद-मस्तक कांप गए। कुछ देर के पश्चात् वे नत-मस्तक ही बोले —"मैं पशु हूं। विवेक-हीन और कृतघ्न। मेरे अपराध पर ध्यान नहीं दें। इसी क्षण से मैं श्री राम के कार्य में लग जाता हूं। अभी-अभी मेरे दूत चारों ओर जाकर वानर-वीरों को आमंत्रित कर आते हैं। कुछेक दिनों में ही वैदेही-अन्वेषण में, वीरों के झुंड-के-झुंड सब दिशाओं में निकल जाएंगे।"

"मैंने आपको क्षमा किया," सौमित्र का क्रोध शान्त हो आया था, "श्री राम का इससे अधिक हेतु आदेश भी नहीं था। आप उनके मित्र हैं, अत: मैं उनकी आज्ञा के विरुद्ध जा आपको प्रताड़ित नहीं कर सकता। आप शीघ्र अपने दूतों को भेज दें और फिर मेरे साथ प्रवर्षण चलें।"

दरबार में सभी वानर-वीरों को बुलाया गया। सारी बातें समझाकर सुग्रीव ने स्पष्ट किया, "जिन-जिन लोगों को जिन-जिन दिशाओं में भेजा गया है उन-उन दिशाओं के वीरों को लेकर एक पक्ष के अन्दर ही प्रवर्षण पर्वत पर पहुंच जाना है। जो ऐसा नहीं कर पाएगा उसे निश्चय ही मृत्यु का वरण करना पड़ेगा।"

दूत जब सब दिशाओं में चले गए तो लक्ष्मण, सुग्रीव तथा मैं श्री राम के दर्शनार्थ चले।

"आपको भय तो नहीं लगता ? लक्ष्मण से थोड़ी दूर ले जा मैंने सुग्रीव से पूछा। उनका मुख अब भी पीला पड़ रहा था।

"जैसा प्रमाद मुझसे हुआ है, भय तो स्वाभाविक है। फिर जैसा उग्र रूप सौमित्र ने प्रकट किया था उसे देखते हुए···। बालि-बध के तो आप साक्षी थे। एक बाण में ही न उस रावणजयी के भी प्राण हर लिए थे श्री राम ने ? एक ही बाण में तो उन महान् शाल-वृक्षों को जड़-मूल के साथ धराशायी कर दिया था ? मैंने अपराध तो किया ही है, उस पुरुषोत्तम का। क्या पता मुझे भी बालि के पास ही भेज···?" सुग्रीव की आंखें भर आईं और वे आगे न बोल सके।

"पर वे इस समय आपका कुछ नहीं बिगाड़ेंगे।" मैंने उन्हें आश्वस्त करना चाहा।

"कैसे ? कैसे समझते हैं आप ?" सुग्रीव के मानो प्राण ही वापस आ गए।

"श्री राम शरणागत का कुछ नहीं बिगाड़ते। उलटे उसे निर्भय कर देते हैं। मैं इनके स्वभाव को जानता हूं। ऐसी बहुत कहानियां देख-सुन रखी हैं मैंने। मैं जब अयोध्या था तो बालावस्था में भी इन्हें कितने अपराधियों को क्षमा करते देखा

था। लड़के जब खेल-खेल में इन्हें कष्ट देते और इनकी पकड में आ जाते तो मात्र 'क्षमा' कहते ही वे उन्हें छोड़ देते और फिर उनसे क्रीड़ा में संलग्न हो जाते।

"एक कौआ था। बहुत तंग किया उसने इनको। कभी पास आए कभी दूर भागे। पास आने पर ये उसे पकड़ने को लपकें कि वह दूर भाग जाए। ललचा-ललचा कर तंग कर दिया उसने श्री राम को। अन्तत: वह उनकी पकड़ में आया और उन्होंने छोड़ भी दिया तो उसे लगा उनका हाथ उसके पीछे-पीछे चला आ रहा है। वह उड़ते-उड़ते थक गया—ऊपर, नीचे, पूरब-पश्चिम, दक्षिण-उत्तर। पर श्री राम का हाथ उसके पीछे। अन्त में आकर वह उनके चरणों पर गिर पड़ा। श्री राम ने तत्काल उसे क्षमा-दान करते हुए कहा—'जाओ, अब तुम किसी से नहीं डरोगे।' तभी से कौए इतने निर्भीक हो गए कि डराये भी नहीं डरते।"

"यह तो बड़ी अच्छी घटना सुनाई आपने।" सुग्रीव अपना भय भूलने लगे थे।

"हां, एक कौआ ही था जयंत। सौमित्र ने यह कथा बताई थी मुझे," मैंने आरम्भ किया, "श्री राम के साथ एक शिलाखंड पर बैठी जानकी अम्बा के पैर में चोंच भर कर भाग चला वह। श्री राम ने देखा तो एक साधारण-सा बाण छोड़ दिया उसके पीछे। कौआ उड़ चला। श्री राम-शर उसके पीछे लगा रहा। ब्रह्मा विष्णु, महेश सबके पास वह पहुंचा पर किसी ने शरण नहीं दी। श्री राम के शत्रु को अपना मित्र कौन बनाता? अन्त में जब वह थक-मांद कर उन्हीं के चरणों पर आ गिरा तो श्री राम ने मात्र उसकी एक आंख लेकर उसके घोर अपराध को क्षमा कर दिया। ऐसी अनेक घटनाएं हैं, आप भय त्याग दें।"

"क्या बात हो रही है?" हमें पीछे पड़ते देख लक्ष्मण रुक गए थे।

"आप साथ हैं तो कोई चिन्ता नहीं। मैं अपने अपराध-बोध से ग्रस्त हो कुछ भयभीत हो रहा था।" सुग्रीव ने कहा।

"आप श्री राम को नहीं जानते। वे आपके अपराध की चर्चा भी नहीं करेंगे। अभ्यागतों को कष्ट दें तो श्री राम क्या?"

जब सौमित्र ने भी मेरी ही बात कही तो सुग्रीव आश्वस्त हो गए। उनके पैरों में गति आ गई और हम सब शीघ्र ही प्रवर्षण के शिखर पर जा पहुंचे।

सोलह

हुआ वैसा ही जैसा सौमित्र ने कहा था। श्री राम सुग्रीव को देखते ही उनके स्वागत में लपके—"आओ मित्र, कब से प्रतीक्षा कर रहा हूं।"

इस एक वाक्य ने ही सुग्रीव पर मानो घड़ों पानी डाल दिया। श्री राम ने तो

सहज भाव में कहा था कि मित्र की प्रतीक्षा का दुःख उन्हें असह्य हो रहा था किन्तु सुग्रीव के अन्दर बसे अपराध-भाव ने श्री राम के वाक्य का दूसरा ही अर्थ लगाया।

"मुझसे भारी प्रमाद हो गया।" कहते हुए सुग्रीव श्री राम के चरणों की ओर बढ़े, पर श्री राम ने उन्हें बीच में ही रोक लिया और वक्ष-स्थल से लगाते हुए बोले—"मित्र का स्थान पैरों में नहीं हृदय में होता है।"

सुग्रीव की आंखों से अश्रुधारा प्रवाहित होने लगी। इसे देख श्री राम की आंखें भी भर आईं और मैं भी अपने आंसुओं को रोक नहीं सका। और तो और सौमित्र तक की आंखें भी पसीज आईं।

श्री राम और सुग्रीव शिला-खंड पर अवस्थित हो गए तो सौमित्र भी कुछ दूरी पर जा बैठे। मैं खड़ा ही रहा।

"मैंने सभी दिशाओं में दूत भेज दिए हैं। एक पक्ष के अन्दर ही असंख्य वानर-वीर प्रवर्षण पर उपस्थित हो जायेंगे। रीछों के समूह भी आ जायेंगे। तब हम उन्हें सीतान्वेषण को प्रेषित करेंगे। वैदेही का संधान पाते ही सभी उनके उद्धार के लिए कूच कर जायेंगे।"

सुग्रीव ने सफाई दी और मुझे हंसी आ गई। चराचर जगत् की उद्धार-कर्त्ता साक्षात् लक्ष्मी-स्वरूपा सीता का उद्धार सुग्रीव और उनके सहायक करेंगे? सुग्रीव अन्ततः रह गए बन्दर के बन्दर ही।

"ठीक कहा आपने मित्र! अब शीघ्र ही कुछ करना चाहिए। वैदेही के उद्धार में पर्याप्त विलम्ब हो चुका है।" श्री राम ने सुग्रीव की बात में निहित अहंकार को लक्ष्य करके भी नहीं किया, और उनके मनोबल को बढ़ाने का अपनी ओर से पूरा प्रयास किया।

श्री राम के इशारे पर सौमित्र ने सुग्रीव के लिए फल आदि का प्रबन्ध कर उनके भोजन-पानी की व्यवस्था की और फिर समीप की गुफा में उनके आवास का भी प्रबन्ध कर दिया। पन्द्रह दिनों तक तो प्रतीक्षा करनी ही थी और इन पन्द्रह दिनों में अधिकांश को सुग्रीव ने प्रवर्षण पर ही बिताने का निर्णय लिया।

दूसरे-तीसरे दिन से ही वानरों और रीछों के झुंड-के-झुंड प्रवर्षण पर जुटने लगे थे। पर्वत उनकी किलकारियों से गुंजायमान होने लगा। असुविधा हुई थी श्री राम को। सभी उनके मुख-मण्डल की एक झलक को आतुर थे और कठिनाई यह थी कि जो उनके पास पहुंचता वह वहां से हटने का नाम ही नहीं लेता। ब्रह्म का सान्निध्य पा, जीव कब उससे पृथक् होना चाहता है? प्रबन्ध पर मुझे ही ध्यान देना पड़ा था। किसी तरह उन्हें समझा-बुझा कर और इस बात से आश्वस्त कर कि अभी बहुत दिनों तक श्री राम का सान्निध्य उन्हें प्राप्त होना था, मैं वानर-रीछों के उस घेरे को तोड़ पाता था जो वे श्री राम के चारों ओर बार-बार बना लेते थे।

पक्ष लगते-न-लगते प्रवर्षण पर वानरों और रीछों की बाढ़ ही आ गई। पहले

जहां चट्टान-ही-चट्टान और वृक्ष-ही-वृक्ष थे, वहां अब विभिन्न आकारों और रंग-रूपों के वानर-भालू ही दृष्टिगोचर होने लगे। वृक्षों की डालियां और ऊंची चट्टानें तथा अनगिन गुफाएं उनके आवास बन गईं और श्री राम तथा सौमित्र यह सब देख-देख प्रसन्नता से पुलकित होने लगे। सौमित्र को अब शायद लग गया कि व्यर्थ ही वे सुग्रीव पर संदेह की दृष्टि डाल रहे थे। वानर-भालुओं का यह उमड़ता समुद्र सुगीव के प्रभाव को पूर्ण रूप से सिद्ध करता था।

"अब आज्ञा हो तो इनमें से कुछ को चुन कर सीतान्वेषण को प्रेषित करें ?" सुग्रीव ने पक्ष लगने के दूसरे ही दिन श्री राम के समक्ष निवेदन किया।

"अवश्य।" श्री राम ने स्वीकृति दी और सुग्रीव ने विभिन्न दिशाओं में जाने के लिए वानर-भालुओं की टोलियां बना दीं।

उत्तर, दक्षिण, पूरब, पश्चिम, आग्नेय, ईशान, नैऋत्य, वायव्य, सभी दिशाओं में अन्वेषण-कर्त्ता भेजे गए। यद्यपि सुग्रीव ने वैदेही-युक्त विमान को दक्षिण की ओर जाते देखा था फिर भी वे सभी दिशाओं को ढूंढ़ लेना आवश्यक समझ रहे थे।

प्रवर्षण पर राम के बाद सबसे बड़े आकर्षण थे रीछ-पति, जाम्बवान्। यद्यपि वे वृद्ध हो आये थे फिर भी उनकी देह-यष्टि अब भी लोगों के कौतूहल को बढ़ाने को पर्याप्त थी। काले-काले घने केशों से ढके विशाल शरीर वाले जाम्बवान् ऐसा लगते, जैसे प्रवर्षण-पर्वत पर एक और कृष्ण पहाड़ ही आ पड़ा हो।

दक्षिण-दिशा की ओर जो टोली भेजी गई उसमें युवराज अंगद के साथ-साथ जाम्बवान् भी थे। मुझे भी इसी टोली के साथ लगाया गया। और कई वानर-रीछ-वीर भी हमारे साथ आ लगे। निश्चय ही दक्षिण की ओर प्रेषित इस अन्वेषण-मंडली का विशेष महत्त्व था क्योंकि सुग्रीव के मन में यह बात कहीं गहरे बैठी थी कि जगज्जननी यदि कहीं हैं तो दक्षिण में ही। श्री राम सब कुछ जान-समझ कर भी मौन थे। सुग्रीव की सारी योजना को वे अपनी मूक स्वीकृति प्रदान करते जा रहे थे।

जिस क्षण जाम्बवान् को दक्षिण को प्रेषित दल में डाला गया, उसी समय मुझे लग गया कि सुग्रीव इस दल को सर्वोपरि महत्त्व दे रहे हैं। यह तो मेरा सौभाग्य था कि मुझसे बिना पूछे ही मुझे इस दल से संयुक्त कर दिया गया वर्ना आवश्यकता पड़ने पर श्री राम तक की आज्ञा लेकर मैं इस दल में अपने को डाल कर ही रहता।

पर श्री राम स्वयं मुझ पर विशेष कृपालु थे, यह बात थोड़ी देर के पश्चात् ही स्पष्ट हो गई। दक्षिण को प्रस्थित होने को जैसे ही हमारा दल प्रस्तुत हुआ, श्री राम ने मुझे एक ओर बुला लिया।

"पवनसुत ! मुझे तुम्हारी बल-बुद्धि और कार्य-कौशल पर पूर्ण आस्था है। मुझे लगता है वैदेही का प्रथम संधान अगर किसी को मिलेगा तो तुम्हें ही। इस अंगुलीयक (अंगूठी) को रखो। समय पर यह तुम्हारे काम आयेगी।" यह कहकर

श्री राम ने दाहिने हाथ की अनामिका से स्वर्णांगुलीयक उतारी और उसे मेरी खुली हथेली पर रख दी। मेरी आंखें एक बार फिर छलछला आईं। आह, इतनी आस्था इतना स्नेह, ऐसा अगाध विश्वास ! कैसे संजो पाऊंगा इन्हें ? उसी क्षण से श्री राम में मेरा भक्ति-भाव न केवल अनन्त हो आया अपितु एक भारी दायित्व-बोध से भी मैं भर आया। श्री राम ने मुझे इस महत्त्वपूर्ण कार्य के योग्य समझा है तो अपनी पात्रता तो सिद्ध करनी ही पड़ेगी अब।

दक्षिण की ओर प्रस्थित हमारे दल को नाना कष्टों और असुविधाओं का सामना करना पड़ा। पहाड़ों और जंगलों से भरा यह प्रदेश हमारी गति को निरन्तर बाधित करता रहा। बीच की भूमि तो फिर भी कुछ समतल और अपेक्षाकृत कम वनाच्छादित थी, पर पूर्व-पश्चिम समुद्र के तटवर्तीय पहाड़ों ने भारी समस्या खड़ी की। वनस्पति-बोझिल ये ऊंचे-नीचे अनगढ़ पर्वत हमारे लिए चुनौती बन कर खड़े थे। सुग्रीव के आदेशानुसार हमें सम्पूर्ण दक्षिण का अन्वेषण करना था, अतः पहाड़ों से किनारा काट हम केवल समतल पर दौड़ पड़ते यह नहीं होने को था। बल्कि अधिक सम्भावना तो यही थी कि किसी पर्वत-पहाड़ की गुफा-कन्दरा में ही किसी दैत्य-दानव ने वैदेही को कैद कर रखा होगा।

कई दिनों के अन्वेषण के पश्चात् एक दिन हम पिपासा से अत्यन्त पीड़ित हो आये। खाने को तो खैर फल और कन्द मूल कहीं-न-कहीं मिल जाते थे, पर जिस विशेष क्षेत्र से हम यात्रा कर रहे थे वहां पानी के दर्शन कई दिनों से नहीं हुए। प्यास के कारण हमारे कंठ सूखने लगे तो मैं एक ऊंचे वृक्ष की चोटी पर जा चढ़ा। कुछ दूरी पर दक्षिण दिशा में एक गुफा-सी दृष्टिगोचर हुई जिसके भीतर कई जल-पक्षी आते-जाते दिखाई पड़े। अवश्य ही वहां पानी है, मैंने मन-ही-मन सोचा और नीचे उतर साथियों को यह शुभ-संवाद दिया।

हम सब गुफा की दिशा में चल पड़े। दरवाजे से सचमुच ही पंख-भीगे जल-विहग बाहर आ रहे थे। हमारी पिपासा ने जोर मारा और हम सब बिना कुछ सोचे-विचारे गुफा-द्वार में प्रविष्ट हो गए।

अन्दर का दृश्य विचित्र था। स्वच्छ-स्फटिक-सा एक सरोवर राशि-राशि जल से पूरित और भांति-भांति के पुष्पों से आच्छादित हमारे मन को मोह रहा था। नाना भांति के जल-जीव इसमें क्रीड़ा-रत थे। पक्षियों के झुंड-के-झुंड इस पर मंडरा रहे थे और चंचुओं में जल भर-भर अपनी पिपासा शांत कर रहे थे।

"रुको।" प्यास से विकल हम सरोवर-जल पर टूटने ही वाले थे कि कहीं से एक शान्त स्वर सुनाई पड़ा। नारी-कंठ से ही निस्सृत था यह आदेश। हमने आवाज की दिशा में देखा तो देखते ही रह गए। एक सौम्य नारी-मूर्ति सरोवर के एक तट पर पद्मासन में विराजमान थी। उसके मुख और शरीर से एक विचित्र प्रकाश फूट रहा था जिससे वह सम्पूर्ण गुफा प्रकाशित लग रही थी।

अपनी प्यास भूल हम उस साध्वी के समीप पहुंच पंक्ति बद्ध हो गए। पानी छूने का अब साहस किस में था ? कहीं अपने अपावन हाथों हमने जल का स्पर्श

किया नहीं और इस सिद्ध योगिनी ने शाप दे दिया तो हम क्या करेंगे ? अगर शाप से हम वहीं भस्मीभूत हो गए तो हमारे अभियान का क्या होगा ? श्री राम ने हममें जो आस्था आरोपित की है, उसका क्या बनेगा ?

"कौन हो तुम ?" वीणा-निनाद की तरह ही स्वर गुंजरित हुआ, उस तपस्विनी का।

"हम राम-दूत हैं।" मैंने ही मुख खोला। इससे अधिक कहने की शक्ति भी नहीं थी शायद मेरे अन्दर। दिनों से जगी पिपासा ने अन्दर से लेकर कंठ तक को जैसे शुष्क और शक्तिहीन कर दिया था।

"राम-दूत !" सहसा उस साध्वी का उत्फुल्ल आनन एक विशेष चमक से भर आया।

"कहां हैं राम ?" उसने उत्सुकता से पूछा और फिर जोड़ा, "पहले तुम अपनी प्यास बुझा लो। फिर बातें करेंगे। भारी अपराध हो गया मुझसे। भक्तापराध। कैसे क्षमा करेंगे मेरे श्री राम मुझे ?"

आज्ञा पाते ही हम प्यास बुझाने को दौड़े और उस अमृतोपम जल से आकंठ तृप्त हो कर लौटे उस तपस्विनी के पास तो सब कुछ बता दिया उसे। राम के वनवास से लेकर सीता-हरण और फिर वैदेही के अन्वेषण में निकले अपनी कथा तक को।

"तो श्री राम प्रवर्षण पर हैं ?" मेरी बात के सार-तत्त्व को पकड़कर ही वह जैसे बोली थीं, "उन्हीं के दर्शन के लिए तो मैं अब तक तपस्या-रत रही। अब चली मैं उनके साक्षात्कार को।"

"और हमारा क्या होगा ? अपने तप-बल के आधार पर कुछ हमारा प्रयास भी तो आसान कीजिए वर्ना हम तो भटक-भटक कर ही मर जायेंगे इस कठिन कान्तार में।" मैंने ही निवेदन किया था। मैं अपने अनुभव से जानता था कि साधु-पुरुषों के सत्संग का कुछ-न-कुछ सुफल मिलता ही है। यह साध्वी चाहे तो हमारा भटकाव निःशेष हो सकता है।

"मेरी तपश्चर्या में इतना बल होता तो मैं श्री राम का पता तुम से पूछती ?" सिद्ध योगिनी ने कहना आरम्भ किया जिसका नाम बाद में उसी से ज्ञात हुआ स्वयं-प्रभा था, "फिर भी श्री राम-कृपा से ही जो कुछ स्फुरणा मेरे अन्दर हो रही है, उसके आधार पर मुझे लगता है कि सुदूर दक्षिण में ही तुम्हारा कार्य सधेगा। तुम अपनी आंखें एक क्षण के लिए बन्द करो। मेरी खोज मत करना, मैं श्री राम के दर्शनों को चली।"

आज्ञानुसार हमने आंखें मूंदीं और दूसरे ही क्षण खोलीं तो न तो वहां वह सरोवर था, न वह साध्वी, न वह विचित्र गुफा। था तो आंखों के सामने विस्तृत राशि-राशि सलिल। हिलोरे लेती उत्ताल तरंगें। हां एक अछोर सागर के किनारे हम खड़े थे। दक्षिण-समुद्र था यह।

"यहां से अब कहां जायेंगे ?" हम सभी के मन में एक ही प्रश्न था!

"यहां तो यों ही मारे गये। एक माह के अन्दर सुग्रीव तक बिना सीता-संवाद लिए लौटे तो वह प्राण ही ले लेंगे और सामने का यह विस्तृत समुद्र हमारी रही-सही आशा पर भी पानी फेरने को प्रस्तुत है।" युवराज अंगद के शब्द थे।

"हताश नहीं होते अंगद !" जाम्बवान् ने मुंह खोला था, "उस सती ने हमें यहां भेजा है तो उसका कुछ अर्थ होगा।"

"कौन हो तुम ?" इसी समय एक कर्कश स्वर सुनाई पड़ा।

स्वर की दिशा में हमने देखा तो सन्न रह गए। एक विशालकाय गृद्ध एक गुफा-द्वार पर खड़ा था। वैसा भयानक पक्षी तो हमने आज तक देखा ही नहीं था। आज आप सृष्टि के प्रारंभिक जीवों 'डायनोसर' आदि की चर्चा करते हैं, मुझे लगता है उसी जाति का यह जीव किसी तरह इस गुफा में बचा पड़ा था। हम कइयों को वह एक साथ अपना ग्रास बना सकता था।

"आज भगवान ने हमारी क्षुधा-पूर्ति का अच्छा प्रबंध कर दिया। मैं एक-एक को अपना भोज्य बना जाऊंगा।" हम चुप रहे तो वही बोला।

"एक यह गृद्ध है जो हमारी जान लेने पर पड़ा है और एक गृद्ध था जटायु जिसने जानकी के लिए अपने प्राण गंवा दिए।" जाम्बवान् ने धीरे से कहा पर बात उस विचित्र जीव तक पहुंच गई।

"किसने नाम लिया जटायु का ? मैं उसका भाई हूं, सम्पाति। बताओ मेरे प्रिय भाई के सम्बन्ध में। मैं अब कुछ नहीं बिगाड़ूंगा तुम्हारा।"

जाम्बवान् ने जटायु के सम्बन्ध में सुनी-सुनाई सारी बात सम्पाति को सुना दी। सुग्रीव से, श्री राम ने, राह में मिले जटायु की वीरता और फिर सद्गति की बात बताई थी और उन्हीं से सुना था हम लोगों ने भी।

"तो सीता की रक्षा में मेरा भाई वीर-गति को प्राप्त हुआ ! कोई बात नहीं, सीता को तो मैं यहीं से देख रहा हूं। समुद्र-पार हैं वे, रावण-पालित स्वर्ण-लंका में। गृद्धों की दृष्टि अपार होती है। मैं देख रहा हूं, पर तुम नहीं देख पा रहे। तुममें से जो कोई सौ योजन विस्तृत सागर को पार करने की क्षमता से युक्त हो, वह सीता तक पहुंच सकता है। मैं चला सागर-जल से अपने मृत भाई का तर्पण करने।"

सीता का संधान तो मिल गया पर अब समुद्र-पार कौन जाए ? एक भीषण समस्या सामने मुंह बाकर खड़ी हो गई।

सभी ने अपनी-अपनी शक्ति-सीमा का वर्णन आरम्भ किया। कोई पचास योजन जा सकता था, कोई साठ-सत्तर योजन। पर शत योजन किसी के बूते की बात नहीं लग रही थी।

"मैं बूढ़ा हुआ नहीं तो मैं···" जाम्बवान् ने आरम्भ किया तो युवराज अंगद ने बीच में ही टोका—"आप क्यों कष्ट करेंगे ? सौ योजन चौड़े इस समुद्र को लांघ कर मैं तो स्वयं ही लंका पहुंच सकता हूं, पर लौट पाऊंगा कि नहीं, इसमें संदेह है।"

"आप की शक्ति में किसी को संदेह नहीं," जाम्बवान् ने ही कहा, "पर हम इस दल को नेता-विहीन नहीं कर सकते। आप के जाने की आवश्यकता नहीं, पर यह हनुमान क्यों चुप बैठे हैं?" जाम्बवान् मेरी ओर मुड़े थे।

मैं अवाक्। मैं क्या करता? जब इतने बड़े-बड़े योद्धा अपनी असमर्थता व्यक्त करते नहीं थकते तो मैं किस खेत की मूली हूं? मेरे किए क्या होगा?

"तुम पवन-पुत्र हो।" जाम्बवान् ने फिर मुझे ही सम्बोधित किया था, "पवन की गति, शक्ति उपलब्ध है तुम्हें। सभी देवताओं के असंख्य वरदान मे युक्त हो तुम। शिवांश-संभूत तुम दक्षिण-समुद्र तो क्या संसार के सारे समुद्रों को एक छलांग में लांघ सकते हो। ऋषियों के शाप-वश तुम अपनी शक्ति भूल बैठे हो। आहूत करो अपनी अनन्त शक्ति, अपार संभावना को। पार कर जाओ इस क्षुद्र सागर को। अब तुम्हीं हो हमारे प्राणों के एक मात्र रक्षक।"

'पवन-पुत्र? ऋषि-शाप?' एक क्षण को जैसे मेरे सम्पूर्ण शरीर में विद्युत की प्रबल लहर व्याप्त हो गई। शिराएं झनझना आईं। नाभि-प्रदेश से उठा कोई ज्वार वक्ष-स्थल तक विस्तृत होता-सा लगा। बाजुएं फड़क उठीं। उरू-प्रदेशों में भूचाल-सा आ गया। लागूंल तेजी से ऐंठने-गिरने लगी। मुझे लगा मैं अब वह नहीं था जो कुछ क्षण पूर्व था। अब मैं एक और था, पहले से सर्वथा भिन्न, एकदम पृथक्। उनचासो पवन जैसे मेरे अन्दर प्रवेश कर गए। मुझे लगा कि अगर मैं अपनी इस स्थिति को नियंत्रित नहीं कर पाया तो सचमुच प्रलय की ही सृष्टि हो जायेगी, इस सागर-तट पर अभी, इसी क्षण।

"जय श्री राम!" नहीं चाहते हुए भी मेरे अन्दर से एक जोर की हुंकृति निकली और मैंने जाम्बवान् की ओर दृष्टि फेरकर कहा, "मैं जाऊंगा सागर-पार। आप सब धैर्य-पूर्वक मेरी प्रतीक्षा करें, इसी स्थान पर।"

सत्रह

मेरे समुद्र-लंघन को लेकर बहुत कुछ, बहुत रूपों में लिखा गया है। कई लोगों ने तो यह भी मान लिया कि जिस स्थान पर मैंने सागर-संतरण किया वहां जल-गर्भ में कोई अविच्छिन्न[1] गिरि-शृंखला थी जिसका लाभ उठा मैं उछलता-कूदता सागर पार हो गया। यह सब एक पुरातन कथा को अधुनातन स्वरूप देने की आकुलता में ही हुआ है। इसकी कोई आवश्यकता थी नहीं। जो कुछ जैसा है उसे वैसा ही रहने देने में कोई आपत्ति नहीं होनी चाहिए। पर आप मनुज तो सब कुछ अपने

1. वय रक्षामः—आचार्य चतुरसेन

ही रूप में देखना चाहते हैं। तथाकथित विज्ञान का युग है न यह! जो आपके सीमित ज्ञान अर्थात् विज्ञान की परिधि में आया वह तो ठीक, जो नहीं आया वह व्यर्थ। यही न? आपकी कल्पना से यह परे है कि कोई पक्ष-हीन जीव सौ योजन विस्तृत सागर को उड़कर पार कर ले।

पर एक बात बताऊं? जो कुछ आज असम्भव लगता है, वह पहले भी असंभव रहा होगा या आगे भी असंभव रहेगा यह मानना हठधर्मिता और मूर्खता से अधिक है क्या? रामायण में आकाश-गामी पुष्पक की चर्चा आई तो लोग संशय की उंगली उठाने लगे—भला कोई यान, शून्य अन्तरिक्ष में विचरण करे! असम्भव है यह। और आज? आज तो देख लिया आपने कि यान शून्य में विचरे सो विचरे चन्द्रलोक तक जा पहुंचे। सभ्यताएं बनती और मिटती रही हैं। क्या आश्चर्य अगर आर्यावर्त्त की भूमि में कभी विमान-निर्माण की कला भी विकसित रही हो। आज की यह सभ्यता अगर जल, प्रलय अथवा भूकम्पों की मार से निःशेष हो जाए और कुछ वर्षों पश्चात् नई सभ्यता नए रूप में पनपे तो उसे आज के अन्तरिक्ष-यानों की कहानी कोरी कल्पना के सिवा और क्या लगेगी?

अतः, यदि उस काल में आकाश-संचरण की कला लोगों को आती हो तो इससे आपको आश्चर्यचकित नहीं होना चाहिए। आज भी धीरे-धीरे वही हो रहा है। पहले मनुष्य ने विमानों में बन्द होकर दो-एक या अनेक के साथ उड़ना आरम्भ किया। अब वह पहाड़ों की चोटियों से अकेले छलांग लगाने लगा है—साधारण उपकरणों से युक्त होकर।

क्या पता कुछ दिनों के पश्चात् पक्षियों की तरह मात्र डैने लगाकर उड़ने में आप दक्ष हो जाएं या फिर इन पक्षों की भी आवश्यकता नहीं रहे और जैसे हाथ-पैरों की सहायता से जल-संतरण करते हैं, वैसे वायु-संचरण भी करने लगें? अगर योग की किसी विशेष क्रिया से शरीर को हवा की तरह हलका कर लिया जाए तो आकाश में उड़ना कोई बहुत कठिन कार्य होगा क्या?

तो बात यही थी। योग की विशेष क्रिया के बल पर हममें से बहुतों को आकाश-संचरण की कला आती थी। हम सब को अर्थात् मेरे साथी बहुत से वानरों और रीछों को—नल, नील, अंगद, जाम्बवान् सभी को। तभी तो सभी ने समुद्र-लंघन में अपनी-अपनी क्षमताओं और सीमाओं का उल्लेख किया था? वनचारी थे हम, साधना की सुविधा उपलब्ध थी। ऋषि-मुनियों का सान्निध्य सुलभ था। राम-लक्ष्मण नगरवासी थे। साधना की भी तो, अस्त्र-शस्त्र-संचालन की; दिव्यास्त्रों के उपयोग की। राजपुत्रों को इससे अधिक की साधना की आवश्यकता क्या थी पर हममें से अधिकांश कुछ तो अपने प्रयास से और कुछ गुरुजनों के प्रसाद-प्रताप से आकाश-गमन की कला में कुछ-न-कुछ प्रवीण थे। यों वानर-जाति तो नरों की तुलना में यों ही कुछ अधिक उछल-कूद लेती है—दीर्घ छलांगें लगा लेती है—दो वृक्षों अथवा दो भवनों के बीच के लम्बे अन्तरालों को निर्भीक पार कर जाती है। अब समझिए यह शक्ति हममें से कुछ में ज्यादा ही विकसित थी। पर योग-

साधना की थी मैंने और साधना के बल पर इस आकाश-संचरण विद्या को प्राप्त किया था। यौगिक साधना के बल पर यह आज भी संभव होता है। आज भी कुछेक योगी और सिद्ध-साधक वायु-मार्ग से गमन करते हैं। आप में से अधिकांश जानते हैं और कइयों ने इस सम्बन्ध में पुस्तकें भी लिखी हैं। मेरे लिए तो संभव है—मैं ऐसे बहुत महान् आत्माओं को जानता हूं जिन्हें यह सिद्धि किसी-न-किसी रूप में प्राप्त है। अगर यह कुछेक व्यक्तियों के प्रति मेरे विशेष अनुग्रह के रूप में नहीं लिया जाए तो मैं कहना चाहूंगा कि कलि के एक प्रसिद्ध योगी की[1] पुस्तक में उस सिद्ध का वर्णन आया है जो दो क्षणों में ही भारत से लन्दन पहुंचकर अस्पताल में पड़े एक व्यक्ति की रोग-शय्या के पास जा उसका कुशल-क्षेम लेकर लौटता है। मैं जानता हूं आप में से बहुतों ने इस घटना पर प्रश्न चिह्न नहीं लगाया है तो इस तुच्छ रामदूत द्वारा समुद्र-संतरण पर आपको क्यों संशय होना है? गोरख-पंथी साधुओं और इस पथ के आदि आचार्यों—मत्स्येन्द्र नाथ और गोरखनाथ—के भी गगन-बिहारी होने का उल्लेख है और आधुनिकतम पुस्तकों में है।[2] इसी तरह हाल ही में प्रकाशित एक पुस्तक में एक साधक के, किसी साधारण साधना के ही आधार पर वायु-मार्ग से गमन की बात आई है।[3] वह साधक अभी तक जीवित है। अन्तर इतना ही है कि आज के योगी बहुत हद तक अपने को विलुप्त कर आकाशचारी बनते हैं और मैं सशरीर सबके देखते-देखते समुद्र लांघ गया था।

तो मैं कहना चाहता था कि आप व्यर्थ के बहाने खोजने का कष्ट न करें, मेरे समुद्र-लंघन को सिद्ध करने के लिए, और इस हेतु न तो समुद्र-गर्भ में काल्पनिक गिरि-शृंखलाओं को अन्वेषित कर डालें, न समुद्र-जल को ही वहां छिछला अथवा अनुपस्थित मान लें।

पर अद्भुत था वह समुद्र-लंघन—आकाश-संचरण। अपनी सारी यौगिक शक्ति, अपनी सारी जैविक ऊर्जा को ही मैंने दाव पर लगा दिया था। सौ योजन विस्तृत सागर को वायु-मार्ग से पार करने में कोई साधारण काया सक्षम नहीं होती। वायु-घर्षण में ही वह समाप्त हो जाती। आकाश से निरन्तर टूटती उल्काओं के एकाध खंड ही उसे समाप्त करने को पर्याप्त होते। अतः प्राणायाम की विशेष कुम्भक-प्रणाली और योग की अन्य विधियों तथा अपने संकल्प-बल से मुझे इस शरीर को दीर्घातिदीर्घ करना पड़ा था। इसी कारण समुद्र-लंघन के समय मेरा जो रूप प्रकट हुआ उस पर उसके प्रत्यक्षदर्शी वानरों, नरों, और मनुज दोनों को जो आश्चर्य हुआ सो हुआ, मुझे स्वयं भी कम आश्चर्य नहीं हुआ।

आपकी भाषा में 'करो या मरो' की स्थिति थी मेरी। वानरों—अंगद, नल-नील आदि—तथा जाम्बवान् की सम्पूर्ण आशा, विश्वास का एक मात्र केन्द्र बन

1. "ऐन ऑटोबायोग्राफी ऑफ ए योगी"—योगानन्द
2. जाग मच्छन्दर गोरख आया—डॉ० विश्वम्भर नाथ उपाध्याय
3. बन्धक आत्माएं—डॉ० भगवती शरण मिश्र

आया था मैं। उनकी अस्ति-नास्ति अब मेरे हाथ में थी। सीतान्वेषण के बिना लौटने पर सुग्रीव को उन्हें जीवित छोड़ना नहीं था अथवा निराश लौटने के बदले भोजन-पान छोड़ उन्हें स्वयं अपने प्राणों को विसर्जित कर देना था। ऐसी स्थिति में मुझे अपने सम्पूर्ण आत्मविश्वास को आहूत करने और अपनी सारी यौगिक सिद्धियों को घनीभूत कर उनके भरपूर प्रयोग के सिवा उपाय क्या था? समुद्र-लंघन को तत्पर मैंने सर्वप्रथम अपने हृदयस्थ राम को याद किया (सीता को तो अभी देखा ही नहीं था) फिर पिता पवन और गुरु सूर्य तथा देवाधिदेव सुरेन्द्र एवं सृष्टिकर्ता ब्रह्मा एवं तत्पश्चात् शेष सभी देवताओं को नमन निवेदित कर मैं शून्य में छलांग लगाने को तत्पर हो गया।[1]

हां, अद्भुत था वह दृश्य! संकल्प और प्राणायाम के आधार पर आकाश-व्यापी हो आए मेरे अतिकाय-रूप और उसके द्वारा सम्पन्न समुद्रोल्लंघन के चमत्कार का वर्णन कई कवि-लेखकों ने कई प्रकार से करने का प्रयास किया है। चूंकि, राम-कार्य के सम्पादन में लीन मुझे न तो अपने इस स्वरूप का बहुत भान रहा न उसके द्वारा सम्पादित चमत्कार को ही मैं समझ सका, अतः इस सम्बन्ध में स्वयं कुछ न कहकर, उन लोगों को ही कहने देता हूं जिन्होंने अपनी भाषा में वह सब कुछ बांधने का प्रयास किया है। अनुरोध इतना ही है कि आप इसे आत्म-श्लाधा के रूप में नहीं लें। ऐसे, मैं इन बातों को नहीं भी कहता पर जिन लोगों ने इस दृश्यांकन में इतना श्रम किया, उनका प्रयास व्यर्थ जाये यह भी मैं नहीं चाहता। भक्तों के मन को मैं कब तोड़ता हूं?

अट्ठारह

महेन्द्र पर्वत पर खड़े पवन कुमार ने पूर्वाभिमुख हो पिता पवनदेव को एक बार पुनः प्रणाम निवेदित किया और जैसे पूर्णिमा की रात में ज्वार-जगा सागर फूलने लगता है वैसे ही उनका शरीर वृद्धिशील हो, दीर्घ-काय हो आया। देखते-देखते पेट किसी गिरि-गह्वर की तरह पिचक गया और वक्ष-प्रदेश उन्नत और प्रशस्त हो आया। पूरे शरीर के रोम खड़े होकर वृक्षों की तरह लहरा आए और आंखों की पलकों और श्रवण-पार्श्वों के केश हस्त प्रमाण हो वायु ये दोलायमान हो आए। भुजाओं की मांसपेशियां तन आईं और जांघों ने फैलकर विशाल प्रस्तर-खम्भों का रूप ले लिया। अन्दर भर रहे साहस और संकल्प के फलस्वरूप लगातार ऐंठते

---

1. स सूर्याय महेन्द्राय पवनाय स्वयंभुवे।
भूतेभ्यश्चांजलि कृत्वा चकार गमने मतिम्॥ (वा. रा.)

जा रहे लांगूल। (पूंछ) को उन्होंने सिर के ऊपर फेंक किसी विजय-ध्वज की तरह लहरा दिया।

दक्षिणाभिमुख हो उन्होंने एक बार पुनः प्राण-वायु को प्राणों की सारी शक्ति के साथ अन्दर की ओर खींचा और छलांग लगाने की इच्छा से दोनों पैरों को पूरी तरह पर्वत के शिखर पर जमा दिया।

जोर पड़ते ही महेन्द्र पर्वत आपाद-मस्तक कम्पायमान हो आया, जैसे वह किसी भारी भूकम्प का शिकार हो आया हो। चट्टानें तड़-तड़ कर टूटने लगीं। वर्षों से सुप्त निर्झरों से जल झरने लगा और लुके-छिपे राशि-राशि खनिज द्रव्य—मणि-मुक्ता—बाहर आ गए।

कन्दराओं में वास लिए व्याघ्र, सिंह एवं वनों में विचरते मृग, गज एवं वनैले महिष, वृष एवं नील गाय जोर-जोर से हुंकार करते दिशाओ में भाग चले। चट्टानों की फांकों में लुके-छिपे विषधर व्याल या तो पिस गए या जो बाहर आने में समर्थ हुए वे गुस्से में भर अपने फनों से प्रस्तर-खंडों पर प्रहार करने लगे। उनके इस विष-वमन से यत्र-तत्र अग्नि प्रज्वलित हो आई।

रंग-बिरंगे पुष्पों से सजे नाना-विध वृक्ष जैसे भयंकर झंझावात की चपेट में आ दोलायमान हो उठे और राशि-राशि पुष्पों के बिछ जाने से वह पर्वत ऐसा लगने लगा, जैसे वह चट्टानों से नहीं पुष्पों से ही बना हो। कुछ तरु तो जड़-मूल से उखड़ भू-लुंठित हो आये, कुछ की डालियां और पत्ते दूर-दूर तक आसमान में उड़ने लगे। उड़ान भरने को तत्पर, अत्यन्त शक्ति-सम्पन्न मारुति के पद-संयोजन में ही पर्वत की यह दुर्दशा हो गई कि वह पाताल में धंसते-धंसते रहा।

हनुमान ने छलांग लगा देने का निश्चय किया। झुककर उन्होंने दोनों हाथों को सामने के शिला-खंड पर जमाया। पीछे और आगे से अंगों को सिकोड़ कर जैसे कमर से लगा दिया और पैरों पर जोर दे एक जोर की हुंकृति भरी और 'जय श्री राम' का उच्चारण करते हुए उन्होंने शून्य में छलांग लगा दी।

महेन्द्र पर्वत पर एक बार पुनः तूफान आ गया। शत-सहस्र वृक्ष एवं राशि-राशि शिला-खंड टूटकर अंजनी-नंदन के वेग की चपेट में आ उनके साथ ही उड़ चले और समुद्र के ऊपर कुछ देर तक उड़ते रहे। इन तरुओं, लता-गुल्मों और पाषण-खंडों के साथ आकाश में उड़ते तप्त सुवर्ण की कान्ति से सम्पन्न पवन-नंदन ऐसे लग रहे थे जैसे कोई विशाल स्वर्ण पर्वत पेड़ों, धूल-मिट्टी और प्रस्तर खंडों में वेष्टित हो आकाशचारी हो गया हो!

हनुमान की गति से सागर और आकाश के बीच बिछे मेघ-खंड चूर्ण-चूर्ण होने लगे। जोर की हवा के कारण समुद्र में जैसे तूफान की सृष्टि हो गई और हजारों हाथ ऊंची उठती लहरों ने पवनात्मज के शरीर को स्पर्श करना आरम्भ किया। आगे आने वाले द्वापर में वसुदेव के सिर पर विराजमान बाल-कृष्ण के चरण-स्पर्श को व्याकुल यमुना की लहरों में जैसे होड़ लग गई थी वैसे ही आज सागर की तरंगें गगन-चारी मारुति के स्पर्श को स्पर्धा-युक्त हो आई थीं।

सागर के खारे जल के कारण जहां एक ओर केसरी-कुमार की बड़ी-बड़ी रोमावलियां आपस में सट-सट जाती थीं वहां उस शीतल-स्पर्श से वे विगत-श्रम भी हो रहे थे। पर रोमावलियों का आपस में उलझना भी बहुत समय का नहीं होता था। उनकी द्रुत गति से सृजित भारी आंधी के कारण उनके बड़े-बड़े सुनहले रोम शीघ्र ही अलग-अलग हो जाते थे और हवा की गति के साथ फहराते वे ऐसे लगते थे जैसे कपि-श्रेष्ठ के शरीर से लगे लक्ष-लक्ष स्वर्ण-पताकायें फहरा रहे हों!

हनुमान के साथ उड़ते पाषण-खंड, पेड़, उनकी डालियां और फूल-पत्ते क्रमशः समुद्र में विसर्जित होने लगे। जो भारी थे वे पहले गिरे और जो हल्के थे वे कुछ देर बाद। शिला-खंड तो गिरते ही सागर-गर्भ में प्रविष्ट हो गए पर तरु एवं लता-गुल्म तथा फूल-फल समुद्र जल पर तैरने लगे। विभिन्न रंगों के पुष्पों से दूर-दूर तक बिछा समुद्र ऐसा लगने लगा जैसे निरभ्र आकाश में कोटि-कोटि तारे उदित हो आये हों!

समुद्र और आकाश के मध्य वायु से भी अधिक वेग से उड़ रहे वायु-पुत्र की शोभा निराली थी। ऊपर नीला आकाश और नीचे नीला जल। उनके मध्य चमकते स्वर्ण की आभा वाले पर्वत-काय हनुमान ऐसा लग रहे थे जैसे पन्ना के विशाल पर्वतों की घाटी से कोई सोने का पहाड़ उड़ा जा रहा हो। कभी-कभी जब मार्ग में बादल मिल जाते तो ऊपर उज्ज्वल बादल और नीचे से उठती राशि-राशि फनिल सफेद लहरों के बीच उड़ते वे चांदी के पर्वतों के मध्य सोने के विजय-शिखर से लगते।

कभी बादलों में प्रवेश करते और कभी उनसे बाहर निकलते पवन-पुत्र ऐसे प्रतीत होते जैसे कोई स्वर्ण निर्मित विशाल गजराज श्वेत पुष्पों से ढके विशाल वन को मथ रहा हो!

दोनों हाथों को समानान्तर फैलाए हनुमान की कुक्षियों में प्रविष्ट वायु जब बाहर निकलती तो लगता वह किन्हीं विशाल घाटियों से गुजर रही हो और इससे जो तीव्र सायं-सायं की आवाज निकलती उससे आकाश में काफी ऊपर उड़ते राज-हंस भी भयभीत हो नीचे गिरने लगते! द्रुत वेग से उड़ते कपि के कारण उनके आस-पास और बहुत नीचे-ऊपर तो गगनचारी पक्षियों का नाम ही नहीं रहा! वे या तो उनके वेग की चपेट में आ खंड-खंड हो गए या उनके उड़ने के कारण हो रही कर्ण-भेदी आवाज को बहुत दूर से ही सुन के मार्ग से अलग हो गए।

समुद्र की हालत तो सचमुच दयनीय हो आई। उसका जल तल तक आन्दोलित हो गया और चूर्ण-चूर्ण हो वह ऐसा लगने लगा जैसे जल के बदले बर्फ के चूर्ण ही बिछ गए हों! लगातार उठ-गिर रही उत्ताल तरंगों और निरन्तर मथते जा रहे अपने तल-प्रवेश के कारण सागर को ऐसा लगा जैसे उसे पुनः एक बार उस प्रसिद्ध समुद्र-मंथन का सामना करना पड़ रहा हो जो देवताओं और राक्षसों ने सम्मिलित रूप से मन्दराचल पर्वत द्वारा किया था। अन्तर इतना ही था कि वह

पर्वत उसके अन्दर प्रवेश कर भी उसे जितना पीड़ित नहीं कर सका था उससे अधिक उत्पीड़ित यह समुद्र-तलों से बहुत ऊपर उड़ता हुआ हनुमान रूपी स्वर्ण-पर्वत कर रहा था !

कभी-कभी अकस्मात् समुद्र-जल में चक्रवात की सृष्टि हो जाती और दूर-दूर तक का जल पूरी तरह ऊपर उठ जाता जिसके फलस्वरूप वहां का स्थल पूरी तरह नग्न हो आता और उस स्थान के जीव-जन्तु—मगर एवं विशाल मत्स्य तथा शंख-सीपी —तक स्पष्ट दिखाई पड़ने लगते ! कभी-कभी जब उस चक्रवात की चपेट में आये जीव भी ऊपर चढ़ जाते तो लगता कि जीव-निर्मित कई विशाल स्तम्भ ही समुद्र में जहां-तहां खड़े हो गए हों ! इस चक्कर में असंख्य समुद्री जीव-जन्तु मृत्यु को भी प्राप्त हो जाते और जिस मार्ग से केसरी कुमार गुजर जाते वहां समुद्र दूर-दूर तक सतह पर तैरते मृत जीव-जन्तुओं से भर जाता !

अति विशाल-काय होने पर भी पवनात्मज की गति पर कोई प्रभाव नहीं पड़ रहा था। वह कल्पनातीत रूप में तीव्र थी। इस गति की उपमा कहीं ढूंढ़े भी नहीं मिल सकती। एक क्षण को वे यहां दिखते थे तो दूसरे ही क्षण वहां से योजन दूर। आकाश में दूर स्थित देवताओं को उनकी इस गति से भ्रम-सा पैदा हो गया और उन्हें लगा कि समुद्र और आसमान के बीच दूर-दूर तक हनुमान ही हनुमान फैल गए हैं ! यहां हनुमान, वहां हनुमान, जहां देखो वहीं हनुमान ! जैसे एक नहीं कई हनुमान उस क्षण आकाश-संचरण को सन्नध हो गए हों। अगर पवन-नन्दन पर्वताकार नहीं होते तो अपनी द्रुत गति के कारण बहुतों के लिए दृष्टि-गम्य भी नहीं होते जैसे कि तेजी से चक्रायित कुम्भकार का चक्र दृष्टिगोचर नहीं हो पाता।

हनुमान की इस अद्‌भुत गति की उपमा केवल एक वस्तु से दी जा सकती थी और वह था स्वयं रघुवीर-बाण[1]। राम-शर, धनुष की प्रत्यंचा से कब मुक्त हुआ और कब लक्ष्य-भेद कर वह तूणीर में वापस आ गया, यह देखना-समझना जिस तरह अत्यन्त कठिन था उसी तरह समुद्र-लंघन में तत्पर वेगवान् हनुमान के वेग का अनुमान लगाना दुस्साह्य और निरर्थक था।

वेग से उड़ते हनुमान के पथ में एक चमत्कार घटा। ऊपर की ओर आकृष्ट जल के कारण एक पूरा-का-पूरा पर्वत नग्न हो आया। समुद्र-तल में अवस्थित यह था मैनाक पर्वत। अब तक निरन्तर उड़ते हनुमान को कुछ थकान का अनुभव हो रहा था। समुद्री घासों एवं सेवाल से युक्त मैनाक के मनोहर शिखर को देख

1. जिमि अमोघ रघुपति कर बाना।
एही भाँति चलेउ हनुमाना।। रा० मा०
यथा राघवनिर्मुक्तः शरः श्वसनविक्रमः
गच्छेत् तद्वद् गमिष्यामि लंकां रावणपालिताम्—वा० रा०
मोघं रामानिर्मुक्तं, महावाणमिवाखिलाः—आध्यात्म रामायण
दिव्य वाण छूट्युं चापकी, जाणे रामुं निराधार—गिरिधर रामायण (गुजराती)

उनके मन में आया कि वे एक क्षण को यहां विश्राम कर लें। पर फिर दूसरे ही क्षण उन्होंने अपना विचार बदल दिया। जिस कार्य के लिए वे प्रस्थित हुए थे उसे पूर्ण किए बिना विश्राम की बात सोची भी नहीं जा सकती थी—'राम काजु कीन्हें बिनु मोहि कहाँ बिश्राम।'

कहीं-कहीं जब पवनपुत्र के वेग से आकर्षित जल के कारण समुद्र-तल दूर-दूर तक पूरी तरह रिक्त हो जाता और जमीन साफ-साफ दिखने लगती तो कुछ कवियों के अनुसार ऐसा लगता जैसे समुद्र, हनुमान के भय से यह दिखला रहा हो कि देखिए मैंने अपने अन्दर कहीं विदेह-कुमारी जनकनन्दिनी को नहीं छिपा रखा है।[1]

थोड़ा नीचे आकर मैनाक पर्वत के शिखर को कौतुक से हाथ का हलका स्पर्श देकर पवनात्मज ने प्राणायाम से अपने अन्दर और वायु खींची। समुद्र के खारे जल से सनी उस हवा की नमकीन गंध ने उन्हें एक नई स्फूर्ति दी और वे अन्दर भर रहे वायु के प्रभाव से और ऊंचा, और ऊंचा उड़ चले। मैनाक काफी नीचे छूट गया और वे द्रुततर गति से दक्षिण की ओर अग्रसर हुए।

अभी वे कुछ दूर ही बढ़े होंगे कि लगा कोई विशाल जल-जीव समुद्र और आसमान के बीच फैलकर उनके रास्ते को रोक कर खड़ा है। अब तक उन्होंने अनेक विचित्रताएं देखी थीं। हवा के वेग के कारण सहस्र-सहस्र हाथ उन्नत लहरें देखीं, इतने ही हाथ ऊंचे जल-जीवों के स्तम्भ भी देखे। नंगे-अधनंगे पर्वत और फिर पूरे-पूरे विशाल पहाड़ मैनाक को भी देखा पर यह विकराल जल-जीव? यह कैसे इस मार्ग में आ पाया? दूर से ही उसे देख लिया था पवन-नंदन ने। समुद्र तल पर अपनी पूंछ को टिकाये और आसमान में मुंह फैलाए सर्प-जाति[2] का कोई विशेष जीव था यह जिसकी प्रजातियां अब प्रायः निःशेष हो चली थीं। उसके विकराल खुले जबड़ों को देख पवन कुमार एक क्षण को हतप्रभ हुए। लगा अगर उन्होंने अपने वेग को नियंत्रित नहीं किया तो अपनी विशाल काया के बावजूद वे पूरा-का-पूरा उसके मुंह में समा जाएंगे। पर वेग को नियंत्रित करना आसान नहीं था। दूसरा उपाय ज्यादा सरल था। उन्होंने कुम्भक से अपने शरीर को फुलाया और वह विशाल से विशालतर हो आया। पर उस विकराल सर्प अथवा सर्पिणी ने अपने जबड़ों को और फैला दिया जैसे किसी चूहिया को चपेटने के चक्कर में अधखुले मुंह पड़ा कोई व्याल सहसा किसी पुष्ट मूषक को देख अपने मुंह को पूरा खोल दे। पवन-सुत ने प्राणायाम साधा और अपने शरीर को और विस्तार दिया। उस जीव ने उससे भी अधिक अनुपात में अपना मुंह फैलाया। हनुमान एक क्षण को हतप्रभ हुए। आखिर यौगिक शक्तियों की भी कोई सीमा थी! प्राणायाम के आधार पर शरीर को कितना विशाल किया जा सकता था? जितना सम्भव था

---

1. रंगनाथ रामायण—तेलगू।
2. सुरसा नाम अहिन्ह कै माता—रा० मा०

उतना तो वे समुद्र-लंघन के लिए तत्पर होते ही कर चुके थे। राम-कृपा से और अपनी समुन्नत शक्ति के प्रयोग से, अपेक्षा से अत्यधिक ही विस्तार मिल गया था उनके वपु को। रही-सही कसर अभी उन्होंने पूरी ही कर ली थी पर इसका मुख था कि बढ़ता ही जा रहा था।

'ज्ञानिनामग्रगण्य' मारुति ने सोचा कि अब बल से नहीं बुद्धि से काम लेना चाहिए। उन्होंने रेचक का प्रयोग कर अपने शरीर को छोटा-से-छोटा किया और तीव्र गति से सर्पिणी (सुरसा) के गुफा-सदृश मुख में प्रवेश कर गए। भक्ष्य पदार्थ को अपने मुख के अन्दर पा उसने अपने दोनों जबड़ों को सटाने का प्रयास किया। इसी समय लघु रूप में उसके मुख के अन्दर प्रविष्ट हो पवन-सुत, उसके जबड़ों के सटने के पूर्व ही विद्युत गति से बाहर आ गए और उसके सिर के ऊपर से उड़ते हुए अपने मार्ग पर बढ़ चले। अन्तरिक्ष में अदृश्य खड़े देवता यह सारा दृश्य देख भयाक्रान्त एवं शंकाग्रस्त हो रहे थे किन्तु मेघों के मध्य से निकलते हुए पूर्णिमा के शशि की तरह पवन-नन्दन जैसे ही सुरसा के मुंह से बाहर निकले वैसे ही वे प्रसन्नता से नाच उठे।

ऊपर, और ऊपर उड़ते हनुमान ने अपने शरीर को तत्काल पूर्ववत् विशाल कर लिया। उनके द्रुत वेग के कारण मेघ पहले की ही तरह खंड-खंड होने लगे थे। पहले की तरह ही उनके अगल-बगल तूफान की सृष्टि हो गई थी और रोमावलियां स्वर्ण-ध्वजों की तरह हवा में उड़ चली थीं। पर समुद्र काफी नीचे छूट गया था, अतः लहरों की वह बाधा नहीं थी और वे बड़े धैर्य से आगे बढ़ते जा रहे थे। किनारा प्रायः समीप था क्योंकि लंका के उन्नत प्रासादों के स्वर्ण-शिखरों की चमक आंखों तक पहुंचने लगी थी। गंतव्य को प्रायः समीप पा पवन-सुत का मन प्रसन्नता से भर आया था और उन्होंने जोर से अपने इष्टदेव का नामोच्चारण किया था—जय श्री राम!

ठीक इसी समय अघटित घटा था। उनका विद्युत-वेग अप्रत्याशित रूप से कम हो आया था। वेग में कमी आने के साथ-साथ उन्हें लगा था उनका विशाल शरीर किसी पर-कटे पक्षी की तरह द्रुत गति से नीचे की ओर खिचता-गिरता जा रहा है। वह इस आकस्मिक विपत्ति का कोई कारण नहीं समझ पा रहे थे। घबराकर उन्होंने नीचे की ओर देखा तो लगा कोई विशाल समुद्री अजगर उन्हें अपनी श्वास के बल पर नीचे खींचे जा रहा है। उन्हें आश्चर्य हुआ कि आकाश में उतने ऊंचे उड़ते उन्हें उस विचित्र जन्तु ने देख कैसे लिया पर तभी उन्होंने पाया कि समुद्र-जल में सीधे पड़ती उनकी छाया के साथ-साथ ही वह अति दीर्घ जीव अपना मुंह फाड़े दौड़ता जा रहा है। तो इसी छाया के द्वारा उसने मेरे गगनचारी होने का अनुमान लगाया और अपनी श्वास-क्रिया से मुझे खींचना आरम्भ किया। उन्होंने एक जोर की हुंकृति लगाई और श्वास-क्रिया को साध कर ऊपर की ओर बढ़े। कुछ देर को लगा कि वे उस विचित्र जीव के आकर्षण से मुक्त हो गए, पर फिर एक जोर का झटका लगा और उनकी गति अवरुद्ध हो गई। उन्होंने अपनी

सम्पूर्ण शक्ति लगाकर अपने को नीचे जाने से रोका पर वे पूरी तरह आगे नहीं बढ़ पा रहे थे। उनकी गति आधी भी नहीं रह गई थी। और वह जीव था कि अपने विशाल मुंह को ऊपर किए समुद्र में लगातार उनकी छाया के साथ बढ़ता जा रहा था। विचित्र थी उस जीव (सिंहिका) की शक्ति, जिसने उनके पवन-से भी अधिक वेग को बाधित कर दिया था। उन्हें शीघ्रता थी। यह अवश्य था कि लंका अब आने ही वाली थी। स्वर्ण-शिखरों की चमक अब आंखों में चकाचौंध पैदा कर रही थी पर अपनी गति का इस तरह बाधित होना उन्हें बर्दाश्त नहीं था। राम-काज में क्षणार्ध का भी विलम्ब उनके लिए सह्य नहीं था। अब कुछ करना ही था इस सिंहिका के लिए, पवनात्मज ने सोचा और आगे बढ़ना छोड़ वे द्रुत गति से नीचे उतरे। सिंहिका को लगा कि उसके आकर्षण से ही आकृष्ट हो वे उसके मुख-गह्वर में पतित हो रहे हैं।

दाहिने हाथ में गदा लिए वे उसके खुले मुख में कूदे और किसी विशाल घाटी की तरह विस्तृत उसके उदर में प्रवेश कर, गदा-प्रहार से उसके पेट को फाड़ते हुए बाहर आ गए। सिंहिका का संहार कर वे पुनः गगनचारी हुए। दक्षिण दिशा की ओर विस्तृत वेग से बढ़े। अन्तरिक्ष में खड़े देवताओं ने उनके इस चातुर्य और कौशल पर प्रसन्नता व्यक्त की और कहा कि जिसमें हनुमान के सदृश धैर्य, बल, साहस तथा तीक्ष्ण बुद्धि हो, उसको अपने कार्य में कभी भी असफलता नहीं मिल सकती।

लंका अब पास आ गई थी। पवनात्मज की प्रसन्नता की सीमा नहीं थी। 'राम काज' का प्रथम चरण सफलतापूर्वक सम्पन्न हुआ था। नीचे भांति-भांति के वृक्षों से भरा त्रिकूट पर्वत पड़ा था जिसके ऊपर स्वर्णमंडित अट्टालिकाएं आस्मान में सिर उठाए खड़ी थीं।

अब इस विशाल शरीर से काम नहीं चलता था। इन कनक भूधराकार वपु के अवलोकन मात्र से ही लंका के राक्षस सतर्क हो जाते। यह विशाल काया किसी डाली-पत्ते में भी नहीं छिपाई जा सकती थी। पवन-नन्दन ने अपने इष्टदेव को याद किया, रेचक से प्राण-वायु की एक बड़ी मात्रा बाहर फेंकी और अपने सामान्य आकार में आ त्रिकूट के शिखर पर कूद पड़े।

उन्नीस

नगर-प्रवेश के लिए मुझे रात्रि की कालिमा की प्रतीक्षा थी। दिन के प्रकाश में ही प्रवेश करता तो कोई राक्षस मेरा कुछ अनिष्ट करता, श्री राम की कृपा से ऐसा संभव नहीं था। किन्तु व्यर्थ में समय बर्बाद होता ही। एक-एक राक्षस-भट

को काल के हवाले करते-करते लंका में स्थित लक्ष-लक्ष दैत्यों से निबटने में कुछ काल तो लग ही जाता। वैदेही दर्शन में अल्प विलम्ब भी अब उचित नहीं था। मेरा दायित्व तो मैथिली का साक्षात्कार कर उनका कुशल-क्षेम प्राप्त करना था। उस क्रम में अगर कोई सुभट मेरे मार्ग की बाधा बनता तो उससे तो निपट लेना आवश्यक ही होता पर उसके पूर्व, व्यर्थ के प्रपंच में पड़ बहुमूल्य समय को बर्बाद करना कहां उचित था?

अंधकार के गहराते ही मैंने लघिमा प्रयोग द्वारा अपने आकार को यथासाध्य छोटा किया। सुवेल शिखर पर उतरते ही मेरा वह आकाशव्यापी आकार तो विलुप्त हो गया था और मैं अपने सामान्य स्वरूप में स्थित हो आया था किन्तु राक्षसों को आशंका-ग्रस्त करने के लिए यह आकार भी पर्याप्त था। कपि-रूप तो यों ही उनकी उत्सुकता का कारण बनता क्योंकि उनकी मांस-भक्षी प्रकृति के कारण लंका में वानर तो वानर एक गिलहरी तक भी मिल जाती तो बड़ी बात थी। अपनी जाति-प्रजाति को छोड़ शेष सभी लघु-दीर्घ जीवों को वे कभी का उदरस्थ कर चुके थे। मैं अपना स्वरूप बदल भी सकता था और वानर के अलावा कोई और रूप भी ग्रहण कर सकता था किन्तु इससे क्या अन्तर पड़ता? उन्हें यही देखकर आश्चर्य होता कि अब तक इस राक्षस-नगरी में कोई राक्षसेतर जीव कैसे जीवित है। एक ही रूप था जिसे ग्रहण कर मैं उनके मध्य खप सकता था पर जिसे मैं किसी स्थिति में ग्रहण नहीं कर सकता था। वह था राक्षस रूप। चाहे अल्प समय के लिए ही सही मैं सहज अपावन राक्षस स्वरूप में आऊं, यह संभव ही नहीं था। अगर मैं चाहता भी तो मेरा संकल्प व्यर्थ सिद्ध होता, काम-रूप होने के बाद भी राक्षस-तन धारण करने में प्रकृति-प्राप्त मेरी शक्ति मेरा साथ नहीं देती। ऐसी स्थिति में अपने वानरी रूप को ही यथा-संभव लघु बना लेने के अलावा कोई अन्य विकल्प नहीं था। तुलसी ने तो लिख दिया कि इस अवसर पर मैंने 'मशक' के सदृश रूप ग्रहण कर लिया था—मसक समान रूप कपि धरी। यह तो उन्होंने आलंकारिक भाषा में लिखा पर हां, मेरा रूप इतना लघु अवश्य हो आया था कि नन्हा-नन्हा नवजात कपि-शावक भी उससे लघुतर नहीं होता। इतने छोटे रूप में, छुपते-छिपते लंका की हर वीथी और मार्ग, राजमार्ग से निपट लेना कोई कठिन नहीं होता। मूषक से भी क्षीण इस तन को धर महल के कोने-कोने तक में प्रवेश कर जाना असंभव नहीं था। मैं मूषक रूप भी धारण कर सकता था और तब गोस्वामी की उपमा आलंकारिक नहीं होकर वास्तविक ही हो जाती पर मेरी कठिनाई यह थी कि मुझे श्री राम प्रदत्त अंगूठी को भी तो सुरक्षित रखना था। ऐसी स्थिति में कम-से-कम ऐसा स्वरूप तो ग्रहण करना ही था जिसके कर में नहीं तो मुंह में वह अंगुलीयक आ सके।

आपको लग रहा होगा कि मैं आपका कुछ ज्यादा ही समय अपने इस स्वरूप निरूपण में ले रहा हूं। यह तो है पर यह यों ही नहीं है। आगे आने वाली एक घटना ही ऐसी है कि मुझे अपने स्वरूप-विवरण को इतना विस्तार देना पड़ा। अब उस

पर आ ही जाता हूं।

मैं निश्चिन्त था कि मेरे इस स्वरूप में कोई राक्षस या राक्षसी मुझे नहीं देख पायेंगे। राक्षसों की दृष्टि ऐसे भी ऐसी होती है कि अति लघु रूप उनके दृष्टि-पथ में आ ही नहीं पाता। यह प्रकृति की विशेष व्यवस्था है वर्ना दीवारों की छिपकलियां और मक्खी-मच्छर तक इनके भक्ष्य हो जाते।

हुआ भी यही। लंका-द्वार के बाहर घूमते-टहलते अनेक राक्षस-भट मुझे देखकर भी नहीं देख पाए। उनके पांवों के बीच ही छुपता-छिपता मैं नगर-द्वार तक आ गया पर उन्हें मेरे क्षुद्र अस्तित्व का भान तक नहीं हो सका। इससे मेरा मन बढ़ा और मैं निःशंक नगर-द्वार के अन्दर उपस्थित हुआ। द्वार के पार्श्व में स्थित अति भयानक राक्षसों ने मेरी ओर दृष्टि भी नहीं फेरी। पर मैं थोड़ा ही अन्दर गया होऊंगा कि पकड़ में आ गया।

"कौन? रुक जाना।" उस कर्कश स्वर ने मेरे पैरों में बेड़ियां डाल दीं। स्वरूप मैंने अभी देखा नहीं था। अदृश्य रहकर ही पुकार लगाई थी किसी ने। पर यह स्त्री-स्वर था, जो काम पुरुष राक्षस नहीं कर सके, उसे एक राक्षसी ने कर दिया। मैं इस स्वर की उपेक्षा कर आगे बढ़ने को हुआ कि वह प्रकट हो गई और मेरे सामने खड़ी होकर बोली—"कौन हो तुम?"

"और तुम कौन हो?" मैंने पहले उसका परिचय जानना आवश्यक समझा। परिचय-प्राप्ति के पश्चात् ही यह तय होता कि उससे किस रूप में निपटा जाए।

"मैं लंका की अधिष्ठात्री देवी लंकिनी हूं।"

"हूं!" मैंने कहा और मन-ही-मन सोचा—देवी है तभी तो पकड़ सकी वर्ना राक्षसों की आंखों में धूल झोंककर तो आ ही गया था मैं।

"इस राक्षस-नगरी में देवी का क्या काम?" मैंने कुछ व्यंग्य से पूछा।

"राक्षस-नगरी की बात नहीं। हर ग्राम-नगर की एक अधिष्ठात्री देवी होती ही है। उसका काम होता है, उस नगर-ग्राम की रक्षा।" देवी ने कहा।

"राक्षसों की देवी तो तामसी-प्रवृत्ति की ही होगी? देव-गुण तो उसके विलुप्त ही हो जाते होंगे?"

"अब जैसा समझो। जैसा अन्न वैसा मन। जैसा राग-भोग अर्जित होता है मुझे वैसा स्वभाव तो होगा ही मेरा। जो मुझे संतुष्ट करते हैं उनकी रक्षा करना तो मेरा धर्म बनता ही है।" देवी अभी तक मेरा मार्ग अवरुद्ध किए खड़ी थी।

"तो अब जाने दें मुझे। आप देवी हैं, अतः मैं आपको नमस्कार भी निवेदित करता किन्तु राक्षसों से प्राप्त कुभक्ष्य भोजन के कारण आपके संस्कार का तमोगुण मेरे प्रति कोई अनुकूल प्रतिक्रिया सृष्ट करेगा आपके अन्दर, ऐसी आशा नहीं है।"

"चोरों का नमस्कार मैं लेती भी नहीं।" देवी ने भृकुटियों पर बल देते हुए कहा।

"कौन चोर है?" मैंने अपने लघु रूप के बावजूद ऊंचे स्वर में पूछा।

"तुम, और कौन? रात्रि के अन्धकार में रूप बदल कर, लुक-छुप कर नगर-

प्रवेश एक चोर के सिवा और कौन कर सकता है ?" लंकिनी ने क्रोधाग्नि युक्त हो कर कहा। मुझे उसकी इस धृष्टता पर हंसी आई। बुरे संग और बुरे अन्न के प्रभाव से देव-कोटि के लोगों का भी विवेक नष्ट हो सकता है, यह मैं प्रत्यक्ष देख रहा था।

"मैं तुम्हें चोर लगता हूं ?"

"लगना क्या है ? चोर तो तुम हो ही।"

"और वह क्या है ?"

"कौन ?"

"जिसकी लंका की रक्षा में तुम तत्पर हो।"

"रावण ?"

"रावण नहीं चोर। महाचोर। इतने बड़े चोर की तो तुम चिरौरी कर रही हो और मैंने कुछ भी नहीं चुराया, उसे तुम चोर कह रही हो।" मैं भी अब क्रोध के वश हो चला था।

"रावण चोर है ? वह तो शिव-भक्त, महा याजिक, वेदज्ञ ब्राह्मण है। वह चोर कैसे है ?" देवी ने आश्चर्य से पूछा।

"यही तो बात है। दीपक तले का अंधेरा दीपक को कहां दिखाई पड़ता है ? रावण से बड़ा चोर कौन होगा ? जो किसी का मान, किसी की इज्जत, किसी का स्वाभिमान चुरा ले, उससे बड़ा भी कोई चोर होता है ? पर-स्त्री को[1] जो निर्जन स्थान से श्वान की तरह हर ले, उसे चोर नहीं तो और क्या कहेंगे ?"

मेरी बात सुनकर लंकिनी कुछ देर तक मूक बनी रही। फिर कुछ सोचकर बोली—"बात तो तुम ठीक कह रहे हो।"

"ठीक तो कह ही रहा हूं। चोरों के सिरमौर की तो रक्षा में तुम तत्पर हो और मुझ क्षुद्र जीव को चोर कहकर द्वार पर ही रोक रही हो।"

"तुम क्षुद्र हो ? किसी और को बताना। मैं तुम्हारे असली स्वरूप को पूरी तरह जानती हूं। मैं अन्तर्दृष्टि-शून्य लंका के सामान्य राक्षस-राक्षसियों की तरह नहीं हूं। ऐसा होता तो मेरी यहां आवश्यकता ही क्या थी ? महाद्वार की रक्षा के लिए तो ये अनगिनत सुभट थे ही जिनकी आंखों में धूल झोंक कर तुम यहां तक आ गए। अब रावण राक्षस हो या चोर अथवा घोर से घोर पातकी, जब मैं यहां की अधिष्ठात्री हूं तो मुझे उसकी और उसके नगर की रक्षा करनी ही पड़ेगी। तुम लौट जाओ वर्ना बहुत महंगा पड़ेगा यह गुप्त अभियान।"

"गुप्त कुछ नहीं है।" मेरा क्रोध अब जागृत होने लगा था, "तुम मुझे मार्ग दो, नहीं मुझे उसे बलात् लेना पड़ेगा। तुम अपने को देवी कहती हो इसीलिए मैंने अब तक तुम्हारे समक्ष इतना समय नष्ट किया वर्ना बाधाओं की ही परवा करे तो रामदूत क्या ?"

---

1. रे त्रिय चोर कुमारग गामी—रा० मा०

"तुम जानते हो कि तुम मेरा कुछ नहीं बिगाड़ सकते।"

"क्योंकि देव-देवियां अमर होती हैं ?"

"तुम जानते ही हो।"

"तुम मर नहीं सकती। इतना ही तो ?"

"हां।"

"नहीं मर सकती। पर राह तो दे ही सकती हो। लो।" मैंने कहा और तत्क्षण अपने विशालकाय से उसे एक मुष्टि जड़ दी। मुष्टि-प्रहार वह झेल नहीं पाई और संज्ञा-शून्य-सी होती मुख से रक्त वमन करने लगी। मैं मार्ग को निर्बाध पा पुनः लघु रूप में आ आगे बढ़ने को हुआ कि संज्ञा लाभ कर वह पुनः मेरे सामने आ गई और मेरे पैरों पर पड़ गई।

"अब क्या बात है ? दूसरे प्रहार की अपेक्षा है क्या ?" मैं अपने पैरों को छुड़ा कर बढ़ने को हुआ।

"नहीं, नहीं।" उसने स्वर में दैन्य भरकर कहा, "मैं तुम्हारे भले के लिए ही कुछ कह रही हूं।"

"राक्षस-नगरी की रक्षिका चोरों के भले की बात कब से कहने लगी ?" मैंने व्यंग्य किया। समय द्रुत गति से व्यतीत हो रहा था। इधर दुष्टग्रह की तरह यह देवी मेरे मार्ग में आ गई थी। ठीक ही था कि वह मर नहीं सकती थी, अतः इससे निबटना कुछ कठिन हो रहा था। शुक्र था कि मैं प्रवेश-द्वार के पर्याप्त अन्दर आ गया था और इधर रक्षकों का अभाव था वर्ना वे देख लेते तो बात बिगड़ कर ही रहती।

"हां, तुम्हारे भले की बात तो कह ही रही हूं। शुभ शकुन की।" वह मेरे समक्ष खड़ी होती हुई बोली।

"मार्ग में लंकिनी का दिखाई पड़ना शुभ शकुन माना जाएगा ? इस तरह समय बर्बाद होता रहा तो मैं कृतकार्य्य होने से रहा।"

"वही तो मैं कहने वाली थी। तुम सफल-काम होगे। मैं बताती हूं। जब रावण ने ब्रह्मा से यह वरदान प्राप्त किया कि वह नर-वानर के सिवा किसी और से नहीं मरे तो चतुरानन ने मुझे एक भेद की बात बतलाई। उन्होंने कहा कि ऐसा तो होगा नहीं कि रावण मरे ही नहीं। वह मरेगा। उसके सहायक, सारे असुर भी विनष्ट होंगे।

"मैंने पूछा, प्रभु कैसे ज्ञात होगा कि राक्षसों का विनाश समीप आ गया ताकि मैं भी मुक्ति की सांस ले पाऊं ? आपने मुझे राक्षसों की नगरी की अधिष्ठात्री बना ही दी तो जब तक वे रहेंगे तब तक तो मुझे भी उस पाप-नगरी की रक्षा में लगे ही रहना पड़ेगा ?

"जब किसी वानर के प्रहार से तुम विकल हो जाओ तो समझना राक्षसों के दिन गिने-चुने ही रह गए हैं। ब्रह्मा ने कहा था।

"तो हुआ न यह शुभ शकुन। ज्ञात हो गया न कि दैत्य अब बहुत दिनों के

मेहमान नहीं ?" उसने आगे कहा ।

"तुम कहती हो तो बात सत्य ही होगी।"

"सत्य तो है ही । असुरों की रक्षा में हूं तो क्या हुआ ? हूं तो देवी ही ? तुम्हारे मुष्टि-प्रहार से तो मेरी आंखें खुल गईं। पता नहीं कितने युगों से इस पाप-पुरी में पड़ी हूं। आज जाकर किसी सज्जन, किसी राम-भक्त से भेंट हुई। मेरा भाग्योदय ही हुआ आज, मेरे समस्त पुण्यों का उदय। सत्संग, ऐसे थोड़े सुलभ होता है ?"

"सो तो नहीं होता," मैंने हामी भरी, "आगे कलि में एक महान् कवि होगा—गोस्वामी तुलसीदास। वह तुम्हारे मुख से सत्संग के सम्बन्ध में ऐसी उक्ति कहलाएगा जो साहित्य की अमर निधि बन जाएगी—एक सर्वमान्य सूक्ति। वह उक्ति-सूक्ति शत-सहस्र बार शत-सहस्र लोगों के कंठों से शत-सहस्र वर्षों तक उच्चरित होती रहेगी। उस अमर वाणी के माध्यम से तुम भी अमर हो जाओगी।"

"यह तो आपने मुझे एक महान् वरदान ही दे दिया। राम-भक्त के दर्शन का तो कुछ-न-कुछ फल होना ही था। क्या मैं उस उक्ति को सुनने की अधिकारिणी हूं ?" लंकिनी ने हाथ बांध कर कहा।

"हां, क्यों नहीं ? आखिर तुलसी को तो उसे तुम्हारे मुंह में ही डालना है! वह लिखेगा—

तात स्वर्ग अपबर्ग सुख,
धरिअ तुला एक अंग।
तूल न ताहि सकल मिलि
जो सुख लव सतसंग ।।

—स्वर्ग और मोक्ष से सम्बन्धित सब सुखों को तराजू की एक ओर रखा जाये और दूसरी ओर सत्संग-जनित सुख को रखा जाये तो पहले सारे सुख मिलकर भी सत्संग-सुख के बराबर नहीं हो पाएंगे।"

"वाह ! वाह !!" लंकिनी ने ताली बजाई, "आपने मुझे ऐसे अनुपम वरदान से अनुगृहीत किया तो देवी होने के नाते मैं भी आपको आशीर्वाद देती हूं। आप भगवान् राम के श्री चरणों को हृदयस्थ कर नगर-प्रवेश कीजिए आपके सारे कार्य पूर्ण होंगे।"

लंकिनी ने यह कहा और मेरा मन किया मैं उसके चरणों पर बिछ जाऊं। उसने श्री चरणों को हृदय में रख नगर-प्रवेश की बात कही थी। श्री चरणों के प्रभाव से सुफल-काम होने की बात भी की उसने। वह तो सचमुच देवी थी। मैंने उस पर मुष्टि-प्रहार कर कितना घोर अपराध किया था। एक क्षण को मुझे अपने कृत्य पर पश्चाताप होने को आया यद्यपि मैं किये का कभी पश्चाताप नहीं करता। ऐसा कुछ करता ही नहीं जिसके कारण पश्चाताप की स्थिति उत्पन्न हो। खैर अब तो अपराध बन गया था। पर जैसा उस देवी ने बताया, इसे तो घटना ही था।

यह पूर्व नियोजित था। ब्रह्मा का दिया वचन व्यर्थ कैसे होता? इस शुभ शकुन को समक्ष आना ही था। इसमें भी मेरा हित ही निहित था। कम-से-कम यह आत्म विश्वास तो मेरे अन्दर जगा कि दैत्यों का पराभव सन्निकट है। रावण अजेय नहीं। उसके विनाश में अब विलम्ब नहीं।

लंकिनी मुझ राम-दूत के समक्ष बद्धांजलि खड़ी थी। आंखें अश्रपूर्ण थीं—पीड़ा से नहीं, प्रसन्नता से, राम-भक्त के दर्शन-जनित आह्लाद और आनन्द से। मैंने मन-ही-मन उसे अपना प्रणाम निवेदित किया और हृदयस्थ श्री राम का ध्यान कर आगे बढ़ गया।

स्वरूप मेरा पुनः लघुतम हो आया था। किसी भी निशाचर के दृष्टि-पथ में मैं आ नहीं सकता था। मार्ग मेरा निष्कंटक, पथ मेरा प्रशस्त था। श्री राम का ध्यान जो कर चुका था। कितना उपकार किया था उस लंकिनी ने! लुक-छिप कर नगर-प्रवेश के चक्कर में, राक्षसों की दृष्टि से बच निकलने की व्यग्रता में ध्यान तो मेरा राम-रूप से हट ही गया था। अगर हटा नहीं रहता तो इस लंकिनी की पकड़ में मैं आता भी कैसे? खैर, इसने मुझे मेरी भूल की ओर इंगित कर दिया। तुलसी ने आगे चलकर इस भूल-सुधार को यह अमर अभिव्यक्ति दी--

प्रबिसि नगर कीजे सब काजा।
हृदयं राखि कोसलपुर राजा॥

बीस

कभी-कभी अकरणीय करने को भी बाध्य होना पड़ता है। अवांछनीय को भी वांछनीय की श्रेणी में रखना पड़ता है। बड़ी विवशता की स्थिति होती है यह, पर अनेक बार मन-मस्तिष्क के विरुद्ध आचरण को विवश होना ही पड़ता है। इसका अनुभव आपको भी होगा ही पर मैं तो बुरी तरह फंसा उस दिन।

आज भी उस घटना का स्मरण कर जुगुप्सा से मन भर आता है। चाहता नहीं उसका स्मरण करना—उसे फिर से जीना। पर आज जब अपनी आत्मकथा सुनाने ही बैठा हूं तो कहना ही पड़ेगा उसे भी जिसे मैं सोचना तक नहीं चाहता।

आपको ज्ञात ही है कि अन्धकार की कालिमा का सहारा ले मैं पहुंचा था लंका में। उसी समय मुझे सीता का अन्वेषण करना था। ऐसे, मैं रात्रि में कहीं छिपकर बैठ जाता और दिन में जानकी की खोज कर सकता था पर राक्षसों की उस नगरी में दिन में अन्वेषण बहुत आसान नहीं होता। अतः विवश होकर रात्रि में ही मुझे अपना अभियान चलाना पड़ा।

किसी प्रकार मैं रावण के महल में प्रवेश पा गया था। उसके अन्तःपुर तक जा पहुंचा था मैं। इसके लिए मुझे देर रात तक प्रतीक्षा करनी पड़ी। राक्षसों का एक दूसरा नाम ही है निशाचर – निशायां-चरती इति निशाचरः – जो रात्रि में चले-जगे वह निशाचर है। राक्षस गहराती रात तक जागते रहते हैं। रास-रंग में लिप्त रहते हैं। जब रात पूरी तरह ढली तब उनकी गतिविधियां शान्त हो सकीं और तभी मैं अन्तः पुर में प्रविष्ट हो सका।

रावण अब तक सो चुका था। पर विचित्र थी वहां की स्थिति। भिन्न-भिन्न उम्र की युवतियों, किशोरियों, कुमारियों से भरा था उसका शयन-कक्ष। नारी-जाति को ही माता मानने का कायल हूं मैं। यह मेरा दुर्भाग्य था कि मुझे इस वैश्यालय-से दिखते शयनागार में पहुंचना पड़ा था। इन नारियों में कौन किस स्थिति में थी कैसे बताऊं? वह शब्दावली मेरे पास कहां है।' मात्र एक झलक ही दे सकता हूं मैं बहुत प्रयास के बावजूद।

कोई अर्द्ध-नग्न थी तो किसी के वस्त्राभरण का कुछ अता-पता नहीं था। कोई रावण का सिर सहलाते-सहलाते सो गई थी तो कोई उसके पैरों में पड़ी थी। कोई वाद्य-यंत्र—सितार, मृदंग आदि—को ही आलिंगनबद्ध कर सोई थी तो कोई भूमि पर यों ही औंधी पड़ी थी। अनेक रावण के विशाल पर्यंक पर यत्र-तत्र लुढ़की बेसुध सोई थी तो अनेक द्वारों को ही अवरुद्ध-सी करती निद्रामग्न थीं। अत्यन्त लघु-रूप होने के कारण ही मैं अन्दर प्रवेश पा सका था और विवशता में एक किनारे खड़ा यह सब अवलोकित कर रहा था।

स्पष्ट ही सभी युवतियां मदिरा के नशे में धुत्त थीं। अधिकांश के मुंह खुले पड़े थे और सुषुप्तावस्था में वे जोर-जोर से सांसें ले रही थीं। इसके फलस्वरूप पूरे वातावरण में मद की गंध रची-बसी थी और मेरे लिए एक क्षण को भी वहां ठहरना कठिन था। मुझे हंसी आ रही थी—प्रायश्चित हो रहा होगा किसी पूर्व जन्म कृत पाप का। वर्ना क्यों निकलता मैं इस अभियान पर और आ धंसता रावण के इस शयनागार में जहां सब कुछ मेरे स्वभाव-संस्कार के विपरीत ही था?

नहीं, केवल राक्षस-सुन्दरियां नहीं थीं वहां। उन अनगिनत नारियों के विभिन्न रंग-रूपों को देखकर ही मुझे यह पूर्व-सुनी बात सत्य लगी कि देव, दानव, मनुष्य सभी के यहां से हरी गईं रूपसियों की भीड़ थी उसके अन्तःपुर में। रूप-पारखी नहीं हैं मेरी आंखें। उनमें तो बस सीताराम का युगल रूप ही बसता है अब, उस समय तक श्री राम की छवि ही समाई हुई थी उनमें। अतः संभव नहीं है इन विभिन्न शारीरिक गठन वाली और विभिन्न नाक-नक्स वाली उन अनिंद्य सुन्दरियों का वर्णन जो यत्र-तत्र उस विशाल शयनागार में बिखरी पड़ी थीं। न संभव है उस पीड़ा का वर्णन जो उन्हें देखने से मुझे प्राप्त हुई और जिसे अभिव्यक्त करने का असफल प्रयास इन पंक्तियों में मैं करता रहा हूं।

नहीं थीं सीता इनमें—यह बात शीघ्र ही मेरी समझ में आ गई। यद्यपि सीता को मैंने देखा नहीं था, फिर भी सीता यहां आई भी रहती तो अपने प्राण

दे देतीं पर इनके मध्य वह न होतीं। कम-से-क़म इतने आश्वस्त रूप से वह निद्रामग्न तो न होतीं रावण के इस केली-गृह में। तो नहीं लाया रावण सीता को अपने अन्तःपुर में अथवा नहीं ला सका वह उन्हें यहां तक अपने प्रयासों के बावजूद, मैंने सोचा और शयनागार से बाहर आ गया।

मैंने महल के अन्य कमरों में भी ताक-झांक की। शायद कहीं बन्दी बनाकर रख छोड़ा हो पर कहीं नहीं मिली वैदेही। अवश्य ही नहीं थीं वह उस विशाल महल में कहीं भी अन्यथा कुछ अनुमान तो लग ही जाता मुझे उनकी उपस्थिति का।

महल के हर कोनों में झांक जब मैं बाहर आया तो रात बीतने पर थी और मेरा मन था कि अन्धकार से भर आया था। अन्धकार निराशा का जितना नहीं था उतना था उस विवशता का जिसके कारण मुझे अकरणीय करना पड़ा था, अदर्शनीय देखना पड़ा था। मैं हनुमान, जो बाल-ब्रह्मचारी होने का दम्भ भर रहा था, जो नारियों की छाया से भी दूर रहता था, वह साधारण नारियों ही नहीं मद-मस्त कामिनियों के दर्शन लाभ कर आ रहा था। कामिनियां भी कैसी? अस्त-व्यस्त, नग्न, अर्द्धनग्न।

कैसे हो गया मेरा यह अधः पतन? मेरा मन बार-बार यही सोचने लगा था। कोई भी घटना तो आकस्मिक होती नहीं। पूर्वनियोजित है सब कुछ। और नियोजन भी कौन करता है सिवा राम के? तो श्री राम ने जान-बूझकर मुझे इस नरक के दर्शन कराये? मुझे पतन के गर्त में डाला? क्या अपराध बना था मुझसे उनका? हे राम!

अपने को कोसता मैं लंका की गलियों में किंकर्त्तव्यविमूढ़ डोल रहा था। समझ भी नहीं पा रहा था कि क्या करना है? सीता को ढूंढ़ना है तो कहां ढूंढ़ना है। ऊपर से अदर्शनीय दर्शन से मन भी तनाव-पूर्ण था।

रात्रि का चतुर्थ-चरण व्यतीत हो रहा था। पूर्वी क्षितिज पर लाली स्पष्ट हो आई थी। मैं लंका की गलियों में हताश भटक रहा था कि कहीं से श्री राम नाम की ध्वनि आई। यहां कौन राम नाम जपता है? मुझे आश्चर्य हुआ। मैं जानता था, राम अयोध्या-सुत का ही नाम नहीं वह परात्पर ब्रह्म का भी सम्बोधन है। दशरथ-नन्दन के पूर्व भी राम शब्द था और लोग उसे जपते थे पर राक्षस-संस्कृति से पूर्णतया प्रभावित रावण-पालित लंका में कोई राम नाम ले, वह सोचने की भी बात नहीं थी। पर किसी पास के घर से ही आ रही थी आवाज। मैं उस दिशा की ओर बढ़ा तो दंग रह गया। जिस घर के अन्दर से राम नाम का स्वर फूट रहा था उसका स्वरूप भी बड़ा आकर्षक था। अगल-बगल के स्वर्ण-महलों से ठीक विपरीत वह, एक पर्णकुटी की तरह बना था और उसकी बाहरी दीवारों पर शंख, चक्र आदि के चिह्न अंकित थे! मेरा अब तक का अवसाद-ग्रस्त मन प्रफुल्ल हो आया और मैंने बिना किसी संकोच अथवा भय के द्वार खटखटा दिया। अपनी योग-सिद्धि के द्वारा मैं ब्राह्मण-वेश में आ गया। सिर पर बड़ी-सी शिखा, माथे में

त्रिपुंड, शरीर पर स्वच्छ पवित्र वस्त्र ।

द्वार खटखटाते देर नहीं हुई कि भव्य व्यक्तित्व के धनी एक साधु-पुरुष ने किवाड़ खोले । लंका में साधु-पुरुष ? आश्चर्य ! मेरी इसी भावना को आगे चलकर गोस्वामी ने बड़ी अच्छी अभिव्यक्ति दी थी—'लंका निसिचर निकर निवासा । इहां कहां सज्जन कर बासा ।।'

मेरे ब्राह्मण-स्वरूप को देखकर विभीषण ने हाथ जोड़ दिये । हां, विभीषण ही नाम था उनका । साधु-पुरुषों में यह चलन है कि परिचय देते समय वे अपना और कभी-कभी अपने पिता का नाम भी बतलाते हैं ।

"आप इस नगर में ? इस वेष में ?" मैंने अपना परिचय देने के बाद पूछा ।

"जाता भी कहां ? रावण का भाई हूं तो रावण की नगरी में रहना ही है पर स्थिति वही है जो बत्तीस दांतों के बीच जीभ की होती है—सुनहु पवनसुत रहनि हमारी । जिमि दसनन्हि महुं जीभ बिचारी ।।"

विभीषण मुझे अन्दर ले गए थे । अन्दर का वातावरण भी दिव्य था । पूरा घर पूजा-स्थान ही लग रहा था । घर नहीं मंदिर कहने का ही मन होता था उसे । जहां मैं एक उच्चासन पर बैठाया गया, वहां चारों तरफ दीवारों पर देवी-देवताओं के ही चित्र बने हुए थे । मुझे आश्चर्य हुआ कि जिस रावण के यहां अधिकांश देवता बन्दी बने पड़े हैं उसका भाई देव-पूजक हो ! खैर अभी अन्य बातों के लिए समय था । अतः, मैं सीधे मूल बात पर आया—"आप जानते ही हैं मैं क्यों यहां तक आया हूं ।"

"वैदेही-अन्वेषण में । ज्ञात ही है, वह पापात्मा माता सीता को हर लाया है," विभीषण ने कहा, "पर आप इस तरह खिन्न क्यों हैं ? जिस कार्य हेतु आये हैं वह तो सम्पन्न होगा ही, तब यह चेहरे पर अंकित पीड़ा कैसी ?"

मैंने एक दीर्घ निश्वास के साथ कहा—"यह तो मैं जानता ही हूं कि आप मिल गए तो मेरा काम भी हो गया । साधु-पुरुष के दर्शन व्यर्थ नहीं जाते । पर मेरी खिन्नता का कारण कुछ और है । यह तो आपको देखकर मैं कुछ सामान्य हो पाया हूं वर्ना पश्चाताप की अग्नि में मैं बुरी तरह दग्ध हो रहा था ।"

"क्या बात है ?" विभीषण ने सहानुभूति-पूर्वक पूछा तो मैंने रावण-महल में अदर्शनीय दर्शन की बात बता दी । कहते समय पुनः मेरा जी कैसा-कैसा हो आया ।

"पता नहीं इस कृत्य के कारण मैं किस नर्क का भागी बनूं । यह तो वैदेही-अन्वेषण की विवशता थी बर्ना मैं क्यों जाता···।" मैंने पश्चाताप के मध्य ही जोड़ा ।

"रुकिए हनुमान जी," विभीषण ने मुझे बीच ही में रोका, "लगता है आप अशोचनीय को सोच रहे हैं । अचिन्त्य की चिन्ता कर रहे हैं ।"

"कैसे ? मैंने तो अपनी आंखों से यह सब देखा । पाप तो बना ही ।"

"नहीं बना पाप ।"

"कैसे ?" मैंने साश्चर्य पूछा ।

"आप तो स्वयं विद्वान् हैं। आपके वार्तालाप से ही लगता है कि आप वेद-वेदांग-पारंगत हैं। आपके पश्चाताप से ही लगता है कि आपने देखकर भी उस दृश्य को नहीं देखा। आपकी रुचि उस दृश्य में नहीं रही। आपका मन उसके साथ नहीं रहा। है कि नहीं यह बात ?"

"कैसे कहूं ?" मैंने शंका व्यक्त की। चेहरे पर पश्चाताप का भाव अब भी स्पष्ट था।

"मैं कहता हूं," विभीषण ने आरम्भ किया, "उन कामिनियों को देखकर काम का भाव आप में जगा ? आपके अन्दर···।"

"छि: छि:, आप यह क्या कह रहे हैं ?" मैंने घबराकर बीच ही में टोका, "आप मेरी साधना को भ्रष्ट···।"

"रुकिए हनुमान जी," विभीषण ने फिर आरम्भ किया, "आपकी साधना न तो मैं भ्रष्ट कर रहा हूं न उन अनिंद्य सुंदरियों ने ही उसे भ्रष्ट किया। जब आपके अन्दर उनके नग्न स्वरूपों ने भी किसी वासना की सृष्टि की ही नहीं तो स्पष्ट है कि उस दृश्य के दर्शन में आपके मन साथ का नहीं था। आपने उसे देखकर भी नहीं देखा। यह तो आपके इष्ट-देव द्वारा आपकी परीक्षा थी। इस परीक्षा में आप सफल हुए। यह आप ही के सदृश साधक-सिद्ध के बूते की बात थी। हनुमान जी, आप यह क्यों नहीं समझते कि उस दृश्य में आपकी रुचि रहती तो अभी आप पश्चाताप की अग्नि मे जलने के बदले उसी दृश्य का चर्वण करते रहते, उसी का चिंतन कर पुलकित होते रहते। नहीं ?"

"शायद आप ठीक कह रहे हैं। मैं तो चिंतित था कि मेरे आराध्य ने जान-बूझकर मुझे इस आग में डाला क्यों ?"

"आपकी अग्नि-परीक्षा के लिए।"

"अब बात आई समझ में। परीक्षा ही थी यह शायद मेरी और जैसा आप कहते हैं इस परीक्षा में मैं असफल नहीं हुआ। ठीक ही है जब मन ही साथ नहीं रहा मेरा उस बीभत्स दृश्य के अवलोकन के साथ तो मैंने उसे देखा या नहीं देखा दोनों समान है।" मैं यह कहकर आश्वस्त हुआ था और वालमीकि ने आगे चलकर अपनी भाषा में मेरे इस भाव को यों अभिव्यक्ति दी थी—

कामं दृष्टा मया सर्वा
विश्वस्ता रावणस्त्रिय:
न त मे मनसा किंचिद्।
वैकृत्यमुपपद्यते।

निस्संदेह रावण की स्त्रियां उस समय मेरे द्वारा (सीतान्वेषण के क्रम में) अच्छी तरह देखी गईं पर मेरे मन में इस दर्शन से थोड़ा भी विकार नहीं हुआ। (अत:, पाप लगने का प्रश्न ही नहीं है।)

इक्कीस

प्रातः समीर ने मन-प्राणों में एक अद्भुत पुलक भर दी। वृक्षों पर चहचहाते पक्षियों ने, प्राची के क्षितिज पर पूरी तरह उभर आये सूर्य-बिम्ब के साथ-साथ, जैसे मेरा भी हार्दिक स्वागत किया था। शाखाओं पर डुर-डुर डोलते रंग-बिरंगे फूलों ने आंखों को बांध-बांध लिया था और उन पर गुनगुनाती द्विरेफ-पंक्तियां वातावरण में एक मादक संगीत पूर रही थीं। मेरा मन जो, क्षण-पूर्व अवसाद की गहरी वादियों में भटक रहा था, यहां आते ही सहसा उत्फुल्ल और चिन्तामुक्त हो आया था। ताप-संताप और पश्चाताप-भाव पूर्णतया निःशेष हो गए थे तथा रात की त्रासदि मैं पूरी तरह विस्मृत कर गया था।

यह था लंकेश का अशोक-उद्यान। अशोक वाटिका की संज्ञा दी है इसे अधिकांश रामायणकारों ने। विभीषण जी ने बताया था मुझे इसका पता और यह भी कि इसी में कैद हैं सीता अम्बा। पौ फटते-फटते ही मैं इस उपवन में उपस्थित हो गया था। सीतान्वेषण का कार्य अब समाप्त हो गया था। इस वृहत् उद्यान के उस अशोक-कुंज को मैंने देख लिया था। जिसके अन्दर बने एक धवल स्फटिक-महल में बंद थीं माता वैदेही।

मैंने स्थान देख लिया था पर इस समय वहां जाना उचित नहीं था। रात के अंधकार में ही अशोक-कुंज में प्रवेश उचित था वर्ना बनी-बनाई बात के बिगड़ जाने की पूर्ण संभावना थी।

मैंने दिन-भर के समय का उपयोग उद्यान-अवलोकन में करना चाहा। वानर होने के कारण वनों-उपवनों से मेरा अच्छा परिचय था, पर कहना पड़ेगा कि ऐसा सुन्दर उद्यान मैंने धरती पर और कहीं नहीं देखा था। निश्चय ही नन्दन-वन इससे आकर्षक नहीं होगा।

लघु-रूप में ही इस पेड़ से उस पेड़ पर कूदता-फांदता मैं इस उद्यान की शोभा देखने लगा। यों मेरे वानर-स्वरूप को इस कार्य में बहुत सतर्क रहने की आवश्यकता नहीं थी क्योंकि वन-उपवन तो वानरों के आवास ही हैं, पर जैसा कि पहले बताया था, राक्षसों की क्षुधा ने तो एक भी इतर प्राणी को वहां जीवित छोड़ा ही नहीं था, अतः एक छोटा वानर भी अशोक-वाटिका में संदेह का कारण बन ही सकता था।

केवल वृक्षों और लता-गुल्मों के कारण ही वह उपवन आकर्षक नहीं था। छोटे-बड़े अनेक जलाशयों और कृत्रिम फव्वारों के कारण भी उसकी शोभा में वृद्धि हो रही थी। जलाशयों के कलरव करते कल-हंस, बक, एवं अन्य जल-पक्षी अपने सौंदर्य के साथ-साथ मधुर स्वर से भी पूरे उपवन को उन्मादक बना रहे थे। कृत्रिम फव्वारों के जल को चंचुओं में भर-भर जल-क्रीड़ा में रत पक्षी जैसे जगह-जगह उत्सव-मग्न हो रहे थे।

क्यारी-बद्ध, विभिन्न प्रकार के सुगन्धित पुष्पों के पौधों के मध्य विचरण का

एक अलग सुख था। इस उपवन में सब कुछ करीने से था, सब कुछ सजा-सजाया, व्यवस्थित। फूल थे तो एक तरफ, वृक्ष थे तो एक ओर, लता-गुल्म का अलग क्षेत्र। पर वृहत् स्थान घेर रखा था अशोक-वृक्षों ने जिनका उल्लेख मैं आरम्भ में कर चुका हूं। इन वृक्षों की ऊंचाई आकाश छूने को आतुर थी ? उनकी सघनता ऐसी कि रवि-रश्मियों में होड़ लग जाए कि उनकी शाखाओं-प्रशाखाओं और पत्रों में सर्वप्रथम कौन प्रवेश करे।

दिन भर मैं इधर-उधर डोलता रहा किन्तु संध्या होते ही अशोक-वृक्षों के इस भाग में आ गया। मैं एक सर्वाधिक घने अशोक के पेड़ के पत्तों में छिप चारों ओर की गतिविधियों पर दृष्टि रखने लगा। रात्रि घिर आई थी और मणि-दीपों के प्रकाश से सारा इलाका जगमग कर रहा था।

इसी वृक्ष से, मैंने थोड़ी दूर पर बने उस स्फटिक-सुन्दर महल को देखा जिसका उल्लेख मैंने पहले किया है। इस महल के दरवाजे पर मैंने कुछ चहल-पहल देखी। कुछ राक्षसनियां उधर आ-जा रही थीं। मुख्य दरवाजे के बाहर नग्न खड्ग लिए दो-चार राक्षसियां पहरे पर भी बैठी थीं।

सीता को वहीं होना चाहिए, मैंने सोचा। विभीषण ने कहा ही था कि अशोक-कुंज में ही कैद हैं जानकी अम्बा। यहां से वहां का सब कुछ दिखाई नहीं पड़ रहा था। मैंने वहां जाने का निश्चय किया और पेड़ों के ऊपर से ही छिपते-छिपाते उस महल के प्रांगण में उगे एक घने अशोक-वृक्ष के ऊपर जा पहुंचा। मैंने इतनी सावधानी से यह सब किया कि एक पत्ता तक भी मुश्किल से खड़क पाया।

उस पेड़ के ऊपर से मैंने जो कुछ देखा उस पर सहसा विश्वास नहीं हुआ। मेरी खुशी का ठिकाना नहीं रहा। नीचे सीता बैठी थीं—अशोक वृक्ष की जड़ में बनी एक वेदी पर। हां, सीता अम्बा के सिवा वह कोई और हो ही नहीं सकती थी। इस राक्षस-नगरी में जहां सब खाने-पीने, आनन्द मनाने में व्यस्त थे, इस तरह शोक-मग्न, एक अपहृता बन्दिनी के अलावा और कौन हो सकता था ? रात्रि के घिरते ही जहां राक्षस-सुन्दरियां सुरा की मस्ती में मस्त हो अठखेलियां और केली-क्रीड़ाओं में रत हो जाती हैं, एक-वेणी युक्ता, नत-सिरा यह मलिन-मुखी, दुर्भाग्य-दग्धा जनक-सुता के अतिरिक्त और कौन हो सकती थी ? और सिर के चारों ओर से निस्सरित यह प्रभा-मंडल ? राक्षसियों अथवा नाग-कन्याओं या सामान्य मानवियों के प्रभा-मंडल कहां होते हैं ? अवश्य ही शोकमग्ना होने के बावजूद प्रभा-सम्पन्ना यह देवी, सीता के अलावा कोई और नहीं है, मेरे मन ने निश्चय किया और अपने निश्चय की सम्पुष्टि के लिए मैं आतुर हो गया।

"सीते ! शोक छोड़ो।" लो संपुष्ट ही हो गया मेरा निर्णय। तीन जटाओं वाली उस सौम्य-सी दीखती राक्षसी ने सम्बोधित किया है जानकी अम्बा को। मेरा मन हुआ तत्काल पैरों में बिछ जाऊं उनके। जिनके लिए इतना श्रम किया था, शत योजन विस्तृत सागर को पार किया था, रावण के महल में अदर्शनीय देखा

था और देख-देख कर झख मार रहा था, वह सीता सामने उपस्थित थी। जिसकी शोकाग्नि में श्री राम दग्ध होते जा रहे थे, जिसका पता पशु-पक्षियों और पेड़-पौधों से पूछते नहीं थकते थे, जिसके अन्वेषण में सुग्रीव-सेना—वानर-भट्ट—सभी दिशाओं में भटक रहे थे, वह सीता सामने थी। देर मेरे लिए असह्य हो रही थी। मैं उनके चरणों पर पड़ श्री राम का सम्वाद देने को आकुल हो रहा था।

मैंने नीचे की ओर ध्यान से देखा। अभी स्थिति अनुकूल नहीं थी। भयानक राक्षसियों ने सीता को घेर रखा था। वे शायद पहरे पर थीं पर पहरे से अधिक उनका कार्य सीता को भीत रखना था। उन्हें मानसिक रूप से त्रस्त करना था ताकि वे घबराकर रावण के जाल में फंस जाएं।

ये राक्षसियां भी विचित्र थीं। इनके शरीर के आकार-प्रकार उनके अंगों-उपांगों की बनावट देखकर मुझे तो हंसी आ रही थी पर अन्य लोगों के लिए वे निश्चय ही भय का कारण थीं। मैं अगर इनका वर्णन करने बैठूं तो उतना अच्छा नहीं कर सकता जितना महर्षि वाल्मीकि ने अपने संस्कृत श्लोकों में किया है। मैं आपको उसके रसास्वादन का लाभ देना चाहता हूं, अतः महर्षि के वर्णन को यथावत् आपके सामने रख रहा हूं। महर्षि की विशेषता यह है कि वे एक-एक अंग को ही लेकर उन कराला राक्षसियों का वर्णन बड़ी आलंकारिक भाषा में करते हैं, उदाहरण के लिए मुख को लिया तो भिन्न-भिन्न आकार-प्रकार के विचित्र मुखोवाली राक्षसियों का वर्णन कर दिया, कान को लिया तो कानों के रंग-रूप, आकार-प्रकार के आधार पर ही उनका विभाजन प्रस्तुत कर दिया। लीजिए आप स्वयं देखिए, मैं लाख चाहकर भी स्वयं देखे स्वरूपों का भी ऐसा वर्णन नहीं कर सकता था—

किसी के माथे में केश उगे ही नहीं थे तो किसी के केश उड़ जाने से वह खल्वाट हो गई थी और किसी के केश इतने बड़े थे कि वह केशों के कम्बल से ही ढकी लगती थी—'ध्वस्तकेशीं तथाकेशीं, केशकम्बल धारिणीम्।'

किसी के केवल एक आंख थी तो किसी को केवल एक कान था। किसी-किसी के कान इतने बड़े थे कि वे उन्हें चादर के सदृश ओढ़े हुए थीं। किसी के कान ही नहीं थे और किसी के कान खूंटों के समान सिर के दोनों ओर गड़े हुए थे। किसी-किसी की नाक मस्तक के बीचोबीच थी और वे वहीं से सांस लेती थीं—

एकाक्षीमेककर्णां च कर्णप्रावरणां तथा।
अकर्णां शंखकर्णां च मस्तकोच्छ्वासनासिकाम्॥

महर्षि जब समग्र शरीर को लेते हैं तब भी उनका वर्णन खूब बन आता है। कोई नाटी है तो कोई लम्बी, कोई कुबड़ी है तो कोई टेढ़ी-मेढ़ी, कोई वामना तो कोई विकराला, कोई टेढ़े मुंह वाली तो कोई विकट मुंह वाली। कोई काली तो कोई पीली, कोई क्रोध-प्रिया तो कोई कलह-प्रिया...।

ह्रस्वां दीर्घां च कुब्जां विकटां वामनां तथा।
करालां भुग्नवक्त्रां च पिंगाक्षीं विकृताननाम्॥

विकृताः पिंगलाः कालीः क्रोधनाः कलहप्रियाः ।
.... ।।

किसी का मुख सूअर के समान था तो किसी का मृग के समान, किसी का सिंह की तरह तो किसी का भैंस की तरह। किसी का बकरी की तरह तो किसी का स्यारिन की तरह।

वराहमृगशार्दूलमहिषाजशिवामुखाः ।
गजोष्ट्रह्यणादाश्च निखताशिरसोऽपराः ।।

किसी के पैर हाथी के समान थे तो किसी के गौओं की तरह, किसी के पैर बड़े-बड़े थे तो किसी के पैर मात्र केशों के बने हुए—

हस्तिपादा महापादा गोपादाः पादचूलिकाः ।

राक्षसियों के इन विकृत रूपों को देखकर जब बड़े-बड़े शूरवीर डर जाते तो सीता पर क्या बीत सकता था उसका अनुमान आप आसानी से लगा सकते हैं। किन्तु उनके मुख पर भय-जनित विकृति का सर्वथा अभाव था। वे श्रान्त-क्लान्त अवश्य थीं पर भयभीत हों, ऐसा नहीं लगता था। शांत भाव से 'नमित मुख' बैठी सीता धैर्य और साहस की प्रतिमूर्ति ही प्रतीत हो रही थीं। मुझे इस पर आश्चर्य हुआ, घोर आश्चर्य हुआ। एक निरीह सुकोमल नारी जो ऐसी दुर्दान्त राक्षसियों से परदेश में घिरी हो, भयरहित कैसे हो सकती है? मैंने सती सीता के मुख को पुनः गौर से देखा—वह ऐसा लगा, जैसे कृष्ण मेघों से घिर आया चन्द्रबिम्ब। बस इतना ही। ऐसा नहीं कि वह राहु-ग्रस्त चांद हो, अथवा वह, अब डूबा कि तब ऐसे पश्चिम-क्षितिज के अवसान-ग्रस्त चन्द्र की तरह भीत और विवर्ण हो।

मैंने ध्यान से सोचा तो सब कुछ स्पष्ट हो गया। सीता के अन्दर भय भरने का कोई कारण नहीं था। उसके अन्दर निश्चय ही श्री राम बसे हुए थे। निरन्तर उन्हीं का ध्यान, उन्हीं का मनन, उन्हीं के नामों का चिन्तन चल रहा था। ऐसी स्थिति में भय कैसे रह पाता वहां? अन्धकार और प्रकाश दोनों का सहअस्तित्व संभव ही नहीं है—भय और भगवान दोनों साथ नहीं बसते।

सीता तो भयभीत नहीं थीं किन्तु मैं क्षणार्थ को भयभीत हो आया। एक राक्षसी जो बाहर पहरे पर थी, दौड़ी आई और सूचित किया—"चराचर जयी त्रैलोक्य-पति लंकेश रावण की सवारी आ रही है!!!"

'रावण आ रहा है? क्यों? इस रात्रि में?' मेरा भय स्वयं को लेकर नहीं, जानकी के संबंध में था। क्या वह उन्हें कत्ल कर देगा? तब तो मेरा सारा श्रम ही व्यर्थ चला जाएगा। नहीं कत्ल करेगा, तो क्यों आ रहा है यहां? वह सर्व-समर्थ रावण आवश्यकता होने पर सीता को स्वयं महल में बुला सकता था। कोई संवाद देना हो तो शत-सहस्त्र सेवक-दास-दासी भरे पड़े थे। उसके स्वयं आने का कोई कारण स्पष्ट नहीं हो पा रहा था।

भय, जैसा कि कहा क्षणार्ध से अधिक नहीं ठहरा। शीघ्र ही मैंने राम के

प्रताप का स्मरण किया और किसी भी परिस्थिति का सामना करने के लिए प्रस्तुत हो गया। मन में राम आये तो भय किधर रहता ? मैंने सोच लिया, अगर रावण ने सीता को समाप्त करने की बात सोची तो लंका-समर नहीं होगा, रावण अभी और इसी क्षण मेरे हाथों मारा जाएगा। जैसे अरुणिमा सूर्य के उदित होने से पूर्व ही अन्धकार को निःशेष कर देती है, उसी तरह रावण राम का मुख भी नहीं देख पाएगा। राम-दूत के हाथों ही इसे काल-कवलित होना पड़ेगा। इस संकल्प के उदित होते ही मेरा आकार दीर्घ होने लगा। मैं घबराया अगर अभी मैं 'कनक-भूधराकार' हो आया तो बना-बनाया काम बिगड़ जाएगा। अभी मुझे छिपकर ही रहना था। जैसी स्थिति होगी वैसा आचरण अपेक्षित होगा किन्तु अभी स्वयं को अप्रकटित रखने में ही लाभ था। वस्तुस्थिति का सही ज्ञान प्राप्त किये बिना जो शीघ्रता में कोई आचरण करता है उसे पश्चाताप के सिवा और कुछ हाथ नहीं लगता।

मेरे सोचते-सोचते रावण समीप आ गया। निश्चय ही वह असंख्य सेवक-सेविकाओं के साथ था क्योंकि जोरों की आवाज आ रही थी। इस झुंड में औरतें अधिक होंगी। यहां तक पहुंचती आवाज में नुपुर, चूड़ियों और कंगनादि का सम्मिलित स्वर प्रधानता से घुला-मिला था। पत्तों में ढके रहने के कारण मैं सब कुछ देख नहीं पा रहा था। न अधिक उछल-कूद कर मैं एक अप्रत्याशित स्थिति में पड़ना चाहता था किन्तु स्पष्ट था कि वह पैदल ही आ रहा था क्योंकि रथ के चक्रों और अश्वों के खुरों की आवाज का कहीं पता नहीं था। निश्चय ही रथ उसने उद्यान-द्वार पर ही छोड़ दिया था। यह शायद सीता के प्रति अतिरिक्त मान का द्योतक था। अब स्पष्ट हो गया, वह यहां किसी कूटनीतिक भावना से प्रेरित होकर आ रहा था—साम-दाम से सीता को वश में करने के प्रयास में। कोई और उद्देश्य नहीं था उसका अन्यथा वह रथारूढ़ होता—विरथ नहीं आता अशोक-वन में।

बाईस

रावण पहुंचा द्वार पर और सीता नख-शिख कांप गईं—सूखे अश्वत्थ-पत्र की तरह। मुझे आश्चर्य हुआ। विरूपा, दारुण-रूप, कराला राक्षसियों से घिरी बैठीं जब वह एक क्षण को भी विचलित नहीं हो सकी थीं तो इस रावण को देखकर वे भीत हरिणी की तरह कंपित क्यों होने लगीं ? माना रावण भयानक था पर उसने तो फिर भी अपनी भयानकता को छिपाने का बहुत प्रयास किया था। आभूषण एवं अंग-राग आदि के द्वारा अपने कुरूप तन को सुन्दर बनाने के प्रयास के बाद

ही निकला था वह अशोक-वन को। आते-ही-आते उसने कोई उपद्रव भी नहीं खड़ा किया था। पर्याप्त सौम्य दीख रहा था वह अब तक। तो क्यों डर गई वैदेही उसे देखकर ?

दूसरे ही क्षण मैंने सोचा कि सीता का भय स्वाभाविक था। वे उसके अभि-प्राय से परिचित थीं। राक्षसियां चाहे जितनी भयंकर हों उनका लक्ष्य मात्र डराने के और कुछ नहीं था। और जब डरो नहीं तो डर अपने में कुछ नहीं है, शून्य है। जैसे श्मशान-साधना के समय दिखा सिंह मात्र भयकारक होता है, वह कर कुछ नहीं सकता। आप भयभीत होकर अपने प्राण छोड़ दें तो और बात हुई वर्ना डटे रहिए तो उस सिंह और कागज़ के शेर में कोई अन्तर नहीं।

तो रावण का अभिप्राय कुत्सित था और यह सीता को ज्ञात था। पर नहीं, यही उनके भय का कारण नहीं था। भय का असल कारण मेरी समझ में आ रहा था। रावण वस्तुत: वैसे मछुआरे की तरह था जो मछली को जल से अलग करने किनारे पर आ पहुंचता है। उस जाल-युक्त आखेटक को देखकर तो मछली को आशंकाग्रस्त होना ही है—वह तो उसे अपनी प्रियतम वस्तु से वियोग कराने हेतु उपस्थित हुआ है। रावण सीता को राम से पृथक् कराने के उपक्रम में उपस्थित हुआ था और यही उनके भय का मूल कारण था। एक बार पंचवटी में वह उन्हें श्रीराम से पृथक् कर चुका है। उस श्री राम से जिनसे पृथक् होने के भय से ही उन्होंने वनवास का दु:ख स्वत: अंगीकार किया था। पर वह पृथक् होना तो एक तरह से अस्थायी था किन्तु अब वह जिस प्रयास में लगा है, वह उस अस्थायी अलगाव को स्थायी करने से संबंधित है। वह उन्हें अपने महल में डालना चाहता है—अपने शयनागार में। वह उनके सतीत्व का विनाश करना चाहता है। सीता का भय स्वाभाविक है।

सीता के भय का कारण पर्याप्त नहीं होना चाहिए, मेरा मन तर्क करने लगा। रावण, सीता से थोड़ी दूर पर काष्ठवत्-पाषाणवत् खड़ा हो गया था—निष्चेष्ट, निष्कंप। निश्चय ही वह उनके अपरूप रूप के प्रभाव में आ उसके पान में निरत हो गया था। ऐसा ही था जगदम्बा का रूप—सृष्टि के संपूर्ण सौन्दर्य की मूर्तिमान विग्रह थीं वैदेही। इस रूप ने अगर रावण को अपने प्राणों की कीमत पर भी उन्हें हरने को बाध्य किया था तो इसमें आश्चर्य की बात नहीं थी। मैं एक क्षण को सुन्दरता की प्रतिमूर्ति नत-मस्तका भूमिजा की ओर देखता और दूसरे क्षण जड़ बन आए रावण की ओर। अवश्य ही धनुष-यज्ञ के काल ही गड़ आई होंगी वैदेही रावण के मन में और उसी समय उसने प्रण किया होगा—'नहीं ले जा सका मैं तुम्हें धनुष तोड़कर किन्तु एक दिन बलात् अथवा हरण कर ही अपनी बनाकर छोड़ूंगा तुम्हें !'

रावण के नि:स्पन्द रहने से मुझे सोचने का अवसर मिल गया था, अत: मैं सोचे जा रहा था—अपनी तो नहीं बना सका था राक्षसेन्द्र जगदम्बा को और न अब उसकी वह मनोकामना पूर्ण ही होगी किन्तु सीता के मन में भय भरने में वह

अब भी सफल हो गया था। सीता अभी तक सामान्य नहीं हो पाई थीं। हलकी बयार में मन्द-मन्द डोलते पीपल के पत्ते की तरह वे अब भी आपाद-मस्तक कांप रही थीं।

सीता का यह भय भी स्वाभाविक नहीं है। क्या हो सकता था इस भय का कारण, मैंने सोचा। शायद अब तक मेरे द्वारा सोचे कारण उचित नहीं थे। सही था कि अपने सतीत्व पर संभावित खतरे से वह आशंकित और भीत थीं पर कारण कुछ और भी होना चाहिए। तभी मेरा ध्यान रावण के शरीर से फूटते प्रकाश की ओर गया। मणि-दीपों की किरणों के तन पर पड़ने से एक स्पष्ट पीत आभा उसके चतुर्दिक फैल रही थी। यह आभा थी उसके स्वर्णाभूषणों की। नीचे से ऊपर तक सोने से आवृत्त था रावण। तो यह स्वर्ण था जो सीता अम्बा के भय का कारण बन रहा था। सतीत्व-विनाश का उन्हें किधर से भय रहता? मन में श्री राम थे तो एक क्या सौ रावण भी सीता के सतीत्व का कुछ नहीं बिगाड़ सकते थे पर जहां यह स्वर्ण था पता नहीं वहां क्या...।

स्वर्ण से सीता अम्बा का भय स्वाभाविक था, मुझे इस स्थिति में भी हंसी आने-आने को हुई। खतरनाक है यह कंचन। इसी ने तो एक बार इनके विवेक को मन्द किया था। स्वर्ण पर आ गया था सीता का मन—स्वर्ण-मृग पर—और अकल्पनीय घट गया था। सीता को अवश्य लग रहा होगा कि स्वर्ण का वह लालच ही था जिसने सोने की नगरी की ही वन्दिनी बना दिया उन्हें। श्री राम ने अच्छा दंड दिया उन्हें—सोने का मृग चाहिए, लो सोने की पूरी लंका ही दे देता हूं तुम्हें। पता नहीं यह स्वर्ण अब कौन-सी आपत्ति ढा दे? नहीं, उनके सतीत्व का कुछ नहीं बिगाड़ सकता वह पर पता नहीं श्री राम का ही कुछ बिगाड़ बैठे। भारी अपशकुन है इसका दर्शन। सीता अम्बा घबरा रही थीं और हंसी थी कि बराबर मेरे होंठों पर खेलना चाहती थी। अम्बा का ध्यान श्री राम से हटकर सोने पर चला गया था—सोने का आतंक उन पर हावी था, इसीलिए वे भयभीत थीं। श्री राम मन में रहते तो भय किधर से रहता? पर स्वर्ण ने निष्कासित कर दिया था श्री राम को सीता के मन से। भय स्वाभाविक था।

खूब है यह सोना! यह सामने होता है, भगवान पीछे हो जाते हैं। स्वर्ण और श्री राम में कभी मेल नहीं रहा। यहां भी वही हो रहा था। कारण पृथक् थे। सामान्यतः सोने का लालच भगवान से पृथक् करता है, यहां सोने का आतंक वैसा कर रहा था। सीता के मन में स्वर्ण के प्रति आसक्ति नहीं थी; बल्कि विरक्ति थी, पूर्ण विरक्ति। इस विरक्ति-जनित प्रतिक्रिया में ही वह हावी हो गया था उनके मन पर—भगवान को वहां से पूर्णतया अपदस्थ कर।

मैं चिन्तित था। जगदम्बा की पीड़ा से मुझे पीड़ा हो रही थी। पीड़ा का कारण वह स्वयं थीं। स्वर्ण के भय को मन से निकालकर एक क्षण को भी श्री राम को वहां प्रतिष्ठित कर पातीं तो उनकी पीड़ा तत्काल निःशेष हो जाती।

"राम क्या है? मनुष्य। मैं मनुष्यों, देवताओं...।" रावण के मुख से निकला

और सीता का भय समाप्त हो गया। उसके द्वारा 'राम' उच्चारण होते-न-होते श्री राम का स्मरण, ध्यान हो आया वैदेही को। स्वर्ण का आतंक समाप्त हो गया, श्री राम आ बसे अन्तर में। अब कहां का भय? अब कैसा कम्पन? सीता प्रकृतिस्थ हो आईं, मैं निश्चिन्त हो गया। अब देखना है आगे क्या होता है? किसी भी स्थिति से निबटने के लिए मैं स्वयं को सन्नध कर चुका था।

"मैं मनुष्यों, देवताओं, यक्ष-किन्नर-गंधर्वों का अधिपति तुम्हारे समक्ष खड़ा हूं और तुम मुझ पर एक उपेक्षा-पूर्ण दृष्टि भी नहीं डाल रही।" रावण ने अपना वाक्य पूरा किया था। सीता ने समीप पड़ा एक तृण उठा लिया था—इतना ही उठाया था कि वह उनकी नत आंखों की ऊंचाई तक आ जाए। मैंने ऊपर बैठे भी इसे स्पष्ट देखा था। देखा था रावण ने भी और उसके चेहरे पर एक अज्ञान-मिश्रित आश्चर्य उभरा था। मैं भी एक क्षण को नहीं समझ पाया था इसका अर्थ। क्या कहना चाहती थी सती सीता इस अद्‌भुत इंगित के माध्यम से। 'तृणवत् जानामि त्वां - तुम्हें तृण की तरह, तृण से अधिक कुछ नहीं जानती हूं।' शायद यही कहना लक्ष्य था उनका। अथवा—'तृणवत् मन्येऽहम् त्वां रामसमीपे—राम को समीप तुम्हें तृण सदृश ही समझती हूं।' क्या कहना, क्या स्पष्ट कहना चाहती थीं वह? पर दूसरे ही क्षण बोल पड़ी थीं वह और तब लगा था उनका लक्ष्य जितना रावण को उसकी शक्ति-सामर्थ्य से अवगत करा देना था उतना ही उसके और अपने मध्य एक अन्तर एक पर्दा स्थापित कर लेना था। गोस्वामी ने इसीलिए अपने समय में कहा था —'तृन धरि ओट कहति बैदेही।'

"तुम्हारा यह प्रयास व्यर्थ है दशग्रीव," सती सीता का स्पष्ट स्वर फूटा था जिसमें कोई कम्पन नही था, न भय का कोई चिह्न ही लक्षित था उनके नत-मुख पर, "स्यार, सिंहों की पत्नियों की ओर दृष्टि नहीं उठाया करते। उठाते हैं तो उसका परिणाम भी भोगने को प्रस्तुत रहते हैं।"

यह खनखनाता, राम-बाण-सा ही उग्र वाक्य पर्याप्त था दशानन को हत-दर्प करने के लिए। अपने अपार प्रभाव और ऐश्वर्य का विज्ञापन-सा करता हुआ ही वह दास-दासियों, रानियों, पटरानियों से घिरा बहुमूल्य वस्त्राभूषण से अलंकृत हो सीता का मन जीतने पहुंचा था और यहां सामना हुआ उसका तो एक घोर उपेक्षा और फिर एक विषदग्ध-बाण सदृश इस मर्मभेदी वाक्य से।

"किसे स्यार कह रही हो तुम? त्रिभुवनपति, विश्वजयी रावण को?" कृत्रिम प्रेम तो गया तत्काल फिसल और स्वर पर चढ़ आया क्रोध। अहंकार-नाग के फण पर ही सीधी चोट पड़ी तो पलटकर दंश करने को आतुर हो आया दशशीश।

"हां उसी को। होगा वह त्रिभुवनजयी पर एक सूने आंगन से एक सती-साध्वी को उठा लाने वाला स्यार से अधिक नहीं है मेरी दृष्टि में। एक चोर, एक लंपट से अधिक कुछ नहीं। साधु-वेश में छल करने वाला कोई राक्षस ही हो सकता है। लाख वह देव-गंधर्वों द्वारा पूजित-प्रशंसित समझता हो स्वयं को।"

चोट मर्म पर लगी थी। रावण तिलमिला गया। प्रणय अथवा प्रेम के प्रतिदान की आकांक्षा दिवास्वप्न हो गई थी। जहां इतनी घृणा हो, ऐसी वितृष्णा, वहां प्रेम ढूंढ़ने का प्रयास मूर्खता थी। रावण समझ गया था और घोर मेघ-गर्जन के स्वर में बोल पड़ा था। मैं जिन पत्रों में छिपा था, वे भी डोल गए थे। एक क्षण को मुझे लगा, कहीं मैं उसके दृष्टि-पथ में नहीं आ जाऊं, पत्तों के हट जाने से। पर उसका ध्यान और कहीं नहीं था—

"जिह्वा को नियंत्रण दो जनक-तनया ! विश्व विश्रुत कर्मकांडी, वेदपाठी पौलस्त्य रावण को चोर और लंपट कहने का साहस कैसे हुआ तुम्हें ?" रावण की त्योरियां चढ़ गई थीं। आंखें अंगार हो आई थीं। जैसे कोई जुआरी हारा हुआ दाव खेलता हो वैसे ही सीता की ओर से निराश हो वह अकरणीय करने पर उतारू लगता था।

"साहस यह मेरा नहीं है। श्री राम का सहारा ही साहस बन आया है मेरा। जब तक तुम्हें श्री राम-शर का सामना नहीं हुआ है तभी तक तुम बड़ी-बड़ी बातें बोल रहे हो। अफसोस है कि तुमने यह पता करने का प्रयास ही नहीं किया कि श्री राम-शर जिसे लक्ष्य बना ले वह पानी मांगने को भी बचता नहीं, वर्ना अपने एकाध सेनानायकों—त्रिशिरा और खरदूषण आदि—से ही तुम प्राप्त कर लेते श्री राम-शर का परिचय तो इतना बढ़-चढ़कर नहीं बोलते आज। किन्तु हालत यही रही तो वे जहां पहुंचे हैं वहीं तुम्हें पहुंचने में बहुत समय नहीं लगने को।" सीता अम्बा ने तृण-ओट से भी कहा था।

"मैं तुम्हारा सिर अभी उतार लेता हूं धड़ से। बड़ी लम्बी हो रही है तुम्हारी जिह्वा।" कमर से तलवार खींचते हुए बोला दशानन।

"स्त्री-हत्या का पाप नहीं लो अपने सिर। अब तक के पाप ही बहुत कम नहीं हैं।" पट्टमहिषी मन्दोदरी ने जो साथ ही आयी थी, पैर पकड़ लिए पति के।

"तुम कहती हो तो छोड़ देता हूं इसके प्राण।" रावण ने पैर पटकते हुए कहा। सीता एकदम चुप। मुझे उनकी गम्भीरता ने प्रभावित किया। जो कहना था वे कह चुकी थीं। उस राक्षस को अब अधिक मुंह लगाना उचित नहीं था। उनका चेहरा पूर्व की तरह ही निःशंक और निर्भीक था।

"कह दो इसे, दो माह के अन्तर्गत मेरे अनुकूल नहीं हुई तो इसे जीवित नहीं छोड़ा जाएगा।" दशशीश ने सीता को घेरकर खड़ी राक्षसियों को सम्बोधित किया था।

सीता शान्त। जैसे इस धमकी को सुनकर भी नहीं सुना हो उन्होंने। मैं आश्चर्यचकित था उनके इस भाव पर। उन्हें तो अभी तक यह भी पता नहीं था कि श्री राम का कोई दूत भी यहां तक पहुंच कर उनका पता पा सका है। फिर कैसे शान्त और आश्वस्त थीं वे ? निश्चय ही यह निश्चिन्तता विश्वास-जनित थी। श्री राम पर पूर्ण भरोसा था उन्हें—उनके अध्यवसाय, उनकी सामर्थ्य पर। उन्हें लगा था दो माह में तो कुछ-का-कुछ हो ही जाएगा—दो माह में श्री राम

जीवित छोड़ेंगे क्या इस असुर को ?

राक्षसियों को आवश्यक निदेश दे रावण अपने दल-बल के साथ वापस लौट गया। मैंने चैन की सांस ली—चलो प्रथम मुलाकात में ही उलझने की नौबत नहीं आई। पहले वैदेही से मिलकर श्री राम का संवाद सुना दूं उसके पश्चात् ही दशशीश से साक्षात्कार हो तो अच्छा।

तेईस

"लंका अनाथ की तरह धू-धू कर जल रही है। आग की लपटें आसमान छूने को आतुर हैं और लोग-बाग शरण की तलाश में ऐसे भाग रहे हैं। जैसे दावाग्नि-ग्रस्त वन के जीव भागते हैं। रावण का सिर मुंडित है और उसका शरीर तैल-सना गर्दभ पर सवार वह दक्षिण दिशा की ओर जा रहा है। एक वानर है। इस उत्पात की जड़ में⋯।" वानर की बात सुनकर मैं विशेष रूप में चौंका। त्रिजटा थी यह जो वैदेही को अपना स्वप्न सुना रही थी। रावण के आदेशोपरान्त वहां एकत्रित राक्षसियों ने सीता को संत्रास देना आरम्भ किया था। उन्हें भयभीत करना चाहती थीं वे तरह-तरह से। कोई अपनी लम्बी जीभ उनके सामने निकालती तो कोई हाथी के कान की तरह अपने कान उनके समक्ष झुलाती। कोई अपने शूलनुमा नाखूनों को चुभोने की धमकी देती तो कोई खड्ग निकालकर उससे प्रहार करने का नाटक करती। भयभीत हो वैदेही इस सबसे, यह बात नहीं थी पर उनकी शान्ति तो अवश्य भंग हो रही थी। रात्रि व्यतीत होती जा रही थी और इन राक्षसियों के उपद्रव के कारण सीता को आराम करना भी कठिन हो रहा था। राक्षसियों के उपद्रव के असह्य हो आने पर त्रिजटा ने अपना स्वप्न आरम्भ किया था।

"⋯उस वानर की पूंछ में आग लगी है और वह धूमकेतु की तरह लम्बी अपनी पूंछ को घुमा-घुमाकर पूरी स्वर्णपुरी की होली जला रहा है। विचित्र है यह बन्दर ! इतना बड़ा बन्दर भी होता है, यह सोच भी नहीं सकती।"

"बड़ा भयानक स्वप्न है !" राक्षसियों में से एक ने कहा था। अब उन सबों ने सीता को धमकाने का कार्य बन्द कर दिया था और सभी स्वप्न की बात ध्यान से सुनने में लग गई थीं।

"भयानक तो है ही और प्रातःकाल देखा है मैंने उसे, अतः यह सच भी होगा शीघ्र ही। सती-साध्वी को कष्ट देने के दुष्परिणाम के रूप में ही घटेगा यह सब। तुम सब मुंह मोड़ो इस कुकृत्य से। भोगने को छोड़ दो रावण को अपने दुष्कर्मों का फल।"

"हां, चलो हम चलें।" सबों ने प्रायः साथ ही कहा और यत्र-तत्र जाकर सो गईं। मैं उस पेड़ की ऊंचाई से अवलोकित कर सकता था—सब थोड़ी ही देर में मुर्दों-सी पड़ गई थीं —निश्चल निश्चेष्ट। मद से मदहोश हुईं उन राक्षसियों पर निद्रा देवी का अपना आधिपत्य जमाने में बहुत समय नहीं लगा था।

अपने को नितान्त एकाकी पाकर मां भूमिजा ने अपना सिर पूरी तरह उठाया था। उनके चन्द्र मंडलाकार मुख के मैंने पहले-पहल पूर्ण दर्शन किए थे और अब तक मैंने उनके सौन्दर्य के सम्बन्ध में जो कुछ देखा-समझा था, वह सब व्यर्थ हो गया था। प्रथम तो मैंने उनके अपरूप रूप की तुलना ढूंढ़ने का भी प्रयास किया पर अब तक विश्व-ब्रह्मांड में ऐसा कुछ भी देखा-सुना नहीं था जिससे सीता स्वरूप की उपमा दी जा सके। जब गोस्वामी ने अपनी रामायण लिखी और सीता के रूप-वर्णन के प्रायः प्रथम अवसर के काल ही जो बात उन्होंने लिख दी, आज वह मुझे कुछ हद तक सटीक लगती है—सारी उपमाओं को तो कवियों ने जूठा कर दिया किससे तुलना करूं वैदेही की—'सब उपमा कवि रहे जुठारी। केहिं पटतरौं विदेहकुमारी॥'

पर सृष्टि के सम्पूर्ण सौन्दर्य की प्रतीक-स्वरूपा प्रतीत होने पर भी अवसादग्रस्त था उनका आकर्षक आनन। इस अवसाद का अवलोकन मैंने प्रथम दृष्टि में ही किया था और उसका उल्लेख भी। अब मेरी चिन्ता थी शीघ्र उनके समक्ष प्रकट होकर शुभ सम्वाद देने की ताकि उनका वह अवसाद कुछ हद तक न्यून हो सके।

साक्षात् प्रकट होना उचित नहीं था। इस पराई भूमि में मैं भी पराया समझा जा सकता था। लाख राक्षसों से भिन्न रूप वानर स्वरूप—मैं रहूं पर विश्वासपात्र नहीं हो सकता था। मायावी राक्षस कोई भी रूप ग्रहण कर सकने में समर्थ होते हैं, अत: माता सीता मुझे भी राक्षस समझ लेतीं, इसकी पूरी संभावना थी।

'तब मैं क्या करूं?' मैं चिन्तित हो आया और स्वतः बोल पड़ा। पर मेरे पास इस प्रश्न का कोई उत्तर नहीं था। तब मैंने उस समय वही किया जो मैं हर अनिर्णय की स्थिति में करता हूं—अपने आराध्य का स्मरण। उधर श्री राम का नामोच्चारण हुआ इधर मार्ग स्पष्ट हुआ मेरे समक्ष—श्री राम का गुणगान। हां राम-कथा आरम्भ करनी थी मुझे। श्री राम-कथा आज तो जाह्नवी की तरह पतित-पावनी और सर्वोद्धारिणी हो गई है पर मेरे लिए वह उस समय भी चमत्कार से परिपूर्ण थी।

मैं उस अशोक-वृक्ष की सबसे निचली डाली पर आ गया। प्रहरी-राक्षसनियां निद्रा देवी की गोद में चली गई थीं अतः मुझे अब कोई भय नहीं था और मैं पत्तों की ओट से प्रायः बाहर आ गया था। मैंने देव-भाषा में राम-कथा आरम्भ की—

"अस्ति दाशरथि राम भुवन-सुन्दरः। विश्वप्रसिद्धा अयोध्यानगरी वासस्थली तस्य अलकातुल्या। पितुः वचरनुपालने वनं गत्वा तेनोपकृताः सन्ताः साधकाः

तपस्विनश्च । प्रयाग:, चित्रकूट:, दंडकारण्यादिनी स्थानानि संचारपूतानि कृत्वा, पंचवट्यां वासकृतं नेन दाशरथिना रामभद्रेन । तत्र मोहिता तस्य भार्या सीता हेममृगेन मायानिमितैंन । प्रस्थिते रामे तस्य मृगस्याखेटे अपहृता सा दुर्भाग्यदग्धा जनकात्मजा घोर कर्मिणा रावण इति नाम्ना राक्षसेण महापापेन । तस्या: सन्धाने तेन रामभद्रेन प्रेषितो आगतो अहमत्र ।"

"को भवान् ?" मेरी कथा समाप्त हुई नहीं कि माता पूछ बैठी—कौन हैं आप ?

"हनुमान् ! भवत्या: दास: ।"— हनुमान आपका दास ।

"कथं न प्रकटितोऽसि मम संकाशे ?"

— मेरे सामने प्रकट क्यों नहीं होते हो ?

"प्रकटितोऽस्मि"

—प्रकट हो गया ।

कहने के साथ ही मैं पेड़ से नीचे कूद गया यद्यपि मैं अपने सूक्ष्माकार में ही था फिर भी मुझ पर दृष्टि पड़ते ही वे तत्काल मुख फेर कर खड़ी हो गईं ।

एक क्षण को मैं निर्णय नहीं कर सका कि क्या करूं ? फिर संकोच छोड़कर मैं उनके सामने हो गया और इसके पूर्व कि वह पुन: अपना मुंह मोड़ लें, मैं उनके चरणों में, कटे वृक्ष की तरह साष्टांग पड़ गया—"मातु ! नमस्तुभ्यैं ।"— माता तुम्हें नमस्कार ।

"चिरंजीव भव । को त्वम् वानर रूप धारी ?"

— चिरंजीवो होवो । तुम वानर रूपधारी कौन हो ?

"मैं राघवेन्द्र के आदेश से आपके दर्शनार्थ उपस्थित हुआ । जैसा कि बताया हनुमान नाम है इस दूत का ।" मैं आपकी सुविधा के लिए माता के साथ सम्पन्न अपने संभाषण को अब आप ही की भाषा में दे रहा हूं । देवभाषा के आदी कहां रहे अब आप !

"राम-दूत और एक कपि ?" माता ने अब कुछ-कुछ मेरी ओर देखना आरंभ किया था, "नर और वानर का साथ कैसे संभव हुआ ?"

"आपको याद होगा, आकाशमार्ग से जाते समय एक पर्वत पर कुछेक कपियों को बैठे देख आपने अपने कुछ आभूषण वहां गिरा दिए थे । उन कपियों में एक मैं भी था । वानरराज सुग्रीव तथा कुछ अन्य कपि भी थे । ऋष्यमूक नाम था उस पर्वत का । श्री राम आपको ढूंढ़ते-ढूंढ़ते जब पर्वत के पास तक पहुंचे तो हमारा साथ हो गया ।"

"मेरे आभूषण ? श्री राम ने देखा उन्हें ? पहचान पाये इस अभागिन के अंगाभूषणों को ?" माता ने अब लज्जा एकदम त्याग दी थी और उनके मुख रूपी अंगार पर जमी चिन्ता-राख सहसा उड़ गई थी । दीप्त हो आया था उनका सौंदर्य-पूरित आनन श्री राम के नाम के कानों में पड़ते ही । मुझे पहले-पहल लगा था, जितना मैं समझता था, उससे अमित गुणा अधिक थी मातु-श्री की मुख-छवि ।

"हां, पहचाना था उन्होंने । तत्काल पहचाना था और आनन्दाश्रु से सजल हो आये थे उनके राजीव-नयन ।" मैंने तत्काल कहा था और जान-बूझकर उनके इस नाटक की बात नहीं की थी जिसमें उन्होंने सौमित्र से अपनी पहचान को पुष्टि चाही थी।

दो क्षण को माता मौन हो आई थीं। मैंने स्पष्ट देखा था, उनकी दोनों आंखों से दो बूंदें टपक कर धरती पर जा गिरी थीं।

"आपका सौभाग्य, आपने उस सौंदर्य-धन के दर्शन किये । मैं हत-भाग्या उनके रूप-श्री के पान को पता नहीं कितने दिनों से तरस रही हूं । अब तो काल-गणना भी छोड़ दी है मैंने । कैसे हैं मेरे सर्वस्व ? कभी स्मरण भी करते हैं मुझे ? क्यों नहीं सुधि ली इतने दिनों तक मेरी ? पर ठहरिए कहीं फिर न छली जा रही होऊं मैं -- कैसे मान लूं कि यह कोई राक्षसी माया नहीं है ? आप सचमुच राम-दूत ही हैं ?"

संशय क्षणार्ध को माता की आंखों में तैर आया था और मुझे सहसा अपनी गलती का अनुमान हुआ था । मैंने बंधी हुई दाहिनी मुठ्ठी खोल दी और हथेली फैला दी । रत्न-जटित स्वर्ण-मुद्रिका चमक उठी । उस पर उत्कीर्ण 'राम' शब्द के अक्षर उस चांदनी धुली रात में पूरी तरह दिख आये थे ।

"यह तो श्री राम की ही अंगूठी है ।" माता ने झट वह अंगूठी मेरे हाथ से उठा अपने सिर से लगा ली थी और ध्यानस्थ हो गई थीं । कई क्षणों के बाद उनका ध्यान टूटा तो मुख-स्वर्ण पहले से भी ज्यादा निखर गया था।

"इसे राम ने स्वयं आपको दिया ?" मुझे लगा सहसा कोई संशय चढ़ा है वैदेही के स्वर पर ।

"हां मातुश्री, राम ने अपने ही हाथों इसे मुझे प्रदान किया ताकि आप मुझ पर विश्वास···।"

"ठीक कह रहे हैं न आप ? श्री राम सुरक्षित तो हैं ? कहीं यह अंगूठी किसी ने···।"

मैं वैदेही के संशय के मूल तक पहुंच गया और इसके पहले कि वह अपना वाक्य पूर्ण कर सकें, मैंने बीच ही में कहा—"क्षमा करें मातु ! त्रैलोक्य में ऐसा कौन है जो श्री राम का बाल भी बांका कर सके ? राघवेन्द्र सुरक्षित और स्वस्थ हैं ।"

"मेरे विश्वास का क्या आधार हो ?" माता का संशय जा नहीं रहा था । उन्हें स्पष्टतः लग रहा था किसी राक्षस ने समर में उनकी हत्या कर यह अंगूठी प्राप्त कर ली थी ।

मैं किंकर्त्तव्यविमूढ़ हो आया था । मेरे जीवन में ऐसे कम ही क्षण आये हैं जब मैंने अपने को ऐसा विवश अनुभव किया हो । माता का संदेह उचित था और मेरे पास उसके निवारण का कोई यत्न नहीं था । शायद राघवेन्द्र ने भी इस स्थिति की परिकल्पना नहीं की थी वर्ना उन्होंने कुछ विशेष निदेश दिया होता मुझे ।

अब सब कुछ मेरी छोटी समझ पर ही आश्रित था और मैंने इस स्थिति से निबटने के लिए अपने 'ब्रह्मास्त्र' का प्रयोग किया। श्री राम के चरण-युगल का ध्यान मैंने अत्यन्त आतुरता से किया और मेरा मार्ग मेरे समक्ष स्पष्ट हो गया।

"मातु !" मैंने सिर झुकाकर निवेदन किया, "आप तो स्वयं सर्वज्ञा हैं। आपको क्या बताना किन्तु आपने ध्यान दिया इस स्वर्णांगुलीयक पर ? अम्लान है न इसकी कान्ति ? क्या किसी प्राण-हीन···"

"बस-बस," रोक दिया था माता ने मुझे मध्य ही में, "समझ गई मैं। राघवेन्द्र सुरक्षित हैं। बोलिए, मैं क्या प्रिय करूं आप राम-दूत का ? मुझ हतभाग्या के पास तं कुछ भी नहीं जो इस समय आपको··।"

"मेरा इस समय एक ही प्रिय कर सकती हैं आप।" मैंने नत-मस्तक निवेदन किया।

"क्या ?"

"माता, मुझे 'आप' (भवान्) नहीं कह 'तुम' (त्वम्) से सम्बोधित करें। इस अकिंचन को अपना पुत्र मान लें।"

"एवमस्तु।" माता ने कहा था और आप जानते हैं आज तक उस नाते को वे निभा रही हैं। यही प्रकृति है जगदम्बा की। जिसे एक बार पुत्रवत् ग्रहण कर लेती हैं, अनन्तकाल तक उसे स्नेह-सुरक्षा प्रदान करने को विवश रहती हैं।

"मैं आश्वस्त हुई हनुमान !" जगदम्बा ने प्रथम-प्रथम मेरा नाम लिया था और मैं आनन्द से अभिभूत हो आया था। अब कोई चिन्ता नहीं थी। माता ने मुझे,अपना लिया था।

"पर एक बात बताना, मेरे नाथ अब तक मुझे भूले हुए क्यों है ? सर्व-समर्थ होते हुए भी अब तक उन्होंने मेरा उद्धार क्यों नहीं किया ?" माता अधीर हो आई थीं।

"इसका कारण आपके प्रति उनके प्रेम की कमी नहीं है।"

"तब क्या है ?"

"आप सब समझती हैं मातेश्वरी, पर दुःख के कारण धैर्य खो रही हैं। अब तक आपको नहीं ले जाने का कारण आपके पता का अज्ञात होना ही है। अगर श्री राम को पता होता कि आप रावण-पालित लंका में हैं तो कभी का इस राक्षस-पुरी को समुद्र में डुबाकर वे आपका उद्धार कर चुके होते।"

'अब ?" उन्होंने आतुरता से पूछा।

"अब तो मैं जैसे ही आपका पता लेकर जाऊंगा, वे वानर-भालुओं की साहसी सेना ले लंका पर आक्रमण कर देंगे। रावण का वध कर वे आपको अपने साथ···।"

"वानर-भालू ?" मातु-श्री ने बीच में ही टोका, "क्या कहा, वानर-भालुओं की सेना से राक्षसों पर विजय प्राप्त करेंगे राघवेन्द्र ? वानर-भालुओं में इतनी शक्ति है कि वे लंका-विजय और रावण-वध में सहायक बनें ?"

"प्रथम तो श्री राम स्वयं सर्व-समर्थ हैं। उन्हें किसी की सहायता चाहिए

नहीं। दूसरी बात यह कि वानर-भालुओं की वात जब मैं करता हूं तो आप साधारण बन्दर-भालू नहीं समझें। वानर-भालुओं की यह जाति नर से किसी तरह कम नहीं बल्कि शारीरिक और मानसिक शक्तियों में बहुत हद तक उनसे श्रेष्ठ ही है। पुच्छ-युक्त होने से आप इन्हें सामान्य पशु नहीं समझें। उप-देवता की कोटि के हैं ये वनवासी जीव जिनकी सहायता उपलब्ध हुई है श्री राम को। सुग्रीव और नल-नील तथा जाम्बवान् के सदृश श्रेष्ठ कपि और रीछ जिनके सहायक हों उस सर्व-शक्तिमान् श्री राम की विजय तो निश्चित ही है।"

मैं धाराप्रवाह बोले जा रहा था और उधर जगदम्बा के होंठों पर एक मन्द मुसकान खेल रही थी जिसका मुझे कोई अर्थ नहीं लग रहा था। इस विषम स्थिति में उनके अधरों पर स्मिति की रेखा खेले, यह बात मेरी बुद्धि से परे थी। मैंने सहसा बोलना बन्द कर दिया और माता की ओर प्रश्न भरी दृष्टि से देखा।

"सभी वानर तो तुम्हारी ही तरह के होंगे हनुमान? आकार-प्रकार में तुम्हारे ही सदृश?"

अब जाकर मुझे माता की मुसकान का अर्थ लगा। मैं सूक्ष्म आकार में था और मेरे इसी आकार के कारण वैदेही को भ्रम हो गया था।

"हां, सभी मेरी ही तरह हैं कोई-कोई तो मुझसे छोटे भी हैं। कुछ बड़े भी।"

वैदेही की मुसकान और फैल आई।

"भगवती, आप चाहें तो मैं आपको आज ही श्री राम तक पहुंचा दूं। आपको पीठ पर बैठाकर मैं सागर को पार कर जाऊंगा। आप ही को क्या, रावण के साथ सम्पूर्ण लंका को भी ढो ले जाने की शक्ति से मैं युक्त[1] हूं।" पता नहीं कैसे यह बात मेरी जीभ पर चढ़ी थी।

उस पर-देश और दु:स्थिति में भी लगा, सीता उन्मुक्त हंस पड़ेंगी।

"हनुमान, तुम क्या बोले जा रहे हो, इस पर ध्यान दिया है?" उन्होंने अपनी हंसी को दबाने का प्रयास किया था।

मैंने ध्यान दिया था। मेरा आकार अभी तक सूक्ष्म ही था। अवसर आ गया था कि मैं अपने असली आकार में आ जाऊं। अब तो मेरी शक्ति को चुनौती भी मिल चुकी थी। मैंने श्री राम का स्मरण किया, कुम्भक साधा और मेरा शरीर फूलने लगा। देखते-देखते मैं अपने प्राकृत स्वरूप में आ गया। समुद्र-संतरण के समय जो मेरा रूप था उसी से मिलते-जुलते आकार में अब मैं खड़ा था वैदेही के समक्ष।

माता आश्चर्यचकित। विस्फारित नेत्रों से वे मेरे गगनव्यापी वपु को देखे जा रही थीं। विशाल अशोक-वृक्ष के शिखर तक जा पहुंचा था मेरा सिर। बाहुएं कदली-स्तम्भ की तरह मोटी हो आई थीं। वक्ष चट्टान की तरह विस्तृत और

---

1 त्वां तु पृष्ठ गतां कृत्वा संतरिष्यामि सागरम्।
शक्तिरस्ति हि मे वोढुं लंकामपि सरावणाम्॥—वा. रा.

रोमावलियां लताओं की तरह फैल गई थीं। रक्ताभ आंखें प्रज्वलित अंगारों की तरह लग रही थीं और श्वास-प्रश्वास की गति के तीव्र हो जाने से नथुने फड़कने लगे थे।

माता के चरणों पर साष्टांग प्रणाम निवेदित कर मैं वीरासन में घुटनों के बल बैठ गया था, तब जाकर कहीं मुझसे उनका वार्तालाप संभव हुआ था। माता पहले कुछ बोली नहीं थीं। दाहिनी हथेली उठाकर आश्वस्ति का इशारा किया था और फिर जब मैंने सिर झुकाकर दुबारा प्रणाम किया तो आश्चर्यपूरित उनकी मुख-मुद्रा में किंचित् परिवर्तन हुआ था और वे बोली थीं—"तो ऐसे हैं राम के सहायक? मैं धन्य हुई हनुमान, राम-दूत के दर्शन कर। तुम सफलकाम होगे, यह मेरा आशीर्वाद है।"

"अब आज्ञा दीजिए माता!"

"किस बात की?"

"इस रूप में आते ही क्षुधा ने बुरी तरह सताना आरम्भ किया है। बाग के ये फलवान् वृक्ष मेरी क्षुधाग्नि को हवा दे रहे हैं। मैं उदर-पूर्ति की अनुमति मांगता हूं।" अब तक सुबह हो आई थी और प्राची के क्षितिज पर सूरज की किरणें छिट-कने-छिटकने को थीं।

"कैसे खाओगे? अनेक सुभट रक्षा में हैं इस वाटिका की।"

माता के ममत्व पर मुझे हंसी आने को हुई थी। अब भी संदेह कर रहीं थीं वे मेरी सामर्थ्य पर।

"मैं सबसे निबट लूंगा। केवल आपकी आज्ञा की प्रतीक्षा है।" मैंने ससंकोच कहा था।

"एवमस्तु!" माता ने कहा था और मैं मुख्य बाग की ओर लपका था।

चौबीस

बाग की धरती पर जैसे रंगीन कालीन बिछ गई थी। टूटी-पड़ी तरु-शाखाओं और भिन्न-भिन्न रंगों के फूल-पल्लव तथा किशलयों से भरी-पड़ी भूमि बड़ी मोहक लग रही थी। पर पेड़ों के ऊपर से तो जैसे एक तूफान ही गुजर गया था। कोई कमर से टूटा तो कोई जड़ से। किसी की डालियां गायब तो कोई पत्र-विहीन खड़ा। कालीन बनी धरती पर कहीं-कहीं फलों का अम्बार भी लग गया था। आम्र, केले, जामुन और भिन्न-भिन्न प्रकार के मेवों से लेकर ताड़-खजूर तक के मधुर फल यत्र-तत्र फैले पड़े थे।

यह था अशोक वन का दृश्य। मेरे फल खाने अथवा क्षुधा-पूर्ति के प्रयास में

घटा था यह सब । आपको आश्चर्य हो रहा होगा कि किस रूप में मैंने की थी उदर-पूर्ति कि बाग की हो गई ऐसी की तैसी । वस्तुतः यह सब जान-बूझकर था । बाग का विध्वंस सोद्देश्य था । मैं चाहता था, किसी तरह रावण के समक्ष पहुंचना । इस लक्ष्य की पूर्ति के लिए यही उपाय मुझे उपयुक्त लगा था । ऐसे भी यह कोई आश्चर्यजनक बात थी नहीं । वानर की तो प्रकृति होती ही है ऐसी । वह फल खाये तो पेड़ों-डालियों का टूटना भी स्वाभाविक ही है ।

हां, एक बात कहना तो मैं भूल ही गया । तरु-शाखाओं और फूल-पत्तों के साथ एक और वस्तु भी बिछी पड़ी थी बाग की धरती पर । वह थी अनगिनत राक्षस-वीरों की लाशों की पंक्ति पर पंक्ति । रखवारों ने मेरी उदर-पूर्ति और बाग-विध्वंस में बाधा देनी चाही थी और इस क्रम में अधिकांश मारे गए थे । बच वही गए थे जो प्राण लेकर भाग खड़े हुए थे ।

मैं अब विनष्ट बाग के मध्य खड़ा था । तोड़ने के लिए प्रायः कुछ नहीं बचा था—न फल, न पेड़ । कुछेक बड़े पेड़ थे जिनका मैं कुछ और प्रयोग करने वाला था इसीलिए मैं जान-बूझकर इन्हीं पेड़ों के बीच खड़ा था । अब मैं क्या करूं कि रावण-दरबार में प्रवेश पा सकूं—मैं सोच ही रहा था कि एक भयानक आकृति राक्षस-वीर आता हुआ दृष्टिगोचर हुआ । अब तक मारे गए वीरों से वह आकार-प्रकार में कई गुना बड़ा था । उसके चलने से लगता था कि एक आंधी-सी आ गई । वस्तुतः, वह चलता नहीं दौड़ता आ रहा था । बाद में पता लगा कि वह रावण का पुत्र अक्षयकुमार था । अधमरे राक्षसों ने जब यह सूचना पहुंचाई कि एक उद्दंड बन्दर ने बाग को विनष्ट कर रक्षकों के भी प्राण हर लिए तो रावण ने अपने इस वीर पुत्र को भेजा था ।

मेरे पास पहुंचते ही अक्षयकुमार ने बाण से प्रहार किया । मैं आकाश की ओर उछला और वह लक्ष्य चूक गया । अक्षय ने तूणीर से दूसरा तीर निकाला और इसके पूर्व कि उसे धनुष पर चढ़ाकर छोड़ता मैंने एक विशाल वृक्ष को झटके से उखाड़ा और दे मारा । जैसे मक्खी पिसती है वैसे ही उस वृक्ष के नीचे अक्षय-कुमार की हड्डी-पसली पिस गई । दूर खड़े उसके शरीर-रक्षकों ने यह दृश्य देखा और वे दौड़ पड़े रावण को यह अशुभ एवं दुःखदायी संवाद देने । अक्षय का वध कर मैंने जोर की गर्जना की थी और निश्चय ही वह गर्जना लंका के घर-घर में व्याप्त होकर रावण के कानों तक भी पहुंची होगी ।

अम्बा यह सारा दृश्य, अशोक वाटिका के चबूतरे से देख-देख प्रसन्न हो रही थीं । मुझे इस बात की प्रसन्नता थी कि बहुत दिनों के बाद उनका कुछ मनोरंजन हो रहा था और वे कुछ क्षणों के लिए ही सही अपने दुःख-दर्द से मुक्ति पाने में सफल हो रही थीं । अच्छा तमाशा दिखा रहा था मैं उन्हें । एक बन्दर इससे अधिक कर भी क्या सकता था । क्यों ?

और यह आ गया था मेघों को अपनी ऊंचाई से छूता-सा मेघनाद । नाम तो उसका बाद में मालूम पड़ा था, पर उसे देखते ही मैं प्रसन्नता से किलकिला पड़ा

था। यह किलकिलाना भी किसी गर्जना की तरह ही था क्योंकि मैंने देखा था मेघनाद ने झट अपने दोनों कानों में उंगलियां डाल ली थीं। मेरी प्रसन्नता का कारण एक घोर युद्ध की संभावना थी। अब तक मैं राक्षसों का मक्खी-मच्छरों की तरह मर्दन कर रहा था। अक्षयकुमार तो क्षणार्थ के लिए टिका भी था पर शेष राक्षस तो बात-की-बात में धराशायी हो गए थे। मेघनाद को देखकर लगा था कि सचमुच कोई सुभट चला आ रहा है। बलिष्ठ भुज-दण्डों और प्रस्तर-स्तम्भों की तरह जांघों वाले मेघनाद की पहाड़-सी चौड़ी छाती स्वर्ण-कवच से मंडित थी। उसके सिर पर सोने का शिरस्त्राण शोभित था। पीठ पर बाणों से भरा विशाल तरकश और कमर से लटकती तलवारें और खड्ग उसे और भयंकर बना रहे थे। मस्त सिंह की चाल में चला आ रहा मेघनाद ठीक ही इन्द्रजित् की तरह लग रहा था। आश्चर्य नहीं कि इस महावीर से रणांगन में देवेश इन्द्र को भी पराजय झेलनी पड़ी थी।

"वानर! तुमने यह क्या उत्पात मचा रखा है? क्यों वध किया तुमने मेरे भाई का?" मेघनाद ने आते ही गर्जना की थी। मैं बातों में समय नष्ट करना उचित नहीं समझता, अतः मेघनाद को उत्तर मैंने एक वृक्ष से दिया जो सीधे उस पर गिरकर उसे यमलोक की सैर करा देता, पर बड़ी फुर्ती से चक्कर काटकर वह उस वार को बचा गया। मुझे प्रसन्नता हुई—मेघनाद में था कुछ ऐसा जो उसे इन्द्रजित् की उपाधि से विभूषित कर सका था।

मेघनाद ने मेघ के सदृश ही घोर गर्जना की और जैसे मेघों के मध्य बिजली चमकती है वैसे ही अपनी कमर की कटार मेरी गर्दन को लक्ष्य बनाकर फेंकी। वह मुझे कहां छूने वाली थी? विद्युत-गति से मैं एक तरु-शाखा पर उछल गया और मेघनाद का अस्त्र लक्ष्य-च्युत हो गया था।

मैंने पुनः एक विशाल वृक्ष को निर्मूल कर मेघनाद को लक्ष्य बनाया। अब की बार मेघनाद उस वार को बचा नहीं सका और उसकी दाहिनी जांघ उस चोट से जख्मी हो गई। वह क्रोध में भरकर मेरी ओर दौड़ा—जैसे कोई कज्जल-गिरि पंखयुक्त हो उड़ा आ रहा हो! मैं उसकी चपेट में आऊं इसके पूर्व ही मैंने आगे बढ़कर इसके वक्ष-स्थल में भयानक मुष्टि-प्रहार किया। मुष्टि लगते ही मेघनाद की आंखों के समक्ष अंधकार छा गया और वह मूर्छित हो गया। मैं इस अवस्था में उसकी हत्या भी कर सकता था पर मेरा यह लक्ष्य नहीं था। मैं तो उस युद्ध के बहाने रावण के आमने-सामने होना चाहता था पर उस लक्ष्य की प्राप्ति में विलम्ब हो रहा था।

मैंने मेघनाद को अवसर दिया और वह थोड़ी देर में स्वस्थ हो गया।

"वानर! तुम बड़े उत्पाती हो। मैं अभी तुझे मार्ग पर लाता हूं।" मेघनाद गर्जन के साथ बोला।

"व्यर्थ का प्रलाप वीरों को शोभा नहीं देता। करणीय करो।" मैंने उसे ललकारा। मैं शीघ्रता में था। अभी बहुत काम करना था और यहां देर हुई जा

रही थी। पूरब के क्षितिज पर सूरज ऊंचा चढ़ आया था। समय तेजी से भागता जा रहा था।

"अभी करता हूं।" मेघनाद ने कहा था और क्षणार्ध को ध्यानावस्थ हो गया था। देखते-देखते एक दिव्यास्त्र उसके दाहिने हाथ में प्रकट हो गया। मैं पहचान गया—यह ब्रह्मास्त्र था। मैं प्रसन्न हो गया। अब मेरा काम बन गया। ब्रह्मास्त्र की मर्यादा तो माननी ही थी। मैं निश्चल खड़ा हो गया।

"लो बचो वानर!" मेघनाद ने ब्रह्मास्त्र चला दिया था। मैं उसे खुले वक्ष पर झेल गया। दूसरे किसी का तो प्राणान्त ही हो गया रहता पर हल्की मूर्छा भर आई मुझे और आंखें खुलीं तो पाया मेघनाद मुझे ब्रह्मपाश में बांध चुका था।

कुछ नहीं था इस ब्रह्मपाश में, मुझ राम-भक्त के लिए। श्री राम का स्मरण कर एक क्षण में मैं उससे मुक्त हो सकता था। पर मैं तो यही चाहता था, किसी प्रकार रावण-दरबार में पहुंचना। मैं मेघनाद के साथ पाश-बंधा चल पड़ा। मौन प्रणाम निवेदित करने हेतु मैंने अम्बा की दिशा में देखा था। वे सहसा शोकग्रस्त हो आई थीं। कुछ देर पूर्व उनके मुंह पर खेलती प्रसन्नता श्रावणी धूप की तरह तिरोहित हो गई थी। मुझे लेकर वे आशंकाग्रस्त हो आई थीं। मैंने चेहरे पर एक मुसकान खींच उन्हें आश्वस्त करना चाहा—यह मात्र लीला है मातेश्वरी! देखते जाइए कि श्री राम कृपा से क्या-क्या घटता है इस राक्षस-पुरी में।

पच्चीस

मेघनाद ने मुझे जहां उपस्थित किया वह रावण-सभा थी। शायद इतनी सुबह सभा नहीं भी बैठती हो और नगर में उपस्थित आपत्काल ने ही रावण को सभा सजाने को बाध्य किया हो।

मैं अनुमान से ही समझ सकता था कि सभी उच्च पदस्थ सभासद—सामंत, सेनापति और मंत्री—उस समय वहां विराजमान थे। उनके चेहरों के तेज और उनके तनों के अलंकरण से मुझे उनके पद और महत्त्व का बोध हो रहा था। केवल विभीषण कहीं नहीं दिखाई पड़ रहे थे।

अवश्य ही किसी दुरभि संधि में जुटी है यह राज्य-सभा। कोई अन्यायपूर्ण निर्णय ही लक्ष्य होगा इसका वर्ना साधु-पुरुष विभीषण क्यों छोड़ दिए गए रहते? मैंने एक पल को सोचा और फिर श्री राम का स्मरण कर दशग्रीव के समक्ष उन्मुक्त भाव से खड़ा हो गया—आतंक रहित! जैसे अग्नि की उपस्थिति में शीत का कहीं अस्तित्व नहीं होता उसी तरह श्री राम के स्मरण के पश्चात् भय और

आतंक को कहां रहना था ?

"उद्धत है यह कपि !" रावण की मुख-मुद्रा बता रही थी क्या सोच रहा है वह, "जरा भी भय नहीं मानता । मेरे कई सुभटों और सुत तक की हत्या कर निश्शंक खड़ा है यह हमारी सभा में !"

रावण ने मेरी ओर से दृष्टि फेरी थी । या तो वह मेरी आंखों की निर्भयता, निश्शंकता से आहत हुआ था या वह अपने दर्प में मुझ तुच्छ जीव की ओर देखना भी अपनी अवमानना मानता था ।

"पूछो, यह कौन है और कहां से आया है ? क्यों उजाड़ी इसने नन्दन-कानन सदृश मेरी अशोक वाटिका को और क्यों हत्या की इसने राक्षस-वीरों की ?"

हंसी आ रही थी मुझे । अहंकारी रावण का अहंकार मुझसे सीधे वार्तालाप में उसे संलग्न नहीं होने दे रहा था । मंत्री प्रहस्त को संबोधित किया था उसने । दाहिने पार्श्व में आसीन इस सभासद का नाम मुझे पहले से ज्ञात था । प्रमुख-प्रमुख मंत्रियों-सामंतों का नाम मैं नगर-प्रवेश की रात ही विभीषण से जान चुका था ।

"मैं चराचर-पति राम का दूत हूं जिसकी सती-साध्वी पत्नी को तुम चोर की तरह उठा लाए हो," मैंने प्रहस्त के मुंह खोलने की प्रतीक्षा नहीं की थी । रावण को सीधे सम्बोधित किया था ।

"जहां तक तुम्हारे बाग के फलों और वृक्षों के विनाश का प्रश्न है, यह तो यों ही हो गया है । भूख से पीड़ित होने के कारण मैंने फल खाये और वानर-स्वाभाव के कारण कुछ वृक्षों और डालियों को भी नष्ट किया । जहां तक तुम्हारे सुभटों को मृत्यु-मुख में पहुंचाने की बात है । मैं कोई कायर तो हूं नहीं कि लोग मुझे प्रताड़ित करते रहें और मैं शान्त खड़ा रहूं । जिन्होंने मुझे मारा उनको मैंने मारा, उन पर प्रहार किया । वे मेरे प्रहार को नहीं झेल मृत्यु का वरण कर बैठे तो इसमें मेरा क्यों दोष ?"

मैंने विनोदपूर्वक ही रावण के प्रश्नों का उत्तर दिया । आगे चलकर गोस्वामी ने अपने शब्दों में मेरी इस अभिव्यक्ति को बांधा तो मेरा भी मन खिल आया —

खायउँ फल प्रभु लागी भूँखा ।
कपि सुभाव तें तोरेउँ रूखा ।।
सब कें देह परम प्रिय स्वामी ।
मारहिं मोहि कुमारग गामी ।।
जिन्ह मोहिं मारा ते मैं मारे ।
तेहि पर बाँधेउँ तनय तुम्हारे ।।

"तुम वस्तुतः अत्यन्त उद्दंड हो । मुंह ऊंचा किये बातें किये जाते हो । यह भी नहीं जानते देव-दानव-जयी त्रैलोक्यपति परमवीर रावण की सभा में कैसे बोलते हैं ।" रावण की आंखें क्रोध से रक्ताभ होने लगी थीं ।

मुझे हंसी आ गई और मैंने उसे छिपाने का भी कोई प्रयास नहीं किया— "वीरता की बात तो तुमने खूब कही । वह तो जगत्-विख्यात है । सहस्रबाहु के

हाथों मुंह की तुम्हीं ने खाई थी और बालि की कांख में भी तुम्हीं दबे पड़े रहे थे। तुम्हें ज्ञात कर शायद प्रसन्नता हो कि उसी बालि को श्री राम ने एक ही बाण में वहां पहुंचा दिया जहां तुम भी शीघ्र ही जाने वाले हो।"

"बहकी-बहकी बातें कर रहे हो वानर! जिसके यहां देवता और दिक्पाल तक बन्दी पड़े हैं, उसके समक्ष नर की वीरता बखानते नहीं थकते।" रावण जान-बूझकर सहस्त्रबाहु और बालि की बात को गौण कर गया।

"नारायण को नर बोलते हो?" मैंने क्रोध में पूछा।

"तो तुम्हारा वह जटा-जूटधारी वनवासी राम, नारायण है तो एक वानर को इस दरबार में भेजने की आवश्यकता क्यों आ पड़ी? स्वयं आ जाता यहां, देख लेते एक-दूसरे को दोनों कि जिसमें कितनी शक्ति है।"

"किसी ने मुझे तुम्हारे पास भेजा नहीं। मैं सीता का संधान करते-करते स्वयं यहां आ गया।"

"बड़ी कृपा की। बोलो क्या चाहते हो?"

"तुम सीता को लौटा दो। बड़े धर्म-परायण माने जाते हो तुम। घोर तपस्या से आशुतोष शिव को प्रसन्न किया तो स्वर्ण-नगरी का यह राज्य प्राप्त कर सके। अब अपने पापाचार से सभी किए-कराये पर पानी नहीं फेरो।"

"तो तुम मुझे उपदेश देने पर तुले हो।" रावण की क्रोधाग्नि भड़क उठी थी।

"मुझे तुम्हें उपदेश देने का कोई शौक नहीं। हित की बातें भाग्यहीनों को कब अच्छी लगी हैं?"

"बड़ी-बड़ी बातें करने से कोई वीर नहीं हो जाता। अभी तो तुम बन्धन में पड़े विलख रहे हो और डींगे हांकने में पीछे नहीं रहते।" रावण का क्रोध जहां का तहां था।

"बन्धन तो मैंने जान-बूझकर स्वीकार कर लिया है वर्ना तुम श्री राम-दूत की शक्ति से तत्क्षण परिचित हो जाते। तुम्हारे प्राण लेते और तुम्हारी स्वर्णपुरी को समुद्र में डुबोते मुझे क्षण भी नहीं लगता। अफसोस कि श्री रामाज्ञा ऐसी नहीं है।"

रावण अब अधिक नहीं बर्दाश्त कर सका। उसका क्रोध सीमा पार कर गया और वह अपने स्थान से उठकर चिल्ला पड़ा—"अरे देखते क्यों हो? वध कर दो इस वानर का। बहुत बड़-बोला बन रहा है यह।"

कई सुभट एक साथ खड्ग खींच तैयार हो गए। मुझे मन-ही-मन हंसी आ रही थी। लगा जान-बूझकर ओढ़े ब्रह्मपाश के इस बन्धन को तोड़ना ही पड़ेगा। मैंने देख लिया था अच्छे-मोटे स्तम्भ लगे थे सभागार में। इनमें से एक ही को उखाड़ कर मैं सबका काम तमाम कर सकता था। पर इसकी आवश्यकता नहीं पड़ी। ऐसा करना पड़ता तो लंका-युद्ध की संभावना ही समाप्त हो जाती। मेरे प्रहार का प्रथम लक्ष्य रावण ही होता। फिर किसका वध करने राम लंका पहुंचते?

"अपराध मार्जित हो, दूत अवध्य होता है।" विभीषण का स्वर था यह। अकस्मात् आ पहुंचे थे। अनाहूत।

रावण की भृकुटियों पर बल पड़ा था। तो आ ही गया यह रंग में भंग करने। अभी तक तो वानर ही धर्म की शिक्षा दे रहा था, अब यह पाखंडी भी आ गया।

खड्गधारियों ने अगले आदेश की प्रतीक्षा में अपने हाथों के खड्ग जहां के तहां रोक लिए थे। विभीषण आखिर रावण के भाई थे। उनके अनुरोध के परिणाम को तो देख ही लेना था।

"दूत, दूत की तरह बात करे तब तो? और यह तो स्वयं कह रहा है कि यह किसी के द्वारा भेजा दूत नहीं है। स्वयं भटक आया है सीता का सन्धान करते-करते यहां तक।" रावण विभीषण की ओर उन्मुख हुआ था।

"भेजा गया हो या नहीं, पर है यह दूत ही। मालिक तो है नहीं। नौकर ही है, धावक। यहां की बात वहां जाकर कहेगा तो? तभी तो राम और लक्ष्मण आगे की योजना बनायेंगे और जैसा आप चाहते हैं आपके वीरों की क्रोधाग्नि की आहुति बनेंगे।"

रावण थोड़ी देर चुप रहा, फिर बोला—"यह यहां का संवाद वहां पहुंचाये या नहीं मेरी बला से। इसने मुझे अपमानित किया है, इसे प्राणों से हाथ धोना ही पड़ेगा।"

"तो एक बात और सोच लीजिए।" विभीषण अब राजनीति पर उतरे।

"क्या?"

"शत योजन समुद्र पार करना इतना आसान भी नहीं है। अगर यह वानर मारा गया तो मुझे संदेह है कि राम-सेना में दूसरा कोई ऐसा होगा जो समुद्र-लंघन कर फिर यहां आये और शत्रु-सेना की गतिविधियों का कुछ भी अनुमान आपको लग सके। आपके राक्षस तो डर के मारे उस पार जाने से रहे।"

विभीषण की यह बात रावण को पूरी तरह जंच गई और वह बिना किसी भूमिका के बोल पड़ा—"ठीक कहा आपने। दूत अवध्य होता है। नहीं वध करेंगे हम इस वानर का। पर इसे यों जाने भी नहीं देंगे। अंग-भंग करना होगा इसका।"

विभीषण चुप। दोनों भाइयों के संवाद के मध्य मैं भी अब तक चुप रहा था। केवल रावण की बात होती तो और बात थी। विभीषण सामने थे, अतः मर्यादा की मांग थी कि मैं चुप ही रहूं। ऐसे, यह नाटक मुझे अच्छा नहीं लग रहा था। क्यों विभीषण जी व्यर्थ में मेरे प्राणों की भीख मांग रहे थे? सम्हाल लेता मैं सब कुछ श्री राम-कृपा से। पर इस सबके पीछे दैव-विधान को ही प्रबल मान मैं मूक हो आया था। हो वही, जो वे चाहते थे।

"वानरों को पूंछ बहुत प्रिय होती है," रावण ही फिर बोला, "इसी को जला दो। जली हुई पूंछ लेकर ही यह यहां से जाए।"

आगे चलकर आदि कवि वाल्मीकि ने रावण के मुख से निकली इस बात को बड़ी सुघरता से अपने शब्दों में बांधा था। मैं उस श्लोक को आपके समक्ष उद्धृत करने के लोभ का संवरण नहीं कर पा रहा—

कपीनां किल लांगूलमिष्टं
भवति भूषणम्।
तदस्य दीप्यतां शीघ्रं
तेन दग्धेन गच्छतु ॥

"ठीक है, ठीक है, यही हो।" सभी राक्षस-वीर एक साथ बोल पड़े। सबके लिए एक अच्छा कौतूहल होने वाला था वहां। एक वानर की पूंछ में आग लगने वाली थी। वह उछलता-कूदता, उधम मचाता। लोग मुफ्त में उसका नृत्य देख लेते।

सभी अपने-अपने घरों को दौड़े। कपड़ा, तेल, घृत आदि लाने।

थोड़ी ही देर में वहां फटे-पुराने वस्त्रों, चिथड़ों की ढेर लग गई थी और तेल से भरे असंख्य कुप्पे भी पहुंच गए थे।

एक छोटी पूंछ के लिए इतनी सामग्री! मैंने सोचा और मुझे भी एक कौतूहल सूझा। संकल्प-बल तो मुझे सिद्ध था ही। मैंने श्री राम का स्मरण किया। सारी संकल्प-शक्ति को पूंछ पर केन्द्रित कर दिया। वह लगी बढ़ने तो बढ़ती ही गई। राजसभा को पार कर वह गली-कूचों तक पहुंच गई। लोग वस्त्र लपेटते-लपेटते थक गए पर पूंछ का कहीं अन्त मिले तब तो! फटे-पुराने वस्त्रों के बदले अब नए वस्त्र भी आने लगे। राक्षस-सुन्दरियों की साड़ियां और राक्षस-वीरों के बहुमूल्य परिधान तक मेरी पूंछ में लिपट गए। घृत और तेल की कमी पड़ गई तो राज-भंडार के संचित स्नेह-द्रव्य के कुप्पों के अम्बार भी वहां लग गए। मैंने सोचा, चलो इसी बहाने इन लोगों को वस्त्र-विहीन तो कर दूं। घी-तेल से भी पूरी रक्षः-पुरी रहित हो जाए। युद्ध में जब सब कुछ स्वाहा होगा तो होगा, अभी से उसकी भूमिका तो गढ़ जाये।

वाल्मीकि तो इस प्रसंग को उड़ा ले गए पर गोस्वामी कब चुकने वाले थे? मेरे इस विनोद को उन्होंने अपने काल में अभिव्यक्ति दे ही दी—

रहा न नगर बसन घृत तेला।
बाढ़ी पूंछ कीन्ह कपि खेला॥

"अब बस करो। लगा दो आग अब इसकी पूंछ में।" रावण जो खड़े-खड़े यह तमाशा देख रहा था, अपने को रोक नहीं सका। उसे भय था कहीं उसे अपने अंग-वस्त्र को भी उतार कर नहीं देना पड़े, उस करामाती पूंछ के लिए।

आग लगी तो मैं दो क्षण को प्रतीक्षा करता रहा कि उसकी ज्वाला का बोध हो। पर जब किंचित्-मात्र जलन का भी बोध नहीं हुआ तो मैंने पीछे मुड़कर देखा, कहीं आग पकड़ नहीं पाई क्या? पर वहां तो लपटें उठ रही थीं। पर मुझे जलन का बोध क्यों नहीं हो रहा था? तभी याद आई थी। मुझे माता अंजना से सुनी देव-ताओं के वरदान की बात। इन्द्र से लेकर अग्नि तक सभी ने तो मुझे अपनी ओर से

आश्वस्त कर दिया था। तो किधर से अनुभव होता अग्नि की दाहकता का मुझे? फिर उधर सती-साध्वी सीता भी तो बैठी थीं अशोक वाटिका में। उन्हें भी तो पता था कि मैं बन्धन-युक्त हो रावण के सामने प्रस्तुत किया गया हूं। वह भी लगी होंगी मेरी मंगल-कामना में। और क्या पता कुछ राक्षसियों ने वहां जाकर सूचना ही दे दी हो कि तुम्हारे वानर की पूंछ में आग लगाई जा रही है? तब वे चुप बैठी होंगी क्या? मेरी हित-कामना में ही तो प्रार्थना-रत हो आयी होंगी वे। माना अग्निदेव को भी रावण ने विजित कर लिया है और वे चाह कर भी शायद अपने वचन की रक्षा न कर सकें पर साध्वी-सीता के आशीर्वाद-कवच से मंडित हो जाने के पश्चात् अग्नि देव की अपनी इच्छा को तो धरी की धरी रह ही जाना था।

जो हो, मेरी पूंछ में लगे 'वसन-घृत-तेल' बल उठे पर मेरी पूंछ का एक बाल भी बांका नहीं हुआ।

मैंने इस स्थिति का लाभ उठाया और राक्षस-राज रावण की इस धृष्टता के लिए दंड देने को कटि-बद्ध हो गया। पहले राक्षसों ने मुझे बन्धन-युक्त कर हर मार्ग और हर गली में घुमाया — तमाशा बनाकर। मैं भी घूमता रहा। शत्रु के सभी ठौर-ठिकानों को ठीक से देख लेना था। आखिर यहां आक्रमण जो करना था एक दिन। नगर को और उसके दुर्गों और अन्न-भण्डारों तथा शस्त्रागारों आदि को देखने-परखने का इससे अच्छा अवसर क्या मिलता? सो मैं घूमता रहा। विवश-सा, बन्धा-सा।

सब कुछ देखना हो गया तो मैंने रेचक साधा और बन्धन की कड़ियां बात की बात में ढीली पड़कर खिसक गईं। मैं बन्धन-मुक्त हुआ और नगर की अटारियों पर जा चढ़ा। इस महल से उस महल पर कूदते-फांदते मैंने सम्पूर्ण लंका को लपटों के हवाले कर दिया। प्रशस्त से लेकर महापार्श्व और वज्रदंष्ट्र तथा अम्बुमाली और सुमाली सबके महलों को अग्नि-ज्वालाओं ने घेर लिया।

पूरे नगर में हाहाकार मच गया। सोने की लंका खाक में मिली जा रही थी। पिघला हुआ स्वर्ण गलियों में प्रवाहित होने लगा था और भागते-गिरते लोग उसकी दाहकता में दग्ध हो अपने प्राणों से हाथ धोने लगे थे।

लोग भागते-पड़ते भूगर्भों में बने रक्षा-स्थलों की ओर भाग रहे थे पर वहां भी कहां त्राण था? ऊपर से तप्त हो आई स्वर्ण-खंचित धरती नीचे भी लोगों को कहां चैन से रहने देने को थी? लोग तप्त रेत में पड़े चने की तरह तड़पने लगे।

नहीं, यह पाप नहीं था। अधर्म नहीं था यह। बल्कि पाप का प्रतिफल था यह, अधर्म का सद्यः परिणाम। मैं कुछ नहीं कर रहा था। ईश्वरेच्छा से ही पाप-पूरित, अधर्म-पोषित एक नगरी का प्रायश्चित सम्पन्न हो रहा था। माना असंख्य राक्षस— बाल, वृद्ध और युवा इस सर्वग्रासी अग्नि में स्वाहा हो रहे थे। पर मद्यपायी, नर-मांस-भक्षी, द्यूत-प्रेमी, पर-स्त्रीगामी ये दैत्य इसी के योग्य थे। राजा का पाप भी प्रजा को ले डूबता है, अगर प्रजा ने अपने कर्म का पालन नहीं किया हो।

पिता का पाप भी पुत्र के विनाश का कारण बनता है ।

तो अग्नि-प्रक्षालन ही हो रहा था, एक पाप नगरी का । मैं किसी दोष-पाप का भागी नहीं था । आखिर धर्माचारी विभीषण को मिलने वाला था इस स्वर्ण-लंका का राज्य तो पूरी तरह शुद्ध होना ही था उसे और स्वर्ण को शुद्ध करने में अग्नि से अधिक कौन सक्षम था ?

तो 'उलट-पुलट' कर मैंने इस लंका को जारा । आप बुरा माने या भला पर एक नशा-सा ही चढ़ आया था मुझ पर । पूरी लंका खाक हो गई तो मुझे एक क्षण के लिए पश्चाताप भी हुआ था पर उसे ईश्वरेच्छा समझ मैंने पश्चाताप-भाव को दूसरे ही क्षण मन से बाहर भी कर दिया था ।

हां, विभीषण का घर बच गया था । नगर के एक किनारे ही था वह । मैं जान-बूझकर उधर नहीं गया था । अशोक वाटिका तक की आग भी लपटें नहीं पहुंच पाई थीं । जगज्जननी अपने स्थान से लपटों के नर्तन को देखती रही थीं और जब मैं समुद्र-जल में अपनी पूंछ बुझा उनके चरणों में प्रणिपात करने पहुंचा था तो कहा था उन्होंने—"भगवान की कृपा है कि तुम आग की लपटों से सुरक्षित आ गए। मैं तो लगातार···।"

"अब आज्ञा दें मातु ! पर्याप्त विलम्ब हो गया इस लंका-दहन में । श्री राम चिंतित होंगे ।" मैंने हाथ जोड़कर कहा ।

"अवश्य जाओ तात ! पर उनसे अविलम्ब मेरा उद्धार करने को कहना। अगर एक मास के अन्दर वे मुझे नहीं मुक्त करा सके तो दशशीश मुझे जीवित नहीं छोड़ेगा । मुझे अपनी मृत्यु की चिन्ता नहीं पर उनके मुखार-विन्द की एक झलक पाये बिना ही मुझे-संसार छोड़ने को बाध्य होना पड़े यह भी मुझे स्वीकार्य नहीं।"

"आप चिन्ता नहीं करें । वानर-भालुओं की सेना के साथ श्री राम अब शीघ्र ही लंका पर चढ़ आने वाले हैं । अब तो संधान मिल गया आपका । अब विलम्ब किस बात का ?" मैंने कहा और चरणों की ओर झुका ।

"चिरंजीवी भव" आशीर्वाद लेकर मैं पलटने ही वाला था कि एक बात याद पड़ी और मैं मुड़ पड़ा—"जैसे श्री राम ने मुद्रिका दी थी वैसे आप भी कोई चिह्न मुझे प्रदान करें वर्ना मैं कैसे विश्वास दिलाऊंगा उन्हें कि······।"

मेरी बात पूरी नहीं हुई कि उस स्थिति में भी एक स्मिति खेली मातु-श्री के अधरों पर और उन्होंने चूड़ामणि को उतार कर मेरी फैली हथेली पर रख दिया—"तुम्हारी बातों का अविश्वास कब करते तुम्हारे स्वामी ? पर चाहते हो तो ले जाओ इसे । इसे देखकर भी शायद इस दुर्भाग्य-दग्धा की कुछ स्मृति याद हो आये उन्हें ।"

"ऐसा न कहें मातु," मैंने प्रतिवाद किया, "स्मृति में तो आप सदा रहती हैं उनकी ।" मैंने कहा और एक बार पुनः चरणों के पास सिर टेक विदा हुआ। वैदेही ने आंखें फेर लीं, निश्चय ही वे अश्रुपूरित हो आई थीं । मेरी आंखें भी छल-छला आई थीं और फूट पड़ते आंसुओं को रोकने के व्यर्थ प्रयास को छोड़ मैं समुद्र की

ओर भागा था। कहीं, मातु-श्री की ममता बांध ही न ले मुझे कुछ देर और, तो उधर तो प्राण ही दे देंगे समुद्र-तीर प्रतीक्षा-रत अंगद, जाम्बवान् और अन्य वानर-रीक्ष-योद्धा।

छब्बीस

लौटने में किसी विशेष समस्या का सामना नहीं करना पड़ा। अब यात्रा निरापद थी। न तो अब कोई सुरसा मेरे बल-बुद्धि की परीक्षा के लिए उपस्थित थी, न कोई सिंहिका ही छाया-ग्रहण को प्रस्तुत। अतः, मैं शीघ्र ही समुद्र-लंघन कर उस तट जा पहुंचा जहां मेरे साथी प्रतीक्षा-रत थे। अंगद, जाम्बवान् एवं अन्य वानर-रीछ दूर से ही मुझे देखकर प्रसन्नता से भर आये। बहुत से कपियों ने हर्षातिरेक में उछलना-कूदना आरम्भ कर दिया। किलकारियां भरने लगे। उनकी प्रसन्नता को अवलोकित कर मेरी गति तीव्र हो आई और मैं बात की बात में तट पर आ उतरा।

सर्वप्रथम मैंने जाम्बवान् के चरण छुए और फिर अंगद को अंक-माल दी। मेरे प्रसन्न-मुख को देखकर सभी ने अनुमान लगा लिया कि मैं राम-कार्य सिद्ध कर लौटा हूं। बहुतों ने जोर लगाया कि मैं अपनी प्रवास-गाथा शीघ्र ही सुना दूं किन्तु अंगद ने प्रस्ताव दिया, "अब शीघ्र वानरेन्द्र सुग्रीव से मिलने के लिए प्रस्थान करना चाहिए। मार्ग में ही हम हनुमान से सारी बातें सुन लेंगे।"

अंगद के प्रस्ताव से सभी सहमत हो गए और हम सभी किष्किन्धा की ओर दौड़ चले। मार्ग में मैंने सारी कहानी सुनाई। सीता-दर्शन से लेकर लंका-दहन तक की बात मैंने विस्तार से बताई और सभी बहुत प्रसन्न हुए। लंका-दहन की बात सुनकर तो वानर-भालुओं की प्रसन्नता की सीमा न रही।

राम-कार्य को इस तरह सम्पन्न कर तुमने हम सबका सिर गर्व से उन्नत कर दिया। तुम्हारे सिवा और किसी में यह सामर्थ्य ही नहीं थी कि रावण-पालित लंका में प्रवेश कर उसे लपटों को अर्पित कर दे।" जाम्बवान् ने आंखों में प्रसन्नता के आंसू भरकर कहा।

"ठीक कहा आपने," अंगद का स्वर था, "न होते पवनपुत्र हमारे साथ तो आज हम कहीं के नहीं रहते। वानरराज सुग्रीव तो हमारे प्राण ही ले लेते। राघवेन्द्र को भी हम क्या मुँह दिखाते?"

बातें करते, बात की बात में हम किष्किन्धा के पास पहुंच गए। जाते समय जो यात्रा अत्यन्त कठिन और श्रमसाध्य लगी थी, लौटते समय वही अत्यन्त सुखद हो आई थी। प्रसन्नता से भरे हम सबों को मार्ग की वाधाओं—कुश-कंटक और नदी-नालों—का कोई ध्यान ही नहीं रहा।

किष्किन्धा के पास पहुंचते ही दिखाई पड़ा मधुवन। वानरेन्द्र सुग्रीव का यह अति प्रिय बाग नाना-विध फल-फूलों से भरा था और वृक्षों की शाखाओं पर यत्र-तत्र मधु-छत्र भी टंगे पड़े थे। अंगद का आदेश ले सभी वानर-रीछ मधुवन में प्रवेश कर सुस्वादु फलों पर टूट पढ़े। रीछों को मधु बहुत प्रिय होता है, अतः वे विशेषकर मधु के छत्रों पर टूटे और छक कर मधु-पान किया। इस क्रम में पेड़ों की शाखाएं-प्रशाखाएं भी टूट गईं और बाग के रखवारे वानर-रीछों को रोकने में असमर्थ, वानरेन्द्र के पास दौड़ पड़े।

सुग्रीव उस समय ऋष्यमूक पर श्री राम और सौमित्र के पास विराजमान थे। एक माह का समय व्यतीत हो चला था और तीनों चिन्तामग्न थे। प्रायः सभी दिशाओं के दूत वापस आ गए थे—निराश और हतोत्साह। अब केवल दक्षिण-दल पर ही सबकी आशा टंगी थी।

जैसे ही सुग्रीव ने हमारे उत्पात—मधुवन को उजाड़ने—की बात सुनी, वे प्रसन्नता से खिल आए—"हो गया कार्य सम्पन्न। दक्षिण-दल सन्धान पा गया माता सीता का।"

"यह कैसे कह रहे हैं आप?" सौमित्र ने पूछा। श्री राम मौन ही रहे। केवल उत्सुकता का एक भाव उनके चिन्ताकुल आनन पर उभरा।

"स्पष्ट है सौमित्र!" सुग्रीव ने आरम्भ किया, "अगर इन वानर-रीछों ने जगज्जननी का संधान नहीं पाया होता तो ये मेरे मधुवन में प्रवेश की हिम्मत नहीं करते, उसे नष्ट करने की तो बात ही क्या? प्रसन्नता से भरे ये श्री राम-सेवक अपनी क्षुधा-पिपासा को शान्त कर रहे हैं तो अच्छा ही है। पता नहीं कितने दिनों से फल-फूल से वंचित ही रहे होंगे वे।"

ऋष्यमूक पर यह वार्तालाप चल ही रहा था कि हम सब वहां पहुंच गए। राघवेन्द्र और सौमित्र को प्रणिपात कर हम हाथ बांधकर खड़े हो गए।

"कहो क्या हाल है?" सुग्रीव ने संक्षिप्त-सा प्रश्न किया। राघवेन्द्र और सौमित्र के चेहरों पर उत्सुकता जगी।

"पवन-पुत्र के कारण हम सफलकाम हुए। धन्य हैं, ये अंजना-नंदन। इन्होंने असंभव को संभव कर दिया।" जाम्बवान् ने कहा और मैं जमीन में गड़ आया। कहां प्रशंसा योग्य था मैं? जो कुछ किया था वह तो श्री राम-कृपा के ही फलस्वरूप।

"सच, पा गए संधान तुम सीता का, पवनसुत?" श्री राम अपनी उत्सुकता रोक नहीं सके और बोल पड़े।

"पा गया स्वामिन्! पा क्या गया आपकी अहैतुकी कृपा से सब सम्भव हुआ। रावण की अशोक वाटिका में मैंने जगज्जननी के दर्शन किये।" मैंने हाथ जोड़े ही सिर झुकाकर निवेदन किया।

"देख लिया आपने मां भूमिजा को? कैसी हैं वे?" सौमित्र भी अपनी उत्सुकता नहीं रोक सके।

"ठीक है पर प्रभु की याद में खिन्न हो गई हैं। उनकी स्थिति देखकर मेरी आंखें भर आईं। एक वेणी और साधारण वस्त्र धारण किए, अशोक-वृक्ष के नीचे बैठी वे अवसाद और दुःख की प्रतिमूर्ति ही लगीं। वे आप दोनों का कुशल बार-बार पूछतीं और आंखों से अश्रु बहाती रहीं।"

"सीते!" श्री राम के मुख से एक स्पष्ट उच्छ्वास निकला।

"हां प्रभु!" मैंने उन्हीं को संबोधित किया, "जगज्जननी के प्राण आप ही के दर्शन हेतु अटके हैं वर्ना वे उस रक्षःपुरी में वास के बदले आत्मघात को अधिक पसन्द करतीं। उनका शीघ्र उद्धार आवश्यक है। अगर एक माह के अन्दर आप रावण का वध कर उन्हें लंका से मुक्त नहीं करा पाए तो आप उन्हें जीवित नहीं पाएंगे।"

"और कहो हनुमान! कैसे तुम सागर-पार, उस लंका में पहुंच सके?" श्री राम ने आंख की कोरों को पोंछते हुए कहा। कहना कठिन था कि प्रसन्नता के आंसू थे वे अथवा सीता की दुःख-गाथा सुन द्रवित हो आये थे राघवेन्द्र।

"पवनात्मज की जितनी भी प्रशंसा की जाए थोड़ी होगी," युवराज अंगद की उक्ति थी, "शत-योजन-सागर-विस्तार को देख हम तो हिम्मत ही हार चुके थे पर इन्होंने ही सागर को पार कर न केवल जगज्जननी का संधान पाया बल्कि उस स्वर्ण-नगरी को भी अग्नि की लपटों के हवाले कर दिया। राख की ढेर बनी पड़ी है रावण की लंका। धन्य हैं हनुमान!" अपने मुंह अपनी प्रशंसा सुन मैं व्यग्र-सा होता जा रहा था कि श्री राम ने पूछा—"सच पवननन्दन? सच तुमने लंका में आग लगा दी?"

"मैंने कुछ नहीं किया प्रभु! लंका तो अपने पाप के कारण पहले से ही जली पड़ी थी। मैं तो आपकी कृपा का सहारा ले निमित्त-मात्र बन गया उसके विनाश का।"

"धन्य हो हनुमान!" श्री राम ने कहा और सभी के देखते-देखते खड़े होकर मुझे अपने वक्ष-स्थल में समेट लिया, "तुमसे अधिक मेरा प्रिय करने वाला आज तक न कोई हुआ, न होगा। कैसे मैं तुम्हारा ऋण चुका पाऊंगा?"

मैं अवाक्! किन्तु इस अवसर का लाभ उठा मैं देर तक श्री राम-वक्ष से सटा रहा। यह अवसर बार-बार कहां मिलने को था? इसी ऋष्यमूक पर उन्हें अपने स्कन्ध पर आसीन करा कर जब मैं लाया था तो उनके सामीप्य का लाभ मिला था और आज तो पराकाष्ठा ही हो गई थी मुझे अकिंचन के आनन्द की। क्षुद्र जीव के प्रति अनन्त ब्रह्मांडपति परात्पर ब्रह्म की ऐसी अगाध, अकल्पित अनुकम्पा! धन्य हो गया मैं!

"मैंने कुछ नहीं किया प्रभु!" जब श्री राम से मैं अलग हुआ तो आंखों को पोंछते हुए धीरे-धीरे बोला, "सब आपकी लीला है यह। जिसको आप मान देना चाहें उसे सम्मानित होने से कौन रोक सकता है? मुझ कपि में कौन-सा बुद्धि-बल है? आपके नाम के प्रभाव से ही मैं कुछ कर सका। पर मेरी प्रार्थना इतनी

ही है कि अब एक क्षण का भी विलम्ब किये बिना आप माता के उद्धार हेतु सन्नध हो जायें।"

"हां, अब देर किस बात की?" सौमित्र ने अपने धनुष और तूणीर को सहेजते हुए कहा, "अभी इसी क्षण हम लंका को प्रस्थित हो जायें।"

"हां, हमारी सेना तो प्रस्तुत ही है।" सुग्रीव ने कहा, "सारे वीर इस पर्वत पर जुट गए हैं। मैं सबके काम समझा देता हूं। सेना को विभिन्न टुकड़ियों में विभक्त कर सबके नायक निश्चित कर देता हूं। इसके पश्चात् हम प्रस्थान करते हैं।"

सत्ताईस

दक्षिण-सागर के तीर हमारा पड़ाव पड़ गया था। समस्त सेना कुछ ही दिनों की यात्रा कर यहां सुरक्षित पहुंच गई थी। वानर-रीछों के पैरों में जैसे पंख लग गये थे। 'जय श्री राम !' 'जय सौमित्र', 'जय सुग्रीव', 'जय जानकी' का जयघोष करते हुए वे अपेक्षाकृत अत्यन्त अल्प समय में ही सागर-तीर आ उतरे थे। नल, नील, मयन्द और अंगद, जाम्बवान् के अलावा अन्य हजारों-लाखों वीर भावी युद्ध के आयोजन में लग गए थे। साधारण वानर-रीछ उनके आदेश के पालन में तत्पर थे, साथ ही प्रसन्नता से भरकर उछल-कूद में भी लगे थे। कुछ करने, कुछ महत्त्वपूर्ण मम्पादित करने, श्री राम की सेवा में अपना सर्वस्व समर्पित कर देने की प्रत्याशा में सभी हर्ष और आह्लाद से भरे आ रहे थे।

सेना को सागर-तीर उतरे मुश्किल से एक दिन ही गुजरा था कि एक प्रातः सागर के ऊपर उड़ती चली आ रही कुछ आकृतियों को देखकर सभी के कान खड़े हो गये। सबसे प्रथम किसी साधारण सैनिक ने देखा इन आकृतियों को और दौड़कर उसने अंगद को संवाद दिया। फिर तो सुग्रीव, जाम्बवान् और राम, लक्ष्मण तक का ध्यान उधर आकृष्ट हो गया। मैंने भी ध्यान से देखा और सब कुछ मेरी समझ में आ गया।

"विभीषण हैं ये, अपने सहायकों के साथ चले आ रहे हैं।" मैंने श्री राम को सम्बोधित कर कहा। दूर से ही मैंने साधु-प्रकृति विभीषण को पहचान लिया था। उनके पीछे-पीछे चार चर थे।

"यह शत्रु-अनुज क्यों आ रहा है हमारे सैन्य की ओर? इसे तत्काल मार-गिराना चाहिए। सागर-जल ही इसकी समाधि बन जाए।" सुग्रीव ने तत्काल प्रतिक्रिया व्यक्त की थी।

"हां, यह अवश्य जासूस बनकर आ रहा होगा। रावण तक हमारी सैन्य-

शक्ति और व्यूह-व्यवस्था की बात पहुंचायेगा, किनारे पर पहुंचने के पूर्व ही इन पांचों का काम तमाम कर देना उचित है।" युवराज अंगद ने कहा था और किसी भारी चट्टान की खोज में लपके थे।

"शान्त !" श्री राम के कंठ से निकला था, "इतना उतावलापन भी ठीक नहीं। उन्हें पास आने दो। पांच ही हैं, हमारा क्या बिगाड़ लेंगे ? क्यों हनुमान तुम्हारा क्या विचार है ?" राघवेन्द्र मेरी ओर उन्मुख हुए थे।

"विभीषण संत-पुरुष हैं, आपके भक्त। यहां आ रहे होंगे तो किसी विवशता-वश ही अथवा किसी शुभ उद्देश्य से प्रेरित होकर। उनका स्वागत करना चाहिए।" मैंने निवेदन किया।

"स्वागत ? क्या बोलते हैं पवनात्मज ? शत्रु-शिविर के इस भेदिए का हम स्वागत करेंगे ?" सुग्रीव अपनी बात पर अड़े थे।

तब तक विभीषण अपने साथियों के साथ कूल पर उतर चुके थे। वानर-भालुओं ने उन्हें उत्सुकता-वश घेर लिया था। वे बिना श्री राम अथवा सुग्रीव की आज्ञा के उनका कुछ बिगाड़ नहीं सकते थे, पर एक तरह से उन्होंने उन्हें कैद ही कर लिया था। प्रतीक्षा थी आज्ञा की।

"अंगद, तुम जाकर पता करो, क्या कहना है रावणानुज को।" श्री राम ने आज्ञा दी।

"विभीषण का कहना है कि वे रावण से अपमानित होकर आपकी शरण में आए हैं, पर मुझे इसमें शत्रु-पक्ष की कोई चाल ही दीख रही है। विभीषण को गुप्तचर बना रावण हमारी सेना में स्थापित करना चाहता है। हमें सतर्क रहना चाहिए बल्कि इसे कैद कर लेना चाहिए। रावण का बल कुछ तो कम होगा।" अंगद ने लौटकर कहा था।

"तुम्हें क्या कहना है हनुमान ? तुम तो विभीषण से मिल चुके हो ?" राघवेन्द्र ने मुझसे पूछा।

"आप स्वयं निर्णय लें। मेरे विचार से तो आपको स्वयं सुनना चाहिए विभीषण को। शरण में आए को आप कहां ठुकराते हैं ?"

"ठीक कहा हनुमान, तुमने। शत्रु भी अगर शरण में आ गया तो वह अभय का अधिकारी है। विभीषण को मेरे समक्ष उपस्थित किया जाए।"

आज्ञा की देर थी। विभीषण और उनके सहायकों को बात-ही-बात में राघवेन्द्र के पास ला खड़ा किया गया।

विभीषण ने श्री राम को देखते ही प्रणिपात किया। सहायकों ने भी वैसा ही किया।

"आज धन्य हुईं मेरी आंखें। जिनके सम्बन्ध में आज तक सुनता आ रहा था आज उन्हें प्रत्यक्ष देख रहा हूं। सौभाग्योदय हुआ मेरा।" विभीषण विगलित स्वर में बोले।

"कैसे कष्ट किया आपने ? मैं भी धन्य हुआ आपके दर्शन प्राप्त कर।

हनुमान ने बहुत कुछ बताया है आपके सम्बन्ध में मुझे।" राघवेन्द्र ने सस्मित कहा।

"मुझे अनावश्यक मान नहीं दें," विभीषण हाथ जोड़कर बोले, "मैं तो पतित और अपावन हूं। राक्षस-कुल में जन्म ग्रहण कर आपके दर्शनों का भी अधिकारी नहीं। पर जैसा हनुमान ने कहा था वैसा ही पाया आपको—करुणा-सिन्धु, दीन-बन्धु। रावण ने लात मारकर मुझे अपनी सभा से बाहर कर दिया। मेरा अपराध केवल इतना था कि मैं उसे धर्माचरण की बात बतला रहा था और जगज्जननी को सादर वापस करने की प्रार्थना कर रहा था। अब मैं आपकी शरण में आ गया हूं। आप चाहें तो मुझे प्राण-दान दें, चाहें तो वध कर दें इस राक्षस कुलोद्भव रावण के दुर्भाग्य-दग्ध अनुज का। मैं पापीष्ठ इसी योग्य हूं।"

"आप सानन्द रहें हमारे साथ।" श्री राम ने अपना दाहिना हाथ उठाकर कहा, "राम-शरण में हैं आप। निर्भय हो जाएं।"

"जय श्री राम !" मेरे मुख से सहसा निकला और दशों दिशाएं श्री राम के जय-घोष से गूंज गईं।

"सौमित्र, सागर-जल लाओ।" कुछ शान्ति व्याप्त हुई तो राघवेन्द्र ने अनुज को आज्ञा दी।

आंखों में प्रश्न लिए सौमित्र कमंडलु में जल लिए उपस्थित हुए।

"यह प्रथम मिलन है हमारा," श्री राम ने विभीषण को सम्बोधित किया, "मुझे कुछ देना चाहिए आपको। लीजिए लंका का सम्पूर्ण राज्य दिया आपको। रावण ने जिस क्षण आपका अपमान किया, उसी क्षण उसके दिन पूरे हो गए। साधु-पुरुष की अवमानना से बड़ा कोई पाप नहीं होता। लंका का सिंहासन अब आपका हुआ।" श्री राम ने कहा और विभीषण को पास की शिला पर आसीन कर, सागर-जल से उनका अभिषेक कर दिया।

"राक्षसेन्द्र विभीषण की जय।"
"राघवेन्द्र रामचन्द्र की जय !"

सभी वानरों और रीछों ने जयघोष किया और दिशाएं देर तक इस जय-निनाद से ध्वनित-प्रतिध्वनित होती रहीं।

अट्ठाईस

सागर पर सेतु-निर्माण का कार्य प्रगति पर था।

बिना पुल बनाये उस पार जाने का कोई उपाय नहीं था। सभी सैनिक हनुमान की तरह सागर को पार करने की शक्ति से तो सम्पन्न नहीं थे। हनुमान

की तरह एक छलांग में समुद्र-लंघन की बात तो अलग, वे संतरण द्वारा भी शत-योजन विस्तृत सागर को नहीं पार कर सकते थे। मध्य में ही थककर सागर-गर्भ में विलीन होने की आशंका के अलावा असंख्य जल-जीवों का भी तो भय था? वृहदाकार मगर-मच्छ और अन्य खूंखार सागर-जीव संतरण-रत विवश वानर-भालुओं को सहज ही अपना ग्रास बना सकते थे।

सेतु-निर्माण का कार्य नल-नील के कारण सहज हो आया था। ये दोनों भाई बड़े अच्छे शिल्पी थे। वानर-भालुओं ने विशाल वृक्षों और चट्टानों को उखाड़-उखाड़ इनके हाथों में देना शुरू किया और सेतु-बन्धन का काम द्रुत गति से आगे बढ़ा।

फिर भी विलम्ब हो रहा था पुल बनने में। चट्टानों के टुकड़े समुद्र-जल में जा डूबते थे और एक के ऊपर एक चट्टान को सजाने में काफी असुविधा होती थी और समय भी लगता था।

"एक उपाय है।" मैंने श्री राम की शक्ति का स्मरण कर सुझाया।

"क्या?" नल-नील ने उत्सुकता से पूछा।

"हर चट्टान पर 'श्री राम' लिख दिया जाए, फिर वह डूबने से रही। तैरती चट्टानों से सेतु-निर्माण आसान हो जाएगा। समय और श्रम दोनों की बचत होगी।" मैंने अपने संकल्प-बल और श्री राम-नाम का सहारा लिया और यह उद्घोषणा कर दी।

बात श्री राम तक पहुंची तो उन्होंने हंसकर स्वीकृति दे दी, "मेरे नाम के अंकित होने से ही चट्टानें तैरने लगें तो मुझे क्या आपत्ति है? पर मुझे तो इस बात पर विश्वास कम है।"

"मैंने तो सुना है कि जनकपुर की राह में पड़ी एक शिला को आपके पैरों का स्पर्श मिला तो वह ऋषि-पत्नी बन आई।" मैंने लक्ष्मण से सुनी बात सुनाई तो श्री राम झेंप गए और बोले, "जाओ जो उचित समझो करो। पर देखना कहीं अपमान न हो जाए तुम्हारा। मेरा नाम अंकित हो जाने के बाद भी अगर चट्टानें तैरने से रहीं तो मुझे अपनी अवमानना का भय तो नहीं तुम्हारे अपमान की चिन्ता अवश्य है।"

पर हुआ ऐसा नहीं। भक्त की लाज नहीं रखें तो भगवान क्या? चट्टानों पर 'श्री राम' अंकित होने लगा और चट्टानें काष्ठ की तरह ही जल-तल पर तैरने लगीं। वानर-भालुओं में नवीन उत्साह का संचार हुआ और सेतु-निर्माण का कार्य द्रुत-ति से आगे बढ़ा।

उस प्रातः श्री राम कहीं दिखाई नहीं पड़े। अब तक तो वे नित्य कर्म से निवृत्त हो सेतु-निरीक्षण को आ जुटते थे और हम वहीं प्रणिपात कर अपनी श्रद्धा निवेदित करते थे। पर आज कहां गए भगवान?

थोड़ी देर की प्रतीक्षा के पश्चात् ही मैं व्यग्र हो आया। पता नहीं मुझे क्या

हो गया था कि एक क्षण का भी उनका वियोग मुझे असह्य हो आता था।

"श्री राम किधर हैं ?" मैंने बारी-बारी से विभीषण और सुग्रीव से पूछा। पर किसी ने कोई उत्तर नहीं दिया।

मुझसे नहीं रहा गया तो मैं एकाकी अपने आराध्य के अन्वेषण में निकला। सागर-तीर को पकड़ मैं उत्तर दिशा की ओर बहुत दूर बढ़ गया तब कहीं श्री राम दिखाई पड़े। वे नितान्त अकेले थे। आस-पास दूर तक कोई वानर-रीछ नहीं था।

उन्हें ऐसा नहीं करना चाहिए। सेना से कटकर एक क्षण का भी एकान्त उनके लिए ठीक नहीं। मेरे मन ने तर्क किया। पर श्री राम एकाकी रहें या सैन्य के मध्य, उनका कोई क्या बिगाड़ सकता है। अखिल ब्रह्मांडपति को किसका भय ? स्वयं सृष्टि-कर्ता अपने किस सृष्ट का आतंक माने ? दूसरे ही क्षण मैंने सोचा और आश्वस्त हुआ।

पर वे यहां कर क्या रहे हैं ? मेरे मन ने शंका की और मैं पास जाकर थोड़ी दूर पर खड़ा हो गया।

भगवान तन्मय थे। ऐसा कि उन्हें मेरी उपस्थिति का थोड़ा भी भान नहीं हुआ। मैं उनके कार्य-कलाप को देखकर विस्मय-विमुग्ध खड़ा था और उनकी उस गतिविधि का कोई अर्थ नहीं लगा पा रहा था।

वे सागर-तीर पड़े एक चट्टान को उठाते, थोड़ी देर तक हाथ में रखते और फिर सागर-जल में छोड़ देते। वह झट नीचे चली जाती तो दूसरी चट्टान उठाते और उसे भी पानी में छोड़ देते। हर डूबती चट्टान के साथ उनके शुभ्र आनन का रंग कुछ उड़-सा जाता।

"अपराध मार्जित हो भगवान ! आप···।" जब उनका ध्यान मेरी ओर बहुत देर तक आकृष्ट नहीं हो पाया तो मैं स्वयं उनके पार्श्व में पहुंच गया और सिर झुकाकर बोला।

मेरे आराध्य अवश्य ही कुछ झेंप गए।

"मैं देख रहा था हनुमान, देख रहा था कि···।" वे कुछ कहना चाहते थे पर शायद संकोच-वश कुछ कह नहीं पा रहे थे।

अखिल भुवनरंजक श्री राम को कैसा संकोच ! मुझे आश्चर्य हुआ और मैंने पूछा—"क्या सोच रहे थे प्रभु ? पर अभी तो कुछ कर रहे थे आप ? बालकों के इस खेल में कैसे प्रवृत्त हुए आप ? मैं तो आपके दर्शनों के लिए व्यग्र हो इधर आ गया।"

"हां, हां, सोच रहा था कि जब मेरे नाम से अंकित पत्थर पानी में तैरने लगते हैं तो मेरे हाथों द्वारा छोड़े पत्थर भी तो तैरेंगे। पर ये तो सबके-सब डूबते चले जा रहे हैं।" श्री राम कुछ उदास और कुछ विस्मित से बोले।

मुझे हंसी आ गई और मैं उसे दबाने का प्रयास किये बिना उन्मुक्त हंस पड़ा।

"क्यों हंसते हो हनुमान ?"

"हंसता हूं प्रभु, आपके भोलेपन पर। अरे, जो श्री राम के हाथों से छुट जाएगा, उसे तो डूबना ही है।"

श्री राम उठ खड़े हुए और मुसकराते हुए साथ लग गए। बोले—"तुम्हारे प्रत्युत्पन्न मतित्व का भी कोई उदाहरण नहीं। खूब मनोबल बढ़ाया तुमने मेरा।"

"मनोबल बढ़ाने की बात नहीं प्रभु, यह सत्य है। आपके द्वारा छोड़े हुए को किधर से सागर तैरना है, चाहे वह यह क्षुद्र सागर हो या साक्षात् भव-सागर।"

उन्तीस

एक लीला हम भी देख रहे थे। राघवेन्द्र, सौमित्र, सुग्रीव, अंगद, जाम्बवान् और मैं।

सेतु-निर्माण का कार्य प्रायः समाप्ति पर था। तीन चौथाई से अधिक पुल बन चुका था।

विस्तृत, निर्माणाधीन पुल के ही एक किनारे बैठ हम यह तमाशा देखने में तल्लीन थे। सेतु का सतह कुछ ऊबड़-खाबड़ था—खुरदरा। अनगढ़ चट्टानों और हरे-सूखे काष्ठों से निर्मित सेतु और होता कैसा ?

हम देख रहे थे, एक नन्हीं गिलहरी सागर-जल में, किनारे पर गोता लगाती। फिर किनारे की बालुका-राशि में लोट-पोट करती और सेतु पर आकर भीगे शरीर में लिपट आये सिकता-कणों को झाड़ देती। फिर सागर-तट को लौटती, फिर रेत में लौटती और फिर पुल पर आकर वही कार्य करती।

"यह क्या कर रही है ?" श्री राम ने उसके क्रियाकलाप को देर तक देखने के पश्चात् पूछा।

"यह तो मेरी समझ में नहीं आ रहा है।" सुग्रीव ने कहा।

"मैं भी नहीं समझ पा रहा।" जाम्बवान् बोले।

"विचित्र है यह जीव।" अंगद ने कहा।

"व्यर्थ में बाधा दे रही है सेतु-निर्माण में," लक्ष्मण बोले थे, "कहीं किसी वानर-रीछ के पैरों तले आ पड़ी तो दब-पिसकर समाप्त ही कर बैठेगी अपनी इह-लीला। इसे भगाना चाहिए यहां से।"

"लक्ष्मण, तुम अति शीघ्र क्रोध की मुद्रा में आ जाते हो," श्री राम ने हंसकर कहा था और मेरी ओर उन्मुख हुए थे, "तुम उस जीव को पकड़ कर ला सकते हो मेरे पास ?"

"अवश्य प्रभु ! यह गया वह आया।"

"चलो श्री राम ने तुम्हें बुलाया है।" सागर-जल से निकलकर बालुका-राशि में लौटने के प्रयास में लगी गिलहरी को मैंने जा पकड़ा था।

पता नहीं मेरी भाषा को उसने कहां तक समझा था। समझने का प्रश्न भी कहां था? पर वह मुझे देखते ही ठिठककर खड़ी हो गई थी।

मैंने उसे अपनी हथेली पर उठाया था और वह निर्विरोध उस पर आ जमी थी।

सेतु पर आ मैंने उसे श्री राम की खुली हथेली पर रख दिया था। उसका सारा शरीर रोमांचित हो आया था। खड़े हो आये रोमों से झड़ी सिकता-राशि से श्री राम की हथेली भर आई थी।

श्री राम ने उसे पुचकारा था और प्यारपूर्वक बोले थे—"क्या लीला कर रही हो तुम? क्यों बार-बार बालू-कण लाकर बिखेरती हो इस सेतु पर, इतना श्रमपूर्वक?"

गिलहरी क्यों बोलती? श्री राम का प्यार और उनकी मृदु हथेली का स्पर्श था वह अभिभूत हो आई थी और अपनी आवाज में किट-किट कर बैठी थी।

"क्या कह रही है यह?" श्री राम पूछने को पूछ बैठे थे और फिर प्यार से उस गिलहरी को पुचकारने लगे थे।

"मैं पशु-पक्षियों की भाषा जानता हूं।" नील ने अपना हाथ रोककर कहा था। पता नहीं वह ठीक ही उस गिलहरी की भाषा समझ रहा था अथवा इसके मनोभावों को अपने रूप में अभिव्यक्ति दे रहा था।

"तो बोलो तुम्हीं।" श्री राम ने आदेश दिया था।

"यह कह रही है प्रभु कि सेतु की सतह तो बहुत खुरदरी है और आपके चरण-कमल अत्यन्त कोमल। कैसे चल पायेंगे आप इस पर? इसलिए यह अपनी सामर्थ्य-भर आपकी सेवा में लगी है। सेतु को सिकता-कणों से पाटने का प्रयास कर रही है।"

"सच?" श्री राम नील की इस व्याख्या से अभिभूत हो आये थे और प्यार से गिलहरी के भीगे शरीर पर अपने दाहिने हाथ की उंगलियां फेर दी थीं। गिलहरी की पीठ पर उंगलियों के सुन्दर निशान उग आये थे जो आज तक उसकी सन्तति-दर-सन्तति की पीठ पर देखने को मिल रहे हैं।

तीस

"जिसको अब जहां भी कोई पत्थर-पहाड़ मिले, उठाकर शीघ्र उपस्थित करे। सेतु का निर्माण शीघ्र पूर्ण करना है।" नल-नील ने कहा था। सेतु-निर्माण का

आज पांचवा दिन था। उसका थोड़ा भाग ही निर्मित होने को बचा था पर पत्थर-पहाड़ों की कमी पड़ गई थी। दक्षिण के प्रायः सारे पर्वत सागर को अर्पित हो गये थे। ठीक है कि चट्टानों के सागर-तल पर तैर आने से सेतु-निर्माण का कार्य बहुत आसान हो गया था और अपेक्षाकृत कम पाषाण-खंडों और पर्वतों की आवश्यकता पड़ रही थी। पर सेतु भी कोई साधारण नहीं था। लम्बाई तो उसकी सौ योजन थी ही चौड़ाई भी कई योजनों में थी। सागर की तरह ही विस्तृत राम-सेना को पार उतारने में कोई छोटा-मोटा, संकरा सेतु सक्षम भी कैसे होता?

"इधर अब पहाड़ कहां हैं?" कई वानर विवशता में चिल्लाये।

"नहीं है तो उत्तर दिशा की ओर दौड़ो।" मैंने सुझाव दिया और स्वयं सुदूर उत्तर हिमालय पर जा पहुंचा। बीच के पहाड़ों को अन्य वानरों के लिए ही छोड़ देना उचित था।

हिमालय के सर्वोच्च शिखर पर मुझे हिम मंडित गोवर्द्धन के दर्शन हुए। मैं जानता था पहले गो-लोक में थे यह गोवर्द्धन, पर श्री राम के अवतरित होते ही उनके लीला दर्शन को, भारत-भूमि की सर्वोच्च चोटी से आ लगे थे।

मैंने गोवर्द्धन को ही उठाना चाहा। इतना विस्तत शिखर पहुंचा सका सागर तीर तो पुल का शेष भाग पल में ही पूरा हो जाएगा।

मैंने गोवर्द्धन को उठाने के लिए दोनों हाथ लगाए पर असमर्थ रहा। मैंने अपनी सारी शक्ति हाथों में भर दी पर गोवर्द्धन उठने का नाम नहीं लें।

मुझे आश्चर्य हुआ। गोवर्द्धन गोलोक से आये थे इस भूलोक पर—राम की लीला देखने। यहीं रहकर देखना चाहते हैं क्या? मैंने उनकी अभ्यर्थना की—"पर्वतराज! सेतु बन रहा है सागर पर। आप जानते ही हैं। आपको भी मैं उसके एक अंश के रूप में प्रयुक्त करना चाहता हूं। भगवान के चरण आप पर पड़ेंगे तो…।"

मेरी बात पूरी होने के पूर्व ही पर्वतराज रूई-सा हलका हो मेरे हाथों में उठ आये।

मैं उन्हें लेकर दक्षिण की ओर उड़ा।

मैं हथेली पर गिरिराज को लिए मुश्किल से मध्य भारत अर्थात् ब्रजभूमि तक पहुंचा था कि भगवान का यह आदेश चारों दिशाओं में व्याप्त हो गया कि सभी लोग अपने हाथ के पर्वत-पहाड़ को वहीं रख दें जहां तक वे पहुंच सके हैं।

बात यह हुई थी कि इसी बीच सेतु का शेष भाग पूर्ण हो गया था और भगवान नहीं चाहते थे कि व्यर्थ ही पहाड़ों-चट्टानों की भीड़ लग जाए सागर-तीर। सारे वानरों ने आज्ञानुसार अपने-अपने हाथों के पत्थर-पर्वत जहां-के-तहां रख दिए।

विवश हो मैंने गिरिराज को ब्रज-भूमि में ही आरोपित कर दिया और उड़ता-पड़ता प्रभु के पास पहुंचा—"भगवान, अनर्थ हो गया।"

"क्या ?" प्रभु ने मुसकराकर पूछा।

"मैंने गिरिराज गोवर्द्धन को वचन दे दिया है कि आपकी चरण-धूलि का स्पर्श उन्हें सुलभ कराऊंगा पर आपके आदेशानुसार मुझे उन्हें ब्रज-भूमि में ही स्थापित कर देना पड़ा।"

"उपयुक्त स्थान पर स्थापित किया आपने गिरिराज को।" भगवान मुसकराए, "हनुमान का वचन व्यर्थ नहीं जा सकता। अभी तो क्षण भर को स्पर्श मिल पाता उन्हें मेरा। पर हनुमान कृपालु हों तो इतने से क्या होना ? द्वापर में मैं ग्वाल-बाल के साथ वर्षों तक विचरण करूंगा गिरिराज गोवर्द्धन पर। वह भी क्या याद करेंगे कि किसी राम-भक्त ने किया था उनसे प्रण। इतना ही नहीं, पूरे सात दिनों तक उठाये रहूंगा उन्हें मैं अपने हाथ पर जब इन्द्र के प्रलय-मेघ उत्पात मचायेंगे ब्रज-भूमि में।"

"धन्य हैं प्रभु आप !" मैंने हाथ जोड़कर सिर झुकाया, "आपकी भक्त-वत्सलता अप्रतिम है, कोई उदाहरण नहीं है उसका।"

इकत्तीस

मुझे आश्चर्यमिश्रित दुःख हुआ था। मेरा सारा श्रम व्यर्थ चला गया था। मैं रात्रि-पर्यन्त पवन-वेग से उड़ता रहा था, स्कन्ध पर आशुतोष-प्रदत्त वह विशाल शिव-लिंग लिए और यहां हालत यह कि लिंग-स्थापना हो चुकी थी।

श्री राम की आज्ञा के अनुपालन में ही मैं रात्रि में ही कैलास को प्रस्थित हुआ था। सेतु-निर्माण के पश्चात् भगवान ने वहां अपने इष्टदेव की स्थापना का निर्णय लिया था। जिस अवघड़दानी शिव के वरदान रूपी अभेद्य कवच से मंडित हो दशशीश अपने को अजेय समझता था बिना उस आशुतोष के अनुग्रह से वे समर में विजय कैसे प्राप्त कर सकते थे ? ऐसे भी अभिन्न थे दोनों--राम और शिव, शिव और राम। पशुपति का पूजन तो करना ही था सीतापति को उस महत्त्वपूर्ण अभियान के पूर्व।

समस्या उठी थी शिवलिंग को लेकर।

"कैलास से ही शिवलिंग लाया जाए तो उसका पूजन सद्यः फलदायी होगा।" स्थापना-हेतु आमंत्रित ऋषियों ने कहा था।

"पर समय कहां है ? शुभ मुहूर्त तो ब्रह्मबेला ही है। उसके पूर्व कैलास जाना और वहां से लौट आना किसी के लिए संभव है क्या ?" ऋषियों में ही एक ने शंका व्यक्त की थी।

"संभव है। हमारे पवनात्मज के लिए संभव है।" मेरे आराध्य ने मेरी ओर

देखकर कहा था और मैं उनका इंगित समझ तत्काल कैलास की ओर उड़ चला था।

मैं पूरे वेग से भूत-भावन के निवास की ओर गया था और शिव-लिंग प्राप्त कर उसी वेग से वापस लौटा था पर सागर-तीर लौट कर मुझे सच ही घोर निराशा हुई जब मैंने देखा कि वहां बालूका-निर्मित लिंग स्थापित हो चुका था।

"यह क्या ?" मैंने आंखों में आश्चर्य भर श्री राम से ही सीधे पूछा था। अवश्य ही मैं थकान के कारण कुछ अव्यवस्थित हो आया था वर्ना अपने आराध्य से सीधे यह प्रश्न करने की मैं कल्पना भी नहीं कर सकता था।

"मुहूर्त बीता जा रहा था पवनपुत्र !" श्री राम ने सहज भाव से मुझे आश्वस्त करना चाहा था।

पर मैं कब आश्वस्त होने वाला था ? कहां कैलास से लाया यह मेरा पुनीत पाषाण-लिंग और कहां यह रेत से बना क्षुद्र प्रतीक। मेरा मन खिन्न हो आया था और मैं जीवन में शायद प्रथम बार मर्यादा भूल बोल पड़ा था—"मैं मुहूर्त रहते ही पहुंच गया हूँ। थोड़ी प्रतीक्षा···।"

"तुम एक काम करो।" श्री राम ने मुझे उद्दंडता का अधिक अवसर नहीं देना ही अच्छा समझा और बोल पड़े।

"क्या ?"

"अगर तुम मेरे द्वारा स्थापित इस लिंग को उखाड़ सको तो मैं उसके स्थान पर तुम्हारे द्वारा लाए इस पाषाण-विग्रह को ही स्थापित कर दूंगा।"

मुझे इससे अच्छा अवसर क्या मिलता ? मैंने एक हाथ से ही उस रेत-निर्मित लिंग को ढहा देना चाहा पर जब यह संभव नहीं हुआ तो मैंने दोनों हाथ लगाए। इस पर भी वह अपने स्थान से नहीं हिला तो मुझे आश्चर्य हुआ और मैंने अपनी पूंछ में ही लपेट उसे उखाड़ देना चाहा। पूंछ को लपेट कर जब मैंने अपनी पूरी शक्ति लगाई तो उस विग्रह का उखाड़ना तो दूर, एक झटके के साथ मैं ही बहुत दूर जा गिरा और रक्त-वमन करने लगा।

अब मुझे अपनी गलती का अनुमान हुआ। त्रैलोक्य-पति स्वयं श्री राम के हाथों स्थापित उस शिव-लिंग को उखाड़ फेंकने की शक्ति मुझ तुच्छ कपि के अन्दर थी ? मैंने पश्चाताप में हाथ जोड़े और प्रभु के पैरों पर जा पड़ा—"मेरे आराध्य ! अपने दास की इस धृष्टता को क्षमा करें। मैं इस बालूका-लिंग को देख असंतुलित हो आया था। मेरी एक मात्र इच्छा थी कि स्वयं शिव द्वारा सेवित कैलास के इस विग्रह की ही इस सेतु के पास प्रभु-करों से स्थापना होती।"

"यह भी होगा हनुमान ! तुम्हारे द्वारा लाए इस शिव-लिंग की भी स्थापना होगी और अभी होगी। और हां, पहले तुम्हारे द्वारा लाये इस लिंग की पूजा के पश्चात् ही मेरे द्वारा स्थापित इस शिव-लिंग की पूजा होगी। जो ऐसा नहीं करेगा उसकी अर्चना व्यर्थ ही सिद्ध होगी। पहले हनुमदीश्वर तब रामेश्वर।

ऋषियों ने रामेश्वर-लिंग के पार्श्व में ही मेरे द्वारा लाए इस पाषाण विग्रह

की भी स्थापना मन्त्रोचारपूर्वक की और वहां उपस्थित सभी वानर-रीक्ष तथा ऋषि-मुनि एक स्वर से बोल पड़े—

हनुमदीश्वर की जय !
रामेश्वर की जय !
भक्तवत्सल श्री राम की जय !
वीरवर सौमित्र की जय !

बत्तीस

सुबेल पर जुटे थे हम सभी। सेतु द्वारा सागर के पार आया था राम सैन्य और इस शिखर पर पड़ गया था पड़ाव।

प्रथम दिन ही था यह, इस पार पहुंचने का। भगवान विश्राम कर रहे थे। तृणादि की शय्या बना दी गई थी और श्री राम प्रसन्न-चित्त लेटे थे उस पर। सौमित्र, सुग्रीव, अंगद और मैं उनकी सेवा में लगे थे। विभीषण भी पास ही बैठे थे।

मंद समीर बह रहा था। सागर-जल को स्पर्श कर आने वाली वायु मन-प्राणों को कुछ अधिक ही प्रफुल्ल कर रही थी।

क्षितिज के ऊपर पूर्ण चन्द्र उदित हो आया था। उसकी रजत-चांदनी सुबेल की शोभा को और वृद्धिशील कर रही थी। श्री राम एकटक धवल चन्द्र को देखे जा रहे थे। लगातार उन्हीं के मुख पर दृष्टि गड़ाए मुझे उनकी दृष्टि की दिशा का भान तत्काल ही हो गया था। प्रभु, शायद पूर्ण चन्द्र में माता जानकी की छवि ढूंढ़ने में व्यस्त हैं, मेरे मन में आया था पर कहां यह दाग-पूर्ण चांद और कहां माता का सर्वथा दोष-हीन शुभ्र-आनन। कोई तुलना है दोनों में ?

तभी श्री राम एक प्रश्न पूछ बैठे थे। निश्चय ही वे कुछ और ही सोच रहे थे।

"तुम में कोई बता सकता है ? धवल चांद के मध्य यह श्याम चिह्न कैसा है ?"

सब अवाक्। चांद तो देखते आये थे सभी अपने बाल्यकाल से ही पर किसी ने कभी इस बात पर कहां सोचा था ? क्या उत्तर दे कोई ?

"बोलो।" श्री राम ने सभी को मौन पा हिम्मत बढ़ाई थी उनकी।

"मैं बताऊं ?" सुग्रीव ने ही सर्वप्रथम कहा। आखिर सेना-नायक थे वे। प्रथम बोलने का अधिकार तो उन्हीं का था।

"बताइए।" श्री राम ने आज्ञा दी।

"मुझे लगता है प्रभु कि इस चमचमाते चांद पर पृथ्वी का जो प्रतिबिम्ब पड़

रहा है वही उसके मध्य के श्याम वर्ण का कारण है…जैसे स्वच्छ आरती के सामने आई वस्तु उस पर प्रतिबिम्बित होती है, उसी तरह…।"

"बात बनी नहीं।" श्री राम ने टोका।

"राहु के साथ अक्सर हुए संघर्ष में ही यह चिह्न आ गया है चन्द्रमा में।" शायद अंगद ने कहा था।

प्रभु चुप। निश्चय ही उन्हें वह भेद पता था जो आज आप सबों को ज्ञात है, वही खन्दक-खाई वाला पर प्रभु समय-पूर्व यह भेद पृथ्वीवासियों पर खोलते कैसे? ज्ञान को तो शनैः-शनैः ही अवतरित होना है आप पर। पता नहीं अभी कितना कुछ अज्ञात है आपके लिए। विश्व-ब्रह्मांड का कितना भेद अभी प्रकट होने को शेष है आप पर। सब कुछ एक साथ ही तो नहीं खोला-बताया जा सकता।"

"अति सुन्दरी, कामदेव-भार्या रति का मुख गढ़ते समय ब्रह्मा ने शशि का कुछ भाग ले लिया था इसीलिए…।" एक और उत्तर आया था। प्रभु फिर मुसकराए थे।

"हनुमान, क्या तुम एकदम नहीं बोलोगे?" भगवान को मेरा मौन खल गया था। मैं जानता था। मुझसे सही उत्तर जानने के लिए नहीं बल्कि मेरे मुख को खुलवाने के लिए ही ऐसा कहा था प्रभु ने। जब भगवान ने ही भेद नहीं खोला था तो मैं कब खोलने वाला था? पृथ्वीवासियों के मन में चांद को लेकर एक जो सुन्दर, मधुर परिकल्पना थी, उसे ध्वस्त करने को कब तैयार था मैं?

पर प्रभु को भी अनुमान नहीं था मेरे विचित्र किन्तु सटीक उत्तर का। नहीं तो वे कहां छेड़ने जाते मुझे? फिर भी मैंने अपनी समझ से सत्य भाषण ही किया था।

"बताऊं प्रभु?"

"हां बोलो।"

"चन्द्रमा आपका भक्त है न, दास?"

"यह कैसे कहूं? अपना अति-प्रिय भक्त तो मैं तुम्हें मानता हूं।" प्रभु मुसकरा कर बोले।

"यह तो मेरा सौभाग्य। पर चन्द्रमा भी भक्त है आपका।"

"तो?"

"आपके श्याम मुख का वह सदा ध्यान करता रहता है, इसीलिए उसमें यह श्याम रंग ।"

मेरी बात पूरी नहीं हुई कि सबों ने प्रसन्नता-से भरकर ताली बजा दी— "धन्य पवन-नन्दन, ठीक कहा आपने।"

ठीक तो मैंने कहा ही। चर-अचर में तो प्रभु का वास है ही, अतः चन्द्रमा में भी मैंने उन्हें ढूंढ निकाला तो आपकी वैज्ञानिक दृष्टि से भी त्रुटि-हीन ही है मेरा उत्तर। अब आपने खन्दक-खाई और पहाड़ खोज लिए हैं चन्द्र पर, ठीक है, पर इन पहाड़ों और चट्टानों क्या विश्व-ब्रह्मांड की हर चट्टान हर कण और हर अणु में तो बसता है वह। है कि नहीं?

तैंतीस

अंगद को भेजा गया था रावण के यहां दूत बना कर।

हर युद्ध के पहले संधि का प्रस्ताव भेजना राजनीति की मांग है। मर्यादा-पुरुषोत्तम किसी भी मर्यादा का अतिक्रमण करें, यह नहीं हो सकता था।

कल ही सुबेल पर उतरे थे हम और आज प्रातः ही प्रेषित किया गया था बालि-सुत को रावण-सभा में। कुछ परिणाम तो नहीं निकलना था इसका पर एक बात अवश्य हुई थी।

अंगद को दसशीश-सभा में गए कुछ पल ही बीते होंगे कि दक्षिण-दिशा से उल्काओं की तरह प्रकाशमान चार वस्तुएं हमारे शिविर की ओर उड़ती-आती लगीं।

सभी वानर-रीछ घबरा गए। उन्हें लगा, चार वज्र ही फेंके हैं रावण ने हमारी ओर।

"घबराएं नहीं आप।" श्री राम तो मुसकराते रहे थे, पर विभीषण ने सबको सान्त्वना दी थी," मैं पहचानता हूं इन्हें। दूर से पहचान गया। रावण के स्वर्ण-किरीट हैं ये।"

"तो इधर कैसे आ रहे ?" सुग्रीव ने आश्चर्यचकित हो पूछा था।

"यह तो अंगद के आने पर ही ज्ञात होगा," विभीषण ने कहा था और ठीक इसी समय वे चारों स्वर्ण मुकुट शिवर-मध्य आ गिरे थे। मैं उन्हें तत्काल उठा कर श्री राम के पास ले गया था," ठीक ही कहा राक्षसेन्द्र विभीषण ने, किरीट ही हैं ये।" मैंने निवेदन किया था।

मध्याह्न के पूर्व ही लौटे थे बालि-सुत, खाली हाथ। रावण किसी प्रकार की संधि को प्रस्तुत नहीं था।

"यह तो ज्ञात ही था पर बताइए रावण के मस्तकों के स्वर्ण-मुकुट कैसे आ गये आपके हाथ ?" विभीषण ने ही पूछा था। श्री राम इतनी उत्सुकता कब दिखाते अथवा क्या कुछ छिपा है उन सर्वज्ञ से ?

"प्रभु-कृपा से।" अंगद ने संक्षिप्त उत्तर दिया।

"वही तो स्पष्ट कीजिए," सुग्रीव भी आतुर हो आए थे जानने को, "उसके मुकुटों का उसके सिरों से पृथक् होना तो भारी अपशकुन है उसके लिए ! कैसे घटा यह सब ?"

"रावण ने जब मेरी कोई बात नहीं सुनी और अपने अहंकार को ही अभिव्यक्ति देते रहा तो क्रोध में भर मैंने पृथ्वी पर मुष्टि-प्रहार किया और सभासदों सहित दशशीश भूमि पर, लड़खड़ा कर गिरा। उसके मुकुट यत्र-तत्र बिखर गए। जब तक वह शीघ्रता में उन्हें पुनः अपने मस्तकों पर धारण करे, मैंने चार को उठा फेंका सुबेल की ओर।"

"धन्य युवराज !" कइयों ने एक साथ कहा। भगवान ने अपनी मृदु मुसकान

की वर्षा की बालि-तनय पर और वे कृत-कृत्य हो आये।

संधि के प्रस्ताव के अस्वीकृत होने पर सिवा युद्ध के अब कोई उपाय नहीं था जगज्जननी के उद्धार का। अतः, राम से मंत्रणा के पश्चात् प्रातः लंका के चारों द्वारों पर टूट पड़े हमारे सेनानी— वानर और रीछ वीर।

कुछ महल के कँगूरों पर जा चढ़े और असंख्य वानर नगर-परिखा को चट्टानों से पाटने लगे। उनके हाथों में बड़े-बड़े पर्वत-खंड और विशाल वृक्ष थे। उनकी मार से महल धराशायी होने लगे और नगर-परिखा कई स्थानों से व्यर्थ हो गई।

वानरों के आक्रमण को देख राक्षसों की सेना भी दौड़ पड़ी और दोनों ओर से तुमुल युद्ध छिड़ गया।

थोड़ी देर के लिए असुर-सैन्य वानर-भालुओं के लिए भारी पड़ गया। असुरों की मार से वे त्राहि-त्राहि करने लगे और सुग्रीव, अंगद तथा जाम्बवान् और मेरे नाम की दुहाई देने लगे।

मैं उस समय पश्चिम द्वार पर था। मेघनाद से मैं भिड़ा हुआ था। वह प्रतापी वीर हार मानने को प्रस्तुत नहीं था। उधर अपनी विकल सेना का स्वर मुझे बार-बार आमंत्रित कर रहा था। मेघनाद से शीघ्र निपटना अब आवश्यक था। मैंने जोर से गर्जना की, श्री राम का स्मरण किया और पास में पड़े एक गिरि खंड को ही मेघनाद के रथ पर दे मारा। उसके रथ के टुकड़े हो गये। एक सारथि भी प्राणों से हाथ धो बैठा। अवसर पा मैंने इन्द्रजित् की छाती में लात से प्रहार किया और वह चक्कर खाकर रथ में जा गिरा। रथ में उपस्थित दूसरा सारथि उसे नगर की ओर ले भागा।

मेघनाद से निवृत्त हो मैंने अपने साथियों की सुधि लेनी चाही। मैं गढ़ पर जा चढ़ा। अंगद भी साथ लग गए। हम दोनों ने कई राक्षस-योद्धाओं को काल के हवाले किया और बहुतों को पैर से पकड़ उन्हें श्री राम शिविर की ओर फेंक दिया। कई राक्षस-वीरों को अपने आस-पास बिखरे पाकर श्री राम और सुग्रीव आदि बहुत प्रसन्न हुए और मुझे बाद में पता लगा कि उस समय हम दोनों की प्रशंसा करते श्री राम थकते नहीं थे। उन्होंने कहा था, हम दोनों ने लंका को वैसे ही मथ दिया जैसे दो मंदराचल सिंधु को मथ रहे हों। मुझे आत्म-प्रशंसा कभी अच्छी नहीं लगी पर श्री राम मुख से जो भी, जो कुछ निकला मैंने उसे आशीर्वाद के रूप में ही ग्रहण किया।

अब तक संध्या घिरने को आई। वानर-सेना वापस होने लगी थी पर रात में तो निशाचरों की शक्ति वर्द्धित हो जाती है। उन्होंने दूने जोर से भागती सेना पर आक्रमण कर दिया और राक्षसी माया का भी विस्तार किया। देखते-देखते आसमान तमाच्छन्न हो आया और आकाश से रक्त और मांस-मज्जा की वर्षा होने लगी।

हमने दौड़कर श्री राम को यह बात बताई तो उन्हें एक क्षण में सारी राक्षसी माया काट दी। सर्वत्र गोधूलि का प्रकाश फैल गया। गगन से अपवान वर्षा बन्द

हो गई।

भागते राक्षसों पर अंगद तथा मैंने धावा बोल दिया। पीछे हमारी सेना भी थी। बात की बात में बहुत राक्षस धराशायी हो गए और अनेक घायल होकर भाग चले।

राक्षसों ने अवश्य ही उस रात रावण से अपनी दुर्दशा कही होगी। फलस्वरूप दूसरे दिन प्रातः ही भयंकर रूप धारण कर मेघनाद समरांगन में उतर पड़ा।

आते ही उसने बाणों की बौछार से वानर-सैन्य को विकल कर दिया। असंख्य वानर उसके बाणों का शिकार हो मृत्यु को प्राप्त हुए और शेष सिर पर पैर रख भाग खड़े हुए। पुनः चारों ओर त्राहि-त्राहि मच गई और श्री राम, सौमित्र तथा सुग्रीव की पुकार से दिशाएं गूंज गई। बीच-बीच में मेरा नाम लेकर भी वानर-भालू पुकारने लगे।

एक भारी पर्वत उठाकर मैं मेघनाद की ओर दौड़ा। मुझे देखते ही रथ छोड़ वह आकाश की ओर उड़ चला। पर्वत की मार रथ, सारथि और घोड़ों पर पड़ी और उनका नामोनिशान नहीं रहा।

मेघनाद अब मुझे छोड़ श्री राम की ओर लपका। आसमान से ही माया के नाना प्रकार के खेल खेलने लगा। दहकते अंगारे आकाश से बरसने लगे। जमीन से जल-धाराएं फूट पड़ीं। साथ ही झंझावात् का ऐसा वेग उठा कि दिशाएं धूल-पानी से भर आईं। अंधकार इस रूप में व्याप्त हो गया कि हाथ को हाथ नहीं सूझे। भूत-पिशाचों का घोर नर्तन आरम्भ हो गया और चारों ओर "धरो-पकड़ो मारो" का स्वर व्याप्त हो गया।

वानर-भालुओं को भयाक्रान्त देख श्री राम ने पुनः एक बाण से ही सारी राक्षसी माया काट दी पर मेघनाद अभी भी रणांगन में जुटा हुआ था। नए रथ और सारथि उसने मंगा लिए थे।

राम की आज्ञा ले अब सौमित्र उसके साथ युद्ध को बढ़े। दोनों में घनघोर युद्ध आरम्भ हो गया। लक्ष्मण ने उसके नए रथ को विध्वंस कर दिया और सारथि को भी मार डाला। मेघनाद के बलिष्ठ शरीर को उन्होंने तीक्ष्ण शरों से छलनी कर दिया। इन्द्रजित् को अपने प्राणों पर आये घोर संकट का भान हुआ। निकट ही था कि सौमित्र के हाथों उसके प्राण चले जाते कि उसने एक भीषण मंत्राभिषिक्त शक्ति सौमित्र पर छोड़ दी

शक्ति लगते ही लक्ष्मण मूर्छित हो गए। सौमित्र को मूर्छित होते देखते ही मेघनाद उनकी ओर लपका। वह उन्हें उठाकर लंका की ओर भागना चाहता था पर उसके लाख उठाये भी शेषावतार लक्ष्मण जब नहीं उठ सके तो वह रथ घुमाकर नगर की ओर भाग खड़ा हुआ।

मैंने दूर से ही मेघनाद को सौमित्र को उठाने का प्रयत्न करते देख लिया था। मैं जब तक दौड़कर वहां पहुंचूं तब तक वह भाग चुका था।

लक्ष्मण को मूर्छित स्थिति में देख मैं अत्यन्त चिन्तित हो आया। पर यह

समय सोच करने का नहीं था । मैंने सौमित्र को दोनों हाथों में उठाया और श्री राम की ओर दौड़ा । मेरे पीछे वानर-भालुओं का एक भारी समूह लग गया । विकल होकर सभी 'हा लक्ष्मण ! हा लक्ष्मण !' की रट लगाने लगे । उन्हें सान्त्वना दूं, ऐसा कोई शब्द मेरे पास नहीं था ।

श्री राम को देखते ही पहले से ही भरी मेरी आंखें छलछला आईं और वानर-भालुओं द्वारा शीघ्रता में बनाई एक तृण-शय्या पर मैंने सौमित्र को धीरे से लेटा दिया ।

चौंतीस

युद्ध के इस अप्रत्याशित और आकस्मिक मोड़ ने सबको शोक-सागर में निमग्न कर दिया था । सौमित्र को शक्ति लगने से सम्पूर्ण राम-सैन्य का मनोबल पस्त और भविष्य तमाच्छन्न हो आया था । सुग्रीव, अंगद, जाम्बवान्, नल, नील आदि प्रभृति सभी वीर व्यग्र और असंतुलित हो विक्षिप्त-से हो आये थे । सभी श्री राम के साथ लक्ष्मण को घेर कर बैठे थे । मेरे आराध्य की तो स्थिति अत्यन्त दयनीय हो आई थी । उनका सहज स्नेहिल मन सौमित्र के संज्ञा-शून्य होने से उत्पीड़ित और आहत हो जल-विहीन मीन की तरह तड़प आया था । आगे चलकर आदि कवि ने जिनकी गम्भीरता की तुलना समुद्र से की—समुद्र इव गाम्भीर्ये -- वे आज भ्रातृ-शोक में पूर्णतया अशान्त और क्षुब्ध हो आये थे । उनका दुःख सारी सीमाओं का अतिक्रमण कर चुका था और उनकी दारुण व्यथा उनके सस्वर करुण विलाप में अभिव्यक्त हो रही थी । मर्यादा पुरुषोत्तम, जैसे आज अपनी सम्पूर्ण मर्यादा विस्मृत कर सामान्य मानव की तरह व्यवहार करने को विवश हो गए थे । ऐसा था उनका-अनुज-प्रेम कि असंख्य सेनानियों और सुहृद-शुभचिन्तकों की उपस्थिति से बेखबर वे लक्ष्मण के सिर को गोद में रख कुटरों की तरह रूदन करने लगे थे जिसे सुन-सुन कर पाषाण-हृदय भी पसीजे जा रहे थे । मुझे लगता है कि माता सुमित्रा भी उस तरह शोक-विह्वल नहीं हो पातीं जिस तरह इस वज्रपात से श्री राम हो आये थे । तभी तो सदा पिता-माता के आदेश को सर्वोपरि मानने वाले और उसी के अनुपालन में गत प्रायः चौदह वर्षों से बीहड़ वनों की खाक छानने और वनवास जनित विविध दुःखों को हंस-हंस कर झेलने वाले वे आज यह कहने को बाध्य हो रहे थे कि उन्हें वनवास के इस दुष्परिणाम का जरा भी आभास होता तो वे पिता दशरथ के आदेश की भी अवज्ञा कर जाते—'जौं जनतेउँ बन बंधु बिछोहू । पिता बचन मनतेउँ नहिं ओहू[1] ।।'

1. गोस्वामी कृत रामचरित मानस

यह अवसर शोक का नहीं, विलाप का नहीं, चिन्ता का नहीं, अपितु कर्त्तव्य-निर्धारण और अविलम्ब उसके सम्पादन का था। बहुमूल्य समय विलाप और किंकर्त्तव्यविमूढ़ता की स्थिति में बर्बाद हो रहा था। सारे वीर और मैं भी, श्री राम के शोक-विह्वल और विलाप-मग्न होने से अपना दायित्व-बोध भूलकर जड़, पाषाण हो आये थे। जब कोटि-कोटि ब्रह्मांडों के मार्ग-निदेशक साक्षात् परात्पर ब्रह्म ही पथ पाने में अक्षम होकर क्षुद्र नर की तरह विवश और व्यथित हो आये तो उसी के द्वारा सृष्ट और उसी के चरणानुगामी हमारी स्थिति का अनुमान कठिन नहीं था। एक तो सौमित्र से संभावित विछोह के दुःख ने, दूसरे राम के अपार अकल्पित, अवर्ण्य, अछोर और अमर्यादित शोक ने हमारे हृदय को अस्थिर और बुद्धि-विवेक को जड़ कर दिया था। प्रसन्नता की बात थी कि शौक के इस अनन्त, अकूल पारावर में कम-से-कम एक व्यक्ति एक ऐसे विशाल पोत की तरह अडिग थे जो सारे प्रलय-ज्वार को अपनी अनुपम सामर्थ्य से झेलता जाता है। वे थे विभीषण जी। मैं भी कुछ तो ऋषि-शाप वश और कुछ अपने आराध्य की विह्वलता और व्यग्रता से अभिभूत हो औरों की तरह विमूढ़ और व्यर्थ हो गया था। विभीषण जी को पता नहीं कैसे लगा कि इस समय मेरी ही कुछ भूमिका हो सकती है। वे मुझे किनारे ले गए और बोले—"लंका में रहता है सुषेण वैद्य। उसके आवास की भौगोलिक स्थित मैं समझा देता हूं। आप जाकर उसे शीघ्र लाइए। वह सौमित्र की प्राण-रक्षा में समर्थ हो सकता है।"

एक बार मुझे कर्त्तव्य-बोध हो जाए तो फिर राम-कार्य-पालन में तो मैं राम-शर की तरह ही लक्ष्य-भेद को तत्काल तत्पर हो जाता हूं।

"यह गया और वह आया। आप श्री राम को संभालें।" मैंने कहा और दूसरे ही क्षण सुषेण के आंगन में उपस्थित हुआ। रात्रि में द्वार खुलवाने का उपक्रम समय की व्यर्थ हत्या होती। सुषेण अपने शयन-कक्ष में निद्रा-मग्न थे। जागृत-अवस्था में कहीं यह शत्रु-शिविर में जाना अस्वीकार कर दें तब? यह सोचकर मैंने बिना क्षणार्ध का भी विलम्ब किये उन्हें उनके गृह के साथ ही उठा लिया। मेरे, द्रुत वेग से गतिमान होते ही सुषेण की निद्रा तो विदा ले गई पर भूमि पर पतित हो प्राणों से वंचित होने के भय से वह शान्त ही रहे। संज्ञा-शून्य सौमित्र के पार्श्व में जब मैंने उनकी शय्या को स्थापित किया तो वे सारी स्थिति समझ तत्क्षण सक्रिय हो आये। नाड़ी परीक्षा करने के पश्चात् उन्होंने कहा—"स्थिति तो चिन्त्य अवश्य है फिर भी आशा की एक किरण दिखाई पड़ती है।"

"क्या?" मैं तत्काल बोला और इधर मेरा आकार परिवर्तित होने लगा। कुछ करणीय उपस्थित हो रहा था, इसका भान मुझे हो गया। मेरी लाँगूल ऐंठ कर ऊपर जाने लगी और मेरा वक्ष-स्थल प्राण-वायु के आधिक्य से विस्तृत होने लगा। सम्पूर्ण शरीर में विद्युत-प्रवाह-सा दौड़ गया और तत्काल पर्वताकार हो आया मैं, सौमित्र के लिए असंभव को भी संभव करने को सन्नध हो गया।

"हिमगिरि से भी आगे द्रोणाचल पर संजीवनी बूटी है। अगर उसे कोई ला

सके तो सौमित्र की संज्ञा वापस आ सकती है। ध्यान रहे सूर्योदय-पूर्व संजीवनी नहीं आई तो श्रम निष्फल होगा।"

"जय श्री राम" मैंने कहा और बिना किसी की आज्ञा-अनुमति की अपेक्षा-प्रतीक्षा किए राम-बाण की तरह ही वायु-वेग से गतिमान हो गया। सीतान्वेषण के काल समुद्र-लंघन के समय जो गति मैं अपने अन्दर लाने में सक्षम हुआ था उससे भी गई गुणा तीव्र वेग से मैं हिमवान की ओर प्रस्थित हुआ। यह तो रात्रि का काल था वर्ना मेरे विशाल विग्रह को इस तरह वायु में उड़ते देख बहुतों को लगता कि कोई पर्वत ही धरती छोड़ आकाश में उड़ चला है।

शुभ कार्य में विघ्न नहीं उपस्थित हो तो सफलता असंदिग्ध ही रहती है। विघ्नों को मैंने सदा शुभ-शकुन ही माना है।

विघ्न यहां भी उपस्थित हो गया। आकाश-मार्ग से निरन्तर गतिमान, मुझे नीचे एक स्थान पर एक विशाल और मनोरम सरोवर दिखाई पड़ा। ऐसे मैं इसे नहीं भी देख पाता पर उसे आच्छादित किए दिव्य पद्म-पुष्पों की नैसर्गिक सुरभि हवाओं पर सवार हो मेरे नासिका-स्कन्धों तक पहुंच गई थी। सुगन्धित समीर के स्पर्श से मैं सहसा श्रम-गत हो आया तो स्वभावतः नीचे की ओर मेरी दृष्टि गई। सरोवर के पास से ही सिर उठाते एक गगन-व्यापी मंदिर का शिखर मानो मुझसे थोड़ा ही नीचे था। उसके शिखर पर शोभित कनक-कलश से फूटती स्वर्ण-किरणों से इस अंधकार पूरित रात्रि में दूर-दूर तक प्रकाश की रेखा खिंचती जा रही थी। मैं इस सबके आकर्षण को चुनौती दे जाता—सरोवर के सौन्दर्य को, उसके पद्म-गंध को, पथ में विकीर्ण प्रकाश को—पर मंदिर तो मेरी प्रबल दुर्बलता है। मार्ग में देवालय मिल जाए और मैं बिना सिर झुकाये निकल जाऊं तो यह देवापराध नहीं होगा क्या? ऐसा मैंने जीवन में कभी नहीं किया और आज भी नहीं कर सका। मैं नीचे, और नीचे उतरा तथा मंदिर के स्वर्ण-कलश को हाथों का स्पर्श देते हुए मैं उसके प्रांगण में उपस्थित हो गया।

यहां मैं स्पष्ट कर दूं कि मैंने अपने जीवन में जो सबसे बड़ा पाठ पढ़ा है वह यही कि कंचन ही मनुष्य के पतन और कष्ट का सबसे बड़ा कारण है। ऐसे तो लोग कंचन के साथ कामिनी को भी जोड़ते हैं पर मैंने तो सम्पूर्ण नारी-वर्ग को मातृ-दृष्टि से ही देखा है, सभी में मुझे जानकी अम्बा के ही दर्शन हुए हैं, अतः मैं उसके संबंध में कुछ नहीं कह सकता पर स्वर्ण की मोहक और अन्ततः विध्वंसक प्रकृति से तो मैं पूर्णतया परिचित हूं। स्वर्ण-मृग ने ही सीता माता को छला था। स्वर्ण-पुरी लंका का वासी दशग्रीव स्वर्ण के मद में ही मस्त हो सुर-असुर किसी को नहीं लगाता था और अन्ततः इसी मस्ती ने उसे सीता-हरण को भी बाध्य किया। मैं अपने अनुभव से यह भी जानता हूं कि अगर लंका स्वर्ण-निर्मित नहीं होती तो मेरे द्वारा दग्ध होते समय वह उतना कष्टकर भी नहीं सिद्ध होती अपने निवासियों के लिए। जितना अग्नि की लपटों ने नहीं मारा लंका-वासियों को उतना पिघल आये स्वर्ण की दाहकता ने उनके प्राण लिए। लहरों की लपेट में जो आया वह तो क्षण

भर में भस्म हो गया पर द्रवित स्वर्ण की चपेट में जो पड़ा तो वह तिल-तिल कर, तड़प-तड़प कर ही प्राण दे सका।

फिर इसी स्वर्ण ने चौंधियाया था मेरी आंखों को वर्ना कैसे देखता यह मंदिर और कैसे अवतरित होता मैं इसके प्रांगण में जहां कोने में आसीन एक कपट-मुनि का मात्र इतना उद्देश्य था कि मुझे अत्यधिक विलम्बित कर दे ताकि सूर्योदय के पूर्व मैं संजीवनी के साथ लंका वापस ही नहीं लौटूं। कालनेमि था यह, लंकेश द्वारा प्रेषित। सच, काल अधिकतर स्वर्ण की ओट से ही आखेट करता है। आगे आने वाले द्वापर में परीक्षित के स्वर्ण-किरीट में ही आसीन हो काल-नाग ने डंसा था उन्हें। स्वर्ण की इस माया का अब रह-रह कर स्मरण हो आ रहा है मुझे। बिना भोगे कोई सीखता भी कहां है? स्वर्ण ने ही—राज-कोष में अंटे-पड़े अयोध्या के स्वर्ण ने ही—तो विपथगा किया था कैकय-सुता को वर्ना कैसा वनवास और कैसा समर और कैसा सौमित्र के प्राणों पर घिरा यह मृत्यु-संकट ?

मुनि के कपट-रूप का मुझे उस क्षण तक कहां पता था। उसके सौम्य तपस्वी वेश को देख कर मैंने तत्काल उसके चरणों में प्रणिपात किया और उसके तन से निकलती अलौकिक आभा के वशीभूत हो कुछेक क्षण अभिभूत-सा वशीकृत-सा खड़ा रहा। कृत्रिमता वास्तविकता से ज्यादा ही मोहक होती है। कृत्रिम स्वर्ण के आभूषण भी असली से ज्यादा ही दीप्तिमान लगते हैं। इस मुनि का कपट-वेष, वशिष्ठ-विश्वामित्र के आकर्षण को भी चुनौती देता प्रतीत हो रहा था।

"हिमालयाय प्रस्थितोऽसि ? संजीवनीलाभाय ?"—हिमालय जा रहे हो संजीवनी लाने ? संस्कृत में ही आरम्भ किया कपट-मुनि ने।

"सत्यं ज्ञातं भवद्भिः। कृतार्थोऽस्मि भवद्दर्शनात्। उदिताः मे पुण्याः यत् जातं महाभागस्य दर्शनम्। सौभाग्य कारिणमिदम्।"

—ठीक ही कहा आपने। आपके दर्शन से मैं कृतार्थ हुआ। मेरे पुण्य ही उदित हुए हैं कि आपके सौभाग्यकारी दर्शन प्राप्त हुए—मुझे आश्चर्य हुआ कि वह लक्ष्मण-मूर्छा और मेरे हिमाद्रिगमन की बात कैसे जान गया। सच यह सिद्ध ऋषि है। साधु से तो काम बनता ही है।

"पिपासा ग्रसितोऽस्मि। शुभ्रमिदम् सरोवर जलम्। अपि आदिष्टोऽहम् अस्य पानाय ?"—प्यास लग आई है। क्या मैं इस सरोवर के सुन्दर जल का पान कर सकता हूं ?—पता नहीं मुझे सच में प्यास लग आई थी अथवा यह भी इस मुनि की माया ही थी कि प्यास से मेरा कंठ सूखने लगा।

"पिब इदं पात्र-जलम् अमृतोपमम्।"—इस कमंडलु के अमृत-जल का पान कर लो।

कमंडलु के जल से मुझ कपि की तृष्णा कब बुझने वाली थी ? बाद में मुझे लगा, अच्छा ही किया जो मैंने इस पात्र का जल नहीं पिया, निश्चय ही वह विषाक्त रहा होगा।

"अपर्याप्तमिदम् पत्रसलिलम्। सरोवर जलमेव पातुमिच्छामि यदि रोचते

भवान्।"—पात्र का यह जल अपर्याप्त है। अगर आप आज्ञा दें तो सरोवर का ही जल पी लूं।

"साधु। आदिष्टोऽसि।"—ठीक है आज्ञा दी।

सरोवर में प्रवेश करते ही एक और संकट ने आ घेरा। मेरे दाहिने पैर में सहसा पीड़ा हुई और लगा, किसी जल-जीव ने उसे ग्रस्त कर लिया। अकुलाहट में मैंने गदा-प्रहार कर दिया। यह तो अच्छा है कि मैं किसी भी स्थिति में अपनी गदा को अपने से पृथक नहीं करता। यह आदत मैंने अपने आराध्य से ही ग्रहण की है। धनुष-बाण इनके कर में सदा सुशोभित रहते हैं। एक क्षण को भी वे उन्हें अपने से अलग नहीं करते। एक दिन मैं इसका कारण पूछ बैठा तो अशरण-शरण श्री राम जैसे विनोद में आकर बोल बैठे थे—"मुझे विश्वास नहीं है न अपने भुजबल पर। इसीलिए आठो प्रहर अस्त्र-सज्जित रहता हूं। पता नहीं मेरा कौन भक्त कब पुकार बैठे नो उस समय मैं अपना धनुष-बाण ढूंढ़ते फिरूंगा?"

कही थी उन्होंने तो विनोद में ही यह बात पर बह बैठ गई थी मेरे अन्दर और तब से मैं भी कभी नहीं छोड़ता अपनी गदा।

इधर मेरी गदा का प्रहार होना था उधर रक्त-रंजित हो आया सरोवर-जल। किसी बड़े जीव की हत्या बन आई थी, मैंने सोचा और ध्यान से देखा तो एक स्त्री-मगर के प्राण-पखेरू उड़ चुके थे। उसी समय ऊपर आसमान में विमानारूढ़ दिखाई पड़ी उसकी आत्मा। अवश्य ही पुण्यशीला रही होगी पूर्व जन्म में। अन्तरिक्ष में विलीन होते-होते वह कहती गई—"कपटी मुनि है यह। तुम्हें रोक कर तुम्हारा काम बिगाड़ना चाहता है। राक्षस है यह।"

अब जब अन्त मिल गया, भेद खुल गया तो कहां कल्याण था कालनेमि का। गोस्वामी ने बाद में रामचरित मानस में ठीक ही अंकित किया—'उघरहिं अंत न होइ निबाहू। कालनेमि जिमि रावन राहू॥'

"दक्षिणा दातुमिच्छामि। ग्रहाण।"

—दक्षिणा देना चाहता हूं। ग्रहण कीजिए।—मैंने मुनि के समीप जाकर कहा और फिर उसे अपनी पूंछ में लपेट धरती पर दे मारा। उसके प्राण तत्काल पंचभूतों में मिल गए।

मुनि से मुक्ति पा मैं फिर आकाश में उड़ा।

बात की बात में हिमवान के उन्नत शिखरों को पार कर मैं द्रोणाचल पर उपस्थित हो गया। रात्रि के अन्धकार में अनन्त जड़ी-बूटियां प्रकाश-किरणें विकीर्ण कर रही थीं। शीघ्रता में आते समय मैंने सुषेण से संजीवनी की पहचान तो पूछी ही नहीं थी। अब किस बूटी को हाथ लगाऊं, किसको नहीं? पर समय बहुमूल्य था। लंका से यहां तक पहुंचने में, अपनी अप्रत्याशित तीव्र गति के बावजूद समय तो लगा ही था। रात्रि का तीसरा प्रहर आरम्भ हो चुका था। अगर निर्णय-अनिर्णय की स्थिति में मैं खड़ा रहा तो अनर्थ हो जाएगा। उपाय क्या था? मैंने श्री राम का स्मरण किया और पर्वत-मूल में हाथ लगा थोड़ी जोर लगाई तो पूरा

द्रोणाचल कन्द-मूल की तरह हाथों में आ गया।

"जय श्री राम" कहकर मैंने उस पहाड़ को अपनी विस्तृत घाटीनुमा दाहिनी हथेली पर आंवले के फल की तरह आरोपित किया और गगन-मार्ग से दक्षिण की तरफ प्रस्थान कर गया। मैं पहले से भी अधिक वेग से बढ़ा। थोड़ी ही देर में मैं अयोध्या के ऊपर उड़ रहा था। पुण्य-सलिला सरयू की वेगवती धारा को मैं पहचानता था। आखिर मेरे बचपन का कुछ काल तो यहां व्यतीत हुआ ही था। जाते समय प्रगाढ़ रात्रि की कालिमा में सम्पूर्ण धरित्री रंगी पड़ी थी। अतः, नीचे का बहुत कुछ दृष्टिगोचर नहीं हो रहा था। ब्रह्म-मुहूर्त होने से रात्रि का अंधकार घटने लगा था। सरयू के तीर स्नानार्थियों की भीड़ जुटने लगी थी। तभी देखा, जटाजूटधारी एक धनुर्धारी सरयू-कूल के समीप खड़ा हो सहसा ऊपर देखने लगा। मेरा वेग बहुत तीव्र था तब भी एक क्षण को लगा कि इसका रंग-रूप बहुत कुछ मेरे श्री राम से मिलता है। छंटते अंधकार में मेरी तेज आंखों ने उसके श्याम रंग को परखने में भूल नहीं की। मुझे इसका अनुभव था। सौमित्र का गौरांग रात्रि की कालिमा में जहां सुधाकर की तरह धवल-किरणें विकीर्ण करता था वहीं श्री राम का श्याम-अंग नील-मणि की तरह देदीप्यमान प्रतीत होता था। श्री राम की तरह ही जटाजूट विराजमान था इस धनुर्धारी के सिर पर। मैं उसे देखने में मग्न ही था कि दूसरे ही क्षण उसने जल-पात्र और कन्धे के वस्त्र को नीचे रख अपने विशाल धनुष पर शर-सन्धान कर लिया था। क्या कर रहा है यह, मैंने सोचा पर इसके पूर्व कि मैं दिशा-परिवर्तन कर पाता राम-बाण की तरह ही अमोघ सिद्ध हुआ उसके धनुष से छुटा वह तीर जो सीधे मेरे वक्ष-स्थल को वेध गया। उसके पश्चात् क्या हुआ मुझे पता नहीं पर जब मेरी संज्ञा लौटी तो मैं भूमि पर था। द्रोणाचल तब भी हाथ पर पड़ा था। सामने खड़ा मेरी तरफ उत्सुकतापूर्वक जो धनुर्धारी देख रहा था उसे पहचानने में मुझे विलम्ब नहीं हुआ। देखा था इसे बहुत पूर्व दशरथ के आंगन में। राम की तरह ही बड़ा हो आया यह किशोर भरत था। मैंने उसके पैरों की ओर हाथ बढ़ाया तो उसने सम्भ्रम मुझे उठा हृदय से लगा लिया था। समझ गया था मुझसे कोई भय नहीं था। मेरे शरीर से बाण निकाल कर उसी ने फेंक दिया था।

"मैंने समझा कोई राक्षस पर्वत लिए उड़ा जा रहा है। पता नहीं क्या अनर्थ करे?"

"मैं हनुमान हूं, रामदूत! भगवान श्री राम लंका में युद्ध-रत हैं। वैदेही की मुक्ति के लिए। शक्ति से आहत सौमित्र संज्ञा-शून्य पड़े हैं। मैं उन्हीं के उपचार हेतु संजीवनी लिए जा रहा हूं।" मैं संक्षेप में सब कुछ बता फिर गगनचारी होने को प्रस्तुत हुआ तो भरत विह्वल बोल बड़े—"विलम्ब हो सकता है आपको सुदूर लंका पहुंचने में। मैं शर-संधान करता हूं आप इसी पर आरूढ़ हो चले जायें।"

"आप इतना कष्ट न करें। मैं पहुंच जाऊंगा।" मैंने नतमस्तक हो कहा और आकाशगामी हुआ। मन में कहीं लगा एक तो पर्वत की तरह मेरा तन, ऊपर से

यह दूसरा पहाड़—यह द्रोणाचल। कहीं भरत-शर बीच ही में नहीं रह जाए? नहीं, मेरा अहंकार नहीं था यह पर अपने महत्त्वपूर्ण दायित्व को ध्यानगत रखते हुए ही मैंने कोई खतरा उठाना ठीक नहीं समझा था।

लंका पर पहुंचते-पहुंचते पूरब का क्षितिज लाल हो आया। मैं जानता था कि जितना ही मुझे विलम्ब हो रहा है उतनी ही राम-सेना में व्यग्रता और विकलता बढ़ रही होगी। पर चारा भी क्या था? भरत जी ने ही भ्रम-वश कुछ देर के लिए ही सही मुझे रोक दिया वर्ना मैं कभी का पहुंच गया रहता लंका। मुझे पीछे ज्ञात हुआ कि जैसे-जैसे रात्रि व्यतीत हो रही थी वैसे-वैसे श्री राम की विकलता बढ़ती जा रही थी। वीर वानर-रीछ जितना लक्ष्मण के आहत पड़े रहने से दुःखी नहीं थे उससे अधिक श्री राम का विलाप सुन वे अव्यवस्थित हुए जा रहे थे।

दूर ही से श्री राम और संज्ञा-शून्य सौमित्र को घेर बैठे राम-सेना के वीरों ने मुझे देख लिया। प्रसन्नता की लहर वहां ऐसी व्याप्त हो गई कि उनकी उत्तेजक किलकारियां मुझ तक भी पहुंची। मेरे हाथ में पर्वत नहीं होता तो मैं भी प्रत्युत्तर में किलकिलाकर आसमान में ही नृत्य-रत हो आता। जैसे कोई विशाल गरूड़ अपने दोनों पक्षों को फैलाये आसमान से धरती पर उतरे वैसे उस द्रोणाचल के साथ मैं वेग से, श्री राम को आवृत्त कर बैठे वानरों से थोड़ी दूर पर जा उतरा। मेरे आराध्य के दुःख से द्रवित हो रहे वानर-रीक्षों को द्रोण-गिरि की जगमगाती जड़ी-बूटियों को देखकर लगा कि अब सौमित्र की संज्ञा लौटने में बहुत समय नहीं लगने को। आगे चलकर गोस्वामी तुलसी ने इस स्थिति का बड़ा अच्छा आकलन किया—

प्रभु प्रलाप सुनि कान
बिकल भए बानर निकर।
आइ गयउ हनुमान
जिमि करुणा महँ बीर रस॥

श्री राम ने देखते ही खड़ा होकर मुझे अपने वक्ष में समेट लिया। उनकी आंखों से अश्रु की अजस्र धारा प्रवाहित होने लगी। मैं जानता था ये प्रसन्नता से अधिक कृतज्ञता के आंसू थे। मेरे श्री राम का यह स्वभाव ही है कि वे अल्प उपकार को भी अत्यधिक मानने को विवश हैं। मैंने तो कुछ भी नहीं किया था। सब कुछ उनकी अनुकम्पा का ही परिणाम था। पर उन्हें तो नर-लीला करनी थी, कर रहे थे।

इसी मध्य सुषेण ने द्रोणागिरि से अपने काम की बूटी चुन ली थी और उसके रस से सौमित्र का उपचार करने लगे थे। संजीवनी के जीवनदायी रस का स्पर्श पाते ही लक्ष्मण उठ बैठे थे—जैसे कोई सोये से जगे। प्रसन्नता की एक लहर तत्क्षण विद्युत्-रेखा की तरह सम्पूर्ण राम-सैन्य में व्याप्त हो गई थी। पर सौमित्र को लगा कि वे सोकर नहीं जगे हैं, बात कुछ और है और उन्हें मेघनाद से युद्ध और शक्ति से आहत होने की पूरी घटना स्मरण हो आई। श्री राम की प्रसन्नता

की तो सीमा ही नहीं थी। उन्होंने झट अनुज को अंक मे समेट लिया जैसे वे उनके अग्रज न होकर स्वयं उनकी जननी सुमित्रा हों। देर तक दोनों भाई आलिंगन-बद्ध रहे। इधर हर्ष से भर आई वानर-वाहिनी लगातार विजय-घोष करती रही। श्री राम और सौमित्र के नाम ले-लेकर की गई इस जय-ध्वनि को सुन लंकेश को लग गया कि बनी-बनाई बात बिगड़ गई। आकाशगामी दैत्य-चरों द्वारा उसने स्थिति का सही ज्ञान प्राप्त किया और वह जिस रूप में था उसी रूप में कुम्भकर्ण की गुफा की ओर दौड़ पड़ा। वह समझ गया था कि इस दुकाल में अमित पराक्रमी कुम्भ-कर्ण के अलावा अब कोई उसका सहायक नहीं हो सकता था।

स्वयं सृष्टि-कर्ता के शाप के वशीभूत कुम्भकर्ण, अपनी अमर्यादित निद्रा के प्रभाव में निश्चेष्ट पड़ा था। उसे जगाने का दशानन का अथक प्रयास जब व्यर्थ हुआ तो सैकड़ों घड़ा जल उस पर उड़ेला गया। विशाल नगाड़े उसके कर्ण-रन्ध्रों के पास बजवाये गए। जब उससे भी उसकी शाप-निद्रा का शमन नहीं हुआ तो कई हाथियों को बुलवाकर रावण ने उसके गिरि-तुल्य विशाल शरीर पर चलवाना शुरू किया। तब कहीं जाकर कुम्भकर्ण की निद्रा निःशेष हुई। अग्रज को समक्ष खड़ा देख उसने प्रणिपात किया और असमय अपनी निद्रा को भग्न कराने का कारण पूछा। दशग्रीव ने संक्षेप में सारी स्थिति पर प्रकाश डाला और सहायता की याचना की। पहले तो कुम्भकर्ण, रावण की नादानी, विशेषकर पर-स्त्री-हरण के कुकृत्य पर बहुत बिगड़ा फिर भ्रातृ-प्रेम के वशीभूत हो वह युद्ध-भूमि में जाने को प्रस्तुत हो गया। अग्रज ने तत्काल उसके भरपूर भोजन-पान की व्यवस्था की। अनेक महिष और अज-अजाओं को उदरस्थ कर तथा मद्य के असंख्य पात्रों को एक क्षण में रिक्त कर कुम्भकर्ण ने घोर गर्जना की और गर्दभ-जुते अपने पर्वताकार रथ में आसीन हो वह समरांगन की ओर प्रस्थित हो गया।

पैंतीस

कुम्भकर्ण का युद्ध जितना भयावह था उससे कम मनोरंजक भी वह नहीं था। गिरा-गह्वर की तरह उसके नाक-कान और किसी घाटी की तरह ही खुला उसका चौड़ा मुख सभी के कौतूहल के कारण थे।

कुम्भकर्ण का आगमन सुनते ही वानर-भालुओं की भारी सेना उसकी ओर लपकी थी। श्री राम और सौमित्र को कष्ट देने की अपेक्षा स्वयं ही ये इस दुर्द्धर्ष दानव से निपट लेना चाहते थे। मैं भी इनके साथ लग गया।

कपियों ने कुम्भकर्ण को सामने पाते ही उस पर चट्टानों और वृक्षों से आक्र-मण कर दिया। किन्तु इस सब का उस पर क्या प्रभाव पडता? कुछ ने उछल-

उछलकर उसे दांतों और नखों से घायल करना चाहा तो उसने उन्हें पकड़-पकड़ मुंह के हवाले करना आरम्भ किया।

पर कौतुक तो तब हुआ जब मुख के मार्ग अन्दर गए वानर-रीछ कानों और नाकों के रास्ते बाहर आ गए।

यह दृश्य देख कुम्भकर्ण क्रोध से लाल हो आया और उसने उनका मर्दन आरम्भ कर दिया। पैरों से मसल-मसल और शरीर से रगड़-रगड़ उसने मच्छरों-मक्खियों की तरह असंख्य वानरों को काल के हवाले किया। संपूर्ण सैन्य में त्राहि-त्राहि मच गई।

मुझसे अब नहीं रहा गया। मैंने उस पर मुष्टि-प्रहार किया। मेरी मुष्टि के लगते ही वह संज्ञा-शून्य हो गया पर दूसरे ही क्षण होश में आ उसने मुझ पर प्रहार किया। मुझे अपने बल का तो कभी कोई अभिमान नहीं रहा पर मुझे प्रशंसा करनी पड़ेगी कुम्भकर्ण के पराक्रम और शक्ति की। उसके प्रहार से मैं क्षणार्थ को मूर्छित हो आया।

इसी मध्य नल-नील और अंगदादि को भी मूर्छित कर वह संज्ञा-शून्य सुग्रीव को अपनी कांख के नीचे दबा भाग खड़ा हुआ। होश में आते ही मैं सुग्रीव को ढूंढ़ने लगा। उस दिशा में भागा जिधर वानर-भालुओं ने घोर कोलाहल मचा रखा था। मेरे जाने के पूर्व ही सुग्रीव की संज्ञा लौट आई थी और वे पुन: उस राक्षस-राज से युद्ध-रत हो आए थे। बात की बात में उन्होंने उसके नाक-कान काट लिए थे और नाक-कान विहीन वह अत्यन्न बीभत्स लग रहा था।

सुग्रीव को छोड़ कुम्भकर्ण श्री राम की ओर लपका। दोनों में भारी युद्ध ठन गया। श्री राम के पीछे वानरी सेना भी थी। वानर-सैन्य के अधिकांश को तो कुम्भकर्ण ने देखते-देखते ही यमलोक पहुंचा दिया। फिर उसने माया-युद्ध आरंभ किया। अनेक भूत-पिशाच और वैताल युद्ध-भूमि में प्रकट हो गए। रुंड-मुंड का नर्तन आरम्भ हो गया। श्री राम-सैन्य में खलबली मच गई। सब त्राहिमाम् की रट लगा यत्र-तत्र भाग चले। इसी मध्य राक्षसों की भारी सेना भी कुम्भकर्ण की सहायता को आ जुटी।

श्री राम ने हम सभी को सेना से निपटने के लिए छोड़ा और कुम्भकर्ण से युद्ध-रत हुए। क्षण भर में ही उन्होंने संपूर्ण माया काट दी। भूत-पिशाच-वैताल तिरोहित हो गए। अब श्री राम और कुम्भकर्ण आमने-सामने हो एक-दूसरे पर प्रहार करने लगे पर वह दुष्ट राक्षस कब मानने वाला था? उसने एक विशाल पहाड़ ले राम-वाहिनी की ओर फेंका। समीप था कि उस पर्वत के नीचे पिसकर असंख्य वानर-भालू प्राणों से हाथ धो बैठते। पर श्री राम ने एक शर में ही उस विशाल पर्वत के टुकड़े कर दिए। हम लोगों ने चैन की सांस ली।

फिर श्री राम ने कई तीक्ष्ण बाणों से कुम्भकर्ण के शरीर को विद्ध कर दिया। उसके तन से रुधिर की धार बह चली। लगा किसी विशाल कृष्ण पर्वत से रक्त के असंख्य झरने फूट पड़े हों!

कुम्भकर्ण के वध में विलम्ब होते देख आकाश-स्थित देवगण चिन्तित हो आए। उनकी चिन्ता देख मेरे आराध्य ने एक अत्यन्त तीक्ष्ण बाण अपने तूणीर से निकाल धनुष पर चढ़ाया और उसके छूटते ही कुम्भकर्ण का सिर धड़ से अलग हो रावण की गोद में जा गिरा। आसमान में टंगे धड़ के भी भगवान ने दो टुकड़े कर दिए। वे टुकड़े भूमि पर गिरने के साथ ही कई वानर-भालुओं के प्राण ले बैठे। अगर पूरा धड़ ही भूमि पर गिरता तो पता नहीं कितनों को अपने प्राणों से हाथ धोना पड़ता।

छत्तीस

यह स्वाभाविक था कि कुम्भकर्ण के वध से रावण विक्षिप्त-प्राय हो आया। वह अपनी पराजय को अपने समक्ष मुंह बाये खड़ा देखने लगा था और शोक पीड़ित हो आया था।

उसकी इस स्थिति को उसके पुत्र त्रिशिरा से नहीं देखा गया और वह उसे ढाढ़स बंधाकर युद्ध-भूमि के लिए प्रस्थित हुआ। उसे युद्ध के लिए प्रस्तुत देख उसके भाई देवान्तक, नरान्तक और अतिकाय भी उसके साथ लग गए। रावण के दो भाई महापार्श्व और महोदर भी उनके साथ थे।

इन सभी राक्षसों और इनके सहायकों ने युद्ध-भूमि में बड़ा उत्पात मचाया। वानर-सैन्य और राक्षस-सेना के मध्य छिड़े इस घनघोर युद्ध में नरान्तक की भूमिका बड़ी प्रबल थी। उसकी मार से वानर-सैन्य में भगदड़ मच गई।

नरान्तक के उत्पात को देखकर सुग्रीव ने अंगद को उससे लड़ने हेतु भेजा। नरान्तक अश्व पर आसीन था और अंगद को कोई सवारी नहीं थी फिर भी बालि-सुत ने इस युद्ध में अमित पराक्रम दिखाया और अपनी वज्र-मुष्टि के आघात से नरान्तक के वक्ष को विदीर्ण कर दिया।

नरान्तक के वध के पश्चात् त्रिशिरा, महोदर, एवं देवान्तक ने समर-भूमि में प्रलय-सदृश दृश्य उत्पन्न कर दिया। देवान्तक एक विशाल गजराज पर आसीन था और उसने तोमर चलाकर अंगद के ऊपर प्रहार किया। अंगद यह आक्रमण झेल गए और उन्होंने उसके हाथी पर हमला कर एक थप्पड़ में ही उसकी दोनों आंखें निकाल दीं। हाथी का ही एक दांत खींचकर उन्होंने देवान्तक पर प्रहार आरम्भ किया। इस पर त्रिशिरा तथा उसके अन्य सहायकों ने अंगद को चारों ओर से घेर लिया। उन्हें दुर्बल पड़ते देख नील और मैं उसकी सहायता को पहुंचे।

देवान्तक ने मुझ पर परिघ से आक्रमण किया। मैं किसी तरह इस प्रहार को

बचा गया और श्री राम-नाम की घोर गर्जना के साथ मैंने ऊपर उछलकर देवान्तक के मस्तक पर मुष्टि प्रहार किया जिससे उसका विशाल सिर बिल्व-फाल की तरह फट गया और वह रक्त से लथपथ हो रणभूमि में सदा के लिए सो गया। यह देख त्रिशिरा ने क्रोधाभिभूत हो नील को अपने विष-बुझे बाणों का लक्ष्य बनाया। महोदर ने भी उसी समय नील पर धात्रा बोल दिया। पर घनघोर युद्ध-के पश्चात् नील ने एक पर्वत-शिखर से प्रहार कर महोदर को उसके महान् गज-राज के साथ ही यमलोक का मार्ग दिखा दिया।

अपने प्रतापी चचा की मृत्यु से त्रिशिरा के क्रोध का कोई पारावार नहीं रहा और उसने अपना सारा क्रोध मुझ पर उतारना चाहा। पता नहीं उसे क्यों लग रहा था कि मेरे रहते नील से पार पाना कठिन था। त्रिशिरा ने मेरे ऊपर बाणों की वर्षा आरम्भ कर दी पर मैं उसके तीखे बाणों को हंसते-हंसते झेल गया और उस पर एक विशाल पर्वत-शिखर दे मारा। त्रिशिरा के शर-संचालन की सरा-हना करनी पड़ेगी कि उसने देखते ही देखते उस पर्वत के शत-सहस्र टुकड़े कर दिए, और कोई उपाय न देख मैंने आस-पास के वृक्षों को निर्मूल कर उस पर प्रहार आरम्भ किया। सागर-तीर वृक्षों की कमी नहीं थी, अतः मैंने असंख्य वृक्ष उस पर दे मारे। त्रिशिरा, अपने हस्त-लाघव का परिचय दे उन सभी वृक्षों के टुकड़े करते गया और वृक्षों के प्रहार से उसका बाल भी बांका नहीं हुआ।

अन्य कोई उपाय नहीं देख मैं खाली हाथ ही त्रिशिरा की ओर दौड़ पड़ा और देखते-देखते मैंने उसके अश्व को अपने नखों से चीर कर रख दिया। मेरे इस आकस्मिक आक्रमण से कुपित हो रावण-पुत्र त्रिशिरा ने मुझ पर एक भयानक शक्ति छोड़ दी। अगर वह शक्ति मुझे स्पर्श कर जाती तो पता नहीं मेरी क्या स्थिति होती पर उसके पूर्व कि वह मेरे अंग का स्पर्श करे 'जय श्री राम' की हुंकृति के साथ मैंने उसे बीच ही में पकड़ लिया और उसके टुकड़े कर दिए।

शक्ति को व्यर्थ होते देख त्रिशिरा ने खड्ग से मेरी छाती पर प्रहार किया जिससे मुझे कोई विशेष पीड़ा नहीं हुई। मैंने एक थप्पड़ उसकी छाती में जड़ दिया जिसके लगते ही वह संज्ञा-शून्य हो गया पर शीघ्र ही होश में आ उसने मुझ पर मुष्टि-प्रहार किया। अब मैंने उसे बहुत अवसर देना उचित नहीं समझा और उसी के खड्ग से उसके तीनों मस्तकों को काट गिराया।

बारी-बारी से अपने सभी साथियों को काल कवलित होते देख महापार्श्व युद्ध में तत्पर हुआ। उसका सामना हमारे वानर-वीर ऋषभ ने किया और विकराल युद्ध के पश्चात् महापार्श्व ऋषभ के हाथों मारा गया।

इन सभी की मृत्यु के पश्चात् अतिकाय युद्ध में उतरा जिसका सामना सौमित्र ने किया और वह उनके हाथों मारा गया।

सैंतीस

कुम्भकर्ण और अन्य महारथियों के वध के पश्चात् मेघनाद को पूरी तरह युद्ध में उतारने के सिवा दशशीश के पास कोई और उपाय नहीं रहा।

उसके साथ कई महान् योद्धा थे जिनमें कुम्भ और निकुम्भ अत्यन्त प्रचंड थे। सुग्रीव ने कुम्भ का और मैंने निकुम्भ का वध किया। इन्द्रजित् ने नाना प्रकार से वानरी सैन्य को उत्पीड़ित करना चाहा पर उसकी एक नहीं चली।

इसी मध्य उसका सामना जाम्बवान् से हो गया। जाम्बवान् ने उसे ललकारा तो वह बोल पड़ा—"तुझ बूढ़े से क्या लड़ना ?"

इस पर जाम्बवान् को क्रोध आ गया और वे उसकी ओर दौड़े। निकट था कि वे अपने नख-दन्तों से उसका मुंह नोच लेते कि उसने त्रिशूल से वृद्ध जाम्बवान् पर प्रहार कर दिया। जाम्बवान् ने अत्यधिक पराक्रम का परिचय दे इस त्रिशूल को बीच में ही पकड़ लिया और उसी से मेघनाद के वक्ष-स्थल पर प्रहार कर बैठे। त्रिशूल के इस भीषण प्रहार से मेघनाद मूर्छित हो जमीन पर गिर पड़ा। जाम्बवान् ने उसे पैर पकड़ उठाया और घूमाकर लंकेश के महल की ओर फेंक दिया।

मेघनाद बहुत देर तक पिता के पैरों में संज्ञा-शून्य पड़ा रहा। संज्ञा लौटते ही उसे अपनी दशा पर घोर पश्चाताप हुआ और शर्म से उसका सिर झुक गया।

"तपस्या, साधना, उपासना ये ही यत्न हैं विजय के। मात्र अपने बल-विक्रम के भरोसे कोई विजय-श्री प्राप्त नहीं कर सकता।" रावण ने पुत्र को समझाना चाहा, "निश्चय ही तुम्हारे संचित पुण्यों का भंडार निःशेष हो गया है वर्ना उस वृद्ध रीछ के हाथों तुम्हारी यह दुर्दशा नहीं होती।"

मेघनाद सिर झुकाए खड़ा रहा। पिता के वचनों में उसे सत्य का आभास मिला। सच ही तो कहा था उन्होंने। तपस्या और साधना-पूजा के बिना यश-कीर्ति और संग्राम-विजय किधर से संभव है ? आखिर स्वर्णपुरी का उनका यह साम्राज्य भी तो तप-साधना की ही देन है, आशुतोष की अनुकम्पा की।

"तुम निकुम्भिला मंदिर में जा देवी को, हवन और बलि से प्रसन्न करो। देवी की कृपा से ही अब विजय संभव है। तांत्रिक उपायों का ही अब सहारा लेना पड़ेगा। जाओ, अगर देवी-पूजा निर्विघ्न समाप्त हो गई तो समर में तुम्हारा कोई कुछ नहीं बिगाड़ सकता।"

ये सब बातें हमें अपने चरों से ज्ञात हुई थीं जिन्होंने आकर यह भी सूचना दी कि मेघनाद देवी-मंदिर में जाकर यज्ञ सम्पन्न करने में लग भी गया है।

"अगर इन्द्रजित् के इस आयोजन को ध्वस्त नहीं किया गया तो वह काल के मारे भी नहीं मरेगा।" विभीषण ने श्री राम के समक्ष जाकर निवेदन किया था और रामाज्ञा से सौमित्र के नेतृत्व में हम सभी निकुम्भिला मंदिर की ओर बढ़े थे।

बाहर राक्षसों की भारी सेना जमी थी और अन्दर इन्द्रजित् ध्यानावस्थित था। हम किसी तरह उसके पास पहुंच सके और उसके ध्यान को भंग करने का प्रयास करने लगे। जब सारे उपाय व्यर्थ गये तो हमने उसके केश पकड़कर खींचे और वह क्रोधित हो हमारी ओर दौड़ा। देवी की उपासना उसे बीच में ही छोड़ देनी पड़ी और हमारा मनोबल दूना हो गया। बाहर सजे रथ पर सवार हो वह युद्ध के लिए सन्नध हुआ। सौमित्र और हम पहले से ही प्रस्तुत थे।

राक्षसों और वानरों में भयानक युद्ध आरम्भ हो गया। मैंने भी कई राक्षसों का संहार किया जिसे देखकर इन्द्रजित् ने अपने रथ को मेरी ओर मोड़ लिया। उसने तलवार, परिघ और परशु से मेरे ऊपर प्रहार किया। मैं सब वार बचाता गया। फिर उसने बाणों की वर्षा आरम्भ कर दी। कुछ बाण मेरे शरीर में प्रवेश भी कर गए जिन्हें मैंने बात ही बात में निकाल फेंका।

"सौमित्र ! आप हनुमान की सहायता करें। यह दुर्द्धर्ष मेघनाद संग्राम में इन्द्र को भी जीत चुका है। यह पवनसुत के वध पर उतारू है।" मैंने विभीषण को यह कहते सुना तो मुझे मन-ही-मन हंसी आ गई। श्री राम के सेवक का कोई बाल भी बांका कर सकता है क्या ? मुझे इन्द्रजित् को अब और अवसर देना अच्छा नहीं लगा पर मैं उसके वध का श्रेय स्वयं लेना भी नहीं चाहता था। उसने सौमित्र को शक्ति-प्रहार से मूर्छित कर अपमानित किया था और उसका वध उन्हीं के हाथों होना उचित था।

विभीषण की बात सुनकर सौमित्र इन्द्रजित् के समक्ष आ गए थे और दोनों में घमासान युद्ध आरम्भ हो गया था।

लक्ष्मण ने उसकी छाती में पाच नाराच मारे और मेघनाथ ने आहत हो तीन भयंकर बाणों से लक्ष्मण के वक्ष-स्थल को विदीर्ण करना चाहा। लक्ष्मण पर उन बाणों का कोई प्रभाव नहीं पड़ा।

लक्ष्मण ने उसे बाणों की वर्षा से व्याकुल कर दिया तो वह रथ सहित अन्तर्धान हो गया। उसे यह वरदान प्राप्त था। अन्तरिक्ष से ही वह तीक्ष्ण बाणों की वर्षा करने लगा जिससे वानर-भालुओं की सेना में त्राहि-त्राहि मच गई।

लक्ष्मण ने उसे अब अधिक अवसर देना उचित नहीं समझा। थोड़ी देर के लिए जैसे ही वह समरांगन में प्रकट हुआ उन्होंने बाणों की बौछार से सारथि और घोड़ों के साथ उसके रथ को विनष्ट कर दिया और ऐन्द्रास्त्र का प्रयोग कर उसके वक्ष-स्थल को विदीर्ण कर उसके प्राण हर लिए।

प्राण-हीन इन्द्रजित् समरांगन के बीचो-बीच पड़ा था। हमारी सेना में हर्ष की लहर दौड़ गई थी और सब उसे देखने का दौड़ पड़े थे। बात की बात में उसे नोच-खसोट कर वानर-वीर उसकी बोटी-बोटी उड़ा देते। रावण को दाह-संस्कार के लिए सुत के शव का एक टुकड़ा भी नहीं मिलता। मैंने स्थिति का अनुमान लगाया और इन्द्रजित् को उठाकर रावण के प्रवेश-द्वार पर रख आया।

अड़तीस

इन्द्रजित् के वध के बाद दशग्रीव अव्यवस्थित हो आया था। अपनी पराजय के साथ-साथ राक्षस-कुल का समूल विनाश उसे अब सन्निकट लगने लगा था। लंका में अब कोई भी ऐसा भट्ट नहीं बचा था जो कुछ क्षण के लिए भी राम-सेना को बझाए रख सके। अब अन्ततः उसे ही समरांगण में कूद कर युद्ध-यज्ञ की अन्तिम आहुति बनना था। पर शरीर को ही सर्वस्व मानने वाले उस तमोगुणी राक्षस ने अपने बलिदान को कुछेक दिन और टालना चाहा। युद्ध-भूमि में राम के तीक्ष्ण बाणों से विद्ध हो मृत्यु का वरण करना उसे बहुत आसान नहीं लग रहा था। कुछ देर के लिए भी इस दारुण क्षण को वह टाल सकता तो उसे प्रसन्नता होती।

पर कौन जाएगा कल सुबह वानरों-रीक्षों के विजयोन्मत्त प्रहारों का वहन करने ? कौन करेगा मृत-प्राय, भग्न-मन दैत्य-सेना का नेतृत्व काम, जब कोलाहल-रत कपि, सूरज की प्रथम किरणों के साथ ही नगर-द्वारों पर सागर-ज्वार की तरह उमड़ आएंगे ? कौन बंधायेगा उन्हें हिम्मत जब प्रथम प्रहार में ही उनके पैर उखड़ पड़ेंगे ? जब दैत्य-सैनिक; हनुमान, अंगद, सुग्रीव और उस कृतघ्न विभीषण की मार से व्याकुल हो चारों ओर भयाक्रांत देखेंगे तो किस मेघनाद अथवा कुम्भकर्ण को देख अपने छिजते साहस को संजोने का प्रयास करेंगे ? कोई तो नहीं बचा है इस लंकापुरी में जो बचे-खुचे राक्षस-वीरों के डूबते मनोबल को अल्प सहारा भी दे सके।

चिन्तित हुआ था दशग्रीव बहुत और उसकी दुष्टबुद्धि जोर से कुलाचे भरने लगी थी। सबकी जड़ में थी वह रूपसी मैथिली। रावण ने सोचा था। अगर उसे ही समाप्त कर दिया जाए तो यह युद्ध बन्द हो जाएगा और वह अन्ततः कम-से-कम अपने प्राणों की रक्षा कर पायेगा। समाप्त ही कर देते हैं विवाद के मूल को ही। सीता का कटा सिर राम के आगे डलवा देते हैं फिर वह तापस हिम्मत हारकर वापस चला जाएगा। क्यों जाएगा वह व्यर्थ का खून-खराबा बढ़ाने ? आखिर उसे भी अपने प्राणों का भय तो होगा ही। अभी तो एक आशा पर अड़ा हुआ है। भार्या राक्षस-वीर के यहां बन्दिनी है, इसे उसका क्षत्रिय-रक्त सहन नहीं कर पा रहा। झगड़े का कारण समाप्त हो जाएगा तो इसके सहायक भी उसे शस्त्र रख देने को बाध्य कर सकते हैं।

रावण अपने संकल्प को मूर्त रूप देने के लिए अशोक वाटिका की ओर प्रस्थित होने ही वाला था कि उसके इस विचार पर एक अन्य विचार हावी हो गया। उसे लगा अगर सीता के बदले राम-लक्ष्मण को ही चुपचाप समाप्त कर दिया जाए तो वह अधिक बुद्धिमत्ता-पूर्ण कार्य होगा। सही है कि सोये हुए शत्रु पर प्रहार अधर्म की श्रेणी में आता है पर संग्राम में सब कुछ चलता है। सीता की हत्या के पश्चात् भी राम नहीं लौट सकता है। उसकी सेना ने लंका को शूरों से रहित कर दिया है। उसका मन बढ़ा हुआ है। पत्नी की हत्या उसकी क्रोधाग्नि में घी का

काम भी कर सकती है। उसके सहायक हथियार डाल भी दें तो समुद्र-पार आ-पहुंचा यह दुधर्ष धनुर्धर अकेले ही इस अरक्षित पुरी के समूल विनाश के लिए पर्याप्त है। पर कौन जाएगा इन भाइयों की हत्या के लिए ? रावण के लिए यह भारी समस्या हो गई। सोये हुए राम-लक्ष्मण पर भी प्रहार कर सके ऐसा कोई साहसी वीर लंका में नहीं बचा था। उस पर यह बात प्रसिद्ध थी कि मैं अपनी लम्बी पूंछ फैलाकर राम-सेना के प्रवेश द्वार को सुरक्षित रखता हूं। मेरी पूंछ को पार करने को हिम्मत बटोरे ऐसा कोई था नहीं रावण की सेना में। श्री राम की अनुकम्पा से जब से मैंने लंका-दहन किया था तब से अधिकांश दैत्य मेरे नाम से ही कांपते थे। इधर, युद्ध में हुए मेरे एकाध छोटे-बड़े पराक्रम को देखने के पश्चात् तो वे और भयभीत रहने लगे थे।

तब तो स्वयं उसे ही इस कुकृत्य को करना पड़ेगा, उसने सोचा। किन्तु मेरी पूंछ की बात याद कर उसने यह विचार मन से निकाल दिया। कुछेक राक्षसों ने एकाध रात चुपके से मेरी पूंछ को लांघने का प्रयास भी किया था तो वे उससे प्रभावित विद्युत् के प्रभाव से अपने प्राण गंवा चुके थे। इसमें कोई खास रहस्य नहीं था। हमारे शरीर में तो विद्युत्-प्रवाह वर्तमान होता ही है। इसे आज की वैज्ञानिक भाषा में जैविक विद्युत् बोलते हैं। शरीर के जो अंग बाहर की ओर निकले होते हैं, जैसे हाथ, पैर, और उनकी उंगलियां आदि, उनमें यह प्रवाह अधिक ही होता है। हमारी पूंछ में भी यह विद्युत् इसीलिए अधिक ही प्रवाहित रहती है, मैंने अपनी साधना से इसे और तीव्र कर लिया था। आज भी साधक-सिद्धों के शरीर के अन्दर ही नहीं, उनके पूरे परिवेश में भी एक विद्युत-प्रवाह व्याप्त रहता है। प्रसिद्ध मन्दिरों और पूजा-स्थलों में भी यह प्रवाह विद्यमान रहता है। आज तो यंत्रों द्वारा इसकी जांच भी हुई है।

रावण जब इस तरह चिन्तित था तो उसे अपने एक पुत्र अहिरावण की याद आई। अहिरावण पाताल-लोक का अधिपति था। वह एक मायावी असुर था। रावण को लगा अहिरावण ही इस संकट-काल में सहायक हो सकता था। वह चाहे तो अपने माया-बल से राम-लक्ष्मण का हरण कर पाताल-लोक ले जाकर वहीं उन्हें समाप्त कर सकता था। समाप्त नहीं भी कर पाए तो दोनों भाइयों का हरण हो जाने से वानर-भालुओं की सेना की हिम्मत टूट जाएगी और वह भाग खड़ी होगी।

अहिरावण को लाने के लिए किसी को भेजने का समय नहीं था। रावण निकुम्भिला-मंदिर गया और एकाग्रचित हो आकर्षण-मंत्र का प्रयोग करने लगा। उस समय के असुर ही नहीं अन्य बहुत सारे लोग तांत्रिक अनुष्ठानों में पारंगत थे। मंत्र-शक्ति के महत्त्व को नकारा नहीं जा सकता यद्यपि इसकी भी सीमा है। रावण तो एक सिद्ध तांत्रिक और मंत्र-वेत्ता था। उसके आकर्षण-प्रयोग के साथ ही पाताल लोक में अहिरावण का मन उद्विग्न होने लगा। उसे बार-बार रावण की याद आने लगी और व्यग्र हो उसने लंका के लिए प्रस्थान किया। दैत्यों

और राक्षसों को मन की गति प्राप्त होती है। दूसरे ही क्षण निकुम्भिला-मंदिर में उपस्थित हो उसने रावण को प्रणाम निवेदित किया और अपने को आकृष्ट करने का कारण पूछा। रावण ने सारा वृतान्त बताया और कहा, "अब तुम्हारे सिवा मेरा कोई सहायक नहीं बचा।"

"मैं इन दोनों कुमारों को पाताल-लोक लिए जा रहा हूं और वहीं चंडिका मंदिर में इनकी बलि चढ़ा दूंगा।" अहिरावण ने सगर्व कहा।

"मैं तो यही चाहता था।" रावण खुशी में भरकर बोला, "बेटा! इस समय तुमसे बड़ा मेरा कोई अन्य उपकारी नहीं हो सकता। सारा राक्षस-कुल, प्रायः समाप्त हो गया। अब अगर मैं भी नहीं रहा तो लंका का क्या होगा? बचे-खुचे राक्षस भी कहां शरण ताकेंगे? तुम्हारी मां को वैधव्य के भीषण दिनों का सामना करना पड़ेगा।"

"आप चिन्ता नहीं कीजिए। मैं यह गया और वह उन्हें लेकर गायब हुआ। कल सुबह होते ही, राम-विहीन वानर-सेना लंका-द्वार से भाग खड़ी होगी या आपके सैनिक उन्हें चुन-चुन कर अपना आहार बना लेंगे।"

"पर सावधान रहना। मेरे गुप्तचरों ने बताया है, वहां पहरे पर वही उत्पाती बंदर रहता है जिसने हमारी सोने की लंका को खाक में मिलाया था। उसकी वह करामाती पूंछ सुना, आग उगलती है और कोई उसे लांघकर अन्दर नहीं जा सकता।" रावण ने उसे सजग किया।

"आप चिन्ता नहीं करें। मेरी माया के सामने उसकी एक न चलेगी। जाइए आप विजयोत्सव की तैयारी कीजिए। मुझे अफसोस यही है कि आपने मुझे, संपूर्ण राक्षस-वंश को समाप्त कराने के बाद याद किया। मैं चला, अब समय की हत्या से कोई लाभ नहीं। रात्रि का दूसरा प्रहर आरम्भ हो गया है। आप जानते ही हैं रात्रि में ही हम राक्षसों की माया ज्यादा प्रबल होती है।"

यह कहकर अहिरावण समर-भूमि के लिए प्रस्थान कर गया तो रावण को लगा, उसके प्राणों पर घिरा संकट शायद अब टल जाएगा।

उन्तालीस

विभीषण को रावण की दुरभिसन्धि की गन्ध लग गई थी। उनके शुभेच्छु अब भी लंका में थे और वहां से गुप्त सूचनाएं वे उन्हें भेजते रहते थे।

शिविर-द्वार पर अब भी पूंछ फैला मैं वीरासन में बैठा हुआ था कि विभीषण जी उपस्थित हुए—"आज विशेष सजगता की आवश्यकता है।"

"क्यों? आज कोई खास बात है क्या?" मैंने उत्सुकता से पूछा।

"है। शायद कोई मायावी असुर श्री राम और सौमित्र के अपहरण का प्रयास करे। अच्छा हो कि उन्हें भी सजग कर दिया जाए।" विभीषण को यह पता तो था कि आज कोई चाल चली जाएगी पर इसमें पाताल लोक वासी अहिरावण का हाथ होगा, इसका भान उन्हें भी नहीं था।

"वे निन्द्रावस्थित हैं। दिन भर के श्रम के बाद शान्त पड़े हैं। उन्हें कष्ट देने की आवश्यकता नहीं। मेरे रहते मेरे आराध्य को अल्प सुख-निद्रा का भी लाभ नहीं मिले तो यह बड़े दु:ख की बात होगी। आप निश्चिन्त रहें यहां से पवन भी प्रवेश नहीं पा सकता।"

"मैं यही कहने आया हूं। अगर आपके पिता पवन-देव भी आएं तो आज की रात उन्हें प्रवेश की अनुमति नहीं दीजिएगा। मैं भी बाहर घूम-घूमकर पहरे पर सावधान रहता हूं।" यह कहकर विभीषण चले गए और मैं पूरी तरह सावधान होकर बैठ गया।

विभीषण को गए कुछ देर ही हुई थी कि मैं आश्चर्यचकित रह गया। मेरे बायें पार्श्व में मेरे आराध्य के पिता महाराज दशरथ खड़े थे। अयोध्या में मैं अपना नृत्य दिखा चुका था, अत: वहां के सभी लोगों को पूरी तरह पहचानता था।

मैं अचकचा कर खड़ा ही होने वाला था कि मुझे याद आया कि पूंछ को तो समेटना नहीं था।

"क्षमा करेंगे। मैं खड़ा नहीं हो सकता। आप पास आयें तो आपके चरणों में प्रणाम निवेदित करूं। आपको यहां अकस्मात् देख बड़ी प्रसन्नता हो रही है।"

"मेरे पास समय नहीं है हनुमान! मैं स्वर्गलोक से सीधे आ रहा हूं। तुम जानते हो हम अशरीरी लोगों को थोड़ी ही देर तक शरीर धारण करने की सुविधा मिलती है। अपनी मृत्यु के समय मैं राम को देख नहीं सका था। आज उनके सुन्दर मुख की एक झलक लेना चाहता हूं। तुम अपनी पूंछ को शीघ्र समेटो।"

"आप अवश्य दर्शन करें श्री राम के। पर वे शान्त पड़े हैं। क्या उनको इस समय जगाना ठीक होगा?"

"मैं जगाऊंगा नहीं उन्हें। केवल राम-लक्ष्मण के मुख देख तृप्त हो जाऊंगा। तुम्हें नहीं मालूम अन्तिम समय उनकी झलक नहीं पाने से मैं स्वर्ग में भी शान्ति से नहीं रह पाता। तुम समेटो अपनी पूंछ।"

मुझे महाराज दशरथ की दशा पर दया आई और मैंने कहा—"पूंछ हटाना ठीक नहीं। आज की रात इन पर विशेष खतरा है। आप पूंछ को पार कर ही अन्दर चले जाएं।"

"सुना है, तुम्हारी पूंछ बड़ी करामाती है। विद्युत्-प्रवाह उगलती है। स्वर्ग में भी इसकी चर्चा है। समेटो इसे।"

"यह आपका कुछ नहीं बिगाड़ेगी। राम-परिवार के सदस्यों और राम-भक्तों के लिए यह बाधा नहीं बनती। इसकी विद्युत्-शक्ति उनके पास आते ही नि:शेष हो जाती है। आप शीघ्रता कीजिए वर्ना आपके शरीर-धारण का समय समाप्त हो

जाएगा।"

"सो तो ठीक। पर, पर···" महाराज दशरथ हकलाए, "मैं एक कपि के लांगूल को लांघू, यह···यह क्या मेरे लिए उचित···? तुम समेटो अपनी पूंछ।"

मैं महाराज की विवशता पर द्रवित हो अपनी पूंछ समेटने ही वाला था कि विभीषण आ गए और कुछ दूर से ही जोर से गर्जे—"पवनसुत, सावधान!" उनकी आवाज के साथ ही महाराज गायब हो गए। मुझे दुःख हुआ उनके शरीर-धारण का समय शेष हो गया। बेचारे स्वर्ग से इतना कष्ट सहकर आए और अपने पुत्रों की एक झलक भी नहीं पा सके।

'क्या तुम उसे मार्ग देने जा रहे थे?" विभीषण जी ने पास आकर पूछा।

"हां तो। आप पहचानते नहीं? हां, आप तो कभी अयोध्या गये नहीं। साक्षात् महाराज दशरथ पधारे थे। वे श्री राम-लक्ष्मण के···।"

"चुप करो पवन नन्दन!" विभीषण जी ने बीच में ही डांटा, "मैंने कहा था न कि तुम्हारे पिता पवन देव भी आएं तो उन्हें प्रवेश नहीं देना। वह महाराज नहीं थे। उनके वेष में कोई राक्षस था। अभी अनर्थ हो जाता। तुम अब पूरी तरह सावधान रहना।"

मैं सावधान तो था ही और सावधान होकर बैठ गया। विभीषण जी अपनी परिक्रमा में निकल गए। अभी कुछेक क्षण ही बीते थे कि एक जटाजूटधारी युवक मेरे पास खड़ा हो गया। उसकी अंग-कांति बड़ी दिव्य थी। अपने श्री राम के नैसर्गिक सांवले रंग से इसके शरीर का रंग मिलता था। इसके सिर की जटाएं बेतरतीब झूल रही थीं। शरीर पर मात्र एक गैरिक वस्त्र पड़ा था। पैर में पद-त्राण के स्थान पर मात्र खड़ाऊं पड़े थे। उसकी शोभा देख मैं अभिभूत हो गया। साक्षात् अपने आराध्य की इस प्रतिमूर्ति को देख मैं धन्य हो आया। उठकर चरणों में पड़ना ही चाहता था कि पूंछ की बात याद आई। इसे तो समेटना नहीं था। नहीं, इसी बीच कोई असुर प्रवेश कर गया तो उसके पीछे भागने में इस तेजस्वी के दर्शन से भी वंचित हो जाना पड़ेगा।

"कौन हैं आप? मेरे श्री राम की तरह ही देदीप्यमान आप उनके किसी सहोदर-से ही प्रतीत होते हैं।" मैंने बैठे-बैठे ही कहा। खड़ा न हो पाने की अपनी विवशता पर मेरा मन कैसा-कैसा तो होने लगा था।

"तुमने ठीक पहचाना पवनात्मज! मैं राम का भाई भरत हूं। उन्हीं की तरह त्याग का जीवन जीते हुए किसी तरह अयोध्या का शासन अब तक चलाता रहा। देख ही रहे हो मेरी वेष-भूषा। आज मन अचानक व्यग्र हो आया। लगा, पता नहीं लंका-युद्ध में अपने अग्रज पर क्या बीत रहा है। मैं योग-बल से उनके दर्शन को आ गया। शीघ्र मार्ग दो मुझे।"

"भरत!" एक क्षण को मैं आश्चर्यचकित हो आया। भरत से तो मेरी भेंट है। द्रोणगिरि लाते समय इन्होंने मुझे अपने बाण से आहत कर पृथ्वी पर गिरा दिया था। तो मैंने इन्हें पहचाना क्यों नहीं? शायद उस समय व्यथा से पीड़ित

होने के कारण मैं इनकी आकृति को ठीक से आंखों में नहीं उतार पाया था। आह, कितनी श्रद्धा है इनकी श्री राम के प्रति ! राम वन में रहें तो ये नगर में रहकर भी वनवासी का जीवन व्यतीत करते रहे। मेरे आराध्य इनके गुणगान करते नहीं थकते। आज ये इस दैत्य-प्रदेश में अपने प्राणों को संकट में डाल उनके दर्शनार्थ पहुंच गए हैं।

"आपके श्री चरणों में यह हनुमान अपना नमन निवेदित करता है। कहिए, अयोध्या में सब कुशल तो है ? माता कौशल्या और आपके भाई शत्रुघ्न तथा देवी सुमित्रा सकुशल तो हैं ?"

"सभी सकुशल हैं पवन तनय ! किन्तु मुझे शीघ्रता है। शीघ्र प्रभु के दर्शन कराओ। सुना, संग्राम में बहुत कष्ट झेलना पड़ रहा है उन्हें। वे चाहें तो मैं अब अयोध्या की सारी सेना लेकर उनकी सहायता में आ जुटूं। यही पूछने आज मैं उपस्थित हुआ हूं।"

"सेना की आवश्यकता तो नहीं पड़ेगी, पर आप जाएं अपने अग्रज के दर्शन कर आयें।" मैंने अनुमति दे दी।

"यह लांगूल तो समेटो अपना।"

"आप इसे लांघ जायें। आपका कुछ नहीं बिगड़ेगा।"

"नहीं, नहीं, मैं एक कपि की पूंछ···।" भरत हकलाए और मुझे बिजली छू गई। यह आदमी भी पूंछ लांघने में आनाकानी कर रहा है। क्या यह भी ? मैं अब सजग हो गया।

"मैं समेटता हूं अपनी पूंछ को। आप एक क्षण रुक जाएं। विभीषण जी परिक्रमा पूरी कर आते ही होंगे। मैं उनसे जरा पूछ लूं।"

ठीक इसी समय विभीषण जी प्रकट हो गए।

"राक्षसराज ! रामानुज भरत भगवान के दर्शनार्थ···।" मैं अपना वाक्य पूरा भी नहीं कर पाया था कि भरत वहां से गायब हो गए। मेरा सिर शर्म से झुक आया। मैं ठीक ही एक बार फिर छला गया था।

"मैंने कहा था न हनुमान कि अपने पिता पवन के आने पर भी विश्वास नहीं करो। इतनी देर तक यह मायावी असुर यहां रहा और तुमने अपने गदा-प्रहार से इसे चूर्ण नहीं किया।"

"मुझे माफ कीजिएगा महाराज ! इस बार सावधान तो मैं पूरी तरह था पर आप जानते हैं कि अपने आराध्य श्री राम की रूपाकृति देख मैं अपने में नहीं रहता। इसका रंग-रूप ठीक श्री राम की तरह···।"

"चुप करिए," विभीषण ने मुझे फिर डांटा, "आपकी चंचलता मुझे अच्छी नहीं लगती। कहिए तो परिक्रमा छोड़ मैं भी यहीं बैठता हूं ?"

"नहीं, नहीं इसकी आवश्यकता नहीं।" मैं शर्म से गड़कर बोला, "आप जाइए परिक्रमा पर। पहरे में शिथिलता अच्छी नहीं। मैं आपको वचन देता हूं कि साक्षात् श्री राम भी आयेंगे तो मैं इस रात उनका भी विश्वास नहीं करूंगा।"

"वाह ! वाह ! बहुत अच्छा।" कहकर विभीषण जी पहरे को प्रस्थित हो गए।

विभीषण तो चले गए पर मेरी परीक्षा की घड़ी उपस्थित हो गई। इस बार जो व्यक्ति उपस्थित हुआ वह श्वेत वसनयुक्त एक गौरांग भव्य पुरुष था। एक हाथ में कमंडलु और दूसरे में कोई ग्रंथ। उसके संपूर्ण व्यक्तित्व से एक दिव्य आभा फूट रही थी। वृद्ध चेहरे के इर्द-गिर्द एक आलोक-वलय की सृष्टि-सी हो रही थी और आनन पर एक मन्द-मन्द स्मिति शोभित थी। यह अवश्य ही कोई ब्रह्मर्षि था। मेरा मन श्रद्धापूरित हो आया। अहा ! यह दिव्य दर्शन ! सौभाग्य ही उदित हो आया था मेरा, जन्म-जन्म का संचित पुण्य।

"मैं राम को आशीर्वाद देने आया हूं। संग्राम में उनकी विजय को सुनिश्चित करने। मेरे आशीष-कवच से मंडित हो वह दशानन को समाप्त करने में पूर्णतया सक्षम हो जाएगा।" उस व्यक्ति ने कहा तो आह्लाद से मेरा अन्तर भर आया। मेरे श्री राम को यह तपोपूत सिद्ध विजय का वरदान दे तो लंका और लंकेश के पराभव में अनावश्यक विलम्ब नहीं हो। मेरे मन में आया, पूंछ भी हटाना पड़े तो मैं इसे प्रवेश दे दूं। मेरे श्री राम को इसके आशीर्वाद-कवच की निश्चय ही आवश्यकता है। सौमित्र इन्द्रजित् के शक्ति-बाण के आघात से किस प्रकार भू-लुंठित हो आये थे, यह मैं भूला नहीं था। इन राक्षसों की माया का क्या ठिकाना ? पता नहीं दशग्रीव की तूणीर में ही अभी कैसे-कैसे अस्त्र-शस्त्र सुसज्जित हों। किन दिव्यास्त्रों का वह कब संधान कर दे ? यह बात अलग है कि विजय, अन्ततः राघवेन्द्र की ही होगी। पर व्यर्थ के विलम्ब और अनावश्यक उत्पीड़न के बिना ही काम बन जाये तो क्या बुरा ?

मैं उसे मार्ग देने ही वाला था कि विभीषण से की गई अपनी प्रतिज्ञा याद आ गई। उस रात तो मुझे राघवेन्द्र को भी राह नहीं देनी थी। पर यह तो राघवेन्द्र की ही रक्षा की बात थी। एक सिद्ध तापस द्वारा उन्हें आशीष-कवच से मंडित होने की। इस सुअवसर को छोड़ा जा सकता है क्या ? घर आई विजय-श्री को अपमानित करने का परिणाम अच्छा होगा क्या ? पर मैं किस चक्कर में पड़ गया था आज ? उधर विभीषण का स्पष्ट निदेश, उनसे भी मेरी प्रतिज्ञा, इधर यह सुयोग ? अगर इससे वंचित कर दूं श्री राम को और उन्हें सचमुच कुछ हो गया समरांगण में—सौमित्र की तरह कुछ क्षण के लिए भी वे संज्ञा-शून्य हो गए किसी शक्ति-प्रहार से—तो अपने को आजीवन क्षमा कर पाऊंगा क्या मैं ? क्या करूं मैं, क्या न करूं ? पर सच में यह भी कोई राक्षसी माया हुई तो ? नहीं-नहीं, ऐसा नहीं हो सकता। मैंने अपने मन को समझाया। यह तेजस्वी तपस्वी राक्षस नहीं हो सकता। इससे इस तरह की बात करना भी इसका ही नहीं संपूर्ण ऋषि-जगत् का अपमान होगा। तब मैं क्या करूं ? दे दूं इसे मार्ग ? लांगूल लांघकर जाने की बात तो यह सोच भी नहीं सकता, न मैं स्वयं ही ऐसी धृष्टता कर सकता हूं कि अपनी पूंछ को इसके मार्ग में पड़ी रहने दूं। दशरथ और भरत तो फिर भी

अधिक-से-अधिक राजर्षि की कोटि में आते। यह तो साक्षात् ब्रह्मर्षि खड़ा था यहां —तेज और तप का ज्वलन्त प्रतीक, उनका सम्मिलित विग्रह।

"मुझे विलम्ब हो रहा है।" ब्रह्मर्षि ने कहा तो मुझे याद आई, अभी तक तो इसने अपना परिचय दिया नहीं, न मैंने पूछा ही। इस मनुज-श्रेष्ठ का नाम तो जान ही लेना चाहिए। या क्या पता मनुष्य रूप में यह कोई देवता ही हो!

"वशिष्ठ हूं मैं। इक्ष्वाकुकुल का गुरु। मुझे शीघ्र मार्ग दो हनुमान वर्ना राम को कल कुछ हो गया तो हम दोनों को अफसोस ही रहेगा। मैंने कुंडली देखी है कल रघुवीर की। ग्रह-योग कुछ गड़बड़ चल रहा है।"

"वशिष्ठ?" क्षणार्ध में ही मैं सतर्क हो गया। कहीं कोई गड़बड़ अवश्य है। सब अयोध्या से ही चले आ रहे हैं सिर उठाए। कभी दशरथ, कभी भरत और अब यह वशिष्ठ! अयोध्या में तो रहा हूं मैं उतने दिनों। वशिष्ठ के भी दर्शन किए हैं। कहां थे वशिष्ठ ऐसे? लगता है उन्हें बिना देखे ही इस मायावी ने उनके वेष को धारण करने का प्रयास किया है। सफेद दाढ़ी-मूंछ और धवल वस्त्र के आधार पर ही यह मुझे छलने आ पहुंचा है। इसे क्या पता कि हनुमान कभी अयोध्या की हर गली-कूचे में डोल चुका है और राज-परिवार से संबंधित हर व्यक्ति को यह पूरी तरह पहचानता है। राम, लक्ष्मण और भरत, शत्रुघ्न भले उस समय बालक थे और उनके रूपाकार में बहुत परिवर्तन हो गया, पर शेष को पहचानने में मैं कहां प्रमाद कर सकता था?

"आप थोड़ा रुकें मैं अभी आपको श्री राम के पास पहुंचाता हूं।" मैंने तय कर लिया था कि इसे अपनी पूंछ में लपेट पृथ्वी पर दे ही मारना है ताकि राम के सान्निध्य में मृत्यु को प्राप्त कर वह सचमुच उन्हीं के लोक में पहुंच जाये। मुझे प्रतीक्षा थी विभीषण के आने की। तभी मैं उनको द्वार पर सन्नध कर अपनी पूंछ वहां से हटा सकता था।

"पर मुझे शीघ्रता है। अर्द्ध-रात्रि व्यतीत होने के पूर्व ही मुझे अयोध्या वापस चला जाना है। इतनी ही देर के लिए मैंने अपने संकल्प को साधा है।"

"कोई बात नहीं, मैं आपको अपनी पीठ पर सवार करा क्षण-मात्र में साकेत-धाम पहुंचा दूंगा।" मैंने व्यंग्य से कहा और तभी विभीषण आते दिखाई पड़े।

"जय श्री राम! इस बार भी किसी को मार्ग देने की···।" विभीषण की बात पूरी होती कि वशिष्ठ अन्तर्धान हो गए।

"इस बार तो मैं उसे स्वर्ग का मार्ग दिखाने वाला था पर आपने ही बात बिगाड़ दी। आप निःशब्द आए रहते तो वह भागता नहीं और उसकी सारी माया मैं अभी और यहीं समाप्त कर देता।"

"आप छले नहीं गए, यह देख मैं प्रसन्न हुआ।"

"अब कौन छल सकता है मुझे? श्री राम की सौगंध जो खा चुका हूं मैं।" मैंने अपनी आरम्भिक दुर्बलता को छिपाते हुए कहा।

"ठीक-ठीक है। अपनी प्रतिज्ञा पर दृढ़ रहिए। देखिए आकाश में नक्षत्रों का

स्थान—अर्ध रात्रि अब अति शीघ्र ही समाप्त होने वाली है। निशाचरों की माया आधी रात के बाद बहुत दुर्बल पड़ जाती है। वह देवताओं का काल होता है— ब्रह्म-मुहूर्त। कुछ देर की सजगता और आवश्यक है। फिर हमें कोई भय नहीं रहेगा। तब तक मैं एक परिक्रमा और पूरी कर लूं। क्यों?"

"हां, हां, अवश्य कीजिए।" मैंने रावणानुज को निश्चिन्त करते हुए कहा, "आप तो देखते ही हैं कि मैं अब झांसे में आने से रहा।"

विभीषण के जाने के पश्चात् मैं अपने कृत्य पर विचार करने लगा। अभी-अभी अनर्थ हो गया होता। ज्यादा भावुकता भी घातक है। कभी मैं अपने आराध्य की प्रतिछवि पर संतुलन खो बैठता हूं तो कभी-कभी ढोंगी तपस्वी की तेजस्विता मुझे विचलित करने लगती है। कहां चली गई थी अभी मेरी प्रतिज्ञा? अगर वह मायावी मेरी दुर्बलता का लाभ उठा प्रवेश पा गया रहता तब? तब मैं क्या मुंह दिखाता विभीषण को? और भगवान न करें, निद्रामग्न मेरे श्री राम को ही कुछ हो जाता तो मैं कहां का रहता? नहीं, नहीं, अब जरा भी प्रमाद नहीं करना था। मुझे अपनी प्रतिज्ञा पर दृढ़ रहना ही है। सच ब्रह्मा, विष्णु, महेश क्या, साक्षात् श्री राम भी किसी तरह इस प्रवेश-द्वार पर उपस्थित हो जायें तो मुझे प्रवेश नहीं देना है। और अब क्या? अब तो जैसा विभीषण जी ने कहा, घड़ी-दो-घड़ी की बात थी। अर्ध-रात्रि की बेला अब बीतने ही वाली है। एक बात मैं यही कह दूं। आपको भी लगता होगा और मुझे भी बाद में लगा कि मैं कैसे ऐसी छोटी गलतियां किए जा रहा था। मैं जो ज्ञानियों में अग्रमण्य और सर्वज्ञ आदि क्या-क्या माना जाता हूं, कैसे एक साधारण निशाचरी माया नहीं समझ पा रहा था? तो बात यह है कि जब स्वयं मेरे आराध्य ही मेरी बुद्धि हर बैठे हों तो मेरी सारी बुद्धिमत्ता को तो अर्थहीन होना ही था। यह आप आगे समझेंगे।

और तभी आ गए विभीषण।

"यह परिक्रमा शीघ्र ही पूरी हो गई?" मैंने पूछा।

"हां सोचा, एक बार श्री राम और सौमित्र को देख ही लूं। द्वार के अन्दर अब तक न आप गए, न मैं? कहीं कोई मायावी ऊपर-ऊपर ही···।"

"ठीक कहा आपने। ऐसे, ऊपर से कोई राक्षस आ नहीं सकता क्योंकि ऐसा होने से इस अन्धेरी रात में प्रकाश की लकीर खिंचे बिना न रहेगी। पर आपने ठीक कहा, एक बार देख ही आइए मेरे आराध्य और उनके अनुज को। मैं भी पूर्णतया आश्वस्त हो जाऊं।"

"पर आप सतर्क रहिएगा।"

"आप निश्चिन्त रहें, अब मैं स्वप्न में भी धोखा नहीं खा सकता।" मैंने पूंछ समेटते हुए कहा। विभीषण की राह में पूंछ को पड़े रहने देने का प्रश्न ही नहीं था।

विभीषण को मार्ग दे मैंने नक्षत्र-पूरित आकाश की ओर ध्यान से देखा। अर्द्ध-रात्रि की घड़ी अभी पहुंची नहीं थी। पर कुछ देर में ही पहुंचने वाली थी। कुछ

देर के लिए और अतिरिक्त सजगता आवश्यक थी। इसके बाद मैं तनावमुक्त हो जाऊंगा। पता नहीं कैसी कालरात्रि बनकर आई थी यह रात कि परीक्षा पर परीक्षा होती जा रही थी मेरी। विभीषण भी अब परिक्रमा पर नहीं थे। अतः मुझपर विशेष दायित्व आ पड़ा था।

तभी ऐसा कुछ घटा कि मेरे प्राण ही मुंह को आ गए। द्वार पर विभीषण खड़े थे। मैं हक्का-बक्का उनका मुंह देखने लगा।

"क्यों ? आपकी आंखें आश्चर्य से विस्फारित हो रही हैं ?"

"आप ? आ···प ?" मैं हकलाया," अभी-अभी तो आप अन्दर गए थे। अभी-अभी बाहर ? किस मार्ग से निकले ?"

"अभी-अभी अन्दर, अभी-अभी बाहर ? क्या बोलते हैं हनुमान जी ? अभी तो मेरी परिक्रमा पूरी हुई है। मैं पहले कैसे आता ? आपने किसी को प्रवेश दे दिया क्या ?"

मैं अब क्या कहता ? समझ गया। छला गया हूं। विभीषण मेरी पूंछ की परवाह किए बिना अन्दर प्रवेश कर गए। नहीं निकला, उससे विद्युत् प्रवाह। यही सही विभीषण थे, अब संदेह नहीं था। तो पहले प्रवेश पाने वाला कोई असुर था। कोई दुर्धर्ष मायावी। पता नहीं क्या अकल्पित घटा हो अन्दर। मैं भी भीतर दौड़ पड़ने की सोच ही रहा था कि आसमान में एक तेज प्रकाश की रेखा खिंची। यह क्या हुआ ? कोई अन्य मायावी प्रवेश पा गया क्या ? नहीं यह तो उसके बाहर जाने का चिह्न है। कोई निकला है यहां से। आकाश मार्ग से। शायद विभीषण को देखते ही वह मायावी भाग खड़ा हुआ। चलो अच्छा ही हुआ। अब विभीषण भी आ जायें यहां द्वार पर तो मैं भी अन्दर जाकर अपनी आंखें जुड़ाऊं। तभी विभीषण जी दौड़ते-गिरते आ पड़े। सदा देदीप्यमान रहने वाला उनका मुख सहसा रक्तहीन और विवर्ण हो आया था। इसके पहले कि मैं कुछ पूछूं, वे बोल पड़े, "वज्रपात हो गया हनुमान ! राम-लक्ष्मण को कोई मायावी हर ले गया।"

चालीस

अगर किसी सर्प की मणि खो जाये। अगर किसी अकिंचन का कहीं प्राप्त पारस-पत्थर विलुप्त हो जाये। अगर किसी साधक के संपूर्ण जीवन के तप पर अकस्मात् पानी फिर जाये। अगर किसी वीर का, बड़ी साधना से उपलब्ध दिव्यास्त्र हाथों से निकल जाये। अगर किसी जननी का एक एकमात्र सुत सहसा काल कवलित हो जाये। अगर किसी सौभाग्यवती का सौभाग्य-सूर्य युवावस्था में ही अस्त हो जाये।

अगर वृद्धावस्था में, किसी की आजीवन संचित पूंजी दस्युओं के हाथ पड़ जाये। अगर चन्द्रमा को अपनी शीतलता और सूर्य को अपने ताप से रहित होना पड़े। अगर सागर को अपनी बूंद-बूंद से वंचित होना पड़े। अगर अग्नि को अपनी दाहकता और अन्तरिक्ष को अपनी अनन्तता से शून्य होना पड़े। जैसी स्थिति इन सबों की होती उससे भी दुर्भाग्य-पूर्ण स्थिति मेरी हुई जब मैंने सुना कि मेरे आराध्य और उनके अनुज का अपहरण हो गया। दिशाएं मेरे लिए शून्य हो गईं। मेरी सोचने-समझने की सारी शक्ति निःशेष हो गई और किंकर्त्तव्यविमूढ़ बना मैं काष्ठवत्, शिलावत् जड़ हो आया।

"हनुमान !" किसी ने मुझे पुकारा। पर किधर से, किसने मुझे सम्बोधित किया, इसका भान मुझे नहीं हुआ। लगा, मेरी इन्द्रियों ने अपने कार्य बन्द कर दिए थे। शायद मैं शनैः शनैः, विमूढ़ता की स्थिति से संज्ञा-शून्यता की स्थिति की ओर बढ़ रहा था। मेरे लिए जीवन में कोई अर्थ नहीं रह गया था। अब किधर से भी कोई पुकारे, मुझे क्या लेना-देना था ? अब क्या रह गया था हनुमान के जीवन में ? सम्पत्ति से आकंठ भरे उसके जलपोत को सागर निगल चुका था। उसके सौभाग्य-शशि को सदा के लिए सिंहिका-सुत-राहु निगल चुका था।

"हनुमान ! तुम अपने स्वरूप को भूल गए ?" कोई क्षीण ध्वनि फिर कर्ण-रन्ध्रों से टकराई है। कौन है यह ? कौन है जो अब व्यर्थ में मुझे स्वरूप-ज्ञान करा रहा है ? क्या होना-जाना है इससे ? विश्व-ब्रह्मांड की सारी बल-बुद्धि अब सिमट भी आये मुझमें तो क्या कर लूंगा मैं उससे ? यमलोक-गामी हो गए किसी के प्राण संसार के सारे अध्यवसायों से भी वापस हो सकते हैं क्या ? धरित्री ही निगल जाए कौन उद्धार करेगा उसका ? पता नहीं कब और किस दिशा में ले गए मायावी असुर मेरे राम-लक्ष्मण को ? अब तक क्या उन्होंने उन्हें जीवित छोड़ा होगा ? जीवित भी होंगे तो कहां और किधर संधान मिल सकता है उनका ? है कोई प्रत्यक्षदर्शी जो इंगित करे दिशा का भी ? कहां ढूंढ़ा जा सकता है उन्हें अब ? असंख्य वन-काननों और दुर्गम्य गुहा-गह्वरों से भरी इस पृथ्वी में अथवा अथाह जल-पूरित पाताल में ? अथवा इस अछोर-अनन्त अन्तरिक्ष में ? पूर्व में, पश्चिम में, उत्तर और दक्षिण में अथवा आग्नेय, ईशान वायव्य, नैऋत्य में ? कहां ? किधर ? कहां और किधर मिलेंगे अब मेरे राम ?

"पवनपुत्र !" फिर आया है वही स्वर जैसे दूर अनाम घाटियों से उठती कोई आवाज। पवनपुत्र कहकर पुकारा है उसने। मेरे शौर्य, शक्ति और गति को स्मरण कराने के प्रयास में रत वह व्यक्ति भूल रहा है कि अब पवन-तनय को अपनी इन विशेषताओं को याद कर क्या करना है ? किसके लिए उपयोग है उनका ? राघवेन्द्र ही नहीं रहे, सौमित ही विलुप्त हो गए तो क्या करेगा पवन-नन्दन अपनी तथा-कथित अपार शक्तियों को आहूत करके ? किसके लिए प्रयुक्त होनी हैं अपनी योग-सिद्धियां, अलौकिक उपलब्धियां ? पर यह स्वर तो कुछ-कुछ पहचाना लगता है। कौन हो सकता है यह व्यक्ति, जो रघुनाथ की अनुपस्थिति से इस तरह विरह-

कातर हो मुझे टेर रहा है ? मेरी संज्ञा को वापस लाने का प्रयत्न करने वाला किसका है यह स्वर ?

"राम दूत !" कौन है रामदूत ? आवज पर सहसा मेरी संज्ञा-शून्यता निःशेष होने को आती है । कौन है यह रामदूत ? राम का दूत ? राम के दूत के रूप में तो मैं ही ख्यात हूं ? मेरे सिवा कौन यह दौत्य-कर्म अच्छी तरह कर सकता है ? राम का कोई संवाद ले जाना हो तो मुझसे अच्छा संदेश-वाहक-धावक, कहां मिल सकता है ? तो आ गए राम क्या ? मिल गए मेरे प्राणों के आधार ? संधान मिल गया क्या सौमित्र का ? नहीं तो रामदूत की क्यों पुकार होती ? मैं आंखों को शनैः-शनैः खोल सामने की ओर देखने का यत्न करता हूं । कुछ भी तो नहीं दिखाई पड़ता ? आंखें इस तरह अश्रुपूरित हैं कि दृष्टि ही समाप्त लगती है ? कैसे पहचानूं इस व्यक्ति को जिसने मेरे दायित्व की याद दिलाई है ? मेरे अति-प्रिय नाम 'राम-दूत' से सम्बोधित किया है मुझे ?

"होश में आओ मारुति ! यह समय व्यर्थ गंवाने का नहीं । संकट का पहाड़ ही टूट पड़ा है हम पर । अब सिवा तुम्हारे इस घोर विपत्ति से कौन त्राण दिला सकता है हमें ?"

विभीषण हैं यह । आवाज पहचान लेता हूं । अंधकार भरी आंखों में कुछ आलोक उभरा है तो आकृति भी स्पष्ट हुई है इनकी । हां, राक्षसराज ही हैं यह—रावणानुज ।

"अहिरावण हर ले गया भगवान को ।" विभीषण बोलते हैं तो मेरी संज्ञा-शून्यता सहसा पूरी तरह समाप्त हो जाती है । रक्त में एक ज्वार-सा आता है । रक्त-प्रवाह की तीव्रता से जैसे सारी नसें तड़तड़ा आती हैं । लांगूल ऐंठ जाती है और मैं सहसा खड़ा हो एक जोर की हुंकृति भरता हूं—"जय श्री राम !" कनक भूधराकार शरीरा—नहीं ऐसा होता नहीं । आकार तो वही रहता है, पर अन्दर में भान हो जाता है—अपनी क्षमता का, साहस का और सबसे ऊपर राम-कृपा का ।

"तो अहिरावण ले गया मेरे आराध्य को । पाताल लोक का अधिपति, रावण का औरस-पुत्र अहिरावण । यही न । कैसे ज्ञात हुआ आपको ?" मैं कुछ करने के पहले पूरी तरह आश्वस्त होना चाहता था ।

"हां मारुति," विभीषण प्रसन्नमुख आरम्भ करते हैं । हर्ष है कि उनके अन्दर अंट नहीं रहा । वही क्या पूरी वानरी सेना अपने शोक को भूल, प्रसन्नता से किलकारियां मारने लगी है । नल, नील, सुग्रीव, अंगद, जाम्बवान् सभी के मुखों की लाली वापस आ गई है । जो मृत-प्राय-से धरणी पर पड़े थे, अब उठकर मेरे चेहरे और तने हुए शरीर और बार-बार उठते-गिरते, शून्य में लहराते लांगूल को देखने लगे हैं । सब को लग गया है कि जब हनुमान सन्नध हो गए तो राम-लक्ष्मण भी वापस आ गए । धन्य है प्रभु की लीला । कितना मान दे रखा है मुझे ! यह भी शायद मुझे एक और अवसर देने का ही उपक्रम है । नहीं, क्या खाकर हर ले

जाता नागों का वह तुच्छ अधिपति कोटि-कोटि ब्रह्मांड नायक मेरे राम और सर्पों के सर्प शेषनाग के अवतार सौमित्र को ?

"अहिरावण ही ले गया है सानुज राम को। आपको ज्ञात ही है कि मेरे वेष में आया था वह। मेरा वेष धारण करना मेरे अति निकट रक्त-सम्बन्धियों के अलावा और किसी के लिए संभव नहीं है। सो रावण तो ऐसा कर नहीं सकता...। यह अहिरावण का ही कार्य है।"

"मैं अभी लाता हूं दोनों को। अहिरावण को भी उसकी धृष्टता के लिए दंड दिए आता हूं। प्राणों से कम क्या कीमत चुकानी पड़ेगी उसे अपनी इस दुष्टता के लिए?" मैं अब रुक नहीं सकता था। क्षण का विलम्ब भी अनर्थकारी हो सकता था।

जगज्जननी के अन्वेषण के निमित्त एक बार मुझे आकाशचारी होना पड़ा था, आज अपने आराध्य और उनके अनुज के लिए पातालगामी होने का सौभाग्य आ उपस्थित हुआ था। वरदान के फलस्वरूप अन्तरिक्ष, पृथ्वी एवं पाताल सब में मुझे अप्रतिहत गति उपलब्ध थी। उसकी भी ऊर्मियां मेरी बाधा नहीं बन सकती थीं। न व्यवधान उपस्थित कर सकती थी समुद्र की अनन्त गहराई। पाताल-लोक आज का वही भूभाग है, जिसे आप अमेरिका की संज्ञा देते हैं। मंडलाकार पृथ्वी पर दक्षिण समुद्र के ठीक आर-पार ही अवस्थित है यह भू-खंड। समुद्र के गर्भ में मैं प्रविष्ट होता तो ठीक उसी धरती पर जा प्रकट होता। कोई कठिन नहीं था यह। कुछ देर तक प्राणायाम को साधने की बात थी। इसमें आश्चर्य नहीं होना चाहिए आपको। आज भी बहुत से योगी और साधक धरती के अन्दर खन्दक खुदवा दस-दस, पन्द्रह दिनों तक बिना प्राण-वायु के बैठे रह जाते हैं। कई तो शीशे के घरों में वन्द होकर भी यह करामात कर दिखाते हैं। गोताखोर भी घंटों सागर-तलों का अन्वेषण करते रहते हैं। यह बात अलग है कि वे प्राण-वायु (ऑक्सीजन) के पात्र टांगे रहते हैं अपने साथ। मैं तो विशेष यौगिक क्रिया द्वारा अपने फेफड़ों में ही एक-दो महीने तक के लिए प्राण-वायु एकत्रित कर सकता था। किन्तु समय कम था, अतः संकल्प-शक्ति के द्वारा ही वहां पहुंचना मैंने उचित समझा। 'जय श्री राम' का जोरदार हुंकार लगा मैंने आंखें मूंदकर समुद्र में डुबकी लगाई और दूसरे पल आंखें खोली तो अहिरावण के राजभवन के दरवाजे पर ही अपने को पाया।

वहां एक भारी आश्चर्य से मेरा पाला पड़ा। मेरे ही आकार-प्रकार का कोई कपि द्वार-रक्षक के रूप में वहां खड़ा था। उसने मुझे अन्दर जाने से रोक दिया। मैंने आज तक अपने मार्ग के व्यवधान को बहुत अवसर नहीं दिया है। पर था कुछ ऐसा उसके स्वरूप में कि मैं अनचाहे भी एक क्षण को ठिठक कर पूछ बैठा—"कौन हो तुम यह दुस्साहस करने वाले?"

"मैं हूं हनुमानात्मज मकरध्वज।"

हनुमानात्मज—हनुमान का लड़का? यह मेरे जीवन का पहला और शायद अन्तिम आश्चर्य था। मैं नैष्ठिक बाल-ब्रह्मचारी और यह कह रहा था कि वह मेरे

अंश से उत्पन्न मेरा आत्मज होकर खड़ा है यहां !

"ढोंगी !" मैंने जोर की हुंकृति की, "जानते हो तुम हनुमान को ? आजीवन ब्रह्मचर्य-वर्ती इस वानर ने विश्व की सारी स्त्रियों को मां की तरह देखा है। सबमें उसने जगज्जननी जानकी की ही की झांकी पाई है। उसका कोई लड़का कैसे और कहां हो सकता है ?"

"कौन हैं आप ? आप तो बहुत कुछ जानते हैं मेरे पिता के संबंध में।"

"फिर पिता की बात कही ? मैं स्वयं हनुमान हूं।" मैं गरजकर बोला और उसकी उपेक्षा कर उसे एक धक्का लगा अन्दर जाने को तत्पर हो ही रहा था कि वह मेरे पैरों से आ लगा—"पिताजी, धन्य हुआ मैं आपके श्री चरणों के दर्शन प्राप्त कर। कहूं कि आकार-प्रकार रंग-रूप में ऐसी समानता···।"

इसके पहले कि वह कुछ और कहता, मैं अपने पैरों को छुड़ा आगे बढ़ने को हुआ, पर मुझे तब घोर आश्चर्य हुआ जब लाख प्रयास के बावजूद मेरे पैर छुटे ही नहीं। एक क्षण को मैं असमंजस में पड़ गया। नहीं, कोई रहस्य अवश्य है। यह बात समझने में मुझे देर नहीं लगी। साधारण नहीं था यह कपि जो मेरा सुत होने का दावा कर रहा था। मेरा हर क्षण कीमती था, अतः मैंने विवाद नहीं बढ़ा कर कहा—"अपने जन्म पर प्रकाश डालो।"

"लंका-दहन के पश्चात् जब आप सागर-जल में अपनी पूंछ की अग्नि बुझा रहे थे तो आपकी स्वेद-बूंद जो जल में पड़ी उसे एक बड़ी मछली खा गई। वह जब एक दिन पकड़कर मेरे स्वामी की भोजन-शाला में आई तो उसके पेट से मैं निकला। आप तो जानते ही हैं कि उपदेवताओं को बढ़ते समय नहीं लगता। मैं शीघ्र ही युवावस्था को प्राप्त हो गया।"

"मैं इस चमत्कारपूर्ण कहानी को सुनकर आश्चर्यचकित हुआ। किन्तु अपनी जिज्ञासा को और शांत करने का यह अवसर नहीं था। सानुज आराध्य की प्राण-रक्षा अभी मेरा प्रथम दायित्व था।

"तुम्हारे सदृश सुत को पाकर मैं कृतार्थ हुआ वत्स ! पर अब तुम मुझे इस राजमहल में प्रविष्ट होने दो। द्वार से हट जा। मेरे आराध्य कौशलपति श्री राम को अहिरावण उनके अनुज सौमित्र के साथ हर ले गया है। मुझे तत्क्षण उनकी सुधि लेनी है।" मैंने मकरध्वज को आज्ञा दी।

"उपकृत हुआ आर्य ! पर यह नहीं होगा। अभी मैं अहिरावण के आदेशपाल के रूप में यहां अवस्थित हूं। उसकी हित-रक्षा मेरा पुनीत दायित्व है। मैं आपको मार्ग नहीं दे सकता।"

"युद्धं देहि।" मैं भावावेश में आ अपने पुत्र से ही युद्ध की याचना कर बैठा। दूसरा उपाय भी नहीं था। एक क्षण का भी विलम्ब मुझे कल्प की तरह प्रतीत हो रहा था।

"तथास्तु !" मेरे पुत्र ने कहा और हम दोनों एक-दूसरे पर टूट पड़े। मुझे कहना पड़ेगा कि मकरध्वज को परास्त करना बहुत आसान नहीं था। मैंने लंका-

प्रवेश के पश्चात् बड़े-बड़े दैत्य-योद्धाओं को पछाड़ा था और उन्हें हत-प्राण भी किए थे। पर एक कपि के पराक्रम से ही मैं क्लान्त हुआ जा रहा था। सच, यह मेरे अंश से ही उत्पन्न था। इस विचार के आते ही मुझे लगा कि शायद कुछ अतिरिक्त अनुकम्पा ही मैं अपने इस अंश जन्मा को दे रहा हूं वर्ना यह अब तक मेरे समक्ष टिक नहीं पाता। राम-कार्य में अनजाने ही यह प्रमाद हो गया। ग्लानि से भरकर मैंने 'जय श्री राम' की अपनी प्रिय हुंकृति की और मकरध्वज जमीन पर आ रहा। उसके वक्षस्थल पर सवार हो उसी के लांगूल से मैंने उसे अच्छी तरह बांध दिया और अन्दर प्रवेश कर गया।

भीतर भारी कोलाहल व्याप्त था। एक भगदौड़-सी मची थी। सभी एक ही दिशा की ओर भागे जा रहे थे। सब भार-वाहक थे। किसी के सिर पर फलों-से भरा पात्र था तो किसी के सिर पर पकवानों से भरी टोकरी; कोई तरह-तरह के सुगंधित पुष्पों के टोकरे लिए दौड़ा जा रहा था तो किसी के सिर पर आकंठ-भरे जल-पात्र चढ़े थे। कोई हवन-सामग्री लिए दौड़ा जा रहा था तो कोई दधि और दुग्ध के भांडों को उठाये भागा जा रहा था। साथ ही पूरा का पूरा प्रकोष्ठ हवन-गंध से पूरित प्रतीत हो रहा था। कहीं समीप ही प्रज्वलित होम-कुंड से उठते हवन-धूम से महल का यह पद-तल-प्रदेश पूरी तरह व्याप्त हो आया था।

"कहीं कोई यज्ञ सम्पन्न हो रहा है क्या?" मैंने एक भार-वाहक को रोककर पूछा। मेरे विचित्र रंग-रूप को देखकर वह पहले तो थोड़ा सहमा फिर खट से बोल पड़ा—"पातालपति महाराज अहिरावण ने दो सुकुमार नर-किशोरों का पृथ्वी-लोक से अपहरण किया है। पातालेश्वरी भगवती चामुंडा के समक्ष इन्हीं की अभी बलि पड़ने वाली है। यह सब उसी की तैयारी है।" वह या तो उत्साह अतिरेक में एक अजनबी के समक्ष यह भेद खोल गया या वह मुझे द्वारपाल मकरध्वज ही समझ बैठा। जो हो, मेरे लिए तो यह परीक्षा की घड़ी उपस्थित हो गई। मैंने सोचा भी नहीं था कि पाताल-लोक में आते ही मुझे इस अकल्पनीय स्थिति का सामना करना पड़ेगा। मैंने तो सोच रखा था कि नाग-लोक में किसी के भी पहुंच जाने की कल्पना से भी रहित अहिरावण दो-चार रक्षकों के बीच राम-लक्ष्मण को छोड़ बैठा होगा और उन असावधान राक्षसों को मार मैं शीघ्र ही उन्हें ले लंका लौट आऊंगा। पर यहां तो स्थिति ही दूसरी थी। बलि के समय तो पूरा पाताल-लोक यह तमाशा देखने उपस्थित होगा। ऐसे अवसरों पर अस्त्र-शस्त्रों से सज्जित सभी सैनिकों और सेनापतियों की उपस्थिति अनिवार्य होती है। मैं अकेला इनसे जब तक जुझूंगा तब तक तो यह दुष्ट अहिरावण मेरे आराध्य एवं उनके अनुज को देवी के हवाले ही कर देगा। यह सही है कि श्री राम की कृपा से मैं अकेले ही इन सबों के लिए पर्याप्त था पर शत-सहस्र असुरों को हत-प्राण करने में कुछ समय तो लगता ही तब तक रावण का यह हितैषी अहिरावण क्या बैठा रहेगा? बन्धन में जकड़े शस्त्रहीन भाइयों को तलवार की धार उतारते

उसके वधिकों को बहुत समय लगेगा क्या ?

नहीं यह समय शौर्य-प्रदर्शन का न होकर बुद्धि-प्रयोग का था। अभी राम-लक्ष्मण के प्राणों की रक्षा मेरा प्रथम कर्त्तव्य था। मैंने श्री राम का स्मरण किया और मेरे मस्तिष्क में एक योजना कौंध गई।

अपने सहज स्वरूप को तत्काल छोड़ लघिमा के प्रयोग द्वारा मैं अत्यन्त लघु रूप में आ गया। देवी-मंदिर के दिशा-अन्वेषण की अब कोई आवश्यकता नहीं थी। जिधर पदचर भागे जा रहे थे, उधर ही मैं उनके पदों के मध्य छिपता-छुपता भाग चला। सब इतनी शीघ्रता में थे कि किसी ने मेरी ओर ध्यान ही नहीं दिया। ध्यान दिया भी होगा तो समझा होगा यह मकरध्वज का लघु संस्करण उसी का कोई संबंधी होगा और उसी के सहयोग से कहीं से भूला-भटका आ गया होगा। चामुंडा-मंदिर पहुंचते ही मैं झट से अन्दर प्रवेश कर गया। मंदिर-द्वार पर पर्दा पड़ा था। पर्दों के एक किनारे से ही मैं क्षीण-काय, सबकी आंखें बचाता अन्दर प्रविष्ट हो गया था। जाते-ही-जाते एक दृष्टि मैंने बंदी बने राम-लक्ष्मण और उनके पास ही हाथ में खड्ग लिए खड़े अहिरावण पर डाली भी। अपने आराध्य की इस लीला पर मुझे हंसी आ गई। कोटि-कोटि ब्रह्मांडों का वह पति जो चर-अचर के बन्धन को काटने में पूर्ण सक्षम था, आज स्वयं बन्धन स्वीकार किये बैठा था। मुझे इस विकट अवस्था और विकट प्रदेश में भी हंसी आये बिना न रही। यह सब उपक्रम था मुझ कपि को अतिरिक्त मान देने का। इस बन्धन को काटने में परात्पर ब्रह्म के अवतार मेरे राम और शेष के सम्पूर्णांश से अवतरित सौमित्र को कितना समय लगने को था ? पर उन्हें तो सिद्ध करना था कि भगवान का उद्धार भी भक्त के हाथों ही संभव है, कि दोनों अभिन्न हैं। अभेद है दोनों में। कौन बड़ा, कौन छोटा, कौन समर्थ, कौन असमर्थ, यह कल्पना ही निराधार और व्यर्थ है। परब्रह्म को तो सदा-सदा के लिए ऋणी बनना था इस तुच्छ दास का। राम के इस अकल्पनीय अनुग्रह पर मेरा पोर-पोर द्रवित हो आया। कहां लंका में चल रहा वह दुर्धर्ष संघर्ष, कहां अशोक वाटिका में बंदी बनी पल-पल को कल्प की की तरह काटती मां वैदेही और कहां यह परिहास ? हां, परिहास से अधिक क्या कहने को मन कर सकता था इसे ? अपने जन को सुर-दुर्लभ सम्मान देने का अच्छा अवसर ढूंढ़ा था इस निखिल-ब्रह्मांडाधीश्वर ने। सच ही अब अवसर ही कहां शेष था ? मेघनाद का वध सौमित्र ने सम्पन्न कर दिया था। रावण का वध अखिलेश्वर द्वारा पूर्व नियोजित और निर्धारित था ही। तो हनुमान के हिस्से में क्या बचता था ? वही अक्षयकुमार और कुछेक राक्षस भट्ट। लंकिनी और सिंहिका ? नहीं, नहीं, राम को यह अन्याय स्वीकार्य नहीं था। उन्हें तो सम्मान देना ही था मारुति को। इसी विचार ने उन्हें इस घोर संकट-काल में, यह खेल खेलने को बाध्य किया था। संसार जान ले कि राम ने धरती के ऊपर बसी लंका में कोटि-कोटि कपियों और भालुओं की सहायता से रावण का वध किया तो हनुमान ने समुद्र के अन्दर बसी पातालपुरी में अरक्षित और एकाकी प्रवेश कर

अहिरावण का वध की नहीं किया बल्कि बन्दी बने, रावण के भावी संहारक का भी उद्धार किया। अब लोग समझें, कौन ज्यादा महान् है कौन ज्यादा पराक्रमी ?

मुझे इस अवस्था में भी फिर हंसी आ गई। राम चाहे जो करें, उनके नाटक को समझने में लोगों को कितना समय लगेगा ? कौन नहीं जानता है कि हनुमान जो कुछ करता है, वह राम की अनन्त शक्ति के आधार पर ही ? उनकी असीम कृपा के एक क्षुद्रतम कण की ही करामात होती है कि हनुमान अकल्पनीय को भी करणीय सिद्ध कर देता है। यह तो निमित्त मात्र है। शक्ति का अनन्त, अखंड, अजस्र स्रोत तो श्री राम में ही सन्निहित है वह तो उसका एक अत्यन्त लघु प्रदर्शन-मात्र कर पाता है।

कर लो जो लीला तुम्हें करनी है लीलाधर, मुझे तो तुम्हारे द्वारा दी गई भूमिका निभानी ही है। नाटक का एक अकिंचन पात्र हूं मैं। सूत्रधार के इंगित पर अपनी भूमिका को अच्छी-से-अच्छी तरह निभाना मेरा एकमात्र लक्ष्य और दायित्व है। इतना सोचकर मैंने पर्दे के पीछे ही अपना विकराल रूप धारण किया और मुंह को किसी गुहा-द्वार की तरह खोल, हाथों को पूरी तरह फैला, देवी-मूर्ति को आच्छादित कर निश्चल खड़ा हो गया। गदा मैंने मूर्ति के पीछे छिपा दी।

थोड़ी देर में मंत्रोच्चारण आरम्भ हुआ। पता नहीं वेद-पाठी ब्राह्मण भी कहां से इस यमलोक में उपस्थित हो गए थे। उन्होंने वैदिक ऋचाओं से देवी की स्तुति आरम्भ की और मन्त्रोच्चारपूर्वक हवन कुण्ड ने आहुति डलवानी आरम्भ की—

ॐ ह्रीं दुर्गायै स्वाहा
ॐ ह्रीं रक्त दन्तिकायै स्वाहा
ॐ ह्रीं शिवायै स्वाहा
ॐ ह्रीं शिवदूत्यै स्वाहा
ॐ ह्रीं नृसिंहायै स्वाहा
ॐ ह्रीं वैष्णाव्यै स्वाहा
ॐ ह्रीं कृष्णायै स्वाहा
ॐ ह्रीं नन्दितायै स्वाहा
ॐ ह्रीं महामायै स्वाहा।

"हुं SSS," हवन चल ही रहा था कि मैंने जोर की हुंकृति की। अहिरावण को शीघ्रता हो या नहीं, मुझे थी। रात्रि बीतने पर थी और सूर्योदय के पूर्व मैं समर-भूमि में नहीं पहुंचा तो राम-लक्ष्मण के नहीं रहने की बात दावाग्नि की तरह पूरे सैन्य और लंकापुरी तक में फैल जाएगी। तब राम-सेवकों पर जो बीतेगी सो बीतेगी, वैदेही तो अग्नि-प्रवेश ही कर जाएंगी। नहीं, अब मेरे पास देवी की स्तुति सुनने का समय नहीं था।

मेरी भयंकर हुंकृति पर हड़बड़ाकर राक्षसों ने पर्दा हटा दिया था। मैं जीभ लपलपाता मुंह फाड़े निस्पन्द खड़ा था। खड्ग-हस्त अहिरावण, देवी-विग्रह के

स्थान पर मेरे विशाल-वक्ष को देख क्षणार्ध के लिए आश्चर्यचकित तो हुआ, पर दूसरे ही क्षण हर्षातिरेक में चिल्ला पड़ा—"चामुंडा साक्षात् प्रकट हो आईं। धन्य है ब्रह्मनिष्ठ पुजारियों की मंत्र-शक्ति !"

"हुं ऽऽऽ," मैंने सम्पुष्टि में दूसरी हुंकृति की और पुजारियों ने पक्वान्न, मिष्टान्न और फलादि मेरे खुले मुख में फेंकने आरम्भ किए। थोड़ी ही देर में मैंने भोग की राशि-राशि मुंह पर मुंह भरे उदरस्थ कर ली और जोर की डकार ली।

"देवी, बलि लेने के लिए प्रस्तुत हैं।" पुजारियों ने तृप्ति-सूचक मेरे डकार को बलि-काल का इंगित समझा और खड्ग-पूजा आरंभ कर दी।

"अपनी अन्तिम इच्छा प्रकट करो। प्राण के सिवा कुछ भी मांग लो। यह हमारी प्रार्थना है। बलि-पशु की कोई भी आकांक्षा अवशिष्ट रह जाये तो वह सुयोग्य नैवेद्य नहीं सिद्ध होता।" अहिरावण ने राम और लक्ष्मण को सम्बोधित किया।

"न किंचित् अवशिष्यते ?"—कोई इच्छा शेष नहीं है। दाशरथि राम ने देव-वाणी में ही कहा। सम्भाषण के लिए इस नाग-लोक में यह भाषा उपयुक्त थी। इसका लाभ आगे मिलने वाला था। उन्हें मालूम था अहिरावण इसका अर्थ नहीं समझेगा। पर वह उनके मुख के हाव-भाव से समझ गया कि उन्हें कुछ नहीं मांगना है।

"किसी का स्मरण ही कर लो।" वह उनके अन्तिम क्षण को अनुपकृत नहीं छोड़ना चाहता था।

मेरे आराध्य ने साभिप्राय अपने अनुज की ओर देखा और बोल पड़े—"हनुमते रूद्रात्मकाय नमः।"

तो मैं एक क्षण के लिए भूमि में गड़-सा गया। भक्त मृत्युकाल में भगवान का स्मरण करता है। भगवान अपने अन्तिम क्षण में भक्त को स्मरण कर रहा है। कहां रख पाऊंगा मैं इतना उपकार ? कैसे चुका पाएंगे त्रिलोक के कोटि-कोटि भक्त, भक्त-वत्सल की इस अपार भक्त-वत्सलता का मूल्य ? दूसरा समय रहता तो मैं अपने आराध्य के चरणों पर प्रणिपात कर ही उनके इस व्यवहार की वर्जना करना चाहता। उनके मुंह पर अपने अपवित्र हाथ तो नहीं रख पाता पर अपने मुख से प्रार्थना कर उन्हें रोकता यह अनर्थ करने से। हां अनर्थ से अधिक क्या कहने को मन करता था इसे ? कृपा की भी एक सीमा होती है—प्रेम इस तरह असीम होता है वह आज ही देख रहा था। पर अभी तो मैं विवश था। कुछ कर नहीं सकता था। ढा ले जितना ढाना हो इस भगवान को एक भक्त के विवश हृदय पर। बना ले सदा-सदा के लिए ऋणी पहले से ही उनके प्रति पूर्णतया समर्पित इस दासानुदास को।

सौमित्र अब तक यह सब कुछ नहीं समझ पा रहे थे। बंदी अवस्था में भी वे लगातार व्यग्र थे बन्धन तोड़ देने के लिए। शेषावतार को इस क्षुद्र बन्धन को

भंग करने में कितना समय लगने को था। पर अग्रज के बार-बार के मूक आग्रह पर वे अपने को संयत किए खड़े थे! पर अब तो हद हो गई थी। याद करने के नाम पर अग्रज उस हनुमान को याद कर रहे थे जो वहां से हजारों योजन दूर पृथ्वी-लोक के लंका द्वीप में पड़े थे। अगर देवी चंडिका को ही याद किया होता तो वह शायद द्रवित होकर हमें मुक्ति दिला देती। आखिर कुछ तो अधिकार था ही उनका इस मातृशक्ति पर। मैथिली ने पुष्पवाटिका के गौरी-मंदिर में ही तो अग्रज को पति-रूप में मांगा था! अपने दिए वरदान को इतना शीघ्र वह स्वयं का ग्रास बनाने के पूर्व कुछ तो सोचती? चंडिका और गौरी में बहुत अन्तर है क्या? लक्ष्मण अब अपने को रोक नहीं सके और कुछ असंयत हो उबल ही पड़े—"कुतो अत्र हनुमान् कपि?"—कहां हैं यहां वानर हनुमान?

"अत्रैव। पश्य मातृविग्रहोऽयं। अस्य अक्षाणि विशेषरूपेण अवलोकितव्यानि।"—यही हैं। इस मातृ-मूर्ति को देखो। इसकी आंखों को विशेष रूप से देखो।

लक्ष्मण ने मेरी आंखों में झांका और आश्वस्त हुए। लीलाधर की लीला भी उन्हें क्षणार्ध में ही समझ में आ गई। मुंह पर जहां किंचित् म्लानता आई थी वहां स्मिति की एक रेखा खिल आई। मेरे मन में आया इस मुस्कान का उत्तर मैं भी एक मुस्कान से दूं। पर उसका अवसर नहीं था।

उधर अहिरावण सहोदरों के इस संस्कृत-वार्तालाप को कुछ नहीं समझ अपना खड्ग उठा उन्हें बलि देने को प्रस्तुत हो गया।

"मन्त्र बोलो।" खड्ग उठा उसने पुजारियों को आज्ञा दी।

"ॐ···।" अभी प्रमुख पुजारी के मुख से मन्त्र का प्रथमाक्षर ही फूटा था कि एक जोर की हुंकार के साथ एक हाथ में अपनी गदा ले मैं मंदिर से नीचे कूद पड़ा। दूसरे हाथ से अहिरावण के हाथ की तलवार छीन मैंने उसके सिर को गर्दन से अलग किया। तलवार और गदा के सहारे वहां उपस्थित भटों का संहार आरंभ कर दिया। बात की बात में मंदिर-प्रांगण में रक्त की नदी प्रवाहित हो गई। मेरे इस रौद्र रूप को देखते ही बहुत से नाग-भट कुछ नहीं समझ "देवी कुपित हो गई, देवी कुपित हो गई," कहते भाग चले। मैंने अपने आराध्य और उनके अनुज को बन्धन-मुक्त कर प्रणिपात किया और उन्हें कंधे पर उठा दरवाजे की ओर बढ़ा।

"यह कौन है? यह तो तुम्हारी ही प्रतिमूर्ति लगता है। इसे बन्धन मुक्त करो।" द्वार पर मकरध्वज को बन्धन-युक्त देखकर त्रैलोक्य के बन्धनपाश को काटने वाले श्री राम द्रवित हो आए।

"यह मुझको ही अपना पिता कहता है।" मैंने एक क्षण को दोनों भाइयों को धरती पर उतार, पुत्र मकरध्वज को प्रणिपात का अवसर प्रदान किया।

"तो तुम्हारे ब्रह्मचर्य की भी पोल खुल गई।" सदा विनोद-प्रिय मेरे आराध्य ने परिहास किया तो मैंने उसके जन्म की कहानी उन्हें बता दी।

"तो पिता द्वारा अर्जित यह राज्य, पुत्र को ही मिले।" राम ने मकरध्वज के सिर पर अपना वरदहस्त रख उसे पाताल-लोक के अधिपति के रूप में अभिषिक्त

कर दिया और फिर मैं उन्हें अपने स्कंधों पर आसीन करा उन्हीं की कृपा से सुलभ अपने संकल्प-बल के द्वारा सूर्योदय-पूर्व ही समर-भूमि में आ पहुंचा। विभीषण, सुग्रीव, अंगद आदि वीर हर्षोन्मत्त हो आये। शेष को यह अंदाज भी नहीं लगा कि कालरात्रि-सी बन आई इस अशुभ रात्रि में कितना कुछ घट गया।

इकतालीस

लंका-युद्ध अब समाप्ति पर आ गया था। युद्ध में मेरी भूमिका भी अब समाप्त ही थी। कुम्भकर्ण, मेघनाद और अन्ततः अहिरावण के वध के पश्चात् रावण को ही युद्ध में उतरना था और रावण का सामना तो श्री राम से ही होना था। बिना उनके हाथों प्राण दिए उसकी सद्गति कैसे होती ? हमें तो अब मात्र मूक दर्शक बनना था। ऐसे भी आनन्द इसी में था। अपनी-अपनी छोटी-मोटी भूमिकाओं में रत रहने और व्यर्थ की उछल-कूद में लगने से अच्छा था राम-रावण के इस युद्ध को देखकर आंखों को तृप्त करना क्योंकि हम जानते थे कि ऐसा समर त्रैलोक्य में न कभी हुआ है और न होगा। आदि कवि ने बाद में चलकर एक बात बड़ी सटीक लिखी कि राम-रावण के युद्ध की तुलना केवल राम-रावण युद्ध से हो सकती है —

गगनं गगनाकारं सागरः सागरोपमः।
रामरावणयोर्युद्धं रामरावणयोरिव ।।

--आकाश की तुलना आकाश से ही संभव है। समुद्र की मात्र समुद्र से। राम-रावण युद्ध की उपमा भी राम-रावण युद्ध से ही दी जा सकती है।

नहीं, मैं राम-रावण युद्ध के विस्तृत वर्णन की आकांक्षा नहीं रखता। संभव भी नहीं है। यद्यपि मैं उसका प्रत्यक्षदर्शी था फिर भी मैं उस अद्वितीय समर को शब्दों में बांधू, यह संभव नहीं है। देखने से क्या होता है ? देखती तो आंखें हैं, पर वर्णन करना पड़ता है जिह्वा को, बुद्धि को। गोस्वामी ने कोई झूठ थोड़े लिखा पुष्पवाटिका प्रसंग में—"गिरा अनयन नयन बिनु बानी।"

तो मैं क्या वर्णन कर पाऊंगा उस असाधारण समर का ! फिर भी उसका संक्षिप्त स्वरूप तो रखना ही पड़ेगा आपके समक्ष, नहीं तो यह आत्मनिवेदन अधूरा ही रह जाएगा। ऐसे भी, नहीं चाहने पर भी राम-रावण युद्ध में भी थोड़ी उछल-कूद करनी ही पड़ी थी हम कपियों को भी।

रावण अपने प्राणों की बाजी लगा समरांगण में उतर चुका था। हमें ज्ञात हुआ अपने चरों द्वारा कि मन्दोदरी आदि उसकी रानियों ने उसे बहुत रोकना चाहा। अपशकुन भी बहुत होने लगे उसके प्रस्थान के साथ ही। उसके मुकुट अनायास सिर से गिरने लगे। ध्वज बिना हवा के फट गया। रथ के ऊपर और

महलों के शिखर पर गृद्ध आ बैठे। श्रगाल-शृगालिकाओं ने मार्ग में क्रन्दन आरम्भ किया। पर दशग्रीव इस सब पर कब ध्यान देने वाला था? वह मरने अथवा मारने पर उतारू था। आज निर्णायक युद्ध होना था या तो राम को बचना था इस धरती पर या रावण को।

देवता, यक्ष, किन्नर, गन्धर्व सभी आकाश में एकत्रित हो गए थे इस निर्णायक संग्राम के अवलोकन के लिए। सबको पीड़ित कर रखा था रावण ने, अतः सभी उसकी मृत्यु-कामना में लगे थे।

रथारूढ़ रावण रणभूमि में आया तो स्वाभाविक था, वानर-भालुओं में भगदड़ मच गई। अब तक तो सभी उसके भयावह रूप का वर्णन ही सुनते आये थे। मैंने और बाद में अंगद ने जो कुछ भी उसके संबंध में बताया था उससे उसका भयावह स्वरूप पूरी तरह उनके समक्ष उजागर कहां हुआ था? कज्जलगिरि-सदृश दशशीश के दर्शन से ही बहुतों के होश उड़ गए। सत्य है कि श्री राम और सौमित्र के सहारे का भरोसा नहीं रहता तो बहुतों के प्राण ही निकल गए रहते।

रावण की महती सेना थी। रावण के, युद्ध-भूमि में उतरते ही प्रायः संपूर्ण राक्षस-सेना उसके साथ लग गई थी। द्वार-रक्षकों और बाल-वृद्धों तथा अशक्तों तथा औरतों को छोड़कर पूरी की पूरी लंका लंकेश के पीछे लग गई थी। अब लंका में रहकर करना भी क्या था। मरना था तो लंकेश के साथ, जीना था तो उसी के साथ।

रावण के पीछे पूरी लंका थी, तो राम के पीछे वानर-भालुओं की अपार सेना खड़ी थी। भय-ग्रस्त होने के बावजूद वानर-रीक्ष उनके लिए प्राणों की आहुति देने को प्रस्तुत थे। विभीषण भी साथ ही लगे थे।

मैंने श्री राम से प्रार्थना कर उन्हें अपने कन्धे पर बैठा लिया। मेरे आराध्य को यह कुछ अटपटा भी लगा होगा। पर मेरे अनुरोध को वे कब टालने वाले थे? हाथ में प्रचंड-धनुष सम्हाले और मेरे स्कन्ध पर आसीन श्री राम ने समर में प्रलय का दृश्य उपस्थित कर दिया। मैं तो उन्हें निरन्तर वायु-वेग से चक्रायित करता ही रहा। उनके हाथों में पड़े धनुष से सभी दिशाओं में तीक्ष्ण शरों की इस तरह वर्षा होती रही जैसे प्रलय-मेघ से भीषण बौछारें निकलती हैं। देखते-देखते रुंड-मुंड से समरांगण का वह भाग ही नहीं पट गया अपितु लंका-द्वार तक लाश ही लाश बिछ गईं। रक्त की नदियां बह चलीं। इन नदियों में शत-सहस्र शव तैरने लगे और उन पर बैठ आये गृद्ध और अन्य मांस-लोलुप पक्षी भयानक दृश्य उत्पन्न करने लगे।

रावण ने भी अब पराक्रम दिखाना आरम्भ किया। उसके द्वारा छोड़े बाणों से दिशाएं पट गईं। श्री राम के पीछे चट्टान की तरह खड़ी वानरी सेना में भगदड़ मच गई। श्री राम ने इस स्थिति को देखा और मेरे स्कन्ध से उतर पड़े।

"तुम इन्हें सम्हालो। मैं रावण से निपटता हूं।" उन्होंने सौमित्र को आज्ञा दी। सौमित्र ने पुकार कर अपने सैन्य को नियंत्रित किया और उसका संचालन-

सूत्र अपने हाथों में लिया। विभीषण, सुग्रीव, अंगद और मैं श्री राम के साथ ही लगे रहे।

श्री राम को छोड़ रावण ने घूमकर सौमित्र पर एक शक्ति का प्रहार किया। अपने प्रिय-पुत्र को प्राणों से वंचित करने वाले को देखते ही उसकी प्रतिहिंसाग्नि भड़क उठी थी। शक्ति लगते ही सौमित्र क्षण भर को मूर्छित हो आये। अवसर अनुकूल पा रावण उन्हें उठाकर भागने को हुआ। श्री राम के पार्श्व में खड़ा मैं यह सब देख रहा था। विद्युत् गति से दौड़कर मैंने सौमित्र को अपने हाथों में उठा लिया। क्षण भर में ही उनकी मूर्छा जाती रही। रावण ने क्रोध में आकर मुझ पर मुष्टि-प्रहार किया। मैं तिलमिला तो अवश्य गया पर संज्ञा-शून्य नहीं हुआ। मैंने भी राक्षसराज के वक्ष-स्थल में जोर का मुष्टि-प्रहार किया। मूर्छित हो वह धराशायी हो गया। श्री राम चाहते तो इसी क्षण उसके प्राण हर सकते थे। पर यह उनकी नीति के विरुद्ध था। मर्यादा की रक्षा तो उन्हें सदा-सर्वदा करनी थी।

"तुम सचमुच महान् योद्धा हो। लंका तुमने यों ही नहीं जलाई थी! किसी की मुष्टि से मैं मूर्छित हो आऊं यह बात मेरी कल्पना में भी नहीं आ सकती।" संज्ञा-प्राप्त करते ही उसने मेरी प्रशंसा की।

"व्यर्थ प्रलाप कर रहे हो तुम? क्या रखा है मेरे पराक्रम में जब तुम मेरे इस प्रहार के बाद भी जीवित हो? खैर, तुम्हें तो श्री राम के हाथों प्राण देने हैं। मेरे हाथों से मरकर तुम्हें क्या मिलने को?"

मेरी बात का रावण को बुरा लगा। उसने क्रोध में भरकर मुझ पर भीषण प्रहार करना चाहा। भक्त-वत्सल श्री राम को यह कब बर्दाश्त होता? उन्होंने रावण के प्रहार को व्यर्थ कर दिया और धनुष को कानों तक खींच कर उसके वक्ष-स्थल में ऐसा बाण मारा कि वह तत्काल मूर्छित हो रथ में गिर पड़ा।

उसे पूरी तरह मूर्छित पा उसका सारथि तीव्र गति से रथ को वापस कर लंका की ओर भाग चला।

रावण ने होश आने पर अवश्य ही अपने सारथि को बुरा-भला कहा होगा। पर वह उस दिन पुन: युद्ध को नहीं लौटा।

दूसरे दिन देर तक लंका का दुर्ग-द्वार बन्द पाया गया। राक्षस-सेना युद्ध के लिए बाहर नहीं निकली। हमने सोचा या तो रावण का कल के आघात से प्राणान्त हो गया अथवा राक्षसी सेना शस्त्र-समर्पण की तैयारी में है। पर विभीषण रावण और उसकी लंका को अच्छी तरह जानते थे। उन्हें पता था कि विभिन्न वरदानों से रक्षित रावण न तो इतना शीघ्र मरने वाला था न उसके जीते जी लंका के राक्षस हथियार डालने वाले थे। उन्हें किसी और बात की आशंका थी और वह सत्य निकली। रावण यज्ञ करने बैठ गया था। उसके महल के पास से उठते यज्ञ-धूम को विभीषण ने स्पष्ट देख लिया था। हमने भी देखा।

"प्रभु, इस यज्ञ का विध्वंस नहीं हुआ तो रावण अजेय हो जायेगा। वह तो

पहले ही नाना वरदानों से युक्त है। अवघड़दानी आशुतोष की महती कृपा है उस पर। अगर इस क्षण वह किसी यज्ञ को पूर्णाहुति तक ले जा सका तो उससे पार पाना असंभव होगा।" विभीषण ने मेरे आराध्य के पास जाकर निवेदन किया।

"तो क्या विचार है आपका ?" श्री राम ने पूछा।

"यज्ञ-विध्वंस के लिए मारुति, अंगद और नीलादि वीरों को भेजा जाये। मैन्द, त्रिविद, गवाक्ष आदि भी साथ रहें।"

"जैसा आपका विचार।" श्री राम ने कहा और हमें यज्ञ-विध्वंस की आज्ञा मिल गई। हमने दुर्ग के लौह कपाटों पर धावा बोल उन्हें किसी तरह तोड़ा और फिर रावण के महल में उपस्थित हुए। वह महल के अन्दर बने एक गर्भ-गृह में यज्ञ-रत था। हमने वहां पहुंच कर देखा, दशशीश प्रज्वलित अग्नि में मन्त्रोचार-पूर्वक आहुति डाल रहा या। तांत्रिक विधि से हो रहे उस यज्ञ में अजा, महिष, प्रभृति पशु स्वाहा हो रहे थे। और घृत के साथ-साथ रक्त की आहुति भी पड़ रही थी।

यज्ञ-सामग्री नष्ट कर हमने पशुओं को भगा दिया। पर रावण अपने आसन से नहीं हटा। ध्यानावस्थित होकर वह समाधि की स्थिति में आ गया। अवश्य ही वह अपनी इष्टदेवी के ध्यान द्वारा मनोवांछित-प्राप्ति को तत्पर था। हमने उसके केश खींचे, हाथ-पैरों के प्रहार द्वारा उसे प्रताड़ित किया पर उसने आसन छोड़ने का नाम नहीं लिया।

इसी मध्य, कोलाहल सुनकर मंदोदरी आदि रानियां भी वहां उपस्थित हो गई थीं। हम उनका स्पर्श तो नहीं कर सकते थे पर दूर से ही उन्हें भयभीत किया तो वे आर्तनाद कर पड़ीं, जिसे सुनते ही रावण की समाधि टूट गई और वह हमारी ओर लपका, "पामर, नारियों को प्रताड़ित करता है, यही मर्यादा है तुम्हारे राम की ?"

हमारा काम हो चुका था। हम समरांगण की ओर लपक पड़े।

•

रावण युद्ध के लिए उपस्थित हुआ तो एक प्रहर दिन चढ़ आया था।

हम उसकी प्रतीक्षा में पूरी तरह तैयार थे। कल उसके मूर्छित होकर समर-भूमि से निकल भागने से वानर-भालुओं का मनोबल बढ़ा हुआ था। यज्ञ-विध्वंस हो जाने के पश्चात् तो विभीषण, सौमित्र तथा सुग्रीव एवं नल, नील तथा जाम्बवान् प्रभृति वीरों को तो, विजय अब कुछ पल की बात लगने लगी थी। श्री राम पूर्व की तरह निर्विकार थे। उनके आनन को पढ़कर कुछ भी कहना कठिन था। किन्तु विजय-श्री उनका वरण करेगी, इस संबंध में वे पूर्णतया आश्वस्त थे। प्रात: ही ऋषि अगस्त्य पहुंचे थे। कहा था—"आदित्य-हृदय स्रोत्र' का पाठ कर लो, रावण पराजित होकर रहेगा। सूर्यवंशी हो तुम, सूर्य की उपासना आवश्यक है।"

मेरे आराध्य ने वह भी कर लिया था किन्तु अत्यन्त तटस्थ भाव से। देवाधि-

देव शंकर भी जिसकी उपासना को आकुल रहते हैं, उस चराचर-पति को किसकी उपासना-आराधना आवश्यक थी ? पर ऋषि की बात भी कैसे टालते ?

रावण को देखते ही हमारी सेना के शूरवीरों ने घोर गर्जना की थी। इस बार वह एक भव्य तथा विशाल रथ पर आसीन हो आया था जिसमें पवन-वेग से चलने वाले उत्तम अश्व जुटे थे। आकाश में खड़े देवताओं को दुःख हुआ कि राम पदाति हैं और रावण रथी। उन लोगों ने इन्द्र को पकड़ा और उनके दिव्य रथ को सारथि मातलि के साथ राम के पास भेज दिया।

श्री राम रथ पर आरूढ़ नहीं हो रहे थे, "ऐसे रथ से क्या होता है ?" उन्होंने कहा, "असल रथ तो धर्म-रथ है। शौर्य और धर्म जिसके दो चक्र होते हैं और सत्य और शील उसके ध्वज होते हैं। इसी धर्म-रथ से विजय संभव होती है।" ठीक ही कहा था मेरे आराध्य ने। आगे चलकर पुराणकारों ने भी यही बात कही थी—"यतो धर्मस्ततो जयः।"

फिर भी हम सभी के अनुरोध से उन्होंने रथारूढ़ होना पसन्द किया था। हम सभी वानर-रीक्ष-वीरों ने जोर की हुंकृति लगाई थी—"जय श्री राम !"

श्री राम और रावण के मध्य अब घोर युद्ध छिड़ गया। दोनों ने अनेक दिव्यास्त्रों का प्रयोग आरम्भ किया। वायव्यास्त्र, अगन्यस्त्र, वरुणास्त्र आदि के प्रयोग से समर-भूमि तो समर-भूमि, सागर तक कंपित और उद्वेलित हो आया। दिशाओं में जैसे प्रचंड आंधी का प्रकोप व्याप्त हो गया। एक-दूसरे से टकराते और नीचे गिरते और आग उगलते अस्त्र-शस्त्रों ने दिन में ही उल्का-पात का-सा दृश्य उत्पन्न कर दिया !

श्री राम पर अपने विविध अस्त्र-शस्त्रों को व्यर्थ जाते देख रावण ने राम के पार्श्व में खड़े विभीषण पर ही एक प्रचंड शक्ति से प्रहार कर दिया। शरणागत-वत्सल श्री राम ने जब उस शक्ति को आते देखा तो झट विभीषण के आगे आकर उसे अपने ऊपर झेल ली। उससे उनके वक्ष-स्थल पर एक हलका व्रण (घाव) बन आया जिसका पता हमें बाद में चला।

विभीषण के प्राणों की रक्षा हो गई तो वे क्रोध में भर गदा लेकर रावण की तरफ बढ़े और उसके वक्ष-स्थल पर भीषण प्रहार किया। दशशीश अपने दसों मुखों से रक्त-वमन करने लगा पर शीघ्र ही सम्हल कर विभीषण से युद्ध-रत हो गया। वह उन्हें समाप्त ही कर देना चाहता था कि रावण का मंतव्य समझ मैंने एक विशाल पाषाण-खंड ही उसके रथ पर दे मारा। सारथि और अश्वों के साथ उसका वह भव्य रथ नष्ट हो गया। मैंने उसके वक्ष-स्थल में पाद-प्रहार किया और वह आपादमस्तक सूखे पत्ते की तरह कांप गया। क्रोधाभिभूत हो वह मेरी ओर पलटा तो मैं आकाश में उछल गया। वह राक्षस तो था ही गगनचारी। वह भी शून्य में उछला और मुझसे उलझ पड़ा। आकाश में ही हम दोनों ने एक-दूसरे पर प्रहार आरम्भ किया। कुछ देर के पश्चात् 'श्री राम' नाम के उच्चारण के साथ मैंने उसके मर्मस्थल पर ऐसा प्रचंड प्रहार किया कि वह पृथ्वी पर आ गिरा।

विरथ तो वह हो ही गया था। उसके सारथि ने झट दूसरा रथ प्रस्तुत किया, जिस पर सवार हो वह पुनः श्री राम के साथ युद्ध-रत हो गया।

श्री राम ने उसे अब अधिक अवसर न देकर अति तीक्ष्ण शरों से उसके दसों सिरों और बीसों हाथों को एक साथ काट दिया। काटते ही वे सिर और भुजा आसमान में उड़ गए पर तत्काल उसके नए सिर और नए भुजा उग आये। श्री राम बार-बार उसके सिरों और भुजाओं को काटते और बार-बार नए सिर और भुजा उग आते। समरांगण, रावण के कटे सिरों और भुजाओं से पट गया पर उसकी मृत्यु नहीं हुई।

आसमान में खड़े देवता चिन्ता से व्यग्र हो आए और उन्हें उसकी मृत्यु असंभव लगने लगी।

इसी बीच जाम्बवान् आदि वीर तथा मैं भी रावण पर प्रहार करने लगे। क्रोधाभिभूत रावण ने असंख्य बाणों से विद्ध कर हम सबों को संज्ञा-शून्य-सा कर दिया। जाम्बवान् की संज्ञा शेष थी, उन्होंने उसके वक्ष-स्थल को लक्ष्य बना पाद-प्रहार किया और वह रथ में गिरकर मूर्छित हो गया। संध्या घिरने को आ गई थी। मूर्छित रावण को लेकर उसका सारथि नगर वापस हो गया।

प्रातः पुनः रावण युद्ध के लिए उपस्थित हुआ। श्री राम ने पहले की तरह उसके सिरों-भुजाओं को काटना आरम्भ किया पर नए-नए सिरों-भुजाओं का उगना बन्द नहीं हुआ। विवश, श्री राम ने विभीषण की ओर देखा और शायद आंखों ही आंखों में पूछा—'क्या कारण है कि यह मारे नहीं मर रहा ?'

"सिरों को काटने से यह नहीं मरने को। इसकी नाभि में अमृत-कुंड है।" विभीषण ने पास आकर निवेदन किया।

श्री राम इंगित समझ गए और धनुष पर एक ही साथ इकतीस शरों का संधान किया। एक शर ने नाभि के अमृत-कुंड को सोख लिया और शेष तीस शरों ने उसके सिरों और भुजाओं को उसके शरीर से अलग कर दिया।

रावण का प्राण-हीन धड़ भूमि पर गिरा। देवताओं ने श्री राम के ऊपर सुमन-वृष्टि की। वानर सेना उत्साह में भर 'जय श्री राम', 'जय सौमित्र', 'जय सुग्रीव' के जयघोष से दिशाओं को गुंजायमान करने लगी। श्री राम ने तत्काल मना किया—"यह समय जय-निनाद का नहीं है। किसी की पराजय पर विजयोत्सव मनाना मनस्वियों का धर्म नहीं।"

बयालीस

"मातु ! यह दासानुदास हनुमान आपके चरणों में नमस्कार निवेदित करता है ।" अशोक वाटिका में पहुंचा था मैं और जगज्जननी के समक्ष प्रणिपात किया था।

यही थी रामाज्ञा। रावण-विध्वंस के पश्चात् विभीषण को सौमित्र, सुग्रीव आदि ने लंका के राजसिंहासन पर सविधि अभिषिक्त किया था। मुझे आदेश हुआ था, मातृ-चरणों में जा लंका-विजय और रावण-वध की सूचना देने को।

"तुम्हारी माता, इन सभी वानर-भालुओं में तुम्हारे सिवा और किसी को नहीं पहचानती। तुम्हारी बातों का ही उन्हें विश्वास भी होगा। अतः तुम्हीं जाकर यह कार्य सम्पन्न करो।" श्री राम ने कहा था तो मैं प्रसन्नता से भरकर अशोक-वन को दौड़ा था।

"हनुमान ! अच्छा हुआ तुम आ गए," आशीर्वाद देने के पश्चात् माता ने आरम्भ किया था, "ये सब राक्षसियां बता रही थीं कि रावण मारा गया और हमारे स्वामी विजयी हुए। तुम्हीं बताओ, बात क्या है ?" माता की आंखें प्रसन्नता के आंसुओं से भर आई थीं।

"सत्य यही है मातुश्री ! राघवेन्द्र समर में विजयी हुए हैं। रावण मारा गया। विभीषण लंका के सिंहासन पर आरूढ़ हो चुके हैं। मुझे यह संवाद देने के लिए आपके पास स्वामी ने स्वयं भेजा है।" मैंने हाथ जोड़कर ही कहा था।

दो क्षणों के लिए माता कुछ नहीं बोली थीं। आंखों से सहसा अश्रु-प्रवाह आरम्भ हो गया था। फिर बलात् आसुओं को रोककर बोली थीं, "इस संवाद के बदले तुम्हें मैं क्या दे सकती हूं ? अभी तो तुम्हारी माता के पास···।"

"आपका आशीर्वाद ही पर्याप्त है। आपके आशीर्वाद और नेम-व्रत के कारण ही श्री राम संग्राम-जयी हुए हैं। आप यही आशीर्वाद दें कि आपकी कृपा मुझ पर सदा बनी रहे। इसी में अपने जीवन को धन्य मानूंगा।" मैंने निवेदन किया।

"मेरी ही नहीं तुम्हारे स्वामी की कृपा भी तुम पर सदा बरसती रहेगी और तुम अक्षय कीर्ति के भागी बनोगे। जब तक यह धरित्रि रहेगी, हनुमान की कीर्ति गाथा भी यहां···।"

"बस-बस मातेश्वरी," मैंने माता को बीच में ही रोकने की उद्दंडता की थी, "मेरी कोई कीर्ति नहीं है। मैंने कुछ किया भी नहीं है, जो कुछ हुआ है श्री राम-कृपा से और आपकी तपस्या-साधना के परिणाम-स्वरूप। अब मुझे आज्ञा दें। मेरा काम पूरा हुआ।"

"क्यों ? और मैं ? स्वामी के दर्शनों को मैं नहीं चलूंगी क्या ?" माता साश्चर्य बोली थीं।

"मेरे लिए तो इतनी ही आज्ञा है। मेरा अनुमान है कि आप राजकीय सत्कार के साथ शिविका में यहां से विदा होंगी। राक्षसेन्द्र विभीषण प्रबन्ध कर रहे होंगे।"

"यह क्यों ? स्वामी तपस्वी वेष में हैं और मैं राजकीय···।" मातु-श्री ने प्रतिवाद किया था। इसी समय बहुत-सी सेविकाएं प्रसाधन-सामग्री लेकर उपस्थित हो गई थीं।

"मैं चलूं। आपको ये तैयार करेंगी। रामाज्ञा नहीं तो राजाज्ञा का पालन तो करना ही पड़ेगा। राक्षसेन्द्र विभीषण की इच्छा है तो आप इन सेविकाओं को सेवा का अवसर अवश्य दें, यह मेरी प्रार्थना है।" मैंने प्रणिपात किया और वापस चल पड़ा। माता अवश्य ही आंखों में आंसू भर मुझे तब तक देखती रही थी जब तक मैं उनके नेत्रों से ओझल नहीं हो गया था।

शिविका पर माता, लंका-द्वार के बाहर तक ही आ पाई थीं। वानर-भालुओं में माता के दर्शन के लिए रेल-पेल आरम्भ हो गई थी।

"उन्हें पांव-पैदल ही लाया जाए। माता के दर्शन की, उनकी सन्तान को स्वतंत्रता होनी चाहिए। बेटों से पर्दा क्या ?" श्री राम ने आज्ञा दी थी।

आगे की कहानी छोटी है। माता की अग्नि-परीक्षा हुई थी और उसके पश्चात् पुष्पकारूढ़ हो, विभीषण, सुग्रीव, अंगद, जांबवान्, नल, नील, द्विविद आदि हम सभी, श्री राम के साथ अयोध्या को प्रस्थान कर गए थे। अग्नि-परीक्षा का मेरे मन ने घोर-विरोध किया था पर मर्यादा-पुरुषोत्तम सर्वतोभावेन मर्यादा की रक्षा को कृतसंकल्प थे तो मैं विरोध भी कैसे कर सकता था ? मैं तो माता के पातिव्रत्य और स्वामी-भक्ति से परिचित था, मैंने सोचा, चराचर भी परिचित हो जाए माता भूमिजा के चरित्र-बल और उनकी एक निष्ठ साधना और तप-त्याग से।

पुष्पक गन्धमादन के पास से उड़ा था तो श्री राम को मेरी माता अंजना की याद आई थी।

"मैं उस जननी के दर्शन करना चाहूंगा जिसने हनुमान के सदृश सुत को जना है।" मैं स्वामी के इस कथन पर शर्म से झुक आया था।

"मुझमें क्या विशेषता है प्रभु, पर माता के दर्शनों की इच्छा मेरे अन्दर भी बलवती हो आई है। आप चाहते ही हैं तो···।"

मेरी बात पूरी होते-न-होते पुष्पक गन्धमादन पर उतर गया था।

माता अंजना अब वृद्धा हो आई थीं। उन्होंने श्री राम के चरणों में प्रणति निवेदन करना चाहा था पर वे स्वयं उनके चरणों पर झुक आए थे—"जिन्होंने पवनात्मज को पैदा कर इस भूतल को पवित्र किया है वे तो सबकी प्रणम्या हैं।" स्वामी की बात पर मुझे लगा था कि भूमि फट जाए तो मैं उसके अन्दर समा जाऊं।

"आ सका यह उपद्रवी आपके कुछ काम ?" भगवान को आसन प्रदान कर जननी ने पूछा था। हम सबों के बैठने का कहां प्रश्न था ?

"मेरी संपूर्ण उपलब्धियों का श्रेय आपके सुत को ही गया है।"

"धन्य हो गई मैं और मेरी कुक्षि।" माता ने सिर झुकाया था।

सभी लोग जब फल-फूल और कन्द-मूल के भोजन से तृप्त हो गए तो श्री राम

ने चलने की आज्ञा मांगी।

"ऐसी भी क्या शीघ्रता है ? एक रात यहीं रुक जाइए। हनुमान भी तो मानेगा नहीं। आपके साथ ही जाएगा। कम-से-कम एक रात तो यह मेरे पास…।"

"हनुमान रुके तो आप रोक लें माता ! पर मैं समय से नहीं पहुंचा तो मेरी माताओं में कोई जीवित नहीं बचेगी। भरत लाल तो सबसे पहले प्राण त्याग देंगे। मेरे वनवास की अवधि समाप्त होने वाली है।"

"तो मैं आपको नहीं रोक सकती। हनुमान भी मेरे रोकने से कब रुकने को है ? यह तो राम-काज के लिए ही पैदा हुआ है। अभी तो रामायण पूरी तरह घटने को शेष ही है। क्यों हनुमान ?" माता ने साभिप्राय मेरी ओर देखा था।

"माता ने ठीक कहा। आपने तो स्वामी के चरणों में मुझे समर्पित ही कर दिया है। मैं चाहूं भी तो अपने चरणों की सेवा का अवसर आप कहां देने को हैं।" मैंने सिर झुकाया था। आंखें छलछला आई थीं।

"ठीक है तुम्हारे माता-पिता तो सीताराम ही हैं। जाओ इन्हें संतुष्ट रखना।" कहकर माता ने अश्रु-पूर्ण आंखें पोंछ ली थीं। मैं जानता था, यह हमारी अन्तिम मुलाकात थी।

कुछ देर पश्चात् पुष्पक पुनः धरती पर उतरने लगा था। हमें आश्चर्य हुआ था, अयोध्या इतना शीघ्र आ गई क्या ? पर नहीं, यह जाह्नवी तट था। भारद्वाज-आश्रम था यह। श्री राम ने मुझे यहीं विमान से अलग कर दिया था और भरत लाल को संवाद देने का भार दिया था। मैं नन्दीग्राम की ओर वायुवेग से दौड़ पड़ा था।

"मित्र निषादराज से मिलना है।" ऋषियों से मिलने के पश्चात् श्री राम ने शेष लोगों से संक्षेप में कहा था। श्री राम को देखते ही निषादराज अपनी कुटी से बाहर लपके थे।

"समय कम है मित्र ! मैं तुम्हारे दर्शनों के बिना अयोध्या जा भी नहीं सकता था। बहुत ऋण है तुम्हारा मुझ पर।" श्री राम ने मित्र को देखते ही कहा था और गले मिलने को लपके थे।

"यह क्या कह रहे हैं आप ? मेरा ऋण आप पर कि आपका ऋण मुझ पर ?" निषादराज श्री राम के वक्षस्थल से लगे बोले जा रहे थे। श्री राम ने जोर से उन्हें अपनी छाती से दबाया था। शायद निषादराज को भी इस कठोर आलिंगन से कुछ आश्चर्य हुआ था। दूसरे ही क्षण श्री राम के वक्ष से रक्त का एक फव्वारा-सा निकला था और निषाद के पैरों पर जा पड़ा था।

"यह क्या ?" निषाद के साथ-साथ सभी आश्चर्य और आशंका से भरकर बोले थे।

"कोई बात नहीं।" श्री राम के मुख पर पीड़ा के बदले स्मिति उभरी थी, "बहुत सावधानी से रावण की शक्ति द्वारा दिए व्रण को पाल कर रखा था मैंने।

तुमने गंगाजल में अपने आंसुओं को घोलकर पैर पखारे थे मेरे गंगा-पार करने के पहले। आज मैंने…।" श्री राम पूरी बात नहीं कह पाये थे। हम समझ गए थे श्री राम, भक्त का ऋण मूल-ब्याज के साथ वापस करते हैं।

"प्रभु !" निषाद प्रेम-विह्वल हो आए थे, "पर आपका यह घाव…।" उन्होंने श्री राम-वक्ष के खुले व्रण को देखा था जिसे उन्होंने सावधानी-पूर्वक अब तक हमसे छिपाकर ही रखा था।

"इसकी चिन्ता न करो। अब यह सूख जाएगा। मेरे संकल्प-बल ने ही ताजा रखा था इसे अब तक। हां, चलने दो, समय कम है।" श्री राम अब पुष्पक की ओर मुड़े थे। निषाद निस्पन्द खड़े थे। प्रणतिं भी निवेदित नहीं कर रहे थे। श्री राम उनका अभिप्राय समझ गए थे। बोले थे —"आप भी आ जाइए।"

यह सब कथा मुझे बाद में अंगदादि ने बताई थी। मैं तो उस समय नन्दीग्राम के मार्ग पर था। मैं ब्राह्मण-वेश में नन्दीग्राम पहुंचा था। भरत लाल जी आशंका-ग्रस्त हो चिन्ता-मग्न थे। अवधि पूरी तरह समाप्त थी और श्री राम की कोई खबर नहीं थी। संवाद सुनते ही रामानुज को जिस प्रसन्नता का लाभ हुआ उसका सम्यक् वर्णन करूं, ऐसे शब्द मेरे पास नहीं हैं।

फिर भी उन्हें जब इस संवाद पर पूर्ण विश्वास नहीं हुआ तो मुझे अपने मूल स्वरूप में आना पड़ा और मुझे पहचानते ही वे पुलकित हो आए। मैंने अच्छा ही किया था कि संवाद देने के पूर्व वेष बदलकर उन्हें कुछ संशय में ही रखा था। इस शुभ संवाद को वे सहसा शायद ही झेल पाते।

संवाद दे मैं श्री राम के पास लौट गया था और भरत जी अयोध्या को दौड़े थे। जब तक हमारा पुष्पक अयोध्या के ऊपर से उड़ता तब तक वहां की अटारियां, गलियां एवं राजमार्ग अयोध्यावासियों की भीड़ से भर गए थे। तिल धरने की कहीं कोई जगह नहीं थी। तुलसी के शब्दों को उधार लेकर कहूं तो—

जे जैसेहिं तैसेहिं उठि धावहिं।
बाल वृद्ध कहँ संग न लावहिं॥

तैंतालीस

विभीषण, सुग्रीव, अंगद, जाम्बवान् आदि के साथ हम सभी राम की नगरी अयोध्या आ गए। राम का राज्याभिषेक हुआ। फिर छह महीने लगते-न-लगते उन्होंने सबको एक-एक कर लौटा दिया। सभी मन मार लौट चले पर राम-वियोग की कल्पना से ही मैं व्याकुल हो आया—"प्रभु, मुझे तो अपने चरणों में ही रहने दें।" इसके पहले कि मेरे लिए भी भूषण-वसन से सजा, विदा-थाल

उपस्थित हो जाता मैंने नत-सिर, बद्धांजलि, निवेदित किया।

श्री राम के मुख पर एक मुसकान खिली। आह, उस मुसकान का मैं किन शब्दों में वर्णन करूं? श्याम-घन में दामिनी की एक रेखा खिच गई। मेरे आराध्य मुसकुराये और मैं आश्वस्त हो गया—नहीं मुझे नहीं ठुकराएंगे ये। आश्वस्ति का हाथ उन्होंने मेरे सिर पर रख दिया। मैं अभिभूत हो नत हो आया। आंखों से अश्रुधार प्रवाहित होने लगी। श्री राम के पाद-पद्मों पर भी दो-चार उष्ण बूंदें पड़ीं तो भगवान ने मेरी ठुड्डी से अपनी तर्जनी लगा दी। मेरे मुख को ऊपर कर दिया। फिर मेरी आंखों को अपने कमल-नयनों के स्नेह से सिंचित करते हुए मेघ-मन्द्र स्वर में बोले—"हनुमान, तुम नहीं जा रहे।" हर्षातिरेक से मैं विक्षिप्त-सा हो आया। मन किया वहीं नाच उठूं। कपि को तो नृत्य, मातृ-दूध में ही मिलता है। और फिर मुझे तो नाम-कीर्तन करते-करते नाचने की आदत भी थी। आज भी आप मेरे बहुत से चित्रों में मुझे हाथों में करताल लिए नृत्य-रत दिखलाते हैं। भावातिरेक में मैं सचमुच नाच ही पड़ता कि मेरे राम मुझे अमरत्व का वरदान दे बैठे—"जब तक इस संसार में मेरी कथा कही-सुनी जाती रहेगी तब तक तुम यहां प्रसन्न-मन विचरते रहो। इसे मेरी आज्ञा ही मानो।"[1]

मैं धन्य हो आया। यह तो रामाज्ञा ही हो गई थी—तब तक इस भूतल पर रहने की, जब तक राम-कथा यहां रहे। अब अपनी ओर से सोचने-समझने को कुछ शेष कहां रहा था? अब इस तर्क से भी क्या होना था कि कुछ दिनों पश्चात् मेरे आराध्य भी तो अपनी लीला समेट, लीला-परिकरों के साथ अयोध्या को अनाथ कर चल देने वाले हैं। पर आदेश तो आदेश। उसे सिर-आंखों पर उठाना तो दास का प्रथम दायित्व! मैंने झट आज्ञा को शिरोधार्य कर लिया—मेरे आराध्य! आपका आदेश स्वीकार्य है। जब तक इस विश्व में आपकी पवित्र गाथा गाई जाती रहेगी तब तक मैं आपकी आज्ञा के अनुपालन में यहां बना रहूंगा।"[2]

तो इस तरह मैं त्रेता से लेकर आज तक इस भूतल पर बना हुआ हूं। राम-कथा जब तक कहीं भी और कुछ भी इस धरा पर कही-सुनी जाती रहेगी, मुझे यहां इस शरीर में बने रहना है। मुझे प्रसन्नता है कि मेरे आराध्य का कीर्ति-गान कल्प-पर्यन्त ही क्या, सृष्टि के अन्त तक चलता रहेगा और मैं इसी तरह यत्र-तत्र-सर्वत्र विचरण करता रहूंगा।

एक बात आती होगी आपके मन में। मैं तो ठहरा एक, और राम की महिमा नित्य एक नहीं अनेक स्थानों पर एक ही साथ गाई-सुनी जाती है। ऐसी स्थिति

---

1. मत्कथा : प्रचरिस्यन्ति यावल्लोके हरीश्वर।
 तावत् रमस्व सुप्रीतो मद्वाक्यमनुपालयन्॥ वा० रा० 7/108/33
2. यावत्तव कथा लोके विचरिस्यति पावनी।
 तावत् स्थास्यामि मेदिन्यां तवाज्ञानुपालयन्॥ वा० रा० 7/108/35

में सर्वत्र उपस्थित रहने की अपनी प्रतिज्ञा का पालन मैं कैसे कर पाता हूं ? 'यत्र-तत्र रघुनाथ कीर्तनं'—की बात तब कैसे सत्य बैठती है ? माना कि मैं छलांग लगाने और कूद-फांद, दौड़-धूप में सिद्धहस्त हूं फिर भी सौ-सहस्र स्थानों में एक ही समय उपस्थित रहना बहुत आसान है क्या ?

आसान है, बहुत आसान है। राम-भक्त के लिए क्या दुस्साध्य है ? ऐसा कह कर मैं अपनी राम-भक्ति का ढिंढोरा नहीं पीट रहा। मैं क्या भक्ति करूंगा ? भक्तों की चरण-रज के सदृश भी तो मैं हूं नहीं। इतना अवश्य है कि सर्व-व्यापी के ध्यान में रहते-रहते अपने अन्दर भी सर्व-व्यापकता की विशेषता कुछ-न-कुछ आ ही गई है। एक स्थान पर होकर भी अनेक स्थानों पर होना कोई कठिन नहीं है। आपको ठीक से समझाने के लिए कलि के ही किसी भक्त-लेखक[1] की लेखनी से निस्सृत एक कथा का सहारा ले रहा हूं। बड़ी रोचक कथा है पर आंखें खोलने वाली भी।

किसी वृक्ष की शाखा पर एक पक्षी बैठा था ! मगन-मन। कोमल चंचु से कभी शाखा के एक फल और कभी दूसरे को चखता खाता। तभी उसकी दृष्टि सामने की ओर दौड़ी। किसी मंदिर का धवल कंगूरा। सफेद संगमरमर जड़ा। पवन से निरन्तर दोलायमान उसके ध्वज पर आसीन, उसी की जाति का एक अन्य पक्षी। अब गिरा कि तब; वह कठिनाई से ही अपने संतुलन को बनाए हुए था। पेड़ के पक्षी के मन में उत्सुकता जगी—यह इस मंदिर के कंगूरे पर क्या कर रहा है—वह भी इस प्रातः बेला में ? यह समय तो हम द्विजजातियों की उदर-पूर्ति का है। सुबह होते ही भोजन पर मुंह-चोंच मारना शुरू नहीं किया तो पशु क्या, पक्षी क्या ?

उसने अपनी चंचु-क्रिया को कुछ देर के लिए विराम दिया। मुंह को मंदिर की दिशा में मोड़ा और अपनी भाषा में पूछ पड़ा—"वहां क्या हो रहा है ? मीठे फल तो इस डाली पर लदे हैं।"

"दूसरे फल की आशा में यहां लदा हूं।" मंदिर के पक्षी ने मुंह खोला। यद्यपि उसकी मुद्रा से लगा कि अभी वह मुंह खोलना नहीं चाहता था। वायु-आलोड़ित ध्वज पर आसीन वह मन को कहीं और जमाने के उपक्रम में था।

"फल और वहां ? पागल हो गए हो क्या ? क्या रखा है उस पाषाण निर्मित भवन के अन्दर ?"

"भगवान बैठा है।"

"तो उसी के ध्यान में रत हो, प्रातः-रात (कलेवा) को भी भूलकर ?" पेड़ के पक्षी ने व्यंग्य किया।

"हां !" मंदिर का पक्षी बोलना नहीं चाहता था, पर बोलना ही पड़ रहा था।

---

1. राजगोपालाचारि।

"तो उस मंदिर में भगवान है ?"

"हां ।"

"और उसमें जो यहां से दक्षिण की ओर कुछ दूरी पर दिखाई पड़ रहा है ?" पेड़ के कीर ने दक्षिण-दिशा की ओर दृष्टि फेरी ।

"उसमें भी है ।"

"और उसमें जो उधर पूर्व दिशा में खड़ा है ?"

"उसमें भी भगवान ही बसता है ।"

"और उत्तर दिशा की ओर दिखाई पड़ते देवालय में ?"

"उसमें भी" कंगूरे का पक्षी इस लगातार व्यवधान से कुछ खीझ-सा आया था और उसने इस वार्तालाप पर विराम देने के उद्देश्य से जोड़ा—"और इसमें और उसमें क्या ? संसार के जितने मंदिर हैं सब में भगवान बसता है । इतनी छोटी बात क्यों नहीं समझ पाते ? व्यर्थ के विवाद में अपना और मेरा दोनों का समय बर्बाद कर रहे हो ।"

"संसार के सारे मंदिरों में ?" पेड़ का पक्षी अपना भोजन अब पूरी तरह भूल चुका था ।

"हां तो ! अब कितनी बार कहूं ?"

"एक बात और बोल दो । कितने हैं तुम्हारे भगवान ?"

कंगूरे का पक्षी इस अटपटे सवाल से कुछ चकराया और लगभग डांटते हुए बोला—"भगवान तो एक ही है । वह कोई सौ-हजार है क्या ?"

वृक्ष का पक्षी खिलखिला पड़ा और अपने सिर को मटकाते हुए बोला—"पकड़ा गये न ?"

"क्या पकड़ा गया ?" कंगूरे के पक्षी को यह पहेली समझ में नहीं आई ।

"पकड़ा तो गए ही । छोड़ो ध्यान-मनन का यह चक्कर । उड़ो उस कंगूरे से । इस डाली के फल बड़े मीठे हैं ।"

"क्या पकड़ा गया ?" मंदिर के पक्षी ने अपना प्रश्न दुहराया ।

"अरे भगवान एक है तो वह अनेक मंदिरों में एक साथ कैसे बैठने लगा ? वह होगा भी तो किसी एक ही मंदिर में । क्यों ?" पेड़ का पक्षी अपने तर्क पर इतराया और विवाद को पूर्णतया अपने पक्ष में समझ भोजन की ओर उन्मुख हो उसने अधखाए फल पर चंचु-प्रहार किया ।

"रुक जाओ ।" कंगूरे के पक्षी के लिए इस तर्क में कोई दम नहीं था ।

"बोलो ! अभी वहीं बैठे हो ? मैंने कहा, आ जाओ यहां । वहां तो कुछ मिलने से रहा । इस पेड़ का प्रसाद ही ग्रहण कर लो ।"

"मैं तुम्हारे अज्ञान को समाप्त करना चाहता हूं । तुम तो खासी ऊंचाई पर बैठे हो, पेड़ की सबसे ऊंची शाखा पर । वहां से, नीचे का वह जलाशय तो दीख रहा है ?"

"दीख रहा है, पर उसका क्या प्रसंग है अभी ?" पेड़ के 'कीर' ने नीचे झांकते

हुए कहा।

"है। प्रसंग है। उसमें कुछ दिखाई पड़ रहा है?"

"दिखाई क्या पड़ेगा? मेरा अपना ही प्रतिबिम्ब दीख रहा है वहां।"

"और किसी का?"

"और किसी का क्या? इस वृक्ष, इसकी शाखाओं, फूल-पत्तों का।"

"रुक जाओ। असल बात तो तुम्हें दिखाई ही नहीं पड़ती। आकाश में उगे उस तेज-पुंज, उस सूर्य-बिम्ब का प्रतिबिम्ब?"

"हां, हां वह भी दिखाई पड़ रहा है। झिलमिल करता वह तेज-बिम्ब साफ ही तो झलक रहा है यहां से।"

"अच्छा जरा उधर देखना," मंदिर-विहग ने आरम्भ किया, "वहां की उस छोटी पुष्करणी में भी वह रवि-बिम्ब दीखता है क्या?"

"हां, साफ ही दीख रहा है।"

"और उस पेड़ से काफी हटकर, सुदूर पूर्व में वह जो स्वच्छ स्फटिक-सा चमकता सरोवर है, उसमें भी वह बिम्ब···?"

"हां भाई," पेड़ का पक्षी इस बार जरा खीझकर बोला, "तुम बार-बार एक ही प्रकार के प्रश्न क्यों उछाले जा रहे हो? अरे, यह तो सूर्य है। आस-पास के ताल-तड़ाग ही क्या, यह पूरे संसार के नदी-नालों, सरित-समुद्रों और कूप-बावड़ियों में एक साथ दिखेगा ही।"

"अब बात आई समझ में?" इस बार मंदिर के पक्षी के मुसकुराने की बारी थी।

"कौन बात?"

"यही कि जब एक साधारण सूरज एक साथ असंख्य स्थानों में दिखाई पड़ सकता है तो ऐसे कोटि-कोटि सूर्यों का निर्माता एक साथ कई मंदिरों में क्यों नहीं हो सकता?"

पेड़ के पक्षी की बोलती बन्द हो गई। उसे जवाब नहीं आया और अधखाये फल को यों ही छोड़ उसने हवा में अपने नन्हें डैनों को तोला और कंगूरे पर आ बैठा—"भई, तुम जीते मैं हारा।"

हां तो मैं इस कहानी के माध्यम से यह कह रहा था कि देवी-देवता की सर्वव्यापकता उनका एक अत्यन्त साधारण गुण है—उनका सामान्य धर्म सहज विशेषता। मैं अपने को देवता नहीं मानता, पर आपने मुझे बना दिया है तो मैं वह भी बन ही गया हूं। जिसमें जिन गुणों को आरोपित किया जाये, उसमें वे देर-सबेर आ ही जाते हैं। संकल्प का बहुत महत्त्व है। संकल्प के बल पर सृष्टि-कर्ता कोटि-कोटि ब्रह्मांडों की, पलक झपकते सृष्टि कर देता है। संकल्प के बल पर वह उन्हें अपनी-अपनी मर्यादा के अन्दर रख ब्रह्मांडीय संतुलन बनाए रखता है। तो लाख-लाख, भक्तों के मनोभाव ने इस वानर में देवत्व भर दिया तो इसमें आश्चर्य क्या?

तो अब आया समझ में, मेरे, सभी राम-कीर्तनों में एक साथ उपस्थित रहने का भेद ?

सर्वत्र उपस्थित रहने अथवा मेरे अमर रहने की बात को एक और रूप में समझा जा सकता है। तब यह बात सबके साथ लागू होगी, केवल मेरे अथवा अन्य देवी-देवताओं के साथ ही नहीं बल्कि आप सबों के साथ भी। यह कोई विशेष रहस्मय बात नहीं है।

थोड़ी देर के लिए मान लिया जाये कि मैं अमर नहीं हूं और त्रेता से लेकर आज तक के अवधि-विस्तार के किसी क्षण मैंने शरीर का त्याग कर दिया। पर इससे मेरी आत्मा तो कहीं नहीं गई ? इतना तो आप मानिएगा ही कि नश्वर होने के बावजूद आत्मा अमर है ? तो पार्थिव शरीर में नहीं होकर भी सूक्ष्म शरीर में तो मैं हूं ही। और सूक्ष्म की शक्ति स्थूल से अधिक ही होती है, अतः भले मैं अपने मूल शरीर से सर्वत्र न रहूं, सूक्ष्म शरीर से तो हर स्थान पर रह ही सकता हूं, विशेषकर ऐसे स्थानों पर जहां भगवत-कीर्तन होता है।

इसी से आपको आश्वस्त होना चाहिए कि हर मंगल-शनि को जिन असंख्य हनुमान मंदिरों में कम या अधिक भीड़ जमती है उन सभी में मैं समान रूप से होता हूं। यह इसलिए कहना पड़ा कि कुछ लोग किसी मंदिर विशेष को ही मेरा वास समझ बैठते हैं और वहां ऐसी रेल-पेल होती है ऐसी धमा-चौकड़ी मचती है कि बस। बगल का कोई मंदिर-प्रांगण सूना पड़ा रहे तो रहे, लोग प्रसाद चढ़ायेंगे तो बस इसी मंदिर में। मुझे तो हंसी आती है। स्थान के नाम पर ही कई जगहों पर नाम गढ़ दिये हैं लोगों ने मेरे—किले के हनुमान जी, गढ़ी के हनुमान जी, स्टेशन के हनुमान जी तो हाट के हनुमान जी, बाजार के हनुमान जी। एक जगह एक जेल के फाटक पर मेरी मूर्ति बैठ गई तो नाम पड़ गया जेल के हनुमान जी। बोलिए हनुमान तो मैं एक ही हूं कि नहीं ? पर तुर्रा यह है कि किसी को किले के हनुमान पर आस्था है तो वहीं कि पंक्ति में पच-खप मरने को तैयार वह, बगल के बाज़ार-हनुमान के यहां नहीं जाएगा। भले ही वहां भीड़ का नामो-निशान भी नहीं हो।

मेरी इस कहानी पर विश्वास नहीं हो रहा तो आइए यहां। यह है इन्द्रप्रस्थ। द्वापर में यहीं थी पाण्डवों की राजधानी। तब से आज तक कुछेक अपवादों को छोड़, बनी रही यह भारत भूमि की राजस्थली। आज इसे दिल्ली की संज्ञा दे बैठे हैं लोग। यहां कई मंदिर हैं मेरे। एक-दो में तो कुंती-पुत्र भीम के द्वारा ही स्थापित है मेरी मूर्ति। मंदिर भले कई बार ध्वस्त निर्मित हुए पर मूर्ति रह गई हैं,—कहीं-कहीं। किन्तु एक विशेष[1] मंदिर में इतनी भीड़ होती है हर मंगलवार को कि मुझे दया आ जाती है आप सबों की अन्ध-भक्ति पर। अरे आस-पास के लोग आयें तो ठीक, हाट-बाजार को आये लोग लड्डू चढ़ा निवृत्त हो लें वह भी ठीक, पर अगल-बगल के मंदिरों की उपेक्षा कर चार-चार, पांच-पांच कोसों से इसी

---

1. कनॉट प्लेस का हनुमान मन्दिर।

मंदिर में आ लगने की बात पागलपन नहीं तो और क्या है ? क्या मैं हर मंगलवार को इसी मंदिर में कुंडली मारे बैठे रहता हूं ?

ये ही बातें हैं जो मुझे दु:खी कर जाती हैं। और सबसे अधिक दु:ख की बात तो तब होती है जब दास के सामने लोग देवता को भूल बैठते हैं। मैं आपके लिए देवता हो सकता हूं, पर अपने श्री राम के सामने तो मैं दास ही हूं—दासानुदास। मेरे देवता, मेरे सर्वस्व तो सीताराम ही हैं। तब ऐसा क्यों होता है कि हर मंगल-शनि को सारे लड्डू मुझे ही निवेदित हो जाते हैं, सारे नारियल मेरे ही पैरों में फूटते हैं और बगल में ही खड़े मेरे श्री राम, मेरे युगल-सरकार, मुंह देखते रहते हैं ? आप समझते हैं ऐसा करके आप मुझे प्रसन्न करते हैं और मैं हूं कि हर ऐसे अवसर पर पाताल को गड़ा चला जाता हूं—सोचता हूं कब यह धरती फटे कि मैं भू-प्रवेश कर जाऊं। मेरे राम तो फिर भी मुसकुराते हैं। जैसे बोलते हों—'लो हनुमान, खाओ इतने लड्डू, मेवा-मिश्री। त्रेता में तो पेड़ों के फल पर ही गुजारा करना पड़ा था। अशोक वाटिका में पेड़ के पेड़ खा गए तब भी तुम्हारी क्षुधा नहीं मिटी। अब खाओ कलियुग के इन भक्तों के मोदक, भले ही वे विशुद्ध घी के नहीं बनकर वनस्पति-निर्मित ही हों।'

चौवालीस

हां तो बात चली थी मेरे अमरत्व की—त्रेता से कलि पर्यन्त बने रहने की। लोगों को दिखाई पड़ने की। तो यह बात तो हो ही गई कि मैं अब तक बना हुआ हूं। शरीर से ही अमर हूं।

पर मेरे अमरत्व को लेकर एक और बात आपके मन में आ सकती है। वह यह कि राम-भजन तो अन्य शरीरों से भी सम्भव था। आत्मा जब अमर है और वह पुराने वस्त्रों की तरह पुराने आवरणों को त्याग नए तन, नए आवरण धारण कर ही सकती है तब मैं एक शरीर को ही त्रेता से लेकर कलि तक क्यों ढोता रहा ?

तो एक बात तो रामाज्ञा की है। जब श्री राम ने आदेश दे ही दिया कि जब तक भूतल में उनकी कथा चलती रहे तब तक मैं भी इसी शरीर में अवस्थित रहूं, तो फिर और क्या सोचना ? पर उससे भी बड़ी बात एक और है। बड़ी भी कैसे कहूं, क्योंकि मेरे आराध्य की आज्ञा से बड़ी बात तो मेरे लिए कुछ है ही नहीं। पर यह भी सत्य है कि इस शरीर से विशेष मोह होने का एक और कारण है। इस बात को सीधे नहीं कहकर एक दृष्टान्त से ही स्पष्ट करना चाहूंगा। काक-भुशुंडी से यही प्रश्न विष्णु-वाहन गरुड़ ने पूछा था—"क्या बात है कि तुम इस काक शरीर को ढोये चल रहे हो ? सुना, सृष्टि के आदि से हो ! अन्त तक रहोगे।

क्या खूबी है इस कलेवर की, कि काक बने रहकर भी कष्ट नहीं होता?" काक भुशुंडी के मुख से बड़े अच्छे शब्दों में इसका गोस्वामी ने उत्तर दिलवाया—"इसी शरीर से मैंने राम-भक्ति पाई, अतः इस पर अधिक ममता का होना कोई आश्चर्य की बात नहीं। जिस वस्तु से किसी का कोई स्वार्थ सधता है उससे तो उसका मोह हो ही जाता है।

एहिं तन राम भगति मैं पाई।
ताते मोहि ममता अधिकाई ॥
जेहि तें कछु निज स्वारथ होई।
तेहि पर ममता करे सब कोई ॥

तो यही भेद है मेरे अमरत्व और वानर-शरीर का।

पर कहीं आप धोखा नहीं खा जायें—मेरे द्वारा बार-बार 'वानर' शब्द के प्रयोग से। अपने जन्म-वर्णन के समय मैं बहुत कुछ नहीं कह सका था इस संबंध में। तो कहीं नितान्त पुच्छधारी पशु ही नहीं समझ बैठें मुझे! बहुत लोग धोखा खा चुके हैं अब तक। पुच्छधारी मैं हो सकता हूं। पर पशु नहीं हूं। चकरा गए आप? पुच्छधारी होकर भी कोई पशु नहीं हो, यह कैसे हो सकता है। यही न? ऐसा हो सकता है। पहले तो मैं आपको यह खुश-खबरी दे दूं कि मैं एक तरह से नर हूं वा-नर नहीं। नर कहने से आप निराश नहीं हों। इससे मेरे देवत्व पर प्रश्न चिह्न नहीं लगता। पशु को भी जब आप देवता बना बैठने को तैयार हैं तो नर से नारायण बनना तो बहुतों को सहज हो गया है। खैर मैं कह रहा था, अगर मैं नर नहीं होता तो वे सारे नरोचित गुण मुझमें कैसे आते जो आपने मेरे अन्दर आरोपित कर रखे हैं? तब मैं ज्ञानी कहां से बनता—'ज्ञानिनामग्रगण्यम्' कैसे हो आता? जितेन्द्रिय की बात एक पशु के लिए कहां से आती—वह भी एक मर्कट के लिए? भक्त किधर से और कैसे होता वह? होता भी तो संकीर्तन में कैसे तत्पर होता? झाल-करताल किन करों से बजाता—वह भी ताल-स्वर में? कोई वानर किल-कारियां चाहे जो मार ले, वह मंत्र-राज, राम नाम का उच्चारण कैसे कर पाता? और नाम-उच्चारण की तो बात अलग, वाल्मीकि ने तो अपनी रामायण में मेरे आराध्य से ही स्पष्ट कहलवा दिया कि यह व्यक्ति वेदों और व्याकरण का भारी अध्येता प्रतीत होता है। इतनी देर के सम्भाषण के बावजूद इसके मुंह से एक शब्द भी गलत उच्चरित नहीं हुआ[1]।

इसके बाद भी मेरे मनुष्य होने में आपको संदेह रह गया हो तो देखिए हनुमन्नाटक का यह सुमधुर श्लोक, किन्तु आप इसे मेरी आत्मश्लाघा के रूप में नहीं लेंगे—

---

1. नूनं व्याकरण कृत्स्नमनेन बहुधा श्रुतम्।
बहु व्याहरतानेन न किंचिदपशब्दितम् ॥ वा० रा० किष्किन्धा कांड।

'रे रे रावण हीन-दीन कुमते रामोऽपि किं मानुषः।
किं गंगापि नदी गजः सुरगजोच्चयैः श्रवा किं हयः।।
किं रम्भात्यबला कृतं किमु युगं कामोऽपि धन्वी न किं।
त्रैलोक्यप्रकट प्रताप विभवः किं रे हनुमान् कपिः।।'

—हे हीन-दीन कुबुद्धि रावण, राम क्या मनुष्य हैं, गंगा क्या नदी है...और त्रैलोक्य में जिनका प्रताप फैला है वे हनुमान क्या बन्दर हैं?

इसी से मिलती-जुलती बात गोस्वामी ने भी कह डाली—'कस रे सठ हनुमान कपि गयउ जो तव सुत मारि।।

पर गोस्वामी ने ही मेरे वानर-स्वरूप के प्रचार में अधिक योगदान दिया है। पुच्छ की कहानी को तो उसी ने ज्यादा तूल दिया। जब मैं लंका-दहन में तत्पर था तो मेरी पुच्छ की वृद्धि की बात—'बाढ़ी पूंछ कीन्ह कपि खेला'—लिखकर तो उसने मेरे वानर होने की बात को लोगों के मन में बैठा ही दिया, भले मन से उसने कभी मुझे वानर नहीं माना हो।

नहीं, मैं पूंछ से इनकार नहीं करता। पर पूंछ होने से वानर होना सिद्ध नहीं होता। आप तो आज तथाकथित वैज्ञानिक युग में रह रहे हैं। आपने सभी बातों का वैज्ञानिक विश्लेषण किया है। किसी पाश्चात्य चिंतक[1] ने तो नर को वानर का बंशज तक बता दिया है। पर यही बात समझने की है। वानर से नर बनने की प्रक्रिया में कुछ की पूंछें पहले और कुछ की बाद में भी छूट सकती हैं। पूंछ के पूरी तरह नहीं छुटने पर भी कुछ की मानसिक, आध्यात्मिक और शारीरिक शक्तियां पूंछ छोड़ दिए लोगों से अधिक हो सकती हैं।

सभ्यता के क्रमिक विकास में कुछ जातियां धातु-युग में पहुंच जाती हैं तो कुछ पाषाण-युग में ही रह जाती हैं। आज ही जब बहुत सारे लोग वायुयानों और अन्तरिक्ष-यानों में यात्रा कर रहे हैं; बहुत-सी निर्वस्त्र और निरीह जंगली-पहाड़ी जातियां क्या आदिम युग का जीवन नहीं जी रहीं?

तो ऐसी ही स्थिति समझ लें आप मेरी और मेरी ही तरह के अन्य लोगों की जिन्हें त्रेता के बन्दरों के रूप में चित्रित किया गया पर जो एक ऐसी जाति के जीव थे जिनके कुछ शारीरिक अवयव विकास-क्रम में पशुवत् रह गए थे, किन्तु जिनका मानसिक और बौद्धिक विकास उत्कर्ष पर पहुंच गया था। इसीलिए इस जाति को वानर कहा गया। बन्दर कह कर उनका उपहास करना उचित नहीं। यह मैं अपने लिए कह रहा, ऐसी बात नहीं। राम की सेवा में नियुक्त ऐसे सभी वानरों-रीछों के लिए यही बात लागू होती है। यदि ऐसी बात नहीं होती तो नल-नील सदृश, समुद्र पर सेतु गढ़ने वाले शिल्पी, वानरों-भालुओं में कहां से मिलते और कहां मिलता अंगद के सदृश दौत्य-कर्म निपुण योद्धा और कहां से आते बल बुद्धि के अप्रतिम उदाहरण, रीछपति, तपस्वी जाम्बवान्? यहीं पर यह स्पष्ट मत

1. डार्विन

देना आवश्यक है और ऐसा उल्लेख मैंने पहले भी किया है कि नर तो नर हमारी गिनती उपदेवताओं में होती है। हमारी अर्थात् त्रेता-काल के हम सभी राम-सेवियों तथा कथित वानरों-रीछों की। नर होते हुए भी हम नरों से भिन्न थे।

अब स्पष्ट कर दूं, आपके द्वारा दिए 'ज्ञानियों में अग्रणी होने के विशेषण' को कुछ और। मुझे लगता है कुछ ज्यादा ही ज्यादती की है आपने मेरे साथ। यह ठीक है कि मैं वानर नहीं होकर आप ही की तरह बुद्धि-सम्पन्न एक नर अथवा उपदेवता था (हूं)। पर मेरी विद्वता ऐसी भी नहीं कि उसकी प्रशंसा करते आप थके नहीं और मुझे विश्व-ब्रह्मांड के सारे ज्ञानोपासकों एवं सिद्ध-साधकों में श्रेष्ठ घोषित कर दें। मैंने आरम्भ में ही निवेदित किया कि ज्ञान-वैराग्य की कुछ बातें मुझे साहचर्य-वश सुलभ अवश्य हो गई हैं पर इसका अर्थ यह नहीं कि सारी विद्याओं, सभी कलाओं में निष्णात हूं।

कुछ लोगों ने तो हद ही कर दी है। यहां तक कह दिया कि मैंने कई ग्रन्थ भी रचे हैं। उन दिनों लिखने का अन्य कोई साधन था नहीं, तो लोगों ने कहा कि मैंने एक शिला-ग्रन्थ ही गढ़ डाला। क्या समझे आप? अरे, बात यह हुई कि वाल्मीकि और मैं तो समकालीन ही थे। और मैंने तो रामचरित को समीप से देखा था—घटते, आकार लेते। जैसा आपने देखा, राम-रावण युद्ध में सहभागी ही था मैं।

तो उधर वाल्मीकि ने अपनी रामायण लिखी भोज-पत्र पर और इधर मैंने भी लिखी शिलाओं के अनेक-अनेक खण्डों पर। और कहां, और कैसे लिखता मैं? तो पाषाण-खण्डों पर ही अपने वज्र-नखों से मैंने उत्कीर्ण कर दी राम-गाथा।

कहते हैं लोग कि वाल्मीकि ने अपनी रामायण मुझे सुनाई और कहा कि सुना है आपने भी कुछ लिखा है रामचरित को लेकर। मैंने कहा—"ऐसा कुछ तो नहीं है, स्वान्तः सुखाय कुछ रच डाला है।"

"तो सुना ही दीजिए उसे। मैं भी अपने कानों को तृप्त कर लूं। रामदूत ने जो राम पर लिखा होगा वह तो अद्वितीय ही होगा।" ऋषि ने कहा।

"अब छोड़िए भी उसे। मैंने तो यों ही लिख दिया। सुनाने आदि का चक्कर क्या चलाना? आपने जो लिखा, उसके सामने मेरी रचना कहां ठहरती है?" मैंने निवेदन किया।

पर ऋषि जब अड़ गए तो मैं उन्हें गुफा में स्थापित शिला-खण्डों के पास ले गया और कहा, "नहीं मानते हैं तो पढ़ लीजिए। यहां कुछ अंकित किया है अपने राम के यशोगान में।"

कहते हैं, मेरे द्वारा कही रामकथा को पढ़कर ऋषि ने सिर पीट लिया। लगा उनकी रामायण कहीं नहीं ठहरती थी मेरे द्वारा रचित रामचरित के सामने। बात ऐसी थी नहीं। कहां वे तपोपूत स्वयं-सिद्ध रस-कवि और कहां मैं एक तुच्छ कपि? मैं क्या खाकर छू पाता उनके कवित्व की ऊंचाइयों को? ऋषि ने उस समय तो मेरे काव्य की मुक्त-कंठ प्रशंसा ही की पर जा पहुंचे मेरे भगवान के पास

—"प्रभु मैं तो कहीं का न रहा।"

"क्यों ?" भक्त-वत्सल, अन्तर्यामी ने कवि के मन के द्वन्द्व को पकड़ लिया।

"मैंने भी आपकी कथा को लिपिबद्ध किया और उधर भक्त-प्रवर हनुमान ने भी ऐसा ही किया।" ऋषि ने बद्धांजलि निवेदन किया।

"बड़ा अच्छा है। आपकी कीर्ति-पताका फहराए। आपकी कथा घर-घर में गाई-सुनी जाये।" भगवान ने ऋषि का मनोबल बढ़ाया।

"अब यह कहां होने को ?" ऋषि वाल्मीकि ने सिर झुकाकर निवेदित किया।

"क्यों ? क्यों नहीं ऐसा होगा ? मैं जानता नहीं क्या कि स्वयं वाग्यदेवी सरवस्वती आ विराजी थीं आपकी जिह्वा पर राम-कथा के प्रणयन के काल ? क्रौंच-वध के पश्चात् आपके कंठ से अनायास फूटे—मा निषाद प्रतिष्ठांत्वम्—वाली घटना कौन नहीं जानता ? स्वयं शारदा जिस कृति का हेतु बनी हों उसकी उत्कृष्टता का क्या कहना ? आपकी कथा तो लोकप्रिय होगी ही।"

"यही तो नहीं होगा महाराज," ऋषि ने आरम्भ किया, "आप शारदा की बात कह रहे हैं। यहां तो पवन-नन्दन ने स्वयं परब्रह्म को अपने हृदय में बैठा एक ऐसी कथा रच रखी है कि मेरी रामायण तो पानी भरे मारुति की राम-कथा के समक्ष।" आकुलता में ऋषि कुछ अधिक ही बोल गये मेरी नन्हीं गाथा को लेकर।

"क्या कहा हनुमान ने भी रामायण लिखी है ?" मेरे राम को अब आश्चर्य हुआ।

"लिखी है और खूब लिखी है। मैंने अपनी आंखों अवलोकित किया है उन पाषण-पत्रों को जिन पर अंकित की है पवनसुत ने पूरी राम-कथा। अब कौन पढ़ता है वाल्मीकि कृत रामायण को महाराज, मारुति के ग्रन्थ के रहते ?" ऋषि रुआंसा हो आये। अपनी कृति के प्रति सन्तानवत् स्नेह ही होता है कवियों का। वाल्मीकि का दुःख मैं समझ सकता था।

"नहीं रहेगा मारुति का ग्रन्थ।" राम ने उद्घोषित किया।

"क्या कहा आपने भगवान ?" ऋषि आश्चर्यचकित हो बोले थे।

"ठीक ही कहा मुनिराज, मैंने। नहीं आकांक्षा रही कभी कपि को यश-कीर्ति की। मैं खूब जानता हूं उन्हें। स्वान्तः सुखाय ही कुछ लिपिबद्ध कर लिया होगा। लोक में प्रचलित हो उनकी कथा, ऐसी कामना नहीं होगी उनकी। मैं बातें करूंगा पवनात्मज से। आप प्रसन्न-मन लौटें। जगत में राम-कथा का आधार आपकी रामायण ही रहेगी। कठिन तपस्या और एकान्त साधना का प्रतिफल है आपकी कृति। उसे मान मिलेगा महामुनि !"

और इसके पहले कि मेरे राम मुझ तक अपना आदेश पहुंचाते, मैंने समेटा उन शिला-खण्डों को और डूबो दिया उन्हें दक्षिण समुद्र में—"हे राम ! तुम्हें ही अर्पित है तुम्हारी कीर्ति-कथा। मेरा क्या ? मेरे तो रोम-रोम में बसी है तुम्हारी धवल गाथा। इन शिला-खंडों पर वह रहे न रहे क्या अन्तर पड़ता है ?"

वाल्मीकि ने यह बात सुनी तो दौड़ पड़े मेरे पास—"यह क्या किया पवन-नन्दन आपने ? सुना, आपने सारे श्रम को सागर गर्भ के हवाले कर दिया ? इतनी अनुकम्पा इस अकिंचन पर ?"

"यह कोई अनुकम्पा नहीं ऋषि-प्रवर ! मैं तो ठहरा कपि । विनोद मेरी सहज वृत्ति । मौज में आकर कुछ लिख मारा था । आपकी कृति के अवलोकन के पश्चात् उसकी आवश्यकता नहीं रही । आप अन्यथा नहीं लें । मुझे थोड़ा भी दुःख नहीं है इसका । प्रसन्नता ही है । मेरी कीर्ति को तो लोग फिर भी चाटुकारिता ही समझते । राम का दासानुदास जो ठहरा मैं । एक तपोनिष्ठ सत्यव्रती ऋषि की रचना को पर्याप्त तटस्थता से रचित मानेंगे लोग । मेरा और मेरे राम दोनों का कल्याण निहित है इसमें ।" मैंने कहा तो ऋषि की आंखें नम हो आईं । मुझे आज भी इस बात की प्रसन्नता है कि मेरे राम का वरदान अक्षरशः सत्य सिद्ध हुआ और वाल्मीकि रामायण के माध्यम से आज भी मेरे आराध्य की यशोगाथा गृह-गृह में प्रसारित-प्रशंसित है ।

तो यह कहानी है मेरी गुणज्ञता की जो लोगों ने गढ़ी है । और, आप मुझसे इसकी प्रामाणिकता पर मुहर लगाने को कहें तो मौन ही साध जाऊंगा मैं । भक्तों की श्रद्धा पर चोट करूं, ऐसी प्रवृति नहीं मेरी । अब जब लोगों ने यह कथा फैला ही रखी है तो मैं क्यों जाऊं उस पर प्रश्न-चिह्न लगाने ?

पर मेरी तथाकथित गुणज्ञता की कथा यहीं पर समाप्त हो जाती तो एक बात थी । बात तो लोगों ने इससे भी आगे बढ़ाई है और 'ज्ञानिनाम् अग्रगण्यम्' की उक्ति को सर्वथा सिद्ध करने को कटिबद्ध कुछ भक्तों ने मेरे नाम के साथ एक पूरा नाटक ही जोड़ दिया है । वही नाटक जिसके एक श्लोक का उल्लेख मैंने पहले किया है—हनूमन्नाटक । अर्थात् इस नाटक का भी रचयिता मुझे ही घोषित कर रखा है ।

पैंतालीस

"हनुमान, तुम लंका से लौटे, बोलो वहां की क्या कथा है ?"

"वहां की कथा (हाल) क्या बताऊं प्रभु, वहां तो बस एक ही कथा है ।"

"कौन सी ?"

"अब कह ही देता हूं—

वहां न तो साज-श्रृंगार की कथा है, न खेल-कूद की । न गीत-वादन की कथा है, न मद-मत्त हाथियों और घोड़ों की । धनुष-बाण की वहां कोई कथा नहीं है । राक्षस-राज रावण के नगर में तो बस आपके भय से भागने की ही कथा है ।

स्वप्न में भी वहां कोई अन्य कथा है ही नहीं—

का, श्रृंगार कथा, कुतूहल कथा गीतादि विद्या कथा,
माद्यत्कुम्भी कथा कुतूहल कथा कोदंड दीक्षा कथा ।।
एकैवास्ति मिथः पलायन कथा त्वद्भीत रक्षः पतेर्देव,
श्री रघुनाथ तस्य नगरे स्वप्नेऽपि नान्या कथा ।।"

"रे अंगद ! तू क्यों बहकी-बहकी बातें कर रहा ? मेरे प्रताप का तुम्हें पता नहीं है क्या ? तो सुन । वर्षा का अधिपति इन्द्र मेरे यहां पुष्प-चयन करने वाले माली का काम करता है । प्रकाश का अधिष्ठाता-सूर्य मेरे दरवाजे पर पहरा देता है । शीतलता-दायक शशि मेरे लिए छाता लगाता है । पवन और जल-देव वरुण मेरे घर-आंगन की धुलाई-सफाई करते हैं और स्वयं अग्नि मेरे यहां रसोइया बना बैठा है । क्या यह सब कुछ तुम्हें दिखाई नहीं पड़ता ? मनुष्य तो राक्षसों के भक्ष्य हैं । उनकी स्तुति क्या करता है—

इन्द्र माल्यकरं सहस्त्र किरणं द्वारि प्रतिहारकं,
चन्द्र क्षत्रधर समीरवरुणो संमार्जयन्तो गृहान ।।
पाचक्ये परिनिष्ठितं हुतवहं किं मद्गृहे नेक्षसे ?
रक्षोभक्ष्यं मनुष्यमात्रवपुषं तं राघवं स्तौषिकिम् ।।"

"मातः जानकि !"—माता जानकी !
"को भवान् इह ?"—यहां तुम कौन ?
"मृगः।"—मृग—शाखामृग-वानर
"केनात्र संप्रेषितः ?"—किसके द्वारा यहां भेजे गए ?
"त्वदयीतेन रघूत्तमेन ।"—तुम्हारे दूत के रूप में रामचन्द्र के द्वारा ।
"किमिदं हस्ते अस्ति ?"—यह हाथ में क्या है ?
"तन्मुद्रिका !"—उनकी मुद्रिका ।

"हे मैथिली ! यह सुवर्ण (अच्छे रंग-रूप) की अंगूठी, यह सुवर्ण (अच्छे अक्षरों वाली—रामनाम के अक्षर) की अंगूठी, यह सुवर्ण अच्छी जाति की अंगूठी, यह सुवर्ण (स्वर्ण) निर्मित अंगूठी, राम ने तुम्हारे लिए ही भेजी है—

सुवर्णस्य सुवर्णस्य सुवर्णस्य च मैथिली ।
प्रेषितं रामचन्द्रेण सुवर्णस्यांगुलीयकम् ।।"

आप कहिएगा, मैं अयोध्या लौटकर पुनः शायद ऋष्यमूक को लौट गया अथवा अशोक वाटिका जा पहुंचा ।

नहीं, यह बात नहीं । अरे ये तो कुछ उदाहरण थे हनूमन्नाटक के साहित्य-

सौष्ठव के। कैसे लगे आपको ? क्या वर्णन-शैली है ? कैसे भाव ? कैसे अलंकार ? कैसा कथोपकथन ?

ठीक ही हनूमन्नाटक एक बेजोड़ ग्रन्थ है। संस्कृत के इस आदि नाटक को जितनी बार पढ़ा जाये उतनी ही बार नए भावोन्मेष होते हैं। हर बार एक नए रस की अनुभूति होती है--ठीक उसी तरह जैसे तुलसी के मानस को पढ़कर मन हर बार आनन्द के नए स्रोत से साक्षात्कार करता है।

आप कहिएगा, मैं भावावेश में बहता जा रहा हूं। इस ग्रंथ की प्रशंसा में कुछ उठा ही नहीं रखना चाहता। आखिर मेरे द्वारा रचित जो ठहरा यह ग्रंथ ? क्यों ?

अरे यही तो रोना है। लोग भक्ति-भाव में आकर कौन-कौन-से अनर्थ नहीं कर बैठते ? कभी वाल्मीकि-रामायण की तरह एक पूरी रामायण मेरे द्वारा रचवा देते हैं तो कभी तुलसी पंक्तियों को मेरी पंक्तियां कह बैठते हैं और कभी आदि-नाटककार के रूप में मुझे प्रतिष्ठित करने लगते हैं। और यहां तो बड़े अकाट्य तर्क दिए जाते हैं। लोग कहते हैं, यह नाटक तो हनुमान पर है नहीं, यह तो राम-कथा है। हनुमान का उल्लेख तो प्रसंग-वश ही आया है तो फिर इसका नाम हनूमन्नाटक क्यों पड़ा ? यह इसीलिए तो कि इसे हनुमान ने रचा ?

अब बताइए क्या उत्तर है इसका ? पर है उत्तर इसका ? मैं कहता हूं मान लिया यह किसी हनुमान द्वारा ही रचित है पर वह हनुमान मैं ही होऊं यह कैसे सिद्ध होता है ? मेरे बाद क्या किसी का हनुमान नाम नहीं रखा गया ? आज क्या नहीं रखा जाता ? आज भी तो बहुत सारे हनुमान मिश्र और हनुमान सिंह मिल जाते हैं ? आप कहिएगा, तो इस हनुमान ने, महान् आदि-नाटककार ने अपना अता-पता क्यों नहीं छोड़ा पुस्तक पर, ताकि इस अटकलबाजी की आवश्यकता ही न रहे ? मैं कहता हूं कितने ऐसे प्राचीन लेखक हुए जिन्होंने अपना पता-तो-पता नाम तक भी छोड़ा हो अपनी कृतियों पर ? कौन हैं वेदों और उपनिषदों के लेखक ? किसने रचे इतने सारे पुराण ? किसने लिखा महाभारत और उसमें अन्तर्निहित उस ग्रन्थों के ग्रन्थ गीता को ? आप कहिएगा वेद-व्यास ने ? तो कितने हुए वेद-ध्यास और कहां हैं उनके अता-पता ? या एक ही व्यक्ति ने अपने एक ही जीवन-काल में इतने सारे ग्रन्थ रच दिए ? एक लाख श्लोक वाले एक महाभारत ग्रन्थ की रचना के लिए ही तो एक जीवन पूरा नहीं पड़ता।

तो अनाम ही रहे भारत-भूमि के ग्रन्थकार। यही है इस भूमि की विशेषता। नाम में नहीं, यश-कीर्ति में नहीं, मात्र कर्म में विश्वास रहा उनका। ऐसा ही अनाम था वह हनूमन्नाटक का प्रणेता। कम-से-कम मुझ कपि की कृति नहीं है वह। विशेषकर इसलिए कि इसमें मेरे संबंध में भी ऐसी-ऐसी उपमाएं गढ़ी गई हैं, ऐसी ऊंची बातें कहीं गई हैं जिनके योग्य मैं कदापि नहीं। स्वयं अपने संबंध में उन बातों को लिखना तो मेरे लिए कदापि संभव नहीं होता।

तो इस तरह हूं मैं ज्ञानियों में अग्रणी। अनेक शास्त्रों का अध्येता ! वेद-वेदांग में पारंगत ! वैयाकरण, संगीतज्ञ और क्या-क्या ? जितने चाहे विशेषण आप मुझे

दे दें। मैं कैसे और कहां रोक पाऊंगा आप को ? यह तो प्रायः पहले-पहल अपनी जीवन-गाथा कहने बैठा तो कुछ बातों का खुलासा हो पा रहा है। पता नहीं यह कथा भी कितनों तक पहुंच पाती है, वर्ना बहुत सारे लोग तो मेरे संबंध में चित्र-विचित्र अवधारणाएं बनाये ही रहेंगे।

ऊपर पढ़ी न आपने मेरे संगीतज्ञ होने की बात ? यह मैंने यों ही अनजाने में नहीं कही। आप सोचते होंगे हनुमान और संगीतज्ञ ? अपना गाना और दूसरों का रोना किसे अच्छा नहीं लगता ? पर विश्वास मानिए यह उपाधि भी मैंने स्वयं नहीं ले ली है और न मुझे अपने स्वर के तथाकथित माधुर्य को लेकर ही कोई भ्रम है। कपि की किलकिलाहट, कोयल की कूक भी तो नहीं कि किसी बहाने उसमें संगीत की मिठास खोज ली जाये ? पर क्या कीजिएगा कहने वाले तो कहते ही हैं कि मैं एक महान् गायक—एक संगीताचार्य भी हूं। और ऐसी बातों के स्रोत साधारण नहीं, आपके पुराण-ग्रंथ ही हैं। पुराणों के पुराण श्रीमद्भागवत[1] में भी मेरे संगीतज्ञ होने की चर्चा है। भागवत कहती है—" 'किम्पुरुष' वर्ष में हनुमान किन्नरों और गन्धर्वों के साथ लक्ष्मण के अग्रज, आदि-पुरुष राम के गुणों का गायन करते रहते हैं।" जी हां, स्पष्ट लिखा है, "और स्वयं भी इसे गाते हैं—स्वयंचेदं गायति।" अब लीजिए, मैं और गाऊं ? वह भी किन्नरों और गन्धर्वों के स्वर में स्वर मिलाकर ? आपको विश्वास हो रहा है इस सब पर ? आपको तो हो ही रहा होगा। आदमी, अपने श्रद्धा-पात्र अथवा प्रेम-पात्र में वे सारे कल्पित-अकल्पित गुण ढूंढ़ ही निकालता है जिन्हें वह अपने में नहीं खोज पाता। माना कि मैं राम के गुणों का गान करता हूं—संकीर्तन करता हूं। यह मेरी आदत है, मेरा धर्म। पर एक कीर्तन-कर्ता उच्च कोटि का गायक भी हो यह कहां से सिद्ध होता है ? पर आपने तो सिद्ध करने का कोई प्रयास छोड़ा ही नहीं है। भागवत की बात तो आपने सुन ली। अब सुनिए एकाध और उदाहरण मेरी संगीतज्ञता के।

कैलास की बात तो आपने सुनी होगी। हिमाद्रि का यह हिममंडित शिखर अपने धवल सौंदर्य के लिए सदा से विख्यात है। कलियुग में एक श्रेष्ठ कवि हो गया कालिदास। उसने भी रघु-वंश को लेकर एक श्रेष्ठ ग्रन्थ लिखा—रघुवंशम्। तुलसी के बहुत पहले हो गया कालिदास। वाल्मीकि-रामायण के पश्चात् संस्कृत राम-कथाओं में रघुवंश को ही सर्वोच्च स्थान मिलना चाहिए। हनूमन्नाटक तो फिर भी नाटक है। रघुवंश, महाकाव्य की सभी विशेषताओं से युक्त है। इस रघुवंश ग्रंथ में कालिदास ने शिव-वाहन नन्दी के रंग की उपमा कैलास से ही दी है[2] ?

तो इसी कैलास पर, तपोनिष्ठ गौतम ऋषि का आश्रम था। ऋषि अपने

1. श्रीमद्भागवत् 5/19-1
2. कैलासगौरं वृषमारुरुक्षोः। रघुवंशम्

अनन्य सेवकों-साधकों के साथ इस देव-शिखर पर सानन्द निवास कर रहे थे। उनके अति प्रिय शिष्यों में एक का नाम था शंकरात्मा। शंकरात्मा जितना कैलास-पति आशुतोष शिव का भक्त था उतना ही अपने गुरु गौतम के प्रति भी श्रद्धा-नत। अवधूत रूप में विचरण करता शंकरात्मा देखने में बड़ा अपावन और व्यवहार में उद्दंड था।

एक दिन गौतम के आश्रम में अतिथियों की भीड़ जुटी। पाताल लोक से वाणासुर अपने गुरु शुक्राचार्य के साथ पहुंचा और उनके साथ था दैत्यपति वृष-पर्वा। कुछ दिन आश्रम में शान्तिपूर्वक बीते। किन्तु एक दिन अनर्थ घट गया।

वृषपर्वा भी शिवभक्त था। एक दिन शिवाभिषेक के पश्चात् वह बर्फ निर्मित शिवलिंग के समक्ष स्तोत्र-पाठ में लीन था कि नंग-धड़ंग शंकरात्मा कहीं से आ टपका। वृषपर्वा की अर्चना-उपासना की उपेक्षा-सा करता वह शिवलिंग के सामने ही खड़ा हो गया। स्तोत्र-पाठ के बाद शिवभक्त वृषपर्वा ने आंखें खोलीं तो सामने के दृश्य को देख वह दंग रह गया। उसने आव देखा न ताव और तलवार से शंकरात्मा की गर्दन उतार ली। ऋषि-कुटी में रक्त की नदी बह गई। गौतम दौड़े-दौड़े पूजा-गृह में पहुंचे तो शिष्य शंकरात्मा का निष्प्राण शरीर छटपटा रहा था। सिर एक ओर बिल्व-फल की तरह पड़ा हुआ था। अपने प्रिय शिष्य को इस तरह अकाल कालकवलित हुए देख ऋषि अपने को रोक नहीं सके और उन्होंने भी अपने प्राणों को खींच उन्हें ब्रह्मांड में विलीन कर दिया। दैत्य-कुल-गुरु शुक्राचार्य के पास यह संवाद पहुंचा तो उन्होंने इस अनर्थ के मूल में अपने को ही समझा और इस पाप के प्रायश्चित हेतु अपने प्राण उत्सर्ग कर दिए। ऋषि के साथ आये दैत्यों ने जब अपने गुरु के प्राण-विसर्जन की बात सुनी तो उन्होंने भी एक-एक कर अपने प्राण छोड़ दिए। थोड़ी देर पहले जो आश्रम शिवभक्तों से सेवित और जीवन से स्पन्दित था वही अब श्मशान की तरह शान्त और भयावना हो आया।

ऋषि-पत्नी अहल्या ने जब यह हाल देखा तो घोर पीड़ा से व्याकुल हो क्रन्दन कर उठी। सद्यः विधवा बन आई अहल्या को जितना अपने पति के प्राणों के जाने का कष्ट था उससे कम अनेक शिव-भक्तों के प्राणोत्सर्ग का नहीं था। शिव-भक्तों के आराध्य, पशुपति भी तो कैलास-वासी ही हैं! अहल्या-रुदन को उन तक पहुंचने में विशेष समय नहीं लगा और वे नन्दी पर आरूढ़, गौतम-आश्रम आ धमके। संयोगवश उस समय उनके यहां ब्रह्मा और विष्णु भी अतिथि बने हुए थे। शिव के साथ वे भी अहल्या के समक्ष उपस्थित हुए। त्रिमूर्ति को अपने समक्ष खड़ी देख अहल्या ने अपने जीवन को धन्य माना, पर पति-वियोग के दुःख को वह तब भी भूल नहीं पाई। "औघड़ दानी आशुतोष के दर्शन व्यर्थ नहीं होते। वर मांगो।"—शिव ने अपनी सहज मुस्कान के साथ कहा तो अहल्या चुप ही रही।

विष्णु ने भोलेनाथ के कानों से मुंह लगाया और बोले, "आप रह गए बौड़म के बौड़म ही। अरे, अपने इन सभी भक्तों को जीवन-दान दीजिए। इससे बड़ा वरदान अभी क्या हो सकता है?"

— —

विष्णु की बात सुनते ही शिव ने शवों पर अपनी अमृत-वर्षिणी दृष्टि फेरी और वे प्राणक्त हो आये। थोड़ी देर पूर्व की मरघट-तुल्य शान्ति हर्षोल्लास के वातावरण में बदल गई।

प्रसन्नता से भरे त्रिदेव चले मानसरोवर की तरफ और वहां जल-क्रीड़ा में रत हो गए। बूढ़े ब्रह्मा तो तट पर ही खड़े अपने नेत्रों को तृप्त करते रहे पर शिव एवं विष्णु सरोवर के मध्य खड़े हो एक-दूसरे पर जलांजलि फेंकने और हास-परिहास में लीन हो गए। सभी ऋषि और देवता भी यह दशा देखने मानसरोवर के तट आ जुटे और थोड़ी देर पहले के दारुण दुःख भूल, भोले शंकर और बैकुण्ठ-पति की इस जल क्रीड़ा को निहार तालियां बजा-बजा आनन्दित होने लगे। ठीक इसी समय नारद जी भी आकाश मार्ग से पहुंचे। 'नारायण ! नारायण !' के स्वर के साथ उनकी वीणा झंकार दिग्दिगन्त में व्याप्त हो गया। पशुपति और विष्णु भी सरोवर से बाहर आ तट पर विराजमान हो गए और लगे इस आनन्द का उपभोग करने। नारद की वीणा की तान पर सभी देव-मुनि नृत्य मग्न हो गए, पर एक बात की कमी सभी को खल रही थी। नृत्य और वाद्य तो ठीक, पर संगीत ? बिना संगीत के वाद्य क्या ? नृत्य क्या ?

"इस समय हनुमान की कमी खल रही है।" किसी ने कहा और मेरी आफत आ गई। देव्ताओं की बात देवताओं तक पहुंचते कितना समय लगता है ? और फिर जहां मेरे आराध्य साक्षात् विष्णु को मेरी आवश्यकता प्रतीत हो वहां पहुंचने में मैं विलम्ब्र करूं, यह कैसे हो सकता है ? झट मैं भी मानसरोवर के तट जा पहुंचा। त्रिदेवों को नमस्कार निवेदित किया और तट पर पालथी लगा बैठ गया। नारद ने वीणा का नए सिरे से झंकार किया और मैं गायन-मग्न हो गया। उस दिन ब्रह्मा, विष्णु और शिव की स्तुति में मैं इतना तन्मय हुआ कि पता नहीं आरोह-अवरोह के किन स्वरों पर चढ़ मेरा गायन सबकी वाह-वाह का कारण बन आया और लोगों ने कहा कि ऐसे स्वर्गिक संगीत का आनन्द तो उन लोगों ने उसके पूर्व कभी लिया ही नहीं था। भोले बाबा तो इतने प्रसन्न हुए कि सारी सुध-बुध खो तट पर ही लेट गए और अपना दाहिना पैर उठा मेरी गोद में डाल दिया—"धन्य हो हनुमान, तुमने तो आज रस की स्वर्णिम धारा ही बहा दी।"

भोले बाबा के चरण मेरे अंक में पड़े और मेरे आराध्य तक को ईर्ष्या हो आई और उसे रोकने में असमर्थ वे आशुतोष को उलाहना दे बैठे—"मैंने हजार वर्षों तक प्रतिदिन हजार कमल-पुष्पों से आपकी अर्चना की। संसार में यह प्रसिद्ध भी है कि नारायण को शिव और शिव को नारयण प्रिय हैं। पर हनुमान का यह सौभाग्य देख मुझे अपना भाग्य व्यर्थ-सा प्रतीत होने लगा।[1]

---

1. माया वर्षसहस्रं तु सहस्राब्जैस्तथान्वहम्।
भक्त्या सम्पूजितोऽपीश पादो नो दर्शितस्त्वया।।
लोके वादो हि सुमहांशम्भुर्नारायण प्रियः।
हरिः प्रियस्तथा शम्भोर्न तादृग्भाग्यमस्ति मे।।

इस घटना का लोगों ने खूब बढ़ा-चढ़ा कर प्रचार किया। एक ने तो यहां तक कह दिया कि मेरे गाने के पहले तक तो कुछ लोग गुनगुना भी रहे थे पर मेरे संगीत के आरंभ होते ही सब मंत्र-मुग्ध हो श्रोता बन गए, गायक केवल मैं ही रहा।[1]

तो यह है मेरे गायन का एक प्रसंग। नारायण से यह जुड़ा था इसलिए मैंने इसे निवेदित कर दिया वर्ना मैं ऐसे प्रसंगों को सुनाने से रहा। पर इससे आप मुझे सचमुच ही कोई महान् संगीतज्ञ न समझ बैठें। भक्ति-भाव के प्रवाह में कभी-कभी सभी बह जाते हैं। उस समय अन्दर से जो कुछ स्पष्ट-अस्पष्ट निकलता है वह सब छन्दोबद्ध और ताल-लय युक्त ही हो आता है। वाल्मीकि की बात आप भूले नहीं न ? क्रौंच युगल में एक की हत्या होते ही 'मा निषाद' के रूप में जो कुछ उनके अन्दर से फूटा था वह काव्य तो था ही, किस संगीत से कम था ? उसी रामायण को गा-गा कर न लव-कुश ने प्रभु का सान्निध्य प्राप्त कर लिया था।

तो मैं कह रहा था हनुमान संगीतज्ञ नहीं है। और वह चाहे जो हो पर संगीत से उसका क्या वास्ता ? पर आप मेरी बात पर ध्यान ही कब देते हैं ? आपने तो संगीताचार्यों की सूची में भी मेरा नाम गिना दिया है—

आंजनेयो मातृगुप्तो रावणो नन्दिकेश्वरः
स्वातिर्गणो विन्दुराजः क्षेत्रराजश्च काहलः

हनुमान, मातृगुप्त, रावण, नन्दिकेश्वर, स्वातिर्गण, विन्दुराज, क्षेत्रराज, तथा काहल—ये आठ संगीत-शास्त्र के आदि प्रवर्तक हैं।

यहां तो खैर आठ विभूतियों के साथ एक विभूति के रूप में मैं वर्णित हुआ। एक जगह संगीतज्ञत्रयी में ही मैं आता हूं और बड़े स्पष्ट रूप में आता हूं—

कर्ता संगीतशास्त्रस्य हनुमांश्च महाकपिः।
शार्दूल काहलावेतो संगीत ग्रन्थ कारिणो ॥

—हनुमान, शार्दूल और काहल ये तीनों संगीत-शास्त्र के प्रणेता हैं।

अब यहां मैं कैसे कहूं कि यह हनुमान किसी और हनुमान-नामधारी के लिए आया है ? यहां तो हनुमान के साथ 'महाकपि' स्वरूप महाविशेषण भी जुटा है।

और जब संगीताचार्य बन गया तो कुछ छन्द, अलंकार आदि भी मैंने चलाये ही होंगे। नहीं ? हां इनकी भी कमी नहीं। मेरे भक्तों ने यहां भी कोई कंजूसी नहीं बरती है और मेरे नाम कई छन्द-अलंकार कर दिए हैं—

आद्यं दीर्घत्रयं प्राह द्वितीयं ह्रस्वमेव च।
विन्दुर्विन्दु त्रयेणापि हनुमान सार्धविन्दुना ॥

—हनुमान के मतानुसार, प्रथम तीन दीर्घ स्वर, फिर दो ह्रस्व, पुनः तीन एवं अर्ध विन्दु के योग से 'विन्दु' नामक अलंकार बनता है।

---

1. एकः स हनुमान गाता श्रोतारः सर्व एव ते।

ऐसे और उदाहरण भी हैं। कितने गिनाऊं ? संक्षेप में यह कि जैसा पहले कहा, आपके भक्ति-भाव ने ही मुझमें ये सारी विशेषताएं आरोपित कर रखी हैं वर्ना मैं तो ठहरा कपि—एक साधारण राम-भक्त ! भक्ति के अलावा मुझे और कुछ आता हो यह मैं मानता नहीं और भक्ति में भी मैं पारंगत हूं, यह कैसे कहूं ? भक्त भी ऐसे-ऐसे हुए हैं इस धरा पर कि मैं उनके सामने पानी भरूं। अब भरत के सदृश भी कोई भक्त हुआ है कभी, और होगा कभी ? विभीषण की तरह ? निषाद-राज की तरह ? याद है निषाद-राज की भक्ति और मेरे राम द्वारा उसके प्रतिदान की कहानी ? नहीं ? तो किसी और प्रसंग में सुनिएगा उसे। आगे सुनिए मेरी जन्म की कहानी जिसकी बड़ी आतुर प्रतीक्षा है आपको। है ही वह कुछ ऐसी, वर्ना एक ही साथ कई एक नाम कैसे लग जाते मेरे साथ ? हनुमान भी, आंजनेय भी, शंकर-सुवन भी, केसरी-नन्दन भी। और सबके ऊपर पवन-पुत्र मारुति भी। तो आगे मैं कहीं कहूंगा अपने जन्म की विस्तृत गाथा। तब तक थोड़ा नाम लेते हैं अपने राम का। बहुत देर हो गई अपनी ही बात करते। तो आइए गाते हैं तुलसी के ही स्वर में स्वर मिलाकर—

भायँ कुभायँ अनख आलसहूं।
नाम जपत मंगल दिसि दसहूं।।

—भावं से, कुभाव से, शत्रुता से, आलस्य से, जैसे भी राम का नाम लो वह दशों दिशाओं में मंगलकारी ही होता है।

राम नाम मनि दीप धरु जीह देहरी द्वार।
तुलसी भीतर बाहरेहुँ जौं चाहसि उजियार।।

—यदि बाहर-भीतर दोनों को प्रकाशित देखना चाहते हो तो जीभ रूपी द्वार पर राम-नाम का मणि-दीप रखो।

जै राम, जै सियाराम।

छियालीस

पिछले वक्तव्य को मैंने राम-नाम से समाप्त किया। इसका बुरा तो नहीं माना आपने ? क्या पता ? आप मनुजों की बहुत-सी बातें अब मेरे पल्ले नहीं पड़तीं। धरती के बहुत सारे देश अब धर्म-निरपेक्ष जो हो आए हैं। धर्म-निरपेक्ष होने का अर्थ भी लोगों ने अपने-अपने रूप में लगाया है। बहुतों ने धर्म-निरपेक्षता का अर्थ धर्म-हीनता ही समझ लिया। अब इसका क्या जवाब है ?

धर्म का आचरण लोगों को लज्जाजनक लगता है। पुराणपंथी कहे जाते हैं

धर्माचारी। मुझे हंसी आती है। धर्म ही तो मनुष्य की सारी कामनाओं की पूर्ति का एकमात्र साधन है और अन्ततः वही उसे ईश्वर-सान्निध्य भी प्रदान कराता है। मैं नहीं कहता कि आप अमुक धर्म मानें, अमुक नहीं। कि राम ही एक मात्र ईश्वर हैं और कृष्ण, क्राइस्ट और बुद्ध, महावीर व्यर्थ हैं। यों मेरा तुलसी कुछ ज्यादा ही कट्टर था और उसने वृन्दावन की कृष्ण-मूर्ति के सामने टेक ही लगा दी कि जब तक धनुष-बाण नहीं धरो मेरा सिर नहीं झुकने को।

कृष्ण को झुकना ही पड़ा था तुलसी के सामने और मुरली छोड़ धनुष-बाण लेना पड़ा था। यों मैं इसे बुरा भी नहीं मानता। आपकी आस्था इतनी पक गई हो कि सर्वत्र अपने इष्ट के ही दर्शन होने लगें तो साधना का इससे अच्छा उदाहरण क्या हो सकता है?

तो मैं कह रहा था, खूब है आपकी समझ। कुछ सरकारें धर्म-निरपेक्ष हो गई तो बहुतों ने मन्दिर-मस्जिद जाना ही छोड़ दिया। खूब लगाया आपने धर्म-निरपेक्षता का अर्थ। धर्म-निरपेक्ष हो जाना तो अपने में बड़ी अच्छी बात है। यह तो सभी धर्मों को समान आदर देने का बड़ा अच्छा आधार है। किसी के धर्म से घृणा नहीं करना, सभी धर्मों का सम्मान करना, यही है न सही धर्म-निरपेक्षता? कि नहीं? पर जिसको धर्म के नाम से ही चिढ़ हो उसके लिए बड़ी अच्छी ढाल है यह तथाकथित निरपेक्षता। वह निरपेक्ष हो गया पूरी तरह, किसी धर्म से उसे कोई लेना-देना नहीं। फिर ईश्वर का भी ऐसे व्यक्ति से कोई लेना-देना नहीं रहता और एक दिन मूल-कटे वृक्ष की तरह वही कहीं का नहीं रहता। उसका अधःपतन अवश्यम्भावी है।

पर मेरे दुःख का सबसे बड़ा कारण है लोगों में धार्मिक सहिष्णुता का अभाव। ऐसे तो लोग, धर्म के नाम पर नाक-भौं सिकोड़ेंगे पर जब दो धर्म-सम्प्रदायों के मध्य टकराव की स्थिति आयेगी तो वे अपना रुधिर बहाने सबसे आगे आ जाएंगे। रोज ही देखता हूं ऐसी घटनाएं और रोज ही सिर पीटता हूं आप सबों की नादानी पर। अयोध्या तो मेरा मुख्यालय है न? यहीं की हनुमान-गढ़ी में तो लोग मेरा मुख्य आवास मानते हैं। मैं अभी की अयोध्या की बात कर रहा हूं। त्रेता की अयोध्या को, जहां मैंने आपको छोड़ रखा है, मैं शीघ्र ही लौटूंगा। तब तक के लिए कुछ स्वाद-परिवर्तन बुरा नहीं। इसी हनुमान-गढ़ी के कंगूरे से मैंने क्या-क्या नहीं देखा? धर्म के नाम पर लोगों को कटते-मरते भी पाया और कभी विभिन्न धर्मावलम्बियों को एक-दूसरे के लिए महान् त्याग करते भी देखा। हिन्दुओं को मस्जिदें और मुसलमानों को मन्दिर बनाते भी देखा। पहले दूसरी बात को ही लेता हूं। अपनी इस गढ़ी से ही आरम्भ करता हूं।

यदि कभी आपने अयोध्या आने का कष्ट किया हो और मन्दिर तक पहुंच पाये हों तो आप इसकी विशालता और विचित्रता से अवश्य प्रभावित हुए होंगे। हनुमान-गढ़ी इसका नाम यों नहीं पड़ा। किसी विशाल गढ़, किसी किले से कम नहीं लगता यह स्थान। इसकी स्थापत्य-कला दिल्ली और आगरे के लाल किले की

याद दिलाती है। चारों ओर उठी ऊंची चहार-दीवारी के ऊपर से कृत्रिम तोपें झांकती हैं और किलेबन्दी के अन्दर से आकार ग्रहण करता, धीरे-धीरे ऊपर आता देवालय किसी शान्त सरोवर में शनैः-शनैः प्रस्फुटित हो रहे कमल-कुसुम की छवि प्रस्तुत करता है। नहीं कमल का आकार नहीं है मन्दिर का, पर एक समग्र प्रभाव जो पड़ता है मन पर, उसी के निरूपण का प्रयास कर रहा हूं मैं। सीढ़ियों की एक लम्बी पंक्ति बिछी है जो बाजार के किनारे से आरम्भ होकर ऊंची, और ऊंची चढ़ती विशाल प्रवेश-द्वार तक पहुंचती है। कई तो इन उर्ध्वगामी सोपान-पंक्तियों को देखकर पहले ही हिम्मत हार देते हैं और मुझे एक मानसिक नमस्कार-मात्र निवेदित कर आगे बढ़ जाते हैं। सच, बड़ी सहज नहीं है चढ़ाई, चाहे वह इस मन्दिर की हो या जीवन-क्षेत्र की। ऊंचाइयों के अवलोकन-मात्र से जिनका सिर चकराता है वे इन पर अपने को स्थापित करने में सफल भी कैसे हो सकते हैं?

तो कई और बाधाएं भी हैं मेरे तक पहुंचाने वाली इन सीढ़ियों को पार करने में। आपके मन ने साहस बटोर लिया और पैरों ने साथ दे दिया तब भी इस मन्दिर के मेरे ही नामधारी रखवारे आपको बड़ी आसानी से मुझ तक कहां पहुंचने देने को? मेरे नामधारी इसलिए कहा कि ये भी कपि ही हैं जो सीढ़ियों के आर-पार मुंडेरों और दीवारों पर घात लगाए जमे रहते हैं। इनका ध्यान आपके हाथों में पड़े मिष्ठान-पात्र पर होता है और आप इनकी दुरभिसन्धि से सर्वथा अनभिज्ञ सीढ़ियों की दो-चार-दस पंक्तियां पार नहीं कर पाते हैं कि ये कई ओर से इस तरह टूटते हैं कि आप किंकर्त्तव्यविमूढ़ इनके मुंह ताकने लगते हैं और ये आपके हाथ की मिठाई को झटक अपने उदर के हवाले करते कंगूरों पर जा चढ़ते हैं। इसके पहले कि आप समझें कि आपके साथ क्या घटित हो गया, आपकी बगल का आदमी आपको अपने कर्त्तव्य की याद दिलाने सामने आ जाता है—"अब जाइए और मिठाई लाइए। आपको पता नहीं केसरी-नन्दन के भोग लगाने के पूर्व इनके ये स्वजाति-वर्ग मिठाइयों की स्वाद-परीक्षा, अपना पुनीत कर्त्तव्य समझते हैं। मिठाइयां इन्हें भा गईं। अच्छी हैं। जाइए, और लाइए और अब की बार हाथ में एक छड़ी भी लेना नहीं भूलिए। वहीं दुकान पर मिल जाएगी। नहीं, मारने के लिए नहीं केवल डराने से लिए। यहां अहिंसा परमो धर्मः का सिद्धान्त पूरी तरह चलता है वर्ना सीढ़ियों पर वानरों की यह वाहिनी कैसे पलती-पुसती रहती?"

भाषण तो आपने अच्छा सुन लिया पर मैं बताऊं, अहिंसा परमो धर्मः कभी अयोध्या का मूल-मंत्र रहा होगा अब नहीं है। जब मैं अहिंसा को यहां का मूल-मंत्र कहता हूं तो आप अन्यथा नहीं लें और राम-रावण की कहानी अथवा ताड़का, खर-दूषण और मारीच या अन्य असंख्य राक्षसों के वध की याद आप मुझे नहीं दिलाएं। दुष्टों की हिंसा भी अहिंसा की श्रेणी में ही आती है क्योंकि एक की हिंसा से शत-सहस्त्र की हिंसा रुकती है। खैर, तो मैं कह रहा था, अयोध्या में अहिंसा का राज्य अब नहीं है। कभी था और तब वानरों के झुंड यहां की गलियों में निर्भीक विचरते थे। मन्दिरों पर किलकारियां मारते और अटारियों से अटारियों

पर उछलते-कूदते एक गृह से दूसरे गृह तक निर्विरोध घूमते-कूदते थे। आज भी बहुत-से पुराने मकानों के दरवाजों-खिड़कियों पर मढ़ी लोहे की जालियां, वानरों और नरों के सह-अस्तित्व की साक्षी हैं। पर अब बेकार हैं ये जालियां। वानर अब भी हैं अयोध्या में पर गिनती के। इनकी रक्षा के लिए अब किसी किलाबन्दी की आवश्यकता नहीं—जाली और जाल की जरूरत नहीं।

जाल में ही फंसा लिए गए यहां के निरीह बन्दर। क्या समझे आप? फंसा लिए गए और मनमानी कीमतों पर झोंक दिए गए समुद्र-पार के अस्पतालों और प्रयोग-शालाओं में जहां परीक्षण-प्रयोग के बहाने इन्हें भीषण शारीरिक यंत्रणा और अन्ततः अप्राकृतिक और असामयिक मृत्यु का सामना करना पड़ा। उजड़ गई बन्दरों की मंडली अयोध्या से। जो कुछ रह गई है वह पूर्व की छाया मात्र है—दो-चार-दस दर्जन लंगड़ाते भूख-मरते कंगाल-प्रायः कपि। कहां हैं स्वस्थ और उन्मुक्त शाखा-मृगों के वे झुंड जो इस नगरी की नैसर्गिक शोभा में चार चांद लगाते थे?

नहीं, मेरा दर्द यों ही नहीं है। हनुमान-गढ़ी के किले से सटा ही है इमली-वन। 'है' कहना अब व्यर्थ है, 'था' कहना ही ज्यादा अच्छा। अब भी इमली के कुछ वृक्ष हैं—बूढ़े, जर्जर। कुछ कमर से टूटे तो कुछ जड़ से खोखले। जमीन उबड़-खाबड़, गंदगी और घास से भरी। कभी यह हरा-भरा था पूरी तरह। दर्शनीय देह-यष्टि के बन्दरों का वास था इस वन की डाली-डाली पर। भीगे चनों की डालियां भर-भर लोग इस बाग में लाते। कपियों के झुंड-के-झुंड उनके इर्द-गिर्द जम जाते—उनके हाथों से छीन-झपट चने चबाते। कोई कंधे पर उछल आता, कोई कमर पर। नहीं, किसी से किसी को भय नहीं था तब। न नर को वानर से न वानर को नर से। पारस्परिक सद्भाव और विश्वास का वातावरण व्याप्त था सर्वत्र। और जाल बिछ गए इस इमली-वन में भी। वानरों की संख्या क्षीण हो चली। धीरे-धीरे प्रायः लुप्त हो गई। वन के उन्मुक्त वानर—शाखा से शाखा को उछलने, कूदने-फांदने और प्रकृति के अपार प्रेम में पलने वाले शाखा-मृग—पिंजड़ों में बंद हो, एक-दूसरे पर गिरते-पड़ते, नोचते-खसोटते, क्षुधा और पिपासा की अग्नि में जलते, चल पड़े हजारों मीलों की यात्रा पर। नरों की धन-लिप्सा की आग में स्वाहा होने।

अब भी कुछेक बन्दर हैं इस इमली-वन में। पर अब कोई किसी के हाथ के चने नहीं चुनता। न किसी नर में हिम्मत है हथेली पसारने की, न किसी वानर में हिम्मत है पास फटकने की। पारस्परिक प्रेम और विश्वास को छीन लिया आपसी भय, अविश्वास और घृणा ने। चने अब लुटाये जाते हैं यहां। बिखेरे जाते हैं। बांटे नहीं जाते।

उजड़ गया इमली-वन। लुट गई उसकी श्री-सुषमा। और उसी के साथ लुट गई हनुमान-गढ़ी की भी गरिमा, बहुत हद तक। हां, दुःख है मुझे इसके उजड़ने का। कपियों के कैद होने और अन्ततः असह्य पीड़ा के असंख्य द्वारों को पार करते,

तिल-तिल कर मृत्यु-मुख में प्रवेश करने का।

पर दुःख अधिक इस बात का है कि यह बाग आपने नहीं लगाया था। आपने अर्थात् तथाकथित हनुमान-भक्तों ने, आपकी शब्दावली में कहूं तो हिन्दुओं ने। यह कहानी मैंने हनुमान-गढ़ी के स्थापत्य को लेकर शुरू की थी। कहा था, भिन्न है यह स्थापत्य, आपके सामान्य स्थापत्य से। इस विशाल गढ़, इस विराट् मन्दिर को बनाया था एक मुसलमान सुल्तान मंसूर अली ने आज से कोई तीन सौ वर्ष पूर्व। मंसूर अली तब लखनऊ और फैज़ाबाद का प्रशासक था। संत अभयारामदास का सहयोग मिला था उसे और उन्हीं के निर्देश में पूर्ण हुआ था यह विशाल निर्माण। निर्वाणी अखाड़ा के शिष्य थे अभयारामदास जी और यहीं अपने सम्प्रदाय का अखाड़ा भी स्थापित किया था उन्होंने। मंसूर अली ने ही लगाया था यह बाग। हनुमान-गढ़ी के आस-पास की कोई 52 बीघे जमीन दे दी थी उसने मंदिर और बाग के निमित्त। शाखा-मृग के लिए मन्दिर बनाना है तो शाखाओं का प्रबन्ध तो करना ही पड़ेगा—तरुवरों का। तो इमली के पेड़ से अच्छे पेड़ क्या होते—छाया की छाया, फल का फल! और फल भी कैसे? कच्चे में कसैले-खट्टे, पकने पर खट-मीठे। एक ही साथ कई-कई स्वादों का प्रबन्ध कर दिया उस मुसलमान-भक्त ने वानरों के लिए।

तो मन्दिर और बाग दोनों का श्रेय जाता है उस मुसलमान सुल्तान को। अनास्था के शिकार इस घोर कलिकाल में भी एक तथाकथित विधर्मी की अगाध आस्था का प्रतीक है यह विशाल मंदिर, धर्म-निरपेक्षता के सबसे अच्छे उदाहरण के रूप में अवस्थित है यह देवालय। नहीं, वह मुसलमान, हिन्दू नहीं बन आया था, मंदिर बना कर मस्जिदों की नमाज उसने नहीं छोड़ दी थी, पर इस निर्माण के द्वारा उस काल में भी, जब धर्म-निरपेक्षता सरकारों का दायित्व नहीं बनी थी, उसने सर्वधर्म-समन्वय और धार्मिक सहिष्णुता का एक व्यावहारिक प्रतिमान उपस्थापित कर दिया था इस कृति के माध्यम से।

कहानी है इस निर्माण की भी। सुल्तान का एकमात्र पुत्र बीमार पड़ा था और प्राण बचने का कोई आसार नहीं रह गया था। रात्रि की कालिमा के गहराते ही जब उसकी नाड़ी उखड़ने-उखड़ने को हो आई और प्राण अनन्त पथ के पथिक बनने को आतुर हो आए तो उस सुल्तान ने मेरी गुहार लगाई थी—

"रहम करो पवनसुत! डाल दो रहमत की भीख मेरी झोली में। बख्स दो जिन्दगी मेरे बेटे की। बहुत दरवाजों पर माथा टेका मैंने। दर-दर भटकता, पीर की मजारों से लेकर मस्जिद की दीवारों से सिर टकराया पर हाथ आया कुछ नहीं। बेटे की बीमारी बढ़ती ही गई तूफानी रफ्तार से। अब तुम्हीं यह आफत टालो वर्ना छिन गया मेरा औलाद-सुख। संकटमोचन हो तुम। समन्दर को एक छलांग में ही लांघने वाले तुम राम-दूत का दिल भी समन्दर के समान ही कहा जाता है। दुःख के समन्दर ने घेर लिया है मुझे महावीर! कई बार सुना और पढ़ा है मैंने कि सन्तो-दरवेशों के तुम खास सहारे हो। बड़े-बड़े चमत्कार हैं तुम्हारे

साधु-सन्तों के तुम एक मात्र रखवारे हो। कहते हैं अल्ला-तआला के लिए कुछ कठिन नहीं। मैं कोई साधु-फकीर तो नहीं अंजनी.कुमार पर मेरा दिल पाक जरूर है। खुदा सब कुछ कर सकता है। जान ले सकता है तो दे भी सकता है। मैं नहीं जानता कि खुदा होता है अथवा नहीं अथवा होता भी है तो आसमान की किन बुलन्दियों में बसता है वह। मैं उन ऊंचाइयों तक कैसे पहुंच पाऊंगा ? मेरे खुदा तो बस तुम्हीं हो। तुम्हीं····।"

मेरा वश चलता तो मैं यहीं पर मंसूर अली के मुख पर अपना हाथ रख देता। खुदा अर्थात् राम। मेरे राम और मंसूर के अल्लाह में कितना अन्तर है ? कुछ भी तो नहीं। हनुमान सब कुछ हो सकता है पर वह राम बन आये यह उसे गंवारा नहीं। और मैंने मंसूर को और मौका नहीं दिया। इसके पहले कि वह दुबारा मुझे खुदा का दर्जा दे डाले मैंने अपने आराध्य को याद किया और पलक झपकते उसके बेटे की धड़कन वापस आ गई। पर इस घटना से आप यह न समझ लें कि सभी मंसूरों और मकबूलों की इच्छाएं यों ही बात-की-बात में पूरी हो जाती हैं और सभी मुर्दा शरीरों में यों ही प्राण फूंक जाते हैं। यह तो था कुछ ऐसा मंसूर की प्रार्थना, उसकी विह्वलता और उसके समर्पण-भाव में कि पिघलना पड़ा मेरे राम को भी। युगों में कभी-कभार किसी गजराज, किसी प्रह्लाद अथवा किसी ध्रुव की पुकार पर पसीज आती है उस करुणासागर की असीम करुणा और अघटनीय घट जाता है। पुकारते तो अनेक हैं पर किसी-किसी पुकार में जब प्राणों की सम्पूर्ण ऊष्मा, अन्तर की सारी छटपटाहट सिमट आती है तो वह पुकार प्रकृति के सारे विधि-विधानों को निरस्त कर असम्भव को सम्भव कर देती है।

तो यह था एक उदाहरण जिसमें एक तथाकथित विधर्मी ने बनाया मेरा मन्दिर। यह कोई एकाकी उदाहरण नहीं। अनेक दृष्टान्त हैं ऐसे, पर मैं एक ही ऐसी और घटना का वर्णन करूंगा।

लखनऊ का नाम तो आपने सुना ही होगा। यह था कभी लक्ष्मणपुर। अपभ्रंश होते-होते हुआ लखनपुर और कालान्तर में इस्लाम के प्रभाव ने बना दिया इसे लखनऊ। इसी लखनऊ के अलीगंज में एक मन्दिर है मेरा जिसकी मान्यता अपने ही ढंग की है। हनुमान-गढ़ी की ही तरह यह भी एक प्रमुख स्थान बन गया है मेरा। प्रमुख इसलिए नहीं कि यह मेरे द्वितीय मुख्यालय के रूप में ख्यात है। नहीं, यह बात नहीं। प्रमुखता इसकी इस अर्थ में है कि लखनऊ या इसके आस-पास अथवा दूर-दराज के भी किसी मन्दिर में मेरी मूर्ति स्थापित हो रही हो तो उसकी प्राण-प्रतिष्ठा तब तक अपूर्ण मानी जाएगी जब तक इस मन्दिर से प्राप्त सिंदूर और लंगोटे का प्रयोग नहीं हो। मन्दिर से मुफ्त ही ये वस्तुएं वितरित होती हैं। मन्दिरों का मन्दिर है अलीगंज का यह हनुमान-मन्दिर। मेरे इस स्थान की महिमा प्रत्येक ज्येष्ठ मास में और बढ़ जाती है जब हर मंगल को यहां विशाल मेला जुटता है। नर-नारियों, बाल-बृद्धों की अपार भीड़ उमड़ती और उत्सवों-महोत्सवों का लम्बा सिलसिला चल पड़ता है। भक्तों की आस्था

का एक अपूर्व उदाहरण तब मिलता है जब मेले के एक सप्ताह पूर्व से ही शत-सहस्र व्यक्ति लाल लंगोटा पहने सड़कों पर पेट के बल खिसकते प्रणाम निवेदित करते—मन्दिर की ओर बढ़ते हैं। इस प्रक्रिया में अधिकांश के पेट, छाती और ठुड्डी रक्त-रंजित हो उठते हैं, पर श्रद्धा और भक्ति से अभिभूत इन भक्तों को शारीरिक पीड़ा का जैसे भान तक नहीं हो पाता।

खूब है अलीगंज का यह मेरा स्थान। मनोकांक्षा-पूर्ति की पीठ ही मान लिया है लोगों ने इसे। रोज सैकड़ों मनौतियां मानी जाती हैं और उसमें अधिकांश पूरी भी हो आती हैं। इसका श्रेय मिलता है मुझे। पर मैं बताऊं, मैं तटस्थ ही रहता हूं अक्सर। जो कुछ होता है आपके प्रयास और आपकी इच्छा-शक्ति के बल पर ही। हां, इच्छा का महत्त्व भी कुछ कम नहीं। इच्छा जब श्रद्धा से संयुक्त हो जाती है तो देवता चाहे, न चाहे उसकी पूर्ति के सारे अवदान-उपादान स्वतः आकृष्ट हो आते हैं। अधिकांश स्थितियों में इतना और मात्र इतना ही योगदान होता है मेरा आपकी मनोकामनाओं की पूर्ति में। आपकी श्रद्धा, आपका विश्वास जाग्रत हो जाता है मेरी मूर्ति का सम्बल पा और श्रद्धा-विश्वास से संवलित आपकी आकांक्षा आकार ग्रहण कर लेती है।

श्रद्धा और विश्वास के इस आधार को आप साधारण नहीं समझें। विश्वास फल कर रहता है क्योंकि विश्वास बल देता है आपकी आकांक्षा को। यह सारा संसार, यह संपूर्ण ब्रह्मांड एक ही नियम पर टिका है और वह है पारस्परिक आकर्षण का। हर वस्तु, समान धर्मी वस्तुओं को खींचती है अपनी ओर। विश्वास से बलवती हो आई वायवीय इच्छा अपने भौतिक प्रतिरूप को आकृष्ट कर आपके सामने ला खड़ा कर देती है। यह सब कुछ, विश्व-ब्रह्मांड के सामान्य नियम के अन्तर्गत ही घटित होता है। आपको पता है विश्वास के इस खेल के अत्याधुनिक उदाहरण का? नहीं, तो बताता हूं।

आज से कोई लगभग दो हजार वर्ष (1987 वर्ष) पूर्व पैदा हुआ था क्राइस्ट। ईश्वर का बेटा कहते थे लोग उसे। चमत्कार-पूर्ण था उसका जीवन। कह चुका हूं इसके संबंध में पहले भी। जैसे कृष्ण ने अपने गुरु संदीपनी के पुत्रों को उनकी मृत्यु के कई वर्षों पश्चात् लाकर खड़ा कर दिया, उसी तरह क्राइस्ट ने भी कई निष्प्राणों को प्राण-दान दिए। क्राइस्ट की सबसे बड़ी विशेषता थी उनकी रोग-निवारण-शक्ति जिसको आंग्ल भाषा-भाषी 'हिलिंग पावर' की संज्ञा देते हैं। नेत्रहीनों को ज्योति और कोढ़ियों को 'काया' प्रदान करना क्राइस्ट के लिए साधारण बात थी। जिधर से निकलता वह ईश्वर-पुत्र उधर ही लोगों की भीड़ उमड़ पड़ती—लंगड़ों-लूलों और अंधों-कोढ़ियों की। लोग चिल्ला पड़ते—"क्राइस्ट, कृपया मुझे ठीक कर दो।"

"तुम्हें विश्वास है मेरे बेटे कि मैं तुझे ठीक कर दूंगा?" क्राइस्ट किसी पीड़ित के पास रुकते और पूछते।

अगर जवाब तत्काल आता—"हां मेरे मालिक, तुम ऐसा कर सकते हो।"

तो रोग-विकार भी तत्काल चले जाते। अन्धों को आंखें मिल जातीं, कोढ़ी को 'काया'। यह था विश्वास जनित चमत्कार। पर जवाब में जहां जरा भी देर होती, संशय की छाया की भी जहां झलक लगती वहां कुछ नहीं होता। उस ईश्वर-पुत्र के किए भी वहां कुछ नहीं होता, जहां विश्वास का अभाव होता।

तो कह रहा था अलीगंज के अपने मन्दिर की बात। आपका विश्वास ही फलता है यहां। और जगहों की अपेक्षा अगर वह यहां अधिक फलता है तो उसका कारण भी वही विश्वास ही है—युगों से फलीभूत होती लोगों की आस्था। वर्षों से इस स्थान पर पलता-बढ़ता लोगों का अदम्य विश्वास, उनकी अपार श्रद्धा। विश्वास के इस घनीभूत स्वरूप का सहारा पा आपका लड़खड़ाता विश्वास भी अगर सशक्त हो आपकी मनोवांक्षा-पूर्ति का बहाना बन आता है तो श्रेय मुझे नहीं आपकी श्रद्धा, आपके विश्वास को ही मिलना चाहिए। मेरे तुलसी ने तो श्रद्धा और विश्वास को शिवा और शिव का स्वरूप ही कह दिया। उनकी प्राप्ति का एक मात्र साधन—"भवानी शंकरौ बन्दे, श्रद्धा विश्वास रूपिणौ।" तो जो विश्वास, साक्षात् शिव के साक्षात्कार का आधार बन सकता है, जो श्रद्धा स्वयं भवानी को अनुकूल कर सकती है, उस श्रद्धा, उस विश्वास के समक्ष अप्राप्य क्या रहता है, असंभव क्या बचता है?

तो मैं कहूंगा अपनी श्रद्धा को ही संवारिए, अपने विश्वास को ही बल दीजिए और फिर मनौती चाहे अलीगंज के मन्दिर में मनाइए या गांव के अश्वत्थ-वृक्ष के नीचे, उसे पूर्ण होने से कोई रोक नहीं सकता।

बात फिर घूमकर अलीगंज आ गई। कहना यह था कि अयोध्या की हनुमान-गढ़ी की तरह ही इस कामना-पीठ के इतिहास के पीछे भी किसी तथाकथित अहिन्दू का ही हाथ है।

बात आज से कोई दो सौ वर्ष पूर्व की है। अवध के नवाब थे मुहम्मद अली शाह। उनकी बेगम रबिया, औलाद-सुख से वंचित थी और दवा-दारू से लेकर दुआ-प्रार्थना तक बे-असर साबित हुई थी। तब इस मुसलमान-भाई को किसी ने इस्लामबाड़ी के एक हिन्दू फकीर की याद दिलाई। इस्लामबाड़ी में कभी रहा था मेरा एक छोटा-सा मंदिर। पर उसका अब कोई अता-पता नहीं था। इस्लामबाड़ी का नाम पहले कभी हनुमानबाड़ी ही था किन्तु आज से कोई 600 वर्ष पूर्व बख्तियार खिलजी ने इसका नाम इस्लामबाड़ी कर दिया। जैसा कहा, इसी इस्लामबाड़ी में रहते थे वह विरक्त साधु। बाड़ी के बाबा के नाम से ही लोग जानते थे उन्हें। मुझमें अपार श्रद्धा थी उनकी। रबिया बेगम ने बाड़ी के बाबा के यहां आंचल फैलाया और बाबा ने फरियाद पहुंचाई मुझ तक। पर मैंने रबिया की भक्ति की परीक्षा लेनी चाही। स्वप्न हुआ बेगम को—"इस्लामबाड़ी के टीले के नीचे गड़ी-पड़ी है एक हनुमान-मूर्ति। उसका उद्धार कर किसी मंदिर में स्थापित करो उसे।"

रबिया दौड़ी बाड़ी के बाबा के पास। स्वप्न का संवाद सुनाया और बाबा के

निदेश पर खुदाई आरम्भ हो गई टीले की। मिट्टी के नीचे दबी मिली वही मूर्ति जो आज अलीगंज के मंदिर में स्थापित है। बेगम ने ही बनाया यहां पहला मंदिर। मूर्ति के राग-भोग और पुजारी तथा साधु-सन्तों के भरण-पोषण के लिए भूमि मिल गई महमूदाबाद रियासत से। इस तरह, मेरे इस मंदिर और इसकी भूमि दोनों का श्रेय है उन्हें, जिन्हें आप विधर्मी की संज्ञा देते नहीं थकते। अब सोचने की बात यह है कि विधर्मी कौन है? वह जो धर्म के नाम पर मात्र रस्म अदायगी करता है अथवा वह जो उसकी नींव को पक्की करने के लिए मंदिरों के कंगूरे गढ़ता है? कहने की आवश्यकता नहीं कि श्री राम-कृपा से औलाद-सुख मिल गया रबिया को।

खैर, अलीगंज नहीं पड़ा था तब इस मुहल्ले का नाम। इसके लिए भी एक चमत्कार को घटित होना था। तब हुआ करते थे अवध के एक बड़े मशहूर नवाब —नवाब वाजिद अली शाह। शाह की दादी आलिया बेगम ने एक बार बिस्तर पकड़ा। किसी ने याद दिलाई मेरे मंदिर की और राबिया बेगम की औलाद-प्राप्ति की कहानी की भी। बेगम ने मनौती की और रोग-मुक्त हो गई तो बहुत बड़ा उत्सव आयोजित किया मेरे मंदिर पर। फकीरों, दरवेशों और साधु-संतों को छक कर खिलाया। गरीबों-भिखमंगों को निढाल किया। तभी से चल पड़ी मेले की परम्परा जो आज तक वर्तमान है और तभी से पड़ गया इस मुहल्ले का नाम आलिया बेगम के नाम पर ही अलीगंज।

यहीं पर समाप्त हो जाती अलीगंज के मंदिर की यह गाथा अगर नवाब वाजिद अली शाह की दरियादिली की अनगिनत कहानियों में एक इससे भी नहीं जुड़ी होती।

नवाब उन दिनों अपनी चहेती बेगम कैसर के नाम पर कैसर बाग का निर्माण करा रहे थे। तरह-तरह के फूल-पौधों और ताल-तड़ागों से घिरी एक शानदार इमारत खड़ी हो रही थी बेगम के नाम पर।

उधर मारवाड़ का एक व्यापारी कई ऊंटों पर कस्तूरी-केसर लादे पहुंचा था लखनऊ की मंडी सआदतगंज में। कस्तूरी-केसर के लिए देश भर में विख्यात इस मंडी में वह सौदागर जटमल, पड़ा रहा दिनों तक पर किसी ने हाथ नहीं लगाया एक दाने को भी। जटमल घबराया तो लोगों ने याद दिलाई 'अलीगंज के हनुमान जी' की। जटमल पहुंचा इस मंदिर में। मरता क्या न करता? लाखों पानी फिरने, जीवन भर की पूंजी के डूबने के भय ने भर दी उसकी कातर ार्थना में इतनी शक्ति कि अपूर्व हो आई उसकी श्रद्धा, अडिग हो गया उसका विश्वास। श्रद्धा-विश्वास की तरंगायित लहरों ने जा छुआ नवाब के कुछ दरबारियों के मन-प्राणों को और उनमें एक नवाब को एक विचित्र प्रस्ताव दे बैठा—"बेगम साहिबा के नाम को रोशन करना हो तो पुतवा दीजिए पूरे कैसर महल को केसर-कस्तूरी से। पूरा इलाका गम-गम कर उठेगा केसरिया गंध से और सार्थक हो जाएगा कैसर-बाग नाम भी।"

भा गई नवाब को दरबारियों की बात और बिक गया जटमल का सारा केसर। मैंने उसके लिए कुछ किया या नहीं पर दोनों हाथों से धन उलीचा था उस सौदागर ने इस मंदिर के नाम। मूर्ति के ऊपर सोने का छत्र चढ़ाया, जो आज तक वर्तमान है। स्थान का नव-निर्माण हुआ और ऐसा उत्सव-आयोजन सम्पन्न हुआ यहां कि हजारों लोगों की भीड़ उमड़-उमड़ पड़ी कई दिनों तक। मेले का महत्त्व तब से निरन्तर बढ़ता गया और आज यहां के ज्येष्ठ मासीय मेले का महत्त्व दूर-दराज तक विख्यात है और उसकी हनुमान-भक्ति अधूरी ही मानते हैं आप जिसने अलीगंज के मंदिर में माथा नहीं टेका हो और इसके मेले में भाग नहीं लिया हो।

सैंतालीस

आइए अब चलते हैं परिदर्शन को अपने कुछेक स्थानों के। लखनऊ और हनुमान-गढ़ी की कहानी मैंने पूरी कर ली है। अब मुड़ता हूं उत्तर प्रदेश के पार्श्व-स्थित बिहार की ओर। यह बंटवारा, विभाजन भी तो आप ही का किया हुआ है वर्ना मेरे लिए तो संपूर्ण भारतवर्ष ही आर्यभूमि है—सम्पूर्ण विश्व ही मेरे आराध्य का क्रीड़ा अजिर। खैर आपने जब धरती के टुकड़े कर उन्हें संज्ञाएं दे ही दी हैं तो उनका उपयोग कर ही लेना है।

यह रहा सासाराम—कभी का सहस्राराम। बौद्धों के बहुत सारे विहार-आराम—बने थे बिहार में, तभी उसका नाम बिहार पड़ा और सहस्रआराम निर्मित थे सासाराम में, अतः वह हो आया सहस्राराम और फिर सहसराम और अंततः सासाराम।

एक विशाल मंदिर है मेरा सासाराम के उस मुख्य पथ पर जो उसे आरा से जोड़ता है। गौलक्षणी बोलते हैं उस मुहल्ले को—कुराइच भी। कुराइच के महावीर के नाम से भी इसीलिए प्रख्यात हूं मैं यहां।

अयोध्या की हनुमान-गढ़ी की तरह ही ऊंचाई पर अवस्थित है मेरा यह आवास। सीढ़ियों की वैसी दीर्घ पंक्ति तो नहीं है यहां, पर पर्याप्त ऊंचा है यह मंदिर। ऐसे विशाल और विस्तृत स्थान कम ही हैं मेरे इस भारत-भूमि में।

दूसरे देशों में भी मेरे स्थान हैं जिन पर मैं बाद में आऊंगा पर हनुमान-गढ़ी और सासाराम के मेरे स्थानों के समतुल्य स्थल नहीं ही हैं कहीं।

पर्याप्त ऊंचाई पर बने इस मंदिर के दो त्रिभुजाकार गुम्बज भी काफी ऊंचे हैं। दूर से ही दृष्टिगोचर होते हैं ये। परिचय ही है यह मंदिर, सासाराम का। जैसे उस सूरी शेरशाह द्वारा निर्मित उसी का मकबरा भी पहचान बन आया है इस नगर का।

चमत्कारपूर्ण है इस विशाल मंदिर के निर्माण की कहानी। सासाराम के पास ही एक स्थान है—गढ़नोखा। एक सम्पन्न, प्रतिष्ठित जमींदार रहता था कभी गढ़नोखा के इस नन्हें उपनगर में। एक बार वह आखेट को निकला—सासाराम के जंगल में। तब सासाराम का यह पहाड़ी इलाका वनाच्छादित था। आज वनस्पति-विहीन हो आई हैं सासाराम और उसके इर्द-गिर्द की ये कैमूर-पहाड़ियां।

हाथी पर आसीन आखेट-रत जमींदार के आगे पड़ी थी मेरी धूल-धूसरित मूर्ति। आस्थावान जमींदार ने हाथी रोक लिया और अपने सहायकों की सहायता से चढ़वा ली वह दीर्घकाय मूर्ति हाथी के हौदे पर। आखेट से मुंह मोड़ वह मुड़ा गढ़-नोखा की ओर—मन में संकल्प कर लिया, स्थापित करना था मूर्ति को अपने महल के भीतर। पर कहां रहा हूं मैं महलों की कैद में! सासाराम के इस स्थान पर आते-आते हाथी अड़ गया। पीलवान के लाख प्रयास के बाद भी हस्ती के चरण जमे ही रह गए अंगद के पैर की तरह एक ही जगह तो जमींदार ने मूर्ति वहीं उतरवा दी—"यहीं रहना चाहते हैं बजरंगबली। मेरा दुर्भाग्य। नहीं पसन्द है इन्हें मेरा स्थान।"

वहीं पड़ी रही मेरी मूर्ति बहुत दिनों तक। पूजित भी रही, वहीं खुले में कुछेक आस्था-प्राण प्रेमियों द्वारा। पुतता रहा सिंदूर, चढ़ते रहे मोदक भी कभी-कभार। कभी-कभार इसलिए कि तब हाट-बाजार-दुकान-मकान का कम ही पता था इस तरफ। वीरान, बियाबान था यह इलाका। दूर-दूर तक विस्तृत खाली भू-खंड झाड़-झंखाड़ों से भर आया था। और लाभ उठाया इस रिक्त स्थान का तत्कालीन गौरांग सरकार ने, आपकी परिभाषा में फिरंगियों ने। जम गई यहां कुछ दिनों के लिए फौज की एक टुकड़ी। अब आफत आई मेरी। 'मंगल-मूरत' आप मुझे कह लें मेरी मूर्ति को पर है तो अमंगल-दर्शन ही—कुरूप, बेढंगी। किधर से आकर्षक होगा आनन एक वानर का? और तमाशा बना दिया गोरे सिपाहियों ने मेरी इस मूर्ति का।

'मन्की गॉड' नाम पड़ गया मेरा। लगे मुंह चिढ़ाने सब इस मूर्ति को। बंदर की तरह ही मुंह बना लेते गौरांग सिपाही इस वानर-विग्रह के सामने से गुजरते समय। और कौन आता अब फौजियों की इस बस्ती में मूर्ति पर सिन्दूर पोतने? आरती उतारने? धूप-बत्ती भी बन्द हो गई मेरी। यहां तक तो गनीमत। अब लगे वे सैनिक मेरी मूर्ति को अपवित्र करने। श्रद्धा तो उनमें थी नहीं आर्यभूमि के देवी-देवताओं के प्रति—लगे ये विग्रह की दुर्दशा करने—किन रूपों में, यह नहीं पूछिए। संस्कार नहीं था इनमें। वर्ना मैं तो कई बार कह चुका हूं, कहां अन्तर है धर्म और धर्म के मध्य? कहां सिखाया था उस ईश्वर-सुत क्राइस्ट ने कि संसार के सारे देवी-देवताओं का अस्तित्व ही नहीं है सिवा 'जैकोबा' के? या कि क्राइस्ट आ गया तो आना ही नहीं आगे किसी ईश्वर-दूत या अवतार को अथवा आया ही नहीं था उसके पहले ऐसा कोई या हुआ ही नहीं कहीं कोई भक्त-

साधक इस विस्तृत धरती पर उसके पूर्व। तो अपवित्र और अपमानित करते रहे गौरांग सैनिक मेरी मूर्ति को और मौन ही बना रहा मैं। क्यों करने जाता कुछ भी ? अपनी चिन्ता मुझे क्यों, कितनी करनी है ? मेरी चिन्ता करने वाला तो कोई और है। कौन देख रहा था सैनिकों की उस बस्ती में कि क्या सलूक किया जा रहा था एक साधारण मूर्ति से जो कभी पूजित रही होगी अनेक के द्वारा अथवा जंगल-बियाबान में पड़ने के पूर्व रही होगी प्रतिष्ठित किसी विशाल भव्य मंदिर में ? अतः मैं चुप था पर मेरे चुप रहने से क्या होता ? वह चुप रहे तब तो ?

फैल गई महामारी संस्कार-हीन गौरांगों की उस बस्ती में। लगे लोग एक के बाद एक मृत्यु का ग्रास बनने। संयोग भी कह सकते हैं इसे। प्लेग की विभीषिका खूब व्याप्त थी उन दिनों भारतवर्ष में। कब किधर, कितनों की जानें जाएंगी, कोई नहीं जानता था। इसी विभीषिका की चपेट में आ गया वह इलाका। अथवा सचमुच कुपित हो गए मेरे आराध्य इस भीषण भक्तापराध पर। अनभिज्ञता, अज्ञान की स्थिति में कोई अपराध बने तो सदा क्षम्य है। पर यहां तो देख चुके थे वे उद्दंड सैनिक कि पूजा-पात्र था मैं स्थानीय आबादी का। सिन्दूर भी पुता था मेरे विग्रह पर। लोगों ने आरम्भ में आना भी चाहा डरते-सकुचाते मेरी अर्चना-आराधना को। पर प्रताड़ित कर भगा दिए गए तो फिर हिम्मत नहीं पड़ी उधर मुंह करने की ? ऐसी स्थिति में तो दंड मिलना ही था अपराधियों को वर्ना कर्म-फल-सिद्धान्त ही व्यर्थ हो जाता। हर कर्म का फल मिलना ही है।

मृत्यु दर पर नियंत्रण नहीं हो सका लाख उपाय के बावजूद तो अंग्रेजों की आंखें खुलीं। कई लोगों ने उन्हें समझाया भी तो उन्हें लगा 'मन्की गॉड' सचमुच कुपित हो गया है। उन्होंने तत्काल उस मूर्ति की धुलाई-सफाई की और उसी स्थल पर एक छोटा मंदिर निर्मित करा उसे स्थापित करा दिया। अब कई तथा-कथित फिरंगी और विधर्मी भी मेरी पूजा करने लगे—धूप-बत्ती दिखाने और कभी-कभार मिठाई-लड्डू भी चढ़ाने लगे।

काल-क्रम से अंग्रेजों की वह छावनी वहां से उठ गई तो गढ़नोखा के उसी आस्थावान जमींदार ने छोटे मंदिर के स्थान पर यह विशाल निर्माण सम्पन्न किया। इसमें स्थापित मेरे विग्रह की एक विशेषता है। इसका सारा शरीर तो सीधा है पर सिर उत्तराभिमुख है। गढ़नोखा उत्तर की ओर ही है। कहते हैं, मंदिर निर्माण के पश्चात् उस जमींदार ने कहा था—"आप गए तो नहीं ही वज्रांग मेरे दरवाजे तक पर एक दृष्टि रखिएगा इस अकिंचन पर भी।" लोगों का विश्वास है कि इसीलिए झुक गया है मेरा मुख उत्तर की ओर। मुझसे पूछिएगा तो मैं इतना ही कहूंगा कि भक्तों के विश्वास के समक्ष सब कुछ संभव है। क्राइस्ट की बात चली थी कुछ देर पूर्व। उसी ईश्वर-पुत्र ने एक बार कहा था—"विश्वास में बड़ा बल है। अगर तुम विश्वास के साथ सामने के इस पर्वत को कहो कि तुम यहां से हट जाओ तो वह हट जाएगा।" मेरे कृष्ण ने तो विश्वास के बल पर सचमुच एक पूरे पहाड़ (गोवर्धन) को अनामिका उंगली पर ही सात दिनों

तक टांगे रखा था। आपकी संस्कृत में भी तो कहा गया है—'विश्वासं फल दायकं'।

अड़तालीस

इसके पूर्व कि मैं अपने कुछेक और प्रमुख स्थानों, आपकी शब्दावली में हनुमद्-स्थानों का उल्लेख करूं, मैं पुन: अयोध्या लौटना चाहूंगा। मैं आपसे बचनबद्ध हूं, हनुमान-गढ़ी के शिखर से संजोये अपने अनुभवों की अभिव्यक्ति देने को। तथाकथित विधर्मियों द्वारा निर्मित होने वाले मेरे मंदिरों की कथा आपने सुनी। बड़ा आह्लादित होता हूं मैं ऐसी घटनाओं पर—विभिन्न धर्मावलम्बियों द्वारा प्रदर्शित पारस्परिक प्रेम और त्याग-भावना पर।

पर एक ऐसी कहानी भी है इसी अयोध्या की जो मेरे अन्तर को मथती रहती है लगातार, गत प्राय: पांच सौ वर्ष से। देखा है मैंने इस दु:स्वप्न को रूप ग्रहण करते, इसी कंगूरे से। बहुत दूर नहीं है यहां से जन्मभूमि-स्थल—राम-जन्मभूमि जिसे कहते हैं आप।

विचित्र दु:स्थिति में पड़ा रहा यह स्थान वर्षों से। हाल-हाल तक ताला जड़ा रहा इसके प्रवेश-द्वार पर। संगीनधारी सिपाहियों की साया में पलता रहा राम का यह आविर्भाव-स्थल गत अनेक वर्षों से। द्वार पर ही पूजा के अक्षत-पुष्प निवेदित कर संतुष्ट होते रहे राम-भक्त। पर क्यों? क्यों ऐसा विकार उत्पन्न हो मानव हृदय में कि देवता तक भी उसका शिकार हो खेमों में बंटने को बाध्य हों? कौन कहता है कि राम केवल हिन्दुओं का है और रहीम केवल मुसलमानों का? अगर राम केवल सम्प्रदाय-विशेष का है तो उसका रामत्व किधर से सिद्ध होता है? वह कोटि-कोटि ब्रह्मांडों का नियामक, उनका अधिपति; असंख्य सुरों-असुरों, यक्ष-किन्नर-गंधर्वों, नर-वानरों का भगवान होने का कैसे अधिकारी बनता है जब उसके मुट्ठी-भर हिन्दू-नामधारी अनुयायी; उसे मुसलमानों, बौद्धों, जैनों और सिखों, इसाइयों, यहूदियों से काटकर रखना चाहते हैं? जब उनका भगवान मुसलमानों का भगवान नही, इसाइयों का नहीं तो उनके तो अलग भगवान होंगे ही तो फिर कैसे कहते हैं ये रामोपासक कि सर्वपालक, सर्वनियामक, सार्वभौम है उनका राम? असंख्य भगवानों में और उनके राम में किधर से और कैसे अन्तर है? और कैसे हैं ये मुसलमान जो राम और रहीम, कृष्ण और करीम में अन्तर देखते हैं? उनके पूजन-स्थल, उनकी अवतार-स्थली को लेकर विवाद खड़ा करते हैं? क्यों नहीं समझ पाते वे कि यदि अल्ला ही सर्वसत्ताधारी है तो जो अल्लाह है वही राम है, जो कृष्ण है वही करीम है।

और कैसी है यह स्थिति जो पूजा-स्थलों को सीकचों और तालों की कैद देती है ? क्यों नहीं मिल-जुलकर सभी, एक पवित्र-पुनीत स्थल की उपादेयता-पवित्रता को सम्मिलित रूप में स्वीकार करते हैं ? क्यों संगीनों का पहरा बैठता है वहां जहां पूजा के मंत्रों और कुरान की आयतों का सामूहिक पाठ होना चाहिए ?

पर होता नहीं ऐसा। आजकल तो और कम होता है। अब कुछ ही रह गए हैं ऐसे मुसलमान जो हिन्दुओं के मंदिर बनाते हैं और कुछ ही ऐसे हिन्दू हैं जो मस्जिदों-मजारों में सिर झुकाते हैं।

देखी है मैंने जन्मभूमि की दुर्दशा। दुर्दशा से अधिक, इसको लेकर व्यर्थ के तनाव, कलह और दुराग्रह के साथ-साथ हिंसा और रक्त-प्रवाह को भी।

सर्वप्रथम मुगल-साम्राज्य-संस्थापक बाबर ने वह गलती की थी जिसका उल्लेख मैंने ऊपर किया है। बाबर बाद में सही अर्थों में धार्मिक हो आया था और सभी धर्मों-सम्प्रदायों के प्रति उसके अन्तर में उदार भावना घर कर गई थी पर प्रारम्भिक दिनों के जोश में वह भी चढ़ आया था अयोध्या पर। जन्म-भूमि की ईंट-से-ईंट पहले-पहल उसने ही बजाई थी। मुझे दुःख हुआ था उसकी नादानी पर। जन्म-भूमि का मंदिर टूटता सो टूटता, बाबर ने उस पर मस्जिद भी बनवा दी।

जन्म-भूमि के मंदिर को ध्वस्त कर मुगल-सम्राट् बढ़ आया था मेरे आवास की ओर। मैं चुप नहीं बैठ सकता था। मेरे श्री राम तो महान् हैं— अखिल ब्रह्मांड-नायक; उनमें शीघ्र आवेश आने से रहा। वे ऐसे क्षमाशील हैं कि बड़े-से-बड़े दुष्ट को तब तक नहीं छूते जब तक वह उनके भक्तों-आश्रितों को नहीं छेड़ता। भक्तापराध को नहीं क्षमा करते मेरे आराध्य। उनका चाहे जितना बिगाड़ लो, वह कहां जाते हैं चिन्ता करने ?

हनुमान-गढ़ी को ढहाने पहुंची बाबर-सेना तो मेरे भक्त—हिन्दू-मुसलमान दोनों—दूर से यह कुकृत्य देखते और सोचते रहे कि राम ने तो छोड़ दिया इन्हें; अगर हनुमान ने भी मौन साध लिया तो अयोध्या का कोई मंदिर भी नहीं बचेगा इनके हाथों। अयोध्या तो उस समय मंदिरों की नगरी थी ही, अब भी है; अगर उसके सारे मंदिर एक के बाद एक भूलुंठित हो जाते तो बचता क्या उस देव-नगरी में ?

मैं कब भक्तों को निराश करनेवाला था ? नहीं चाहते हुए भी मुझे चमत्कार करना पड़ा और मेरे आवास को ढहाती बाबरी सेना के सिपाही धराशायी हो गए—मृतप्राय। दूर खड़ा, 'मंदिर-तोड़ो-अभियान' का संचालन करता सम्राट् भी संज्ञा-शून्य हो धरती पर गिर पड़ा।

बाबर में धार्मिक आस्था कूट-कूट कर भरी थी, भले ही वह अपने सहायकों-सहयोगियों के बहकावे में आ कुछ काल के लिए पथ-भ्रष्ट और दिग्भ्रमित हो आया था। उसका एकमात्र पुत्र जब असह्य रोग का शिकार हो मृत्यु-शय्या पर पड़ा था तो इसने अपनी आस्था का ही सहारा लिया था और पुत्र की शय्या की

परिक्रमा कर खुदा से पुत्र का स्वास्थ्य और अपनी मृत्यु मांग ली थी। खुदा ने सुन भी लिया था और बेटे के बदले बाप खुदा का प्यारा हो गया था। इसी प्रकार के एक युद्ध में जब उसकी सेना के पैर उखड़ने लगे थे और पराजय सामने मुंह बाये खड़ी हो गई थी तो उसने प्रतिज्ञा की थी कि अगर विजय-श्री ने उसका वरण किया तो वह मद्य-पान से विमुख हो जाएगा। मद्य के सारे स्वर्ण-रजत पात्र उसने तोड़वा दिए थे। भक्त की पुकार भगवान ने सुनी थी और वह समरांगण से विजयी और गर्वोन्नत ही लौटा था।

बाबर के अन्तर में सोई इस आस्था को ही मैंने स्पर्श किया था और उसकी संज्ञा-शून्यता की स्थिति में ही उस पर प्रकट कर दिया था—"अगर तुम ऐसे कुकृत्यों से मुंह मोड़ो तो तुम्हारी और तुम्हारे सिपाहियों की जान बख्स दी जायेगी।"

होश में आ बाबर ने निवेदन किया था—"माफ कर दो मुझे वज्रांगबली, मैं अपनी सेना के साथ यहां से अभी कूच करता हूं। जो कुछ हमारे सिपाहियों ने बिगाड़ा है तुम्हारे मंदिर का, उसे भी जाने के पहले ठीक करा दूंगा। होश में ला दो मेरे सिपाहियों को।"

"ऐसे नहीं," प्रत्यक्ष ही सुनाई पड़ा था उसे, औरों ने नहीं सुना था, "प्रतिज्ञा करो कि आगे से मंदिर-मठ को हाथ नहीं लगाओगे।"

"की प्रतिज्ञा। हमें माफ करो और जान बख्सो मेरे आदमियों की। अब भविष्य में मैं ऐसी भूल करने से रहा।"

मैंने बताया बाबर स्वयं आस्थावान् था, उसे विश्वास था—अलौकिक चमत्कारों में इसीलिए मैंने उसे माध्यम बनाया अपने प्रभाव को प्रकट करने का। अविश्वासियों, अनास्थावानों को समझाने पर भी वे कहां समझते हैं? लौट गया था बाबर और आजीवन पालन की थी उसने अपनी प्रतिज्ञा। सुबह का भूला शाम को घर आ गया था। पर उसकी सन्तति में नहीं आ पाई उसकी यह विशेषता। न आई वह उसके अधीनस्थ जागीरदारों-मनसूबदारों में। औरंगजेब ने अपने काल में जन्म-भूमि पर आक्रमण किया ही, फैजाबाद के शासक-प्रशासक भी कम अत्याचार नहीं करते रहे इस नगरी और इसके निवासियों पर। जन्म-भूमि एक तरह से सदा सीकचों के भीतर ही कैद रही। कब कैद अथवा निष्कासन की सुविधाओं की चिन्ता की है मेरे आराध्य ने? त्रेता में चौदह वर्षों का निष्कासित जीवन—वनवास—भोगा, तो द्वापर में कैद के अन्दर ही पैदा हुआ। ऐसे भी, भक्तों के हृदय-कपाट के अन्दर तो सदा कैद ही रहता है वह।

मैं कह रहा था क्या आवश्यकता है ऐसी ही क्षुद्रताओं की? क्यों बांटते हो उसको टुकड़ों में जो बंट नहीं सकता, जो अविभाज्य और अखंड है? तुम्हारे खंड करने से वह खंडित होगा? अनादि, अखंड और अनन्त वह है तभी तो वह किसी का अल्लाह किसी का राम और किसी का क्राइस्ट होकर भी अन्ततः सबका है, अनेक होकर भी है वह एक ही। क्यों नहीं मान लेते कि सारी संज्ञाएं—सारे

नाम उसी के हैं ? बांटना तुम्हारी प्रकृति में है, उसमें नहीं। तुमने बांटा मनुष्यों को—जातियों-उपजातियों, सम्प्रदायों-उपसम्प्रदाओं में। तुमने बांटा धरती को टुकड़ों में—अलग-अलग नाम दिए उसको, देते जा रहे हो। तुमने बांट लिया सागर को और अब आसमान को भी बांट रहे हो तुम्हीं—यह हमारा आसमान, यह तुम्हारा, इधर तुम्हारे वायुयान नहीं जायेंगे, उधर हमारे। बोलो कैसी मूर्खता है यह, कैसी नादानी ? बंटा है आसमान ? बांट लोगे अन्तरिक्ष को ? नहीं तो, कैसे बंटेगा वह जो इन सबों का ही नहीं, इनकी तरह के अनन्त आकाशों, अन्तरिक्षों और विश्व-ब्रह्मांडों का कर्त्ता-धर्त्ता और नियामक-नियन्त्रक है ?

खुला है अभी जन्म-भूमि का ताला। आशा करता हूं खुला ही रहेगा वह और यह भी कि अब नहीं जड़ेगा किसी मन्दिर-मस्जिद के द्वार पर—कोई लौह ताला। नहीं करे कोई भगवान को कैद। कितने और कंस पैदा होंगे इस धरती पर—कृष्ण को कैद करने के लिए ? एक ही क्या कम था ? और क्यों डालना है ताला किसी पूजा-स्थान पर। भगवान सबका है तो सब मिलकर साथ ही नहीं उतार सकते उसकी आरती ? साथ ही नहीं पढ़ सकते, वेद और कुरान, गीता और बाइबल ?

उनचास

कुछेक अपने और वास-स्थलों का उल्लेख कर मैं इस प्रकरण को विराम देना चाहूंगा। पता नहीं आपको यह रास भी आ रहा है या नहीं। कहीं आप यह नहीं सोचें कि मैं अपने से संबंधित मन्दिर-तीर्थों के प्रचार-प्रसार का ही जिम्मा ले बैठा हूं। ऐसी बात नहीं है। मेरा ध्येय तो केवल इतना है कि इस बहाने ही सही आप अपने आर्यावर्त्त को इस छोर से उस छोर तक जान तो लें। किसी भी राष्ट्र के ध्रुवीकरण का इससे अच्छा कोई उपाय नहीं हो सकता कि उसके वासी एक-दूसरे के क्षेत्र-प्रदेश को निकटता से जानें-समझें। इसी बात को ध्यान में रखकर आपके उस आदि शंकराचार्य ने भारत-भूमि की चारों दिशाओं में चार महान् तीर्थों की स्थापना की थी—रामेश्वरम्, जगन्नाथपुरी, द्वारिका और बद्रिकाश्रम की। इसी तथ्य को ध्यानगत रखते हुए आपके चिन्तकों-धर्मगुरुओं ने ज्योतिर्लिंगों की परिकल्पना की और देश के बारह विभिन्न स्थलों पर द्वादस ज्योतिर्लिंगों की स्थापना कराई।[1] इसी बात पर बल देने के लिए भारत के कोने-कोने में देवी की शक्ति-पीठों की परिकल्पना हुई और जम्मू की वैष्णव देवी से लेकर कन्याकुमारी

1. रामेश्वरम् में ज्योतिर्लिंग की स्थापना तो हमारे आराध्य पहले ही कर चुके थे।

की कुमारिका देवी और मध्य भारत की विन्ध्यवासिनी से लेकर पूर्वांचल की कामाख्या भगवती के स्थान निर्धारित हुए।

पहले मैं काशी के संकटमोचन के संबंध में कुछ कहना चाहूंगा। उत्तर प्रदेश के दो स्थानों का वर्णन तो मैंने समाप्त कर दिया है। वाराणसी के संबंध में उस समय कहना आवश्यक नहीं समझा क्योंकि यह पवित्र नगरी आप मनुजों के सीमा-विभाजन से प्रभावी नहीं होती। काशी को भूत-भावन भगवान आशुतोष के त्रिशूल पर बसा बताया जाता है। उसका तात्पर्य यह है कि शिव की अनुकम्पा इस नगर पर अपार है और यहां बसे अपने भक्तों की रक्षा में ये त्रिशूलधारी सदा तत्पर रहते हैं।

काशी की पवित्रता ही तुलसी को यहां खींच लाई थी और यहीं उसे मेरे प्रथम दर्शन का लाभ हुआ था। तुलसी की पूरी कहानी मैं अभी नहीं कहूंगा, पर जहां पर मेरा उससे साक्षात्कार हुआ वह स्थान आज संकट-मोचन के नाम से विख्यात है। आज जहां हिन्दू विश्वविद्यालय बस आया है, वहीं से थोड़ी दूर पर मेरा मन्दिर अवस्थित है। तुलसी को मैंने जिस मुद्रा में दर्शन दिये थे, उसी की प्रतिकृति यहां उपलब्ध है। स्वयं गोस्वामी ने यह मूर्ति स्थापित कराई थी, अतः इस स्थान से मेरा अधिक स्नेह होना स्वाभाविक है। इस मन्दिर की एक विशेषता इसके सामने ही सानुज श्री राम का माता जानकी के साथ विराजमान होना है। मन्दिर के तीनों विग्रह अत्यन्त ही भव्य हैं और मेरी दृष्टि सदा इन पर ही टिकी रहती है।

काशी में ही, जाह्नवी के उस घाट पर जहां तुलसी अपने जीवन के अंतिम दिनों में साधना-रत था मेरा एक बाल-विग्रह उपलब्ध है। इस स्थान को अब तुलसी घाट कहने लगे हैं जो सर्वथा उचित है। गोस्वामी द्वारा प्रयुक्त चरणपादुका तथा जिस नौका पर वह गंगा पार कर नित्य-कर्म सम्पन्न करता था, उसका एक खंड यहां अब भी उपलब्ध है। जिस गुफानुमा कोठरी में तुलसी साधना करता था, वह भी अभी ज्यों-की-त्यों विराजमान है। यही कारण है कि 'गुफा के हनुमान' जी के नाम से ही विख्यात हूं मैं यहां।

काशी में मेरे कई और स्थान हैं, पर उन पर अधिक समय नहीं लगा मैं दक्षिण की ओर बढ़ता हूं। तिरूपति की चर्चा मैंने पहले भी की है पर एक भिन्न संदर्भ में। भगवान वेंकटेश्वर के वास स्थल तिरूमाला की ओर जाने वाले राजमार्ग पर तिरूपति नगर में ही मेरा एक प्राचीन मन्दिर है। इसके ठीक सामने गोविन्द देव जी का स्थान है जिसका गगनचुम्बी गोपुरम् मन को बांध-बांध लेता है। मेरे इस मन्दिर के आगे, उसी मार्ग पर समर्थ रामदास द्वारा स्थापित मेरा एक विग्रह, एक अन्य मन्दिर में उपलब्ध है। समर्थ की गाथा भी कलि-प्रसंग में कहूंगा, अभी के लिए इतना ही कि उस भक्त-राज द्वारा सम्पन्न प्राण-प्रतिष्ठा के कारण मेरा यह विग्रह अत्यन्त ही जाग्रत है और यहां आने वालों को इस तथ्य का अनुभव भी होता रहा है।

तिरूपति की बात चली तो वर्तमान आन्ध्रप्रदेश की राजस्थली हैदराबाद में, बिड़लाओं ने भगवान वेंकटेश्वर का एक बड़ा अच्छा विग्रह, एक धवल संगमरमर मन्दिर में स्थापित किया है। तिरूपति की मूर्ति से ही मिलती-जुलती है यह मूर्ति। एक छोटी पहाड़ी के शिखर पर निर्मित इस विशाल देवस्थान का विस्तृत प्रांगण तिरूपति को आदर्श मानकर ही निर्मित है और यहां पहुंचते ही वेंकटेश्वर के उस आदि-स्थान की स्मृति आ जाती है। इस मन्दिर के प्रवेश-द्वार पर ही मेरी एक नन्हीं मूर्ति स्थापित है। वस्तुत: यहां लक्ष्मीं-पति विष्णु के द्वारपाल के रूप में ही अवस्थित हूं मैं पर यहां प्रथम पूजा मुझे ही अर्पित हो जाती है जो उचित नहीं है।

हैदराबाद में ही एक चट्टान को काटकर एक गुफानुमा स्थान में मेरा एक विग्रह निमित है। रेलवे स्टेशन से थोड़ी ही दूर पर अवस्थित यह स्थान अत्यन्त ही रमणीक और प्रभावपूर्ण है। यहां भक्तों की मनोकामनाएं शीघ्र ही पूर्ण होती हैं। इसे आप मेरा प्रभाव मानें अथवा अपने विश्वास का प्रतिफल, यह आप समझें।

सुदूर दक्षिण के कन्याकुमारी स्थान से चार कोस पूर्व ही शुचीन्द्रम् में ब्रह्मा, विष्णु और महेश के पृथक्-पृथक् विग्रह हैं। यहीं मेरी एक कनक भूधराकार मूर्ति है जिसका उल्लेख मैं पहले भी कर चुका हूं। पर देश-परिक्रमा के समय इसका पुनरुल्लेख आवश्यक हो गया है। कोई तेरह-चौदह हाथ ऊंची ऐसी सिंहासनासीन मूर्ति अन्यत्र कहीं उपलब्ध नहीं है।

गन्धमादन पर्वत इधर ही है जिसके ऊपर हनुमत्कुंड नामक तीर्थ स्थित है। यहीं मेरा जन्म हुआ था और यहीं मेरे आराध्य ने लंका-विजय के पश्चात् विश्राम किया था और इस कुंड में स्नान कर वे विगतश्रम हुए थे। आसपास से चट्टानों को एकत्रित कर और जमीन को गहरे खोद मैंने ही इस कुंड का निर्माण किया था, ऐसा लोग मानते हैं। मुझसे आप इस संबंध में नहीं ही पूछें तो अच्छा। भक्तों की आस्था पर चोट करना मैंने कभी अच्छा नहीं समझा। और इस आस्था के आधार पर वे लाभान्वित होते हैं तो इससे अधिक प्रसन्नता की बात मेरे लिए क्या हो सकती है? बन्ध्या साध्वियां इस कुंड में स्नान कर पुत्रवती बनती हैं! वर्षों से उनका विश्वास फलता रहा है तो यह सुखद बात ही है मेरे लिए।

तमिल प्रदेश के ही शोलम मंडल में नामक्कल नामक स्थान पर मेरी कोई आठ हाथ ऊंची मूर्ति भी लोगों को दूर-दूर से खींचती है।

कन्याकुमारी से तिरूअनन्तपुर की ओर चलिए तो सड़क के किनारे एक नन्हीं पहाड़ी मिलेगी मरुता मलै। इस पहाड़ी की विशेषता है कि इस पर अनेक प्रकार की, रोग-निवारक जड़ी-बूटियां उपलब्ध हैं। पहाड़ी की इसी विशेषता ने लोगों को यह मानने को बाध्य किया कि यह पहाड़ी उस द्रोण-गिरि का ही अंश है जिसे मैं सौमित्र के शक्ति-पीड़ित होने पर ले जा रहा था। द्रोणगिरि का एक अंश यहां टूट गिरा था और यह अंश भी प्राणदायिनी बूटियों से भरा था। मारुति का स्पर्श

पाने के कारण ये जड़ी-बूटियां अमर हो आईं और वे अब तक इस पर वर्तमान हैं। यही मान्यता है लोगों की, इसीलिए इस पहाड़ी का नाम रख दिया लोगों ने—मरुता मलै अर्थात् मारुति की पहाड़ी।[1]

सुदूर दक्षिण से सुदूर उत्तर की ओर आएं तो वहां आना पड़ता है जहां मेरे आराध्य ने द्वापर में वर्षों तप किया था केवल बदरि फल खाकर। मेरा मतलब आप समझ गए। हां बदरि आश्रम की ही बात कर रहा हूं मैं। श्री कृष्ण को समर्पित इस मन्दिर के परिक्रमा-पथ में, विघ्न-विनाशक गणपति के साथ अवस्थित हो मैं भक्तों की अपार श्रद्धा का तब से साक्षी रहा हूं जब इस स्थान की चढ़ाई अत्यन्त दुर्गम और कष्ट-साध्य थी। अब तो यहां तक आपकी बसें पहुंच जाती हैं, पहले बदरिकाश्रम के लिए जो प्रस्थित होता था उसके श्राद्ध-कर्म को भी लोग इस सम्पन्न कर देते थे क्योंकि उसके लौट आने की संभावना बहुत क्षीण होती थी। इस स्थान के पीछे भी मेरी एक संगमरमर निर्मित बड़ी-सी प्रतिमा आपने खड़ी कर दी है जिसके फलस्वरूप परिक्रमा-पथ की मेरी नन्हीं मूर्ति उपेक्षित-सी हो गई है और अधिकांश यात्री इसे ही अपनी आराधना-अर्चना का केन्द्र बना लेते हैं।

हनुमान-चट्टी का नाम तो आपका जाना-सुना है। उत्तराखंड की यात्रा पर आये सभी यात्रियों को, अलकनन्दा तट पर अवस्थित अपनी कभी की इस तपोभूमि में मैं कुछ विश्राम प्रदान करने का प्रयास करता हूं। प्रकृति ने भी इस स्थान को संवारने का अच्छा प्रयास किया है। कुछ देर के लिए आप यहां यात्रा-जनित कठिनाइयों को भूलकर विगत-श्रम अवश्य होते हैं।

यहीं से चले चलते हैं सुदूर पूर्व मणिपुर के महाबलि आश्रम को। यहां मेरा एक प्राचीन स्थान, साधु-सन्तों से सेवित और प्रकृति के विभिन्न अवदानों-उपादानों से संयुक्त होने के कारण अत्यन्त आकर्षक भी। आकर्षण का एक कारण यहां की वानरी सेना भी है। वानरों और नरों से समान रूप से सतत सेवित यह स्थान, लता-गुल्मों और तरु-राजियों से आवेष्टित हो, एक ऐसी एकान्त साधना-स्थली का स्वरूप ले बैठा है कि कभी-कभी मैं यहां साक्षात् भी उपस्थित होता बताया जाता हूं। इस भेद को भेद ही रखते हुए इतना तो कहूंगा ही कि लोगों की पूजा-अर्चना यहां सद्यः फलीभूत होती है और लोगों की मनोकामनाएं चमत्कारिक रूप में पूर्ण होती हैं।

अब आइए नागालैंड के चूंगा जान को। यहां आज जहां विशाल मन्दिर अवस्थित है वहीं कभी भक्त शंकरदास त्यागी ने घोर तप किया था। अब यह कहना कठिन है कि उस तपस्वी के अणु-परमाणुओं का यह प्रभाव है अथवा आपकी श्रद्धा-भक्ति फलती है यहां, पर दर्शनार्थियों को शान्ति अवश्य मिलती है मेरे इस स्थान पर। लोग कहते हैं इसी स्थान पर मैंने शंकरदास को दर्शन भी दिए थे। मुझसे क्यों जानना चाहते हैं वास्तविकता को ? आप भी कभी उस त्यागी की तरह

---

1. तमिल में मलै का अर्थ पहाड़ी होता है।

यहां या कहीं भी, तप-रत हों तो उत्तर मिलकर रहेगा।

अब चलते हैं देवी-दर्शन अर्थात् जम्मू की प्रसिद्ध 'वैष्णो-देवी' के क्षेत्र को। जगदम्बा के विभिन्न स्वरूप सदा से मेरी एकान्त निष्ठा और श्रद्धा के केन्द्र रहे हैं। जगज्जननी जानकी अम्बा ही, अनादि काल से विभिन्न मातृ-रूपों में अभिव्यक्त होती रही हैं। चाहे वह शिव-प्रिया पार्वती, काली हों अथवा कृष्ण-आराध्या राधा रानी; सदा एक ही अनादि शक्ति अवतरित होती रही है इनके माध्यम से। वैष्णो-देवी—तीर्थ, आज आपकी अपार श्रद्धा का अनुपम स्थल है। मैं भी यहां लुक-छिपकर आपकी श्रद्धा का साक्षी बनता रहता हूं—यह भेद आप पर प्रकट कर देना ही उचित है। अब यहां के अपने स्थानों का वर्णन मैं क्या करूं क्योंकि ऐसे श्रद्धा-स्थलों पर बने रहना मेरी विवशता है। मेरा स्थान, मेरा विग्रह वहां हो, नहीं हो इससे कोई अन्तर नहीं पड़ता। फिर भी पहरेदार के रूप में, मैं स्थान से कुछ दूर के भैरो-मन्दिर में, शिव-प्रिय भैरो के पार्श्व में ही वर्तमान हूं। इधर आने वाले भैरो बाबा के दर्शन अवश्य ही करते हैं, अतः मेरा भी उनसे साक्षात्कार हो जाता है। ऐसे, जैसे कि कहा, अलग से उस साक्षात्कार का कोई विशेष महत्त्व भी नहीं है क्योंकि माता 'वैष्णो' के दर्शन के समय तो मैं आपका सहभागी होता ही हूं।

वैष्णो देवी जाने के पूर्व जम्मू के विशाल राम-मंदिर के दर्शन को आप नहीं भूलें। हां, उसके प्रवेश-द्वार पर ही मेरा एक विशाल विग्रह है और अन्दर भी मेरी मूर्ति है। किन्तु मेरा आह्वान मेरी मूर्तियों के दर्शन के लिए नहीं बल्कि जम्मू के विभिन्न मंदिरों में अत्यन्त महत्त्वपूर्ण इस मंदिर के दर्शन के लिए है जो मेरे आराध्य को अर्पित है। सौमित्र तथा जगज्जननी सीता सहित श्री राम की आकर्षक मूर्तियां इस मंदिर के आकर्षण केन्द्र हैं। यहां आकर साकेत में आने का ही सुख उपलब्ध होता है। नटराज भगवान शिव का तांडव-रत विग्रह भी प्रवेश-द्वार के पार्श्व में ही स्थित है तथा एक प्राचीन शिव-लिंग भी मंदिर के पृष्ठ भाग में पूजित है। ऐसे महत्त्वपूर्ण तीर्थ-केन्द्रों पर तो मैं डोलता ही रहता हूं। आप भी यहां आयें—मेरे लिए आयें या नहीं, मेरे आराध्य और उनके पार्षदों के लिए अवश्य आयें।

अब चलता हूं मध्य प्रदेश अर्थात् मध्य देश और फिर महाराष्ट्र की तरफ।

यह है ओंकारेश्वर तीर्थ। द्वादश ज्योतिर्लिंगों में एक है यह। खंडवा और इंदौर के बीच इस स्थान पर, सड़क द्वारा खंडवा से पहुंचते हैं। शिव का ज्योतिर्लिंग तो नर्मदा-तट के विशाल प्राचीन मंदिर में अवस्थित है और नदी किनारे अन्य नए-पुराने शिव-मंदिर तथा एक नवीन विष्णु मन्दिर भी है किन्तु ओंकारेश्वर का विशेष आकर्षण मन्दिर से लगी वह पर्वत-शृंखला है जिस पर कई छोटे-बड़े, विभिन्न नए-पुराने मन्दिर हैं जिनमें कई के भग्नावशेष ही उपलब्ध हैं। इन्हीं मन्दिरों में शिव के भी कई मन्दिर हैं। एक शिव-लिंग तो इतना विशाल है कि देखकर आश्चर्य होता है। यहीं पर मेरी भी एक मूर्ति है। कुछ दूरी पर एक नया

मन्दिर भी बना है मेरा, जिसका विग्रह मेरा कम और जगज्जननी जानकी का अधिक लगता है। यह अच्छा ही है। मुझे यह समझने का सुख तो मिलता ही है कि यह सारी पूजा-अर्चना मुझे नहीं मेरी माता को ही निवेदित हो रही है। फिर कहूंगा कि आप मुझे नहीं किन्तु ओंकारेश्वर के प्राचीन ज्योतिर्लिंग और इस पहाड़ी पर केन्द्रित प्राकृतिक के साथ-साथ आध्यात्मिक सुषमा-समृद्धि को अवलोकित करने, जीवन में यहां एक बार अवश्य पधारें।

अब आइए महाराष्ट्र के भीमा-शंकर ज्योतिर्लिंग को। मध्य प्रदेश के बाद पूना के पास के इस पर्वतीय प्रदेश में मेरा उछल आना आपको अच्छा नहीं भी लग सकता है। पर सब होते हुए भी मेरे कपि-स्वभाव को क्या कीजिएगा? लौटूंगा मैं मध्य प्रदेश के शिप्रा-तट को भी। कलि के प्रसिद्ध कवि कालिदास ने उज्जैनी का जैसा चित्र अपने अनूठे ग्रन्थ 'मेघदूतम' में खींचा है, उसने आपका मन भी उज्जैनी की ओर बार-बार खींचा ही होगा। अभी जो ओंकारेश्वर के ज्योतिर्लिंग की चर्चा चली तो उससे भी प्राचीन भीमा-शंकर की स्मृति सहज ही जाग्रत हो आई। तो आइए श्रद्धा निवेदित कर लें इस अर्द्धनारीश्वर-स्वरूप को, इसके बाद देखते हैं अपनी वह मूर्ति जो इस स्थान से थोड़ा हटकर वन के बीच अवस्थित है। अर्ध-नारीश्वरम् इसलिए कि शिवलिंग यहां प्रायः दो भागों में विभक्त है—मध्य के एक स्पष्ट चिह्न द्वारा। शिवा-पार्वती के सम्मिलित विग्रह के रूप में ही पूजित है शिव-लिंग यहां। यह अति प्राचीन मन्दिर पातालस्थ भीमा नदी के तट पर अवस्थित है। पार्श्व में एक जल-कुंड अवश्य है जहां स्नान-मज्जन सम्पन्न कर आप शिव-पार्वती के साथ-साथ कुंड-तट स्थित राम-जानकी मन्दिर के भी दर्शन का लाभ उठा सकते हैं। प्रसिद्ध शिव-भक्त, गुरु गोरक्षनाथ का एक आकर्षक स्थान भी मन्दिर से सटा खड़ा है। मन्दिर से ऊपर भगवती त्रिपुरेश्वरी का भी स्थान है और नवग्रह भी पास ही के एक पिंड पर पूजित हैं।

यहीं से एक पतली पगडण्डी पकड़ें तो आते हैं मेरे स्थान पर। जैसा पहले बताया, वन-मध्य स्थित यह स्थान अपने एकान्त के लिए मुझे बहुत प्रिय है। आस-पास के विशाल वृक्ष जिनकी शाखाएं-प्रशाखाएं यहां के आसमान को आच्छादित कर स्थान को विशेष आकर्षण प्रदान करती है, ग्रीष्म के प्रचंड ताप और पावस की बौछारों से पथिकों, तीर्थ-यात्रियों—को त्राण भी प्रदान करती हैं। प्रकृति अपनी सारी श्री-सुषमा के साथ कुंडली मारकर विराजमान है यहां। कहना कठिन है कि भीमा-शंकर के दर्शन को आये भक्ति-प्राण व्यक्तियों को मेरे स्थान के प्रति श्रद्धा, यहां तक खींच लाती है अथवा प्रकृति के इस अनूठे आकर्षण ने ही पीट दी है पर्यटकों के पैरों से एक पगडंडी यहां तक। जो हो, यह पगडंडी यहीं आकर समाप्त होती है और आप भी ओंकारेश्वर के दर्शन को आयें तो इस पतली और नन्हीं पगडंडी को पकड़ प्रकृति के इस क्रीड़ा-स्थली तक आना नहीं भूलें।

अब लौटते हैं शिप्रा-तट को। महाकाल का यह नगर उज्जैन, भगवान पशु-पति की सिद्ध पीठ है। शिव के साथ उनके भैरव-रूप का जगत्-प्रसिद्ध विग्रह भी

यहां वर्तमान हैं। ऐसे महान् तीर्थ-स्थल पर मेरे स्थानों का क्या महत्त्व ? पर मेरी भक्ति भी आपको यहां तक आकर्षित करने का बहाना बन जाये तो आपका काम तो बन ही गया। जीवन में एक बार भी महाकाल और उनके अभिन्न भैरव के दर्शनों का लाभ हो गया तो जीवन-धारण सफल हो गया। तो, शिप्रा के दोनों तटों पर मेरी मूर्तियां हैं। रणजीत और गिरनारी के हनुमान बोलते हैं इन्हें। रणजीत अर्थात् ज़िसने रण जीता। आपको भी ज्ञात है कि मैंने स्वयं अपने जीवन में कोई रण नहीं जीता। जो कुछ विजय मुझे प्राप्त हुई वह मेरे आराध्य के अनुग्रह के कारण ही। फिर भी जैसा कि पहले कहा, वही जब किसी को मान देना चाहे तो उसे सम्मानित होने से कौन रोक सकता है ? शिप्रा के पूर्वी और पश्चिमी कूलों पर निर्मित इन मन्दिरों की विशेष शोभा पौष मास की अष्टमी तिथि को होती है जब आप बड़े प्रेम से मेरी सवारी निकालते हैं। रणजीत में तो भक्ति-भाव की गंगा ही प्रवाहित हो पड़ती है। हजारों भू-देवों (ब्राह्मणों) और भक्तों की क्षुधा-पूर्ति का भी प्रबन्ध होता है यहां और सभी को प्रसाद से आकंठ तृप्त होते देख मेरी भी तृप्ति हो आती है।

उज्जैन में ही मेरी पंचमुखी मूर्ति भी लोगों के आकर्षण का बड़ा केन्द्र है। आपकी कल्पना ने एक अच्छा ही आकार गढ़ दिया है मेरा—पांच मुखों का। कहीं-कहीं मिल जाती है यह मूर्ति—एक मुख नरसिंह का, दूसरा कपि का, तीसरा गरुड़ का, चौथा वाराह का और पांचवां हय-वदन। क्या मेरा कपि-मुख ही कम कौतूहल-कारी था जो चार और आकर्षक (?) चेहरे जड़ दिए गए उसमें ? इसके बाद तो मेरे विग्रह को विस्मयकारी बनना ही है ! भक्त दौड़ेंगे ही उसके दर्शनार्थ। जहां-जहां भी मेरी ऐसी मूर्ति है, मनोकामना-पूर्ति का स्रोत ही बन आई है वह। पर जैसा कि पूर्व में निवेदित किया, फलता है आपका विश्वास ही, मैं तो मात्र बहाना होता हूं। ऐसे भी, मैं बहाना से अधिक कुछ नहीं—भक्त और भगवान के मध्य का एक सेतु मात्र हूं मैं। सेतु का सहारा लें तो काम बन ही जाता है। पर सेतु पर ही कोई बसेरा बना ले तो क्या कहेंगे आप उसे ? तो यही कहना था मुझे कि आप इस बहाने को बहाना के रूप में ही लें—हनुमान को श्री रामसेवक से अधिक मान नहीं दें तो अच्छा। पुल पर आवास नहीं बनाएं, पुल के द्वारा अपने गन्तव्य को प्राप्त कर लें। मैं आपको भगवान तक पहुंचा दूं यही मेरी सार्थकता है—यही मेरा एक मात्र लक्ष्य। तो आप चाहें मेरी एक मुख वाली आकृति की आराधना करें या पांच मुख वाली की, ध्यान आपका उस पर ही रहे जिसके अनन्त मुख हैं। कृष्णावतार के समय जब मेरे आराध्य ने अपना ब्रह्मांडव्यापी स्वरूप पृथा-पुत्र अर्जुन को दिखाया था। तब उसे उस अनन्त-वदन की एक झांकी मात्र मिली थी। आप उसे मन में बसा सकें तो किस हनुमान की सहायता अपेक्षित रह जायेगी आपको ? खैर बात कहां से कहां चली गई। चलें अब उज्जैनी के अन्य स्थानों की ओर।

रेलवे स्टेशन के पास ही नील गंगा तीर्थ है। यहां भी बसा दिया है आपने मुझे।

एक सरोवर के किनारे बने इस मंदिर को अधिक ही महत्त्व दे दिया है आपने। अच्छी व्याख्या भी की गई है सरोवर के नीले पड़े पानी की। आपका कहना है—भक्तों के पाप का प्रक्षालन करते-करते पतित-पावनी ज्राह्नवी जब नीली हो आई तो उन्होंने उज्जैन में शिप्रा से गुप्त संगम किया और यहां प्रकट हो आई। तो अच्छी है यह गुप्त परन्तु कुंड-गंगा। कुंड से अधिक क्या कहेंगे इस स्थान को? पर आपके भक्ति-भाव ने ज्यादा ही मान दे दिया है इसे। मेरा तो कहना इतना ही था कि स्नान-मज्जन द्वारा आपके तन-मन की मैल धुले या न धुले पर मेरे श्री राम की भक्ति-गंगा में आप अवगाहन कर सकें तो और किसी ताल-तलैये, सरोवर, पोखर में स्नान-मज्जन की आवश्यकता नहीं रहे।

आपका आदेश हो तो निकलें अब उज्जैनी से, पर चलते-चलते एक बार पुनः महाकाल के चरणों में नमन निवेदित करना नहीं भूलें। जय महाकाल, जय भूत-भावन, जय काल भैरव।

मंदिरों का उल्लेख हो और राजस्थान की धरती छुट जाये, यह हो नहीं सकता। आर्यावर्त्त के इस भाग में आपकी संस्कृति आरम्भ से ही सुरक्षित रही क्योंकि यहां के रण-बांकुरों ने अत्याचारी लुटेरों और खड्ग के बल पर धर्म-प्रचार को तत्पर विदेशी शासकों के मंसूबों पर सदा पानी फेरा। राणा प्रताप आदि के सदृश सपूतों की गाथा आज भी आप की जिह्वा को पवित्र कर रही है। अनेक मंदिर हैं इस प्रदेश में—सभी, देवी-देवताओं के। मैं तो यत्र-तत्र वर्तमान हूं ही इन सभी के सेवार्थ। पर एक बात खटकती भी है। इस प्रदेश के निवासियों की धार्मिक आस्था कहीं-कहीं अन्धविश्वास की सीमा को भी छूने लगती है। देवी-देवताओं का जितना प्रभाव है यहां उससे कम भूत-प्रेतों का नहीं—विशेषकर ग्रामीण और उपनगरीय क्षेत्रों में। किसी रवि या मंगलवार को निकल जायें राजस्थान के देहाती इलाकों में तो स्थान-स्थान पर मिल जायेंगे वेदियों अथवा पींडियों को घेरे बैठे लोग। कुछ झूमते-झामते और कुछ उनकी झाड़-फूंक करते। लाल ध्वज फहराते रहेंगे पास गड़े बांसों के शिखरों पर और कहीं-कहीं मादक-द्रव्य भी परोसे जाते होंगे भूत-प्रेतों की तृप्ति हेतु। प्रेत-बाधाएं ही दूर की जाती हैं इन स्थानों पर। यह सब देखकर हंसी आये बिना नहीं रहती। प्रकाश और अन्धकार दोनों का साथ होना कैसे संभव है कहीं? देवी-देवता में भी आस्था हो और भूतों का भी भय हो, यह कैसे हो सकता है? पर हो रहा है अब भी यहीं इस इलाके में। पिछड़े-पन की पहचान ही कहेंगे इसे, पर है यह चिन्त्य। मेरे लिए तो सबसे अधिक चिन्ता का विषय है कुछेक मेरे स्थानों से भी इस विचित्र लीला को सम्बद्ध कर देना—इसी भूत-प्रेत वाली लीला को। जब आप यह मानते हैं कि मेरा नाम ही भूतों-पिशाचों को दूर भगाने को पर्याप्त है (भूत-पिसाच निकट नहिं आवै। महाबीर जब नाम सुनावै—गोस्वामी) तो क्यों मिट्टी-पलीद करते हैं अपनी और साथ-साथ मेरी भी—धार्मिक स्थलों को प्रेत-केन्द्रों में परिवर्तित कर?

मैं यह सब यों ही नहीं कह रहा। मेरे दुःख का कारण है और वह पर्याप्त

है—कलंक है वह आपके और मेरे नाम पर। नहीं विश्वास हो रहा तो आइए मेंहदी पुर। घाटा मेंहदीपुर' कहते हैं इसे क्योंकि दो पहाड़ियों के मध्य बसा है यह स्थान। जयपुर से 'बन्दी कुई' जाने वाले राजमार्ग पर आपकी माप में कोई पैंसठ किलोमीटर पर अवस्थित है यहां का बालाजी मंदिर। हां बालाजी भी कहते हैं राजस्थान प्रदेश में लोग मुझे। इसी बात को ध्यान में रख तिरूपति के बालाजी (वेंकटेश्वर) के विग्रह को भी कुछ लोग मेरी ही मूर्ति मानते हैं। तो विचित्र है घाटा मेंहदीपुर का मेरा यह स्थान। ऐसे दूर-दूर तक प्रसिद्ध है यह और सैकड़ों यात्री पहुंचते रहते हैं यहां। पर अधिक आते हैं यहां मात्र भूत-प्रेत से मुक्ति हेतु। आप यहां आये और किसी को सिर के बल खड़े, किसी को वृक्ष की शाखा से लटके और किसी को वानरी मुद्रा में ही उछल-कूद करते या ऐसी ही कई अन्य विचित्र हरकतें करते देखें तो आश्चर्यचकित नहीं हों। ये सब प्रेत-बाधा ग्रस्त हैं और उससे मुक्ति के लिए पधारे हुए हैं यहां। अच्छा उपयोग हो रहा है मेरा यहां और अच्छी दुर्गति हो रही है मेरी यहां पर। मेरे स्थान को प्रेतों का अखाड़ा बनाकर अच्छी प्रतिष्ठा प्रदान की है आपने मुझे; पर बहुतों को घोर आस्था है 'घाटा मेंहदीपुर' के इस बालाजी में। कहिए मुझमें ही। अनेक लौटते हैं बाधाओं से मुक्त होकर। पक्षाघात आदि के सदृश रोगों से मुक्त होकर भी। अधिकांश की अन्य आकांक्षाएं भी पूर्ण होती हैं। पर भेद की बात मैं बताता हूं। मैं नहीं करता यह सब। मेरे बड़े अच्छे मित्र हैं बाबा भैरव। कह ही चुका हूं कि वैष्णव देवी के मार्ग में साथ ही अगल-बगल एक ही मंदिर में अवस्थित हैं हम दोनों। तो 'घाटा मेंहदीपुर' की इस घाटी में भी, मेरे पार्श्व में ही स्थान है भैरव जी का। भूत-प्रेतों का विभाग उन्हीं का है, अतः यहां का सारा दायित्व उन्हें ही सौंप मैं निश्चित पड़ा रहता हूं और देखता रहता हूं यहां की चित्र-विचित्र घटनाओं—भूत-लीला के साथ-साथ भैरवी पराक्रम को भी।

इसी से मिलता-जुलता है कोटा के पास स्थित अमर-निवास का गोदावरी धाम। चम्बल नदी के गर्भ में मिला यह विग्रह, वेद मंत्रों से अभिषिक्त हुआ था—अमर-निवास में, प्राण-प्रतिष्ठा के पूर्व। अब भूत-बाधाओं की शान्ति के लिए ही प्रसिद्ध है वह यहां। हर मंगल और शनि को शत-सहस्र, प्रेत-पीड़ित, विक्षिप्त-अर्ध-विक्षिप्त व्यक्ति पहुंचते हैं यहां और उनमें अधिकांश बाधा-मुक्त भी हो जाते हैं। बाधा-मुक्ति के पीछे यहां कोई भैरव हों या नहीं लोगों की स्वयं की श्रद्धा-आस्था अवश्य होती है। मेरी भूमिका बताने वालों की भी कोई कमी नहीं है क्योंकि अधिकांश का दावा होता है कि उन्होंने ध्यान में मुझे गदा लेकर उन पर चढ़े भूत-प्रेतों को भगाते देखा। अब क्या उत्तर दूं इसका? जो हो, आपका कुछ कल्याण हो जाता है यहां, यही पर्याप्त है मेरे संतोष के लिए। कारण के अन्वेषण से क्या लाभ? पर दुःख इसी बात का है कि कब तक त्रस्त करते रहेंगे भूत-प्रेत भगवद भक्तों को? यदि आपके अन्दर सही भक्ति बसे तो पास फटके ही नहीं प्रेत-बाधा आपके और तब आवश्यकता ही नहीं रहे तीर्थ-स्थानों के प्रेत-स्थलियों में परिवर्तन की।

जहां जाह्नवी-जल से अभिषेक की आवश्यकता है वहां मद्याचमन का महत्त्व नहीं रहे।

कुछ बड़े पवित्र स्थान भी हैं राजस्थान में मेरे—बड़े प्रभावकारी। प्रभावकारी आपकी पूजा-उपासना, आराधना-अभ्यर्थना के कारण, मेरे कारण नहीं। हर सिद्ध अथवा प्रभावपूर्ण स्थान के पीछे किसी संत-साधक की साधना ही काम करती है। देवता तो मात्र बहाना बन आता है वहां।

ऐसा ही एक स्थान है सालासार। मेरे एक अनन्य भक्त मोहनदास की साधना ही फल रही है अब तक चुरु मंडल के इस सालासार ग्राम में। गांव यह नाम का है; मोहनदास के प्रभाव नें किसी जनपद से कम महत्त्व नहीं प्रदान कर दिया है इसे। मंदिर के विस्तृत प्रांगण में श्म-श्रु (दाढ़ी-मूंछ) युक्त मेरी मूर्ति को बड़ा भव्य और प्रभावशाली बनाने का प्रयास किया गया है। पर यह सारी भव्यता—स्थान का सम्पूर्ण प्रभाव—किस स्रोत से अद्भूत है, यह मैं बता चुका। इस सबका श्रेय मेरा नहीं, संत मोहन का ही है। कहानी है मोहनदास की उपलब्धि और साधना की भी। सालासार की यह मेरी मूर्ति मोहनदास की इच्छा से ही एक दूसरे गांव 'आसोटा' में एक कृषक को हल जोतते समय मिली थी। उस विग्रह को सालासार लाया गया तो इसकी स्थापना हेतु स्थान के चयन की बात उठी! संत मोहन ने सुझाया कि मूर्ति को एक बैलगाड़ी में रख दिया जाये और बैल जहां स्वतः जाये वहीं पर मन्दिर का निर्माण हो। इसी चुनाव के अनुसार सालासार का यह मन्दिर बना। अपने जीवन-पर्यंत, मोहनदास अपूर्व भक्ति-भाव से मेरी सेवा-पूजा में तत्पर रहा। कहने वाले ठीक हो सकते हैं कि उससे मेरा वार्तालाप भी होता था। मेरी स्वीकारोक्ति पर आप आश्चर्य नहीं करें। मोहनदास पर इतना अनुग्रह मैं अवश्य करता था। आप में से भी कोई मोहनदास की पात्रता अपने अन्दर ला सके तो उससे भी मेरा निस्संदेह इसी प्रकार का संबंध स्थापित हो सकता है।

सालासार के मन्दिर में संत मोहन के समय प्रज्वलित दीप अब तक अखंड रूप में जल रहा है। मन्दिर के पास ही मोहन की समाधि भी है। मोहन, बाबलिया स्वामी के नाम से भी ख्यात था। बाबला तो वह था ही मेरे प्रेम में।

राजस्थान के मेरे मन्दिरों की कहानी नाथद्वारा के वर्णन के बिना अधूरी ही रह जाएगी। यहां के प्रसिद्ध श्री नाथ-मन्दिर में गोवर्धन धारी श्रीकृष्ण का विग्रह पूजित है। नगर के अन्दर तथा बाहर चारों दिशाओं में मैं भी प्रहरी के रूप में विराजमान हूं। पूर्व, पश्चिम, दक्षिण और उत्तर में मैं क्रमशः सिहाड़ के हनुमान, बाखर के हनुमान, छावनी के हनुमान और व्यंकट-हनुमान के नाम से विख्यात हूं। जीवन में कहीं जायें या नहीं, एक बार नाथद्वारा अवश्य पधारें—नहीं मेरे लिए नहीं, भगवान श्री नाथ के दर्शनों के लिए।

अब मैं उत्कल प्रदेश की ओर मुख करना चाहता हूं। भगवान जगन्नाथ की यह नगरी मुझे अत्यन्त प्रिय है। बलराम, कृष्ण और सुभद्रा की काष्ठ-मूर्तियां जिस विशाल मन्दिर में विराजमान हैं, उसके चारों प्रवेश-द्वारों के प्रहरी के रूप में

अवस्थित रह मैं अपने को धन्य करता हूं। 'को बड़ छोट कहत अपराधू', पर मुझसे पूछिए तो चारों धामों में, सागर तीर बसे इस जगन्नाथ धाम की श्रेष्ठता की कोई तुलना नहीं। कृष्ण अपने अग्रज और अनुजा के साथ साक्षात् विराजते हैं यहां और यही कारण है कि मैं भी अपने एक अंश से यहीं डोलता रहता हूं। मन्दिर के पूर्वी, पश्चिमी, दक्षिणी और उत्तरी द्वार पर स्थापित मेरी मूर्तियां क्रमशः फते हनुमान, बरी हनुमान, बाराभाई हनुमान और तपस्वी हनुमान के नाम से ख्यात हैं।

जगन्नाथपुरी का मेरा सर्वप्रसिद्ध स्थान बेड़ी हनुमान के नाम से प्रसिद्ध है। चक्रतीर्थ के समीप की यह मेरी मूर्ति लोगों के आकर्षण का विशेष केन्द्र है क्योंकि इसके साथ एक बड़ी मनोरंजक कथा लगी है। मैं भगवान जगन्नाथ द्वारा यहां, सागर की लहरों से नगर के कटाव को रोकने के लिए नियुक्त किया गया था क्योंकि समुद्र, भगवान जगन्नाथ के दर्शन के लालच में अक्सर यहां अपनी सीमा का उल्लंघन कर जाता था और उसकी उत्ताल तरंगें नगर-प्रवेश को आतुर हो जाती थीं। यहां बस कर मैंने समुद्र को नियंत्रित करना तो अवश्य आरम्भ किया पर कभी-कभी मैं भी भगवान जगन्नाथ के दर्शन हेतु चल पड़ूं तो सागर को भी अवसर प्राप्त हो जाये अपनी मनमानी करने का। मेरी आदत से विवश हो भगवान ने मुझे यहां सोने की बेड़ी से आबद्ध करा दिया तब से मैं यहां 'बेड़ी-हनुमान' के रूप विख्यात हूं। आप इस कथा के शब्दार्थ पर नहीं जाकर भावार्थ पर ध्यान दें तो आपको लगेगा कि भगवान के प्रेम-बन्धन ने ही मुझे यहां इस रूप में बांध रखा है कि अन्य बहुत कम ही स्थान ऐसे हैं (अयोध्या को छोड़कर) जहां मैं इस रूप में जमा रहता होऊं।

जगन्नाथ जी में मेरे और स्थान भी हैं, जैसे सिद्ध हनुमान और उड़ता हनुमान; पर अब मैं उत्कल के दो अन्य नगरों की ओर चलना चाहता हूं—भुवनेश्वर और कटक को। भुवनेश्वर है लिंगराज का वासस्थल। अति प्राचीन और विशाल इस परम पुनीत देवालय में स्थापित आशुतोष शिव का लिंग-विग्रह अपनी प्राचीनता के कारण घिस-पिट-सा गया है किन्तु इसकी महत्ता अब भी अक्षुण है। लिंगराज के कारण ही भुवनेश्वर नगर को यह नाम (भुवनस्य ईश्वरः यः स भुवनेश्वरः—जो भुवन का ईश्वर हो वह भुवनेश्वर, अर्थात् शिव) भी प्राप्त हुआ। प्राचीन नगर अब भी एक तीर्थस्थली के रूप में ही ख्यात है। नगर का नवीन भाग अवश्य राजनीतिक एवं प्रशासनिक गतिविधियों के केन्द्र के रूप में विकसित हो रहा है।

आप कहिएगा कि मैं अपने स्थानों के परिभ्रमण पर निकला हूं अथवा अन्य देवी-देवताओं के? इतना समय मैं अन्य मन्दिरों के वर्णन में क्यों बर्बाद कर रहा हूं? तो बात यह है कि मुझे अपने स्थानों के वर्णन का मोह, जैसा कि आपको भी ज्ञात है, नहीं के बराबर है। इसी ब्याज में इस आर्यभूमि के कुछेक प्रमुख तीर्थ-बिन्दुओं की परिक्रमा आपसे अवश्य सम्पन्न करा देने का इच्छुक हूं। मेरे मंदिर तो मात्र बहाना हैं क्योंकि आत्मकथा तो यह मेरी ही है। यह आत्मालाप अगर आपके अन्दर आस्तिकता का बीज-वपन करने में सफल हो अथवा पूर्व-प्राप्त

आस्था-भाव को और सुदृढ़ कर दे तो मैं अपने श्रम को सार्थक मानूंगा। ऐसा भी नहीं कि भुवनेश्वर में मेरा कोई स्थान ही नहीं और मात्र भूतभावन भुवनेश्वर के दर्शनों को ही मैं आपको यहां तक खींच लाया हूं।

मैं हर प्रवेश-द्वार पर प्रहरी बन बैठता हूं, अतः लिंगराज-प्रांगण के विस्तृत द्वार से प्रवेश करते ही दाहिने पार्श्व में ही मेरा एक लघु विग्रह आपके स्वागत में प्रस्तुत मिलेगा। स्वागत शब्द पर आप चकरायें नहीं क्योंकि मैं पूर्व में ही स्पष्ट कर चुका हूं कि भगवान और भक्त दोनों का मैं समान सेवक हूं। आपको जितना मेरे दर्शनों से आह्लाद होता होगा उससे कम मैं आपका स्वागत कर प्रफुल्लित नहीं होता। लिंगराज मंदिर के आस-पास का सम्पूर्ण क्षेत्र ही तीर्थ-स्थली है। आस-पास कई छोटे-बड़े मंदिर तो हैं ही। थोड़ी ही दूर पर स्थित है 'केदार-गौरी' का प्रसिद्ध परिसर। यहां पर शिव के 11-12 सौ वर्ष पुराने मंदिर हैं और केदार-गौरी के मुख्य मंदिर में केदारनाथ की प्रतिकृति भी प्राप्त है। पार्श्व में गौरी-मंदिर भी है। यहीं है मेरी भी एक बड़ी, पर बेढंगी मूर्ति। इसे देखकर आप नाक-भौं सिकोड़े बिना नहीं रह सकते या रह भी सकते हैं क्योंकि मेरे अति कुरूप कपि-रूप को भी आपने जब 'मंगल-मूरत' मान लिया है तो केदार-गौरी की पाषाण-प्रतिमा तो फिर भी कहीं-न-कहीं से दर्शनीय है।

पुरी-भुवनेश्वर पथ पर अवस्थित 'सिरूली' का मेरा स्थान भी प्रसिद्ध है। इधर का यह एक प्रमुख तीर्थ है। सिरूली के हनुमानजी के नाम से ख्यात यह प्रतिमा कोई साढ़े छः हाथ ऊंची है। बाहुओं के मध्य की असामान्य चौड़ाई के कारण तो आपका ध्यान यह खींचती ही है, वाम जानु पर अंकित अंगूठी तथा दाहिने पर उत्कीर्ण चूड़ामणि का चिह्न भी मूर्ति को एक अछूता आयाम प्रदान करते हैं।

भुवनेश्वर ने नए और पुराने दोनों नगरों, विशेषकर नये में मेरे कई मंदिर हैं। पर उनसे मेरा यहां कोई संबंध नहीं। अगर मैं सभी मंदिरों को गिनाने लगूं तो तुलसी के ही शब्दों में 'बोढ़ै कथा पार नहिं पाऊं'। अतः, अब पहुंचते हैं सीधे कटक। यहां पर जिस अमराई में मेरा विग्रह अवस्थित है उसे तिनकोनियां से सम्बोधित करते हैं। मन्दिर में केवल मेरी मूर्ति उपलब्ध हो, यह बात नहीं! मेरे आराध्य श्री राम और माता सीता की मूर्तियां भी यहां उपलब्ध हैं। शनि एवं मंगल को यहां जो भीड़ एकत्रित होती है उसे देखते ही बनता है। एक सिद्ध-स्थान होने के कारण लोगों की मनोकामनाएं भी यहां शीघ्र पूर्ण होती हैं।

उत्कल प्रदेश से सटा ही है बंग देश। बंगवासी, देवी के श्रद्धालु उपासकों में हैं किन्तु अन्य देवी-देवताओं के प्रति उनकी विरक्ति नहीं। मेरी भी असंख्य मूर्तियां बंग-देश में बिखरी पड़ी हैं। महानगरी कलकत्ता में मेरा अत्यन्त पुराना स्थान जिस मार्ग में है, वह एक आंग्ल व्यक्ति के नाम पर है। हरिसन मार्ग बोलते हैं इसे। हावड़ा के प्रसिद्ध पुल से थोड़ी दूर बाद ही उपलब्ध इस मार्ग से एक गली निकलती है जो अब मेरे ही नाम से विख्यात है—हनुमान गली।

कलकत्ता ही नहीं, सम्पूर्ण बंग देश का यह मेरा प्राचीनतम विग्रह है। युगों से भक्तों के भक्ति-भाव की मानस-तरंगें यहां केन्द्रीभूत होती रही हैं, अतः यह स्थान अब मनोकामना-पूर्ति का महान् स्रोत बन गया है तो इसमें कोई संदेह नहीं।

यह स्थान मुझे प्रिय है और इसका कारण है। यह एक ऐसा स्थल है जहां मेरी पूजा-अर्चना पर तो बल दिया ही जाता है, जनता-जनार्दन की सेवा तथा सत्साहित्य के विकास में भी यह मंदिर संलग्न है। आर्ष साहित्य पर अनुसंधान-अन्वेषण की व्यवस्था के साथ प्रति वर्ष कई श्रेष्ठ कृतिकारों को सम्मानित करने की व्यवस्था द्वारा यह स्थान वाणी के भंडार को भरने में निरन्तर संलग्न है। इसके विभिन्न जनोपयोगी कार्यक्रम हैं जिनमें मेधावी शिक्षार्थियों को वृत्ति देना भी सम्मिलित है। ये सब मेरे आह्लाद का कारण बनते हैं। मेरे नाम पर स्थापित अन्य साधन-सम्पन्न मठ-मंदिरों को भी इस स्थान से सीख लेनी चाहिए।

इसी नगरी के बड़ा बाजार में जहां भगवान शिव का जबरेश्वर विग्रह स्थित है, मेरी एक बड़ी मूर्ति बैठ गई है। भक्त, पर्याप्त आकर्षक बनाकर रखते हैं इसे। स्वर्ण-वर्कों से इसे प्रतिमंडित किया जाता है। सालासार के जिस प्रसिद्ध स्थान का उल्लेख मैंने पूर्व में किया था, उसके विग्रह और इस विग्रह में बहुत साम्य लक्षित होता है।

राजकटरा का मेरा स्थान भी पर्याप्त लोकप्रिय है। मुझ में कोई रूप हो या नहीं, जयपुर नगर के उस शिल्पी ने इसमें अपार आकर्षण अवश्य भर दिया है जिसने अपनी तीन अंगुलियों के पक्षाघात ग्रस्त होने के बावजूद भक्तों की अभ्यर्थना पर इसे गढ़ने का दायित्व सम्हाला था। कहते हैं मैंने ही उसकी अंगुलियों को इस कार्य के सम्पादन हेतु शक्ति-सम्पन्न कर दिया। लोगों को यह क्यों नहीं लगता कि व्यक्ति की उत्कट इच्छा ही, विशेषकर जब वह प्रबल भक्ति-भाव से समन्वित हो, असंभव से असंभव कार्य कर बैठती है—शून्य अंगों को शक्ति-पूर्ण करना उसके लिए कहां कठिन है ?

इस महानगरी में मेरे और कई स्थान हैं पर मैं आपका अधिक समय नहीं ले आर्य-भूमि के बाहर के कुछेक स्थानों का वर्णन करना चाहूंगा। पर इसके पूर्व महाराष्ट्र के कुछेक प्रसिद्ध स्थलों का उल्लेख भी करते चलना आवश्यक है।

मुम्बा देवी की प्रसिद्ध नगरी मुंबई जो बम्बई के नाम से भी ख्यात है एक तरह से देवी-पीठ ही है। जगज्जननी पार्वती और शक्ति-स्वरूप दुर्गा को समर्पित मुंबा-मन्दिर अपनी प्राचीनता और आध्यात्मिक शक्ति के लिए तो विख्यात है ही, सागर-कूल स्थित महालक्ष्मी का मन्दिर भी श्रद्धालु भक्तों के आकर्षण का बड़ा केन्द्र है। मातृ-भक्तों ने मेरी सेवा की भी इन स्थानों पर आवश्यकता समझी है और इन दोनों स्थानों पर मैं किसी-न-किसी रूप में विद्यमान हूं। मुंबा-मन्दिर के तो ठीक पार्श्व के एक मन्दिर में मेरी एक विचित्र आकृति पूजित है। लाभ यह है कि जो माता के दर्शन को जाते हैं वे मुझे भी अपने दर्शनों से कृतार्थ करते जाते हैं। कृतार्थता की तो बात है ही इसमें क्योंकि माता के सद्यः दर्शन के कारण उनसे

निस्सृत शक्ति-स्फुलिंगों का कुछ लाभ मुझे भी मिल जाता है।

महालक्ष्मी मन्दिर के पार्श्व में भी एक पृथक् मन्दिर में मुझे स्थापित कराया गया है। इसी मन्दिर में भगवान आशुतोष का भी एक मनोहारी लिंग-विग्रह है। इस क्षेत्र में मेरे कई और मन्दिर भी हैं।

महानगरी के अन्य भागों में भी मेरे स्थान हैं। एक स्थल तो हनुमान-टेकरी के नाम से ही विख्यात है। मुंबई के मलाड इलाके में जिस सरोवर के पास मेरा यह मन्दिर स्थित है उसे शान्ताराम के नाम से जानते हैं। यहां की एक विशेषता जो मुझे अधिक रुचती है, वह है साधु-सेवा। 'साधु-सन्त के तुम रखबारे' तो गोस्वामी ने कह ही दिया है। भक्तों को जहां थोड़ा भी भाव मिलता है वहां मुझे भारी प्रसन्नता का बोध होता है। अगर वहां उनकी क्षुधा-पूर्ति की व्यवस्था हो तो कहना ही क्या ? अन्न-दान तो श्रेष्ठ दान है ही। तो इस स्थान पर कुछेक साधु-सन्त नित्य ही भोजन पाते रहते हैं, अतः यह मेरे कुछेक प्रिय स्थानों में है।

मुंबई में ही एक स्थान है मेरा जहां का विग्रह तो विचित्र नहीं है, पर यहां नाम मुझे विचित्र अवश्य मिल गया है। अलबेला हनुमान के नाम से ख्यात हूं मैं यहां। दादर-बडाला बस-पड़ाव के पास स्थित इस मन्दिर की विशेषता है यहां का सर्व-धर्म-समन्वय भाव। मेरे अधिकांश मन्दिरों में तो अधिकतर हिन्दू धर्मावलम्बी ही पूजा निवेदित करते हैं पर इस मन्दिर में तथाकथित विधर्मी-मुसलमान, सिख-ईसाई और पारसी तक उपस्थित होते हैं। अयोध्या और लखनऊ के मन्दिरों के वर्णन के समय जिस धार्मिक सहिष्णुता और सद्भाव का उल्लेख मैंने किया था उसे इस मन्दिर में मूर्तिमान होते देख मुझे आन्तरिक आनन्द का भान होता है। ऐसे में अगर यहां आने वाले लोगों की मनोकामना सद्यः पूर्ण होती हैं तो उसमें आश्चर्य क्या ? इस स्थान का एक नाम 'माटुंगा के हनुमान' भी है।

पूना के प्रसिद्ध पार्वती (पर्वतीय) मन्दिर की ख्याति दूर-दूर तक है। एक नन्हीं पहाड़ी के ऊपर निर्मित्त इस मन्दिर में शिव का विग्रह स्थापित है जिसके क्रोड़ में एक ओर पार्वती और एक ओर गणेश विराजमान हैं। चढ़ाई के आरम्भ में ही विनायक का विग्रह स्थापित है। पार्वती मन्दिर के कुछ ही दूर गणेश का विशाल और भव्य मन्दिर निर्मित्त है। अर्थात् पूना का यह भाग अत्यन्त पुनीत और आध्यात्मिक शक्ति से सम्पन्न है। यहां मैं, इसी क्षेत्र में डोलता रहता हूं।

डोलने की बात चली तो पूना का 'डोल्या मारुति' स्थान भी विख्यात है। गणेश पेट पर स्थित इस मन्दिर का काले पत्थर पर उत्कीर्ण विग्रह बड़ा आकर्षक बन पड़ा है। पश्चिमाभिमुख यह मूर्ति कोई चार हाथ ऊंची और दो हाथ चौड़ी और मोटी है। डोल्या मारुति की तरह ही पूना में सोन्या मारुति का भी एक अत्यन्त छोटा मन्दिर है जिसकी ऊंचाई मुश्किल से चार हाथ है। यह मन्दिर लक्ष्मी-मार्ग पर अवस्थित है। सोन्या मारुति के इस छोटे मन्दिर की बात पर मुझे बिहार प्रदेश के द्वारबंग (दरभंगा) के एक नन्हें मन्दिर की स्मृति आ गई। राज-क्षेत्र में अवस्थित यह मन्दिर श्वेत संगमरमर निर्मित है और यह जयपुर

से पूरा-का-पूरा उठाकर लाया गया था। एक ऊंचे चबूतरे पर स्थापित इस मन्दिर में हाथ-पैरों पर चलकर ही आप प्रवेश पाते हैं। परीक्षाओं में अच्छे अंकों के इच्छुक छात्रों ने तो मनौतियां पर मनौतियां अंकित कर मन्दिर की श्वेत दीवारों को श्याम ही बना छोड़ा है।

मन्दिरों का वर्णन हो और नासिक का नाम रह जाए, यह नहीं हो सकता। नासिक के पास ही पंचवटी में मेरे आराध्य ने बहुत समय तक अपना आवास रखा था और यहीं से मां वैदेही का हरण भी दुष्ट रावण ने किया था। पंचवटी की स्थिति आज पतली है। जंगल-झाड़ के नाम पर भी यहां कुछ नहीं। एक वट वृक्ष और उसके कुछ प्रशाखा-वृक्ष हैं जो पंचवटी नाम को सार्थक करना चाहते हैं। यहीं है एक भूमिगत सामान्य मन्दिर। सुरंग के अन्दर निर्मित इस कच्चे मन्दिर में राम-लक्ष्मण और जानकी के नन्हें विग्रह हैं। इसी स्थान के ठीक सामने एक साधारण मन्दिर में ही मेरा एक विशाल विग्रह है। यह विडम्बना ही है न कि मेरे आराध्य और उनके अनुज तथा मां भूमिजा की नन्हीं मूर्तियों की तुलना में वहां मुझे यह बेडौल आकर मिला हुआ है? कभी-कभी अधिकांश भीड़ यहीं जम जाती है तो मैं जमींन में धंसने-धंसने को हो आता हूं।

नासिक का मुख्य राम-मन्दिर बड़ा और आकर्षक है। इसकी प्रमुख विशेषता इसकी काली मूर्तियां हैं। काले पत्थर के ऐसे सुन्दर विग्रह अयोध्या के 'काले राम' के मन्दिर में ही उपलब्ध हैं। नासिक के इस मन्दिर के बरामदे में, राम-लक्ष्मण-जानकी के विग्रहों के ठीक सामने इस दास की मूर्ति भी स्थापित है। यह भी काले रंग की ही है। यहां मुझे माता सीता का असीम अनुग्रह प्राप्त है। आपको ज्ञात ही है कि इसी क्षेत्र से उनका अपहरण हुआ था और उनके अन्वेषण में इस दास का भी स्वल्प-सा योगदान रहा, अतः इस स्थान पर वे मेरे प्रति कुछ अधिक ही आर्द्र हैं।

महाराष्ट्र की धरती पर मेरे और भी मन्दिर हैं और इनकी संख्या पर्याप्त है। उसके मूल में है मेरा प्रसिद्ध कलि-भक्त समर्थ रामदास। उसने स्वयं मेरे अनेक मन्दिर तो स्थापित किए ही, उसकी प्रेरणा से कई और लोगों ने भी भारत-भूमि में यत्र-तत्र-सर्वत्र मेरे अनगिनत स्थान निर्मित कर दिए। उन सबों का वर्णन यहां उचित नहीं।

अब आर्य भूमि से संबंधित अपने स्थानों के वर्णन को विराम देते हुए मैं इसकी वर्तमान सीमाओं से बाहर के अपने कुछेक स्थानों का वर्णन करना चाहूंगा।

पचास

विदेशों के अपने मन्दिरों की चर्चा करने की बात मैंने कही थी। विदेश आपके लिए क्योंकि विदेश का अर्थ बहुत अच्छा नहीं होता। संस्कृत का 'वि' उपसर्ग अर्थ का अनर्थ कर देता हैं। यह 'वि' विशेष के रूप में कम, विरोधी के अर्थ में अधिक आता है। विधर्मी, विजाति आदि का अर्थ विरोधी धर्मावलम्बियों और विरोधी जातियों से ही लिया जाता है। विदेशी का बहुत अनुकूल अर्थ भी लें तो वह परदेश (परानां देशः इति परदेशः) अर्थात् दूसरों के देश तक ही पहुंचता है और आर्ष चिन्तन में परदेश और प्रवास को बहुत अच्छा नहीं मानते।

तो मेरे लिए देश क्या विदेश क्या? 'सबै भूमि गोपाल की'—आप ही के एक भक्त-कवि ने तो कहा था। तो मेरे लिए कोई देश पराया नहीं है, सभी अपने हैं। पर, इस देश अर्थात् आर्यावर्त्त अथवा आर्यभूमि से तो मुझे मोह है क्योंकि जैसा आप जानते हैं दैव-वशात् मैं यहीं उत्पन्न हुआ। अपने जन्म की कहानी तो मैं अब कहने ही वाला हूं पर तब तक के लिए बता दूं कि अभी आप जिसे वेंकटाचल बोलते हैं (तिरूपति का प्रसिद्ध मन्दिर जहां अवस्थित है) उसी के आस-पास के गंधमादन पर जन्म ग्रहण किया था मैंने। दक्षिणात्य हुआ मैं आपकी शब्दावली में। नहीं? तभी तो बहुत मोहक रंग-रूप नहीं है मेरा। क्यों?

खैर, मैं कह रहा था जहां जन्म ग्रहण करो उस भूमि से तो विशेष प्रेम हो ही जाता है हर किसी का। और जब मैं हर किसी की बात करता हूं तो उसमें साक्षात् परात्पर-ब्रह्म मेरे श्री राम भी आ जाते हैं। लंका विजय के पश्चात् अयोध्या लौटते पुष्पकारूढ़ राम की कहानी मैंने कही है। यह नहीं कहा कि आगे चलकर गोस्वामी ने राम से एक बड़ी सटीक बात कहलवाई—'यद्यपि सब लोग बैकुंठ की सराहना करते नहीं थकते, वेद-पुराण भी यही कहते हैं पर इस भेद को कोई-कोई जानता है कि अवधपुरी के समक्ष वह भी मुझे प्रिय नहीं है; जिसके उत्तर की ओर पवित्र सरयू बहती है वह मेरी जन्मभूमि बड़ी सुन्दर है—

यद्यपि सब बैकुंठ बखाना।
बेद पुरान बिदित जगु जाना।।
अवधपुरी सम प्रिय नहिं सोऊ।
यह प्रसंग जानइ कोउ कोऊ।।

जन्मभूमि मम पुरी सुहावनि।
उत्तर दिसि बह सरजू पावनि।।
जा मज्जन ते बिनहिं प्रयासा।
मम समीप नर पावहिं बासा।।

तो जब नर नहीं, नर-रूप में अवतरित नारायण की यह स्थिति है तो मुझ वा-नर की क्या बात है ? मुझे तो सर्वाधिक प्रिय है ही यह आर्य-भूमि। पर किसी और देश से मुझे वैर भी नहीं। बल्कि मैं तो यह कहूंगा कि देशों और राष्ट्रों की ये सीमाएं व्यर्थ हैं। देशों की ये सीमाएं ही आपको आपस में लड़ने—मर-मिटने को बाध्य करती हैं। राष्ट्रीयता का लुभावना शब्द आपको एक-दूसरे के रक्त से होली खेलने को विवश करता है।

राष्ट्र नहीं विश्व, राष्ट्रीयता नहीं विश्व-बन्धुत्व की बात करें तो वह मुझे अधिक प्रिय लग सकती है और आपकी बहुत सारी समस्याओं का समाधान भी हो सकता है इससे। आपने जो इतने सारे युद्ध लड़े—विश्व युद्ध—और जो इतने सारे लड़ने की योजना बना रहे हैं, हथियारों के समूह इकट्ठा कर रखे हैं, उनकी आवश्यकता नहीं रह जाये तब।

मैं यह कोई नई बात नहीं कह रहा। विश्व-बन्धुत्व का दर्शन तो प्राचीन आर्य-दर्शन है ही—'उदार चेतनां तु वसुधैव कुटुम्बकम्।'

आप कहिएगा युद्धों के लिए ही तो मैं प्रसिद्ध हूं—लंका-युद्ध में मेरी करामातों को कैसे कोई भूल सकता है—और मैं ही युद्ध के विरुद्ध बोल रहा हूं। तो मेरे समय की बात अलग थी। सभ्य संस्कृति को ग्रसने को तत्पर उस राक्षस-संस्कृति का विनाश आवश्यक था। वह सभी मानवीय मूल्यों और उच्च आदर्शों का गला घोंटने को तत्पर थी। अगर ऐसी स्थिति आये तो आप भी शस्त्र उठाने से नहीं चूकें पर अब वह स्थिति रही नहीं। सभ्यता का साम्राज्य प्रायः चतुर्दिक व्याप्त है। बर्बरता की स्थिति से प्रायः सभी जातियां ऊपर उठ चुकी हैं, ऐसी स्थिति में युद्ध—मानव के द्वारा मानव का वध—क्या अच्छा लगता है? इस बात पर मैं बाद में विस्तार से चर्चा करूंगा। अभी के लिए इतना ही कि ऊपर जो मैंने जन्मभूमि और अपने श्री राम की भी इसके प्रति दुर्बलता की बात की है उसे आप गलत संदर्भ में नहीं लें। समग्र विश्व को एक भूमि, एक देश मान लेने पर भी एक स्थान विशेष से, विशेष प्रेम हो ही सकता है और ऐसा प्रेम, भूमि को टुकड़ों में विभक्त करने के कारण कदापि नहीं बन सकता। उदाहरणार्थ सभी नारियों को माता मान लेने के बाद भी अपनी माता—जननी—का महत्त्व भी रह ही जाता है और यह जननी-भाव अन्य औरतों से हमारा, विरोध के हद तक विग्रह तो नहीं करा देता ?

आर्य भू-खंड से दक्षिण-पूर्व की ओर कुछ देश हैं, जो पहले भारत-भूमि के ही अंग थे—वृहत्तर भारत के भाग। ऐसे भू-खंड अब नए-नए नाम पा गए हैं जैसे इंडोनेशिया, लाओस, थाइलैंड, वर्मा, मलेशिया, कम्बोडिया आदि। इन देशों में रामकथा किसी-न-किसी रूप में पहुंची थी। कुछ-कुछ भिन्न रूपों में इन देशों में श्री राम-कथा आज भी प्रचलित है। यहां के प्राचीन मन्दिरों में श्री राम के साथ मेरी भी मूर्तियां, चित्रादि उपलब्ध हैं। इंडोनेशिया के काष्ठ शिल्प में मैं अब भी हूं। वहां की काष्ठ निर्मित मूर्तियां प्रायः बड़ी मोहक होती हैं।

कुछ ऐसे भी देश हैं जहां कुछेक सौ वर्ष पूर्व भारत-भूमि से कुछ लोग प्रवास कर गए। प्रवासी भारतीय बोलते हैं इनको अब। मॉरिशस, सूरीनाम, फिजी द्वीप समूह, ट्रिनिडाड आदि ऐसे देश हैं जहां भारतीय गए तो अपने साथ यहां के पुराण, धर्म ग्रन्थ—रामायण और तुलसी कृत हनुमान चालीसा की पुस्तकें—भी लेते गए। इन लोगों ने अपने यहां भारत की तरह के मन्दिर भी बनवाये। इनमें मेरे भी मन्दिर हैं अथवा बड़े मन्दिरों में अन्य देवी-देवताओं के साथ मेरी मूर्तियां भी हैं। यह सब मैं आत्मश्लाघा में नहीं कह रहा, मात्र आपके सूचनार्थ निवेदित कर रहा हूं।

मॉरिशस में एक स्थान है त्रिओले। वहां कई अच्छे मन्दिर हैं जो भारतीयों के हैं और जिनमें भारतीय लोग नियम से पूजा-पाठ सम्पादित करते हैं। इस देश की एक और विशेषता है; यहां के अधिकांश घरों की छतों पर मेरा लाल ध्वज आपको फहराता मिलेगा।

अब तो अन्य देशों और तथाकथित विकसित देशों के अतिविकसित नगरों जैसे लन्दन, न्यूयार्क और मौंट्रियल आदि में भी भारतीयों के मुहल्ले बस गए हैं। यहां के घरों अथवा गलियों में मेरी मूर्तियां कहीं-कहीं दृष्टिगोचर हो जाती हैं तो इसमें आश्चर्य की बात नहीं। पर इसमें कहीं मेरा कोई स्वतन्त्र बड़ा मन्दिर हो ऐसा नहीं।

इसी के साथ समाप्त होता है मेरे स्थानों का वर्णन। अब मैं आरंभ करूंगा अपनी मूल कथा जिसकी प्रतीक्षा आप बहुत देर से कर रहे हैं।

इक्यावन

देश-विदेश के मन्दिरों और मूर्तियों की बात चल रही थी। मूल कथा पर लौटने के पूर्व एक बात कहूंगा।

कुछेक मूर्तियां तो खूब गढ़ी हैं आपने मेरी। ऊंची, लम्बी-चौड़ी। मेरे कनक-भूधराकार स्वरूप को ही रूपायित करने का प्रयास किया है कई स्थानों पर आपने।

मुझे तो हंसी आती है इन लम्बी-ऊंची आकृतियों को देखकर। इतनी लम्बी तो मेरी पूंछ भी नहीं हो पाई थी लंका-दहन के समय। और आकार-तो-आकार, रंग-रूप भी कैसा-कैसा पा गया मैं अपने उपासकों के हाथों? कहीं मिट्टी के लोदे की तरह गोल-मटोल स्वरूप तो कहीं लम्बी-चौड़ी तीखे नाक-नक्श की मूर्ति। कहीं चेहरे से श्मश्रु साफ तो कहीं उस मायावी कालनेमि की तरह लम्बी-लम्बी, सफेद दाढ़ी-मूंछ। कहीं हाथ में गदा तो कहीं पहाड़! वीरासन में विराज रहा कहीं मैं,

तो कहीं दो पैरों पर खड़ा, अब उछला कि तब – जैसे चौबीसों घंटे समुद्र-लंघन को तत्पर। कभी-कभी तो पालथी लगाए भी दिखा दिया है आपने मुझे—पद्मासन की मुद्रा में माला फेरते। एक बात कहूं ? पालथी-ओलथी व्यर्थ की बातें हैं। कभी बैठता नहीं मैं। कम-से-कम मंदिरों और भक्तों के घरों में। ऐसे भी, किसी मूर्ति को कहीं बैठने की मुद्रा में देखा है आपने ? शिव को छोड़कर ? वे पशुपति तो औघड़ हैं, श्मशान-सेवी, उनकी बात छोड़ दें तो कभी राम को बैठे देखा ? लक्ष्मण या माता वैदेही को ? कृष्ण को देखा किसी मंदिर में बैठें ? और देवी-दुर्गा को ? बैठे नहीं रहने का भेद भी बता देता हूं। भगवान बैठा रहे तो भक्त की पुकार पर वह तत्काल दौड़ेगा कैसे ? उसके संकट के क्षणों में तो उसे उठने में ही कुछ पल लग जायेंगे। एक ही जगह बैठे दीखते हैं मेरे राम। कभी गए हैं आप उनकी जन्म-भूमि, अयोध्या ? हमें, आज की अयोध्या जाना चाहिए। यहीं है कनक-मन्दिर। यहां का सबसे प्रमुख स्थान। इसी में बैठी दिखाई गई है राम-मूर्ति ! आप कहिएगा, क्यों ? मैं कहूंगा— अपने घर में तो सभी बैठते हैं ! अयोध्या मेरे आराध्य का घर है—जन्मस्थली ! वहां तो बैठने दीजिए, बाकी जगहों में तो खड़े ही हैं मेरे राम। हां जब राम खड़ा रहे तो राम-दूत कैसे बैठेगा ? तो जिस मंदिर में आपने मुझे बैठा दिया वहां मैं होने से रहा।

तो कह रहा था, पद्मासन नहीं है मेरी मुद्रा। वीरासन तक ठीक। आप कहिएगा यह भी तो बैठने और खड़े होने का ही सम्मिलित रूप हुआ। हां यह है और इसका कारण भी है। आपको पता ही होगा कि मुझे लोग शिव के अंश से ही अवतरित मानते हैं। तो कुछ तो प्रभाव होगा उस भोले शंकर का मुझ पर ! खैर अपने जन्म की कहानी पर तो बाद में आऊंगा। बहुत मनोरंजक है वह भी। जब अपनी जीवन-गाथा कहने ही लगा तो सब कुछ कहूंगा। भक्तों से क्या छिपाना ? अभी के लिए इतना ही कि बनाते जाइए जितने मन्दिर बनाने हैं मेरे नाम पर, पर बैठाइए नहीं किसी में मुझे। खड़ा ही रहने दीजिए अपने आराध्य की सेवा में—आपकी भी। हां भक्त और भगवान में अन्तर ही क्या है ? जिस लगन से मैं दशरथ-नन्दन और जनक-दुलारी की सेवा करता हूं उसी से आपकी रक्षा को भी तत्पर रहता हूं। ऐसे भी एक भेद की बात सुन लीजिए। ज्ञानी जन, शयन-मुद्रा को कलि, बैठने को द्वापर, खड़ा होने को त्रेता और चल पड़ने को सतयुग की संज्ञा देते हैं। तो मैं तो मूलतः त्रेत्रा का प्राणी हूं। खड़ा रहना तो मेरा धर्म। द्वापर में भी था ही। युग ने अपना प्रभाव भी डाला। बैठा ही दिया मुझे। एक-दो दिन नहीं पूरे अठारह दिनों तक। अठारह दिनों तक ही तो महाभारत हुआ था और अठारह दिनों तक मुझे अर्जुन के ध्वज पर बैठे रहना पड़ा। तभी तो कुंती-पुत्र का नाम ही पड़ गया कपि-ध्वज। किंतु इस प्रसंग पर पहुंचने में अभी देर है। अभी केवल इतना कि चलते रहना ही मेरे जीवन का मूल-मंत्र रहा है आपका भी होना चाहिए। मन्दिरों में खड़ा कर लीजिए पर सीखिए मुझसे चलना ही। चलते रहना ही जीवन है।

चाहे वह सीता-अन्वेषण संबंधी अभियान रहा हो अथवा हिमाद्रि से संजीवनी लाने वाली बात अथवा मेरे आराध्य एवं उनके अनुज के हित पाताल-गमन। सदा तो मैं चलता ही रहा। आप भी चलिए। मेरी भक्ति से कुछ लाभ मिलना है तो चलने को ही जीवन का मंत्र बनाइए। श्रुतियों ने भी चिल्ला कर कहा—'चरैवेति, चरैवेति, चरैवेति'—चलते रहो, चलते रहो, चलते···।

आप कहिएगा मैं भी कैसी बहकी-बहकी बातें करने लगा? कहां पशु की जाति और कहां वेद-पुराण की बातें। पर मैं क्या करूं? आप ही ने तो सारे गुण आरोपित कर दिए मुझ में? 'अतुलित बलधाम से लेकर ज्ञानिनामअग्रगण्यम्' तक के प्रयोग तो आप ही ने किए? तो जब इन ज्ञानियों में अग्रगण्य बना ही दिया तो कुछ ज्ञान की बातें भी सुनने को तत्पर रहिए। इस आत्मनिवेदन में, नहीं चाहने पर भी ज्ञान-वैराग्य और भक्ति-भाव की बातें आ ही जायेंगी।

बात चली थी मेरी मूर्तियों की। कहना था अपनी-अपनी श्रद्धा के अनुकूल ही ढालते रहे लोग मुझे। मेरी स्वयं की श्रद्धा की ओर तो किसी का ध्यान ही नहीं गया। अपनी श्रद्धा के अनुकूल दीखने दिया जाता तो मेरी एक ही मूर्ति बन पाती और वह होती वही···। क्या समझे आप? कैसे समझ पाइएगा इतना शीघ्र? एक शाखा को छोड़ दूसरी और फिर तीसरी पर छलांग लगाने वाले एक शाखा-मृग का मन कहीं एक जगह बंध कर रह सकता है, यह बात आपकी कल्पना में आने से रही। इस वानर (वा-नर) को ठीक से समझने का कोई कष्ट नर उठाए भी कैसे? सुबह-सुबह नाम लेने पर भोजन पर भी प्रश्न-चिह्न लगने की स्थिति जो आ जाती है। क्यों? ठीक ही कहलवा दिया न तुलसी ने मेरे ही मुख से—प्रात लेई जो नाम हमारा···। तो पढ़ पाइएगा इस आत्म-कथा को? नाम लेने पर दिन भर का आहार गायब तो इस पोथे को पढ़ने पर जीवन-भर भूखे मरने की नौबत नहीं आ सकती? खैर, यह सब तो आप जानिये। मेरी चेतावनी का असर भी कहां, कितनों पर पड़ा? आज भी तो बिछावन छोड़ते ही बहुत सारे लोग हनुमान-चालीसा की ही आवृत्ति ले बैठते हैं। मंगल या शनिवार हुआ तो 'कैसेट' ही बज उठते हैं चालीसा के—घर-घर में।

बात कहां से कहां आ गई! मैं कह रहा था कि मेरा बस चलता तो बस एक ही मूर्ति स्थापित होती मेरी—हर मंदिर, हर घर में। हर 'कैलेंडर' और चित्र में वही छवि छपती।

अब बता ही दूं आपको। यह वही आकृति होती जिसमें मैं दोनों हाथों से अपने कलेजे को फाड़े खड़ा हूं और अन्दर से झलक रही है सीताराम की युगल मूर्ति। यह कथा मैं शीघ्र ही कहने वाला हूं आपसे। सीताराम, क्या माधुर्य है इस नाम में? क्या महिमा है प्रकृति-पुरुष के इस सम्मिलित रूप की? इसी क्रम में एक मनोरंजक बात याद आ रही है। पता ही है आपको कि लंका-विजय के पश्चात् हम सब अयोध्या लौट आये थे। माता सीता के साथ राज्यारोहण हो चुका था उनका। दोनों की सेवा में तत्पर इस दास के दिन बड़ी अच्छी तरह से कट रहे थे। भजन-

भाव का भारी दौर चला था उन दिनों। चौबीसों घंटे जैसे भाव-समाधि ही लगी रहती। मेरी तन्मयता निरख कुछ साधु-सन्तों ने घेर लिया मुझे—"हनुमान !"

"आदेश दो।" मैंने कहा।

"बड़े मगन रहते हो आजकल। बड़ा आनन्द आता होगा।"

"सो तो है।" मैं बोला।

"हां भई, यही तो कमाल है राम-भक्ति का।" लोगों ने कहा।

"कौन कहता है मैं राम-भक्त हूं ?" मैंने छुटते ही उत्तर दिया।

"तो तुम राम-भक्त नहीं हो ?" लोगों ने आश्चर्य से कहा।

"उहूं।" मैंने सिर हिलाया।

"राम की भक्ति नहीं करते तुम ? क्या कह रहे हो हनुमान ?" लोगों की आंखें फटने-फटने-सी हो आईं।

"मैं क्यों राम की भक्ति करने लगा ?" मैं अपने उत्तर पर दृढ़ था।

"भक्ति तो किसी की करते ही हो, वर्ना चौबीसों घंटे की यह मस्ती कहां से आती ?"

"सो तो है।" मैंने भी हामी भरी।

"समझ गये। समझ गए।" लोगों ने प्रसन्नता से ताली बजाई, "सीता की भक्ति करते हो।"

"उहूं।" मैंने अस्वीकार में सिर हिलाया।

"सीता की भी नहीं ?" लोगों का सिर चकराया।

"राम की भी नहीं ?" कुछ लोगों ने फिर जोड़ा, "राम की भी नहीं, सीता की भी नहीं तो किसकी भक्ति करते हो हनुमान ?"

"सीताराम की," मैंने धीरे से जोड़ा, "सीता और राम दोनों की।"

लोगों ने सुना और उन्हें अपनी भूल का भान हुआ।

हां, दोनों की ही छवि विराजमान है मेरे अन्दर। दोनों अभिन्न जो ठहरे 'गिरा अर्थ जल बीचि सम कहियत भिन्न न भिन्न'। तुलसी की बात ही हर बार दृष्टान्त बनकर आ खड़ी होती है। लिख ही दिया है ऐसा ग्रंथ उस भक्त ने कि बिना उसकी सहायता के बात आगे बढ़ती ही नहीं। कहने वाले तो कहते हैं कि इस ग्रंथ के कई दोहे-सोरठे मेरे ही गढ़े हुए हैं ? इस क्रम में दो प्रसंगों का विशेष रूप से उल्लेख करते हैं वे। एक बालकांड का वह प्रसंग जिसमें कामारि शिव काम को भस्म करते हैं। उसके पूर्व काम-देव बड़ा उत्पात करता है। चर-अचर, मदन के वश में हो जाते हैं। पशु-पक्षी, देव-दानव सब काम के वश हो मर्यादा भूलने लगते हैं। इस स्थिति को रेखांकित करते हुए तुलसी ने एक सोरठा की रचना आरम्भ की—

"धरी न काहूं धीर सबके मन मनसिज हरे" (किसी को धैर्य नहीं रहा। सबके मन को काम ने हर लिया)।

यह पंक्ति लिखकर गोस्वामी घबराये—सबके मन को काम कैसे हर सकता

था ? सबों में तो अनेक योगी-यति और भगवान विष्णु तथा स्वयं कामारि शिव भी आ जाते हैं। यह तो घोर अपराध हो गया। तुलसी घबराया और उसकी कलम रुक गई। अब बात बने तो कैसे ? वह लिखने का आसन छोड़ अन्यत्र चला गया —कुछ सोचने-समझने, अपनी गलती का प्रायश्चित ढूंढ़ने। लौटा तो सोरठा की दूसरी पंक्ति भी लिखी पड़ी थी—

धरी न काहूं धीर सबके मन मनसिज हरे।
जो राखे रघुवीर से उबरे तेहि काल महुं।।

—जिनकी रघुबीर ने रक्षा की वे उस समय काम के प्रभाव से अप्रभावित रहे। तुलसी प्रसन्न हो गया। उसके सिर का भार हलका हो गया। लेकिन कहने वाले कहते हैं उसकी अनुपस्थिति में दूसरी पंक्ति जोड़ने वाला और कोई नहीं मैं ही था।

दूसरा प्रसंग है धनुष-यज्ञ का। शिव का विशाल धनुष किसी के तोड़े नहीं टूटता। सभी थक-हार कर बैठ जाते हैं। राम खड़े होते हैं और छूते ही धनुष के टुकड़े हो जाते हैं। गोस्वामी उस स्थिति के वर्णन में भी एक सोरठा रचते हैं। डेढ़ पंक्तियों तक आते हैं—

संकरु चापु जहाजु सागरु रघुबर बाहुबल।
बूड़ सो सकल समाजु…………………।।

—शिव धनुष जहाज था और रामचन्द्र का बाहुबल साक्षात् समुद्र। सारा समाज इस समुद्र में डूब मरा।

गोस्वामी घबराये। सब कैसे डूब मरे ? बहुतों ने तो धनुष छुआ भी नहीं था—'रावन बान छुआ नहिं चापा'। सब डूब मरे तो क्या गुरु विश्वामित्र भी राम के शौर्य-समुद्र में डूब मरे ? क्या राजा जनक भी, जो स्वयं इस यज्ञ के अधिष्ठाता थे ? नहीं, नहीं यह तो गलती हो गई। सबको ले डूबा मैं एक साथ। गोस्वामी ने चिन्तित होकर आंखें मूंदीं और खोलीं तो सोरठा पूरा हो चुका था—

संकरु चापु जहाजु सागरु रघुबर बाहुबल।
बूड़ सो सकल समाजु चढ़ा जो प्रथमहिं मोह बस।।

—जो राम के चढ़ने के पहले ही उस धनुष रूपी जहाज पर चढ़ा वही डूबा।

कहते हैं यहां भी तुलसी की सहायता मैंने ही की।

पर कहने वालों का क्या कीजिएगा ? मुझसे पूछिए तो मैं कहूंगा कि मैं क्या सहायता करता तुलसी की ? वह ही मुझे प्रतिष्ठित कर गया इस कलि में—हर घर, हर मन में। नहीं आता तुलसी तो कौन भजता हनुमान को ? और एक तरह से कहिए तो मेरे आराध्य राम को भी ? ठीक है कि वाल्मीकि ने पहले-पहल हमारी कहानी कही। पर उन्होंने राम को वह ऊंचाई, वह गरिमा कहां प्रदान की जो गोस्वामी ने की ? राम अधिक-से-अधिक पुरुषोत्तम बनकर

रह गए वाल्मीकि के हाथों ! उनमें ईश्वरत्व ढूंढ़ा तो तुलसी ने । और जब राम भगवान बन गया तो हनुमान को भी कुछ बनना ही था । धन्य है तुलसी । ठीक कहा कलि के उस कवि[1] ने—

"कागज के पन्नों को तुलसी,
तुलसी-दल जैसा बना गया।"

आप कहिएगा, मैं श्रुति-स्मृति से लेकर भाषा तक की रचनाओं की बात करने लगता हूं । लगता है सत्-युग से लेकर कलि तक विस्तार है मेरा । बात भी कुछ ऐसी ही है । सत्-युग नहीं तो त्रेता से लेकर आज तक तो मैं हूं ही । आप ही लोगों ने कहा कि अश्वत्थामा, बलि, व्यास, विभीषण, कृपाचार्य, परशुराम और हनुमान अमर हैं ।[2] श्री राम द्वारा मुझे अमरत्व-प्रदान की बात आप जान ही चुके हैं ।

कुछ कहने वाले तो यहां तक कहते हैं कि उन्होंने आज भी मुझे साक्षात् देखा है । मेरी प्रसन्नता के फलस्वरूप दर्शन किये सो नहीं । ध्यान-पूजा में झलक पाई वह भी नहीं । हाड़-मांस में देखा—वनचारी रूप में । त्रेता से लेकर आज तक के मेरे सशरीर अस्तित्व के प्रमाण के रूप में पाया मुझे—विचरते अगम्य जंगलों-पहाड़ों में । आप कहेंगे मैं कहां का ले बैठा ? मैं कहां का क्या ले बैठूंगा, आप ही में से एक ने लिखा हनुमान[3]-अंक में कि उसने मुझे नेपाल के जंगलों में पाया । ऐसी ही मिलती-जुलती कहानी[4] छपी है इसी अंक में कि भक्त मणिराम दास को मैंने उनकी तपस्या से प्रसन्न हो चित्रकूट में साक्षात् दर्शन दिए तथा एक मणि प्रदान कर उन्हें अयोध्या में सरयू-तट पर संत-सेवा का आदेश दिया । मणिराम दास की छावनी आज भी अयोध्या में दान-धर्म और सेवा-पूजा के क्षेत्र में एक कीर्तिमान के रूप में कार्यरत है । लोग कहते हैं यह मणिराम को दी मेरी मणि का ही प्रताप है ।

आप मुझसे पूछिएगा इन घटनाओं में कितना सत्य है, कितनी कल्पना ? क्या मैं आज भी नेपाल अथवा अन्य जंगलों में पड़ा हुआ हूं ? क्या मैंने सचमुच मणिराम को कृतार्थ किया ? मैं कहूंगा, हां । आप शायद चौंक गए । आपके लिए मैं मिथ्या भाषण करूं यह तो नहीं होने का । मैंने कई भक्तों को दर्शन दिए, इसको कैसे नकार दूं ? तुलसी को दर्शन देने की बात, समर्थ रामदास को दर्शन देने की बात तो जगत्-प्रसिद्ध है । इन तथ्यों को कैसे झुठलाऊं ? आप कहिएगा यह सब कपोल-कल्पना है । मैं कहूंगा आजमा कर देखिए । अपनी अनुभूति सही, औरों की

---

1. विश्वनाथ प्रसाद
2. अश्वत्थामा बलिर्व्यासो, हनुमांश्च विभीषणः
   कृपः परशुरामश्च सप्तैते चिरजीविनः ।
3. हनुमान अंक, गीता प्रेस, गोरखपुर ।
4. वही ।

गलत होती है। किन्तु मेरे दर्शन के लिए मेरी ही तरह बनना होगा। मेरे आदर्शों को अपना कर मुझे पुकारिए, मैं दौड़ा आऊंगा। क्या अच्छा कहा किसी चिन्तक ने—देवता बनकर ही देवता को भजिए—'देवो भूत्वा देवं यजेत्। मुझे देखना है तो सदाचार को साधना पड़ेगा। जितेन्द्रिय की संज्ञा आपने मुझे दे दी है तो इन्द्रियों को अंकुश दिए बिना आंजनेय को कैसे पाइएगा?

तो यही कारण है कि मैं सब समय की सभी बातों को जानता हूं। देव-भाषा से लेकर लोक भाषा तक मैं क्या कहां, कहा-लिखा गया, मुझे ज्ञात है। यह मेरे अमरत्व के कारण है। खैर अब बहुत भटकाया मैंने आपको। अपनी बातें कुछ रखनी थी। अब तक समय ही नहीं मिल पाया था। ऐसे भी युद्ध के पश्चात् कुछ विश्राम-विनोद की आवश्यकता थी। तो चलिए अब फिर मूल कथा पर। चलते हैं अयोध्या—जी हां, त्रेता की अयोध्या को ही।

बावन

अयोध्या में मेरे दिन अब अत्यन्त आनन्दपूर्वक कटने लगे थे। मुझे सबसे अधिक प्रसन्नता इस बात की थी कि लंका-समर और उसके पूर्व जहां मुझे केवल श्री राम के ही दर्शन संभव थे, अब सतत सीताराम का युगलरूप मेरी आंखों को तृप्त करने को सुलभ था। राज-सभा में, सिंहासनारूढ़ श्री राम-जानकी की शोभा को निरख-निरख मैं फूला नहीं समाता। सदा उनका ही ध्यान करते-करते मेरे रोम-रोम में बस गये थे वे। मुझ पर यह भेद स्पष्ट था कि साधारण मनुज नहीं थे श्री राम, न सामान्य नारी थी माता भूमिजा। साक्षात् परमेश्वर और परमेश्वरी के ही दर्शन और सेवा का अवसर सुलभ हुआ था मुझे और मैं इसे अपने जन्म-जन्मान्तरों के पुण्योदय का ही फल मानता था।

मेरी बाह्य और आन्तरिक दोनों दृष्टियों के समक्ष सीताराम ही सदा विराजते रहते। जैसे सदैव, मैं उनके अन्दर या और वे मेरे अन्दर'

एक बार तो विचित्र ही घट गया।

राज्याभिषेक के कुछ ही दिन हुए थे

"सेवक-सामन्तों को अपने हाथों कुछ उपहार तुम्हें देना चाहिए।" राघवेन्द्र ने माता को सम्बोधित किया था।

हीरा-मोती, पन्ना एवं अन्य बहुमूल्य धातुओं से भरे थाल राज-सभा में पहुंच गए थे। माता ने अपने हाथों सभी को जी भर कर उपहार दिया था। सब प्रसन्न हो आए थे।

"और हनुमान को?" थालों को पूर्णतया रिक्त हो जाते देख भगवान ने

जगज्जननी को सम्बोधित किया था।

"उसके लिए विशेष उपहार सुरक्षित है।" माता मुसकराई थीं और उंगली के इशारे से मुझे पास बुलाकर गले का बहुमूल्य मुक्ताहार मेरी गर्दन में डाल दिया था। तालियों की गड़गड़ाहट गूंज गई थी।

"यह क्या हो रहा है?" श्री राम ने सिंहासन से ही टोका था। मेरे तक पहुंचाने के लिए उन्हें अपने स्वर को कुछ उच्च ही करना पड़ा था। मैं कोने में बैठा, हार के एक-एक दाने को दांतों से तोड़ने और उसके अन्दर झांकने और पुनः उसे एक किनारे फेंकने में व्यस्त था और भगवान के शब्द को मैं सुनकर भी नहीं सुन पाया था।

"बन्दर क्या जाने आदी का स्वाद?" समीप ही बैठे किसी सभासद की कटूक्ति कानों में पड़ी थी तो मैं अपने में आया था और स्वतः मेरी आंखें युगल-मूर्ति के दर्शनार्थ सिंहासन की ओर उठ गई थीं।

"यह क्या कर रहे हो हनुमान? इतने स्नेह से दिये, मेरे इस कीमती हार की ऐसी दुर्दशा किए जा रहे हो?" सीता अम्बा लगभग खीझ कर बोली थीं।

"और ये क्या करेंगे?" कुछ ईर्ष्यालु प्रकृति के लोगों ने कहा था, "वानर को तो हर वस्तु खाद्य-सामग्री ही लगती है। दानें स्वादिष्ट नहीं लग रहें अतः फेंकते जा रहे हैं।"

"यह बात नहीं है।" मैंने सभासदों को ही सम्बोधित किया था।

"और कौन बात हो सकती है?" कइयों ने साथ पूछा था। माता सीता और स्वामी राम भी मेरे उत्तर की आतुरता से प्रतीक्षा कर रहे थे।

"मैं देख रहा था कि इन दोनों के अन्दर युगल सरकार—सीताराम—की छवि है अथवा नहीं।" मैंने सहज रूप में कहा था।

"वाह-वाह, क्या कहने?" कई सभासदों ने एक साथ व्यंग्य किया था, "जैसे आपके अन्दर वह मूर्ति हमेशा बसती है।"

"बसती है।" मैंने अविलम्ब कहा था और युगल सरकार की ओर दृष्टि फेरी थी। दोनों के आनन पर एक साथ एक मन्द स्मिति खेली थी।

"कैसे मान लें?" सभासदों ने ही पूछा था।

"सिद्ध कीजिए।" कई ओर से एक साथ ही आवाज आई थी।

"करता हूं।" मैंने कहा था और जहां था वहीं खड़ा हो गया था। माता भूमिजा और स्वामी श्री राम की ओर एक बार और दृष्टि डाली थी। उनकी स्मिति वर्तमान थी।

"इधर देखें," मैंने सभासदों को सम्बोधित किया था और जय श्री सीताराम की ध्वनि के साथ दोनों हाथों के नखों से अपने वक्षस्थल के ऊपर की चमड़ी फाड़ डाली थी। मुझे अपने संकल्प-बल पर विश्वास था। श्री राम और माता का पूरा भरोसा था।

"धन्य हो बजरंग बली!" के जयघोष के साथ सभा तालियों की गड़गड़ाहट

से गूंज गई थी। सभी ने मेरे हृदय को लक्ष्य कर सिर झुकाया था। मैं आश्वस्त हुआ था, वहां उन्हें युगल-सरकार की छवि दिखाई पड़ गई थी। मैंने हाथों को हटाया था। रक्त की एक क्षीण धारा मुझे स्नात अवश्य कर गई थी पर मैं जानता था युगल सरकार की कृपा से उस घाव को भरने में बहुत समय नहीं लगने को था। और लगता भी तो क्या? जब श्री राम निषादराज को उपकृत करने के लिए शक्ति-जनित कठिन व्रण को उतने दिनों तक झेल सकते थे तब मैं इस साधारण घाव को आजीवन नहीं पाले रह सकता था क्या?

तिरपन

मरु-भूमि में होती है रेत ही रेत—सर्वत्र विकीर्ण असंख्य सिकता-कण। रस का नाम नहीं, स्निग्धता का लेश नहीं। ऊपर से अनगढ़ पाषाण-खंडों और बालूका-राशि के छोटे-बड़े अनगिनत ढूह। खदीर और बबूल के कंटीले झाड़, मन्दार और खजूर के बौने वृक्ष। ऐसे में अगर कहीं-कहीं वनोपवन (ओयसिस) भी नहीं हों—हरीतिमा के एकाध चकते नहीं दीखें, जल के एकाध सोते नहीं मिलें तो मरु-यात्री की हो गई इति-श्री। कहीं तो विराम-स्थल चाहिए ही वर्ना जलती, रसहीन रेत पर चलते-चलते धैर्य के जवाब देने और साहस के क्षीण होने में बहुत समय नहीं लगने को।

एक मरु-यात्रा ही है मेरी यह आत्मकथा। नहीं? नीरस और ऊबाऊ ही तो लगती होगी यह आपको। रसोद्रेक की तो कहीं सम्भावना ही नहीं बनती इसमें। ऊपर से खदीर और बबूल के पर्याय, आत्मश्लाधा और अहंकार के झाड़-झंखाड़ सर्वत्र सिर उठाये खड़े हैं। मुझे पता नहीं इस पृष्ठ तक आप टिक पाए हैं अथवा नहीं। अगर यहां तक की यात्रा आपने येन-केन प्रकारेण पूरी कर ली है तो आइए ले चलूं इस कांतार-पथ के प्रथम रस-पड़ाव पर। बहुत सरस भी नहीं कह सकता इसे पर स्वाद-परिवर्तन का कुछ प्रबन्ध तो कर ही रहा हूं मैं, आपकी व्यथा को ध्यान-गत रखते हुए। पर जिस घटना का मैं वर्णन कर रहा हूं उसमें मेरा कोई अपना योगदान नहीं। यह कथा है मेरे आराध्य की विनोद-प्रियता की जिसका लक्ष्य बना मैं उनका एक अति साधारण सेवक-दास। हां यह है एक विनोद-गाथा। नहीं, यह कोरी कल्पना की उपज नहीं है। आप में से अनेक इससे परिचित होंगे। फिर भी चूंकि, यह मेरे आराध्य के एक प्रायः अछूते पक्ष—उनकी विनोदी वृत्ति—से संबंधित है, अतः इसे मैं आपके समक्ष यथावत् प्रस्तुत करने का प्रयास कर रहा हूं।

लंका-विजय और अपने राज्यारोहण के पश्चात् मेरे आराध्य श्री राम और उनके पार्षदों के दिन बड़ी निश्चितता में कट रहे थे। धर्माधारित राम-राज्य में कहीं कोई समस्या, कहीं कोई संकट हो इसका प्रश्न ही नहीं था। सर्वत्र सुख-शान्ति, श्री-समृद्धि का साम्राज्य व्याप्त था। राम-दरबार में सामान्य राज-सभाओं की तरह मसखरों और चाटुकारों का जमघट नहीं था, अतः राजा राम की विनोद वृत्ति जब जगती तो उसके शिकार उनके अति-प्रिय आमात्य और सुहृद्-सखा ही होते। किसी को पता नहीं, किस पर और कब इस अखिल—भुवन-रंजक की कृपा-दृष्टि पड़ जाती और वह उनके विनोद और हास-परिहास की परिधि में आ जाता। पहले तो उसे लगता कि वह बुरी तरह फंसा पर फिर उस करुणावतार की असीम करुणा के एक कण का ही सहारा पा, जिसे वह अपनी दुःस्थिति की संज्ञा दे बैठता, उससे हंसते-हंसाते, आनन्दित-उल्लसित उबर आता।

तो एक दिन लक्ष्य बन आया अपने आराध्य की रसप्रियता और विनोद-चातुरी का यह कोरा कपि जिसने भक्ति-रस के अलावा किसी अन्य रस का वर्णाक्षर भी नहीं जाना आजीवन। अगर मुझे पता होता कि विशिष्ट सामंतों और घनिष्ठ पार्षदों के अलावा कोई अति सामान्य सेवक भी राजराजेश्वर के रंजन का साधन बन सकता है तो मैं पूर्व से ही ऐसी स्थिति का सामना करने के लिए प्रस्तुत रहता। पर इस सबके अप्रत्याशित और आकस्मिक होने से मैं ऐसा अव्यवस्थित हो आया कि आज भी अपनी उस विवशता और व्यग्रता का स्मरण कर मुझे हंसी आए बिना नहीं रहती।

नित्य की तरह आज भी मैं सिंहासनारूढ़ सीता-राम के पाद-प्रदेश में बैठा था। सभी आमात्य और पार्षद यथास्थान विराजमान थे। लक्ष्मण, भरत और शत्रुघ्न भी अपने-अपने स्थान पर आसीन थे। दरबार पूरी तरह सजा था। सामान्य दैनन्दिन दायित्वों के निष्पादन के पश्चात् मेरे श्री राम के अधरों पर एक स्मिति खेली। मैं तो सदा उनके मुखारविन्द के सौन्दर्य-पान में ही रत रहता था, अतः उनके मुख की हर भंगिमा का अभिज्ञान सर्वप्रथम मुझे ही होता था। भुवन-रंजन श्री राम मुसकुराये और मुझे लगा कि कुछ अघटित घटने वाला है। स्मिति की यह विद्युत् मेरे ही ऊपर गिरने वाली थी, इसका अनुमान भी उस क्षण मुझे कहां था।

"मेरा सर्वश्रेष्ठ सेवक और आज्ञाकारी इस सभा में कौन हैं ?" श्री राम ने सस्मित ही पूछा। सभा में सन्नाटा खिंच गया। कैसा प्रश्न कर दिया था आज राघवेन्द्र ने। सब तो उनके समर्पित सेवक और आज्ञापालक ही थे। कौन बड़ा कौन छोटा, यह कैसे कहा जाए।

"आप सब मौन हैं ?"

सब मौन ही रहे। क्या उतर दे कोई इसका ?

"कर उठा कर इंगित कीजिए कौन मेरा सबसे बड़ा आज्ञाकारी है ?" श्री राम सच, आज विनोद पर ही उतरे थे। सभा में कोई हाथ नीचे कैसे रहता ? सभी ने अपने हाथ उठा दिए। किसी ने केवल एक नहीं उठाया सभी के दोनों

हाथ साथ-साथ उत्थित हो गए। राजराजेश्वर और राजराजेश्वरी के पार्श्व में अपेक्षाकृत कम उच्च सिंहासनों पर आसीन लक्ष्मण, भरत और शत्रुघ्न ने भी अपने दोनों कर उठा रखे थे। मैं कहां पीछे रहने वाला था ? मैंने भी अपने दोनों हस्त उठा दिए। लांगूल तो मेरा, हर समय प्रसन्नता के समय स्वयं उर्ध्वमुख हो जाता है।

श्री राम एक क्षण को किंकर्त्तव्यविमूढ़ हो आये। अनिर्णय-अनिश्चय का क्षण था यह। सभी इंगित कर रहे थे कि वे उनके सर्वश्रेष्ठ अनुचर, अनुगामी और आज्ञापालक थे। पर विनोद का पात्र तो उन्हें एक ही को बनाना था और आज का लक्ष्य किसे होना था यह भी उन्हें ज्ञात था।

"हनुमान मेरा सबसे बड़ा आज्ञाकारी है।" श्री राम ने स्वयं उद्घोषित किया तो मैं प्रसन्नता से उत्फुल्ल हो आया। उनकी मुख-मुद्रा से स्पष्ट लगा कि यह तो होना ही था। भगवान तो हनुमान का पक्ष लेते ही। आखिर मैं तो अपने मन में समझता ही था कि यह मान मुझे ही मिलना चाहिए पर उसे सिद्ध करने का कोई उपाय मेरे पास नहीं था। जब भगवान ने स्वयं श्री-मुख से मेरे भक्ति-भाव और सेवा-अर्चना की संपुष्टि कर दी तो मुझे हर्षातिरेक से विक्षिप्त होना ही था। कपि स्वभाव के कारण नृत्य-रत हो अपनी प्रसन्नता को अभिव्यक्ति प्रदान करने को मैं सन्नध हो ही रहा था कि सभासदों के मलीन आननों की ओर मेरी दृष्टि खिंच गई। पवन-पुत्र से अधिक प्रिय उनका कौन हो सकता था ? तभी तो सभी योद्धाओं सुग्रीव, विभीषण, अंगद तक को वापस लौटा हनुमान को उन्होंने अपने समीप रख लिया था।

"आप सबों ने दो हाथ उठाए हैं पर हनुमान ने तीन। आखिर कपि की पूंछ भी तो कर का ही काम करती है। आपने देखा ही होगा कि शाखा से शाखा पर उछलते समय ये शाखामृग, कैसे अपने लांगूल से ही शाखाओं को आवृत्त कर सहारा ले लेते हैं। और हनुमान ने तो अपनी इस पुच्छ से ही कितने दुर्दान्त राक्षसों को यम-दरबार दिखा दिये हैं।" श्री राम ने सब के चेहरे पर उग आयी शंका को निर्मूल किया और मेरी ओर अर्थ भरी दृष्टि से देखा। मैंने उपकार में सिर झुका लिया। सेवक को इससे अधिक सुख क्या हो सकता है कि उसकी सेवा भावना को सेव्य की स्वीकृति मिले।

"आपके इस सेवक की परीक्षा होनी चाहिए।" अम्बा को भी शायद प्रभु के मनोभाव का अनुमान हो गया था। अतः, उन्होंने उन्हें उकसाते हुए कहा।

"अवश्य होनी चाहिए।" सभासदों ने भी एक स्वर से अम्बा की बात की पुष्टि की। वे भी चाहते थे कि फंसे यह पवन-तनय, बड़ा श्री राम के एकमात्र समर्पित सेवक बनने का अहंकार पाले चलता है।

मैं तो पूर्णतया प्रस्तुत हो आया था परीक्षा देने को। यही तो प्रकृति है मेरी — यही विवशता। बाधा के पहाड़ देखकर तो मेरा उत्साह अथाह हो ही आता है। यही तो सीखा है हनुमान ने, बाधा-विपत्ति-अवरोध के समक्ष पर्वत की तरह तन

कर खड़ा हो जाना। एक को तो समाप्त होना ही है, चाहे बाधा चाहे हनुमान को। पर अब तक रही ऐसी हरिकृपा कि हनुमान अक्षुण्ण रहा, बाधा ही चली गई पाताल। अब जब बड़ी-से-बड़ी परीक्षाओं में सफलता दिलाई है मेरे श्री राम ने तो आज कैसे वे असफल होने देंगे अपने इस क्षुद्र सेवक-अनुगत को ?

"बोलो हनुमान ? दोगे परीक्षा ?" उन्मुख हुए थे मेरे राम मेरी ओर।

मैंने सिर हिलाकर स्वीकृति दी थी। मुख खोलकर कुछ कहना अपने अहंकार को ही अभिव्यक्त करना लगता, अनेक पार्षदों-सभासदों को, जो भगवान की सहज कृपा को भी उनका पक्षपात समझने पर उतारू थे।

"सुन लो विदेहनन्दिनी तुम भी। तुम्हारा प्राण-प्यारा सुत परीक्षा-हेतु सन्नध है। तुम्हारे अवलम्ब की भी आवश्यकता पड़ सकती है।" आराध्य ने जानकी अम्बा को संबोधित किया था।

"मेरे पुत्र के पराक्रम और बुद्धि-विवेक पर्याप्त हैं, इसे किसी भी परीक्षा में उत्तीर्णता प्रदान कराने के लिए।" जगदम्बा ने अपने रक्षा-कवच की आवश्यकता नहीं समझी थी। क्यों व्यर्थ में अत्यधिक तनाव-ग्रस्त हों हनुमान के ईर्ष्यालु ?

"मैं जो कुछ कहूंगा, वह करोगे हनुमान?" मेरे आराध्य ने पूछा तो मुझे आश्चर्य हुआ। एक सेवक का कर्त्तव्य ही और क्या है ? पर मैंने मुख अब भी नहीं खोला। इतनी छोटी-सी बात के लिए जिह्वा को क्यों कष्ट देता जो अन्दर-अन्दर तब भी, राम-नामोच्चारण में रत थी। मैंने स्वीकृति में सिर हिलाया।

"हनुमान तो सिर्फ सिर हिलाये जा रहे हैं।" किसी ढीठ सभासद ने टोका।

"कपि स्वभाव जो है।" किसी और ने चुटकी ली।

मुझे इन कटूक्तियों पर ध्यान देने की कोई आवश्यकता नहीं प्रतीत हुई। मैं तो मन-ही-मन इस प्रसन्नता से भरा जा रहा था कि चलो एक बार फिर मेरे आराध्य ने मुझे किसी योग्य समझा। मैं तो अति आतुरता से उनके अधरों से निस्सृत होने वाली आज्ञा की प्रतीक्षा कर रहा था।

"सुन लें सभी सभासद !" श्री राम ने सभा को सम्बोधित किया, "हनुमान सहमत हैं किसी भी आज्ञा के पालन हेतु।"

"परीक्षा हो।" सभी सभासदों ने एक स्वर से कहा। सब शायद उस घड़ी की आतुर प्रतीक्षा में थे जब मैं परीक्षा में असफल हो सबके परिहास का कारण बनता।

"तो हनुमान का विवाह होगा, यही रामाज्ञा है।"

विवाह ! हनुमान का ! पूरी राजसभा में हंसी का फव्वारा छुट गया। यों तो राम-सभा की मर्यादा के अनुसार राजराजेश्वर की उपस्थिति में हंसना मना था पर आमोद-प्रमोद के क्षण नियम में शैथिल्य की गुंजाइश थी। लोगों ने सोचा अच्छा फंसा। फंसे बाल-ब्रह्मचारी ! अब भूल जाएगा अहर्निश का नाम-जाप, जब चूल्हा-चक्की का चक्कर चलेगा। बड़े आये थे राम के अनन्य उपासक बनने, अब जब गृहिणी और बच्चों का कुनबा आयेगा तब देखेंगे कि कितना समय बचता है

उन्हें अपने आराध्य के लिए।

मेरा तो बुरा हाल। सभासदों-सामन्तों के लिए यह हास-परिहास, व्यंग्य-विनोद का विषय हो सकता था पर मैं तो वचन-बद्ध था आज्ञापालन-हेतु। अब अपना क्या होगा? कैसी निष्ठुर परीक्षा लेने पर कटिबद्ध थे मेरे श्री राम। अगर मैं विवाह के लिए प्रस्तुत होता हूं तो मेरे आजीवन-ब्रह्मचर्य-व्रत का क्या होगा? मेरी साधना कैसे सधेगी? केवल सीता-राम की सतत सेवा के अपने अव्यक्त प्रण का पालन मैं कैसे कर पाऊंगा?

"बोलो हनुमान!" श्री राम ने टोका मुझे और सभी सामन्तों-पार्षदों की आंखें घूम गईं मेरी तरफ। अब क्या कहते हैं हनुमान? लो निपटो अब इस स्थिति से।

"मैं तो वचनबद्ध हूं।" एक क्षण का विलम्ब किए बिना ही मुझे कहना ही था। परिणाम जो आगे होगा देखा जाएगा पर अभी तो भक्त को भगवान की लाज रखनी ही थी। बहुत बार रखता है भगवान भक्त की टेक शायद इस बार भी रख ले, पर अभी तो दिखा ही देना था कि भगवान को नीचा दिखा दे, वह भक्त क्या? आज्ञा को शिरोधार्य तो करेगा ही वह। नहीं, इसमें भक्त का क्या बिगड़ेगा? लोग कहेंगे कैसे हैं भगवान कि एक साधारण परीक्षा के काल ही उसके भक्त की भक्ति की खुल गई पोल?

"तो हनुमान विवाह करेंगे? वाह, हम बाराती बनेंगे।" सभासदों ने ताली बजाई। जगदम्बा के मुख पर भी एक स्मिति खिली। लखन लाल मुसकराए।

"अवश्य चलिए। पर यह भी तो तय हो जाए कि बारात किस द्वार पर लगेगी?" मैंने हाथ जोड़ निवेदन किया तो सबके मुंह पर हवाइयां उड़ने लगीं। यह तो बहुत गलत जगह पकड़ा था इस चतुर कपि ने। यह तो प्रस्तुत है विवाह को पर कौन देगा इस वानर को अपनी बेटी? एक क्षण को मौन छा गया पूरी सभा में।

"लड़की का प्रबन्ध मैं करूंगा।" लखन लाल ने कहा तो मुझे काटो तो खून नहीं। इनको भी क्या पड़ी है मुझे जलील करने की? इतने तो समीप रहे हम एक-दूसरे के वनवास और लंका-युद्ध के दिनों।

"कहां है लड़की?" जगदम्बा जो कम मुख खोलती थीं राजदरबार में, अपनी उत्सुकता नहीं रोक सकीं।

"अम्बा को भी शीघ्रता है बधु लाने की।" मैंने धीरे से कहा, "उन्हें तो कम-से-कम मेरे रक्षार्थ आगे आना था।"

अम्बा कुछ नहीं बोलीं। मुसकराकर रह गईं।

"कहां है लड़की लक्ष्मण?" श्री राम लखन लाल की ओर मुखातिब हुए।

"मुझे मालूम है।" भरत जो अब तक चुप थे, बोले।

"कौन है वह सौभाग्यशालिनी?" सभासदों ने व्यंग्य उछाला, "शीघ्र बताया जाए हमें। अब हम बारात में चलने की तैयारी कर ही लें।"

इस बीच मैं भारी दुविधा-ग्रस्त रहा। इस दु:स्थिति से उबरने का कोई उपाय नहीं दिखाई पड़ रहा था। क्या अब गले पड़ ही जाएगी कोई मेरे? आखिर वचनवद्ध जो हूं मैं? मैंने आंखों में करुणा भरकर अम्बा की ओर निहारा। हर ऐसे क्षण में यही सहायिका होती हैं। जब भगवान के समक्ष बात बनती नहीं प्रतीत हो तो भगवती को पकड़ो। यही सिद्धान्त रहा मेरा। श्री राम देर करें तो करें, साक्षात् करुणा-मूर्ति जानकी-अम्बा कब देर करने वाली थीं भक्त को अभय देने में?

"स्वयंवर की प्रथा है इस आर्य-भूमि में," माता पढ़ चुकी थीं मेरी आंखों में उभरी व्यग्रता को। धीरे से ही आरम्भ किया था उन्होंने, "स्वयंवरा ही होगी वह लड़की। जो स्वयं पसन्द करेगी हनुमान को उसीसे विवाह होगा उसका।"

बात बन गई थी न? अब अनिवार्यता तो नहीं रह गई थी विवाह की? अगर किसी लड़की ने पसन्द ही नहीं किया मुझे तो बच गया न मैं धर्म-संकट से? तब तो दोनों की टेक रह गई, भक्त की भी, भगवान की भी। भगवान मुसकराए थे भगवती की भक्त-वत्सलता पर। मैं भी प्रसन्न हो आया था। पर सभासदों में अधिकांश के मुंह लटक आए थे। फंसते-फंसते शायद बच गया हनुमान।

"लड़के के अनुकूल ही लड़की होगी तो पसन्द तो कर ही लेगी न वह उसे?" भरत लाल थे। वह अभी हिम्मत नहीं हार रहे थे। किस समय का बदला ले रहे थे वह। मैंने द्रोणगिरि ले जाते समय उनके बाण पर आसीन होना अस्वीकार कर दिया था, शायद उसी घड़ी को याद कर वे पड़े थे मेरे पीछे। नहीं?

"हां, हां लड़की तो ठीक लड़के के अनुरूप है। थोड़ी उम्र अधिक है पर है ठीक लड़के के योग्य। एक वानर तो···।" कभी न मुंह खोलने वाले शत्रुघ्न लाल ने भरत की हां में हां मिलाई थी और बात किसी की समझ में आए न आए मेरी समझ में आ गई थी। एक ढेला में दो शिकार करने पर आमदा थे भरत और शत्रुघ्न। मेरे आराध्य और जगदम्बा भी शायद भरत-शत्रुघ्न का इंगित समझ चुके थे और मन्द स्मिति खेली थी दोनों के अधरों पर।

"एक वानर तो एक कुरूप···कूबड़···।" मैंने शत्रुघ्न लाल के अपूर्ण वाक्य को अन्दर-ही-अन्दर पूरा कर लिया था और मन-ही-मन कुछ तय किया था।

"तो कल ही स्वयंवर हो जाये और लड़की ने पसन्द कर लिया लड़के को तो सम्पन्न हो जाए शुभ-विवाह भी अविलम्ब। शुभस्य शीघ्रम्।" एक सभासद ने खड़ा होकर कहा तो सबों ने करतल ध्वनि से उसका समर्थन किया।

"तथास्तु!" भगवान ने कहा और उस दिन की सभा उठ गई।

"तुम्हीं मुझसे विवाह करने वाली हो?" मैं गर्जा था।

"क्यों नहीं? तुमसे अच्छा कौन मिलेगा? कौन नहीं जानता तुमको? इतने भारी पराक्रमी? लंका को एक क्षण में जला डाला। सुना दशानन को भी तुम्हारे मुष्टि-प्रहार से मूर्छा आ गई थी। तुमसे विवाह कर तो मैं अपने को धन्य कर

लूंगी।" यह मंथरा थी। कूबड़ी।

"कभी देखा भी है आरसी में अपना मुखड़ा ?" मैं चिढ़ कर बोला।

"और तुमने देखा है दर्पण में अपना मुख ? कभी पानी में ही ? बन्दर कहीं के ?" स्वभाव से उद्दंड मंथरा उखड़ी थी।

"तो तुम करोगी ही मुझसे विवाह ?" मैं कुछ और तेज बोला था।

"करूंगी, अवश्य करूंगी। सब सुन लिया है—कल क्या हुआ है दरबार में। भरत और शत्रुघ्न लाले की लाज मैं जरूर रखूंगी।"

"वे तो एक ढेले में दो शिकार करना चाहते हैं। राम-वनवास का बदला ले रहे हैं तुमसे।" मैंने समझाना चाहा।

"इसमें बदले की क्या बात है ? विवाह ही तो करा रहे हैं मेरा इस बुढ़ापे में।"

"बन्दर से ?" मैंने उसे हतोत्साह करना चाहा।

"मैं कौन रूपवती-युवती हूं। कूबड़ी तो हूं जन्म से ?"

"तब भी विवाह का शोक चर्राया है ?"

"अवसर मिल रहा है तो क्यों चुकूंगी ? मैं क्या भरत हूं भोली-भाली ?"

"चुप !" राम-वनवास का प्रसंग याद आते ही मेरा क्रोध उमड़ आया। इसके पहले कि मैं आगे कुछ बोलता, मंथरा की आंखें भय से फट गईं और उसकी घिग्घी बंध गई। अब संज्ञा-शून्य हुई कि तब हुई। फटी-फटी आंखों से वह मुझे नीचे से ऊपर तक निहारे जा रही थी। कुछ नहीं समझ कर मैंने अपने शरीर की ओर दृष्टिपात किया—वह मेरे क्रोध करते ही सहसा विकराल हो आया था कनक-भूधराकार—स्वयं, बिना मेरे किसी संकल्प-विकल्प के। ऐसा ही होता आया है मेरे साथ, क्रोध चढ़ा नहीं कि मेरा भयावह रूप उभरा।

"मैं···मैं···नहीं···करूंगी विवाह ? कौन करेगी···इस···पहाड़ से !"

मंथरा हकलाई और मैं मुसकराता लौट आया।

चौवन

जीवन एक अनबूझ पहेली है। नहीं ? आप सभी तो एक स्वर में यही कहते आये हैं। क्यों ? आंग्ल देश में एक बड़ा प्रख्यात कवि हुआ उसने जीवन की एक बड़ी विचित्र परिभाषा गढ़ दी। कहा—जीवन किसी सनकी द्वारा कही कोई कहानी है।[1] जीवन का घोर अपमान है यह। जीवन न तो पहेली है न पागल-प्रलाप।

---

1. Lefe is a tale toed by an ediot.

जीवन निसर्ग का एक महान् मोहक वरदान है। जीवन एक स्वच्छ सरित-प्रवाह है, उसमें भगवद्भक्ति और परोपकार के अनमोल पद्म-पुष्प विकसित पड़े हैं। सुख के असंख्य-द्वीप विकीर्ण हैं इसमें और प्रसन्नता एवं हर्षोल्लास के अनेक चटुल मीन-मत्स्य क्रीड़ा-रत हैं इसमें।

कैसा लगा आपको ? बहुत आशावादी। यही न ? मेरी तो यही परिभाषा है जीवन की। आशा से आप्लावित जीवन ही सच्चा जीवन है। नैराश्य भरा अनुत्साह-संकुल जीवन-पथ बड़ा कष्टकर हो आता है। आस्था ही पाथेय है जीवन-पथ के पथिक का। इस संबल से रहित, अनास्था की रिक्त झोली हाथ में टांगे लक्ष्य की ओर अग्रसर होने वाला जीवन-पथिक पग-पग पर असफलता का ही वरण करता है। आस्था अर्थात् ईश्वरीय अनुग्रह में विश्वास। मेरे आराध्य ने कृष्णावतार में 'सर्व धर्मान् परित्यज्य मामेकं शरणं व्रज' की बात कही। अब आस्था इतनी पक जाये, विश्वास इतना गहन हो जाये कि अपने आराध्य के करों' में जीवन-अश्व की वल्गा पकड़ा कर पूरी तरह निश्चिन्त हो जाओ तो कुछ भी अप्राप्त नहीं रहता तुम्हारे लिए। तो तुम्हारा संकल्प ही कारण बन जाता है— तुम्हारी सारी सिद्धियों का। तब जो-जो सोचते हो वही पाते हो। मेरे समय के बहुत बाद हुए मार्कण्डेय[1] ऋषि के शब्दों में कहूं तो—'यं यं चिन्तयते कामं तं तं प्राप्नोति निश्चितम्।'— जिन-जिन कामनाओं की चिन्ता करता है उन्हें अवश्य पाता है।

आंग्ल भाषा की बात चली थी ऊपर। आस्था है ईसा के अनुयायियों की, आस्था पर। मूल नहीं तो आंग्ल भाषा में ही अनूदित बाइबल तुमने पढ़ी होगी। एक बड़ी अच्छी बात आई है उसमें यदि तुम्हारे अन्दर अलसी के दाने के बराबर भी आस्था है तो तुम्हारे लिए कुछ भी असम्भव नहीं होगा।

यही आस्था संचरित करती है तुम्हारे अन्दर अमित उत्साह। कोई है तुम्हारा रक्षक, कोई है जो तुम्हें बड़ी से बड़ी विपत्ति के मुंह से भी निकाल सकता है। यही विश्वास, यही आस्था तुम्हारे अन्दर दृढ़ उत्साह का सृजन करती है और तुम्हारे सभी संकट, सूर्य-रश्मियों के समक्ष पड़े हिमखंडों की तरह विगलित-द्रवित हो जाते हैं। इसी उत्साह की प्रशंसा में मेरे प्रिय आदि कवि ने लखन लाल के मुंह से कहलवाया था—

उत्साहो बलवानार्य नात्युत्साहात् परं बलम्।
सोत्साहस्य हि लोकेषु न किंचिदपि दुर्लभम्॥

—उत्साह ही बलवान होता है। इससे बढ़कर और कोई बल है ही नहीं। उत्साह-युक्त व्यक्ति के लिए कुछ भी अप्राप्य नहीं है।

इसी उत्साह को आंग्ल भाषा-भाषियों ने 'इन्थ्युजियाज्म' का नाम दिया और एक बड़े अच्छे भक्त पादरी ने यहां तक कह दिया कि—"उत्साह ही सफलता

---

1. दुर्गासप्तशती

और असफलता के मध्य का अन्तर है।"[1]

तो आस्था ही जननी है उत्साह की। विश्वास ही जन्म देता है श्रद्धा को और वही श्रद्धा, आत्म-समर्पण-सर्वस्व-समर्पण — करा देती है भक्त से। और जब सर्वस्व समर्पण हो जाता है, भक्त अपनी सीमित शक्ति के अहंकार से रहित हो जाता है तो भगवान को भी विवश होकर उसके योग-क्षेम के वहन के लिए दृढ़-प्रतिज्ञ होना पड़ता है। आप कहिएगा मैं आत्मकथा कहते-कहते अक्सर भाषण पर उतर आता हूं। उन्मुख हो जाता हूं जीवन-दर्शन बखानने को। नहीं, मैं कथा ही कहने जा रहा था। अपने जीवन की एक बड़ी मनोरंजक घटना। उसकी भूमिका की तरह ही यह बात आ गई। आपको बहुत उबाया हो तो माफ करेंगे। लीजिए वह घटना सुनिए। हां, वह मेरी अपनी आस्था और समर्पण भाव से ही सम्बन्धित है।

मैंने आरम्भ में ही निवेदन किया कि जीवन के सरित-प्रवाह में भाव-भक्ति के अनन्त कमल-कुसुम विकसित पड़े हैं। मेरा जीवन तो आपको ज्ञात ही है राम-भक्ति की एक अजस्र अबाधित रसधार ही है। इस रसधार को राम-प्रेम के उत्फुल्ल पद्म-पुष्प इस तरह संकुलित किए हैं कि इसमें किधर जल है और किधर कमल, यह कहना कठिन है। भाव-भक्ति और प्रेम की इस सम्मिलित सुधा-धार ने अगर आकंठ तृप्त कर मुझे सदा एक मस्ती-विस्मृति की स्थिति में रखा है तो उसमें मेरा क्या दोष ?

इसी मस्ती और आत्म विस्मृति की प्रगाढ़ता की एक स्थिति में मैं जगदम्बा से पूछ बैठा—"अम्ब ! आपके सीमान्त (भाग) में यह सिन्दूरी रेखा क्यों पड़ी रहती है ?"

मुसकराई थी अम्बा मेरे भोलेपन पर। आज मैं जानता हूं कि मेरे स्थान पर दूसरा कोई होता तो क्या डंड मिलता उसे इस अटपटे प्रश्न पर। वे जानती थी मैं था ही भोला-भाला—सीताराम के प्रेम में पागल—विक्षिप्त, विस्मृत, मत्त।

जगज्जननी ने जवाब नहीं दिया तो मुझे लगा, अवश्य इसमें कोई भारी भेद है। इतनी बुद्धि तो थी ही मुझमें कि जब माता किसी बात पर मौन हो जायें तो उसे बहुत तूल नहीं देना चाहिए। पर प्रश्न मथता रहा मुझे निरन्तर, कोई बात तो होगी ही जो सिन्दूर की यह रेखा सदा सजाये रहती हैं अम्बा अपने सीमान्त में।

एक बार मन में आया इसका समाधान करा लूं स्वयं सच्चिदानन्द श्री राम से ही। पर शीघ्र ही वह संयोग आ गया कि बिना प्रश्न किए ही समाधान मिल गया मुझे। हुआ यह कि उस दिन मेरे श्री राम सशरीर जा रहे थे साकेत-भ्रमण को। वे अक्सर जाते ही रहते थे। साथ में मां सीता भी थीं। कपि-स्वभाव मैं भी मचल गया—"मुझे भी ले लें साकेत-यात्रा में। बहुत दिनों से इच्छा हो रही है स्वर्ग-दर्शन की—आपके परमधाम के परिभ्रमण की।"

---

1. Enthusiasm makes the difference.—N. V. Peale

"मेरे धाम में सशरीर मेरे सिवा कोई और नहीं जा सकता हनुमान !" मेरे आराध्य ने सस्मित कहा । उनकी इसी उदारता पर तो मैं बिछ-बिछ जाता था । देंगे तब भी मुसकराकर—नहीं देंगे तब भी मुसकराकर ही । स्वीकृति में भी खेलती स्मिति उनके पाटल-पुष्प कोमल अधरों पर, अस्वीकृति में भी । पर अबकी बार मैं इस मुसकान से भुलावे में आने वाला नहीं था ।

"आप एकाकी कहां प्रस्थान कर रहे हैं ? आपके संग तो माता जी लगी ही हैं ? तो यह दास ही क्यों वंचित हो रहा है इस सुयोग से ? क्या अपराध बन आया इस बालक से ?" मैं अपनी चंचलता में शायद इतना बोल गया जितना दूसरों से सुनने के आदी नहीं रहे हैं राजराजेश्वर श्री राम । पर उनकी महानता की समानता ही हो कहीं, तो वे भगवान क्या, भक्त-भावन क्या ? फिर मुसकराए वे और बोले—"तुम्हारी अम्बा के पास तो अधिकार-पत्र है मेरे पास कहीं भी, कभी भी रहने-जाने का ।"

"कहां है वह अधिकार-पत्र ?" मैं आज कहां छोड़ने वाला था ? साकेत-दर्शन को उत्सुक मैं आज निर्णय कर ही लेना चाहता था कि कब तक मैं सतत-सान्निध्य से वंचित रहूंगा अपने आराध्य के । माता जी तो ठीक ही सदा लगी रहती हैं छाया की तरह —रात्रि-दिवा । तो मैं ही क्यों वंचित रहूं इस अपने श्री राम के अमृतोपम साहचर्य-सुख से ?

"इनके ललाट का यह सिन्दूर नहीं देखते ? यही वह अधिकार प्रदान करता है इन्हें ।" राम ने कहा और मुसकराते हुए माता के साथ साकेत को प्रस्थित हो गए ।

अम्बा और आराध्य तो गए पर मेरी गुत्थी सुलझ गई । मैं हर्ष में सच ही नृत्य-रत हो आया उसी क्षण, उसी स्थल । तो बड़ा करामाती है यह सिन्दूर । उसका एक कण—उससे खिंची एक क्षीण सीमान्त रेखा—अम्बा मां को अबाध, साहचर्य प्रदान करा देती है आनन्द-घन सच्चिदानन्द परमेश्वर मेरे श्री राम का ?

मैं भी प्रयास करता हूं इस सिन्दूरी रेखा को सजाने का अपने ललाट में । मैंने निर्णय लिया और जा घुसा अम्बा के शयन-कक्ष में । दिन में तो वहां जाना कोई कठिन नहीं था । कहां लगाती थी कोई ताला-कुंजी अम्बा अपने इस कक्ष में ? किसी से भय तो था नहीं । था तो मुझ कपि से ही । पर मैं भी कहीं कभी ऐसा अमर्यादित हुआ था कि मेरे प्रवेश को प्रतिबंधित करना पड़े उन्हें । पर आज की बात तो और थी । आज तो संधान मिल गया था मुझे परब्रह्म के सतत साहचर्य की प्राप्ति का । आज मैं कहां ध्यान देने वाला था किसी मर्यादा अनुशासन पर । मेरे जीवन की एक ही मर्यादा, एक ही लक्ष्य, एक ही अनुशासन, एक ही साधना रही—अखिल-ब्रह्मांडपति श्री राम के अधिकतम साहचर्य, सेवा और भक्ति की उपलब्धि । उनके मुख-कमल के मकरन्द का अनवरत, अबाधित पान—उनके अखिल भुवन-रंजन श्री सौन्दर्य का सतत दर्शन ।

मैं बैठ गया अम्बा के सौन्दर्य-प्रसाधन को अपने समक्ष सजा कर । आरसी

को सामने रख सिन्दूर पात्र की स्वर्ण शलाका से लगा बनाने का प्रयास करने अपने ललाट-प्रदेश में वह चमत्कारी चिह्न जो मेरे सौभाग्य-कपाट को उद्घाटित करने का एक मात्र साधन था। पर कैसे बनती वह सिन्दूरी रेखा मुझ कपि के कपाल में ? कहां जम पाता था सिन्दूर, सघन-रोम-संकुल मेरे ललाट में ! प्रयास करते-करते मैं श्रान्त-क्लान्त हो आया पर नहीं टिकना था उस करामाती रंग को मेरे ललाट पर तो नहीं ही टिका वह। पता नहीं इस प्रयास में कितना समय व्यतीत हो गया कि अचानक आरसी में झलक आई, जानकी अम्बा की। मैंने अचकचा कर द्वार की तरफ देखा, वे मन्द-मन्द मुसकराती देखती जा रही थीं इस वानरी प्रयास को। शायद सोच रही होंगी कपियों की नकल की सहज-प्रवृत्ति से मुक्त नहीं हो पाया यह हनुमान भी।

मैं घबरा कर खड़ा हो गया। मैंने समझा था साकेत से आते-आते कुछ समय तो लगेगा अम्बा को तब तक मैं······।

एक बात बहुत देर से स्पष्ट करने का मन हो रहा था। बलात् रोक रखा था इस इच्छा को। मेरे आराध्य और माता सीता के द्वारा सशरीर साकेत-गमन की इस बात को आप मेरी कल्पना से—प्रसूत नहीं माने। भगवान के लिए यह सर्वथा सम्भव था। आज इस कलि में भी बहुत से ऐसे सिद्ध-साधक हैं जो अपनी इच्छानुसार अथवा ईश्वरीय अनुग्रह के आधार पर सशरीर, स्वर्ग-भ्रमण को जाते हैं। अब मैं आपके अन्दर विश्वास जाग्रत करने हेतु साक्ष्य कहां से लाऊं पर इस संबंध में आपके भारत-भूमि से हाल में ही तिरोहित हुए मेरी स्वामिनी के विशेष कृपा-पात्र और उन्हीं के अंश से आविर्भूत प्रसिद्ध संत अयोध्यावासी रूपकला जी का उल्लेख करना चाहूंगा। हमारे आराध्य का विशेष अनुग्रह उनको प्राप्त था। अयोध्या में आज भी उनका स्थान—रूपकला-दिव्यकला-कुंज—वर्तमान है। संत भगवान प्रसाद 'रूपकला' अपने चालीस वर्षीय अयोध्यावास के दौरान अनेक बार साकेत-भ्रमण को गए। उन्हीं के अनुग्रह-वश उनके एक परम शिष्य वैष्णव रत्न श्री सीताराम शरण 'प्रेमकला' जी ने एक संध्या साकेत-गमन हेतु उनके विमानारोहण को अपने पूरे होशो-हवाश में अवलोकित किया था। अभी तक जीवित इस नब्बे वर्षीय वृद्ध संत ने अपनी सद्यः प्रकाशित पुस्तक में इस परम गोप्य रहस्य को प्रकट करने की भी अनुकम्पा की है। धन्य है मेरे श्री राम और स्वामिनी सीता जी के अनुग्रहाश्रित जनों का सौभाग्य ! तो अब तो आपको लगा न कि सीताराम के प्रेम से आविष्ट मैं, अनर्गल कथन का आश्रय नहीं ले रहा अपने इस आत्मनिवेदन में।

तो अब लौटता हूं मूल कथा-प्रवाह की ओर। उस क्षण मेरी उस अव्यवस्थित स्थिति को देखकर द्वार पर खड़ी अम्बा बोली थीं—

"कोई चिन्ता नहीं। पूरी कर लो अपनी इच्छा। कर लो सिन्दूर-मण्डित

---

1. 'रूपकला चरितावली'—श्री सीताराम शरण प्रेमकला, हनुमाननगर, पटना।

अपने मस्तक को।" धन्य थी मूर्तिमती करुणा, वह जगदम्बा। मुझे डांटने-डपटने के बदले मेरा उत्साह-वर्द्धन करने पर कटिबद्ध थीं।

मैं मौन। क्या बोलता? अम्बा अन्दर आ गई। बड़ा विचित्र दृश्य था। धरती पर सिंदूर ही सिंदूर। श्रृंगार की विविध सामग्रियां श्रृंगार-दान के बाहर अस्त-व्यस्त। बार-बार मेरे रूक्ष केशों के साथ संघर्ष से विरूप और टेढ़ी हो आई स्वर्ण-शलाका।

सिंदूर से पूर्णतया पुता दर्पण-मुख।

मैं कक्ष से भागने ही वाला था कि अंम्बा ने रुकने का इंगित किया। अपराध-भाव-भरा मैं नत-सिर खड़ा हो गया।

"तुम्हें भगवान ने ठीक नहीं बताया," अम्बा ने आरम्भ किया, "सिन्दूर मैं इस लिए नहीं लगाती कि इससे साकेत जाने की सुविधा होती है।"

मेरी आंखों में प्रश्न उभर आया। मुझे लगा, अम्बा मुझे बहला रही हैं। मुझे साकेत जाने और भगवान के सतत-साहचर्य से वंचित करना चाहती हैं। मेरे सदा साथ लगे रहने से इनका एकाधिकार जो समाप्त होगा! पर अम्बा तो स्वप्न में भी मिथ्या भाषण नहीं करतीं, मैं सावधान हुआ। मेरे आराध्य तो परिहास-प्रिय हैं—विनोद-वृत्ति के वश कभी-कभी कुछ ऐसा भी बोल देते हैं जो असत्य तो नहीं होता पर भटका हमें अवश्य देता है।

"तब?" अभी जाकर मेरा मुख खुला था। अम्बा की श्रृंगार-सामग्री यों ही बिखरी पड़ी थी। उसे हाथ लगाकर व्यवस्थित कर दूं, यह हिम्मत भी नहीं संजो पर रहा था अब मैं।

"सौभाग्य-रेखा है सीमान्त का यह सिन्दूर। आयु-वर्द्धन होता है इससे तुम्हारे और मेरे आराध्य का।' माता सीता ने संक्षिप्त उत्तर दिया और मुझे जैसे विद्युत-स्पर्श हुआ। आयु-वर्द्धन होता है इससे श्री राम का तो मैं अब अवश्य ही धारण करूंगा इसे और एक नन्हीं-सी क्षीण रेखा क्या खींचनी ललाट पर, पूरे शरीर को ही कर लूंगा मैं सिंदूरी। पर होगा कैसे यह? मेरे मन ने प्रश्न किया, एक चुटकी तो यह उद्दंड रंग टिकता नहीं मेरे रोमल वानर-तन पर, पूरा का पूरा कैसे रंग पाऊंगा मैं इसे? पर अब कुछ करना ही था, एक दृढ़ संकल्प के साथ मैं अम्बा के कक्ष से बाहर भागा। बाधाओं से डर जाये तो हनुमान क्या?

और यह मैं खड़ा था पूरा-का-पूरा सिंदूर-रंगा अपने राम के सामने—अच्छा खासा लाल लंगूर। तुलसी के शब्दों में—'लाल देह लाली लसै अरु धरि लाल लंगूर।'

"यह क्या हनुमान?" खिलखिला पड़े मेरे राम। अखिल-भुवन-रंजन हंसे तो खुशियों की खील तो बिखर ही जायेगी सर्वत्र। उनकी मुक्ता-धवल दन्तावली की ज्योति से ज्योतित तो हो ही जायेगा परिवेश का कण-कण, अणु-अणु। आनन्द की एक अलौकिक लहर तो छू ही जाएगी सभी समुपस्थितों-प्रेक्षकों के अन्तरमन को।

कुछ क्षण तक तो अभिभूत, अपने आराध्य के इस स्मित-विलास का आनन्द लेता रहा और जब उनकी हंसी चली गई तो सर्वप्रथम मैंने अपनी देह की ओर दृष्टि-पात किया। सफल, पूरी तरह सफल हो गया था मैं अपने आयोजन में। हुआ यह कि अम्बा मां के कक्ष से बाहर हुआ तो निकल आया अयोध्या के राज-पथ पर। पागल की तरह दौड़ा-दौड़ा जा पहुंचा पण्य-शालाओं की तरफ। एक पंसारी की दुकान के अन्दर प्रवेश कर सिंदूर का एक पूरा बोरा ही डाल लिया देह पर। क्या मना करता वह मुझे? ज्ञात ही था कि मूल्य से अधिक ही मिल जाएगा राम-दरबार से अगर रामदूत ने कुछ उठा ही लिया अपने कपि-स्वभाव-वश तो। बोरा डालकर बाहर आया पर हाल वही ढाक के तीन पात। राज-पथ दूर-दूर तक लाल, सिंदूरी हो आया और अपने लम्बे रोम जैसे के तैसे। अब क्या करूं? टिकाना तो था ही इस चमत्कारी वस्तु को अपने शरीर पर। आराध्य का आयु-वर्द्धक जो था यह।

पशोपेश में पड़ा मैं कोई उपाय ढूंढ़ने में व्यस्त ही था कि पार्श्व में दृष्टि-गोचर हो गई एक तेल-दुकान। समाधान मिल गया मुझे। उसके अन्दर प्रविष्ट कर सरसों के तेल का आकंठ-भरा एक वृहत् पात्र ही उड़ेल लिया अपने ऊपर और फिर उसी पंसारी के यहां जो सिंदूर का दूसरा बोरा रिक्त कर गया अपने तेल-स्नात शरीर पर। अब उतरो कैसे उतरते हो मेरे ऊपर से तुम!

"हनुमान!" श्री राम ने फिर टोका था, "यह क्या?"

"साकेत-गमन का अधिकार-पत्र।" मैंने भी विनोद करना चाहा था पर भगवान के पार्श्व में आसीन और अपनी हंसी को अब तक येन-केन-प्रकारेण रोकने में व्यस्त सीता-अम्बा ने कह ही दिया धीरे से, "आपके आयु-बर्धन का उपाय किया है अंजना-नन्दन ने!"

"सच?" बात समझते ही मेरे आराध्य के मुंह से सहसा निकला और फिर जैसे अन्दर तक गद्गद हो केवल इतना ही कह पाये वे—"हनुमान!"

पचपन

आज कुछ विशेष ही उमड़ा था वात्सल्य, वैदेही का। साक्षात् अन्नपूर्णा का ही। उनका पुत्रवत् स्नेह तो सदा सुलभ था ही, आज उसकी विशेष अभिव्यक्ति का उपक्रम था। जो मां वत्सों को पयः-पान करा ही संतुष्ट होती है, अन्नप्राशन का उत्सव भी वही आयोजित करती है। शिशु को छप्पन प्रकार के व्यंजन परोस उसे अपने सामने खाते देखने के जिस स्वर्गिक सुख का वह लाभ करती है वह उसी का सौभाग्य है। आज उसी आनन्द को प्राप्त करने को कृत-संकल्प थी जगन्माता। मुझे अपने हाथों खाना बना कर खिलाना चाहती थीं। अभी तक उनका अपना

कोई सुत तो था नहीं। इस अकिंचन को ही अपना पुत्र मान बैठी थीं वह। यों तो निखिल विश्व-ब्रह्मांड की ही जननी हैं वह — चराचर उन्हीं की कुक्षि से उत्पन्न है। किन्तु जिस लीला रूप को धारण किया था उन्होंने, उसे मातृत्व का वरदान सुलभ होना अभी शेष था। लव-कुश की अवतारणा अभी हुई नहीं थी। जगज्जननी का सम्पूर्ण वात्सल्य मुझे ही अर्पित था। मुझ पर ही वह सारा स्नेह लुटाया जा रहा था जिससे सम्पूर्ण चराचर एक साथ सिंचित हो सकता था। आप मेरे स्पृहणीय सौभाग्य का सहज ही अनुमान लगा सकते हैं। बहुत आसान नहीं था यह स्नेह-संवहन। सहज ही विक्षप्त कर सकता था वह—उद्दंड और उच्छृंखल बना सकता था कल्पनातीत रूप से।

माता-पिता की एक मात्र सन्तान होने का जिसे सुयोग सुलभ होता है उसके विनाश और बर्बादी की गाथा से आप अपरिचित नहीं। बड़ा क्रूर होता है यह स्नेह-प्रवाह भी। ठीक से नहीं सहेज पाइए तो तिनके की तरह बहा ले जाएगा वह अपनी उद्दाम तरंगों के बल और फिर न आप कूल पकड़ पाइएगा न किनारा। अपार-असामान्य स्नेह—जैसे आसमान से बरसती जलधार। बूंदा-बांदी तक तो ठीक। पर गगन से मूसलाधार जल-वर्षण हो रहा हो तो उसे झेलने के लिए सिर का अस्वाभाविक रूप में सशक्त होना भी आवश्यक है। गंगावतरण को सम्हालने की सामर्थ्य किसी धूर्जटी (शिव) की जटा में ही थी। किसी ऐरे-गैरे के सिर को सहारा नहीं बना सकतीं थी सुरसरि।

स्वयं जिनके पाद-पद्मों से गंगा प्रवाहित हुई, उस कोटि-कोटि ब्रह्मांड-पति की प्रिया होने के नाते जो ऐसी असंख्य गंगाओं को अपने कमल-कोमल पदों से प्रवाहित करने में सक्षम हैं। उस जगन्माता के स्नेह के अक्षय-अजस्र सागर का जो एक मात्र स्वत्वाधिकारी हो उसके सौभाग्य के साथ-साथ उसकी विवशता का अनुमान कुछ विशेष कठिन नहीं। यह उन्हीं करुणामयी की अकारण कृपा का ही फल था कि उनके इस अथाह, अछोर प्रेम का भाजन बनकर भी मैं अब तक संतुलित और प्रकृतिस्थ था। आज जब भोजन के माध्यम से उनका असीम स्नेह ससीम होना चाहेगा तो मैं उसे सचमुच झेल पाऊंगा क्या?

"अम्बे! यह कष्ट नहीं ही करें तो अच्छा।" मैंने हाथ जोड़ निवेदित किया।

"मैं अच्छा रंधन करती हूं। तुम्हें निराश नहीं होना पड़ेगा।" जगदम्बा ने आश्वस्त करना चाहा।

"नहीं, यह बात नहीं," मैंने पैरों में झुक कर कहा, "मेरा निवेदन तो मात्र इतना था कि आप ही का दिया तो खाता हूं। अब व्यर्थ का कष्ट आप क्यों उठायें? यों भी आपके स्नेह का भाजन तो सदा ही रहा हूं। इस व्यर्थ के झंझट से क्या लाभ?"

"लाभ-हानि की बात नहीं अंजना-नन्दन! यह एक माता की इच्छा है जिसकी पूर्ति में उसके पुत्र को बाधा नहीं बनना चाहिए। अब मैं तुझे कैसे समझाऊं कि हर माता की यह आन्तरिक अभिलाषा होती है कि वह अपने पुत्र को अपने

हाथों तैयार कुछ-न-कुछ खिलाये। राघवेन्द्र की सेवा में लगे रहने के कारण मुझे यह सुयोग नहीं मिलता, पर मैंने निश्चय कर लिया है कि इस इच्छा की पूर्ति में अब बहुत विलम्ब नहीं करना है। जाओ तुम सरयू-स्नान सम्पन्न कर लो तब तक मैं पाक पूरा करती हूं।"

जगन्माता ने अंजना-नन्दन कह कर मुझे सम्बोधित किया था। इशारा स्पष्ट था—मैं अंजना का बेटा वैदेही का होकर भी शायद नहीं हो पा रहा था। आज्ञा को शिरोधार्य करने के अलावा अब कोई विकल्प नहीं था। मैं सरयू-स्नान को प्रस्थित हो गया।

इधर मैंने सरयू में गोता लगाया, उधर बढ़ चला मेरे अन्दर का द्वन्द्व। सच, सिद्ध कर पाऊंगा आज क्या मैं अपने को जगदम्बा का सही स्नेहभाजन? न्याय कर पाऊंगा उनके पाक-पकवान के साथ? वे तो बड़े श्रम से बनायेंगी विपुल भोज्य-पदार्थ। अनन्त हो आयेगी अन्नपूर्णा द्वारा निर्मित खाद्य सामग्री। दो-चार नेवाले मात्र कंठ में उतार कौन सुख दे पाऊंगा मैं उन्हें? अगर अधिकांश वस्तुएं धरी-की-धरी रह गईं तो दुःख नहीं होगा जगज्जननी को? कहेंगी, व्यर्थ ही इतना श्रम किया इस के लिए। फल-फूलों पर पलने वाला वनचारी क्या जाने राजप्रसादों का व्यंजन-सुख? नहीं, यह तो भारी गलती हो गई।

मेरी हालत वही हुई जो आगे चलकर द्वापर में ऋषि दुर्वासा की हुई थी। मेरे आराध्य के आत्मीय, पांडवों को अपमानित और अन्ततः ऋषि द्वारा शापित करा उन्हें समूल समाप्त करने की जो दुरभिसंधि रची थी दुर्योधन ने उसी के वश हो पहुंचे थे ऋषि अपने सहस्रों शिष्यों के साथ वनवासी कुंती-पुत्रों के पास उस समय जब द्रौपदी भोजन कर चुकी थी। उसके अक्षय-पात्र से अब कुछ नहीं निकलना था और पांडव, ऋषि-मंडली को देख भय-ग्रस्त हो आये थे। इधर दुर्वासा नदी-स्नान के लिए गए थे और उधर कृष्ण रूप में अवतरित मेरे आराध्य ने अक्षय-पात्र के अन्दर हाथ डाला था। एक शाक-पत्र हाथ लगा था और उसे ग्रहण कर वे तृप्त हो गए थे। अखिल ब्रह्मांड-नायक ही जब तृप्त हो गया तो ब्रह्मांड अतृप्त होने से रहा? दुर्वासा और उनके शिष्यों के उदर, कंठ तक भर आये। डकारें आने लगीं। अब कौन जाता था पांडवों का अन्न नष्ट कर उनका शाप लेने। शिष्यों के साथ सिर पर पैर रख भागने के अलावा ऋषि को कोई उपाय नहीं रहा।

'तो मैं भी भाग जाऊं क्या?' एक क्षण को यह बात आई मेरे मन में। दूसरे ही क्षण मैंने धिक्कारा अपने-आपको। मैं अपने आराध्य और आराध्या को छोड़कर कहां भाग पाऊंगा? मैं ठहरा उनकी छाया। शरीर नहीं भागे तो छाया कैसे भागेगी? और फिर इनसे अलग रह एक क्षण को भी जीवित रह पाऊंगा क्या? तब क्या उपाय था? जगज्जननी का मन भी तो नहीं तोड़ा जा सकता। उनकी विपुल सामग्री के साथ न्याय नहीं कर, उनके श्रम को व्यर्थ करने का साहस भी किधर से जुटा पाता मैं? अहा, वह जननी कितने स्नेह से, अपने कोमल करों से, पाक-रत होंगी

और मैं जब उनके सारे स्नेह, संपूर्ण उत्साह पर पानी फेर दूंगा तो क्या बीतेगा उन पर ?

तो क्या समाधान था इस समस्या का ? मेरा व्यथित मन बार-बार यह प्रश्न दुहरा रहा था। नदी की धार से निकल अब तक मैं कूल पर आ गया था। सरयू-कूल के शीतल-मन्द समीर ने मेरे शरीर को अपना स्नेहिल स्पर्श प्रदान किया तो मन-प्राण प्रफुल्ल हो आये। क्षण में सारा संताप जाता रहा। बड़ा मधुर था यह संस्पर्श, बड़ा अपनत्वपूर्ण, बड़ा दुलार सना। क्षणार्ध में ही समझ गया था मैं। पहचान मिल गई थी इस प्रेमिल स्पर्श को। साधारण नहीं था यह। साक्षात् पिता ने ही थपथपाया था पुत्र को। पवन ने ही आलिंगित किया था पवनसुत को। नहीं सह पाया था वह सुत-संताप। पुलकित हो आया था मैं। पिता का सम्बल सुलभ हो गया तो मार्ग-अनुसंधान में अब कहां समय लगना था ? तभी एक बिजली-सी कौंधी थी मेरे अन्दर। आने वाले द्वापर का वह सारा दृश्य पूरी तरह घूम गया था एक क्षण में मेरी आंखों के सामने। घूम गया था दुर्वासा का वह दुर्दान्त स्वरूप और दिख गई थी वह प्रज्वलित अग्नि-चिता जिसमें ऋषि और उनके शिष्यों के स्वागत में असमर्थ पंच-पाण्डव अपने को विसर्जित करने को प्रस्तुत थे। दिख गई थी चिन्ताग्रस्त द्रौपदी जो अक्षय-पात्र को हाथ में लिए अपने दुर्भाग्य पर आठ-आठ आंसू बहा रही थी। किसी भी क्षण उसका सौभाग्य-सूर्य अस्ताचलगामी हो सकता था। पांच पतियों की वह सौभाग्यशालिनी पत्नी किसी भी क्षण अखंड वैधव्य का वरण करने को बाध्य होने वाली थी। यह और आगे का सारा दृश्य क्षणार्ध में ही घूम गया था मेरे अन्तः पटल पर। आप इस पर आश्चर्य नहीं करें कि त्रेता के उस काल में मैं कैसे देख गया द्वापर की एक अघटित घटना को। नहीं होता यहां कुछ भी नवीन। सब कुछ पूर्व घटित है। कल्प-दर-कल्प एक ही कहानी दुहराई जाती है। आपकी जात ही है यह। मेरी आंखें खुल गईं और मैंने अपने को धिक्कारा—सोचो कि क्या किया था पांचाली ने जब द्वार पर सहस्रों अतिथि आ गए थे और अक्षय-पात्र ने कुछ भी देने से इन्कार कर दिया था ? कैसे बचा ले गई थी वह पांडवों को आसन्न विनाश से ?

उसने अपने आराध्य को याद किया था—कृष्ण को। सब कुछ देख रहा था मैं। दौड़ पड़े थे द्वारिकाधीश सामने के व्यंजन-थाल को छोड़, शाक के उच्छिष्ट 'पात' को ग्रहण करने। पांडवों को साक्षात् मृत्यु के मुख से बाहर निकालने। प्रज्वलित अग्नि-चिता में अपने को समर्पित करने को उद्यत धर्मराज युधिष्ठर और अनुजों को प्राण-दान देने। हाय, मैं कैसा मूढ़ हूं ? कैसे भूल गया इस अवसर पर मैं अपने आराध्य को ? जब उनका कृष्ण-रूप अपने अनुगतों और भक्तों को बात की बात में महान् भय से त्राण दिला सकता है तो उनका यह राम-रूप एक क्षण को भी मुझे चिन्ता-ग्रस्त देख सकता है क्या ?

"राम-राम ! सीताराम !" मैंने स्मरण किया था अपने हृदयस्थ युगल सरकार को। सदा तो ध्यान उन्हीं पर केन्द्रित रहता था पर जब चिन्ता-व्यालिनी दंशित

कर रह होतन-मन का तो तार टूट ही जाता है और मन, रश्मि-विहीन अश्वों की तरह दिग्भ्रमित और लक्ष्य-च्युत हो जाता है। वे ही ये क्षण हैं जो पूर्णतया निरर्थक और निष्फल होते हैं क्योंकि जिस क्षण में आराध्य का ध्यान नहीं बना उस क्षण का जीवन में आना-न-आना कोई अर्थ नहीं रखता।

मैंने याद किया था आराध्य को और जुड़ गई थी भग्न तंत्री। चतुर्दिक से खिच ध्यान केन्द्रित हो आया था अन्तरस्थ युगल विग्रह पर—सीताराम पर। एकाग्र-मन मैंने प्रार्थना आरम्भ की थी युगल सरकार की—"मार्ग दिखाओ मेरे राम, ताकि मैं मां भूमिजा के स्नेह का सच्चा भाजन सिद्ध हो सकूं। तुम भी कुछ करो जगज्जननी! ब्रह्म की प्रेरक-शक्ति तुम जगद्धात्री की माया बड़ी विचित्र है। तुम्हारी इस माया को पार पाना बड़ा कठिन है, अगर तुम्हीं मार्गदर्शिका नहीं बनो। अब जो समस्या तुमने खड़ी की है उससे निस्तार का यत्न भी तुम्हीं सुझाओ मातः! तुम्हीं प्रकाशित करो मेरा पथ वर्ना मैं तो असफल हुआ ही आज की इस परीक्षा में।" मैंने अपने आराध्य और आराध्या को सम्मिलित रूप में पुकारा और तभी पार्श्व-स्थित नागेश्वर मंदिर की घंटा-ध्वनि कानों तक पहुंची। इंगित स्पष्ट था। उसे ग्रहण करने में मैंने क्षण-भर भी समय नष्ट नहीं किया और दौड़ चला आशुतोष की अर्चना को। समाधान वहीं मिलना था।

नागेश्वर मंदिर आज भी अवस्थित है अयोध्या में—सरयू किनारे। पर तब और आज की स्थिति में बड़ा अन्तर आ गया है। तब सरयू की धारा ऐसी क्षीण नहीं हुआ करती थी—ग्रीष्म के तपते दिनों में भी। न मंदिर ही मुख्य धारा से इतना अलग-थलग पड़ जाता था, सलिल-संकोच के दिनों। पूर्ण-सलिला सरयू की उत्ताल तरंगें सदा पखारती रहती थीं मंदिर से सटे घाट-सोपानों को। सीढ़ियों पर अठखेलियां करती लोल ऊर्मियां बड़ा मोहक दृश्य उपस्थित करतीं और पशुपति की पूजा के इच्छुक भक्तों को दूर के कूल-किनारों से नहीं लाना पड़ता सरयू-जल। घाटों पर स्नान किया और जल-पात्रों को सलिल-पूरित कर पहुंच गए आशुतोष के जलाभिषेक को।

लंका-विजय के पश्चात् अयोध्या लौटते ही सौमित्र लक्ष्मण ने निर्मित कराया था यह भव्य शिवालय सरयू के इस किनारे और अपने ही हाथों स्थापित किया था शिव-लिंग उसके अन्दर। मेरे आराध्य ने जब सागर-किनारे शिव-लिंग को स्थापित किया था तभी मेरे मन में आया था कि अनुज भी अगर अग्रज के चरण-चिह्नों का अनुसरण करते और अपने हाथों किसी शिवलिंग की स्थापना कर पाते तो कितना अच्छा होता! मेरी अभिलाषा इतनी शीघ्र पूर्ण होगी, इसकी आशा तो मुझे नहीं थी पर न जाने किधर से प्रेरणा जगी थी शेषावतार सौमित्र के अन्तर में कि पूर्ण कर ही दी थी उन्होंने मेरी अन्तर-कामना। मंदिर से थोड़ी ही दूर पर स्थित था लक्ष्मण का निजी महल जहां वे अपनी पत्नी उर्मिला के साथ आवास करते थे। तभी से अयोध्या का यह भाग लक्ष्मण-किला के नाम से ख्यात रहा और आज भी वही नाम प्राप्त है उसे।

नहीं, अयोध्या वही नहीं है जो त्रेता के उन दिनों थी। वह देव-नगरी तो एक दिव्य-धाम थी जो उस परब्रह्म के लीला समेटने के साथ ही तिरोहित हो गई। तब से वह कई बार बसी और कई बार उजड़ी। कभी इसकी वीथियां धन-धान्य पूर्ण रहीं, श्री-सुषमा उनमें लौटती रही तो कभी वहां झाड़-झंखाड़ उग आये। अट्टालिकाएं धूल-धूसरित हो गईं, बाजार उजड़ गए। जो राज-मार्ग कभी रथ-चक्रों द्वारा चूर्णित रजों से अभिषिक्त होते रहे उन पर खंदक-खाइयां उभर आईं और ग्रीष्म में तप्त लू-लपटों और शीत में गात को काट खाती ठण्डी बयारों का बसेरा हो गया वहां।

हर समय मैं अपनी इस प्रिय नगरी के आस-पास ही डोलता रहा। प्रकृति के नियमों से परे कुछ भी नहीं है। जन्म-मरण, आसन-अवसान और निर्माण-विध्वंस, परब्रह्म की अपरा शक्ति, इस प्रकृति के मूल में है। मैं चाहकर भी कुछ नहीं कर सकता था। सब कुछ बड़े तटस्य भाव से देखता रहा। अयोध्या के सौभाग्य और दुर्भाग्य, उसके उत्कर्ष और विकर्ष का मौन साक्षी बना मैं अपने आराध्य के भजन-भाव में मग्न रहा। तब बात यह थी कि इस भारत-भूमि पर राम-नाम का कीर्तन कहीं-न-कहीं होता रहा और मैं इन सभी संकीर्तनों का आनन्द लेता अपना समय काटता रहा।

लक्ष्मण किला आज भी है अयोध्या में, बल्कि अयोध्या का सबसे अधिक स्वच्छ और दर्शनीय भाग यही है यदि कनक-मन्दिर को छोड़ दें। पर उस समय की इसकी शोभा और श्री का क्या कहना जब सौमित्र का वास था यहां। इसकी हर सुबह का शहनाई के मधुर संगीत और पार्श्व-स्थित नागेश्वर मन्दिर की घंटा-ध्वनि से स्वागत होता। चारणों एवं बन्दीजनों द्वारा सौमित्र के शयन-कक्ष के ठीक नीचे राम-धुन होती और निद्रा-मुक्त होते ही उन्हें राजा राम के गुणानुवादों के श्रवण का सौभाग्य मिलता। सम्पूर्ण दिन यह क्षेत्र जीवन से स्पन्दित एवं तरंगायित रहता। भाग-दौड़ मची रहती। राजमार्गों पर राज-पुरुषों—सामन्तों-मंत्रियों, सेनापतियों—के रथ द्रुत-गति से दौड़ते रहते। पार्श्व की दुकानें बहु-मूल्य वस्तुओं— स्वर्णाभूषण और हीरे-जवाहरातों से जगमग करती रहतीं और उनमें विराजमान श्रेष्ठीगण लोगों को इच्छित सामग्री समुचित मूल्य पर प्रदान करते रहते। शोषण और लाभ-अर्जन का प्रश्न ही नहीं था तब यहां। दुकानें अगर नहीं थीं तो अन्न और घी-दूध की। ये वस्तुएं सर्वत्र बिना-मूल्य सुलभ थीं। अन्न और विद्या का विक्रय राम-राज्य तो क्या मेरे आराध्य के द्वितीय अवतार कृष्ण के काल तक कल्पना की बात नहीं थी। कलि की ही विशेषता है यह। इसलिए तो आदि कवि ने अपनी रामायण के आरम्भ में ही कलि की विकृतियों की गणना करते हुए स्पष्ट कर दिया कि उस समय नगरवासी अन्न, और ब्राह्मण ज्ञान (वेद) के विक्रय में नहीं हिचकेंगे।[1]

---

1 अट्टशूलाः जनपदाः, शिवशूला द्विजातयः।—वा० रा०

कलि की यह वर्तमान अयोध्या अन्वेषण है उस प्रसिद्ध धर्म-प्राण सम्राट् की जिसे आप विक्रमादित्य के नाम से जानते हैं। द्वापर के कृष्णावतार के कुछ ही वर्षों के पश्चात् अयोध्या पूरी तरह उजड़ गई थी। कृष्ण-प्रेम की ऐसी लहर जगी थी जन-जन में कि लोग मेरे आराध्य के रामरूप को प्रायः भूल ही गए थे। हंसी आ रही थी मुझे—राधा-कृष्ण के आकर्षण ने अपदस्थ ही कर दिया था लोगों के मन से सीता-राम से रूप को यद्यपि अभिन्न ही थे दोनों युगल। एक ही ब्रह्म और उसकी परा शक्ति के भिन्न-भिन्न व्यक्त रूपों में कहां और कितना अन्तर है ?

बहुत वर्षों तक उपेक्षित पड़ी, द्वापर की अयोध्या प्रायः लुप्त हो गई। क्रूर काल ने इसके नामोनिशान को ही समाप्त कर दिया। व्यथित हो आया था मैं। पहले जब यह नगरी कई बार उजड़ी-बसी तो कोई-न-कोई पहचान बची ही रहती थी इसकी। लोग उसी पहचान को पकड़ पुनर्निर्मित कर लेते थे इस नगर को। भक्ति-भाव की लहर तो उठती-गिरती रहती ही है। कभी ज्वार का काल आता है तो कभी भाटा का। भाटा के दिनों यह नगर उजड़ा तो ज्वार के दिनों बस आया। पर अब कैसे बसता यह ? कलि ने पूरी तरह पोंछ ही दिया था इसके अस्तित्व को पृथ्वी से। नगर की ईंट-ईंट विलुप्त हो गई थी। भवन, हाट-बाजार, मंदिर-घाट, राजमार्ग, सब काल-क्रम से विनष्ट हो गए थे और धूल-मिट्टी की ऐसी मोटी पर्तें पड़ गई थी कि कोई कल्पना भी नहीं कर सकता था कि उस स्थान पर कभी कोई जीवन से स्पन्दित और धन-धान्य से पूर्ण एक उत्कृष्ट नगर बसता था।

मैं आश्वस्त था, अयोध्या के दिन फिरेंगे। मुझे कोई शीघ्रता नहीं थी। त्रेता से लेकर काल के अनन्त प्रवाह का साक्षी मैं जानता था कि काल-देवता के यहां वर्षों-युगों का कोई महत्त्व नहीं होता। आपके घड़ी-क्षणों से अधिक स्थान क्या है वर्षों और युगों का, समय के अनन्त निरावधि विस्तार में ? दो-चार वर्ष विलुप्त रही अयोध्या तो रही, फिर तो कोई आता ही इसका उद्धारक। किसी को तो प्रेरणा देते ही मेरे आराध्य—"उर-प्रेरक रघुवंश मणि"—लिखा ही है तुलसी ने। मुझे क्या करना था, सब कुछ उन्हीं की इच्छा से होता है। और प्रेरणा हुई थी विक्रम को। खोज हुई थी अयोध्या की। क्या हुआ जो घोर जंगल उग आया था पर्त-दर-पर्त पड़ी उस मिट्टी पर जिसके नीचे दबा पड़ा था धरती का साकेत धाम। क्या हुआ जो कंटीली झाड़ियों और बेतरतीब उगी वृक्ष-राजियों ने असम्भव ही कर दिया था उसकी पहचान को। पर आखेट के लिए आये अश्वारोही नृप के मन में लगा था कि यह धरती साधारण नहीं थी। मृगया-लोभी राजा का मन किसी मृग पर शर-सन्धान के समय अपनी सहज हिंस्र-प्रवृत्ति को छोड़ करुणा-विगलित हो आया था और अति समीप से सरक जाते शिकार को उपेक्षित कर वे जीव-दया के भाव से भर आये थे। हिंसा पर अहिंसा की विजय हुई थी और नृप को लगा था कि है इस धरती और इस वन की वायु में कुछ जो असाधारण एवं अननुभूत है वर्ना सहज हिंसक उनका मन अहिंसक कैसे बन आता ? एक बार नहीं, दो बार और अनेक बार ऐसा हुआ और हर बार पास का पशु उनके अन्दर जग आये

देवत्व के कारण अनाहत निकल गया तो विक्रम का मन स्थान की अलौकिकता के प्रति पूर्णतया आश्वस्त हो आया।

राजाज्ञा से उत्खनन सम्पन्न हुआ और यत्र-तत्र प्राप्त भग्न मंदिरों और राज-प्रासादों के प्रचुर अवशेष पूर्णतया सिद्ध कर गए कि सरयू के इस कूल कभी बसा था कोई विशिष्ट जनपद। नृप को संदेह नहीं रहा कि वह अयोध्या ही थी जो गड़ी पड़ी थी यहां भू-गर्भ में। अनावश्यक था अब अधिक अनुसंधान। उत्खनन समाप्त कर निर्माण आरम्भ हुआ था। वृक्ष कट गए थे और मंदिरों-प्रासादों के निमित्त नींवें खुद गई थीं।

नृप-निर्मित देवालयों में जब राम-दरबार सज आया था तो देखा-देखी श्रेष्ठियों, सामन्तों एवं अन्य सम्भ्रान्त व्यक्तियों ने भी मन्दिर-पर-मन्दिर बनाने आरम्भ कर दिए थे यहां। कुछ दिनों पूर्व जहां तमाच्छन्न काननों का अन्धकार लौटता था वहीं अब मन्दिरों की आरती और प्रासादों की दीपमालिकाओं का प्रकाश व्याप्त हो गया। लोगों ने अपने और अपने पूर्व-पुरुषों—पिता-पितामहों, माता-मातामहियों—के नाम पर देवालयों और घाटों का निर्माण सम्पन्न किया और बस आई आज की अयोध्या।

तो यही है आज की अयोध्या—विक्रम को लेकर आज तक के धर्म-प्राण भक्तों की श्रद्धा-आस्था की साक्षात् प्रतीक। साधु-सन्तों, याचकों की शरणस्थली। अनेक मठों और अन्न-शालाओं के माध्यम से असंख्य असहायों और क्षुधा-पीड़ितों की प्राण-दायिनी, पुण्य भूमि।

पर प्रसन्न नहीं हूं मैं अयोध्या की वर्तमान स्थिति से। आप आते हों अयोध्या तो देखते ही होंगे इसकी ह्रासोन्मुख और पतनोन्मुख परिस्थिति को। मन्दिर पर मन्दिर भग्न और धराशायी हो रहे हैं। इनके खंडहरों में अराजक तत्त्वों—चोर-लुटेरों, द्यूत-प्रेमियों और बटमारों—के डेरे पड़ गए हैं। जो कुछ मन्दिर खड़े हैं, उनमें अधिकांश के अन्दर दीप-आरती की व्यवस्था भी नहीं है। जहां मूर्तियां विराजती हैं वहीं रिक्शा-चालकों और कुली-किरायेदारों और उनके परिवारों के भोजन-पान और केलि-क्रीड़ा का भी स्थान बन आया है। जिन विशाल देवालयों को कभी सम्पन्न श्रद्धालुओं ने अपने पूर्वजों की स्मृति में खड़ा किया था, वे उपेक्षा का शिकार हो जीवन के दिन गिन रहे हैं। कुछ की छतें टूटी हैं तो कुछ की दीवारें धराशायी हो गई हैं। कुछ के अन्दर झाड़-झंखाड़ उग आये हैं तो कुछ के अन्दर मदिरा और अन्य मादक द्रव्यों का प्रत्यक्ष-अप्रत्यक्ष व्यापार चल पड़ा है। सड़कें और गलियां तंग और गंदगी भरी हैं। मन्दिर टूटते हैं तो उनके स्थान पर गृह बन आते है। देव-मूर्तियों को निष्कासित कर मानव-मूर्तियां वहां अपने को स्थापित कर लेती हैं।

आवश्यकता है अयोध्या के पुनरुद्धार की। और मैं प्रतीक्षा में हूं। प्रतीक्षा में एक और विक्रम की, जो अयोध्या की नष्ट-प्राय: गरिमा को पुनर्जीवन दे सके। जो यहां के खंडहर हो रहे मन्दिरों का पुनर्निर्माण करा सके और देवालयों को दीप-

बत्ती और भोग-राग की व्यवस्था कर, वहां से लुटेरों-बटमारों को निकाल उन्हें सन्त-साधकों और श्रद्धालुओं के लिए सुलभ कर सके। जो, नष्ट होती जा रही कपि-जाति के लिए सुरक्षित किसी कानन-उपवन की व्यवस्था कर सके और उनके नृशंस हत्या और निर्यात पर प्रतिबन्ध लगा सके। हिंसक सिंह-व्याघ्रों के लिए तो इस विश्व में अनेक अभयारण्य सुरक्षित हो गए हैं, अहिंसक शाखा-मृगों के लिए अयोध्या में एक नन्हा आरण्य भी उगा दिया जाये तो कपियों की दुरावस्था तो समाप्त हो ही, संतों-श्रद्धालुओं, कह लीजिए हनुमान-भक्तों के आकर्षण का भी वह केन्द्र बन आये। क्या हुआ जो मैं सचमुच का कपि और शाखा-मृग नहीं हूं, पर इनकी बिरादरी का तो आपने मुझे मान ही लिया है, तो इनके प्रति कुछ तो मेरी सहानुभूति होनी ही चाहिए। ऐसे भी जीव-हिंसा कहां ठीक है ? वह भी राम की नगरी अयोध्या में ? हे राम !

छप्पन

मैं जब नागेश्वर मन्दिर पहुंचा तो वहां पुरवासियों की अच्छी-खासी जमघट थी। शिव के दीर्घ विग्रह के इर्द-गिर्द जुटी भक्त मंडली उसे विल्व-पत्र और आक-मंदार-पुष्पों तथा अक्षत-चंदन से चर्चित कर स्तोत्र-पाठ में रत थी। उस समय तक तो आपके आदि-शंकराचार्य का पता नहीं था कि उनके अति प्रसिद्ध श्लोकों से स्तवन होता आशुतोष का। न मेरा गोस्वामी ही तब तक हो चुका था कि उसके अत्यन्त प्रसिद्ध 'नमामीशमीशान निर्वाण रूपं' का गान होता। उस समय तो वैदिक स्तोत्र ही प्रचलित थे और भक्त-मंडली एक स्वर से उन्हीं के गान में लीन थी—

त्र्यम्बकं यजामहे
सुगन्धि पुष्टिवर्द्धनम् !

हाथ के जल-पात्र को लेकर मैं किनारे खड़ा हो गया और स्तोत्र के सम्मिलित स्वर में स्वर मिला स्तुति-गान में लीन हो गया। त्रेता के उस काल के पूजा-पाठ और प्रार्थना-स्तोत्र का कुछ भी अनुमान आप आज नहीं लगा सकते। सतयुग अभी बीता ही था। ऐसे भी राम के प्रभाव से त्रेता और सतयुग में बहुत अन्तर कहां था ? सात्विक-भावों से लोगों के अन्तर भरे थे और अर्चना-अभ्यर्थना के समय मन की गति सहज ही निरुद्ध हो जाती थी एवं चित्त को एक अवर्णनीय एकाग्रता उपलब्ध हो जाती थी। चित्त की एकाग्रता की इस स्थिति में जब पूजा-पाठ और भजन-स्तवन सम्पन्न होता था तो अन्तर सहज ही एक ऐसे भावलोक में पहुंच जाता था जहां ईश्वर-साक्षात्कार सहज सुलभ हो आता था। सम्मिलित स्तवन के समय तो यह साक्षात्कार और सरल था क्योंकि अनेक चितों की समवेत

एवं एकाग्र पुकार से कुछ ऐसी शक्ति सृजित होती है कि भक्त-मन और भगवान के मध्य सम्बन्ध आसान हो आया है।

स्तवन-गान में लीन मैं तो भूल ही गया कि मैं शिव के जलाभिषेक को आया था। हाथ में जल-पात्र एकाग्रता की उस घड़ी में कभी का स्खलित हो चुका था और मैं भक्तों की पंक्ति में खड़ा स्वरों के आरोह-अवरोह के सहारे शिव-लोक की सैर में लीन था। ध्यान-जगत् में सहसा मैंने अपने को कैलास में पाया जहां बर्फीली शिला पर आसीन थे आशुतोष। बगल में वृद्ध वृष नन्दी खड़ा था—उज्ज्वल जैसे अगल-बग़ल के हिम-खंड। पांर्श्व में विराजमान थीं जगज्जननी। शिव और शिवा के मध्य जारी था कोई वार्तालाप। यहां भी यद्यपि, हमारे द्वारा गाये जा रहे स्तोत्र के स्वर, साफ़-साफ़ सुनाई पड़ रहे थे और लगता था उनके कारण वहां का पूरा-का-पूरा वातावरण ध्वनित-प्रतिध्वनित हो रहा था फिर भी कर्णेन्द्रीय को पूरी तरह एकाग्र कर मैं उस दैवी संवाद का कुछ अंश ग्रहण कर सका।

"देव! कैसा चल रहा है अयोध्या में?" शिवा ने पूछा था।

"सब कुछ ठीक ही है। अभी-अभी तो राम के राज्याभिषेक में हम वहां छद्म वेष में गये ही थे। अयोध्या ही क्या पूरा आर्यावर्त्त, रामराज्य में आनन्दित और आह्लादित है।"

"और आपके उस एकादश रुद्र का क्या हाल है? वह तो जैसे अपने स्वरूप को पूरी तरह भूल ही बैठा है—रुद्र-रूप को।"

असल स्वरूप? रुद्र-रूप! किसकी बात कर रही हैं मां अन्नपूर्णा? एक क्षण को मुझे विद्युत्-सी छू गई।

"हनुमान की बात कर रही हो?" शिव ने पूछा था और मेरी गुत्थी सुलझ गई थी। तो मेरी ही बात पूरी हो रही थी। मैं ही तो था एकादश रुद्र का अवतार! मैं ही तो स्वरूप भूल गया था अपना! हाय रे ऋषि-श्राप। रह-रह कर विस्मृति के गर्त में ही चला जाता है मेरा वास्तविक स्वरूप और मैं व्यर्थ की विवशताओं और विडम्बनाओं का शिकार हो अपनी मनःस्थिति खो बैठता हूं। इसी समय मैं भाव-लोक से सहसा वापस लौटा था। भक्तों की वह टोली पता नहीं कब की खिसक चुकी थी। मैं प्रायः एकाकी, शिवलिंग के पास खड़ा था। पर अब कोई चिन्ता नहीं थी। कुछेक देर पहले तक मैं जिस चिन्ता से ग्रस्त था, उसका अब कोई पता नहीं था। समाधान हो गया था मेरी समस्या का। स्वरूप-ज्ञान हो गया था मुझे। अब मैं निराश नहीं कर सकता था अपनी आराध्या को—राम प्रिया अन्नपूर्णा को।

मैं भागा था महल की ओर। शायद अधिक ही विलम्ब हो आया था। जननी प्रतीक्षा-रत होंगी। उनका पाक भी प्रस्तुत होगा। क्या कहती होंगी, कहां रह गया यह हनुमान? खैर, थोड़ा विलम्ब ही सही, पर अब मैं आश्वस्त जा रहा था। राम-नाम के स्मरण ने ही कैसे मार्ग को सहज कर दिया था। युगल-मूर्ति के ध्यान ने ही कैसे इंगित कर दिया था महादेव-मंदिर की ओर और कैसे वहां

जाते ही सहज ही समाधान हो आया था मेरी समस्या का। स्वरूप-ज्ञान ही हो आया था अपना।

अब कोई बात नहीं थी। पैरों में पंख लग गए थे मेरे और मैं किलकारियां मारता दौड़ता जा रहा था राज-प्रासाद की ओर। छोटी नहीं थी अयोध्या उन दिनों। पर्याप्त विस्तृत थी और मां भूमिजा का महल किनारे भी नहीं था। प्रासादों के मध्य, केन्द्र-बिन्दु पर ही अवस्थित था वह और मैं राजमार्गों और वीथियों के मध्य भागता-सा, दौड़ता जा रहा था उस दिशा में। प्रसन्नता थी कि अन्दर अंट ही नहीं रही थी पूरी तरह—अब मैं मां के स्नेह के साथ पूरी तरह न्याय कर पाऊंगा। आज उन्हें लग जायेगा कि किसी ऐसे-वैसे को स्नेह-भाजन नहीं बनाया है उन्होंने। उनके श्रम को मैं सार्थक कर पाऊंगा—उनके रंधन के साथ पूरा न्याय।

अवश्य ही अयोध्यावासी चकित थे मेरी गति की इस क्षिप्रता पर। तेज तो मैं यों ही चलता था, पर आज की मेरी इस चंचलता पर लोग विस्मित हो रहे थे। मेरी गति को अबाधित छोड़ने के लिए लोग राज-पथों के एक ओर हो जाते थे और वापस में खुसर-फुसर भी आरम्भ करते थे—"क्यों उड़े जा रहे हैं हनुमान? अब कौन-सा लंका-दहन करना है?"

उड़ने की बात पर मन में आई कि ठीक ही उड़ चलूं। अब तो अपनी शक्ति का भान हो ही गया था मुझे—स्वरूप-ज्ञान। अब उड़ना भी क्या कठिन था पवन-सुत, साक्षात् रुद्रावतार के लिए? यहां पर मुझे लगा कि कहीं अन्दर से हलके अहंकार की गंध आ रही है। पवनसुत, रुद्रावतार हूं! अहंकार ही तो है यह। मेरा मन कैसा-कैसा तो हो आया। लगा अच्छा ही है जो मुझे स्वरूप-विस्मरण रहता है, वर्ना पता नहीं कब मेरा अहंकार पूरी तरह हावी हो जाये मुझ पर और मैं कहीं का न रहूं। भक्तों का अहंकार ही तो भोजन है मेरे राम का? झेल पायेंगे वे हनुमान के अहंकार को? निष्कासित नहीं कर देंगे उसे उसी दिन अपने मन से? आज पहले-पहल लगा कि ऋषियों ने अच्छा ही किया मुझे अभिशप्त कर, नहीं पूरा जीवन ही विषाक्त हो आता अपना। अहंकार का मारा मैं किधर से कर पाता राम-भक्ति? संत-सेवा? और ऐसा नहीं होता तो क्या बचता इस जीवन में?

अहंकार का अंकुर निर्मूल हो गया मेरे अन्तर से और इसी मध्य मैं पहुंच गया वैदेही-महल तक। अहंकार तो बह गया पर स्वरूप-ज्ञान वर्तमान था। आश्चर्य था कि इसी स्वरूप-ज्ञान ने जो दो क्षण पहले मेरे अन्दर अहंकार भरने का प्रयास किया था अब मुझे पूरी तरह विगलित और विनम्र कर गया था। मैं जानता था, इसका कारण। मातृ-मन्दिर के पास जो आ गया था मैं। जगज्जननी जानकी के प्रभाव-क्षेत्र के अन्दर। अब तो पिघलना ही था पुत्र-हृदय को मां की स्नेहिल आंच के समक्ष। झुकना ही था सुत के शिर को मां के अभिवादन-नमन में। बिछ जाना था उसके पूरे अस्तित्व को मातृ-चरणों में। झुकना, बिछना? पर

यह क्या हो रहा है ? इतना झुकने के बाद भी क्यों नहीं प्रवेश कर पा रहा मैं मुख्य द्वार मैं ? यह क्या हो गया ? महल का प्रवेश-द्वार इतना छोटा कैसे हो गया कि मैं अंट ही नहीं पा रहा इसके अन्दर ? मैं और झुका, और झुका; और किसी तरह प्रवेश-द्वार से प्रविष्ट कर आ खड़ा हुआ प्रासाद-प्रांगण में।

सत्तावन

मेरे आंगन में प्रवेश करते ही वैदेही दौड़ी हुई आई थीं—"तुम आ गए पवनसुत ! मैं तो प्रतीक्षा करते-करते···।" पर बोलते-बोलते सहसा रुक क्यों गई जगज्जननी ? उनके चेहरे पर क्या हो गया ? ये कैसे भाव उभरे हैं उनके सदा-प्रसन्न आनन पर ? क्षण भर को मैं स्तब्ध रह गया। वे एक टक मुझे नीचे से ऊपर तक देखे जा रही थीं। लगता था उन्हें मेरे चेहरे तक दृष्टि पहुंचाने में भी काफी कठिनाई हो रही है। सिर को पीछे की ओर पर्याप्त झुकाने के पश्चात् ही वे मेरे मुख को देख पाती थीं।

"हनुमान !" जननी ने धीरे-से पुकारा। उनके मुख का आश्चर्य-मिश्रित भाव अभी ज्यों-का-त्यों वर्तमान था।

"भूख, बड़ी भूख लगी है मां !" पता नहीं कैसी सर्वग्रासी भूख जग आई थी मेरे अन्दर। मैंने मां भूमिजा के सम्बोधन की ओर ध्यान दिए बिना अपने पेट पर हाथ फेरा।

"हनुमान ! बेटा ! भोजन तैयार है, पर···।" जगज्जननी ने अब तक अपने को प्रकृतिस्थ कर लिया था। उन्होंने अपना दाहिना हाथ उठा मेरे चेहरे का स्पर्श करना चाहा था। पर उनका हाथ मेरे कन्धों तक भी नहीं पहुंच पाया था और मुझे लगा था कहीं कुछ गड़बड़ है। तब मैंने नागेश्वर मन्दिर से निकलने के पश्चात् पहले-पहल अपने शरीर की ओर ध्यान दिया था। ओह ! कनक भूधराकार—। अब मुझे रहस्य खुला था मुख्य द्वार में प्रवेश होने में कठिनाई होने का, राजपथ पर लोगों को मुझे देखते ही मार्ग दे देने का और आपस में खुसर-फुसर करने का। मैं तो असाधारण रूप में लम्बा हो आया था। लम्बा और विशाल। दीर्घ बाहुएं। प्रशस्त वक्ष-स्थल। स्तम्भाकार पैर। और ऊपर से दीप्त स्वर्ण की तरह निखर आया रंग। लम्बी स्वर्णिम रोमाबलियां। कभी आगे चलकर कलि में किसी भक्त ने रचा था एक स्तोत्र मेरे संबंध में—

आंजनेयमतिपाटलाननं
कांचनाद्रि कमनीय विग्रहं
पारिजात तरु मूलवासिनं
भावयामि पवमाननन्दनं।

—पाटल पुष्प के सदृश रक्ताभ वदन। स्वर्ण-शैल की तरह देह-यष्टि। पारिजात वृक्ष के मूल में अवस्थित पवन-पुत्र का मैं वन्दन करता हूं।

तो क्या मेरे इसी रूप को भविष्यत् के उस कवि ने अपनी ध्यानावस्था में देख लिया था और उसे काव्याभिव्यक्ति प्रदान कर दी थी? मैंने फिर ध्यान दिया था अपनी देह पर। ठीक सब कुछ तो वैसी ही थी, केवल एक पारिजात वृक्ष की कमी रह गई थी। कैसा होता होगा पारिजात वृक्ष? सुना स्वर्ग के नन्दन-कानन में उपलब्ध होता है यह। कभी संयोग बैठा तो उसके भी दर्शन हो जायेंगे।

अभी तो सबसे बड़ी चिन्ता दूसरी ही लगी थी। मेरे स्वरूप-ज्ञान ने तो अनर्थ ही कर दिया था। अपने को एकादश रुद्र के अवतार होने का भान क्या हुआ पूरा भूगोल ही बदल गया अपने शरीर का। आवश्यकता के अनुकूल ही ढल गया आकार। लो अब करो जितना न्याय करना हो पाक-पकवान से। भोगों के छप्पन प्रकार से। अन्नपूर्णा के हाथों अनन्त हो आए भोज्य पदार्थ से।

"क्षुधा, बड़ी क्षुधा जग आई है जननी, मेरे अन्दर। किधर हैं आपके हाथों सिद्ध पक्वान्न? खाद्य, पेय, लेह्य, और चर्व्य पदार्थ। भूख, बड़ी···।" भूख की ज्वाला ने कुछ ऐसा जोर मारा अन्दर से कि जगज्जननी की शंका के समाधान का भी अवसर नहीं रहा मुझे। अब सोचो जो सोचना हो जगद्धात्री। यहां तो ऐसी क्षुधा जगी थी अपने अन्दर कि क्षण के शतांश का भी विलम्ब असह्य हो रहा था। क्या सचमुच जगत् के संहारकर्त्ता शिव का ही अवतरण हो गया था अपने अन्दर कि वन की दावाग्नि की तरह प्रज्वलित हो आई थी मेरी क्षुधाग्नि? हे प्रभु!

ऐसा ही तो हुआ था एक बार और। ऐसा ही आकार-प्रकार एक बार और हो आया था अपना लंका-दहन के पूर्व। मुझे आज भी याद आई थी, 'मशक सदृश' मेरे रूप को देख अशोक वाटिका में आशंकाग्रस्त हो आई थीं आर्या और अनायास ही उनका अविश्वास अभिव्यक्त हुआ था इन शब्दों में—'सब कपि तो तुम्हारे सदृश ही होंगे हनुमान! पर यहां के राक्षस तो बल और आकार-प्रकार में···।'

जगद्धात्री का वाक्य मुश्किल से पूर्ण हुआ था कि पर्वताकार हो आया था मैं। स्वरूप का ज्ञान जितना उस क्षण सहसा और शीघ्र हुआ था उतना उस समय भी नहीं हुआ था जब समुद्रोल्लंघन के लिए ललकारा था रीछ-पति जाम्बवान् ने— 'का चुप साधि रहेहु बलवाना···।' सच सब कुछ संसर्ग और संयोग से ही सधता है। सती सीता की आतुरता और इस पवित्रात्मा के सान्निध्य ने जिस त्वरा से मेरा स्वरूप-ज्ञान उसकी समग्र पूर्णता में कराया था वह जाम्बवान् और सुग्रीव के सान्निध्य में कहां संभव था? उसी तरह पशुपति शिव और अन्नपूर्णा पार्वती के अनुग्रह से जो अभी-अभी जगा था अपना रूप-ज्ञान, वह अशोक वाटिका की उस उपलब्धि से कुछ कम कहां था?

सब देख-सुन चुकी थी भूमिजा वैदेही। देखा था अशोक वाटिका में उस अन्तरिक्ष-व्यापी वपु को। आज इसलिए आश्चर्य-चकित वह जो हुई हों विस्मित

और भीत नहीं थीं। इसी कारण बिना कुछ प्रश्न-परिप्रश्न के ही वह दौड़ गई थीं पाक-गृह की ओर। मन में अवश्य सोचती होंगी, 'अब कौन-सा लंका-दहन करना है कि कपि ने धारण किया है यह स्वरूप ?' पर उन्हें जो सोचना हो सोचें, यहां तो अपने सम्पूर्ण सोच पर हावी है यह असाधारण क्षुधा, यह अनन्त भूख।"

"मां ! भूख !" क्या हो गया है मुझे ? नहीं चाहते हुए भी सारी मर्यादा को भूल कर मैं चिल्लाया था और मेरे स्नेह से विचलित और मेरी क्षुधा से जैसे स्वयं-पीड़ित वैदेही बोली थी पाक-गृह से ही—"अभी आई हनुमान ! थोड़ा सब्र करो। अभी सारा सामान लिए आती हूं। इतना कुछ बनाया है मैंने कि पूरे महीने तक और कुछ खाने की आवश्यकता नहीं रहे।"

"महीने भर !" सहमा था मैं। मेरे इस रूप को देखने के पश्चात् भी मां महीने भर की बात कर रही हैं। यह तो अच्छा हुआ कि मैं पहले ही चेत गया वर्ना आज सचमुच कहीं का नहीं रहता। आजीवन मेरे नाम को रोती रहती जगज्जननी—निमंत्रण भी दिया तो किस अपात्र को। खैर देखें अब कितना कुछ कर पाता हूं न्याय मैं मां के प्रेम के साथ ? मैंने सोचा और प्रांगण के बीच ही पालथी लगाकर जम गया। और कहीं जाने का प्रश्न ही नहीं था। मैं पूरी तरह जान गया था कि जब दीर्घाकार मुख्य द्वार से प्रवेश में भी शरीर को धनुषाकार करना पड़ा था तो अंटने से रहा मैं किसी कोष्ठ-प्रकोष्ठ में। पद्मासन में आसीन होने पर भी मुझे लग रहा था कि मेरा प्रशस्त ललाट, पार्श्व की दीवारों की चोटी तक पहुंच चुका था। किस कमरे की छत इतनी ऊंची होती कि उसके नीचे पालथी भी लगा पाता मैं ?

मैं आसन पर बैठा और पाक-शाला से सामानों का आना आरंभ हो गया। दासियों को तो बाल-ब्रह्मचारी की सेवा में जुटना नहीं था, अतः माता ने स्नान-ध्यान सम्पन्न सेवकों को ही इस कार्य में लगाया। स्वर्ण-रजत पात्रों में भर-भर भोज्य-सामग्री मेरे समक्ष सजाने लगीं। और सजाने की बात भी कैसे कहूं ? मेरी भूख की ज्वाला ने कुछ ऐसा जोर मारा था कि सामग्रियां वहां सजने कहां पातीं ? सेवक बड़े-बड़े पात्रों के साथ मेरे पास पहुंचे नहीं कि उनके हाथों से झपट मैंने उन्हें उदरस्थ किया। मेरा मुंह खुला तो खुला ही रहा। उसे बन्द करने का अवसर ही कहां था ?

मुख मेरा चाहे जो खुला पड़ा हो, पर स्वाद मुझे खूब भा रहा था। जगदम्बा के हाथों बना पाक जो ठहरा वह। यद्यपि मेरे पास स्वाद का आनन्द लेने का अवकाश नहीं था और समय रहते, सम्पूर्ण के साथ न्याय करने की व्यग्रता में मैं भोज्य-पदार्थों को अविरत उदरस्थ करता जा रहा था फिर भी जिह्वा-स्पर्श से उस अलौकिक स्वाद का अनुमान तो लग ही रहा था।

जैसे-जैसे स्वाद की अनुभूति वृद्धिशील होती जाती, जैसे-जैसे उदर-पूर्ति होती जाती, वैसे-वैसे चेहरे पर संतोष का भाव उभरता जाता और वैसे-वैसे मेरे आराध्य और आराध्या भी प्रसन्न होते जाते। सिद्ध सामग्री को पाकशाला में सहेज और

सहायकों को आवश्यक निदेश दे मां जनकनन्दिनी भी मेरे पास ही आ गई थीं ताकि वे मुझे खाते और तृप्त होते देखती रहें। उन्हीं के पार्श्व में आ विराजे अयोध्यापति राम भी— माता-पुत्र के इस अद्‌भुत स्नेह-प्रकरण को निखरने। सम्पूर्ण ध्यान के पेट पर ही केन्द्रित हो जाने के कारण अब मेरा आकाश-व्यापी आकार भी कुछ घट आया था—इतना कि मेरे चेहरे की भाव-भंगिमाओं का उन्हें पता लग सके। पर वह अब भी सामान्य नहीं हुआ था। किन्तु स्वरूप-ज्ञान मुझे लगातार बना रहा था और निरन्तर मैं इस बात के लिए सचेष्ट था कि जगदम्बा को मेरी ओर से निराश नहीं होना पड़े।

अपने आराध्य और आराध्या के प्रसन्नता-पूरित मुखारविन्दों को निरख मैं लगातार पुलकित होता जा रहा था तथा भोज्य-सामग्री के साथ और तत्परता से न्याय करने में व्यस्त हो रहा था। मेरी निरन्तर बर्द्धमान क्षुधा ने सहायकों में भी अतिरिक्त त्वरा ला दी थी और अब वे प्रांगण से लेकर पाकगृह तक पंक्ति-बद्ध हो गए थे। इस पंक्तिबद्धता के कारण पात्रों का प्रवाह अबाध हो गया। एक हाथ से दूसरे पर चढ़ते वे निर्बाध क्रम से मेरे हाथों तक पहुंचने लगे और मैं उन्हें निरन्तर अपने विशाल खुले मुख में खाली करता हुआ रिक्त पात्रों को किनारे लगाता रहा।

मुझे याद आया था सेतु बन्ध का वह अदभुत दृश्य। ऐसी ही भाग-दौड़ मची थी उस समय भी। ऐसे ही कई पंक्तियों में तो बंट गए थे रीछ और वानर और ऐसे ही हाथों-हाथों पर खेलते ईंट, पत्थर निरन्तर पहुंच रहे थे नल-नील के पास। अन्तर यही था कि वहां चार हाथ सहेज रहे थे इस सबको और यहां मेरे दो ही हाथों को सम्हालना पड़ता था यह सब। फिर भी अन्तर था दोनों स्थितियों में। वहां असंख्य बन्दर-भालू थे ईंट-पत्थरों को उछालने में रत, यहां तो सेवकों की संख्या फिर भी उस अनुपात में बहुत कम थीं।

मैंने एक क्षण के लिए अपने इर्द-गिर्द देखा था। रिक्त पात्रों का अम्बार ही लग गया था मेरे दोनों पार्श्वों में। ऐसा कि जैसे उनके छोटे-मोटे पहाड़ ही खड़े हो आए थे वहां। अब मुझे लगा कि कितना कुछ उदरस्थ कर गया था मैं। पर भूख थी कि शान्त होने का नाम ही नहीं ले रही थी। जैसे प्रज्वलित अग्नि पर पड़ी घृत-बूंदें उसे और तेज कर देती हैं वैसे ही, सुस्वादु भोजन का संसर्ग पा मेरी क्षुधा प्रबल से प्रबलतर होती जा रही थी। मैं मन-ही-मन प्रसन्नता से भरता जा रहा था। चलो अभी शेष है भूख। अभी भी न्याय करने की सम्भावना बची है जननी के स्नेह के साथ। पर मुझे आश्चर्य हो रहा था अक्षय से हो आए भोज्य-सामग्री पर। पात्रों का अम्बार बता रहा था राज-प्रसाद का पात्र-भंडार भी अब तक खाली हो चला होगा। सच कितना कुछ बनाया था स्नेहमयी माता ने कि इतने पात्रों द्वारा उलीचे जाने के बाद भी वह निःशेष नहीं हो रहा था। सभी प्रकार की सामग्री तो अब तक चख चुका था मैं। तांडूल और गोधूम से निर्मित्त भिन्न-भिन्न प्रकार—सूखे, आर्द्र एवं नमकीन तथा मीठे, उबाले, भूने

और तले। हलवा, लेह और विविध पेय। मिष्टान्नों के असंख्य नमूने—रसयुक्त एवं शुष्क ! गोले, लम्बे और अर्द्ध-चन्द्राकार। दुग्ध और दुग्ध-आधारित विभिन्न सामग्री। दधि एवं तक्र। फलों के विभिन्न प्रकार—आम्र, कदली-फल, अमरूद एवं अनार। मेवा की विभिन्न जाति-प्रजातियां—द्राक्षा, अंगूर, काजू एवं किशमिश।

फलों एवं मेवों के स्वर्ण-रजत थालों के साथ ही लगा मुझे कि कहीं कुछ गड़बड़ है। माता ने तो अपने हाथों निर्मित सामग्रियों के लिए निमन्त्रित किया था मुझे। फल-मेवे तो भोजन-सामग्री के पश्चात् स्वाद-परिवर्तन के लिए प्रयुक्त होते हैं। मैंने आंखों की कोरों से जननी की ओर देखा था—उनके चेहरे पर चिन्ता की रेखाएं स्पष्ट हो आई थीं। क्यों ? क्या समाप्त-प्राय हो आया अन्नपूर्णा के हाथों का सिद्ध पाक ? एक क्षण को मुझे प्रसन्नता भी हुई थी कि चलो सिद्ध कर गया मैं अपने को आर्या का सही स्नेह-पात्र। दूसरे ही क्षण मेरी यह प्रसन्नता निःशेष हो गई थी—हाय, अभी तो मेरे उदर का एक कोना भी नहीं भरा था। अभी तो वह सर्वग्रासी भूख ज्यों-की-त्यों बनी हुई थी। मैंने फिर देखा था जननी की ओर, अपने अन्तर की सारी व्यथा को आंखों में उतार कर—जननी कृपा करना, अभी तो तृप्त ही नहीं हुआ मैं। पर जननी थीं कि मेरे आराध्य की ओर देखे जा रही थीं। चिन्ता की रेखाएं कुछ अधिक ही गहरी हो आई थीं उनके मुखकमल पर।

स्मिति की एक रेखा खेली थी मेरे आराध्य के आनन पर। धीरे से कुछ कहा था उन्होंने जगदम्बा के कानों में। सारी इन्द्रियों को कर्णवत् कर भी मैं कुछ सुन नहीं पाया था। पर मैं भी चिन्ताकुल हो आया था। मेरी माता चिन्ताग्रस्त हों और मैं तटस्थ बना रहूं, यह हो नहीं सकता था। पर और कुछ सोचने-समझने का अवसर भी कहां था ? यहां तो अन्दर की भूख ज्यों-की-त्यों जगी पड़ी थी। बल्कि सुस्वादु भोजन के पश्चात् वह द्विगुणित और त्रिगुणित हो आई थी। निकट था कि मैं पुनः चिल्ला पड़ता—'मां भूख' कि मैंने पाया सहायकों के चेहरे पर हवाइयां उड़ने लगी हैं। उनके हाथों में आने वाले पात्र अब प्रायः अध-भरे और खाली थे। अब पहले वाली त्वरा भी नहीं रह गई थी उनमें। पहले जहां मेरे हाथ एक क्षण को भी खाली नहीं रहते थे और पात्रों को सम्हालते-सम्हालते मैं कभी-कभी घबरा-सा भी आता था, वहां अब पात्रों की प्रतीक्षा में कई-कई क्षणों तक मेरे हाथ हवा में खुले के खुले रह जाते थे। बात मेरी पकड़ में आ गई थीं। अन्नपूर्णा का भी भंडार अब निःशेष होने को आ गया था। पर इसी समय पेट की अतल गहराइयों से भूख की एक तीव्र लहर उठी थी और मैं रोकते-रोकते भी चिल्ला पड़ा था—"मां, भूख···।"

वैदेही की ओर देखकर अपने आराध्य अब उन्मुक्त हंसे थे। उनका अरुण-कमल के सदृश मुख इस हंसी से पूरी तरह रक्ताभ हो आया था। मैं अपने राम के इस मुख-सौन्दर्य पर मुग्ध एक क्षण को अपनी क्षुधाग्नि को भूल गया था कि वे वहां से उठ मेरे पीछे आ गये थे। अपनी तर्जनी से उन्होंने मेरी पीठ पर लिखा

था—"ऊं नमः शिवाय" और सहसा मेरा उदर, कंठ तक भर आया था। एक जोर की डकार ली थी मैंने और मुंह से सहसा निकला था—"आह ! तृप्त हो गया जननी ! ऐसा सुस्वादु भोजन तो जीवन में कभी पाया ही नहीं।"

मेरे मुंह से यह निकला और मैंने पाया कि सहसा मैं अपने सामान्य आकार में आ गया। आश्चर्य से अपने चारों ओर देखने लगा। अरे पात्रों के ये पहाड़ ! पात्रों के इन पर्वतों के मध्य में कितना लघु-आकार लग रहा था। इन पात्र-पहाड़ों में तो पूरी तरह छिप ही गया था मैं। तो इतने पात्रों की सामग्री को क्या मैं ही उदरस्थ कर गया था? मैंने अपनी आराध्या और आराध्य की ओर देखा था। वे दोनों मन्द-मन्द मुसकरा रहे थे। क्षण भर पहले उभरी जगज्जननी के चेहरे की चिन्ता-रेखाओं का कहीं पता नहीं था। मैं मन ही मन मुसकराया—धन्य है मेरे आराध्य की लीला ! उन्होंने दोनों की मर्यादा रख दी। पुत्र की भी, मां की भी।

"खूब खेल खेलते हो तुम लीलाधारी !" मैंने मन ही मन कहा और बारी-बारी से दोनों के चरणों पर अपना सिर रोप दिया—जय जननी, जय श्री राम !

अट्ठावन

कभी-कभी परिस्थिति भी अच्छा विनोद करती है। नहीं चाहते हुए भी कभी ऐसा कुछ करना पड़ता है जिस पर मनन कर आगे या तो दुःख होता है या हंसी आती है।

ऐसा ही कुछ घटा मेरे साथ। लगा श्री राम के सभी परिचरों-सेवकों और स्वजनों ने मिलकर मेरे विरुद्ध एक दुरभिसन्धि ही रच दी। पर ऐसा हो नहीं सकता था। विश्वास करने को मेरा मन प्रस्तुत ही नहीं था। सौमित्र जिनके साथ ऋष्यमूक से लेकर लंका-समर और उसके पश्चात् साकेत में इतना दीर्घ समय मैंने बिताया, भरत लाल जिनकी सज्जनता और साधुता के सम्बन्ध में जितना कहा जाये, उतना ही थोड़ा, वीर शत्रुघ्न कुमार जिनकी वीरता के साथ-साथ शील-स्वभाव का भी लोहा मानना पड़ता है अथवा राजमहल के अन्य सहायक-सेवक कोई भी तो ऐसा नहीं था जिससे मैं अपने अहित, अपने विरुद्ध आचरण की उपेक्षा करता। पर प्रत्यक्ष में तो यही हो रहा था। किसे सत्य मानता मैं, उसे जो घट रहा था या उसे जिसे घटना चाहिए था? किस पर विश्वास किया जाये उस पर जो प्रत्यक्ष था अथवा उस पर जो मेरे मन में था, जो मेरी कल्पना-भावना के अनुकूल था?

बात सुनते ही मैं सन्न रह गया था। एक क्षण को विश्वास ही नहीं हुआ था कानों पर। पर बात सौमित्र के मुख से निकली थी, अतः उस पर अविश्वास भी

कब तक किया जा सकता था ?

"पवनपुत्र ! अब तक आप ही श्री राम की प्रायः सभी सेवाओं को सम्पन्न करते रहे हैं। दूसरे को कोई अवसर ही नहीं मिलता। अब हम लोगों ने तय किया है कि आपको इस भार से मुक्त करें।"

"मुक्त करें ?" मैंने आश्चर्यचकित होकर पूछा था, "क्या कहना चाहते हैं आप ? श्री राम की चरण-सेवा के अवसर से वंचित करना चाहते हैं मुझे ? मैं जीवित रह पाऊंगा ? अपने आराध्य की अहर्निश सेवा ही तो मेरा जीवन-व्रत है। उससे रहित, क्या उपभोग है मेरे जीवन का ?"

"जो हो, सेवा का अवसर तो सबको सुलभ होना चाहिए। बहुत कर चुके आप। कुछ हमें भी अवसर दें।" सौमित्र ने समझाने की मुद्रा में कहा था।

"हमें का अर्थ क्या ? कौन-कौन लोग वंचित करना चाहते हैं मुझे सेवा के अवसर से ?" मुझे तो रोना आ रहा था। अगर रोने की आदत को मैं घृणा की दृष्टि से नहीं देखता तो कभी का रो बैठा होता। हर परिस्थिति का दृढ़ता से सामना करने की सीख ही दी थी मेरी अंजना-अम्बा ने मुझे। इस परिस्थिति का भी मन-ही-मन, सामना करने को मैं प्रस्तुत हो रहा था।

"सभी हैं। मैं भरत, शत्रुघ्न, माता वैदेही। दूसरे पार्षद एवं सेवक। सभी तो कुछ-न-कुछ सेवा-सहायता करना चाहते हैं सम्राट् की। पर आप हैं कि सर्वाधिकार लिए बैठे हैं। कुछ छोड़ते ही नहीं किसी के लिए। श्री राम को पादुका पहनाना हो तो आप, स्नान कराना हो तो आप, पैर पलोटना हो तो आप, आरती दिखाना हो तो आप, भोजनोपरान्त ताम्बूल पकड़ाना हो तो आप, शयन-काल चंवर डोलाना हो तो आप। मतलब सर्वत्र आप ही आप। सौमित्र और अन्य का तो जैसे कोई कार्य ही नहीं रहा श्री राम की सेवा से सम्बन्धित।" लक्ष्मण लम्बा भाषण दे गए। मेरा मन दुःखित हो आया।

"तो इसमें आपको क्या कष्ट है ? मैं तो आप लोगों का भार ही हलका कर रहा हूं। बहुत सारे काम पड़े हैं, आप लोग कीजिए। नर-व्यवस्था से लेकर सैन्य-संचालन तक के तो काम पड़े हैं। आप सब सम्हाल लें, इस साधारण कार्य को मुझ कपि पर ही छोड़ दें। कहां जाता हूं मैं आपके कार्यों में दखल देने ? आप क्यों मेरे छोटे-छोटे कार्यों में व्यवधान डालने पर पड़े हैं ?" मैंने तर्क दिया।

"अब इससे क्या लाभ पवनपुत्र ? अब तो सम्राट् के हस्ताक्षर भी हो चुके।" सौमित्र ने प्रकरण को समाप्त करने का ही प्रयास करते हुए कहा। पर माता अंजना ने कब मुझे परिस्थितियों के सामने झुकना सिखाया था ?

"कहां हस्ताक्षर हो चुके ?" मैंने साश्चर्य पूछा था।

"सूची पर।"

"किस सूची पर ?"

"कार्यों की सूची पर।"

"क्या है उस सूची में ?"

"यही कि श्री राम के कौन-कौन कार्य हैं और उनका कौन-कौन सम्पादन करेंगे।"

"मेरे जिम्मे कौन-सा कार्य है ?"

"कोई नहीं।"

"यानी सूची से मेरा नाम ही गायब ?"

"यही समझें।"

मैं कैसे बताऊं कि मेरी उस समय क्या स्थिति हुई। सच यह भारी दुरभिसन्धि थी। सेवकों ने सूची में मेरा नाम ही नहीं रहा तो मेरा स्वयं का रहना, नहीं रहना, क्या अर्थ रखता था ? कैसे बताऊं मैं इन लोगों को कि श्री राम-कार्य के लिए ही मारुति ने जन्म धारण किया है वर्ना क्या रखा है इस मिट्टी पर ? सरयू, साकेत (अयोध्या) और श्री राम ही तो हैं जो इस धरती को सार्थकता देते हैं। और कितने दिन रहेंगे श्री राम यहां ? आज न कल तो अपनी लीला समेटेंगे ही। उसी श्री राम की सेवा से अभी से मुझे वंचित कर दिया गया तो मैं भी क्या करूंगा यहां रह कर ?

"आप लोगों ने अच्छा नहीं किया।" नहीं चाहते हुए भी मैं रुंआसा हो आया था, "कहां है वह सूची ?"

"यह रही।" सौमित्र ने वस्त्रों के अन्दर से निकालकर वह सूची मेरे हाथों में थमा दी।

मैं सूची को ध्यानपूर्वक पढ़ गया। एक बार नहीं, दो बार नहीं, कई बार। ऐसा मैं नहीं करता अगर वह साधारण सूची होती। वह श्री राम द्वारा हस्ताक्षरित और राजकीय मुद्रा द्वारा मुद्रांकित थी। मेरे श्री राम ऐसी भूल कैसे कर सकते थे ? मेरे नाम से रहित सूची को वे अपना अनुमोदन कैसे प्रदान कर सकते थे ? अतः, मैं सूची को बार-बार पढ़ रहा था। आदि से अन्त तक। पर उसमें मेरे नाम को नहीं होना था तो नहीं होना था। वह कहीं नहीं था। मैं निराश हो गया।

"अब तो आश्वस्त हुए आप ?" सौमित्र ने सूची वापस लेते हुए जैसे व्रण पर क्षार छिड़का।

"नहीं हुआ। मैं सम्राट् से न्याय मांगूंगा।"

"मांगिए पर मुद्रांकित होने के बाद तो सूची पक्की हो गई।"

"होने दीजिए। देखूंगा मैं भी कि कैसे कोई सेवा भी नहीं मिलती मुझको। मैं भी जोश में कह गया और प्रथम बार सौमित्र से रुष्ट-सा होता मैं वहां से खिसक गया !

"मां, यह तो घोर अन्याय हुआ।" मैं सीधे वैदेही के पास पहुंचा था।

उनके मुख पर स्मिति खेली थी। मैं समझ गया था मातेश्वरी तक मेरे विरुद्ध इस षड्यंत्र में सम्मिलित हो गई थीं। यह कोई विनोद-लीला ही थी उनकी जो बहुत महंगी पड़ रही थी मुझे। मैंने मन-ही-मन तय कर लिया था कि मैं भी ऐसी लीला करूंगा कि कुछ दिनों तक वह याद रहेगी सभी को।

"क्या बात है बेटा ?" मातु-श्री ने सस्नेह पूछा था ।

"श्री राम की सेवा-सूची से मेरा नाम गायब है ।"

"वह तो होना ही था ।"

"होना ही था ?" मैं आसमान से गिरा था । माता से इस उत्तर की अपेक्षा नहीं थी मुझे । उनकी मुसकान इतनी गहरी होगी, इसका अनुमान कहां था मुझ ?

"क्यों ?" यह प्रश्न भी तो मैं नहीं कर सकता था उनसे ? यह अधिकार कहां था एक पुत्र को कि माता से ऐसा प्रश्न पूछे ?

"तुमने तो सारे सेवा-अधिकार पर एकाधिकार ही स्थापित कर लिया था । कहां कुछ बचता था किसी के लिए ? यहां तक कि पाद-पलोटने और ताम्बूल-प्रदान करने का जो मेरा अधिकार था, वह भी तुम्हारे हाथों में ही चला गया था ।"

'तो मेरा इसमें क्या अपराध था ?' मैंने मन-ही-मन सोचा था । अगर श्री राम सभी सेवाएं मुझसे ही लेना चाहते थे तो मैं क्या कर सकता था ? पर मैं कुछ नहीं बोला और मातु-श्री के चरणों में प्रणाम निवेदित कर वहां से चल दिया ।

मैं जानकी अम्बा के पास से चल तो दिया पर मेरी समझ में नहीं आ रहा था कि मैं कहां जाऊं, क्या करूं ? इस समय मुझे सहसा अंजना अम्बा का ध्यान आया । मुझे विदा करते समय उन्होंने मुझसे जो कुछ कहा था, वह मुझे सदा याद रहता था—'वत्स ! श्री राम साधारण मनुष्य नहीं हैं । साक्षात् परब्रह्म परमेश्वर ही अवतरित हुए हैं राम रूप में । तुम जब किसी भीषण समस्या में फंसो, जब कभी चिन्ता-ग्रस्त होओ, श्री राम को स्मरण मात्र कर लो, मात्र उनका नाम भर ले लो । तुम्हारी समस्या का समाधान हो जाएगा । तुम्हारी चिन्ता दूर हो जाएगी । श्री राम का समीप होना आवश्यक नहीं । उनका स्मरण, उनका ध्यान, उनका नामोच्चारण ही पर्याप्त है ।' मैंने अंजना अम्बा के इस उपदेश को कई बार आजमाया था । मुझे सदा सफलता मिली थी ।

इस कथा को थोड़ा यहीं विराम दें, मैं आपसे भी कहूंगा कि आप भी इसे आजमायें । मैंने तो श्री राम के जीवन-काल में भी आजमाया, बाद में भी आजमाया है । श्री राम नाम ने मुझे कभी धोखा नहीं दिया है । इसे मेरी अंजना अम्बा का वरदान ही मान लें पर हर विपत्ति की घड़ी में राम-नाम निश्चय सहायक होता है । यह मुझ कपि का एक साधारण अनुभव है, आप भी इसे अपने जीवन में उतार कर देखें । हां, अगर समस्या ऐसी है जिससे सचमुच आपका अहित हो रहा है तो उसका समाधान अवश्य मिलेगा, अगर इच्छा कुत्सित नहीं है और उससे किसी अन्य का अहित नहीं हो रहा है तो उसकी पूर्ति अवश्य होगी ।

तो अब आते हैं मूल बात पर । सीता अम्बा से अलग हो मैं राजमहल के एकान्त में आ गया । वहां मैंने पद्मासन लगाया और सिंहासनारूढ़ सीताराम का ध्यान किया । आप मेरी विवशता से तो परिचित ही हैं, श्री राम का अकेला ध्यान मेरे लिए संभव नहीं । फिर, जानकी अम्बा ने भले मेरा नाम सूची से अलग कराने

में सहयोग किया हो, अपने स्नेह से तो वंचित नहीं ही किया था उन्होंने मुझे। यह भी किसी को कहां ज्ञात है कि इस लीला के पीछे भी क्या लक्ष्य है उनका। मैं लाख रुष्ट होऊं पर सीता अम्बा को अपने ध्यान का विषय नहीं बनाऊं यह कैसे हो सकता था।

इधर मेरा ध्यान शुरू नहीं हुआ कि उधर मेरे अन्दर स्फुरणा हुई। प्रकाशित हो गया मेरा पथ। सब कुछ शीशे-सा स्पष्ट था। मेरा कर्त्तव्य निर्धारित हो गया।

मैं दौड़ा-दौड़ा श्री राम के दरबार में न्यायार्थियों के स्थान पर जा खड़ा हुआ। सभी आश्चर्यचकित मेरी ओर देखने लगे। हनुमान के साथ कौन-सा अन्याय हुआ कि न्याय के अभ्यार्थी बन बैठे वे? सभी को न्याय दिलाने के मूल में जो हैं, उन्हें कैसे न्याय की आवश्यकता पड़ गई? सबकी आंखों की दिशा में श्री राम की आंखें भी उठ गईं और वे साश्चर्य बोल पड़े—"हनुमान, तुम? तुम कैसे न्याय की याचना को बाध्य हुए?"

मैं चुप। मान हो आया मुझे श्री राम से ही। आखिर अवलोकित तो किया ही होगा उन्होंने सूची को, हस्ताक्षर करते समय। जब मेरा नाम गायब था सूची से तो कैसे आपने कर दिए उस पर हस्ताक्षर। मेरी आंखें छलछला आई थीं। प्रेमाश्रु थे ये। पर इन्हें भी मैंने बलात् से रोका। कोई यह न समझे कि आंसुओं के बल पर अधिकार ले लिया हनुमान ने।

"यहां आओ सामने।" मैं कुछ बोल नहीं पाया तो श्री राम ने ही आदेश दिया और मैं सिंहासन के समीप सरक गया।

"बोलो, किसने अन्याय किया तुम्हारे साथ?"

"आपने!" मैंने नत-मस्तक उत्तर दिया था और सभी सभा सन्न रह गई थी।

"मैंने? यह कैसे हो सकता है हनुमान? हो सकता है, मुझसे भी कुछ गलती हो जाये, स्वाभाविक है, पर हनुमान ही मेरी गलती का शिकार हो जाये, यह कैसे हो सकता है?"

"हुआ तो यही है। मैं आपके अन्याय का शिकार हुआ हूं।" मैं अपनी बात पर दृढ़ था और सभी की आंखों में उत्सुकता भर आई थी। सभी सोच रहे थे कि आज ऐसा क्या हुआ कि भक्त और भगवान में ही ठन गई।

"स्पष्ट करो हनुमान! पहेलियां न बुझाओ। मैं यह बर्दाश्त नहीं कर सकता कि हनुमान के साथ अन्याय हो, वह भी मेरे ही हाथों से।" भगवान जैसे घबराकर बोले।

"उपस्थित करें उस सूची को।" मैं लक्ष्मण की ओर मुड़ा जो भगवान के पास ही विराजमान थे।

सौमित्र ने ससंकोच सूची श्री राम के हाथों में थमा दी। श्री राम ने एक बार सूची पर सरसरी दृष्टि डाली और पुनः मेरी ओर देखते हुए बोले—"क्या गलती

है इसमें ?"

"मेरा नाम कहीं नहीं है।" मेरी आंखों में पुनः आंसू आने को हुए, उन्हें मैंने रोका।

"अच्छा !" श्री राम ने सूची पर पुनः एक दृष्टि डाली और कहा, "यह तो गलती हुई ! तुम्हारा नाम तो इसमें रहना ही चाहिए था। तुम्हारे बिना तो राम की सेवा अधूरी ही रह जायेगी। किसकी दुरभिसन्धि है यह ? क्यों सौमित्र ?" श्री राम लक्ष्मण की ओर घूमकर पूछ बैठे।

"हां, गलती तो हो गई पर अब क्या हो सकता है ? यह सूची तो मुद्रांकित भी हो गई। माता जी ने भी इसे देख लिया था।"

"तो तुम्र सभी ने मिलकर पवनसुत को हटाने की यह योजना रची ?" श्री राम मुसकरा कर बोले।

थोड़ी देर के लिए सभा में सन्नाटा छाया रहा। श्री राम की समझ में भी नहीं आ रहा था कि वे क्या करें, क्या न करें। हस्ताक्षरित और मुद्रांकित आदेश को निरस्त कर वे कोई गलत परम्परा भी स्थापिल नहीं करना चाहते थे।

सभी चुप रहे तो फिर श्री राम ही बोले—"अब क्या हो सकता है ? कोई उपाय शेष है ?"

"शेष है।" मैंने आत्मविश्वास के साथ कहा। प्रभु-ध्यान के समय जो स्फुरणा मुझे हुई थी, वह स्पष्ट हो गई थी उस क्षण।

"क्या ?"

"जो कार्य इस विवरणी से बाहर रह गया उसका अधिकार मुझे मिले।"

विवरणी से बाहर ! सौमित्र का मुख जैसे विवर्ण हो आया। क्या कोई कार्य शेष भी रह गया था ? माता वैदेही तक ने इसकी जांच की थी। भरत-शत्रुघ्न तक ने अवलोकित किया था इसे। अब कैसे कोई सेवा रह गई वितरिल होने से ? रह गई तभी तो हनुमान उसी पर अपना अधिकार स्थापित करना चाहते हैं। आखिर सब किये-कराये पर पानी फिर गया ?

"क्यों सौमित्र ? क्या कहना है तुम्हें ? जो सेवा रह गई वह तो पवनपुत्र को दे दी जाये ?" श्री राम ने लक्ष्मण को सम्बोधित किया था।

"इसमें कहां मत-वैभिन्य हो सकता है ?" सौमित्र के पास कोई विकल्प भी नहीं था। सभासदों ने भी स्वीकृति में सिर झुकाया।

"तो इस बात को इस आदेश में अंकित कर उसे पुनः हस्ताक्षरित और मुद्रांकित कर दिया जाये।" मैंने निवेदन किया।

"तथास्तु" श्री राम ने कहा और आदेश में अंकित कर दिया—

'यत्किंचित् कर्म अनुल्लिखितं अस्यां विवरण्यां तत् हनुमता करणीयम्। मया हस्ताक्षरिता, मुद्रांकिता इयम् विवरणिका तात्कालिकप्रभावेण प्रयोजनीया'—जो कोई भी कार्य इस विवरण से बाहर रह गया है वह हनुमान द्वारा सम्पादित किया जायेगा। मेरे द्वारा हस्ताक्षरित और मुद्रांकित यह विवरणी तात्कालिक

प्रभाव से प्रयुक्त मानी जायेगी।

"अब बोलो कौन-सा काम शेष रह गया—कौन-सी सेवा ?"

"सम्राट् को जब जृम्भण (जम्हाई) आवे तो चुटकी बजाने की सेवा।" मैंने करबद्ध निवेदन किया।

"जृम्भण-सेवा !" सौमित्र स्पष्टतः सन्नाटे में आ गए। सच यह सेवा तो रह ही गई थी और इस सेवा ने तो सब किये कराये को नष्ट ही कर दिया। इसके आधार पर तो हनुमान इतना अधिकार ले लेंगे जितना उन्हें पहले भी नहीं प्राप्त था।

"यह सेवा कहीं नहीं है इस सूची में ?" श्री राम ने पूछने के लिए पूछा और फिर सूची पर एक दृष्टि डाली।

"और कहीं नहीं है तो इस सेवा पर तुम्हारा अधिकार हुआ पवनपुत्र !" श्री राम ने निर्णय सुना दिया, मैं पुलकित हो आया। सौमित्र का चेहरा लटक आया और सभासदों के होंठों पर मुस्कान खेल गई।

"अच्छी बात है," मैंने कहा और श्री राम-जानकी के पाद-प्रदेश में बैठ गया।

"पवनपुत्र, वहां क्यों बैठते हैं? सिंहासनारूढ़ युगल सरकार पर ध्यान रखने का दायित्व तो शत्रु-हन्ता शत्रुघ्न को है ?" मेरे बैठते ही सौमित्र ने प्रतिवाद किया।

"मैं चुटकी बजाने बैठा हूं।"

"पर चुटकी तो जृम्भण के समय बजानी है।"

"क्या आप पहले से ही कह सकते हैं कि सरकार को जृम्भण अब आ जाये ? उस समय चुटकी नहीं बजा पाया तो कर्त्तव्य में च्युति नहीं आ जायेगी ?" मैंने अपने आराध्य के मुख से दृष्टि हटाये बिना ही कहा। पता नहीं कब उन्हें जम्हाई आ जाये। सौमित्र घबराये, यह तो लेने के देने पड़ गये थे। हनुमान तो अब सदा श्री राम के पास रहने ही नहीं, उनके चेहरे पर दृष्टि जमाये रहने का भी अधिकार प्राप्त कर बैठे थे। व्यर्थ बनी यह विवरणिका कि यह नई बात खड़ी हो गई। इसके पूर्व न तो जृम्भण का पता था न चुटकी बजाने की बात का। अवश्य किसी चतुर व्यक्ति ने यह सलाह दी है हनुमान को। उन्हें कहां पता कि मुझे यह स्फुरणा कहां से प्राप्त हुई थी। मैं श्री राम के चेहरे पर ध्यान लगाए उनके पाद-प्रदेश में जमा रहा और सौमित्र के साथ शत्रुघ्न और भरत लाल सभी झखते रहे। मैंने एक बार माता जी के चेहरे की ओर देखा। उनके रक्त-कमल-सदृश सौंदर्य पूरित मुख पर एक मन्द मुसकान खेल रही थी। तो माता को प्रसन्नता थी इससे। लगता वे कहना चाहती थीं—'अच्छा पाठ पढ़ाया तुमने इन लोगों को। मैंने तो यों ही सहमति दे दी थी सौमित्रादि की योजना को। मैं तो जानती ही थी कि अन्तिम विजय तुम्हारी ही होगी।'

'पर अभी तो असल लीला शेष ही है,' मैंने मन-ही-मन कहा था, 'मेरे साथ

विनोद हुआ है तो मैं भी इस विनोद का उत्तर इससे भारी विनोद द्वारा ही दूंगा।'

उनसठ

प्रातःकाल की अरुणिमा ने प्राची के क्षितिज को अपना प्रथम स्पर्श प्रदान किया था। किन्तु राजमहल में चारों ओर एक भारी हंगामा व्याप्त हो आया था। चारों तरफ भाग-दौड़ मची थी। कोई आंगन के अन्दर आता तो कोई वहां से बाहर जाता। कोई वैद्य लिए दौड़ा आ रहा था तो कोई पुजारी-पंडित। श्री राम के शयन-कक्ष के सामने सबसे अधिक जमघट था। मैं इसी शयन-कक्ष के कंगूरे पर बैठा यह सब देख रहा था पर मेरी ओर किसी का ध्यान नहीं था।

"हनुमान कहां हैं ?" सहसा भीड़ के बीच से किसी का स्वर उभरा। मैंने ध्यान दिया, यह गुरु वशिष्ठ थे। श्वेत श्मश्रु और श्वेत ही परिधान में आवेष्टित कुल-गुरु भी पर्याप्त क्लान्त प्रतीत हो रहे थे। स्पष्ट था, रात्रि-पर्यन्त यह भी सो नहीं पाये थे। गुरु वशिष्ठ की बात पर सबकी आंखें मुझे ढूंढ़ने लगी थीं।

"वहां हैं।" अन्ततः कुल-गुरु की दृष्टि ही उठी थी कंगूरे की ओर—एक कपि और कहां हो सकता है ?

"नीचे उतरो पवन-पुत्र !" गुरु ने अनुज्ञा दी थी तो नीचे आने के सिवा मेरे पास कोई और उपाय नहीं था।

"बंद करो इसे।" मुझे पास पाते ही गुरु ने आज्ञा दी थी। मैंने ध्यान दिया था, मैं चुटकी तो अभी बजाये ही जा रहा था। कंगूरे पर बैठा रात भर जो कर रहा था, वह क्रम अभी जारी ही था। पर यह बन्द भी कैसे हो सकता था। गुरु-आज्ञा भी इसमें आड़े कैसे आ सकती थी। यह तो सम्राट् की आज्ञा के फलस्वरूप चल रहा था।

"शीघ्र ले जाओ इन्हें शयन-कक्ष में।" गुरु ने आज्ञा दी थी और एक सेवक मुझे श्री राम के शयन-कक्ष के अन्दर ले गया था। वहां की स्थिति विचित्र थी। श्री राम बिछावन पर बैठे जम्हाइयां-पर-जम्हाइयां लिए जा रहे थे और माता वैदेही तथा वैद्य एवं पुजारी सबके मुख पर हवाइयां उड़ रही थीं।

"बन्द, बन्द, करो इसे।" माता ने लगभग चिल्ला कर कहा था, अब उन्हें श्री राम की विचित्र बीमारी का भेद मालूम हो गया था, "बन्द करो यह चुटकी-वादन।"

हां, अब चुटकी बन्द करने में कोई हर्ज नहीं था। श्री राम सामने थे, आवश्यकता पड़ने पर तत्काल चुटकी बजाई जा सकती थी। मैंने चुटकी बजाना बन्द

किया। श्री राम की जम्हाइयां भी बन्द हो गईं। माता सीता और अन्य उपस्थित लोगों के चेहरे की चमक वापस लौटी। श्री राम के चेहरे पर एक मुसकान खेली जैसे कुछ हुआ ही नहीं था।

"आप मुसकरा रहे हैं और इधर रात भर हमारी हालत खराब रही। आपकी जम्हाइयां रोके भी नहीं रुक रही थीं। आप का मुंह खुला तो खुला ही रह गया।" माता ने उपालम्भ दिया।

"दोष किसका है ?" श्री राम ने पूरी तरह प्रकृतिस्थ होकर कहा।

"किसका है ?" माता ने पूछा।

"आप ही सोचिए। आप ने ही तो रात हनुमान को शयन-कक्ष में प्रवेश से मना कर दिया था ?"

हां, हुआ यही था। दिन भर भगवान के साथ यही सोच कर मैं लगा रहा था कि पता नहीं कब उन्हें जृम्भण आवे और मुझे चुटकी बजानी पड़े। रात्रि में जब वे शयन-कक्ष में प्रवेश करने लगे तो मैं भी साथ था।

"तुम इस समय सरकार का साथ छोड़ दो।" माताजी ने देखा तो मुझे प्रवेश-द्वार पर ही रोक दिया।

"अच्छी बात है।" मैंने कहा और आंगन में आ गया। पर मैं अन्दर-ही-अन्दर पूरी तरह असंतुलित हो आया। अगर शयन-कक्ष में सरकार को जम्हाई आई तो उस समय चुटकी कौन बजायेगा ? तब तो मैं अपने दायित्व से ही च्युत हो जाऊंगा। मेरी समझ में कुछ नहीं आ रहा था। उधर सरकार के शयन-कक्ष का द्वार बन्द हो चुका था। रात का सन्नाटा चारों ओर व्याप्त हो चुका था। विवश हो, माता अंजना के परामर्श को याद कर मैंने श्री राम का ध्यान किया था और मेरी दृष्टि खिंची थी शयन-कक्ष के कंगूरे की तरफ। बात मेरी समझ में आ गई थी और मैं कंगूरे के ऊपर छलांग लगा गया था। वहीं पर मैंने पद्मासन जमा दिया था और पूरे मनोयोगपूर्वक चुटकी बजाने लगा था—पता नहीं कब श्री राम को जृम्भण आ जाये ? अब जब भी जृम्भण आये मेरी चुटकी प्रस्तुत रहेगी।

मैं चुटकी तो अनवरत बजाने लगा पर उसके परिणाम पर तो मेरा ध्यान ही नहीं गया। मैं लगातार चुटकी बजाने लगा तो श्री राम को भी लगातार जृम्भण आने लगे। जृम्भण की प्रत्याशा में हनुमान चुटकी बजाये तो श्री राम को जृम्भण आने से रहें, ऐसा हो नहीं सकता था।

अब सारा मामला मेरी समझ में आ गया था। मैं लज्जित था अपनी कृति पर। पर ठीक ही कहा सरकार ने, इसमें मेरा दोष ही कितना था ? मैं भोला तो अपने दायित्व के निर्वाह में रत था। सरकार को कष्ट हुआ, मुझे भारी कष्ट है। पर वे भगवान, भक्त को इतना आदर देते हैं इसका पता भी मुझे कहां था ? इस घटना ने तो मेरी आंखें ही पूरी तरह खोल दीं।

"कहां है वह कार्य विवरणी ?" माता पास ही खड़े सौमित्र की ओर मुड़ी थीं।

"यह रही।" लक्ष्मण ने उसे सीता अम्बा के हाथों में थमाया था और उन्होंने सबके देखते-देखते उसके टुकड़े कर दिए थे। अब कोई सूची-विवरणिका नहीं रहेगी। सारे कार्य बिना सूची के चलेंगे। पहले की ही तरह।" माता ने अपना निर्णय सुनाया था और मेरे आराध्य और मेरे चेहरे पर एक साथ ही एक मुसकान खेली थी, जिसका अर्थ हम दोनों के सिवा और किसी ने नहीं समझा था।

साठ

आज तो आप मुझे ही सभी ग्रहों के निवारण में समर्थ मानते हैं। भूत-प्रेत हों या राहु-केतु-शनि सभी से परित्राण में मेरा स्मरण ही पर्याप्त माना जाता है। नहीं ? यह अतिरिक्त अनुग्रह है आपका मुझ अकिंचन पर। या इसे अपने गोस्वामी की अन्ध-श्रद्धा का ही प्रतिफल कहूं जिसने सभी संकटों के मोचन में इस क्षुद्र को ही समर्थ मान लिया—"कौन-सौ संकट··· जो तुमसों नहिं जात है टारौ।"

जो हो, मैं तो स्वयं के संकट की बात कर रहा था। अपने ग्रह-योग की। ग्रहों में सर्वाधिक दुष्ट कौन है ? आपको पता ही है। शनि। यही न ? इसका नाम सुनते ही बड़ों-बड़ों की घिग्घी बंध कर रहती है। यह जिसकी राशि पर आ जाये उसे साढ़े सात वर्षों तक पानी पिला छोड़ता है। यही है हालत शनि की साढ़े साती की।

मुझे क्या पता था कि शनि की कोप-दृष्टि मुझ पर भी पड़ने वाली है। मैं तो श्री राम-भजन और सीताराम की सेवा में मस्त अयोध्यावास के अपने दिन सुख-पूर्वक व्यतीत कर रहा था कि एक दिन मेरे समक्ष आ खड़े हुए साक्षात् शनिदेव—नील लोहित तन, आकाश-व्यापी आकार, रक्त-वर्ण, मद-घूर्णित विशाल नेत्र, क्रोध-कंचुकित भौंहें, आकाश-व्यापी स्वेद-स्नात गात, मुख-गह्वर से झांकते किंचित् झुके-मुड़े श्वेत दीर्घ दन्त। शनिदेव के इस रूप को देख कर कोई भी थोड़ी देर के लिए भयभीत हो जाता। अब मुझे लगा कि क्यों शनि के नाम से ही लोग शीत-ज्वर-आक्रान्त हो आते हैं।

"आप ?" मैंने शनिदेव की ओर एक उड़ती दृष्टि डालते हुए कहा। सरयू-तीर बैठा मैं सांध्योपासना में लीन था कि ये साक्षात् साधनावरोध के रूप में प्रकट हुए थे। पहचानते हुए भी मैं अपरिचय प्रकट करते हुए बोला था।

"मैं शनि। मुझे पहचानने में भी भ्रम हो रहा है पवनात्मज ?"

"नहीं भ्रम की बात नहीं। आपने असमय कष्ट किया इसलिए···।" मैंने राम-नाम का जाप जारी रखते हुए कहा।

"तुम्हारे पास समय ही कहां है कि मैं उसी समय साक्षात्कार करूं ? चौबीसो घंटे या तो राम-सेवा या राम-नाम के जाप में लगे रहते हो ।"

"आपको इससे कष्ट ?"

"कष्ट तो अपार है । बन्द करो यह कीर्तन ।"

"अभी तो बन्द ही है । आपसे वार्तालाप में जो संलग्न हूं ।" मैंने कुछ आश्चर्य से कहा ।

"बन्द कैसे है ? यह श्वासों में क्या चल रहा ? बसा तो चुके हो राम-नाम को सांस-सांस, रोम-रोम में । अब मैं किधर जाऊं ?" शनि की क्रोधाग्नि दावाग्नि की तरह प्रज्वलित हो चली थी ।

"आपके कहीं जाने न जाने का अर्थ नहीं समझा । आप जहां चाहें वहां जायें । शनि की गति तो अप्रतिहत है ।" मैंने शान्त रहकर ही कहा ।

"मैं तुम्हारी बात कर रहा था । पता है, तुम्हारी राशि पर कब से आया हूं ? आधी अवधि तो बीत गई ? अब कब अनुमान होगा तुम्हें इसका ?"

"अनुगृहीत हुआ कि आप मेरी राशि पर अवस्थित हैं । कृतार्थ हुआ ।"

"बन्द करो यह प्रलाप ।" शनिदेव का क्रोधानल और प्रचंड हो आया ।

"प्रलाप कैसा ? बोलते तो आप ही जा रहे हैं । उस पर अनाहूत, अनामंत्रित, असमय उपस्थित आप मुझे अपशब्द कहने से भी नहीं चूकते ।" मेरा क्रोध अब भी नियंत्रित था ।

"असंतुलित कैसे नहीं होऊं मैं ? तीन वर्षों से अधिक किसी की राशि पर मैं रहूं और उसका एक रोम, एक बाल भी बांका नहीं हो तो क्रोध तो आयेगा ही । कहा न साढ़े साती की आधी अवधि व्यतीत हो गई और इसका भान भी नहीं हुआ तुम्हें ।"

"यह सब तो मेरे श्री राम के नाम का प्रताप है ।" मैंने निवेदन किया ।

"इसीलिए तो कह रहा हूं, किधर से और कब आऊं मैं तुम पर ? रोम-रोम और श्वास-श्वास में तो राम को रचाए-बसाए बैठे हो । क्रोध क्या यों ही आ रहा है मुझे ?" शनि देव के लाल रक्तवर्णी नेत्र अब ज्वाला उगलने लगे थे, "सोचा कि ऐसे नहीं मानते तो चलकर आमने-सामने ही दो हाथ कर देते हैं । तुम्हारी अवज्ञा ने ही बाध्य किया है मुझे अपने अधिदेवता रूप में प्रकट होने को वर्ना ग्रह-विग्रह में स्थित अपनी विष-किरणों से ही मैं वारा-न्यारा करता रहता हूं सबका ।"

"बड़ी कृपा की आपने अपने अधि-देव रूप का दर्शन करा कर । अब तक तो मैं भी अन्तरिक्ष स्थित आपके नील-लोहित पिण्ड को देखकर ही संतोष करता रहा था ।"

"ठीक है, ठीक है । मुझे अधिक समय नहीं है, अब शीघ्रता करो ।" शनि देव बोले । मैं अभी तक बैठा ही हुआ था । एक अतिथि के लिए यह भी अवज्ञा की बात थी पर मेरी भी विवशता थी, मेरे सांध्यकृत्य का काल क्षिप्त हो रहा था ।

"शीघ्रता मुझे क्या करनी है ? आपने दर्शन देकर कृतार्थ किया । अब शीघ्र

आप ही अपने पिंड-रूप को जायें। मेरे समय का भी अपव्यय हो रहा है।" मैंने उन्हें समझाना चाहा।

'यों ही? बिना तुम्हारा कुछ बिगाड़े?"

"आपके दर्शन ही क्या कम हैं? इस अमंगल-रूप के दर्शनोपरान्त किसका कल्याण सुनिश्चित रहेगा?"

"विनोद मत करो। इतने दिनों तक तुम्हारी राशि पर पड़ा रहकर तुम्हारा एक रोम तक निर्मूल करने में समर्थ नहीं हुआ तो आज के दर्शन से मैं तुम्हारा क्या अहित कर लूंगा? शीघ्रता करो। अभी तुम उत्थित भी नहीं हुए। बैठे-बैठे ही प्रलाप किये जा रहे हो। तुम्हारी उद्दंडता अक्षम्य है। काश! तुम्हारी यह तीसरी साढ़े साती होती तो मैं तुम्हें यमपुरी का ही द्वार दिखा देता।" शनि क्रोध में अधिक ही बोल गए।

"खड़ा होकर क्या करना है?" मैंने अब भी बैठे-ही-बैठे पूछा, 'शठे शाठ्यं समाचरेत्' की उक्ति का स्मरण मुझे अनायास हो रहा था। अतिथि ठीक थे शनि-देव पर उद्दंड थे। मित्र-भाव नहीं द्वेष-भाव से, शत्रु-रूप में उपस्थित हुए थे। इनके साथ शिष्ट होना इनकी शठता—जड़ता को प्रोत्साहन देना ही होता।

"कहा न तुमसे दो हाथ करके ही अपने महत्त्व का परिचय दूंगा। उठो खड़े हो जाओ। मैं बैठे पर प्रहार नहीं कर सकता।"

"तो यह बात है?"

"बात तो यही है। अब कितनी बार बताऊं? यदि भयभीत हो गए हो और युद्ध के आकांक्षी नहीं हो तो वह भी बताओ।"

"यदि ऐसा ही हो तब?"

"तब मेरे महत्त्व को स्वीकार कर लो और मुझे अपनी राशि पर आने दो।"

"आ तो आप गए ही हैं पिछले कई वर्षों से? आप ही तो कह रहे हैं।"

"यह आना क्या आना हुआ? तुम्हारी यह राम-भक्ति मुझे आकर भी कहां आने देती है?"

"तो मैं क्या सहायता कर सकता हूं आपकी?"

"जितने दिन शेष हैं मेरी साढ़े साती के, उतने दिन तो कम-से-कम यह राम-जाप का चक्कर छोड़ो वर्ना जगत् से मेरा महत्त्व ही समाप्त हो जाएगा और सभी तुम्हारी तरह राम-राम कर काट लेंगे मेरी कालावधि।"

"यह तो नहीं होगा। राम-राम तो नहीं छोड़ना मुझे, आपको जो करना हो कर लीजिए।" मैं भी अब मानसिक रूप से शनि देव से अंतिम निर्णय कर लेने को तत्पर हो गया था।

"तो खड़े हो जाओ। मल्ल-युद्ध कर हम एक-दूसरे की शक्ति को समझ लेते हैं।" शनि ने युद्ध के लिए सन्नध होते हुए कहा।

"सोच लीजिए। अब भी समय है। यह युद्ध आपको महंगा भी पड़ सकता है।" मैंने उन्हें समझा देना ठीक समझा। मैं अपने आराध्य का ध्यान कर उनकी

कृपा से जब बड़े-बड़े दैत्यों को ठिकाने लगा चुका हूं तो इस शनिदेव से भी निपट ही लूंगा। भरोसा तो मुझे अपने श्री राम की ही शक्ति का था। अब तक की जो कुछ थोड़ी-बहुत उपलब्धि थी मेरी उसके मूल में तो श्री राम-कृपा ही थी। ठीक ही गोस्वामी ने अपने समय में मेरे संबंध में कहलवाया था त्रिपुरारी से मां पार्वती के प्रति—"उमा न कछु कपि कै अधिकाई, राम-कृपा जे कालहुं खाई।

"सोच लिया है। अब बातों में अधिक समय नहीं नष्ट करो मेरा वर्ना तुम नहीं उठे तो मुझे अपने नियम के विरुद्ध जाकर तुम बैठे हुए पर ही···।"

"हुं···!" शनि का वाक्य पूरा भी नहीं हुआ था कि एक जोर की हुंकृति मेरे मुख से स्वतः निकली और मैं उठकर खड़ा हो गया और जैसा कि ऐसे अवसर पर होता है मैं सहसा अपने रौद्र रूप में आ गया—कनक भूधराकार···। पर्वताकार शनि से भी अधिक ऊंचा और विकराल हो आया मैं। उनकी आंखें आश्चर्य और भय से फट आईं। यह सब राम-कृपा से ही संभव हुआ था। मैं तो निश्चिन्त बैठा ही था पर शनि की अन्तिम बात मेरे राम को बर्दाश्त नहीं हुई और मैं क्रोधाभिभूत हो आया। भक्तापराध कब सहन हुआ है मेरे श्री राम को?

शनि के मन में उस क्षण आया पलायन कर जाने का विचार। वे मुड़े भी, पर अब कहां छुटने वाले थे वे। मैंने मुड़ते ही शनिदेव को अपने लांगूल में लपेटना आरम्भ किया और देखते-देखते वे आपाद-मस्तक मेरे पूंछ-पाश में आबद्ध हो गए। जैसे किसी विशाल अजगर के द्वारा पूरी तरह आवेष्टित कोई अन्य जन्तु विवश हो उठता है उसी तरह जैसे-जैसे मेरी पूंछ कसती जाती वैसे-वैसे शनि वेदना से तड़पने लगे। वे त्राहि-त्राहि करने लगे। पर अब कहां त्राण था उनको? मैंने अपनी पूंछ को जोर-जोर से धरती पर पटकना शुरू किया और उसकी छोर में आवेष्टित शनि लहु-लुहान होने लगे। वे प्राण-रक्षा के लिए बार-बार चिल्लाने लगे पर मेरा क्रोध अभी उतरा कहां था? कुछ दूर पर दूर-दूर तक चट्टान-ही-चट्टान पड़ी थीं। मैं अपनी पूंछ पटकते हुए जोर से दौड़ पड़ा। विशाल अनगढ़ चट्टानों पर घिसटते शनि की स्थिति दयनीय हो आई। उनके सर्वांग से रक्त प्रवाहित होने लगा। मुंह से भी वे रक्त-वमन करने लगे। कुछ देर बाद जब मैं रुका तो शनि पूर्णतया संज्ञा-शून्य हो आये थे। मैंने पूंछ के बन्धन को ढीला कर उन्हें एक किनारे लिटाया फिर जल से उनके मुंह पर कई छींटे दिए तब कहीं जाकर उनकी संज्ञा लौटी। मैं अब भी अपने उसी विशाल आकार में था।

शनि की आंखें तो खुलीं पर मुझे देखते ही उनमें अपार भय तैर आया। उनकी घिग्घी बन्ध आई। उन्हें लगा, अब भी मैं उन्हें नहीं छोड़ने को था। उनमें इतनी शक्ति भी शेष नहीं बची थी कि वे दौड़कर भाग भी जाते वहां सेरा। किसी प्रकार बद्धांजलि हो बोले—"क्षमा पवन-सुत! क्षमा। मैं अब वे तुम्ही राशि पर आने की धृष्टता नहीं करूंगा।"

"मेरी ही नहीं, जो भी मेरे श्री राम का नाम ले उसकी राशि पर तुम नहीं आओ अथवा आओ भी तो उसे तंग नहीं करो तो मैं···।"

"श्री राम तो श्री राम जो तुम्हारा भी नाम लेगा, तुम्हारी भी भक्ति करेगा मैं उसके भी पास नहीं फटकूंगा। मैं शपथ लेता हूं।" शनि बीच में ही बोले, "अब मुझे प्राणों की भिक्षा दो।"

"जाइए। पर अपनी शपथ याद रखिएगा।" मैंने उन्हें पूर्णतया मुक्त करते हुए कहा।

"याद रखूंगा," शनि उठने का प्रयास करते हुए बोले, पर उठ नहीं पाये।

"क्या हुआ ?" मुझे शनि पर दया आ गई।

"मेरे सर्वांग में दर्द हो रहा है," वह बुरी तरह कराहते हुए बोले, "मैं खड़ा हो पाने में भी असमर्थ हूं। अगर कहीं से थोड़ा तैल उपलब्ध हो जाता तो मैं अपने शरीर पर उसे मल लेता। तब शायद'''।"

"तैल ?" मुझे हंसी आ गई और मैं सामान्य आकार में आ गया, "यहां सरयू-तीर तैल कहां मिलेगा शनि देव ? थोड़ी देर के बाद कुछ स्वस्थ हो जाइएगा तो प्रस्थान कर जाएइगा अपने लोक को। वहीं तैल-मर्दन करिएगा पूरी तरह और हां इस उपचार के समय राम का नाम भी लेते रहिएगा तो दर्द से शीघ्र ही मुक्ति मिल जायेगी।" यह कह कर मैं तो चल दिया अयोध्या की दिशा में। पता नहीं शनि कब जा पाये अपने लोक को। वहां जाकर पर्याप्त तैल-मर्दन किया होगा उन्होंने अपने शरीर पर तभी उन्हें तेल बहुत प्रिय हो गया है और जो कोई उनके दिन (शनिवार) को उन्हें तैल प्रदान करता है, उसे वे अपनी कोप-दृष्टि का शिकार नहीं बनाते या क्या पता अभी तक उनका सर्वांग दर्द करता हो और शनिवार को उन्हें सचमुच तैल-मर्दन की आवश्यकता होती हो। यही है श्री राम-कृपा। जय श्री राम ! जय सीताराम।

इकसठ

यह मेरे जीवन का सबसे दुःखद दिन था। इसकी पूर्व-कल्पना भी असंभव थी, अतः वज्रपात था यह—साक्षात् दुर्भाग्य का दारुण तांडव। भाग्य विधाता वाम हो गए थे, मेरे ही नहीं सौमित्र के, भरत, शत्रुघ्न के बल्कि सम्पूर्ण अयोध्या के ही।

मर्यादा पुरुषोत्तम ने मर्यादा-रक्षा का एक और अप्रतिम उदाहरण रखा था और भूमिजा को वनवास दे दिया था—एक साधारण रजक के लांछना-स्वर को सुनकर।

अप्रत्याशित हुआ था यह सब। अकस्मात्। कानोंकान किसी को खबर नहीं हुई थी। वर्ना यह घटित नहीं होता। मैं तो क्या, सम्पूर्ण अयोध्या-नगरी उस रथ के चक्रों के नीचे सो जाती जिन पर वन-बिहार के बहाने ले जाकर सौमित्र ने सीता

को अरण्य-वास दिया था। सौमित्र को भी क्या दोष दें? अग्रज की आज्ञा के पालन को वचन-बद्ध थे वे।

सौमित्र के वापस आने पर ही हम सबों पर यह भेद खुल पाया था। और की बात मैं नहीं जानता—संज्ञाशून्य हो आया था मैं और शायद यह संज्ञाशून्यता क्षणों-पलों नहीं दिनों में खिंची थी।

होश में आने पर भी महीनों तक मैं विक्षिप्त-सा ही डोलता रहा था अयोध्या की गलियों में, सरयू के किनारों पर और आस-पास के वन-उपवनों में।

सिंहासन पर एकाकी बैठते थे श्री राम उन दिनों। महीनों मैंने राज-सभा में भी जाना बन्द कर दिया था। क्या रखा था वहां जब माता ही नहीं थी श्री राम के पार्श्व में? कैसी थी यह मर्यादा-रक्षा, कैसा था यह धर्म-पालन? मैं बहुत दिनों तक नहीं समझ पाया था पर इस सब के बावजूद श्री राम के प्रति कोई अश्रद्धा, कोई अन्य भाव मेरे अन्दर जगा हो, यह बात नहीं। श्री राम ने जो कुछ किया, ठीक किया होगा। परमेश्वर थे वे, नर नहीं नारायण का रूप था उनका। उनके निर्णय पर मैं प्रश्नचिह्न कैसे लगाता?

माता जहां होंगी, ठीक होंगी। वनदेव और वन-देवियां उनकी रक्षा करती होंगी। जब राक्षसराज रावण की अशोक वाटिका में वे उतने दिन काट चुकीं तो यह तो ऋषि-आश्रम ही था जहां वे छोड़ी गई थीं। वाल्मीकि के सदृश सिद्ध तपस्वी के आश्रम में अपने दुर्दिन व्यतीत कर लेना बहुत कठिन नहीं होगा उनके लिए। माना वे आसन्न-प्रसवा थीं, पर पाल लेंगे ऋषि दोनों को—माता को भी संतान को भी। मात्र इसी आश्वासन पर जीवित था मैं और इस पर भी कि माता के प्रति मेरी श्रद्धा सच्ची है तो एक-न-एक दिन दर्शन भी होकर रहेंगे उनके और अपने ऊपर लगी निराधार लांछना से भी मुक्त होकर रहेंगी वे।

श्री राम के प्रति मेरा प्रेम पुनः शनैः-शनै अपने पूर्व रूप में आ गया था। नहीं, जैसा कहा कभी अश्रद्धा नहीं हुई उनके प्रति, हो भी नहीं सकती थी। पर मां वैदेही के विछोह ने एक विरक्ति-भाव-सा भर दिया था अन्तर में। कहीं, कुछ अच्छा नहीं लगता था, श्रद्धा, प्रेम आदि के सदृश सभी स्नेहिल भावों के स्रोत ही जैसे सूख गए थे। पर समय के साथ सब कुछ बहुत सीमा तक सामान्य हुआ था। मैं राज-सभा भी जाने लगा था। श्री राम की सेवा में भी पूर्णतया तत्पर हो गया था। सेवा में कहीं कोई प्रमाद नहीं हो जाए, इस पर पूरा ध्यान रखने लगा था।

नहीं सामन्य हुए थे तो श्री राम। उनके आनन का वह अनुपम तेज कभी का समाप्त हो गया था। सदा एक अपराध-भाव से जैसे ग्रसित रहते थे वे। राज-काज सब सामान्य गति से चल रहा था। पर श्री राम का मन इस सब में लग नहीं पा रहा था। एक दायित्व था जिसका निर्वाह वे किये जा रहे थे। मैं यह सब पूरी तरह समझता था। समझते थे सौमित्र, भरत, शत्रुघ्न सभी। पर कोई कुछ कह नहीं पाता था। कह भी नहीं सकता था। मर्यादा में बंधे थे सभी। अग्रज के निर्णय पर प्रश्न-चिह्न लगाने का प्रश्न ही नहीं उठता था।

अयोध्या की प्रजा की भी यही स्थिति थी। कुछेक श्री राम के त्याग की प्रशंसा करते भी नहीं थकते थे पर अन्दर से वे भी दुःखी थे, मर्माहत। माता सीता की अग्नि-परीक्षा की बात सबको ज्ञात थी, अतः उनके सतीत्व और पतिव्रत्य को लेकर किसी के मन में कहीं कोई संशय नहीं था सिवा उस रजक की तरह के एक-दो कुविचारियों के। पर श्री राम तो सबके थे। प्रजा का एक सदस्य भी अगर असन्तुष्ट हो तो उन्हें संतोष कहां? उन्हें तो सबको मान देना था, सबके विचारों का समान महत्त्व था उनके लिए? यही सोच कर लोग उन्हें क्षमा किए जा रहे थे। हां, क्षमा ही किए जा रहे थे क्योंकि श्री राम के स्थान पर किसी और सम्राट् से ऐसी भूल हुई रहती, एक पवित्र-पुनीत, पतिव्रता नारी को ऐसी प्रताड़ना-लांछना सहनी पड़ती तो अयोध्या की प्रजा उसे कभी क्षमा नहीं कर सकती थी। पर श्री राम तो श्री राम थे। उनकी न्याय-प्रियता और उनके निर्णय में सबको विश्वास था। भले ही यह विश्वास अंधविश्वास की सीमा को ही क्यों नहीं छू रहा हो।

माता सीता के साथ ही अयोध्या की श्री-सुषमा चली गई थी और चले गए थे वहां के दिन-प्रतिदिन के राग-रंग और उत्सव। फिर भी हम सब अपने दिन काट रहे थे, किसी-न-किसी बहाने। आखिर श्री राम का भी तो मुंह देखना था। सीता तो गईं ही। अपनी उपेक्षा से हम श्री राम से भी हाथ धो बैठें, यह हमें सह्य नहीं था, अतः हम अपनी ओर से इस बात के पूर्ण प्रयास में लग गए थे कि श्री राम को न तो सीता की अनुपस्थिति का भान हो पावे न हमारी निराशा और असंतोष का। पर यह संभव था क्या? समझते थे हम सभी—श्री राम भी और हम परिजन-प्रजाजन भी। पर एक संधि-सी जैसे हो आई थी हमारे मध्य, किसी को माता सीता का नाम ले उनकी स्मृति को ताजा नहीं करना था। सभी एक नाटक में लीन थे, एक अभिनय में। अब तक की अकृत्रिम और सहज जीवन प्रणाली को एक कृत्रिमता, एक असहजता ने अपना आखेट बना लिया था। दुर्भाग्य था यह हमारा, अयोध्या का और सबसे ऊपर श्री राम का।

बासठ

समय काटना हो तो कई उपाय हैं। काल-क्षेप बहुत कठिन नहीं है। सबका काल कट जाता है। पर कौन कैसे व्यतीत करता है अपना समय, यही निर्धारित करता है उसके व्यक्तितत्व को। प्रकट करता है उसके स्वभाव को—उसकी अन्तर्प्रकृति को। इसी तथ्य को ध्यान में रख भारत-भूमि के चिन्तकों ने एक बड़ी अच्छी बात कही—

काव्य-शास्त्र विनोदेन,
कालो गच्छति धीमताम् ।
व्यसनेन च मूर्खाणां
निद्रया कलहेन वा ।।

—बुद्धिमानों का समय काव्य और शास्त्र-पुराणों के अध्ययन-मनन में बीतता है । मूर्खों का दुर्व्यसनों में, नींद में अथवा व्यर्थ के वाद-विवाद में ।

काव्य-शास्त्र-विनोद के अन्तर्गत प्रभु-चिंतन अथवा कीर्तन-भजन भी आता ही है। आराध्य की सेवा भी उसमें आ जाती है । विशेषकर तब जब आराध्य साकार, मानवीय विग्रह में सुलभ हो । आराध्य भी ऐसा-वैसा नहीं । साक्षात् परात्पर ब्रह्म । अखिल ब्रह्मांड-पति ।

इस तरह देखा जाए तो मेरा समय भी ठीक ही कट रहा था । नगर में जो पूजा-अर्चना करता, भजन-कीर्तन में लगता, श्री राम की पाद-सेवा करता वह तो करता ही, समय मिलते ही सरयू-तट की ओर भी भाग पड़ता और वहां ऋषि-मुनियों के सत्संग का लाभ उठाता । सत्संग के लाभ का वर्णन करने में मैं सर्वथा असमर्थ हूं । यह कार्य मैंने गोस्वामी के लिए छोड़ दिया था । अपने रामचरित-मानस के रचना-क्रम में सत्संग का जो वर्णन उसने किया उसकी तुलना उसके पूर्व अथवा उसके पश्चात् रचित किसी कृति में देखने को मिल नहीं सकती । सत्संग को चलते-फिरते तीर्थराज की संज्ञा देकर उसने यहां तक उद्घोषित कर दिया कि सत्संग-रूपी इस प्रयाग में स्नात होते ही कौआ-कोयल बन आता है बगुला हंस बन बैठता है—

मुद मंगलमय संत समाजू ।
जिमि जग जंगम तीरथराजू ।

मज्जन फल पेखिय तत्काला ।
काक होहिं पिक बकउ मराला ।।

मैं तो इस उद्घोषणा का कायल हूं । सत्संग नहीं होता तो मैं तुच्छ कपि हनुमान से रामदूत कैसे बन आता ? नहीं पहुंचाया होता त्रिपुरारि ने अयोध्या-नरेश के आंगन, तो कैसे वह सुर-दुर्लभ सान्निध्य प्राप्त होता मुझे अपने आराध्य का ? फिर नहीं काटता रहता अपना समय सुग्रीव की सेवा में तो कैसे पुनर्दर्शन होते मुझे श्री राम और सौमित्र के ? नहीं मिलता मुझे विभीषण का सत्संग उस राक्षस-पुरी में तो संधान पा सकता मैं क्या अशोक-वन में बैठी माता वैदेही का ?

सत्संग का प्रभाव है और उसका तो अब अति प्रत्यक्ष अनुभव प्राप्त हो रहा था अयोध्या में जहां सरयू-तीर वासी तपस्वियों-मनस्वियों द्वारा निरन्तर प्रवाहित ज्ञान-गंगा में नित्य कुछ क्षण निमज्जित होने का सुअवसर सुलभ हो रहा था मुझे । मेरा भक्ति-भाव निरन्तर गहरा हो रहा था और श्री राम-चरणों के प्रति मेरे अनुराग में निरन्तर वृद्धि हो रही थी । बाल्यकाल में शास्त्रों-पुराणों का जो अल्प

अध्ययन सम्पन्न किया था मैंने उसका तात्पर्य अब खुल रहा था मेरे मन की आंखों के समक्ष—अब जब ऋषि-कंठों से उनका भाष्य, उनकी विशद व्याख्या सुनने को मिल रही थी। जो कुछ अब तक अप्राप्त था, वह प्राप्य लग रहा था, सुलभ हो रहा था। ऋषि-मुनियों के संग रहने, भगवान के पाद-पद्मों में निरत रहने से मेरा भाव भी बढ़ गया था। मैं जो अब तक एक योद्धा, एक धावक, श्री राम-चरणों के एक किंकर के रूप में ख्यात था, अब एक गुणज्ञ, एक सम्मानीय विद्वान् एक परम संत के रूप में भी प्रख्यात हो चला था। यह सब मुझे अच्छा नहीं लगता था। वह व्यर्थ की मान-मर्यादा मुझे उद्विग्न कर रही थी। पर एक बात है। गोस्वामी का मुझे बार-बार कायल होना पड़ता है। सत्संग-वर्णन के क्रम में उसने एक अकाट्य बात कह दी जिसका अनुभव मुझे अयोध्या में उन दिनों हो रहा था। उसने ठीक ही कहा कि इस विश्व में अगर किसी ने विद्या-बुद्धि, यश-कीर्ति, धन-सम्पत्ति अथवा सद्गति आदि का लाभ प्राप्त किया हो तो उसके मूल में यही है उनके कि अच्छों का संग किया होगा, अन्य उपाय है ही नहीं—

मति कीरति गति भूति भलाई।
जो जेहिं जतन जहां जेहिं पाई।।
सो जानब सतसंग प्रभाऊ।
लोकहुं वेद न आन उपाऊ।।

अयोध्या में काल-क्षेप का यह क्रम तो ठीक था पर मेरे हाथों में अब खुजली होने लगी थी। लड़ने-भिड़ने, उछलने-कूदने के आदी कपि-स्वभाव को यह बैठे-बिठाए का जीवन बहुत रास नहीं आ रहा था। ऐसे ही वैदेही-वियोग को अयोध्या से दूर रह कर ही झेलने में सुविधा होती।

अनुकूल अवसर भी शीघ्र ही आ गया। यही तो विशेषता है श्री राम-भक्ति की। सोचा नहीं कि काम हुआ। भक्त तो मैं अपने को नहीं कह सकता, उतनी पात्रता कहां मुझमें, पर भक्तों की इच्छा को फलवती होने में समय नहीं लगता, इतना तो मैं साधिकार कह सकता हूं। यद्यपि मैं भक्तों के चरण-रज को स्पर्श करने योग्य भी नहीं पर मेरी इच्छा भी कैसे तत्क्षण पूर्ण हो जाती है यह मैं समझ नहीं पाता। मेरे श्री राम की अतिरिक्त अनुकम्पा का ही परिणाम है यह। वर्ना मैं कपि किस योग्य हूं?

हां तो अवसर उपस्थित हुआ अगस्त्य मुनि के रूप में।

उस दिन ऋषि तड़के पहुंचे थे। प्रभु सन्ध्या-वन्दन से निवृत ही हुए थे कि प्रतिहारी ने मुनि-आगमन की सूचना दी थी।

प्रभु स्वयं दौड़ पड़े थे द्वार की ओर। ऋषि-मुनि अथवा गुरु का आगमन हो तो स्वागत श्री राम को स्वयं करना था, यह उनका नियम था। मंत्री, सामंत अथवा किसी अन्य छोटे-बड़े सेवक का दायित्व नहीं था यह।

प्रभु ने द्वार के पास ही ऋषि के चरणों पर प्रणिपात किया और अपने साथ ले उन्हें सिंहासन तक लाए। राजसिंहासन के दाहिने पार्श्व में उससे ऊंचा आसन

ऋषि को प्रदान कर उस पर उन्हें आसीन कराने के उपरान्त ही श्री राम सिंहासनारूढ़ हुए। मां वैदेही के नहीं रहने के कारण उन्हें एकाकी ही सिंहासन को सुशोभित करना पड़ता था।

अगस्त्य की साधना से श्री राम पूर्ण परिचित थे। जिस समुद्र से मार्ग लेने हेतु उन्हें अभ्यर्थना करनी पड़ी थी और अन्ततः जिस पर सेतु-निर्माण में वानर-भालुओं के साथ उन्हें उतना श्रम करना पड़ा था उस समुद्र का समग्र जल ऋषि आचमन ही कर गए थे अपनी सिद्धि के बल पर। इस तथ्य से श्री राम अपरिचित हों, यह हो नहीं सकता था। पूर्ण श्रद्धा-भाव से उन्होंने ऋषि को पाद्य-अर्घ्य अर्पित किया और उनके तुष्ट होने पर कर जोड़कर बोले—"आज्ञा करें। क्या सेवा करे यह दास आपकी ?"

"स्वयं को दास नहीं कहो श्री राम !" अगस्त्य ने मेरे आराध्य को सम्बोधित करते हुए कहा था, "तुम सम्राट् हो और सम्राट् सेवा दिया नहीं लिया करते हैं।"

"ऐसा कह कर आप मुझे लज्जित नहीं करें। आपकी चरण-सेवा तो मेरा सौभाग्य होगी, फिर भी आदेश करें आप। कुछ तो अवसर प्रदान करें।" श्री राम ने नत-मस्तक निवेदन किया।

"मैं आज तुम्हें आदेश नहीं, परामर्श देने आया हूं। गुरु वशिष्ठ से मुझे ज्ञात हुआ कि तुम आजकल कुछ चिन्तित रहने लगे हो।" महर्षि अगस्त्य ने कहा और सदा की तरह श्री राम के चरणों के पास बैठा, मुझे लगा कि महर्षि ने मेरे मन की बात कह दी।

लंका-विजय के पश्चात् कुछ दिनों तक अतिथियों की विदाई आदि और फिर अनुजों के मध्य प्रशासन के दायित्वों के वितरण और पुनः कुछ काल तक शासन की समुचित व्यवस्था को सुनिश्चित करने में तो मेरे आराध्य व्यस्त रहे पर बाद में सब सामान्य नहीं रहा। सीता के वन-गमन के पश्चात् तो बात और बिगड़ गई। चिन्ता की रेखाएं जैसे उनके सुन्दर आनन को संकुल करने लगीं। ठीक नब्ज पकड़ी है महर्षि ने। अब शायद बात बन कर ही रहेगी, मैंने सोचा।

"क्यों मैंने कुछ मिथ्या कहा ?" श्री राम कुछ देर तक मौन रहे तो महर्षि ने ही फिर पूछा।

"नहीं, गुरु-जन गलत कहेंगे, यह सोचने की बात नहीं।" श्री राम ने मेघ-मन्द्र स्वर में कहा। सामने बैठे सभासदों-सामन्तों के कान खड़े हो गए। मैं भी सावधान बैठ गया तो सर्व-लोक रंजक श्री राम सचमुच स्वयं चिन्ताग्रस्त हैं।

"तो अपनी चिन्ता का कारण बताओ। चिन्ता-सर्पिणी के विष से तुम्हें शीघ्र ही मुक्त करना आवश्यक है। तुम्हें बताने की आवश्यकता नहीं कि यह विकट व्यालिनी तन-मन को विषाक्त कर व्यक्ति को दयनीय स्थिति में पहुंचा देती है। अनन्त ब्रह्मांडों के अधिपति श्री राम को मुझे यह सब बताने की आवश्यकता नहीं पर इस कार्य के लिए तुम्हें किसी को तो निमित्त बनाना ही है। यह मान मुझे ही मिलना है। बोलो क्या सीता-त्याग का दुःख है ?"

महर्षि की यह बात सुनकर मेरा मन बांसों उछल आया। मां भूमिजा वापस आ जायें, इससे अधिक प्रसन्नता की बात इस दास के लिए क्या हो सकती थी ? मेरी सारी उत्सुकता चेहरे पर सिमट आई और मेरी सारी इन्द्रियां कर्णवत् हो आईं। श्री राम के मुख को खुलने में कुछ देर हुई तो मैंने अपनी झुकी दृष्टि ऊपर उठाई और अपने आराध्य के चेहरे पर गड़ा दी। श्री राम-मुख सहसा गम्भीर हो आया था। विषाद का एक बादल स्पष्ट ही दिखा था वहां। उत्फुल्ल-कमल की तरह विस्तृत नेत्रों के कोनों में जल-बूंदें उभरने-उभरने को हो आई थीं जिन्हें मेरे आराध्य ने सायास रोका था। मेरी आंखें सहसा अश्रुपूरित हो आई थीं और नहीं चाहने पर भी जल की दो तप्त बूंदें उनसे निकल कर श्री राम-चरणों पर गिरी थीं। उन्होंने सहसा अपनी दृष्टि नीची कर मेरी ओर देखा था और सतर्क हो गए थे—"नहीं दुःख वैदेही-वियोग का नहीं है।" उन्होंने कहा था और मुझे काठ मार गया था। यह सोचने की बात ही नहीं थी कि श्री राम मिथ्या भाषण करेंगे। पर मेरी आशा पर तुषारापात ही था। हां, सीता-त्याग का दुःख उन्हें था और उसकी स्पष्ट अभिव्यक्ति भी अभी हुई थी पर उससे भी बड़ा कोई दुःख था जो उनके अन्तर को कचोट रहा था। जो वैदेही-विछोह से अधिक कष्टकारक था, अधिक भयावह। नहीं, श्री राम असत्य-कथन नहीं कर सकते। तो क्या था वह दुःख ? मेरा अन्तर व्यथित हो आया, व्यग्र। कितने-कितने दुःख पाल रखे हैं सकल-लोक रंजक श्री राम ने जिनका प्रादुर्भाव ही पर दुःख दमन के निमित्त हुआ है ?

"तो कौन-सा विवाद कष्ट दे रहा है सम्राट् को ?" महर्षि ने ही इस लम्बे खिंच गये मौन को तोड़ा था।

"दुःख बहुत गहरा है। जब से लंका-युद्ध समाप्त हुआ तब से वह अन्दर-ही-अन्दर सालता रहा है। कुछ समय तो व्यस्तता में बीत गया। सोच रहा था विस्मृत हो जायेगा यह दारुण दुःख शनैः-शनैः पर समय व्यतीत होने के साथ-साथ यह बढ़ता ही जा रहा है।" श्री राम ने धीरे-धीरे निवेदित किया। सभासदों का ध्यान पुनः एक बार मेरे आराध्य पर ही केन्द्रित हो आया। आंखों की कोरों को पोंछते हुए मैंने भी अपनी दृष्टि निर्निमेष कर दी श्री राम-आनन पर।

"मुझसे भारी भूल हो गई महर्षि ! प्रमाद ही कहेंगे इसे। अभिमान अथवा अहंकार भी कह सकते हैं आप इसको। मैं जानता हूं किसी महत्त्वपूर्ण निर्णय को सहसा नहीं लिया करते। मैंने सहसा लिया भी नहीं था वह निर्णय। पर्याप्त समय मिला था मुझे सोचने-समझने का। उस प्रवर्षण पर्वत पर तो एक पूरा पावस ही व्यतीत किया था मैंने। उस ठंडे वातावरण में पूरे शान्त मन-मस्तिष्क से लिया गया वह निर्णय किधर से और कैसे गलत हो गया, यह बात समझ में नहीं आती। निश्चय ही मोहाभिभूत था। वैदेही के मोह ने मुझसे यह निर्णय और अपकर्म कराया। अन्ततः जिस पत्नी का परित्याग करना पड़ा उसी हेतु यह........।"

"श्री राम !" महर्षि ने बीच में ही टोका था। मेरी जान में जान आई थी। क्या कुछ कहे जा रहे थे मेरे आराध्य ! यह सब अच्छा नहीं लग रहा था मुझे।

वस्तुतः किसी को भी अच्छा नहीं लगा था श्री राम का यह कथन। सौमित्र के साथ सभी सभासदों की मुखाकृति से लगा कि वैदेही के प्रति सम्राट् के इस कथन से सबको आन्तरिक पीड़ा हुई थी। मैं तो माता के विरुद्ध कुछ भी सुनने को प्रस्तुत नहीं था।

"तुम्हें सीतोद्धार का पश्चात्ताप है ?" महर्षि अगस्त्य ने सीधा प्रश्न किया था।

"पश्चाताप सीतोद्धार का नहीं महर्षि, पश्चाताप उस क्रम में असंख्य लोगों की हत्या, विशेषकर रावण के सदृश वेद-पाठी, धर्मज्ञ ब्राह्मण के वध का है। मैं असंख्य लोगों की हत्या के पाप से अपने को निरन्तर प्रताड़ित अनुभव कर रहा हूं। कोई मार्ग नहीं पा रहा पाप-मुक्ति का, इस चिन्ता से रहित होने का।" श्री राम ने अन्ततः स्पष्ट किया तो हमारी अपनी चिन्ता दूर हुई ?—चलो माता के प्रति अब कुछ अन्यथा नहीं है श्री राम के मन में। पीड़ा हत्या को ही लेकर है तो महर्षि अगस्त्य ही इसका समाधान रखें।

"आतताइयों को दंड देना पाप नहीं होता श्री राम! वे आततायी चाहे ब्राह्मण हों या स्वजन। फिर भी अगर तुम समझते हो कि तुम्हें हत्या के पाप से मुक्ति चाहिए तो उसका उपाय है।"

"क्या ? आप शीघ्र बतायें। मैं उस उपाय का सहारा लूंगा। नीति चाहे जो कहती हो, क्षात्र-धर्म चाहे पापाचारियों-मदाचारियों के दंड को जितना उपयुक्त और आवश्यक सिद्ध करता हो पर समर में हमारे हाथों मृत लक्ष-लक्ष लोग मेरी शांति को भंग कर रहे हैं। बात केवल हत्या की नहीं है महर्षि! बात स्वयं युद्ध की है। आज लगता है युद्ध कितना भयावह है, कितना सर्वधाती। एक सीता के उद्धार के लिए असंख्य योद्धाओं के प्राण गए। रावण, कुम्भकर्ण, मेघनाद और अन्य महान् वीरों से यह मही रहित हुई। हजारों-लाखों माताएं, पुत्र विहीना और उसी संख्या में सधवाएं विधवा हुईं, लंका के सदृश धन-धान्य पूर्ण नगरी जल कर खाक हुई। यह कैसी उपलब्धि हुई महर्षि! यह प्रतिहिंसा की कौन-सी आग थी जिसने मुझे पागल बना दिया था ? कैसा था यह मिथ्या स्वाभिमान जिसने मुझे दो महती सेनाओं को युद्धाग्नि में झोकने को बाध्य कर दिया ? क्या फिर बस पायेगी इस धरती पर एक स्वर्ण-नगरी ? फिर कोई उत्पन्न होगा रावण के सदृश धनुर्धर इस धरती पर जो मनुष्य होकर भी देवताओं तक को बन्दी बनाने की क्षमता से पूर्ण हो ? क्या, फिर कभी घुटने टेकेगा देवत्व मनुष्य की देहली पर ? नहीं महर्षि, नहीं, मैंने घोर पाप किया है। इस भीषण संग्राम का सूत्रधार बना। क्या होता अगर सीता अशोक वाटिका में ही समाप्त हो जातीं ? आज भी तो वह अरण्य में ही समय काट रही हैं ? मैं जानता था, सभी जानते थे, श्राप-वश दशग्रीव सीता की इच्छा के विरुद्ध कोई आचरण नहीं कर सकता था। सीता का शील सुरक्षित था। तो उसके प्राण रहें या न रहें इससे क्या अन्तर पड़ता था ? एक के प्राणों की रक्षा के लिए असंख्य को समराग्नि में स्वाहा करना कहां की बुद्धिमता रही महामुनि ?"

"मैं तुमसे सहमत हूं श्री राम !" महर्षि ने आरम्भ किया, "युद्ध बुरा है इसमें संदेह नहीं। पर कभी-कभी वह अनिवार्य हो जाता है। दंड का भय नहीं हो तो व्यक्ति और जातियां उच्छृंखल हो आती हैं। उच्छृंखल, अपराधकर्मी और पापमग्न व्यक्तियों, समुदायों और राष्ट्रों को मार्ग पर लाना समर्थ सम्राटों-योद्धाओं का कर्त्तव्य होता है—उनका दायित्व। तुमने कुछ भी गलत नहीं किया। प्रश्न यहां मात्र सीता को पाने अथवा नहीं पाने का नहीं था। उनकी सुरक्षा-असुरक्षा का भी नहीं था। प्रश्न यहां एक प्रवृति पर रोक लगाने का था। चरम सीमा पर पहुंच गए आसुरी उत्पात को नि:शेष करना तुम्हारा दायित्व था। विश्वामित्र आश्रम से लेकर दंडकारण्य तक में असुरों-राक्षसों के भयावह तांडव को देखने के पश्चात् समर्थ होते हुए भी कुछ नहीं करना कायरता के सिवा कुछ नहीं होता। समाज को अन्याय और अत्याचार से मुक्त करने के लिए ही सृष्टिकर्ता किसी की भुजाओं में शक्ति और अन्तर में साहस भरता है। शक्ति और साहस के इस अप्रतिम वरदान को जो व्यर्थ जाने देता है उसे कोई क्षमा नहीं करता—न नियंता न समाज। तुमने कुछ भी गलत नहीं किया श्री राम ! फिर भी अगर तुम प्रायश्चित ही करना चाहते हो तो मार्ग मैं दिखा दूंगा।"

सारी सभा स्तब्ध हो सम्राट् और महर्षि का संलाप सुन रही थी। मैं नहीं समझ पा रहा था कि कौन सही था—सम्राट् या संत। इसी समय मैंने सौमित्र के चेहरे के चढ़ते-उतरते भावों को देखा। मैं समझ गया कुछ था, जो उन्हें अन्दर-ही-अन्दर व्यथित किये जा रहा था। कुछ कहना चाहते थे वे पर चुप थे। मर्यादा-बोध उन्हें मुंह खोलने से रोक रहा था।

"मुझे कुछ कहने की आज्ञा है ?" सौमित्र अन्तत: अपने को रोक नहीं सके।

श्री राम ने स्नेह-पूर्वक उनकी ओर दृष्टि उठाई, उस दृष्टि में थी करुणा अथवा चिन्ता की एक स्पष्ट रेखा। अन्दर की उथल-पुथल आंखों में अभिव्यक्त होने से रह नहीं पाई थी।

"मुझे लगता है," सौमित्र ने आरम्भ किया था, "आप अपने साथ अन्याय कर रहे हैं। आपने किसी पर युद्ध नहीं थोपा। विवशता की स्थिति में आपको युद्धरत होना पड़ा। युद्ध के लिए हमें बाध्य किया गया, हमारे जातीय अपमान द्वारा। वैदेही-हरण, किसी नारी-विशेष का नहीं सम्पूर्ण स्त्री-जाति का अपमान बनकर उसकी मर्यादा, उसकी अस्मिता पर एक बड़ा प्रश्न-चिह्न बन कर उपस्थित हुआ था। यह युद्ध अनिवार्य था। उससे विरत होना कदर्य का प्रदर्शन होता और होता हमारे पलायन का सूचक। आप इतने दिनों बाद यह व्यर्थ की चिन्ता पाल रहे हैं और हमारे साथ-साथ सुग्रीव, जाम्बवान्, अंगद, हनुमान आदि की वीरोचित समरकृतियों पर प्रश्न चिह्न लगा रहे हैं। अच्छा हो अयोध्या-सम्राट् भूत के व्यर्थ चिन्तन में अपना समय बर्बाद कर अपने और अपने साम्राज्य के अहित और अकल्याण का कारण नहीं बनें।"

"सौमित्र ! तुम्हारी बातों का मैं बहुत महत्त्व नहीं देता," श्री राम ने अधरें

पर स्मिति की रेखा खींचने का प्रयास करते हुए कहा, "तुम तो सदा समर-रत रहने में ही विश्वास करते हो। तुम्हारी चले तो हम एक के बाद एक युद्ध लड़ते रहें। उस समय परशुराम से भी तुम्हारी अच्छी तरह ठन गई रहती अगर ऋषि विश्वामित्र और मैं बीच में नहीं आते। परशुराम शायद दूसरी बाद पृथ्वी को क्षत्रिय-विहीन करने पर कटिबद्ध हो जाते। तुम मेरी दृष्टि में अब भी एक उद्धत किशोर से अधिक नहीं जिसकी उंगलियों में सदा युद्ध-खाज ही हुआ करती है।"

खाज तो मेरी उंगलियों में भी हो रही थी और अपने आराध्य का तर्क लाख प्रयास के बाद भी मेरे पल्ले नहीं पड़ रहा था। सारा किया-कराया अब व्यर्थ कैसे हो गया था, सारा लंका-समर निरर्थक ? माना यह अपने में बुरा है पर दुष्टों का दलन भी अनिवार्य है ? ऐसे युद्ध को तो चलते ही रहना होगा वर्ना मैं पहाड़ों और पेड़ों को उखाड़ किस पर उछालूंगा ? मेरी स्वयं की शक्ति का क्या होगा ? तब तो सुषुप्त ही पड़ी रहेगी वह ऋषि-श्राप-वश, सदा-सर्वदा। जो हो मैं तथाकथित वा-नर, नरों की इस बात को नहीं समझ पा रहा था और मेरे श्रीराम तो पहले-पहल मेरे लिए अबूझ अज्ञेय हो आये थे। पश्चाताप श्री राम के स्वभाव में नहीं था पर आज यही उन पर हावी था। बुद्धिमान किये हुए पर कहां सोचते हैं ? पर मेरे आराध्य, आज वही कर रहे थे।

"अगर युद्ध को बुरा मान भी लें तो आपने तो इसे टालने का हर प्रयास किया था।" सौमित्र चुप नहीं हुए थे।

"कैसे ?" श्री राम ने आंखें विस्फरित कर पूछा था।

"आपने अंगद को दूत बना कर लंकेश के यहां भेजा था। अंगद ने मात्र माता सीता को लौटा देने के आधार पर लंका का घेरा उठा देने की बात कही थी। पर रावण रंच-मात्र भी नहीं डोला था।

"यह हनुमान भी," सौमित्र अब मेरी ओर मुखातिब हुए थे, "लंका केवल उस स्वर्ण-नगरी को लपटों के हवाले करने नहीं गए थे। उसके पूर्व ये लंकाधिपति को सीता के लौटाने और सर्व-समर्थ श्री राम की शरण में जाने की बात भी कह चुके थे। पर रावण जब किसी प्रकार भी समझने को प्रस्तुत नहीं था तो हम युद्ध नहीं करते, तो क्या करते ? दुष्ट को दंड नहीं देना कहां की राजनीति अथवा धर्म-नीति है ?"

लक्ष्मण ने दो टूक बात कही थी और मैं अन्दर-ही-अन्दर उत्फुल्ल हो आया था। मेरे आराध्य मौन। निस्संदेह उनके पास उत्तर नहीं था। यद्यपि अपने आराध्य की यह स्पष्ट हार मुझे पसन्द नहीं थी पर मैं प्रसन्न हुआ था, चलो हमारे सब करे-धरे पर पानी फिरने से रहा। सौमित्र ने अन्ततः सिद्ध कर दिया कि लंका में जो कुछ हुआ, वह ठीक था, अनिवार्य और अवश्यम्भावी था।

"बल देकर कहने मात्र से कोई गलत बात सही नहीं हो जाती, न सौ बार भी कहने से कोई मिथ्या सत्य बन सकता है," श्री राम ने सभी की ओर मुख करके कहा था। जैसे वे सबकी सम्पुष्टि के इच्छुक थे, "युद्ध गलत था, इसे मैंने लंका-

समर की समाप्ति के तत्काल पश्चात् ही अनुभव किया था। आज भी कर रहा हूं। सौमित्र का कहना ठीक है कि मैंने इस युद्ध को रोकने का प्रयास भी किया था। पर वह औपचारिकता का निर्वहन-मात्र था। संग्रामों के पहले दूत आते-जाते रहते हैं। यह परिपाटी है, औपचारिकता—संग्राम के घोर दुष्परिणामों के दायित्वों से अपने को मुक्त रखने का प्रयास। फिर भी मान लिया कि हमारे सारे प्रयासों के बावजूद दशकंधर हमारे अनुकूल नहीं हुआ तब भी तो हम युद्ध-विरत हो सकते थे? व्यर्थ की मान-रक्षा के प्रयास में वह भीषण नर-संहार कभी भी उचित नहीं ठहराया जा सकता। युद्ध सदा अनुचित रहा है, अनुचित रहेगा। मानवता के भाल का कृष्णतम कलंक है यह, भावी पीढ़ियां इसकी विभीषिका से अपने को जितना मुक्त रख पायेंगी उतना ही कल्याण होगा मनुष्यता का—उतना ही देवत्व के समीप पहुंच पायेगा मनुष्यत्व। आप बतायें महर्षि क्या प्रायश्चित है राम के इस घोर पाप का? क्या करणीय है मेरे लिए?"

"अश्वमेध!" महर्षि अगस्त्य ने एक शब्द में उत्तर दिया।

"अश्वमेध!" श्री राम साश्चर्य बोले, "नरमेध के पश्चात् यह अश्वमेध? क्या कह रहे हैं महर्षि?"

"हां, अश्वमेध यज्ञ ही युद्ध-जनित पाप विशेषकर ब्रह्म-हत्या से मुक्ति का उपाय है। सार्वभौम सम्राटों की सार्वभौमिकता की स्थापना का भी यही एक मात्र उपाय है। आप यज्ञ के अश्व को छोड़ें उसके निर्बाध लौट आने के पश्चात् यज्ञ सम्पन्न करें।"

"और जो यज्ञाश्व के निर्बाध लौटने में बाधा उपस्थित करे उससे युद्ध करें, यही न?" श्री राम ने शंकाग्रस्त होकर कहा।

"यज्ञ का नियम तो यही है। पर यह तो मात्र औपचारिक है। सार्वभौम सम्राट् के यज्ञ-पशु को बाधित करने का कोई प्रयास करेगा यह कल्पना की बात भी नहीं है।

'तो इस यज्ञ से अपना क्या लाभ हुआ?' मैंने आशंकित होकर सोचा। दुष्टों के दलन का अवसर नहीं मिला तो हाथ की खुजली तो लौटने से रही। चलो, नहीं सही युद्ध, कुछ भ्रमण कुछ उछल-कूद का अवसर तो मिलेगा। राम के अश्व-मेध में सहायक हो कुछ राम-काज तो कर पाऊंगा? यहां तो मेरी सेवा से घबरा-कर लोग अक्सर उस पर भी पाबंदी लगाने को प्रस्तुत हो जाते हैं।

"और अगर किसी ने रोक ही लिया यज्ञ-अश्व को तब?" श्री राम ने महर्षि से पूछा था।

"तब नियमतः उससे युद्ध अनिवार्य होगा। पर आप इस प्रकार के युद्ध से भाग भी कैसे सकते हैं? राष्ट्र की अखंडता और एकता का दायित्व है कि नहीं आपका? एक सार्वभौम शासक के रहते दूसरा शासक कैसे रह सकता है अगर वह सार्वभौम-सत्ता को स्वीकृति नहीं प्रदान करे? इस प्रकार तो राष्ट्र की सुरक्षा ही संदिग्ध हो जायेगी। ऐसे छोटे-मोटे युद्धों से भी जो राष्ट्र की अखंडता और एकता

के लिए अनिवार्य हैं, आपको परहेज है क्या ?" ऋषि ने साश्चर्य पूछा।

"नहीं, परहेज नहीं है," श्री राम ने स्पष्ट कहा और मैं प्रसन्न हो आया। चलो कुछ 'करतब' दिखाने का अवसर तो सुनिश्चित हुआ। राम-काज का कुछ संयोग तो जुटा।

"राष्ट्र की अखंडता और एकता को बाधित करने वाले तो दंडनीय हैं ही," श्री राम ने कहना आरम्भ किया था, "अयोध्या की सार्वभौम-सत्ता की मर्यादा की तो रक्षा करनी ही होगी, फिर यज्ञ के और लाभ भी तो हैं। छोटे-मोटे युद्ध होंगे-होंगे, नहीं होंगे, किन्तु यज्ञ के माध्यम से दान एवं तप-त्याग तथा ब्राह्मणों एवं विपन्नों—दरिद्र नारायणों—की सेवा का जो सुअवसर मिलेगा वह भी तो अपने में एक बड़ी बात होगी।"

"यही तो, यही तो," महर्षि प्रसन्न होकर बोले, "तो अश्वमेध की तैयारी करें आप। आपके सदृश समर-जयी सम्राट् को इसमें विलम्ब नहीं करना चाहिए।"

"फिर समरजयी ! समर तो राम के लिए विवशता का दूसरा नाम है महर्षि ! अब मुझे और कष्ट नहीं दें तो बड़ा उपकार हो मुझ पर।" श्री राम ने कह वह निवेदित किया।

"तथास्तु ! समर नहीं है मान्य श्री राम को मान लिया। होना भी नहीं चाहिए। यह पशु-प्रवृति है, शान्ति और मैत्री मानवीय भाव। आप युद्ध नहीं यज्ञ का आयोजन करें—अश्वमेध यज्ञ का। यज्ञेश आपका मंगल करें।" महर्षि ने कहा और उठ कर खड़े हो गए। श्री राम एवं अन्य सभासदों ने द्वार तक जाकर उन्हें विदा दी।

तिरसठ

पूर्वांचल के पहाड़ों की अविच्छिन्न श्रृंखला। वनपति-बोझिल पर्वत मन को बांध-बांध लेने को प्रस्तुत। गंधवाही हवाएं नासारंध्रों को भरकर मन को उत्फुल्ल करने को आतुर। पर्वतीय पुष्पों और आकर्षक लता गुल्मों से गुम्फित-आच्छादित पर्वत-पथ—सर्पिल पगडंडियां। आक्षीतिज आकाश को आवृत करते मेघ-पुंज, शिखरों से अठखेलियां-रत मेघ-शावक, पर्वत के उर-प्रदेशों को विदीर्ण कर निःसृत अल्हड़ जल-प्रपात एवं चंचल सरित-प्रवाह। उनके कूल को बसेरा बनाए एवं कूकते, नर्तन करते भांति-भांति के जल-पक्षी, पर्वतीय विहग। औषधि-संकुल उपत्यकाएं और पुष्पित पौधों के इर्द-गिर्द डोलती भ्रमरावलियों, तितलियों और बुलबुल एवं अन्य गंधग्राही पक्षधारियों के मधु-पान रत समाज।

अश्वमेध का अश्व पूर्वाभिमुख हुआ था सर्वप्रथम। असम की पहाड़ियों में

मार्ग ढूंढ़ता वह कामरूप-कामाख्या की सिद्ध पीठ की ओर उन्मुख हुआ था। उसकी मौज, कौन रोक पाता उसे। युद्धाकांक्षा से प्रेरित किसी छोटे-मोटे नृप-शासक से सामना के पूर्व अगर वह देवी-दर्शन को आतुर था तो क्या कर सकते थे उसके रक्षक, उसकी पीठ के पीछे गतिमान अयोध्या के सेनानी, सम्राट् की विजय-वाहिनी ?

शत्रुघ्न को दायित्व मिला था इस विजयवाहिनी के नायकत्व का। भरत-पुत्र राजकुमार पुष्कल सहायक थे शत्रुघ्न के। मैं भी साथ लगा था इनके। मैं प्रसन्न था—एक दीर्घ तन्द्रा के टूटने का अवसर देखकर।

स्पष्ट आज्ञा थी सम्राट् की, कुल गुरु वशिष्ठ की भी, अश्व की इच्छा के विपरीत कुछ नहीं करने की। अश्व जैसे जाता, जिस तरफ जाता उसे जाने दिया जाता। जहां चाहता वह रुक जाता, जब चलना चाहता चल पड़ता, पूरी तरह उसकी सेवा में तत्पर शत्रुघ्न उसे कोई बाधा नहीं देते। अपने हाथ से उसे पुष्ट पर्वतीय तृणों के कौर खिलाते, उसके शरीर पर यदा-कदा आ बैठे मच्छरों-मक्खियों एवं अन्य जंगली कीड़ों को दूर भगाते। उसके बदन पर कहीं जरा-सी खुजली भी होती और वह उस स्थान तक अपनी पूंछ या मुंह ले जाना चाहता तो दशरथ-नन्दन स्वयं रत्न-जटित अंगूठियों से युक्त अपनी कोमल अंगुलियों से उसका कंडूयन (खुजली) दूर कर देते।

मैं शत्रुघ्न द्वारा अश्व की यह परिचर्या देख रहा था और उनके समर्पण-भाव और तत्परता को देख-देख मन-ही-मन प्रसन्न हो रहा था। मैं कवि होता तो उनकी इस सेवा-परायणता को ललित छन्दों में बांध देता पर अफसोस कि मुझमें उस कवित्व का अभाव था। मुझे ज्ञात था मैंने सुना था बृद्ध अयोध्यावासियों से ही कि उन्हीं शत्रुघ्न के पूर्व-पुरुषों में हुए थे नृप दिलीप। उन्हें गुरु ने अपनी गौ की सेवा का भार सौंपा था और उन्होंने बड़े मनोयोगपूर्वक, ठीक उसी प्रकार जिस प्रकार आज शत्रुघ्न यज्ञ-अश्व की सेवा कर रहे थे—गौ की सेवा की थी। उसी समय तो दिलीप की सेवा को भी किसी ने पद्य-बद्ध नहीं किया था। यह बात रह गई थी कलि के प्रसिद्ध कवि कालिदास के लिए जिसने अपने रघुवंशम् में दिलीप की गौ-सेवा का बड़ा हृदयस्पर्शी और मनोहारी चित्र खींचा था। मैं इस महान् कवि की ये पंक्तियां इस लोभ में उद्धृत कर रहा हूं कि उन्हीं से आपको शत्रुघ्न द्वारा सम्पादित अश्व-सेवा का भी कुछ-न-कुछ अनुमान हो जायेगा। अपनी अनुपम उपमा-योजना और सूक्ष्म दृष्टि का प्रदर्शन करते हुए कालिदास ने इन पंक्तियों में दिलीप के सेवा-भाव को अभिव्यक्ति दी—'कभी वे उसे स्वादिष्ट तृण की मुट्ठियां खिलाते कभी उसकी देह की खुजली दूर करते, कभी मच्छर-मक्खियों को उसके शरीर से भगाते। उसकी स्वेच्छापूर्ण गति में वे कोई बाधा नहीं बनते थे और वह जिधर जाना चाहती, उधर ही जाने देते।'

आगे की पंक्तियों में दिलीप की तत्परता और एकनिष्ठ सेवा को और प्रभावोत्पादक ढंग से रेखांकित किया कवि गुरु-कुल ने—गौ खड़ी होती तो राजा

भी खड़े हो जाते । जब वह चलने लगती तो वे भी चल पड़ते । उसके बैठने पर वे स्वयं बैठ जाते । उसे प्यास लगती और वह पानी पीने को रुकती तभी राजा भी अपनी प्यास बुझाते । उसकी छाया की तरह राजा उसका अनुसरण कर रहे थे ।

इतना कुछ कहने के पश्चात् अब शत्रुघ्न की सेवा-पद्धति पर कुछ अधिक प्रकाश डालने की आवश्यकता नहीं रह जाती। कालिदास तो बहुत खैर बाद में हुए, पर मैं उसी समय यज्ञीय अश्व की सेवा में तत्पर दशरथात्मज शत्रुघ्न कुमार में उनके प्रतापी पूर्व-पुरुष दिलीप की छाया देख रहा था।

शत्रुघ्न की सेवा से सप्रसन्न अश्वमेध-अश्व अत्यन्त प्रसन्नता से आगे बढ़ता जा रहा था और जहां आकर वह कुछ देर के लिए रुकने की मुद्रा में आया था, वह था देवी की शक्ति पीठ-कामाख्या स्थान। अहिछत्रा नाम था उस नगरी का उस समय जहां देवी का यह प्रसिद्ध स्थान था। वीतराग सुमद इसके शासक थे। देवी के अनन्य उपासक सुमद का अधिकांश समय भक्ति-भाव और पूजा-पाठ में ही व्यतीत होता था। वे यज्ञीय अश्व के लिए कोई अवरोध खड़ा करते, यह बात सोचने की भी नहीं थी।

अश्व का आगमन सुन ही वे उसके स्वागत को दौड़े थे। राजा-रानी ने मिलकर उसकी आरती उतारी थी, चन्दन, अक्षत और पुष्प, फल से उसकी पूजा की। कुंकुम का तिलक लगाया और सुस्वादु पकवानों से उसका पेट भर, रेशमी अंगवस्त्र प्रदान किये। श्री राम के अनुज शत्रुघ्न के दर्शन से अपने को कृतार्थ अनुभव किया था सुमद ने और सहर्ष अयोध्यापति का आधिपत्य स्वीकार कर यथोचित सम्पत्ति से सत्कार किया था शत्रुघ्न कुमार का।

करने-धरने को मेरे लिए कुछ नहीं रहा। शांति-पूर्वक, सुमद ने सार्वभौम सत्ता को अपनी स्वीकृति दे दी तो मुझे प्रसन्नता ही हुई। लड़ने-भिड़ने और अनावश्यक रक्तपात में मेरी स्वयं भी कोई अभिरुचि नहीं रही। पर दुष्टों को दंडित नही कर उनकी अत्याचार-भावना को हवा देने के भी पक्ष में मैं नहीं रहा। सुमद अगर स्वयं सुमार्ग पर नहीं आये रहते तो उन्हें रास्ता दिखाने में मैं पीछे नहीं रहता, इसमें भी संदेह नहीं पर बात जब स्वयं बन गई तो सुमद के चरण-स्पर्श कर अपने को धन्य करने में भी मैंने कोई आपत्ति नहीं देखी। भक्तों के चरण-रज को अपने सिर से लगाने में मैं अपने को सदा सौभाग्यशाली मानता रहा हूं।

"आप लोग यहां तक आये तो देवी दर्शन अवश्य कर लें।" सुमद ने मुझे ही संबोधित कर रहा था। पता नहीं उन्हें कैसे लग गया था कि इस वानर से लगते नर में भक्ति-भाव की स्रोतस्विनी कुछ अधिक ही तरंगायित है।

संध्या होते ही और किसी की प्रतीक्षा किए बिना मैं सीधे मातृ मंदिर की ओर दौड़ा था। अन्दर जाकर एक किनारे रुक गया था। कोई विग्रह नहीं था देवी का यहां। एक विशेष प्रतीक ही देवी के रूप में पूजित था। स्थान इस तरह शक्ति-सम्पन्न था कि थोड़ी ही देर में मैं ध्यानावस्थित हो एक दिव्य भाव-लोक

में प्रतिष्ठित हो गया था। उस कोने में खड़ा-खड़ा मैं कब तक ध्यान-मग्न रहा, नहीं कह सकता। मेरा ध्यान टूटा तो रात्रि-आरात्रिका (आरती) सम्पन्न हो रही थी और तुमुल घंटा-ध्वनि के साथ देवी-स्तवन का वैदिक स्वर पंडित-पुजारियों और श्रद्धालुओं के कंठों से एक साथ उठ रहा था। संस्कृत तो मुझे भी आती ही थी मैंने भी स्वर में स्वर मिलाया था और अभिभूत हो देवी-स्तवन में देर तक भाग लेता रहा था। आरात्रिका के समाप्त होते ही मैं विश्राम-स्थल की ओर भागा था। अब तक सभी निद्रा-देवी के क्रोड़ में जा चुके थे। किन्तु अश्वमेधीय अश्व अब तक खड़ा था। ऐसी स्थिति में शत्रुघ्न कुमार के शयन का कोई प्रश्न ही नहीं था। वे भी उसके साथ खड़े चंवर डुला कर मंद-मंद हवा करने में लगे थे।

"बहुत देर कर दी पवनकुमार !" मेरे ऊपर दृष्टि पड़ते ही उन्होंने टोका था।

"हां देवी-दर्शन को गया था, कुमार !"

"कामाख्या भगवती के दर्शन को ? अच्छा किया। भूतल पर इससे प्रबलतर शक्ति पीठ नहीं है अभी। जन्म सार्थक कर लिया आपने भगवती के इस सिद्ध स्थल के दर्शन कर। मैं तो यज्ञीय अश्व को छोड़कर कहीं जा नहीं सकता वर्ना मैं भी···।"

"आपको कोई आवश्यकता नहीं थी। यज्ञीय अश्व की परिचर्या में लगे आप साक्षात् यज्ञेश—भगवान विष्णु—के सदृश हैं। यह अश्व भी यज्ञ भगवान का साक्षात् प्रतीक है। अभी आप दोनों किसी भी देवी-देवता के ऊपर हैं। अभी आपके किसी देव-स्थान में जाने का अर्थ यज्ञ और यज्ञेश, दोनों की अवमानना है। ऐसे मैं कामाख्या देवी और मां भूमिजा में कोई अन्तर नहीं देखता। सम्पूर्ण देवी-शक्तियों की ही प्रतीक हैं मां वैदेही। उनके दर्शन करता रहता था तो किसी और देवी के दर्शन का प्रश्न ही नहीं उठता था। पर उनके निष्कासन के पश्चात्···।" मैं अपने वाक्य को पूरा नहीं कर सका। शत्रुघ्न कुमार मेरे दर्द को समझ गए और बोले—"आपकी पीड़ा उचित है पवन-सुत ! अश्वमेध की तैयारी से हमें भी एक आशा बंधी थी—शायद माता की वनवास-अवधि अब समाप्त हो जाये। यज्ञ, बिना अर्द्धांगिनी के कैसे पूर्ण करते सम्राट् ? किन्तु अग्रज ने जब उसका भी उपाय निकाल लिया और स्वर्ण की सीता गढवा ली तो रही-सही आशा भी जाती रही।" शत्रुघ्न की आंखें भी भींग आई थीं।

मैं कुछ क्षण शत्रुघ्न और यज्ञाश्व के समीप ही खड़ा रहा था। वे दोनों खड़े रहे तो मेरे बैठने का प्रश्न ही नहीं था। उस करुण प्रसंग के निकल आने से अन्तर उद्वेलित हो आया था और कुछ देर बाद भावनाओं को कुछ नियंत्रित करने का प्रयास करते हुए मैं बोला था—"क्या सोचते हैं राजकुमार, इस जीवन में अब मातु वैदेही के दर्शन होंगे या नहीं ?"

"आप अपनी माता देवी अंजना का ध्यान करें। सच्चा भाव हो तो कभी कुछ कठिन नहीं होता। क्या पता इसी यात्रा में आपकी अभिलाषा पूर्ण हो जाये।

आपने देवी कामाख्या के दर्शन किए हैं। आपकी और कोई कामना नहीं हो तो आपको आप्तकाम तो होना ही चाहिए।"

मैं आश्चर्यचकित हो आया था। किस स्फुरणा के आधार पर बोल रहे थे शत्रुघ्नकुमार? कामाख्या पीठ में की गई उनकी भविष्यवाणी क्या सचमुच सही सिद्ध होगी? कैसे दर्शन संभव हैं मातु वैदेही के, इस यात्रा में? अश्वमेध-अश्व किस आशा में जायेगा वाल्मीकि आश्रम? किस नरेश का किरीट आकुल है। वहां यज्ञीय-अश्व के चरणों पर चढ़ने को? क्या लेना-देना है ऋषि-आश्रमों और तपोवनों से दिग्विजय को प्रस्थित सार्वभौम सम्राट् की विजय-वाहिनी को? पर शत्रुघ्न की बात की उपेक्षा भी कैसे हो सकती है? यज्ञाश्व की सेवा में लगे इस कुमार के मुख से क्या पता यज्ञेश ही बोल रहे हों?

"जय मां अंजना!" मैंने शत्रुघ्न की आज्ञा के अनुसरण में अपनी जननी—जन्मदात्री देवी अंजना—का स्मरण किया था, "तुम्हारी ही इच्छा के अनुपालन में मैं जननी और जन्म-भूमि दोनों से पृथक् हो सीताराम की सेवा में लगा हूं। अपने मातृत्व का गला घोंट तुमने सीता अम्बा में ही मातृत्व के दर्शन को बाध्य किया है मुझे। सच, मैंने सब कुछ भूलकर सीता और राम को ही अपना जीवन-सर्वस्व मान लिया है। आज माता वैदेही के नहीं होने से अपना जीवन सूना-सूना और व्यर्थ ही लगता है। सारे आनन्द-सुख के बावजूद उनके अभाव का कंटक अन्तर में कहीं गहरे पैठा मुझे अशान्त और उद्विग्न कर रहा है। और कुछ नहीं तो शीघ्र मातृ-चरणों के दर्शन ही सुलभ करा दो अम्बे! तुम्हारी तपोशक्ति से पूर्ण परिचित हूं मैं। तुम्हारी साधना का किंचित् सहारा ही मेरी इस अदम्य इच्छा की पूर्ति में एक मात्र सहायक होगा। कृपा करो मां, शत्रुघ्न की भविष्यवाणी को सत्य सिद्ध कर दो। मन-ही-मन मैं पहुंचा था गंधमादन पर, माता की तपोभूमि को। मन-ही-मन उनके तपोक्षीण विग्रह को बैठाया था अन्तर में और एक मानसिक साष्टांग निवेदित प्रकट कर दी थी अपनी इच्छा, इस आशा में कि उसे पूर्ण होने में नाममात्र भी संदेह नहीं।

प्रातः हम प्रस्थान को प्रस्तुत हुए थे अहिछत्रा नगरी से। शत्रुघ्न तो प्रायः रात भर खड़े ही रहे थे अश्व के साथ। अश्वों को तो ऐसे भी बैठने की कम ही आदत होती है। कामाख्या पीठ पर खड़े-खड़े ही रात्रि व्यतीत कर देने की शायद शपथ ही खा बैठा था वह यज्ञाश्व। नित्य कर्म से निवृत्ति के समय थोड़ी देर के लिए मुझे उसकी सेवा में लगा, शत्रुघ्न पुनः वापस लौटे थे और कूच की तैयारी हो गई थी। ठीक इसी समय अघटित घटा था।

राजा सुमद अपना राजसी वेश उतार पदत्राण रहित पैरों में आ पहुंचे थे हमारे पड़ाव पर।

"आप इस तरह? क्यों? हमने तो आपके राज्य को आपके ही हाथों में सुरक्षित छोड़ दिया। फिर···?" शत्रुघ्न कुमार ने अपना आश्चर्य व्यक्त किया था।

"आपने अपना कर्त्तव्य किया। पर मेरा भी तो कुछ कर्त्तव्य बनता है ? मैंने भी अपना राज-पाट अपने पुत्र के हाथों में सौंप यज्ञीय अश्व के अनुसरण का व्रत लिया है। मैं भी अब आप सबों के साथ ही रहूंगा। संसार को तो बहुत समय दिया, अब भगवान को भी कुछ देना चाहिए। यज्ञीय अश्व की सेवा में कुछ समय कटा तो यज्ञेश विष्णु का किंचित् अनुग्रह अवश्य उपलब्ध होगा।"

"जैसी आपकी इच्छा। इसकी आवश्यकता तो नहीं थी।" शत्रुघ्न कुमार ने कहा था, "हनुमान और मैं इसकी सेवा के लिए पर्याप्त थे। पर आप चाहते ही हैं तो हम आपका अपने इस समाज में हार्दिक स्वागत करते हैं। यज्ञेश आपका कल्याण करें।"

शत्रुघ्न के इन शब्दों के साथ हम चलने को प्रस्तुत हुए तो अश्व ने सहसा दक्षिण की ओर मुख किया था। उस समय हम उसके गन्तव्य का कुछ भी अनुमान नहीं लगा पाये थे। हमारा कर्त्तव्य तो था मात्र उसका अनुकरण-अनुसरण।

चौंसठ

अश्वमेधीय अश्व असम से चलकर उत्कल पहुंचा था और सीधे जगन्नाथ-पुरी में प्रविष्ट हुआ था। कृष्ण, बलराम और उनकी लाड़ली बहन सुभद्रा की स्मृति से जुड़ा यह सिद्ध-स्थल कृष्णावतार के पश्चात् की उपलब्धि है पर त्रेता के उस काल भी यह तीर्थ वर्तमान था। नहीं विश्वास हो तो पद्मपुराण का पारायण करें। यह पृथक् बात है कि तब इस तीर्थराज का स्वरूप यह नहीं था। पुराण चाहे जो कहें पर उस समय जगन्नाथ के रूप में वृष्णी-वंशी का कृष्ण नहीं बल्कि साक्षात् जगदीश्वर विष्णु का विग्रह पूजित था यहां। साथ में लक्ष्मी की मूर्ति भी वामांग में उपस्थित थी।

अश्व के नगर में प्रवेश करते ही शत्रुघ्न ने इस सुयोग का लाभ उठाया था और दौड़ पड़े थे जगन्नाथ-दर्शन को। मन्दिर जाने के पूर्व मैंने समुद्र-स्नान आवश्यक समझा था और शत्रुघ्न कुमार से आदेश ले चला गया था सागर-तीर।

समुद्र से मेरे विशेष प्रेम के कारण का अनुमान आपको अब तक लग गया होगा। सीतान्वेषण और अन्ततः लंका-विजय के समय समुद्र से कितना सान्निध्य रहा मेरा इससे आप अनभिज्ञ नहीं। मेरे जीवन में जो भी थोड़ी-बहुत कीर्ति प्राप्त हुई और आपने जिस कारण मुझे सर्वाधिक मान दिया -- यद्यपि कीर्ति से मैं दूर का भी संबंध नहीं रखना चाहता, फिर भी आपके विश्वास को भी तोड़ना उचित नहीं —वह समुद्र के सहयोग के कारण ही है। मेरा तात्पर्य है समुद्र-लंघन से। समुद्र-लंघन में सागर का सहयोग नहीं सुलभ होता तो न तो मैं 'मनोजवं मारुत-तुल्य-

वेगं' होता और न सीतान्वेषण संभव कर मैं राम का प्रिय-पात्र ही बनता। मेरे कीर्ति-विस्तार से अधिक भगवती सीता के अन्वेषण में सागर ने जो सहयोग दिया उसे मैं कभी नहीं विस्मृत कर सकता। फिर लंका-दहन के पश्चात् अपनी जलती पूंछ को भी तो मैंने समुद्र-जल में ही बुझाया था ? अत: समुद्र से मेरा बड़ा संवेदनात्मक संबंध बन गया है।

पुरी के सागर-तीर पहुंचकर मन प्रसन्न हो आया। पर्याप्त भिन्न था यहां का समुद्र, दक्षिण-समुद्र से विशेषकर लंका को चतुर्दिक घेरे सागर-जल से। तट पर दूर तक बिछी सिकता-राशि। किनारे पर खड़े ताल-तमाल और नरिकेल के घने झुरमुट। यहां सागर की सबसे बड़ी विशेषता थी, चतुर्दिक व्याप्त एक मनोहारी शान्ति। समुद्र की उद्दंडता-उद्दंतता यहां कहीं द्रष्टव्य नहीं थी। वह घोर गर्जन-तर्जन, वे उत्ताल, पछाड़ खाती आकाश-स्पर्श को आकुल दुर्दान्त लहरें; नहीं, उनका कहीं पता नहीं था यहां। लहरें थीं पर सौम्य, नियंत्रित जैसे कोई थपकियां दे हौले-हौले; ऐसे वे वायु के हलके इंगित पर उठ-गिर रही थीं। एक मर्यादा व्याप्त थी चारों तरफ। हां, मर्यादित था सागर यहां, भगवान जगन्नाथ की मर्यादा-रक्षार्थ।

अत्यन्त प्रसन्न हुआ मैं यहां आकर। सागर को प्रणाम निवेदित किया फिर अपने प्रति उसके उपकारों को स्मरण कर उसका साधुवाद किया तब सिर को जल-स्पर्श प्रदान कर, पैर रखे सागर-जल में। फिर दूर तक निकल गया स्नान करते-करते। सागर-संतरण का अभ्यास तो था ही। लहरें ऐसे भी शान्त थीं, अतः निर्भीक संतरण-रत रहा कुछ देर। पुनः तीर पर वापस आ, वस्त्र परिवर्तित कर प्रस्थित हुआ जगन्नाथ-मंदिर की ओर।

अब तक शत्रुघ्न कुमार दर्शन-पूजा सम्पन्न कर चुके थे, अपने परिचरों के साथ। पुष्कल ने भी प्रणाम निवेदित किए थे लक्ष्मी-पति को और सभी साथ बाहर आ रहे थे।

"कहां रह गए आप ?" प्रवेश-द्वार पर ही पूछा था शत्रुघ्न ने।

"अपने पुराने मित्र समुद्र से संगम को गए होंगे और कहां ? मेरे भींगे वस्त्रों को देख राजा सुमद ने कहा था।

"शीघ्र आयेंगे। हम आगे बढ़ते हैं।" शत्रुघ्न कुमार ने शीघ्रता में कहा था।

"नहीं-नहीं, आप अच्छी तरह ूजा सम्पन्न करेंगे। रास्ते में कोई बाधा आई तो हम निपटने के लिए पर्याप्त हैं।" यह थे भरत-पुत्र पुष्कल, "आप गुरुजनों को कष्ट करने की कोई आवश्यकता नहीं पड़ेगी।"

"तथास्तु। जयतु भरत कुमारः"—ऐसा ही हो। भरत कुमार पुष्कल विजयी हों—मैंने आशीर्वाद दिया था और मंदिर के गर्भ-गृह की ओर लपका था।

मनोयोगपूर्वक पूजा की थी। भगवान विष्णु के विग्रह में मुझे साक्षात् अपने आराध्य श्री राम के ही दर्शन हुए थे। सागर-सुता लक्ष्मी में जगज्जननी मातु

सीता का ही साक्षात्कार कर मेरी आंखें आंसुओं से नम हो आई थीं। काश, इस अश्वमेध के समय भी माता तपोवन से लौटकर राघवेन्द्र के वामांग की शोभा बढ़ातीं ! पर यह होने को कहां था ? मर्यादा पुरुषोत्तम तो अपने मर्यादा-पालन पर दृढ़ थे।

पता नहीं जगन्नाथ मंदिर में मैंने कितना समय लगा दिया। लौटा तो यज्ञीय अश्व और शत्रुघ्न कुमार तथा उनकी विशाल वाहिनी का कहीं पता नहीं था। मैंने दक्षिण की ओर दृष्टि उठाकर देखा। कहीं धूल के बादल भी दृष्टिगोचर नहीं हुए। लोग दूर निकल गए, मैंने सोचा और पवन-वेग से दक्षिण की ओर प्रस्थान किया।

कुछ देर के पश्चात् ही अपने लोग दिख गए। पर आश्चर्य की बात यह थी कि हमारी वाहिनी की गति अवरुद्ध थी। मार्ग में बिना पूर्व निश्चित पड़ाव के और वह भी दिन के प्रकाश में ही रुकना हमारा नियम नहीं था। मुझे लगा, अवश्य कोई विशेष बात है। सेना के पृष्ठ भाग के ही दृष्टि-पथ में रहने से मैं पूरी बात ठीक से समझ नहीं पा रहा था। पर इतना स्पष्ट था कि वाहिनी रुकी पड़ी थी।

मैंने अपनी गति और तीव्र की और दूसरे पल सैन्य के अग्रभाग में आ गया। जो कुछ अवलोकित किया, उससे आश्चर्य हुआ। अश्वमेध का अश्व पहले-पहल रोका गया था। उसको लेकर युद्ध छिड़ गया था। भारी मार-काट मची थी।

मैं शत्रुघ्न कुमार के पास गया जो सैन्य के अग्रभाग में, कुछ किनारे हटकर अवस्थित थे।

"क्यों ? आप शान्त खड़े हैं और उधर घमासान युद्ध छिड़ा है।" मैंने शत्रुघ्न के पास जाकर उन्हें सम्बोधित किया। मैं आवेग से उबलने लगा था। मेरे हाथों में खुजली होने लगी थी। नहीं, मैं युद्ध का आकांक्षी नहीं था। पर उपाय भी नहीं था। श्री राम के अश्वमेधीय अश्व को कोई बाधित करे, एक सार्वभौम सम्राट् की सार्वभौमिकता को चुनौती देकर कोई राष्ट्र की अखंडता और एकता पर प्रहार करे, इसे मैं बर्दाश्त नहीं कर सकता था। इसके लिए अगर युद्ध ही करना पड़े तो पड़े किन्तु राष्ट्र-हित को सर्वोपरि रखना ही पड़ेगा।

"किसने की है यह धृष्टता ? क्या वह समझाने-बुझाने से नहीं मान सका ? श्री राम की सार्वभौमिकता के प्रति उसके मन में आदर-भाव नहीं जाग्रत किया जा सका ?" मैंने शान्त बैठे शत्रुघ्न से फिर पूछा था।

"आप व्यर्थ चिन्तित हो रहे हैं पवन-नन्दन ! यह लड़कों का खेल है, देखते जाइए। यह चक्रांका नगरी है। इसके राजकुमार दमन ने अश्व की गति को बाधित किया है। समझाने-बुझाने का सब प्रयास व्यर्थ गया। कब समझ पाती है युवावस्था जब तक उसे ठोकर नहीं लगे ? दमन से निपटने के लिए भरत-कुमार पुष्कल ही पर्याप्त हैं। मैं इसीलिए निश्चिन्त हूं।"

"तो यह बात है ! मैंने सोचा था, किशोर का अहम् है यह। अगर कोई परिपक्व मस्तिष्क इस युद्ध-योजना के पीछे रहता तो यह नहीं छिड़ता। यह दमन

क्या जानता है कि श्री राम की शक्ति-सामर्थ्य को चुनौती देने का अर्थ क्या होता है। इसे एक सार्वभौम-सत्ता के महत्त्व का कहां पता है ?

पर मैं शत्रुघ्न की तरह शान्त नहीं रह सका। पुष्कल को पूरी तरह प्रारब्ध के हवाले छोड़ना मुझे उचित नहीं लगा। मैं युद्ध के अग्रभाग में आ दोनों कुमारों के उस युद्ध का निरीक्षण करने लगा। भरत-कुमार को प्रथम-प्रथम ही अपना पराक्रम दिखाते मैं देख रहा था और उनकी वीरता पर प्रसन्नता से फूला नहीं समा रहा था।

राजकुमार दमन भी एक साहसी और वीर बालक था। अस्त्र-शस्त्रों के संचालन में उसकी भी पर्याप्त गति थी। वह बहुत वीरता से पुष्कल का सामना करता रहा। उसने कई दिव्यास्त्रों का प्रयोग किया जिन्हें पुष्कल ने अपने द्वारा प्रयुक्त वैसे ही अस्त्रों से निरस्त कर दिया।

मैं दोनों कुमारों के युद्ध-कौशल से प्रसन्न हो रहा था कि तभी कुमार पुष्कल द्वारा प्रयुक्त एक शक्ति दमन के वक्षस्थल से जा लगी। वह निश्चेष्ट होकर रथ में गिर गया।

दमन के गिरते ही उसका सारथि उसे लेकर नगर की ओर भाग गया। मुझे कुमार का आहत होना अच्छा नहीं लगा। अभी उसकी उम्र छाती में शक्ति खाने की नहीं थी। पर किया भी क्या जा सकता था ? यह चुनाव तो उसी का था। युद्ध उसी ने अनिवार्य कर दिया था।

हमारी सेना के सभी लोग पुष्कल को उसकी विजय पर बधाई दे रहे थे। मेरा ऐसा करने का मन नहीं हुआ। ठीक है कि उसने समर में पर्याप्त पराक्रम दिखाया था पर मुझे दमन को लेकर चिन्ता थी। मुझे लक्ष्मण को शक्ति लगने की बात याद थी और यह भी कि किस प्रकार हिमालय-पार से संजीवनी लाकर मैंने उनके प्राणों की रक्षा की थी। दमन तो और भी कम उम्र का किशोर था। पता नहीं वह इस शक्ति-प्रहार से उबर भी पाता है अथवा नहीं। मेरा चित्त दयार्द्र हो आया था। मैं रहता तो यह युद्ध नहीं हुआ रहता। मैं समझा-बुझाकर दमन को शान्त कर देता, पर अब तो स्थिति हाथ से निकल गई थी। मेरे मन में आया एक बार फिर मुझे संजीवनी लानी पड़े तो पड़े पर मैं इस किशोर की प्राण-रक्षा करके रहूंगा।

मैं यह सोच ही रहा था कि दक्षिण की ओर से रथ की घोर गड़गड़ाहट सुनाई पड़ी। मैंने उधर ध्यान दिया, कई रथों के आगे कुमार दमन के पिता सुबाहु चले आ रहे थे। उनका धनुष जयासज्ज था। पास आते ही उन्होंने हमारी सेना पर बाण-वर्षा आरम्भ कर दी। उनके पीछे-पीछे हाथी-घोड़ों और पैदल सैनिकों की एक बड़ी सेना थी। मुझे यह देखकर प्रसन्नता हुई कि राजकुमार दमन भी अपने दो भाइयों के साथ पिता के साथ लगा है। तो वह स्वस्थ हो गया, मैंने सोचा और आश्वस्त हुआ, चलो एक अनावश्यक और असामयिक मृत्यु टली। पर सुबाहु की बुद्धि पर मुझे अफसोस हुआ। बालक ने गलती की तो की, समझदार होकर भी

सुबाहु श्री राम की सैन्य-वाहिनी से भिड़ने की भूल क्यों कर रहे हैं ? जान-बूझकर तूफान के मुंह में प्रवेश करने से उन्हें क्या मिलेगा ?

मैंने हाथ उठाकर सुबाहु को युद्ध से विरत करना चाहा। पर वे क्रोध-भरे कृतान्त की तरह हमारी सेना के संहार पर उतारू थे। उन्होंने मेरी बात पर ध्यान नहीं दिया। वे निश्चय ही किशोर-पुत्र पर हुए आघात से क्षुब्ध थे। क्रोध में भर उन्होंने मुझ पर भी कई तीक्ष्ण बाण चलाए। उन बाणों की मैं क्या परवाह करता ? सभी बाणों को मैंने हाथ से पकड़ लिया। सुबाहु और कुपित हो गए और उन्होंने मुझ पर शूल से प्रहार कर दिया। इसी मध्य शत्रुघ्न भी सेना के अग्रभाग में आ सुबाहु का सामना करने लगे थे। मैंने शूल को व्यर्थ कर दिया और एक ओर खड़ा हो सुबाहु और शत्रुघ्न के युद्ध-कौशल का आनन्द लेने लगा।

उधर भरत-कुमार पुष्कल सुबाहु के दूसरे पुत्र चित्रांग से युद्ध-रत थे। दमन, पुष्कल की वीरता से परिचित हो गया था, अतः वह उनके पास नहीं फटक रहा था। मुझे चित्रांग की स्थिति संकटपूर्ण लगी। पुष्कल के हस्त-लाघव और साहस से मैं परिचित था। अगर चित्रांग युद्ध-विरत नहीं हुआ तो उसकी मृत्यु अवश्यम्भावी थी। मैंने एक बार और प्रयास किया और सुबाहु को संबोधित कर ऊंचे स्वर में बोला—"आप इस व्यर्थ के रक्तपात को रोकिए। श्री राम की सार्वभौम सत्ता को स्वीकार कीजिए और अज्ञेय अश्व को आगे जाने दीजिए।

"जिस व्यक्ति की सेना ने मेरे पुत्र को आहत किया उसकी सार्वभौमिकता स्वीकार करने का प्रश्न ही नहीं है। वीर युद्ध में पीठ दिखाना नहीं जानते भले उन्हें मृत्यु का ही वरण क्यों नहीं करना पड़े।" सुबाहु ने कहा तथा और भीषण बाण-वर्षा करने लगे। मुझे लगा सुबाह को सुमार्ग पर लाना ही होगा। इसी बीच पुष्कल के एक बाण से चित्रांग का सिर कट गया। सुबाहु चिन्तित हो आये और कुछ क्षणों के लिए वह भीषण नर-संहार रुक गया। पर अपने पुत्र दमन तथा उसके भाई विचित्र के साथ मिल कर उन्होंने हमारी सेना पर फिर घोर आक्रमण कर दिया। शत्रुघ्न और उनके सहायकों ने भी सामना करने में बहादुरी दिखाई और दोनों ओर से भीषण प्रहार होने लगे।

मुझे यह सब व्यर्थ लग रहा था। अश्वमेधीय अश्व को अभी दूर तक जाना था। इसी तरह अगर स्थान-स्थान पर विलम्ब होता रहा तो यज्ञ का मुहूर्त भी निकल जायेगा और असंख्य लोगों को प्राणों से हाथ भी धोना पड़ेगा। यह अश्वमेध नरमेध बन कर रह जायेगा।

अब मैंने सुबाहु को सुमार्ग पर लाने का पूर्ण निश्चय कर लिया और उनके रथ को अपनी पूंछ में लपेट चक्राकार घुमाने लगा। एक क्षण को वे विचलित अवश्य हुए पर फिर उसी स्थिति में युद्ध आरम्भ कर दिया। अब उन्होंने अपनी सारी शक्ति मुझ पर ही केन्द्रित कर दी और मेरी पूंछ तथा हाथ-मुंह पर तीक्ष्ण शस्त्रों से प्रहार आरम्भ कर दिया। मैंने उनके रथ को जोर से जमीन पर पटका और वह चूर-चूर हो गया। सुबाहु के वक्षस्थल पर मैंने अपने दाहिने पैर से प्रहार किया।

राजा इस आक्रमण को झेल नहीं सके और तत्काल संज्ञा-शून्य हो भूमि पर गिर पड़े। उनकी सेना में भगदड़ मच गई और उनके दोनों लड़के उन्हें होश में लाने का प्रयास करने लगे।

थोड़ी देर बाद सुबाहु की संज्ञा लौटी तो वे कर-बद्ध खड़े हो गए — "पवन नन्दन, मैं आपके प्रताप को जान कर भी, अनजान बनने का नाटक कर रहा था।"

"मेरे नहीं श्री राम के प्रताप की बातें करें।"

"मैं वही कह रहा था," सुबाहु ने हाथ जोड़े हुए हए कहा, "मेरा अहंकार मुझे अन्धा कर रहा था। मैं श्री राम को परब्रह्म का अवतार जान कर भी उनकी उपेक्षा की धृष्टता कर रहा था। आपके पद-प्रहार ने मेरी आंखें खोल दीं। जिसके दूत में ही इतनी शक्ति हो वह स्वयं कैसा शक्तिमान होगा? मुझे अब आप लोगों से युद्ध की कोई आकांक्षा नहीं रही। आप श्री राम को मेरी प्रणति निवेदित करें। यज्ञ में मैं स्वयं उपस्थित होकर, यथा-योग्य सेवा द्वारा अपने को धन्य करूंगा।" सुबाहु ने कहा और हम उन्हें क्षमादान करने आगे बढ़े।

पैंसठ

अमरकंटक—धरती की अमरावती। पर्वतों-जंगलों के मध्य पलता एक अनुपम तीर्थ प्रकृति के क्रोड़ में गढ़ी, त्रिपुरारि और उनकी अर्द्धांगिनी देवी उमा की एकान्त पीठ — विजनवसी उनकी मोहक क्रीड़ा-स्थली। मध्य आर्यावर्त्त का कैलास —शिव का नित्य धाम।

अमरकंटक प्रिय है शिव को। उमा को भी। इसके प्राकृतिक आकर्षणों के अलावा जिस बात ने इसे सर्वाधिक प्रिय बनाया है पशुपति का, वह है इसका नर्मदा का उद्गम-स्थल होना। नर्मदा, गंगा है इस प्रदेश की। इसके कूल अनेक तीर्थ-स्थल बसे हैं। इसके गर्भ में ही पलते हैं शालिग्राम। ये काले चमकीले गोलाकार शिला-खंड नर्मदा की धार में कटते-संवरते आकर ग्रहण करते, और फिर भक्तों द्वारा साक्षात् विष्णु के रूप में पूजित होते हैं। विष्णु और राम में कोई अन्तर नहीं, अत: राम के उपासक आशुतोष को नर्मदा प्रिय है क्योंकि वह शालिग्रामों की जननी है—लक्ष-लक्ष शालिग्रामों—विष्णु-विग्रहों की। अपने जन्म से लेकर आज तक इसने जो शालिग्राम दिए, वे आसेतु हिमाचल असंख्य मंदिरों एवं अनगिनत पारिवारिक पूजा-गृहों में संगृहीत और पूजित हैं।

नर्मदा शिव को प्रिय है, अत: प्रिय है अमरकंटक — नर्मदा के उद्गम-स्रोत।

नर्मदा के स्रोत पर आज भी एक सरोवर निर्मित है। उस समय भी था। इसी विशाल सरोवर के मध्य है नदी का उद्गम-स्थल। सरोवर किनारे निर्मित

था नर्मदा-मंदिर। मंदिर में एक तरफ शिव और दूसरी ओर शिवा की मूर्तियां पूजित थीं। मंदिर आज भी है किन्तु त्रेता से लेकर आज तक के काल-विस्तार में वह कई बार ध्वस्त और पुनर्निर्मित हो चुका है।

सरोवर में उतरते रत्न जटित सोपान मन को मोहते थे और जब वर्ष में एक बार नर्मदोत्सव आयोजित होता था तो दर्शनार्थियों और तीर्थ-यात्रियों से संकुल हो आये ये अनुपम सोपान अद्‌भुत दृश्य उपस्थित करते थे। संध्या में श्रद्धालु नर्मदा-जल में दीप-मलिकाएं सजाते थे और दीपों से जगमगाता वह विस्तृत सरोवर, नक्षत्रों से भरे एक आकाश-खंड की तरह ही प्रतीत होता था। नर्मदोत्सव आज भी होता है अमरकंटक में पर मंदिर की वह भव्यता और सोपानों के वे मणि-माणिक्य अब नहीं रहे।

दो नदियों का उद्‌गम-बिन्दु है अमर कंटक। नर्मदा-स्रोत से थोड़ी ही दूर पर उपलब्ध है स्वर्णभद्र का उद्‌गम-स्थल। एक पतली-सी क्षीण धारा को देखकर लगता नहीं कि यही धारा आगे जाकर परिवर्तित हो जाती है। आर्य-भूमि के सर्वाधिक विस्तृत तट वाले सोनभद्र नद के रूप में।

आप कहिएगा मैं कहां का ले बैठा। बात चल रही थी अश्वमेधीय अश्व की और मैं कहने बैठ गया अमरकंटक-गाथा। पर इसमें मेरा कोई दोष है नहीं। अश्व को अमरकंटक ही पसंद आ गया तो मैं क्या करता? हां, यहीं आकर अड़ गया था वह। नहीं, यहां कोई राजा या उसकी राजधानी नहीं थी। निश्चय ही अश्व यहां किसी नृप की शक्ति-परीक्षा हेतु नहीं उपस्थित हुआ था अपितु यज्ञेश को यह इष्ट प्रतीत हो रहा था कि अश्वमेध के आरम्भ पूर्व पूरी तरह पुनीत-पवित्र हो ले यज्ञीय अश्व––अमरकंटक के प्रभा-मंडल में प्रवेश कर कुछ अधिक ही आध्यत्निक शक्ति से सम्पन्न हो जाये वह।

नहीं उठाता मैं यह प्रसंग अगर इसमें एक विशेष आध्यात्मिक संयोग संयुक्त नहीं हो आता। नर्मदा जहां एक क्षीण धारा का स्वरूप ग्रहण कर लेती है वहीं से थोड़ी दूर नीचे, नदी-कूल ही स्थित थी आरण्यक ऋषि की पर्णकुटी। अति वृद्ध, कृष-काय ऋषि की उम्र के संबंध में कुछ भी कहना कठिन था पर उनकी प्रसिद्धि दूर-दूर तक थी। जो कोई भी अमर कंटक आता, महर्षि आरण्यक के दर्शन अवश्य करता। अश्व उन्हीं की कुटी के पास आ रुका था––वहां की तप-ऊर्जा से ऊर्जस्वित होते।

शत्रुघ्न, भरत-कुमार पुष्कल, राजा सुबाहु और मैं सभी महर्षि के चरणों के पास उपस्थित हुए थे। सबों ने भूमिष्ठ हो उन्हें प्रणाम निवेदित किया था।

"चिरंजीवी भव। यशस्वी भव।" महर्षि आरण्यक ने आशीर्वाद दिया था।

"तुम राज-पुरुष प्रतीत होते हो। कहां से इधर आये?" आंखों पर झूल आईं दीर्घ-श्वेत बरौनियों को हाथों से उठा दृष्टि-पथ को अबाधित करते हुए ऋषि ने पूछा था।

"अयोध्या से आये हैं हम। आपके दर्शनों···।" शत्रुघ्न अपनी बात पूरी कर

पाते उसके पूर्व ही महर्षि आरण्यक उत्साह में भर कर बोल पड़े थे—"अहा ! श्री राम की नगरी अयोध्या ? अमृत-सिंचित हुए मेरे कर्ण-रंध्र इस पवित्र शब्द को सुनकर । सरयू-तीर बसी अयोध्या, श्री राम-लक्ष्मण सेवित अयोध्या, साक्षात् साकेत पुरी है। कौन हैं आप ? कैसे आ गए यहां तक मेरे सौभाग्य का कपाट खोलने ? क्या सच गुरु-वाक्य के सत्य होने का अवसर आ गया ?"

"मैं शत्रुघ्न हूं । रामानुज । श्री राम अश्वमेध यज्ञ करने जा रहे हैं । हम अज्ञेय अश्व का अनुकरण करते यहां तक पहुंचे हैं। कृत-कृत्य हुए हम आपके दर्शनों का लाभ कर । किस गुरु-वाक्य की बात कर रहे हैं आप ?"

"कृत-कृत्य आप नहीं हुए । कृतार्थ मैं हुआ—श्री राम के परिवार और परिकरों के दर्शन कर । गुरु लोमश ने राम-मंत्र का दान करते समय कहा था—श्री राम का अश्वमेधीय अश्व जब अमरकंटक पहुंचेगा तब आपको उनके और पवन-पुत्र, रुद्रावतार हनुमान के दर्शनों का लाभ मिलेगा। पर कहा हैं श्री राम ? कहां हैं पवनात्मज…?"

मैं दर्शनार्थियों में सबसे पीछे खड़ा था । श्री राम के साथ-साथ मुझसे भी साक्षात्कार को, ऋषि की आकुलता पर मुझे आश्चर्य हुआ । मैं जमीन में गड़-सा आया । प्रणिपात तो मैं पहले ही कर चुका था, अब मन में आया धीरे-से खिसक जाऊं । इतने बड़े महर्षि व्यर्थ में मुझे इतना मान देते को आतुर हैं । कहीं अनर्थ न हो जाये ।

"श्री राम तो अयोध्या में ही हैं । पर पवन-कुमार हमारे साथ हैं । वे आपको प्रणाम निवेदित कर पीछे खड़े हैं ।" इसके पूर्व कि मैं अपने निश्चय को क्रिया में बदलता शत्रुघ्न ने मेरी ओर इंगित कर दिया ।

"पवन कुमार ! बल-बुद्धि-विद्या-निधान, साक्षात् द्वादस-रूद्र ! रामदूत, अंजना नन्दन, हनु मा…न…।" जिसका भय था वही हुआ । पता नहीं किन-किन विशेषणों से मुझे विभूषित करते हुए वृद्ध ऋषि सहसा उठ खड़े हुए और डगमगाते पैरों से मेरी ओर बढ़े । मैंने उन्हें अवसर नहीं दिया और इसके पूर्व कि वे कुछ और अकरणीय कर बैठते (मेरे पैरों से लग जाते) मैंने तेजी से आगे बढ़ कर उन्हें अपनी छाती में समेट लिया । ऋषि मेरे वक्षस्थल से लग सुबक-सुबक रो पड़े । उनके प्रेमाश्रु मेरी सघन रोमावलियों को भींगोते हुए मेरे पैरों पर पड़ने लगे । मैं उन्हें रोक नहीं सका । मैं जानता था, भावावेश में वे मेरे नहीं अपने आराध्य श्री-राम के गले ही मिल रहे थे । मुझे भी लग रहा था कि मैं श्री राम के अंगों में ही सिमटा हूं । मेरी आंखें भी भर आई थीं और उनसे प्रवाहित अश्रु, वृद्ध ऋषि के पैरों को पखार रहे थे । अमरकंटक तीर्थ सार्थक हो गया था ! जैसे वह दो-दो नदियों का उद्गम-स्थल था वैसे ही वहां प्रेमाश्रु की दो-दो नदियां प्रवाहित हो, दो आलिंगनबद्ध श्री राम-प्रेमियों को आत्यायित कर रही थीं ।

हम देर तक एक-दूसरे से लगे रहे थे । अलग हुए तो ऋषि ने गद्गद स्वर से कहा—"रुद्रावतार ! मैं आपकी शक्ति से परिचित हूं । गुरु लोमश ने मुझे सब

कुछ बता दिया है। नर-देह में आप महादेव हैं। साक्षात् अमरकंटक-पति शिव ही आप में साकार हुए हैं। आपके दर्शनों से मेरे जन्मान्तरों के पाप दग्ध हुए पर आपके अनुग्रह का वास्तविक परिणाम तब सामने आये जब मेरे आराध्य श्री राम के दर्शन सुलभ हो जायें। मैं जानता हूं श्री राम, यज्ञ की तैयारी में व्यस्त होंगे। अश्व के साथ उनके आने का प्रश्न नहीं उठता। पर आप चाहें तो गुरु-वाक्य सत्य सिद्ध हो जाये, मुझे अपने आराध्य के दर्शन हो जायें।"

"मुझे आप व्यर्थ ही कांटों में घसीट रहे हैं। परात्पर ब्रह्म के अवतार श्री राम और आपके सदृश उनके स्नेह-भाजनों के समक्ष मैं तुच्छ कपि कहां टिकता हूं ?" मैंने नत-मस्तक, बद्धांजलि, निवेदित किया, "किन्तु श्री राम कृपा से मैं इतना शक्ति-सम्पन्न अवश्य हूं कि आपको अपने स्कन्ध पर आरूढ़ करा, तत्काल अयोध्या पहुंच श्री राम के चरणों का दर्शन-लाभ करा सकता हूं। आइए पवित्र कीजिए मेरे कन्धे को।" कहकर मैं झुक गया था। निश्चय ही ऋषि के सम्बोधनों ने मेरी शक्ति को जाग्रत कर दिया था और मुझे अपने यथार्थ स्वरूप का बोध हो आया था। यह बोध मेरे लिए कष्टकारक था। मेरा अहम् किसी-न-किसी रूप में जाग्रत हो आता था। मुझे बार-बार लगा है, मैंने पहले भी कहा है कि ठीक ही किया था ऋषियों ने मुझे शापित कर वर्ना निरन्तर का यह शक्ति-बोध मुझे कभी का समाप्त कर दिए रहता। अहंकार की हवा पा मेरी आग मुझे ही स्वाहा कर गई होती।

"इसकी आवश्यकता नहीं पवन-पुत्र ! मैं आपकी शक्ति से सर्वथा परिचित हूं। क्या हुआ जो मैं लंका-युद्ध में आपके पराक्रम-प्रदर्शन का साक्षी नहीं रहा अथवा समुद्रोल्लंघन के उस अद्भुत दृश्य का द्रष्टा नहीं हो सका, फिर भी इसी अभियान-क्रम में बहुत कुछ देखा है मैंने। सुना भी है बहुत कुछ अपने अग्रज श्री राम के मुख से ही। पर आप इस कार्य को सम्पन्न करने का दायित्व नहीं लें।" अच्छा ही किया जो शत्रुघ्न ने मेरे अहंकार-अहि के उठे फन पर डंडे का प्रहार कर दिया। अवश्य उद्देश्य उनका चाहे जो रहा हो पर तत्काल मैं संकुचित हो आया और किनारे खड़ा हो हाथ जोड़ उनके अगले आदेश की प्रतीक्षा करने लगा।

"मैं जानता हूं पवन-वेग से आप ऋषि को अयोध्या पहुंचा देंगे, किन्तु वृद्ध ऋषि आपके वेग को झेल पायेंगे क्या ? किसी वृक्ष के जीर्ण पत्र की तरह ही आपके प्रस्थान के साथ ही आपके स्कन्ध से ये उड़ नहीं जायेंगे ? और यदि आप इन्हें अपनी बलिष्ठ बाहुओं का सहारा भी दिये रहें तब भी इनकी कृष काया की धज्जी-धज्जी नहीं उड़ जायेगी आपके प्रलयकारी वेग में ?"

"तब ?" मैंने विनीत हो पूछा।

"तब ?" आकुल ऋषि की आतुरता भी उनकी जीभ पर चढ़ी, "श्री राम के दर्शन बिना मैं अपने प्राणों को रखकर भी क्या करूंगा ? अच्छा हो पवन-पुत्र मुझे ले चलें। इस क्रम में मेरे प्राण निकल गए तो श्री राम, अपने लोक में ही स्थान देंगे उन्हें।"

"ऐसा नहीं होगा ऋषिवर !" शत्रुघ्न ने निवेदित किया, "आप अपने इसी शरीर से श्री राम के दर्शन करेंगे। पवनपुत्र तो अश्वमेध-अश्व के साथ आगे बढ़ेंगे किन्तु मैं सेवकों के साथ आपको रजत-शिविका में अयोध्या भेजने का प्रबन्ध कर रहा हूं।"

"अनुगृहीत हुआ राजकुमार ! पर क्या इसमें अत्यधिक विलम्ब नहीं लगेगा ?" ऋषि ने अपनी आंखों को पोंछते हुए कहा। रह-रह कर प्रेमाश्रु उमड़ ही आते थे। अद्भुत भक्ति थी इस तपस्वी की।

"विशेष विलम्ब नहीं होगा। शिविका-वाहक, बारी-बारी से बदलते रहेंगे और आपकी यात्रा अबाध रहेगी। आपके विश्राम-आदि की व्यवस्था के लिए ही यात्रा रोकनी पड़ सकती है।"

"यात्रा के दौरान मुझे विश्राम-भोजन की आवश्यकता नहीं होगी। शिविका में पद्मासन लगा मैं ध्यानावस्थित होऊंगा तो देह की सारी आवश्यकताएं निःशेष हो जायेंगी। आप अपने सेवकों को आदेश दे दें, वे मेरे लिए यात्रा को बाधित नहीं करेंगे। श्री राम कृपा से गुरु-वाक्य सिद्ध हुआ। अज्ञेय अश्व की अनुकम्पा से मेरे आराध्य के दर्शन संभव हो रहे हैं। आप शीघ्र ही यात्रा की व्यवस्था करें।"

महर्षि आरण्यक को शिविका-आरूढ़ करा हम सबों ने नर्मदा-मंदिर में जा एक बार पुनः शिव-पार्वती के दर्शन किये और अज्ञेय अश्व की सेवा में आ लगे। वह भी जैसे आप्तकाम हो आया था। नर्मदा और ऋषि आरण्यक के दर्शन के साथ उसकी अमरकंटक-यात्रा सार्थक हो गई थी और प्रसन्नचित उसने दक्षिण-पश्चिम की ओर मुख किया था।

चलते-चलते मैंने मन-ही-मन आशुतोष से एक ही आकांक्षा की थी—"कामाख्या की सिद्ध-पीठ में जो इंगित हुआ था, इसी यात्रा में मां भूमिजा के दर्शन के, उसे पूर्ण करानापशुपति ! सुना है अमरकंटक की यात्रा व्यर्थ नहीं जाती। मेरे लिए इसे सार्थक होना हो तो वह इसी रूप में हो, नर्मदेश्वर !"

छियासठ

समर बुरा होता है और स्वयं से समर असह्य। अपने से लड़ने का अनुभव आपको भी हुआ होगा। बहुत पीड़ादायी होता है वह। बड़ा त्रासद। किन्तु आपने यह लड़ाई एक स्तर पर लड़ी होगी—आन्तरिक स्तर पर। पर इससे भी कठिन थी मेरी स्वयं से लड़ाई जिसे मुझे बाह्य स्तर पर लड़ना पड़ा था। वह भी एक बार नहीं दो-दो बार।

एक बार लड़ी थी वह लड़ाई मैंने अहिरावण के द्वार पर। हां स्वयं से ही

जूझा था मैं वहां—अपने ही अंश-संभूत से। मकरध्वज से। आप सोच सकते हैं कैसा लगता होगा मुझको जब अपने ही हाथों मुझे अपने सुत पर घातक प्रहार करने पड़े होंगे और घातक तो होना ही था उन प्रहारों को—श्री राम-लक्ष्मण को ढूंढ़ने में विलम्ब जो हो रहा था ! यह बात पृथक् है कि वे प्रहार प्राणान्तक नहीं सिद्ध हो सके। इसके पीछे मकरध्वज को स्वयं की प्राण-शक्ति कम, रघुनाथ की अनुकम्पा ही अधिक रही होगी।

पर पुत्र से किए गए युद्ध की अपेक्षा पिता से किया जा रहा यह संग्राम अधिक कष्टकर था। यह भी स्वयं की लड़ाई थी—जिनके अंश से उत्पन्न हुआ उसी सदा-शिव से। पुत्र पर तो ऐसे भी यदा-कदा हाथ उठाने की स्थिति आ जाती है पर जब पिता पर प्रहार करने को बाध्य होना पड़े तो उस स्थिति की परिकल्पना आप स्वयं कर सकते हैं।

हां, शिव-संभूत मैं शिव से ही लड़ने को विवश हो गया था। श्री राम द्वारा पता नहीं मेरी कैसी-कैसी परीक्षा ली जानी थी। पर मैं कपि कटिबद्ध था हर परीक्षा में उत्तीर्ण होने को। चाहे पिता हो या गुरु, मेरे आराध्य के हित-साधन में बाधक होने से वह भी वध्य था मेरे लिए। श्री राम सबके पिता हैं, सबके गुरु। आगे चलकर द्वापर में सच ही यह जगत-गुरु बनकर ही अवतरित हुए थे—'कृष्णं बंदे जगद्गुरूम्' अनन्त कोटि ब्रह्मांडों के जनक श्री राम के समक्ष मेरे लिए किसी पिता का क्या महत्त्व हो सकता था, अतः मोह-पाश को एक करारा झटका दे मैं पशुपति के साथ युद्ध-रत हो गया था।

हुआ यह था कि अश्वमेधीय अश्व घूमते-घामते देवपुर के नृप वीरमणि की राजधानी की ओर निकल आया था। त्रिपुरारि के अनन्य उपासक वीरमणि ने सिद्ध ही कर लिया था सदाशिव को। उनके एक इंगित पर प्रलय ही ढा सकते थे प्रलयंकर। अपनी इस अनुपम उपलब्धि पर नृप को गर्व हो या नहीं, उनके आश्रितों पर इसका अहंकार अवश्य चढ़ा हुआ था।

वीरमणि के पुत्र रुक्मांगद ने ही आबद्ध किया था अश्व को। विपिन में क्रीड़ा-रत रुक्मांगद की दृष्टि पड़ी थी स्वर्ण-पत्र-मंडित-ललाट वाले सुदर्शन अश्व पर और कौतूहल-वश उसने उसे पकड़ लिया था। स्वर्ण-पत्र की उद्घोषणा पढ़ी तो उसकी त्योरियां चढ़ आईं—कौन है मेरे पिता के सदृश संग्राम-जयी जो इस तरह सारे भूपतियों को चुनौती दे ? स्वयं पशुपति जिसके प्राणों के रक्षक हों वह किसका भय माने ? और तब सैनिकों के हवाले कर दिया था उसने अश्व को — किसी भी स्थिति में नहीं छोड़ना है इसे। मान-मर्दन करना है हमें इस उच्छृंखल राम का।

विश्व-ब्रह्मांड को मान देने वाले श्री राम के मान-मर्दन की बात, कल्पना की कोरी उड़ान ही तो थी। पर कौन समझाता उस किशोर को ? समझती है नई उम्र कुछ भी ? नदी का बरसाती ऊफान कूल-किनारों को ही तोड़ने को कटि-बद्ध नहीं हो जाता ? पर परिणाम क्या होता है अन्ततः ? समय लगता है पानी

को पेट के अन्दर आ जाने में ? गलती की थी एक बार सुबाहु-सुत दमन ने अश्व रोक कर । वही गलती कर रहा था वीरमणि-पुत्र वीर रुक्मांगद । वीरता अंध-अहंकार नहीं होती । उसकी शोभा है संयम । पर कौन सिखाये संयम का पाठ उसे जो अपने पैरों में स्वयं ही कुल्हाड़ी चलाने को प्रस्तुत बैठा हो ?

रुक्मांगद ने चुराया अश्व और उसके पीछे आती राम-वाहिनी के वीर सतर्क हो गए । वन से होकर यह मार्ग जा रहा था, अतः अश्व स्वभावतः दृष्टि-पथ से ओझल चल रहा था वर्ना चोर को चोरी करते ही पकड़ने में बहुत समय नहीं लगा होता ।

युद्ध अनिवार्य हो गया जब पता लग गया कि राजकुमार ने जान-बूझकर अश्व की गति को बाधित किया है । कुमार से कुमार को ही भिड़ना था अतः भरत कुमार पुष्कल और रुक्मांगद में लड़ाई आरम्भ हो गई । इस मध्य संवाद, वीर-मणि की राजधानी तक भी पहुंच गया और राजकीय सेना भी सज-धज कर कुमार की सहायता में आ जुटी ।

वीरमणि को चाहे जो सिद्धि प्राप्त हो और देवाधिदेव महादेव के प्रसाद से चाहे जो अभय उन्हें प्राप्त हो गया हो पर राजकुमार पुष्कल के समक्ष रुक्मांगद की शक्ति कुछ नहीं थी । परम निष्ठावान भरत के ब्रह्मचारी सुत के समक्ष, वारांग-नाओं के साथ विपिन-क्रीड़ा का आदी रुक्मांगद कैसे ठहर सकता था ? थोड़ी ही देर में उसके पैर उखड़ गए और पुष्कल के शूल से विद्ध हो वह मूर्छित हो गया ।

वीरमणि के समक्ष यह क्रूर संवाद पहुंचा तो नहीं चाहकर भी उन्हें संग्राम हेतु प्रस्थित होना पड़ा । अब तक उन्हें पता लग गया था कि स्वयं श्री राम के अनुज शत्रुघ्न सेना-नायक थे विशाल राम-वाहिनी के । उनके इष्टदेव पशुपति आशुतोष, जिस श्री राम को सदा भजते रहते थे उन्हीं के अनुज से युद्ध-रत होना कष्टकर था वीरमणि के लिए पर पुत्र पर हुए आघात को उपेक्षित करने की स्थिति में भी वे अपने को नहीं पा रहे थे ।

युद्ध-सज्ज होकर वीरमणि समरांगन में पहुंचे तो उनका सामना शत्रुघ्न से हुआ । दोनों ओर से पहले सामान्य अस्त्र-शस्त्रों और फिर दिव्यास्त्रों का प्रयोग आरम्भ हुआ । वीरमणि बहुत देर तक शत्रुघ्न के साथ नहीं टिक सके और शीघ्र ही आहत हो रथ में पड़ गए तो उनका सारथि उन्हें लेकर समरांगन से भाग गया । इधर रुक्मांगद की संज्ञा लौटी तो वह पुनः युद्ध-रत हो गया ।

पुष्कल और रुक्मांगद में घोर युद्ध हुआ । रुक्मांगद ने बाण मारकर पुष्कल के रथ को बहुत दूर फेंक दिया तो क्रोध में भरकर उसने रुक्मांगद के रथ को आकाश में उछाल दिया । वहां से भूमि पर गिरते ही रथ के टुकड़े हो गए और रुक्मांगद के भी प्राण-पखेरू उड़ गए ।

अपने भक्त को मूर्छित और उसके पुत्र को काल-कवलित देख त्रिपुरारी अपने को रोक नहीं सके और युद्ध-क्षेत्र में प्रकट हो गए । मैं इस लीला को अवलोकित कर चकित हुआ । श्री राम के अनन्य उपासक उन्हीं के परिजनों और सेना के

संहार के लिए उद्यत थे। मैंने मन-ही-मन पितृ-चरणों में प्रणाम निवेदित किया, अंजना अम्बा का ध्यान किया और अपने लिए दिशा निदेश की याचना की।

अंजना अंबा ने ही प्रत्यक्ष-अप्रत्यक्ष रूप में मेरे जन्म की कथा बाद में विस्तार से बताई थी और कहा था चरु-भक्षण से मेरा जन्म संभव अवश्य हुआ था पर ऋषियों ने मंत्र देने के बहाने उसके कर्ण-रन्ध्रों से शिव का तेज भी प्रविष्ट कराया था उसके अन्दर। भगवान विष्णु के मोहिनी-स्वरूप के दर्शनोपरान्त स्खलित हो आये शिव-वीर्य को पत्तों में सुरक्षित रखा था देवताओं ने और यही शिव-तेज कारण बना था अम्बा के गर्भाधान का। यही शिव अब युद्ध हेतु प्रस्तुत थे मेरे समक्ष। क्या पता किस क्षण मुझे भी युद्ध-रत होना पड़े ?

और वह क्षण भी आ ही गया। शूल-पाणि सदाशिव से कब तक युद्ध-रत रह सकते थे शत्रुघ्न ? शीघ्र ही उनके पांव उखड़ गए और शिव-त्रिशूल से विद्ध हो वे मृतवत् पड़ गए। पुष्कल युद्ध के लिए बढ़ा तो क्षण भर में ही शिव के गण वीरभद्र ने उसे धराशायी कर दिया।

विजयोन्माद से ग्रस्त शिव-गण रामवाहिनी के विध्वंस में लग गये। मैं यह खेल बहुत देर तक नहीं देख सकता था। यद्यपि मेरा मन बार-बार विद्रोह कर रहा था पर यह श्री राम की ही इच्छा समझ मैं भगवान पशुपति से युद्ध हेतु आगे बढ़ा।

प्रलयंकर शिव से युद्ध आसान नहीं था। जिस रौद्र रूप में शिव युद्धभूमि में अवतरित हुए थे उसका बड़ा अच्छा वर्णन कलि के एक कवि ने ही किया[1] है। मैं उसका कुछ अंश ज्यों-का-त्यों दे रहा हूं—

जुद्धे चढ्या पंचवदन, कोप्या क्रोध आणी मन,
करमां ग्रह्युं शूल पिनाक, करी गर्जना मारी हाक।1।
मस्तक जटाजूट सघन, गजनुं चर्म ओढ्युं तन,
धरी स्मशान विभूत अंग, शोभे अलंकार भुजंग।2।
राजे अर्धचंद्र ललाट, क्रोधे करे भस्म स्वराट,
उपवीत सर्पनुं जगदीश, वहेती गंग निर्मल शीश।3।
दीठा सर्व जन परतक्ष, आनन पंच ने त्रिचक्ष,
कंठे रूंढ केरी माल, करमा ग्रह्युं ब्रह्म कपाल।4।
माथे सेन महा विकराल, भैरव भूत ने वैताल,
बाजे डाक डमरू शंख, शिंगी पणव गोमुख डंख।5।
करवा भक्त केरी सहाय, बुद्धे चढ्या शंकरराय,
पोते विराज्या रथमांहे, आव्या रामसेना ज्यांहे।6।
एवुं जोई शिवनुं रूप, कंपी सकल सेना भूप,
करी गर्जना घोर प्रचंड, व्याप्यो शब्द सकल ब्रह्मांड।7।

1. महाकवि गिरिधर—'गिरिधर रामायण,' गुजराती।

धूजी धरा सलक्यो शेष, पर्वत सिंधु सरित अशेष,
डोल्या देव दस दिग्पाल, जाणो हवे प्रल्ले काल ।8।
मूक्यां शिवे बाण अपार, गण सहु करे मारो मार,
एवो थयो महासंग्राम, नाठा जोध मूकी माम ।9।
पूरवे त्रिपुर मर्दन ज्यम, व्याप्यो क्रोध शिवने त्यम,
करवा मांड्युं जुद्ध महाघोर, पाडे चीस करता शोर ।10।
क्रोधो सेनानो संहार, त्यारे केवो हवो हाहाकार,
बोल्या शंभु क्रोधासक्त, क्यां छे वीरमणि भुज भक्त ।11।

शिव के साथ मेरा प्रचंड युद्ध हुआ। मैं कैसे कहूं कि मैं उन्हें कुछ भी श्रान्त कर सका। पर श्री राम-सेवा में मैंने कुछ उठा नहीं रखा। सर्वप्रथम मैंने वृक्षों को उखाड़-उखाड़ उनके रथ की ओर फेंकना आरम्भ किया। उन्होंने अपने महान् पिनाक से उन वृक्षों के टुकड़े कर दिए। तब मैंने एक पर्वत उठाकर उनके रथ पर दे मारा। इसे देखते ही भगवान शिव रथ से उछल भागे पर उनका रथ चूर-चूर हो गया। शिव ने क्रोधित होकर मुझ पर त्रिशूल चलाया पर मेरे शरीर से लगते ही वह टेढ़ा हो गया। इन्द्र ने मुझे वज्रांग जो बना दिया था।

विरथ शिव कुछ क्षण के लिए घबराए। इधर मैं उन पर लगातार प्रहार किये जा रहा था। वृक्षों, चट्टानों और पर्वतों की मार से शूल-पाणि त्रस्त हो आये थे। उनका जटाजूट ढीला होकर बिखर गया था। सिर का अर्द्ध चन्द्र अस्त-व्यस्त हो गया था और जटा में पलती जाह्नवी क्षुब्ध हो आई थीं। उनका अनियंत्रित प्रवाह शिवांग के श्मशान-भस्म को धोता-पोंछता बह चला था। प्रहार से व्याकुल हो उनके गले के सर्प बार-बार फुफकार छोड़ने लगे थे जिससे आस-पास की वायु विषाक्त होने लगी थी और शत्रु-पक्ष के अनेक योद्धा बिना मौत मरने लगे थे। विषपायी शिव और उनके भूतों-वैतालों पर क्या प्रभाव पड़ता इस विष-वायु का ?

शिव ने दूसरे रथ का सहारा लेना चाहा क्योंकि खुले में मेरा प्रहार सीधा पड़ रहा था उन पर। मैंने इस रथ को भी चट्टानों से चूर्ण कर दिया। इस प्रकार जब कई रथ मैंने नष्ट कर दिए तो पशुपति ने नन्दी का स्मरण किया जो थोड़ी दूर पर युद्ध-रत था। उसके आते ही वे उसी पर सवार हो गए। मेरे द्वारा फेंके हुए वृक्षों-चट्टानों को नन्दी तक पहुंचने के पूर्व ही पिनाक-पाणि काट देते। अब वे सानन्द युद्ध भूमि में विचरने लगे और रामवाहिनी का विध्वंस करने लगे। मेरे ऊपर किया उनका हर प्रहार व्यर्थ जाता, अतः उन्होने अपना ध्यान अन्य सैनिकों की ओर मोड़ा। वे क्रोधानल में भर सचमुच साक्षात् प्रलयंकर-स्वरूप हो रहे थे। अपने भक्त वीरमणि का बदला लेने के लिए वह प्रलय लाने पर ही उतारू लग रहे थे।

हमारी वाहिनी के असंख्य सैनिक काल-कवलित हो गए तो मैं अपने को रोक नहीं सका और मुझे अकरणीय करने को बाध्य होना पड़ा। मैंने श्री राम का स्मरण

कर अपने लांगूल को फैलाया और उसमें नन्दी के साथ सदाशिव को भी समेट कर उसे आकाश में घुमाने लगा। शिव का तो कुछ नहीं बना-बिगड़ा पर नन्दी पीड़ा से चिल्लाने लगे। उनको कष्ट में देख कुछ देर बाद मैंने उन्हें और उन पर सवार उनके स्वामी को भूमि पर रखा। शिव ने युद्ध बन्द करते हुए मुझे सम्बोधित किया—"तुम्हारे पराक्रम से प्रसन्न हूं वत्स ! वर मांगो।"

मैंने कर जोड़कर आशुतोष को प्रणाम निवेदित किया और कहा—"आप मुझ पर सचमुच प्रसन्न हैं तो मेरा एक उपकार करें। शत्रुघ्न और पुष्कल मृतवत् पड़े हैं। हमारी तथा आपकी वाहिनी के भी अनेक योद्धा मृत्यु को प्राप्त हो समरांगन में सोये पड़े हैं। आप तो प्रलयंकर हैं इन्हें स्वस्थ करेंगे नहीं। मैं एक बार पुनः द्रोणाचल जाता हूं। संजीवनी लाऊंगा इन्हें जीवन-दान देने के लिए। जब तक मैं नहीं लौटूं आप युद्ध बन्द कर इनकी रक्षा करें। इनके जीवित होने पर भले आप पुनः युद्ध-रत हो जायें।"

"एवमस्तु !" सदाशिव ने कहा, "मैं तुम पर प्रसन्न हूं। तुम शीघ्र ही जाकर संजीवनी लाओ तब तक मैं इनके संज्ञा-शून्य और मृत शरीरों की रक्षा में तत्पर रहता हूं।"

आकाश-मार्ग से मैं द्रोणाचल पहुंचा तो नया संकट सामने आ गया। जब से मैंने लंका-युद्ध के समय लक्ष्मण की प्राण-रक्षा हेतु पर्वत का एक शिखर ही उठा कर ले गया था तब से देवताओं ने यहां पहरा देना आरम्भ कर दिया था। स्वभाव से ही स्वार्थी देवता नहीं चाहते थे कि सर्व-सामान्य को संजीवनी सुलभ हो और लोग मर-मर कर जीवित होते रहें।

मैं शीघ्रता में था और संजीवनी लेकर शीघ्र प्रस्थान करना चाहता था। पर शिखर-रक्षक ऐसा कब करने देने वाले थे ? विवश मुझे उनसे युद्ध करना पड़ा और मैंने गदा-प्रहार द्वारा उन्हें व्यथित कर दिया। भयभीत देवता सुरेन्द्र के पास दौड़े और इन्द्र को यह समझते देर न लगी कि मुझसे पार पाना आसान नहीं था। वे देवताओं के साथ द्रोण-गिरि की ओर दौड़े और हाथ जोड़कर मेरी प्रार्थना करने लगे। कलि के जिस कवि की मैंने शिव-स्तुति के समय की चर्चा की है उसी कवि ने महेन्द्र की प्रार्थना को अपनी भाषा में वाणी दी है—

जय हनुमंता महा बलवंता, नमो नमो तुजने,
पवनपुत्र प्रणतारति मोचन, धन्य महाभुजने ।8।
अंजनीनंदन सूरजशिष्य, महामति फाल्गुनातुजजाता,
सीताशोकहारण भयवारण, शरणागतत्राता ।9।
श्री रामचंद्रना परम प्रिय छो, अनन्य दास कहावो,
कपिवंशना जीवन महाजन, मन करुणा लावो ।10।
लंकादहन गहन गुण गंभीर, क्षय अक्षय करता,
निशिचर विपिन अशोक शोकदा, अद्‌भुत कृत धरता ।11।

प्राणतणा दातार थय, रणमां रामानुजने,
जय हनुमंता महा बलवंता, नमो नमो तुजने ।12।
उदधिक्रमण त्रिविक्रम, केसरी सुत राक्षसहंता,
अग्र सचिव सुग्रीवना, वज्रतनु कीरतिवंता ।13।
पिंग नेत्र ने रक्त वदन शुचि, ऊर्ध्वरेत रहेवुं,
दर्पहा दशानन दीर्घबालधि, कालदंड जेवुं ।14।
महिकावतीपति मरदन, रूप धर्युं जे महाकाली,
थयो नथी थाशे नहि, स्वामीसेवक तुज टाली ।15।
तुज नाम थकी भय संकट, रोग वियोग सकल नासे,
डाकेण शाकेण भूत प्रेत, नाटक चेटक त्रासे ।16।
कहे गिरिधर भूधर भयभंजन, सह्य करो मुजने,
जय हनुमंता महा बलवंता, नमो नमो तुजने ।17।
ब्रह्मचारी अविकारी मन, धरम सत्यव्रत धीर,
रुद्र अंश जति वज्रतन, जय जय जय महावीर ।18।
सुरगुरुए एवी स्तुति करी, गद्गद दीन वचन,
ते सूणीने बोल्या मारुति, थई मनमांहे प्रसन्न ।19।

प्रार्थनोपरान्त देवताओं ने मुझे स्वयं संजीवनी प्रदान कर विदा की और मैं प्रसन्न मन समर-भूमि को लौटा। भगवान भूत-भावन अपने वचनानुसार पहरे पर वर्तमान थे और उनके आदेश से मैंने दोनों पक्षों के हताहतों और संज्ञा-हीनों को संजीवनी का लाभ दिया। शत्रुघ्न, पुष्कल, वीरमणि, रुक्मांगद और उसके अनुज चित्रांगद के साथ सभी वीर स्वस्थ हो आये और देखते-देखते संग्राम एक बार पुनः आरम्भ हो गया। यह तो मुझे बाद में ज्ञात हुआ कि भगवान शूल-पाणि अपने भक्त वीरमणि से प्रतिज्ञा कर चुके थे और उसी की पूर्ति के उपक्रम में यह अनावश्यक युद्ध जारी था।

इस बार वीरमणि और उनके पक्ष के अन्य योद्धाओं ने भारी पराक्रम दिखलाया और देखते-देखते श्री राम-वाहिनी के योद्धा प्राणों से हाथ धो बैठे। पुष्कल एवं सुबाहु तथा अन्य वीर भी हिम्मत छोड़ने लगे। शिव के गण वीरभद्र ने ऐसा उत्पात मचाया कि हमारी सेना में त्राहि-त्राहि मच गई।

इस मध्य भगवान शिव और भरतानुज शत्रुघ्न में पुनः भारी युद्ध छिड़ गया और थोड़ी देर पश्चात् शिव के शूल से आहत हो शत्रुघ्न कुमार पानी से निकले मीन की तरह तड़पने लगे। मुझसे यह स्थिति देखी नहीं गई और मैंने श्री राम का ध्यान किया और उनसे समरांगन में उपस्थित होने के लिए प्रार्थना की। आर्त की पुकार उनके पास पहुंचते कितनी देर लगती है और सर्वत्र उपस्थित श्री राम को कहीं पहुंचने में कितना श्रम करना पड़ता है? क्षणार्ध में 'नीलाम्बुज-श्यामल कोमलांग' श्री राम समर-भूमि में उपस्थित थे। शूलपाणि ने उन्हें देखते ही शस्त्र डाल दिए। पैरों की ओर बढ़ते पिनाक-पाणि को श्री राम ने अपने वक्षस्थल में

समेट लिया और कहा—"अब तो पूर्ण हुई आपकी प्रतिज्ञा ? कहां है आपका भक्त वीरमणि ? उसकी टेक से मैं भी प्रसन्न हुआ। अन्ततः खींच ही लिया उसने आपके माध्यम से मुझे यहां तक।"

वीरमणि, शत्रुघ्न, पुष्कल और मैंने प्रायः साथ-ही-साथ प्रणिपात किया राघवेन्द्र के चरणों में और फिर कैलासपति के साथ ही वे अन्तर्धान हो गए।

वीरमणि ने हमें कुछ दिनों तक अपने आतिथ्य का लाभ देना चाहा पर यज्ञीय अश्व ने रुकने का नाम नहीं लिया और हम उसका अनुसरण करते आगे बढ़ चले।

सड़सठ

राक्षसी माया अपार होती है। लंका-समर के काल मैंने यह लीला बहुत देखी थी। अब इसकी आशंका नहीं थी क्योंकि रक्षः-शक्ति, लंका-विजय के पश्चात् प्रायः पूरी तरह निःशेष हो गई थी। असंख्य राक्षस, जन-स्थान से लेकर, लंका समर तक मारे गए थे और जो शेष बचे थे वे शक्तिहीन हो छिपे पड़े थे। पर जब इस यज्ञ-यात्रा में भी राक्षसी माया का साक्षात्कार हुआ तो हमें आश्चर्यचकित रह जाना पड़ा।

अश्व देखते-देखते गायब हो गया था। अन्धकार के पर्दे में उसका हरण हुआ था। सर्वत्र सूची-भेद्य अन्धकार व्याप्त हो गया था हाथ को हाथ नहीं सूझता था। लगता था आकाश में प्रलय-मेघ छा गए हैं। उनकी गड़गड़ाहट से दिशाएं प्रकंपित हो रही थीं। किन्तु जल के बदले उनसे रक्त, मज्जा और मांस तथा अस्थियों की वर्षा होने लगी। हमारी सेना में त्राहि-त्राहि मच गई। कहीं कोई दिखाई नहीं पड़ता था पर चतुर्दिक से 'धरो-पकड़ो-मारो' की आवाजें आ रही थीं।

हमें जितनी चिन्ता इस माया की थी उससे अधिक अश्व की लगी हुई थी इस अन्धकार में कहां ढूढ़ें उसे ? अगर इस घोर तिमिर का लाभ उठा कोई उसे कहीं दूर लेकर चला जाए तो कहां खोजेंगे उसे हम ? क्षण-क्षण का विलम्ब घातक लग रहा था। पर किसी का किसी से सम्पर्क नहीं हो रहा था। ऐसी स्थिति में कोई करे तो क्या करे ?

इस अप्रत्याशित स्थिति का तो पहले हमें कुछ अर्थ ही नहीं लगा। राक्षसी माया संभावित नहीं थी। अतः पहले उधर ध्यान जाने का प्रश्न नहीं था। हमें लगा कोई प्राकृतिक प्रकोप है जो शीघ्र ठीक हो जाएगा। पर जब ऐसा नहीं हुआ तो सभी और चिन्तित हो गए। किसी भी स्थिति में हिम्मत नहीं हारने की अंजना अम्बा की शिक्षा मैंने गांठ बांध रखी थी। शत्रुघ्न आदि सभी चिन्ताकुल

होने के कारण किंकर्त्तव्य-विमूढ़ थे, अगर मैं भी उनकी कोई सहायता नहीं कर पाता तो मेरा इस वाहिनी से संयुक्त होने का कोई औचित्य नहीं था।

मैं ऐसे अवसरों के लिए अचूक उपाय से परिचित था। आपका भी उससे अब तक कई बार परिचय हो चुका है। जब अपना पराक्रम कुछ काम आता प्रतीत नहीं हो तो श्री राम का ध्यान सभी समस्याओं का समाधान कर देता है। मैंने युगल सरकार का ध्यान किया और सारी बातें स्पष्ट हो गईं। भक्त की कातर पुकार नहीं सुने तो भगवान क्या? पवनपुत्र की प्रार्थना को श्री राम अस्वीकृत कर दें, यह हो नहीं सकता। सारी बातें मेरे ध्यान में आ गईं—स्पष्ट और पूर्ण।

मैं जान तो गया पर उस बात को शत्रुघ्न तक पहुंचाऊं इसका उपाय क्या था? उस घोर तम और राक्षसी उत्पात के कारण किसी को कहां पता था कि कौन कहां है? कौन किसको कहां ढूंढे? तभी मुझे एक बात सूझी। श्री राम अनुकूल हों तो सारे रास्ते स्वयं स्पष्ट हो जाते हैं। मैंने जोर से गर्जना की—प्रलय-गर्जन। मेरा गर्जन निश्चय ही पूरी सेना में व्याप्त हो गया। कई लोगों को मैंने कहते सुना—"अरे पवनपुत्र उधर हैं और सुरक्षित हैं। अब हमारा कोई कुछ नहीं बिगाड़ सकता।"

अपनी शक्ति की याद आते ही मैंने और जोर से सिंहनाद किया। हमारी सेना में कुछ गति हुई और लोग मेरी ओर बढ़ने लगे। थोड़ी देर में शत्रुघ्न, पुष्पकल, सुबाहु एवं अन्य प्रमुख योद्धा मेरे पार्श्व में आ गए। किसी को देखना संभव नहीं था पर आवाज से ही हमने एक-दूसरे को पहचाना।

"सर्वप्रथम अश्व का संधान आवश्यक है।" शत्रुघ्न ने घबराए स्वर में कहा।

"सब हो जाता है। मुझे सब पता लग गया है। यह राक्षसी माया है।" मैंने लोगों को आश्वस्त किया।

"राक्षसी माया?" सभी को आश्चर्य हुआ।

"हां।"

"कौन है यह राक्षस?" शत्रुघ्न ने धनुषटंकार करते हुए कहा।

"कोई हो, रावण का मित्र ही होगा। उसे यह रुचिकर नहीं लग रहा कि रावण के प्राण हरने वाले राम अश्वमेध यज्ञ करें।"

ठीक इसी समय आकाश में अकस्मात् विद्युत्-चमक दिखाई पड़ी और किसी ने घोर अट्टहास किया। यह अट्टहास मेघ-गर्जन से कम नहीं था। विद्युत्-प्रकाश में हमने स्पष्ट देखी एक भयंकर राक्षसाकृति। बड़ी-बड़ी, मूंछें, ऊंचे लम्बे दांत, अंगार-सी आंखें और किसी गिरि-गुहा की तरह ही विस्फारित भयानक मुख।

"कौन हो तुम?" मैंने ललकार कर पूछा।

"अब जब तुम्हें पता लग ही गया तो मैंने अपने को प्रकट कर दिया। मैं विद्युन्माली हूं रावण का मित्र, राम का दुश्मन। मेरे मित्र का वध कर तुम्हारा राम यज्ञ रचाए, यह मुझे स्वीकार्य नहीं। अब नहीं मिल सकता तुम्हारा अश्व।

मैंने उसे आकाश की ऊंचाइयों में छिपा दिया है। हा। हा! हा। हा।..."

विद्युन्माली के अट्टहास से थोड़ी देर के लिए जो प्रकाश फैला था, वह अब समाप्त हो गया। फिर वही सूची-भेद तिमिर।

"मैं समाप्त करता हूं राक्षसी माया।" शत्रुघ्न ने कहा और अग्नि-शर का संधान किया अपने विशाल धनुष पर। आसमान की दिशा में उन्होंने उस मंत्राभिषिक्त बाण को छोड़ा तो माया कट गई। अंशुमाली का दिव्य प्रकाश चराचर को व्याप्त कर गया। अपावन वर्षा बन्द हो गई। पर अश्व अब भी अदृश्य था। राक्षसों की विशाल सेना सामने खड़ी थी और सहस्त्र-सहस्त्र असुर हाथों में शस्त्र लिए समर को सन्नध थे।

"कहां है विन्दुमाली ?" शत्रुघ्न ने ललकार कर कहा। पुष्कल एवं अन्य वीर राक्षसों के संहार में लग गये।

विद्युन्माली कहीं दिखाई नहीं पड़ा। अश्व का भी अभी तक कोई संधान नहीं मिला था। राक्षसी सेना का संहार जारी था। बहुत से राक्षस मृत्यु के घाट उतर रहे थे, पर इससे हमारी चिन्ता समाप्त नहीं हो रही थी।

प्रहर-पर्यन्त की लड़ाई में राक्षसों के पैर उखड़ गए। जो मृत्यु का वरण करते-करते बचे वे सिर पर पैर रख. भाग खड़े हुए। सामने मैदान साफ था। आसमान भी साफ था पर अश्व कहीं नहीं था।

हमारी वाहिनी के सभी लोग निरुपाय खड़े थे। शत्रुघ्न चिन्ता-ग्रस्त थे। सुबाहु, पुष्कल एवं अन्य योद्धा निरुत्साह और कान्तिहीन हो आए थे। अश्व नहीं मिला तो श्री राम को क्या मुंह दिखायेंगे ? मेरी समझ में भी कुछ नहीं आ रहा था। तभी शत्रुघ्न ने मुझे सम्बोधित किया—"पवन कुमार ! अब आप ही मेरा मान रखें। श्री राम के बहुत सारे असाध्य कार्य आपने किए हैं। मेरी मुश्किल को भी आसान करें। हां, यह श्री राम का कार्य तो है ही, उससे अधिक अभी मेरा है, आपका भी है। अश्व की रक्षा का दायित्व हम सबों का है। अगर हम अपने कर्त्तव्य से चूकते हैं तो लोग क्या कहेंगे हमें ? श्री राम पर क्या बीतेगा ?"

मेरे पास तो एक ही यत्न था। श्री राम के कार्य के लिए भी श्री राम को ही स्मरण करने के अलावा और क्या करना था मुझे ? दिशा-निदेश तो उन्हीं को देना था, शेष कार्य तो उनका नाम ले हम सम्पन्न ही कर लेते।

मैं दो क्षणों के लिए ध्यानावस्थित हो गया। सिंहासनारूढ़ सीताराम की मूर्ति मेरे मन के आकाश में विद्युत्-सी ही चमकी और उधर तत्काल चमका ऊपर आकाश के सूदूर कोने में विद्युन्माली अश्व के साथ।

"अश्व आसमान में ही है।" मैंने आंखें खोलकर उद्घोषणा की तो सब आश्चर्य चकित रह गए।

"सच ?" शत्रुघ्न की जैसे जान में जान आई।

"हां ! विद्युन्माली उसे वहां रोके हुए है।"

"अब क्या होगा ?" शत्रुघ्न के साथ सभी लोग घबराए। माया को समाप्त

किया जा सकता था। पर दैत्य तो अपनी स्वाभाविक शक्ति के बल पर आसमान में टिका था। खेचर होते हैं अधिकांश राक्षस। वह स्वयं नहीं आए नीचे तो कौन ला सकता है उसे ? और अगर अस्त्र-शस्त्रों के प्रहार द्वारा उसे नीचे आने को बाध्य किया जाए और वह अश्व को छोड़ दे हाथ से जैसा कि उसे करना ही पड़ेगा तो हड्डी-पसली भी बचेगी यज्ञाश्व की।

शत्रुघ्न से लेकर साधारण सैनिकों तक की स्थिति दयनीय हो गई। अब क्या उपाय था अश्व को वापस लेने का ? और जब यज्ञाश्व ही नहीं रहेगा तो अश्वमेध कैसे और क्यों कर सम्पन्न होगा ? ऊपर से अपवाद होगा वह अलग—सार्वभौम सम्राट् श्री राम, लंका-विजयी श्री राम के यज्ञीय अश्व को भी हरण हो गया।

शत्रुघ्न ही इस अभियान के नायक थे। उनकी तो स्थिति और चिन्त्य हो गई।

"हनुमान ! हमारे दल में आपके सिवा ऐसा कोई नहीं है जो इस संकट से हमारी रक्षा करे।" शत्रुघ्न ने मुझे संबोधित किया।

"यह कैसे ?" स्थिति मुझे भी भयावह लग रही थी।

"शाप-वश आपकी शक्ति विस्मृत रहती है वर्ना क्या कठिन है यह आपके लिए ? आप आकाश में उड़ान तो भर ही सकते हैं।"

"उड़ान भरना अलग बात है, वहां खड़ा होकर युद्ध-रत होना और। राक्षस और देवता शून्य में टिके रहने की शक्ति से सम्पन्न होते हैं, हम नर और वानर तो ऐसा कर ही नहीं सकते। शून्य में टिके रहना मेरे लिए भी संभव नहीं है।"

मेरी बात सुनकर शत्रुघ्न की रही-सही हिम्मत भी जाती रही। बात उनकी समझ में आ गई थी। शून्य स्थित असुर से युद्ध कर अश्व को वापस लेना कठिन था।

इधर हमारी आशंकाएं लगातार बढ़ती जा रही थीं। विद्युन्माली की सारी सेना मारी गई थी। क्रोध में आकर वह कुछ भी कर सकता था। अगर वह आकाश मे ही अश्व की हत्या कर दे तो हम कैसे रोक सकते थे उसे ? उसे वह वहीं से छोड़ दे तो शायद हम उसे हाथों-हाथ लेकर उसके प्राणों की रक्षा में सफल भी हो सकते थे। पर वह वहीं पर उसके प्राण-पखेरू निकाल दे तो विवश देखते रहने के सिवा क्या उपाय था हमारे पास ?

"मैं प्रयास करता हूं।" सहसा, मैंने कुछ सोच कर कहा तो लोगों के चेहरे का खोया प्रकाश लौट आया।

"क्या ?" शत्रुघ्न ने प्रसन्नता से भर कर पूछा। उन्हें लगा कि जब पवन-कुमार कुछ करने को उद्यत हुए तो करके ही रहेंगे।

"अश्व को मैं लाता हूं, असुर का वध आप करेंगे।"

"अच्छा।"

"हां !" मैंने कहा और कन्धे पर गदा डाल ऊपर की ओर छलांग लगा दी। गगन में गति थी ही मेरी, पवन-वेग से मैं अन्तरिक्ष के एक कोने में खड़े विद्युन्माली

की ओर बढ़ा। मेरी योजना स्पष्ट थी, मेरे मस्तिष्क में। मुझे विद्युन्माली से उलझना नहीं था। यह संभव भी नहीं था। विद्युत्-गति से ही गतिमान मैं कुछ क्षणों में असुर के आस-पास पहुंच गया। दूसरे ही क्षण उससे एकदम सटकर गुजरते हुए और अश्व को एक झटके से मुक्त कर मैं आगे बढ़ गया। अश्व अब मेरे हाथ में था और मैं चक्कर काट कर धरती की ओर बढ़ चला था।

असुर मेरी पीठ पर था। मैं यज्ञाश्व की रज्जु पकड़े आगे-आगे और मेरे पीछे क्रोधाभिभूत उड़ता आ रहा विरूपाक्ष विद्युन्माली। नीचे से सभी विस्फारित आंखों से यह दृश्य देख रहे थे। उन्हें भय था किसी क्षण वह दैत्य पीछे से प्रहार कर सकता था पर मेरी क्षिप्र गति उसे यह अवसर ही नहीं दे रही थी। अपनी सारी शक्ति लगा देने के बाद भी उसके और मेरे मध्य पर्याप्त दूरी बनी रही। ऐसे भी ले-देकर मात्र शूल बचा था उसके एक हाथ में (दूसरे में तो अश्व ही रहा था।) उसका उपयोग वह शायद अपने प्राणों की रक्षा के लिए ही करना चाहता था।

क्षणों में मैं अश्व के साथ नीचे आ गया और सैन्य-मध्य जा खड़ा हुआ था। विद्युन्माली और शत्रुघ्न आमने-सामने खड़े थे और दोनों में घोर युद्ध आरंभ हो गया थां।

शत्रुघ्न ने अपने विशाल धनुष पर शर-संधान कर विद्युन्माली के वक्ष-स्थल को भेद दिया था। असुर अप्रभावित रहा था और उसने अपने हाथ में पड़े शूल को शत्रुघ्न पर चला दिया था। वे पहले से ही सतर्क थे। उन्होंने एक तीक्ष्ण शर से उसके शूल को काट दिया।

क्रोधाभिभूत राक्षस आस-पास के वृक्षों को उखाड़-उखाड़ शत्रुघ्न पर प्रहार करने लगा। शत्रुघ्न उसके प्रहारों को हंसते-हंसते झेल रहे थे और अधिकांश वृक्षों और शखाओं को काटते जा रहे थे। चूंकि अपनी ओर से विद्युन्माली अकेले ही बचा था, अत: हम लोगों ने युद्ध के नियम का पालन करते हुए मात्र शत्रुघ्न को ही उससे युद्ध-रत रहने दिया। हम चाहते तो एक क्षण में, उसे चारों ओर से घेर कर, उसके प्राण ले सकते थे।

अगल-बगल के वृक्ष समाप्त हो गए तो विद्युन्माली, द्वन्द्व युद्ध पर उतर आया। शत्रुघ्न ने भी अपना धनुष फेंक दिया और मात्र हाथों से ही युद्ध करने लगे। दोनों ने एक-दूसरे पर मुष्टि-प्रहार आरम्भ किया। राक्षस की कोई मुष्टि भी शत्रुघ्न को लगती तो हममें से अधिकांश योद्धा युद्ध-नियम को विस्मृत कर उस पर टूट पड़ते और क्षणार्ध में उसके प्राण ले लेते। पर शत्रुघ्न ने अपने युद्ध-कौशल के बल पर उसके सारे प्रहारों को व्यर्थ कर दिया और उसे कमर से पकड़ हवा में उछाल दिया।

पंख-कटे पर्वत की तरह जब विद्युन्माली धरती पर गिरा तो उसके मुख से रक्त की धारा बह चली। वीर शत्रुघ्न ने अपने बायें पैर को उसके वक्षस्थल पर रख उसे धीरे से दबाया तो राक्षस रक्त-वमन कर शांत हो गया। सारी

सेना में प्रसन्नता व्याप्त हो गई।

हमने अश्व को उन्मुक्त छोड़ दिया और उसके पीछे चल पड़े।

अड़सठ

कहते हैं सच्चे मन से जो मांगो, वह मिलकर रहता है। हमारे आराध्य द्वापर में गीता गाने बैठे तो बोले—तुम मेरा ख्याल करो तो मैं तुम्हारा करता हूं[1]। एक ईसा पैदा हुआ था आज से कोई दो हजार वर्ष पूर्व उसकी चर्चा मैंने पहले भी की है। उसको लेकर एक पूरा धर्म ही चल पड़ा ईसाई धर्म। प्रभु का पुत्र था वह। इस धर्म वाले कहते हैं कि मांगों नहीं कि मिलता है[2]। खटखटाओ नहीं कि ईश्वरीय द्वार खुल जाता[3] है।

तो मैंने मांगा था। आपको मालूम ही है। खटखटाया था मैंने द्वार— कामरूप कामाख्या में और फिर अमरकंटक में। अब दरवाजे के खुलने की प्रतीक्षा थी—मांगे हुए के मिलने की। आपको ज्ञात है मैंने क्या मांगा था?

मांगा था मैंने दो सिद्ध-पीठों में। जब साधारण रूप में मांगी मांग पूरी हो जाती है तो जो इच्छा देवस्थान में प्रार्थना के स्वर पर चढ़कर फूटती है उसके पूर्ण होने में कहां संदेह है? अब आपको उद्देश्य-पूर्ति का भेद ही बता दूं? उसका पूरा दर्शन?

कहते हैं लक्ष्य तीन प्रकार से प्राप्त होते हैं—इच्छा द्वारा, कर्म द्वारा और प्रार्थना द्वारा।

इच्छा बलवती हुई तो उद्देश्य की पूर्ति करा कर छोड़ती है। आपको स्वयं कुछ नहीं करना पड़ता। बलवती इच्छा स्वयं अनुकूल परिस्थितियां गढ़ लेती है। अनुकूल व्यक्तियों से सम्पर्क साध लेती है। पर शर्त यही है कि इच्छा को दृढ़ होना चाहिए। इसी को बोलते हैं इच्छा-शक्ति। आंगल भाषा-भाषी इसे कहते हैं 'विल-पावर'।

कर्म का महत्त्व तो सर्वविदित है। कर्म के बूते बहुत कुछ सध जाता है। जो नहीं मिलने को हो अध्यवसाय के बल पर वह भी मिलकर रहता है।

पर इच्छा भी कभी-कभी असफल हो जाती है उद्देश्य-पूर्ति में। कर्म का चुनाव गलत हो जाता है अथवा अथक परिश्रम के उपरान्त भी कर्म सफल नहीं होता।

---

1. योगक्षेमं वहाम्यहम्—गीता 9/22
2. Supply precedes the demand.
3. It is opened before you knock.

इसीलिए उसी गीताकार ने कहा, 'कर्म ही तक तुम्हारा अधिकार है, फल में नहीं।'

तब ? तब जो तीसरा मार्ग बचता है, वही सर्वश्रेष्ठ है। वह आपको धोखा नहीं दे सकता ? लक्ष्य-पूर्ति कराकर छोड़ता है। एक अंग्रेज चिन्तक ने ठीक ही कहा कि प्रार्थना शक्ति का सर्वश्रेष्ठ स्रोत है। जितनी शक्ति प्रार्थना द्वारा सृजित होती है उतनी किसी और प्रकार से नहीं। इसका तात्पर्य यह कि जिस आणविक[1] शक्ति पर आपको इतना गर्व है वह भी इस प्रार्थना-शक्ति के समक्ष कुछ नहीं।

आश्चर्य हो रहा है आपको कि कहां आणविक शक्ति और कहां प्रार्थना-शक्ति ? तो केवल एक उदाहरण दूंगा। इस धरती को सूर्य के चारों ओर घूमने में कितनी शक्ति लगती है ? और कितनी लग चुकी है जब से सौरमंडल बना तब से अब तक पृथ्वी के इस चक्कर में ? कैसी है यह शक्ति ? हजारों आणविक 'बम' मिलकर भी इस शक्ति के लक्षांस का भी निर्माण कर सकते हैं ? ईश्वरीय शक्ति ही है न यह ? नाम चाहे जो दें पर यह आपकी पहुंच और परिकल्पना के बाहर की शक्ति ही है न ? प्रार्थना-शक्ति इसी अकल्पनीय ईश्वरीय शक्ति का प्रतिरूप है। प्रार्थना इसी अनन्त शक्ति अथवा सर्वशक्तिमान से आपको संयुक्त कर देती है। तो कहां गलत है यह कहना कि प्रार्थना-शक्ति सर्वोच्च शक्ति है।

आप कहेंगे मैं अश्वमेधीय अश्व की बात करते-करते यह कैसा प्रलाप ले बैठा। नहीं, बात वहीं पर है। मैंने कहा मैंने एक छोटी प्रार्थना की थी—कामाख्या में और अमरकंटक में। अभी बताया आपको।

मेरी यह प्रार्थना आकस्मिक रूप में पूरी हो गई थी। जगदम्बा के दर्शन सुलभ हो गए थे। दर्शन हो तो नहीं गए थे पर उनके होने में अब कोई संदेह नहीं रहा था।

यज्ञीय अश्व जहां पहुंचा था वह वाल्मीकि-आश्रम था। नहीं, यहां नहीं जीतना था किसी राजा-महाराजा को। नहीं स्थापित करनी थी सार्वभौम सत्ता ऋषि-आश्रम के ऊपर। सामान्यत: कुछ नहीं लेना-देना था अश्व को इस तपोभूमि से। पर जिस तरह वह कामाख्या-पीठ पहुंचा था, जिस तरह अमरकंटक के नर्मदेश्वर मंदिर पहुंचा था, उसी तरह वह ऋषि की इस साधना-स्थली पर पहुंच गया तो कोई क्या कर सकता था ?

पर मैं जानता था यह सब। ईश्वरीय सत्ता में कभी कुछ अनियोजित नहीं घटता। मेरी प्रार्थना ने काम किया था और अश्व यहां आ पहुंचा था। सोद्देश्य थी उसकी यह अरण्य-यात्रा। यों ही नहीं आया था वह आश्रम। माता अंजना का ध्यान कर मैंने जो प्रार्थना की थी, फलवती हो आई थी वह। जगदम्बा के दर्शन होने ही वाले थे।

अश्व पहुंचा था वाल्मीकि-आश्रम और दृष्टि पड़ी थी उस पर लव की। प्रथम तो कुतूहलवश उसने उसे जा पकड़ा था पर जब उसके मस्तक पर बन्धे

---

1. एटमिक एनर्जी

स्वर्ण-पत्र पर उसकी दृष्टि पड़ी और उसने उस पर अंकित उद्घोषणा पढ़ी तो उसकी त्योरियां चढ़ गईं—'तो राजा राम की यह हिम्मत ? अब वे ऋषि-आश्रम में अपना अश्वमेध अश्व भेजने लगे ? सोचते हैं निरीह और निःशस्त्र हैं तपस्वी, उनको चिढ़ा लो जितना चिढ़ाना हो। इस धृष्टता का उत्तर मिलेगा उन्हें।'

बांध दिया यज्ञाश्व को लव ने एक वृक्ष से और शर-संधान कर तत्पर हो गया उसकी रक्षा में।

इधर हम अश्व को ढूंढ़ते-ढूंढ़ते वहां पहुंचे तो यह दृश्य देख दंग रह गए। एक 10-11 वर्षीय किशोर हाथ में धनुष-बाण लिए श्री राम के अश्वमेध-अश्व की गति को रुद्ध करने का प्रयास करे, इसे बाल-हठ ही कहा जा सकता था।

"अश्व को बन्धन-मुक्त कर दो बालक !" शत्रुघ्न ने उसे समझाना चाहा।

"कौन है बालक यहां ?" लव ने छुटते ही उत्तर दिया, "वीरों की वय नहीं देखी जाती। आप में शक्ति हो तो अश्व को स्वयं मुक्त करा लें।"

"यह ऋषि-कुमारों का काम नहीं है। तुमने क्रीड़ा-वश अश्व को रोक रखा है, यह ठीक नहीं। हमें आगे बढ़ना है।" शत्रुघ्न ने धीरे से कहा।

"क्रीड़ा नहीं कर रहा मैं। न मैं ऋषि-कुमार हूं। ले जाना हो अश्व को तो कीजिए शर-संधान और बन्धन-मुक्त कीजिए इसे। बिना युद्ध अब अश्व नहीं मिलने को आपको।" लव अपनी बात पर अडिग था।

शत्रुघ्न को अब तक इस बात का भान नहीं था कि बालक स्वयं श्री राम का सुत है। उसकी हठधर्मिता को देखकर उन्होंने सैनिकों को आदेश दिया—"अश्व को बलात् बन्धन-मुक्त करो।" पुष्कल ने कुछ देर तक युद्ध किया पर वह शीघ्र ही असंख्य बाणों से विद्ध हो बेहोश हो गया। सैनिक उसे लेकर भाग खड़े हुए।

सैनिकों के बूते की बात नहीं थी अश्व को मुक्त करना। लव ने अकेले ही उन्हें युद्ध में परास्त कर दिया और उसके तीक्ष्ण बाणों की चोट खा कुछ तो काल-कवलित हो गए और अधिकांश पीठ दिखाकर भाग खड़े हुए। लव के धनुष की टंकार जारी थी और वह गम्भीरतापूर्वक अश्व की रक्षा में तत्पर था। अपने सैनिकों की दुर्दशा को देखकर शत्रुघ्न ने अपने धनुष को ज्या-सज्ज किया और स्वयं उस किशोर से युद्ध हेतु आगे बढ़े।

"तुम्हें तो पहले ही आना था ताकि तुम्हारे इतने लोग अपने प्राणों की आहुति देने से रह जाते।" लव ने मुसकरा कर कहा और धनुष से घोर रव किया।

शत्रुघ्न ने क्रोध में भरकर एक साथ कई बाण छोड़े, पर लव ने सबको बीच में ही काट दिया। शत्रुघ्न क्रोध में लगातार असंतुलित होते गए और बाण-पर-बाण छोड़ते गए किन्तु उस वीर बालक ने एक बाण को भी अपने तन का स्पर्श नहीं करने दिया। उसे अपने गुरु वाल्मीकि से शर-संचालन का ऐसा प्रशिक्षण प्राप्त हुआ था कि शत्रुघ्न की एक नहीं चल रही थी उस पर।

क्रोध में विवेक खोये रामानुज ने जब शक्ति का संधान किया तो राघव-पुत्र ने मंत्राभिषिक्त एक दिव्यास्त्र से उसे मार्ग में ही समाप्त कर दिया और पांच तीखे बाण शत्रुघ्न के वक्ष-स्थल को लक्ष्य करके छोड़े। ये सर्पाकार शर सीधे शत्रुघ्न के मर्मस्थल में लगे और उसका भेदन कर वहीं अड़ गए। शत्रुघ्न इस प्रहार को नहीं झेल सके और संज्ञा-शून्य हो गिर पड़े।

सेना-नायक के गिरते ही राम-वाहिनी में भयानक आतंक छा गया और सैनिक अयोध्या की ओर भागने को तत्पर हो गए। लव के तीखे और अचूक शरों के भय से कोई शत्रुघ्न को उठाने के लिए भी जाने को तत्पर नहीं था और वे प्राण-हीन से भूमि पर पड़े थे। भागते सैनिकों में केवल एक बात की चर्चा थी और वह थी इस ऋषि-कुमार के अद्भुत शौर्य और अतुलनीय शस्त्र-संचालन की!

मुझसे यह स्थिति नहीं देखी गई। मैं शत्रुघ्न को उठाने गया।

"तुम इसे हाथ नहीं लगा सकते कपिराज! हम इसे आश्रम ले जाकर ऋषियों को दिखायेंगे कि इसी वीर के बल पर अहंकारी राम ने दिग्विजय का स्वप्न संजोया है।" लव ने मुझे पास जाने से रोकते हुए कहा।

"श्री राम के प्रति अपशब्द का प्रयोग नहीं करें राजपुत्र!" मैंने शत्रुघ्न की ओर बढ़ने का प्रयास करते हुए कहा।

"तो आप मुझे पहचान गए? आपके वीर सेना-नायक को तो इतनी बुद्धि भी नहीं है। वे तो लगातार मुझे सुकोमल ऋषि-सुत ही समझते रहे।" लव ने कहा पर बाणों की ऐसी झड़ी लगा दी कि मैं शत्रुघ्न के पास नहीं ही पहुंच सका। मेरा विश्वास और पक्का हो गया कि बालक, वैदेही-पुत्र के अलावा और कोई नहीं है। श्री राम अथवा उसके आत्मज के अलावा और किसके शर में शक्ति है कि वह मेरी गति को बाधित कर दे? मेरे वज्रांग होने के कारण लव के बाणों ने मेरा कुछ बिगाड़ा तो नहीं लेकिन लगातार बरसाए बाणों से इस वीर बालक ने एक ऐसी अभेद्य दीवार खड़ी कर दी कि उसे तोड़कर जाना मेरे वश की भी बात नहीं थी।

"मैं आपको पहचान तो गया पर आपने जिन्हें आहत कर भू-लुंठित किया है वे आपके पूज्य पिता के अनुज हैं। इनके प्राण संकट में हैं, मुझे इन्हें ले जाने दें।" बालक के अद्भुत पराक्रम ने उसके प्रति मेरी स्वाभाविक श्रद्धा को द्विगुणित कर दिया था।

"संकट में हैं तो रहें। वीरों के प्राण तो संकट में पड़ते ही रहते हैं। क्या सोचकर अहंकारी राम के इस अनाड़ी अनुज ने धनुष उठाया था? और दूसरों को संकट में डालने में कुशल श्री राम के सेना-नायक के संकट की मैं चिन्ता क्यों करूं? जो अपनी विवाहिता पत्नी को प्रसव-काल में निष्कासित कर दे वह अश्व-मेध का ढोंग रचे, यह हमें स्वीकार्य नहीं।"

"आप मर्यादा-पुरुषोत्तम अपने पिता के प्रति अपशब्दों का प्रयोग नहीं करें।" बालक के प्रति मेरा स्वाभाविक स्नेह अब क्रोध में परिवर्तित हो रहा था।

"मर्यादा ! हा ! हा ! हा !" लव ने एक उन्मुक्त हंसी हंसी थी, "राम और मर्यादा ? किसे भ्रम में डालना चाहते हैं आप, एक ढोंगी की प्रशंसा कर ?"

"राजकुमार ! वाणी को नियंत्रित करो वर्ना···।" मैं सचमुच क्रोधित हो आया था।

"बन्दर-घुड़की नहीं दिखाएं कपिराज ! मुझे गुरुदेव ने बता रखा है कि आपकी सदा सुषुप्त शक्ति बिना जगाए जगती नहीं। तो लीजिए स्मरण करा देता हूं मैं आपकी शक्ति का—आप बड़े वीर, पवन सुत और अद्भुत पराक्रमी हैं। आपने शत योजन विस्तृत समुद्र को बात-की-बात में पार किया था और लंका में चोर की तरह रात्रि के अन्धकार में प्रवेश किया था। आप उछल-कूद करने में बड़े प्रवीण हैं और जब आपकी पूंछ में आग लगी तो···।"

"लो झेलो इसे।" अब मैं सचमुच क्रोधाभिभूत हो आया था और इस बात पर बिना ध्यान दिए कि मैं जिस जननी के दर्शन को आतुर था, उसी के सुत पर घातक प्रहार करने जा रहा था, एक विशाल वृक्ष को जड़-मूल से उखाड़ उस पर चला दिया।

"मैं अशोक वाटिका का राक्षस नहीं हूं मारुति नन्दन कि शाखाओं और वृक्षों के भय से भीत हो जाऊंगा।" मेरे हाथ से छुटते-न-छुटते उस वृक्ष को एक ही बाण से दो टुकड़े करते हुए लव ने मुसकराकर कहा।

अब तो मेरे क्रोध की सीमा न रही और मैं आधे घंटे तक उस किशोर पर निरन्तर वृक्षों, चट्टानों और छोटे पर्वतों की वर्षा करता रहा। किन्तु मैं उस किशोर का बाल बांका नहीं कर सका। उसके तीक्ष्ण बाणों से छिन्न-भिन्न हुए वृक्षों-पर्वतों के टुकड़ों के अम्बार चारों ओर लग गए पर बालक अब भी मुसकराता अश्रान्त खड़ा था।

मैंने थक कर प्रहार बन्द कर दिया। इस मध्य बात निश्चय ही वाल्मीकि की पर्णकुटी तक पहुंच गई थी और लव की ही उम्र और रंग-रूप का एक और बालक वहां आ गया था। मुझे पीछे इन दोनों के नाम का पता लगा था। कुश था यह। वह शत्रुघ्न को उठाने बढ़ा ही था कि मैंने घोर गर्जना के साथ प्रतिवाद किया—"आप नहीं ले जा सकते इन्हें।"

"तो आप ले जाइए।" लव ने व्यंग्यपूर्वक कहा।

"हां आप ही ले जाइए।" कुश ने कहा, "आप तो सुना, द्रोणाचल को ही उठा लाये थे तो अपने आराध्य के अनुज को नहीं उठा सकते ?"

मैं विवश था। शत्रुघ्न तक पहुंचना आसान नहीं था। लव द्वारा निर्मित बाणों की अभेद्य दीवार को पार करना सहज नहीं था। फिर भी मैंने अन्तिम प्रयास किया और एक विशाल बरगद वृक्ष को निर्मूल कर उसे दोनों बालकों की ओर फेंका। कुश ने एक ही साथ छोड़े कई बाणों से उस वृक्ष के इतने टुकड़े कर दिए कि उनकी गणना कठिन थी। क्रोध में भरकर मैं एक दूसरा वृक्ष उठाने दौड़ा ही था कि विद्युत्-गति से दौड़कर कुश ने मुझे कमर से पकड़ लिया। मैंने

अपने को छुड़ाने के लिए जोर का झटका दिया पर लौह पाश की तरह कसे-पकड़े कुश के हाथों से मैं अपने को मुक्त नहीं कर सका। मैंने चाहा कि आकाश की ओर उछल जाऊं पर लाख प्रयास के बाद भी मेरे पैरों ने भूमि नहीं छोड़ी। मुझे मानना पड़ेगा कि जीवन में प्रथम बार मैंने ऐसी विवशता का अनुभव किया था। क्यों न हो, आखिर श्री राम-सुत से मेरा पाला जो पड़ा था।

"इस बन्दर को बांध लो भैया! मां इसका नृत्य देखकर बहुत प्रसन्न होंगी।" मेरी कमर पकड़े ही कुश ने अपने अग्रज को सम्बोधित किया।

"इसे बन्दर नहीं कहो। यह कपिराज हैं। गुरुदेव से तुमने राम-कथा नहीं सुनी है? हनुमान है यह।" लव ने कुश को समझाना चाहा।

"हनुमान! यही है हनुमान? तो किधर से हैं ये अप्रतिम वीर? सुना, बड़े पराक्रम दिखाए इन्होंने लंका में। इनकी एक ही मुष्टि-प्रहार से लंकेश तक मूर्छित हो गया था। यह तो यहां तड़प रहे हैं मुक्ति के लिए।" कुश ने अपने हाथों के बन्धन को और कड़ा करते हुए कहा। इस बीच लव ने अपना उत्तरीय उतार कर मेरे हाथों को पीछे कर गांठ लगा दी। मैंने उछल-कूद तो बहुत की पर मेरे किए कुछ हुआ नहीं। फिर मैं यह सोचकर भी चुप हो गया कि चलो इसी बहाने जननी के दर्शन तो हो जायेंगे।

कुश ने मूर्छित शत्रुघ्न को हाथों में टांगा और लव मुझे पकड़कर आगे-आगे चला। थोड़ी ही देर में हम महर्षि वाल्मीकि की कुटी में थे। लव ने एक मोटे वृक्ष से मुझे कसकर बांध दिया। कुश ने उसी वृक्ष के नीचे शत्रुघ्न को डाल दिया और दोनों दौड़ पड़े आंगन की ओर।

"मां, चलकर देखो। हम एक चंचल कपि पकड़ लाए हैं।" बाहर से ही मैं अन्दर की आवाज सुन रहा था। दूसरा समय होता तो मैं लज्जा से भूमि में गड़ जाता पर भूमिजा के आसन्न दर्शन के लोभ में मैं अपना सारा पराजय-बोध भूल कर मन-ही-मन प्रसन्न हो रहा था।

थोड़ी ही देर में माता बाहर निकली थीं। उन्हें देखते ही मेरी आंखों में आंसू भर आये। मैंने उन्हें राजसी वेश में देखा था—एक साम्राज्ञी के रूप में, सिंहासनारूढ़ राम के वामांग में, विष्णु के पार्श्व में विराजमान सिंधु-सुता लक्ष्मी की तरह। आज उनके दयनीय वेष और कृष काया को देखकर मेरा अन्तर बाहर आने-आने को हो आया। देखा था उनका मलिन रूप मैंने अशोक वाटिका में भी। पर तब ऐसा क्लान्त नहीं था उनका चन्द्र-मुख। उस समय तो फिर भी राम-मिलन की आशा थी। अब तो परित्यक्ता थीं माता—संयोग की सारी आशाओं-आकांक्षाओं से रहित। पूरी तरह ग्रहण-ग्रस्त हो आया था उनका शशांक-सुंदर मुख।

"अरे यह तो हनुमान हैं! क्या किया तुम लोगों ने? जिसने मुझे लंका-रूपी कारागार से मुक्त कराया उसे ही तुम लोगों ने बन्धन-युक्त किया।" कहती हुई माता दौड़ी थीं मेरी ओर और अपने ही हाथों मुझे बन्धन-मुक्त करते हुए कहा

था, "बुरा न मानना इनका बेटा ! बड़ी उद्दंडता का प्रदर्शन किया है इन्होंने। पर तुम कैसे बन्धन में आ गये इनके ? मैं जानती हूं मेघनाद द्वारा ब्रह्मपाश में भी तुम स्वेच्छा से ही बंध पाये थे।"

मैं कैसे बताता कि स्वेच्छा से नहीं विवशता में ही बंधा था उनके पुत्रों के बन्धन में मैं। रावणसुत मेघनाद में और राम-पुत्रों में अन्तर था और यह अन्तर अब तक पूरी तरह मुझ पर स्पष्ट हो चुका था। पर मेरे पास कुछ कहने-सुनने का अवसर नहीं था। बन्धन-मुक्त होते ही मूल-कटे वृक्ष की तरह मैं मां भूमिजा के चरणों पर गिरा था। पराजय और बन्धन का दुःख आंखों की राह पिघल कर बह गया था और मैंने प्रेमाश्रुओं से मां के पद्म-कोमल चरणों को स्नात करा दिया था। मां बार-बार मुझे हाथों से उठाना चाहतीं पर उनके चरण छोड़ने को मैं प्रस्तुत ही नहीं था। अन्ततः बहुत देर के पश्चात् मैं माता का सामना करने योग्य अपने को पा सका।

हां सामना कठिन था मां जनकनन्दिनी का—उनकी आंखों में भरे उपालम्भ का। आखिर मेरे आराध्य ने ही तो निष्कासित किया था इन निरपधारिणी को। कैसे सामना कर पाता मैं उनका ? खैर बड़ी इच्छा थी माता के चरण-कमलों के दर्शन की। अंजना अम्बा की कृपा से यह सौभाग्य सुलभ हुआ। एक ही क्षण दोनों माताओं की मूर्तियां खड़ी थीं मेरे समक्ष। एक साकार, एक कल्पना-प्रसूत।

"बेटा !" मेरे सिर को सहलाते हुए जगदम्बा ने मुझे सम्बोधित किया तो मैं अपने में लौटा, "कैसे हैं तुम्हारे आराध्य ? उनके सभी अनुज ? मेरी माताएं ?"

आह ! इस अवस्था में भी इनका प्रेम, रंच-मात्र भी कम नहीं हुआ श्री राम और उनके परिवार के प्रति। सच कैसी त्यागमयी, ममतामयी हैं जगदम्बा ! मैंने सोचा और किसी तरह कह पाया—"सभी ठीक हैं।" कितना कष्ट हुआ मुझे यह कहने में, मैं ही जानता हूं। एक सती साध्वी को निष्कासित कर कैसे ठीक हैं वे सब ? क्या अधिकार है उन्हें ठीक—स्वस्थ, प्रसन्न—रहने का। कितने बड़े अपराधी थे हम सभी अयोध्यावासी ? पर कुछ स्थितियों को, विवश हो झेलना ही पड़ता है। झेल रहे थे हम सब।

"कुछ खा-पी लो बेटा !" कहती हुई वे पर्णकुटी के भीतर मुड़ने को हुई थीं कि उनका ध्यान शत्रुघ्न की ओर गया था, "अरे ये तो देवर शत्रुघ्न हैं। हाय ! ये संज्ञा-शून्य पड़े हैं। कैसी कठोरता का प्रदर्शन किया इन किशोरों ने !" कहकर वे बैठकर शत्रुघ्न के चेहरे पर आंचल से हवा करने लगीं। जल-पात्र मंगा उनके मुख पर छींटे दिए और थोड़ी ही देर में शत्रुघ्न जग पड़े। उन्होंने जगदम्बा के चरणों पर प्रणिपात किया और लव-कुश की वीरता की भूरि-भूरि प्रशंसा की।

"तुम दोनों अन्दर चलो।" वे हमें लेकर आंगन की ओर बढ़ी थीं। फल और कन्द-मूल परोसे थे हमारे सामने। यही भोजन था अब उनका, जो कभी

कनक पात्रों में सुर-दुर्लभ व्यंजन पाती थीं। मेरी आंखों के आंसू रुकते ही नहीं थे। शत्रुघ्न की भी हालत यही थी। रामानुज होने के कारण वे एक भारी अपराध-बोध से ग्रस्त थे और चाहकर भी कुछ बोल नहीं पा रहे थे। उनका मौन ही मुझ पर पूरी तरह स्पष्ट कर रहा था कि कितना बड़ा अपराध हो गया था मेरे आराध्य से। पर उनकी बात वे ही समझें, मैंने अपने मन को समझाना चाहा था, मैं कौन था उनके संबंध में निर्णय लेने वाला। मर्यादा-पुरुषोत्तम थे वे। मर्यादा-रक्षा हेतु ही उनका अवतार हुआ था। वे जो भी करें मर्यादा के अनुकूल ही होगा। मैंने अपने को सान्त्वना दी थी। रात हमने पर्णकुटी में ही बिताई थी। प्रातः नित्य कर्म से निवृत्त हो हम प्रस्थान की बात सोच ही रहे थे कि बाहर हल्ला हुआ—"श्री राम आ गए। श्री राम आ गए।"

मैं और शत्रुघ्न बाहर की ओर दौड़े। सच वहां हमारे आराध्य ही खड़े थे। हुआ यह था कि पराजित सैनिकों के द्वारा शत्रुघ्न की संज्ञा-हीनता और मेरे बन्धन की बात पहुंच गई थी अयोध्या और श्री राम तीव्रगामी अश्वों से जुते रथ पर सवार हो रात्रि-पर्यन्त पहुंचे थे तपोवन। बहुत दूर नहीं था ऋषि-आश्रम अयोध्या से।

हमने साष्टांग हो आराध्य के चरणों में प्रणाम निवेदित किया था। हमें स्वस्थ देख श्री राम-मुख की प्रसन्नता वापस आ गई थी। इसी मध्य महर्षि वाल्मीकि भी जो किसी यज्ञ में सम्मिलित होने बाहर गए थे, आ गए थे। वे बहुत अनुनय-विनय कर राम को वैदेही के पास ले गए थे। उन दोनों के मध्य क्या वार्तालाप हुआ, मैं यह नहीं कह सकता। संध्या होने के पूर्व हम जब पर्णकुटी छोड़कर लौटे थे तो श्री राम के साथ-साथ सभी की आंखें निर्झरिणी बनी हुई थीं।

उनहत्तर

यह एक तरह से अन्तिम पृष्ठ था मेरे जीवन-अध्याय का। अन्तिम इसलिए कि श्री राम के साथ बिताए जीवन को ही मैं सार्थक मानता हूं। अश्वमेध की समाप्ति के कुछ दिनों के पश्चात् ही तो वे स्वर्गारोहण कर गए थे, अतः यह शिक्षा अन्तिम ही शिक्षा थी मेरे जीवन की। शिक्षा इसलिए कि मेरे अहंकार का अच्छा दंड मिला था उस बालक के माध्यम से। पूरे जीवन, पराजय मैंने जानी ही नहीं थी। प्रशंसा, विजय और पराक्रम-प्रदर्शन के मध्य ही पलता रहा मैं। अहंकार के अंकुर ने निश्चय ही अनेक बार जाने-अनजाने सिर उठाया इस क्रम में वर्ना यह दंड मिलता कैसे ? जैसे पहले भी कहा, अहंकार तो प्रिय भोजन ही है मेरे आराध्य का। लव-कुश के माध्यम से जीवन के इस चरण में अच्छा ही

किया उन्होंने इसे निर्मूल कर। कोई कल्पना भी नहीं कर सकता था कि हनुमान बंधन में आयेंगे, वह भी मात्र दो किशोरों द्वारा। पर मुझे तो प्रसन्नता थी अपने आराध्य-सुतों के माध्यम से अपना प्रायश्चित सम्पन्न कर। जगत्-विख्यात हो गई यह बात कि दो बालकों ने बांध लिया पवन-तनय को। मैं आश्वस्त हो गया—चलो ठीक अनुमान लग गया लोगों को मेरी बल-बुद्धि का। नहीं, अब तक तो लोग महान्, बलवान, अशोक वाटिका-विध्वंसक, स्वर्ण-लंका-संहारक और अहि-रावण-जयी आदि क्या-क्या समझ रहे थे मुझे। अब उन्हें कुछ लगे या नहीं मुझे पूरी तरह लग गया था कि एक-से-एक शूरमा है इस सृष्टि में। मैं गाजर-मूली भी नहीं हूं उनके समक्ष। तभी से मैं और विनय-नत हो आया हूं और मैंने नियम बना लिया है कि जो कोई मेरी यशोगाथा के बदले मेरे श्री राम का कीर्तिगान करेगा, उसी का काम मैं तत्काल करूंगा। क्या हूं मैं श्री राम के समक्ष? जिनके किशोर-सुतों ने कर दी मेरी ऐसी-तैसी, उनके स्वयं के शौर्य का अनुमान आसानी से लगाया जा सकता है? मैं कहना नहीं चाहता, अश्वमेध यज्ञ की कहानी विस्तार से। नहीं कहना चाहता, उसका कारण भी है।

वाल्मीकि-आश्रम में श्री राम के आगमन के पश्चात् मुझे एक आशा बंधी थी। मुझे लगा था, वे जानकी अम्बा को ले जायेंगे अपने साथ। अश्वमेध का बहाना बड़ा अच्छा है। सुखद संयोग है यह। इनके तथाकथित आलोचक भी कुछ नहीं कह पायेंगे। अश्वमेध में अर्द्धांगिनी का रहना आवश्यक है, यह तर्क सबका मुंह बन्द कर देगा। पर जब श्री राम एकाकी ही लौटे अयोध्या और स्वर्ण की सीता बनवा कर बैठा ही ली पार्श्व में तो मुझे अपने जीवन की सबसे बड़ी चोट लगी।

मैंने सब कुछ किया यज्ञ के समय। पूरी तरह परिचर्या में लगा रहा साधु-सन्तों और राजा-महाराजाओं की। पर श्री राम ही जानते हैं कि मेरा तन ही करता रहा यह सब। मेरे मन ने कभी साथ नहीं दिया उसका। वह तो भटकता रहा वाल्मीकि-आश्रम के उस आंगन में जहां मेरी अम्बा ने अपना अन्तिम स्नेह दिया था। उन्हें लंका से अयोध्या वापस लौटाने में अल्प-ही सही, अपनी भी तो भूमिका रही थी। अशोक वाटिका में उनके प्रवास-काल में उनके सुख-दुःख का प्रथम आत्मीय सहभागी बनने का सुयोग तो मिला था मुझे। लंका-दहन के पश्चात् प्रणिपात के समय मुझे अपने आशीर्वाद-कवच से मंडित किया था इन्हीं जगदम्बा ने न? तो कैसे भूल जाता मैं अपने संबंधों को? उनके स्नेह को? भूलने की बात थी जगदम्बा की अकारण अनुकम्पा? अयोध्या-दरबार में, मेरी सेवाओं से ईर्ष्या करने वालों के षड्यंत्र से सतत मेरी रक्षा करने वाली सीता अम्बा की सदाशयता को कैसे विस्मृत कर देता मैं?

हां, नहीं आनन्द ले सका अश्वमेध यज्ञ का मैं।

यज्ञ चलता रहा और श्री राम-पार्श्व में विराजती स्वर्ण-सीता को देख-देख मैं जलता रहा, आहत होता रहा। आज जिसे यहां विराजना था वह अरण्य-सेवन

कर रही है। कैसी घोर विडम्बना है नियति की? जिसे अग्नि-परीक्षा की अमानुषिकता तक का सामना करना पड़ा, वह दो आहुतियां भी नहीं डाल सकी अश्वमेध-अग्नि में!

किसी-किसी तरह अश्वमेध समाप्त हुआ था। इसके पश्चात् वैदेही भी आई थी राम-दरवार में। लव-कुश ने रामायण गाई तो उनके गायन से प्रसन्न हो सार्वभौम सत्ताधारी श्री राम ने उनकी माता को भी भरे दरबार में सम्मानित करने और शायद अन्ततः उन्हें अपनाने का उपक्रम किया। पर कब भूखी थीं ऐसे सम्मान के लिए सीता अम्बा? भूमि में ही प्रवेश कर गई भूमिजा सबके देखते-देखते। उनके आह्वान पर ही फटी थी भूमि—"ऐ जननी, अगर मैंने मन-वचन और कर्म से केवल श्री राम को जाना हो तो ले ले वापस मुझे अपने क्रोड़ में।"

अग्नि ने तो वापस कर दिया था वैदेही को अपनी लपटों की गवाही देकर पर नहीं वापस की थी पृथ्वी ने अपनी पुत्री, इस कृतघ्न संसार को। श्री राम और उनके दरबारी हाथ मलते ही रह गए थे और चली गई थी सीता रसातल को। कैसी थी यह पृथ्वी-परीक्षा पृथ्वी-सुता की, कि सदा के लिए सो ही गई वह पृथ्वी-गर्भ में?

टूट गया था मेरा मन उसी दिन पूरी तरह और तब से टूटा मन लिए ही डोल रहा हूं मैं। भक्ति-भाव और कीर्तन-भजन में ही भूलाना चाहता हूं इस भग्न मन की व्यथा को इसीलिए तो जहां-जहां भी भजन-भाव और श्री राम-नाम का चिन्तन होता है वहां-वहां उपस्थित रहता हूं मैं। आपके ही शब्दों में—

यत्र-यत्र रघुनाथकीर्तनं
तत्र-तत्र कृतमस्तकांजलिम्।
वाष्पवारिपरिपूर्णलोचनं
मारुति नमतराक्षसान्तकम्।

उपसंहार

एक तरह से समाप्त हो गई मेरी कहानी। पर समाप्त भी कैसे कहूं ? अमरत्व का वरदान जो मिल चुका है। युगों-युगों तक तो रहना ही है मुझे इस धरती पर। त्रेता की कथा सुनी आपने। द्वापर पूरा-का-पूरा बीत गया। कलि का प्रथम चरण चल रहा है। इस बीच कई-कई घटनाएं घटीं। द्वापर की एक-दो घटनाओं का वर्णन कर विराम देना चाहूंगा अपनी इस आत्मकथा को।

कृष्णावतार हुआ। गोकुल की गलियों में मेरे आराध्य नए रूप-रंग, नई भूमिका में डोलने लगे। कंसोद्धार हुआ और फिर होने को आया महाभारत। इसके पूर्व पांडव वनवासी हुए।

वनवास के दिनों की ही यह घटना है। भीमसेन, द्रौपदी के साथ बैठे थे कि उत्तर दिशा से एक अत्यन्त सुगन्धित पुष्प उड़ता हुआ आकर उनके पास गिरा।

"मुझे कुछ और ऐसे पुष्प ला दो।" द्रौपदी ने जिद की।

भीम चले उत्तर की ओर। स्वर्गिक पुष्प था वह। इधर कहां मिलता ! कैलास के आगे भी वे बढ़ते गए। आगे में मैं मिल गया। उन दिनों अक्सर उधर ही रहता था। दूर से ही पहचान लिया, अपने ही सहोदर जा रहे हैं इधर, व्यर्थ की विपत्ति मोल लेने।

मैं मार्ग पर ही पूंछ फैलाकर बैठ गया।

"पूंछ हटाओ वानर !" अहंकारी भीम ने आज्ञा दी।

"हटा लो। मैं जरा अस्वस्थ हूं।"

"हूं ! मैं और कपि की पूंछ को हाथ लगाऊं ?"

"तो लौट जाओ। आगे जाकर क्या करोगे ?"

"लौटने से तो मैं रहा।" भीम ने कहा और पूंछ में बायां हाथ लगाया। पूंछ नहीं उठ सकी। उन्हें आश्चर्य हुआ। फिर दाहिना हाथ लगाया। थक कर दोनों हाथ लगाए। पर बात नहीं बनी।

"आप कौन हैं ? देव-यक्ष, किन्नर ? क्या ? मैं हजार हाथियों के बल वाला भीमसेन मात्र आपकी पूंछ नहीं उठा सका। मेरे अपराध को क्षमा कर देंगे क्या ?" भीम हाथ जोड़ कर बोले।

"अपनों के अपराध को तो क्षमा करना ही पड़ता है। मैं देव, गन्धर्व, किन्नर

कुछ नहीं। तुम्हारा भाई हूं हनुमान।" मैं भी अब खड़ा हो गया था। यहां यह बता देना आवश्यक है कि भीम भी पवन-पुत्र थे, अतः वे मेरे भाई होते थे।

"पवनात्मज हनुमान ? मेरे अग्रज।" भीमसेन ने प्रणिपात किया। मैंने आशीर्वाद देकर आश्वस्त किया और लौट जाने को कहा—"आगे नहीं जाओ। मानव का प्रवेश वर्जित है इधर।"

"लौट जाऊंगा पर एक कृपा करें।" भीमसेन ने अनुरोध किया।

"क्या ?"

"समुद्रलंघन के समय के अपने स्वरूप के दर्शन करा दें, बहुत सुन रखा है, उसके संबंध में।"

"अब यह कष्ट क्यों दे रहे हो ? वह अवसर दूसरा था। युग भी दूसरा था। त्रेता था वह। द्वापर है यह। युग की भी शक्ति होती है। वही स्वरूप पुनः धारण कर पाऊंगा क्या ?" मैंने प्रतिवाद किया।

"मुझे आपके संबंध में जानने की आवश्यकता नहीं। सर्व-समर्थ हैं आप। राम-भक्त के लिए कहां कठिन है कुछ भी ? आप कृपा कर उस रूप के दर्शन कराएं, बहुत इच्छा है मेरी उसके दर्शन की। मन नहीं तोड़ें अपने अनुज का।"

भीमसेन की बात माननी पड़ी। अपने संकल्प-बल से फिर वही रूप एक बार धारण करना पड़ा मुझे—वही गगनव्यापी, कनकभूधराकार वपु।

भीम ने सिर ऊपर उठाया तो उठाए ही रह गया। स्तब्ध हो आया वह।

"क्षमा कीजिए, मैं अत्यन्त भय-ग्रस्त हो रहा हूं आपके इस स्वरूप को देख कर। आइए अपने सामान्य रूप में।" भीमसेन क्षण भर में ही घबरा आये तो समेट लिया मैंने अपने उस भयावह रूप को।

पर भीमसेन के मन में एक लोभ जग आया। वह मेरा रूप देख चुका था।

"महाभारत होने ही वाला है," वह बोला "आप मेरे अग्रज हैं, अगर आप हमारी ओर से युद्ध में भाग लें तो हमारी विजय असंदिग्ध हो जाए।"

"वह असंदिग्ध है। मेरे आराध्य ही अपने दूसरे रूप में तुम्हारे साथ हैं। 'यतो कृष्णस्ततो जयः।" मैंने उत्तर दिया।

"नहीं, आपको भी हमारे साथ रहना पड़ेगा। आप अनुज की बात टाल नहीं सकते।" भीमसेन जिद पर अड़े थे।

"ठीक है। कहते हो तो मैं अर्जुन के ध्वज पर विराजमान रहूंगा।"

"यही सही।" भीम ने सहमति व्यक्त की।

और यही हुआ। अठारह दिनों तक मैं अर्जुन के ध्वज पर वीरासन में विराजमान रहा। श्रीकृष्ण के समीप से दर्शन करता रहा। एक भारी लाभ हुआ। पूरी गीता सुनी गोपाल के मुख से। कहिए तो सुनाऊं उसको पूरी-की-पूरी।

श्रीकृष्ण से परिचय हुआ तो बढ़ता ही गया। एक-दो बार उन्होंने मेरा, अपने रूप में प्रयोग भी किया। मैं सहमत हो गया। उन्हें पता हो या नहीं, मुझ

तो इस भेद का पता था ही कि वे मेरे अभिन्न रह चुके थे पूर्व युग में ।

"हनुमान, एक काम कर सकते हो ?" एक बार द्वारिका में आमंत्रित कर कहा उन्होंने ।

"ऐसा क्यों कहते हैं ? आज्ञा कीजिए ।"

मेरे साथ रहते गरुड, चक्र और कुछ हद तक महारानी रुक्मिणी को भी कुछ अभिमान हो आया है । इसे दूर करना आवश्यक है । तुझे ज्ञात ही है आश्रितों-भक्तों का अहंकार-अभिमान ही अत्यन्त प्रिय भोजन है मेरा ।"

"ठीक है आपकी आज्ञा का पालन होगा ।" मैंने कहा और द्वारिकाधीश के उद्यान में जाकर फल खाने में लग गया ।

"एक वानर अपने उद्यान में आ गया है । बहुत उत्पात कर रहा है । उसे जाकर पकड़ लायें ।" श्री कृष्ण ने गरुड को आज्ञा दी ।

"वानर को और मैं पकडूं, मैंने बड़े-बड़े कार्य किए हैं । समुद्र-मंथन के समय अमृत-कलश को झपटा । श्री राम को लंका-युद्ध में नागपाश से मुक्त किया । विष्णु-स्वरूप श्री कृष्ण के वाहन का काम करता हूं मैं । अब एक क्षुद्र वानर को पकड़ने का काम रह गया मेरा ? गरुड ने सोचा और प्रतिवाद करना चाहा— "प्रभु, वानर पकड़ने तो किसी और को भी भेज सकते हैं । यह काम तो बहुत साधारण.........।"

"आप ही कर लें । काम तो छोटा है पर जब तक दूसरे को ढूंढूंगा तब तक तो वह वानर पूरा राजोद्यान ही विनष्ट कर देगा ।" विवश गरुड चले राजोद्यान की ओर ।

"ऐ वानर ! क्या कर रहा है ? ये फल क्यों बर्बाद कर रहा है ?" आते ही गरुड ने पीठ पीछे से प्रश्न किया ।

"वर्बाद तो नहीं कर रहा । क्षुधा-पूर्ति कर रहा हूं । आपको क्या आपत्ति है ?"

"आपत्ति की बात छोड़ो । मैं तुम्हें लेने आया हूं । सीधे मन चलो वर्ना बन्धन-युक्त कर ले जाऊंगा ।"

"फिर वही कर लें ।" मैंने कहा और फल-भक्षण में लग गया ।

"मैं तुझ बन्दर को हाथ नहीं लगाना चाहता । मुंह भी अब तक काफी लगा चुका हूं । चलना हो तो सीधे मेरे साथ चले चलो ।"

"तो फिर आप लौट जायें । मेरे कार्य में विघ्न नहीं डालें ।"

"लौट कैसे जाऊं ? मैं तुम्हें अपने पंजों में दबा कर ही अब लौटूंगा । तुम्हारी बुलाहट है वहां ।"

"आपके पंजों में मैं अंट पाऊंगा ? देखा है उनको और मेरे इस रूप को ?" मैं अभिमान प्रदर्शित नहीं करना चाहता था, परन्तु प्रभु के आदेश वश मुझे नाटक तो करना ही था ।

"इन पंजों ने बड़ों-बड़ों के छक्के छुड़ाए हैं । तुम कपि किस गली में रहते

हो ? शायद पहचान नहीं पा रहे कि पक्षिराज गरुड से पाला पड़ा है तुम्हारा ।"

"वह तो आपकी बातों से ही समझ गया था । इतना अहंकार और किस में हो सकता है ?"

मेरी बात पर पक्षिराज क्रोधाग्नि में दग्ध से हो आए और इस बार पंजे से प्रहार करना चाहा ।" इस वार को भी मैंने नाकाम कर दिया और अपनी पूंछ फैलाकर धीरे से उनको उसमें लपेट लिया ।

"हैं, हैं यह क्या कर रहे हो ? अपनी अपवित्र पूंछ में मुझे बांधने का प्रयास कर रहे हो ? साक्षात् विष्णु-वाहन को ?" कहने के साथ-साथ उन्होंने अपने को पूंछ के बन्धन से छुड़ाने का भी बहुत प्रयास किया पर बन्धन कसता ही गया ।

"अरे, अरे, जरा ढीला करो इस बन्धन को । मेरी तो हड्डी-पसली ही पिसती जा रही है । कौन हो तुम ? ऐसे पराक्रमी ?" गरुड छटपटाते हुए बोले ।

"मैं पराक्रमी कहां का हुआ ? मैं तो क्षुद्र बन्दर हूं । पराक्रमी तो आप हैं पक्षिराज वैनतेय !" मैंने चुटकी ली ।

"छोड़ो-छोड़ो मुझे । खोलो इस बन्धन को । तुम्हारी पूंछ है या नागपाश ?" गरुड गिड़गिड़ाते हुए बोले ।

"नागपाश काटने में तो आप सदा समर्थ रहे हैं । भगवान श्री राम को आपने ही पाश-मुक्त किया था । काट लीजिए इसे भी ।"

"तो तुम्हें सब पता है । तब भी तुम मुझे तंग किए जा रहे हो ? नागपाश तो मैंने ठीक ही काटा था पर यह तो यम-पाश है । तुम्हारी पूंछ है या…?" कहते-कहते गरुड की घिग्घी बंध गई ।

"तो छोड़ दूं तुम्हें ?"

"हां, हां मुझे छोड़ दो । मैं तुम्हारे पैरों पड़ता हूं । मुक्त करो मुझे इस बन्धन से ।" गरुड ने कातर वाणी में कहा ।

"छोड़ूंगा, पर यहां नहीं ।" मैंने कहा और पूंछ घुमा कर उन्हें दूर समुद्र में में फेंक दिया ।

सागर-जल में गिरते ही गरुड संज्ञा-शून्य हो आये । एक तो पूंछ की पकड़ से हड्डी-पसली चूर हो गई थी ऊपर से कई योजन दूर जल में गिरने की चोट । बहुत देर के बाद जब कुछ-कुछ संज्ञा वापस आई तो चारों ओर जल-ही-जल ।

'द्वारिका किस ओर है ?' अपमानित, प्रताड़ित पक्षिराज सोचने लगे । पर समुद्र-मध्य उन्हें दिशा का बोध हो तो कैसे ?

कई दिनों तक इधर-उधर पर मारते जब द्वारिका पहुंचे तो भगवान ने पूछा —"बहुत दिन लग गए ? और, वह वानर कहां हैं ?"

गरुड का गर्व अब भी पूरी तरह नहीं गया था, बोल पड़े, "नहीं आ सका इस बार हाथ । आज्ञा होगी तो फिर पकड़ लाऊंगा ।"

द्वारिकाधीश को हंसी आते-आते रही । अभी गर्वांकुर जहां-का-तहां है ।

"तो फिर पकड़ ही लाइये । मुझे पता लगा है, वह उस उद्यान से हट कर दूर

मलयगिरि पर चला गया है । आपको तो पवन की गति प्राप्त है आप चाहें तो···।"

"मैं यह गया और वह आया । भगवान की बात पूरी होते-न-होते गरुड बोल पड़े और सीधे उत्तर की ओर उड़े । रास्ते में उन्होंने एक नया उपाय ढूंढ़ लिया था । दंड की नीति तो असफल हो गई थी, साम का सहारा लेना चाहा था ।

"मैं समझ गया तुम बड़े प्रतापी हो पर मेरी भी प्रतिष्ठा का प्रश्न है, तुम कृपा कर मेरे साथ द्वारिका चले चलो ।" वे मेरे सामने आते ही बोले ।

"मुझे क्या पड़ा है आपके साथ जाने का ?" मैंने अन्यमनस्क होकर कहा ।

"तुम जानते नहीं । महाराज श्री कृष्ण द्वारिकाधीश हैं, उन्होंने ही तुम्हें लाने का दायित्व मुझे दिया है । तुम भी उनके दर्शन कर···।"

"मुझे उनके दर्शन का कोई लोभ नहीं । मैं उनके धनुर्धारी रूप का उपासक रहा हूं । आपके कृष्ण आपके लिए भले । मैं नहीं जाता । यहीं है द्वारका ? कहां मलयगिरि और कहां द्वारिकापुरी ? इतनी दूर की यात्रा में मेरी कोई रुचि नहीं ।"

"तुम एक काम करो । मेरी पीठ पर बैठ जाओ । तुम्हें कोई श्रम भी नहीं करना पड़ेगा और हम शीघ्र द्वारिकाधीश के पास उपस्थित हो जायेंगे । मेरी प्रतिष्ठा भी बच जायेगी ।"

"आपकी प्रतिष्ठा के लिए मैं एक पक्षी की पीठ पर बैठूं ?" मुझे गरुड द्वारा कहीं पूंछ वाली बात याद थी ।

"तो उपाय क्या है ?" गरुड हताश होते बोले ।

"मुझे अपने पंजों में टांग लीजिये ।" मैंने विनोद किया ।

"भूल जाओ उस बात को । तुम मेरे पंजों में आने से रहे । मैं तुम्हारा पराक्रम देख चुका हूं ।" गरुड बीती घटना को याद कर अन्दर तक कांप गए ।

"तो मैं आपकी पीठ पर आ पाऊंगा ? उठा लेंगे मेरा बोझ ? असुविधा नहीं होगी उड़ने में ?" मैं विनोद में ही बोला ।

"यह बात छोड़ो । लादने को तो मैं मंदराचल को भी अपनी पीठ पर लाद लूं और बात-की-बात में द्वारिका पहुंच जाऊं । तुम्हें तो मैंने यो बैठाया और यो पहुंचा द्वारका ?" गरुड का सिर गर्व से उन्नत होने लगा था ।

"आप इतना कष्ट न करें । आपकी प्रतिष्ठा का ही प्रश्न है तो मैं उपस्थित हो जाऊंगा द्वारिकाधीश के समक्ष । आप चलें । मैं आया ।"

"मैं आया क्या ? दस दिनों के बाद पहुंचोगे वहां तो लाभ क्या ? मेरे साथ नहीं पहुंचे तो मेरी प्रतिष्ठा कहां बची ?" गरुड हतोत्साह हो आये ।

"आप चलें । चिन्ता न करें । मैं बहुत विलम्ब नहीं करूंगा । आपके जाते ही चल दूंगा ।"

"जाते ही चलने से भी आज ही थोड़े पहुंच जाओगे ? कई दिन तो लग ही जायेंगे । माना तुम बहुत पराक्रमी हो पर मेरे वेग को तुम किधर से पाओगे ?

मैं पक्षिराज, पवन की गति मेरी। तुम कृपा कर मेरी पीठ पर...।"

मुझे लग गया, पराक्रम का अहंकार तो इनका शेष हो गया पर वेग का अभिमान बाकी है। इसीलिए भगवान ने मुझे इतनी दूर मलयगिरि पर जा बैठने को कहा था।

"विलम्ब आप ही कर रहे हैं," मैंने गरुड को समझाना चाहा, "आप चलें मैं आता हूं। आप अपनी गति में, मेरे लिए कोई कमी नहीं लायेंगे। मैं आपके साथ ही पहुंचने का प्रयास करूंगा।"

"मेरे साथ तो तुम खैर क्या पहुंचोगे? मिट्टी पलीद कराने पर पड़े हो तुम मेरी। लो मैं चला। देखें अब तुम कब पहुंचते हो वहां।" यह कह गरुड तीव्रतम गति से उड़ चले। सचमुच बड़ा वेग था उनमें। जब तक वे आंखों से ओझल नहीं हुए मैं उनको देखता रहा। जब वे पर्याप्त दूर निकल गए तो मैंने श्री राम का स्मरण कर, ऊपर की ओर छलांग लगाई। आकाश में उनसे पर्याप्त ऊंचाई पर पहुंच गया और द्वारिका की ओर उड़ चला।

"आप अन्दर नहीं जा सकते?" महल-द्वार पर पहुंचा तो सुदर्शन चक्र ने मार्ग रोक लिया।

"मुझे भगवान ने स्मरण किया है। मुझे उनके पास शीघ्र पहुंचना ही है।"

"भगवान अभी महारानी रुक्मिणी के साथ बैठे हैं। वहां कोई नहीं जा सकता।" चक्र ने द्वार को पूरी तरह अवरुद्ध कर दिया।

"मुझे शीघ्रता है। मैं कोई भी अवरोध मानने को प्रस्तुत नहीं।" मैंने कहा और सुदर्शन चक्र को उठाकर मुंह में रख लिया।

सिंहासन के पास पहुंचा तो द्वारिकाधीश आज धनुर्धारी रूप में थे और महारानी रुक्मिणी सीता बनी थीं। मुझे याद आ गई बात कि भगवान ने गरुड और चक्र के साथ महारानी के भी अहंकार की बात कही थी। उन्हें अपने स्वरूप का अहंकार हो आया था। भगवान ने अवश्य कहा होगा कि पवनात्मज—मेरे धनुर्धारी रूप का उपासक है, अतः तुम मैथिली का स्वरूप धारण कर लो। किधर से कम हो तुम उस जनक दुलारी से?

मैंने भगवान के चरणों में प्रणाम निवेदित किया और सिर उठाकर बोला, "और मातेश्वरी विदेह-नन्दनी किधर हैं?"

"और यह कौन हैं?" भगवान ने मुसकराकर कहा।

"इन्हें तो आप ही जाने मैं तो मिथिलेश-नन्दिनी की बात कर रहा था जिनकी श्री-शोभा के सामने इनकी...।"

"तो पहचान गए तुम मुझे?" महारानी रुक्मिणी ने झेंपते हुए पूछा।

"पवन नन्दन की आंखों को कौन धोखा दे सकता है?" भगवान ने बात सम्हाली और फिर मेरी ओर देखते हुए पूछा—"द्वार पर किसी ने रोका नहीं?"

"अच्छा स्मरण कराया आपने। एक खिलौने-सी कोई वस्तु मेरा मार्ग रोकने का प्रयास कर रही थी। मैंने उसे मुंह में रख लिया था।" मैंने एक उंगली से मुख

के एक कोने में पड़े चक्र को बाहर करते हुए कहा ।

तभी द्वार पर हलचल हुई । हांफते-गिरते गरुड आ रहे थे—"महाराज, मैंने उस वानर को शीघ्र···।" वे अपनी बात पूरी करते कि उनकी दृष्टि मुझ पर पड़ी । उनकी तो आंखें फटी-की-फटी रह गईं । पहले उन्होंने सोचा कोई और वानर है, पर जब मेरी लांगूल की ओर देखा तो एक बार फिर सिर से पैर तक कांप गए और धीरे से बोले —"प्रभु, यह वानर बड़ा करामाती है । जितना पराक्रमी है उतना ही वेगशाली । अब मुझे कभी उसको पकड़ने नहीं भेजेंगे ।"

भगवान मुसकराए और हम सब तृप्त हो आये । गरुड, चक्र और महारानी रुक्मिणी सभी को द्वारिकाधीश के उस नाटक का रहस्य ज्ञात हो गया । मैं तो उसका सूत्रधार ही था ।

यह दक्षिण समुद्र था जहां पैं घूमते-घामते आ पहुंचा था । महाभारत-युद्ध के नर-संहार ने मन बहुत व्यथित कर दिया तो रामेश्वरम् की ओर निकल आया था—शान्ति की खोज में ।

मैं सामान्य वानर वेष में था । अपने असल रूप में रहता तो लोगों के कोतूहल का कारण बन आता और फिर शान्ति-प्राप्ति के जिस उद्देश्य से इधर आया था वह पूरा नहीं कर पाता ।

"क्या देख रहे हैं बड़े ध्यान से ?" मैंने सेतु की ओर से ध्यान उठाकर देखा तो गांडीवधारी अर्जुन खड़े थे । तो यह कैसे भटक आए इधर ?

"देख रहा हूं इस सेतु के भग्नावशेष को । राम ने बनाया था इसे । दर्शन कर आंखों को तृप्त कर रहा हूं ।"

"समुद्र पर पत्थरों के पुल बनाने की कोई आवश्यकता थी ? श्री राम तो बड़े धनुर्धर थे ! बाणों का पुल बना सकते थे क्षण भर में ।" अर्जुन ने अहंकार पूर्वक कहा ।

"बाणों के पुल से वह महती वानरी सेना पार उतरती ?" मैंने साश्चर्य पूछा ।

"उतरती क्यों नहीं ? मैं अगर वैसा पुल बना दूं तो कई अक्षौहिणी सेनाएं बात की बात में पार उतर जायें । कैसे धनुर्धर थे वह राम ?"

मुझे पार्थ की इस बात से चोट लगी और मुझे लग गया, शायद द्वारिकाधीश को भी इनका गर्व-हरण इष्ट है ।

"आप पुल बनायें और वह अगर मेरे वाम अंगूष्ठ का भार भी नहीं बर्दाश्त कर सके तो आप क्या करेंगे ?"

"अगर ऐसा हुआ तो मैं अग्नि-प्रवेश कर प्राण दे दूंगा ।"

"ठीक है बनाइए आप पुल ।"

अर्जुन ने धनुष से बात-की-बात से असंख्य बाण छोड़े और समुद्र के आर-पार शर-सेतु बन आया ।

मैंने वामांगुष्ठ से उसके एक किनारे को दबाया और पूरा सेतु चरमरा कर बैठ गया।

पराजित और अपमानित अर्जुन चिताग्नि में प्रवेश को तैयार हो गए। तभी द्वारिकाधीश ब्राह्मण रूप में वहां आ निकले।

"यह क्या हो रहा है ? गांडीवधारी धनुर्धर अर्जुन अग्नि-प्रवेश क्यों कर रहे हैं ?" भगवान ने व्यंग्य से पूछा।

सारी कहानी ज्ञात कर उन्होंने कहा—"पर आप लोगों का साक्षी तो कोई नहीं था। मेरे साक्ष्य में यदि यह घटना घटे तो अर्जुन निसन्देह जल मरें।" भगवान भक्त की रक्षा को तत्पर हो आये थे। गर्व-हरण तो हो ही चुका था पृथा-पुत्र का, अब प्राण-हरण भी क्यों हो ?

अर्जुन ने पुनः बाणों का पुल बनाया पर अबकी बार मेरे लाख प्रयास के बाद वह नहीं टूट सका। मैंने पुल पर चढ़कर अपने शरीर का सम्पूर्ण बोझ उस पर डाला, पर पुल जैसे का तैसा। मैं नीचे उतरा, पुल के अन्दर झांककर देखा वहां रक्त की एक क्षीण धारा स्पष्ट थी। एक विशाल कच्छप वहां से खिसका जा रहा था। मैंने ब्राह्मण के हाथ जोड़े, "प्रभु, अपने भक्त का मान रखने के लिए बहुत कष्ट किया। अपने कच्छप-रूप से अपनी पीठ ही लगा दी पुल के नीचे।"

ब्राह्मण ने अपनी पीठ पर हाथ फेरा। वहां भी रक्त की बूंदें छिटक आई थीं। अर्जुन ने भी इसे स्पष्टतः देखा और हाथ जोड़ दिए। भगवान अपने असली स्वरूप में आ गए और हम दोनों को सम्बोधित कर बोले—"मुझे थोड़ा कष्ट अवश्य हुआ पर दोनों भक्तों की लाज अवश्य रह गई। हनुमान ने पृथा-पुत्र की आंखें खोल दीं, उसका भी मुझे हर्ष है।"

मैं पार्थ के प्रति अपने आराध्य के इस प्रेम-भाव से अभिभूत हो आया और गीता में प्रयुक्त वेद-व्यास के शब्दों में ही दोनों का अभिनन्दन करते हुए बोल पड़ा—

यत्र योगेश्वरो कृष्णः
यत्र पार्थो धनुर्धरः।
तत्र श्रीविजयोभूर्तिधुबः
नीतिर्मतिर्मम ॥